新中国 70 年 70 部
长篇小说典藏

铁 凝

(1957—)

当代作家,北京人。长篇小说《笨花》获中宣部第十届"五个一工程"奖。

新中国70年70部
长篇小说典藏

笨 花

铁 凝 —— 著

学习出版社
人民文学出版社

图书在版编目（CIP）数据

笨花/铁凝著. —北京：人民文学出版社：学习出版社，2019
（新中国70年70部长篇小说典藏）
ISBN 978-7-02-015447-0

Ⅰ.①笨… Ⅱ.①铁… Ⅲ.①长篇小说—中国—当代 Ⅳ.①I247.5

中国版本图书馆CIP数据核字（2019）第155186号

责任编辑　付如初
装帧设计　刘　静
责任印制　王重艺

出版发行　人民文学出版社　学习出版社
社　　址　北京市朝内大街166号
邮政编码　100705
网　　址　http://www.rw-cn.com

印　　刷　河北鹏润印刷有限公司
经　　销　全国新华书店等

字　　数　429千字
开　　本　680毫米×960毫米　1/16
印　　张　35.75　插页2
印　　数　1—5000
版　　次　2006年1月北京第1版
印　　次　2019年9月第1次印刷

书　　号　978-7-02-015447-0
定　　价　98.00元

如有印装质量问题，请与本社图书销售中心调换。电话：010-65233595

出 版 说 明

为庆祝中华人民共和国成立70周年,全面展现中华民族的文化创造能力和文学发展水平,深入揭示新中国70年来的伟大历程、辉煌成就和宝贵经验,激励人们为实现"两个一百年"奋斗目标、中华民族伟大复兴的中国梦而不懈奋斗,我们策划出版了这套"新中国70年70部长篇小说典藏"丛书。为将该丛书打造成思想精深、艺术精湛、制作精良的精品丛书,我们成立了丛书评审专家委员会,成员均为密切关注和深刻了解我国长篇小说创作动态的资深评论家。委员会从历史评价、专家意见和读者喜好等方面对新中国成立70年来众多优秀长篇小说进行综合评定,从中选出70部描写我国人民生活图景、展现我国社会全方位变革、反映社会现实和人民主体地位、弘扬社会主义核心价值观和讴歌中华民族伟大复兴中国梦的精品力作。这些作品,大多为曾获中宣部"五个一工程"奖、"茅盾文学奖"等重大国家级奖项的长篇小说,政治性、思想性和艺术性高度统一,代表了中国文坛70年间长篇小说创作发展的最高成就。

我们致力于"把提高作品的精神高度、文化内涵、艺术价值作为追求"的使命任务,通过这套丛书的出版,在讲好中国故事、传播中国声音、阐释中国精神、展现中国风貌的同时,倡导精品阅读,引领和推动未来的中国文学原创出版。

"新中国70年70部长篇小说典藏"
评审专家委员会名单

评审专家委员会主任： 李敬泽

评审专家委员会委员（按姓氏笔画排序）：

丁　帆　　白　烨　　朱向前　　吴义勤　　何向阳
应　红　　张　柠　　张清华　　陆文虎　　陈思和
孟繁华　　胡　平　　南　帆　　贺绍俊　　梁鸿鹰
董保生　　董俊山　　谢有顺　　臧永清　　潘凯雄

项目统筹： 吴保平　　宋　强

笨花、洋花都是棉花。
笨花产自本土,洋花由域外传来。

有个村子叫笨花。

第 一 章

1

　　这家姓一个很少见的复姓——西贝。因为这姓氏的少见,村人称呼起来反而觉得格外上口。这村名叫笨花,笨花人称这家为西贝家。

　　西贝家的院子窄长,被南邻居向家高高的后山墙影罩,向家的表砖墙便成了西贝家的一面院墙。于是村人对西贝家的院子也有了歇后语:西贝家的院子——一面儿哩(理),用来形容人在讲理时只说一面之词。站在向家房上往下看,西贝家的院子像条狭长的胡同,房门也自朝一面开着。受了两棵大槐树的笼罩,院子显得十分严谨。吃饭时,西贝家的人同时出现在这狭长的"胡同"里,坐在各自的房门口一字排开。他们是:最年长的主人鳏夫西贝牛;西贝牛的大儿子西贝大治;二儿子西贝小治,以及他们的妻室。再排开去是西贝家的第三代:长孙西贝时令,长孙女西贝梅阁,以及最小的孙子残疾人西贝二片。西贝家的第三代均为长子大治所生,小治无子女。这个次序的排列,从来有条不紊。他们或蹲或坐在各自的位置,用筷子仔细打捞着碗中的饭食。西贝家的饭食在村里属中上,碗中米面常杂以瓜薯,却很少亏空。大概正是这个原因,西贝家进餐一向是封闭式的,他们不在街上招摇,不似他人,习惯把饭端到街上去,蹲在当街一边聊天一边喝着那寡淡的稀粥。西贝牛主张活得谨慎。对西贝牛这个做人的主张,西贝全家没有人去冒失着冲破。

西贝牛矮个子瘪嘴,冬天斜披着一件紫花大袄,大袄罩住贴身的一件紫花短袄,一条粗布"褡包"①紧勒住腰,使他看上去格外暖和,站在当街更显出西贝家生活的殷实。即使在夏天,西贝牛的紫花汗褂,纽扣也严紧。西贝牛外号大粪牛,这外号的获得,源于西贝牛的耕作观。西贝牛种田,最重视的莫过于肥料——粪,而粪又以人粪为贵。人粪被称为大粪,全家人也极尊重大粪牛的见识,遗矢时不是自家茅房就是自家田地,从不遗在他处。由于施肥得当,水也跟得上,西贝家的庄稼便优于全村了。当然,西贝牛的耕作秘密还不仅如此,他的耕锄、浇水规律可谓自成体系。这样,在西贝家耕作的不多田亩里,就收获了足以维持碗中餐的粮食和瓜菜。碗中餐丰裕了,大粪牛站在当街便可以俯视全村了。大粪牛的眼光是高傲的,他对村人在耕作上的弊病,历来是心中有数。其中最使他怜惜的是南邻居向家的耕作态势。向家虽然院墙高大,土地广阔,处事讲究时尚,有时还显超前,但对土地却懈怠,全家人常忙于自己,置土地于不顾。对此,大粪牛只看在眼里记在心里,并不开口或批评或建议,大粪牛是一位缄默的庄稼人。

西贝牛的大儿子西贝大治,长相不似西贝牛,他体格高大,头部却明显偏小,前倾的脖子,赤红的双颊,使人想到火鸡。当地人把火鸡叫做变鸡,变鸡不在家中饲养,那是闹市上卖野药的帐篷里的观赏物。那时卖药人在篷中摆张方桌,方桌上罩块蓝洋布,火鸡便站在蓝洋布上实施着脸色的变化,忽红忽绿。火鸡是帐篷的中心,卖药人站在火鸡旁边喊着:"腰疼腿疼不算病,咳嗽喘管保险……"火鸡是个稀罕,这个稀罕俯视着患者,给患者以信心。大治的脸像火鸡,行动也像火鸡,走路时两条长腿带动起滚圆的身子,一颠一颠。但他不笨,会使牲口,西贝牛的诸多种田方案,主要

---

① 褡包:系在衣服外面的长而宽的粗布腰带。

靠他实施。西贝大治冬天也披一件紫花大袄,但里面不再套短棉袄,而是一件浸着油泥的白粗布汗褂,突出的肚子把汗褂绷得很紧。大治会使牲口,还会喂牲口,家里的一匹黑骡子,让他喂养得比高血马①还壮大。这骡子十分温顺、勤勉,完成各种差事常常一溜小跑。它拉水车,水车便有超常的转速,丰沛的水在垄沟里汹涌。而南邻向家浇地时,两挂水车的水势汇在一条垄沟里,水仍然是萎靡不振。大治相貌不似父亲,但做派像,也是少言寡语,遇事心中有数。和乡亲对话时,常操着一副公鸭嗓儿做些敷衍,用最简单的回答方式,应付着对方复杂的问话。你说,今年雨水大晴天少,庄稼都长了腻虫,快晴天吧。大治准敷衍着说:"嗯。"你说,今年不下雨,旱得庄稼都"火龙"了,快阴天吧。大治准也说:"嗯。"那声儿就像鸭叫。

　　大治的兄弟小治,性格和长相与父兄都不同,他中等个儿,梆子头,一双眼睛看上去有点斜视,但视力超常。小治种田显得随意,像个戏台上的票友,挂牌出场、摘牌下场任其自愿。处事谨慎的西贝牛,却不过多计较小儿子的劳作态度,于是小治就发展了另外的兴趣,他打兔子,且是这一方的名枪手。打兔子的枪手们,虽然都是把枪口对准兔子瞄准射击,却又有严格的技术差别和道德规范,即:打"卧儿"不打"跑儿",打"跑儿"不打"卧儿"。"卧儿"指的是正在安生着的兔子;"跑儿"是指奔跑着的兔子。这个严格的界限似联系着他们的技法表演,也联系着他们的自尊。小治是打"跑儿"的。深秋和冬天,大庄稼被放倒了,田地裸露出本色。打兔子的人出动了,他们肩荷长筒火枪,腰系火药葫芦和铁砂袋,大踏步地在田野里开始寻找。这时,也是兔子们最慌张的时候——少了庄稼它们也就少了藏身之地。它们开始无目的地四处奔跑。惟一使它们感到少许安慰的,是它们灰黄的毛色和这一方的土地相

---

① 高血马:高加索血统马,体形高大。

仿。于是在一些兔子奔跑的时候,另一些兔子则卧进黄土地里碗大、盆大的土窝,获取着喘息的机会。这样就有了"跑儿"和"卧儿"之分。小治在秋后的田野里大踏步地寻找,他那双看似望天的斜视眼,却能准确地扫视到百米之外奔跑着的离弦箭似的兔子。有"跑儿"出现了,小治立时把枪端平,以自己的身体为轴心开始旋转着去瞄准猎物。当枪声响起时,就见百米之外的猎物猛然跃身一跳栽入黄土。这时,成功的小治并不急于去捡远处的猎物,他先是点起烟锅儿抽烟。他一边抽着烟,一边四处张望,他是在研究,四周有没有观赏他"表演"的人。枪响时,总能吸引个把观赏者。当小治终于发现有人正站住脚观赏他的枪法时,才在枪托上磕掉烟灰,荷起猎枪,带着几分不经意的得意,大步走向已经毙命的猎物。他弯腰捡起尚在绵软中的毛皮沾着鲜血的兔子,从腰里拽出根麻绳,将兔子后腿绑紧,再把它挂上枪口,冲着远处的观赏者搭讪两句什么,竭力显出一派轻松和自在。黄昏时小治还家,总有两三只"跑儿"垂吊在他的枪筒上,此时"跑儿"们身上的鲜血已被野风吹成铁锈色,身子也变得硬挺。

小治还家了,终日安静着的西贝家常会在这时传出一片喧闹。这喧闹不是为了小治的胜利归来而欢呼,那是小治的内人——一位平时在西贝家不显山水的女人在房顶上的叫骂,她面朝东北,很有所指地骂起来。她在骂一个女人,大意是说,小治本应该有多一只兔子带回家的,现在却少了一只,那少了一只的兔子是小治路过村北的小街套儿坊时,隔墙扔给了一个名叫大花瓣儿的寡妇,这寡妇常年吃着小治的兔子,和小治靠着。这大花瓣儿便住在笨花村"阴山背后"、面朝野外的套儿坊。小治内人的骂,先是指桑骂槐式的旁敲侧击,到最后则变成单刀直入且加重语气的破口大骂。她骂那女人——大花瓣儿,因为两腿之间抹了香油,男人们才顺着香味儿奔进她家。她说,吃小治的死兔子不如让小治给逮一只活兔子,活兔子那物件儿尖,性也大,专治浪不够的女人。最后她常用号啕大哭结束这场无人还击的叫骂。也只在哭声从房顶上传下来时,作为一家之主的西贝牛才站在当院开始发话。他冲着房顶上喊:"想叫街①哟,你!还不滚下来添锅做饭!"

　　果然,西贝牛的吼声使房上的哭声戛然而止。少时,西贝家的风箱响起来,烟囱里的炊烟升起来……小治的内人是务厨的主力,而被她称做大嫂的大治的内人只是个帮厨的角色。当月亮升起来,西贝一家又在各自屋门口一字排开吃饭时,院里又恢复了以往的平静。一家人只呼呼地喝着碗里的粥,就着堆在碗边以内的一小撮咸菜。小治枪口上的猎物并不是他们全家的吃食,两只兔子(或一只)仍然吊在枪口上,第二天小治将要到集上卖掉兔子换回枪药和铁砂。

　　西贝全家都意识到小治往大花瓣儿家扔兔子,实在是这个和睦殷实之家的一个不大不小的弊端,但西贝牛从不追究小治的行为,也不四处打听去证实这件事的真伪。

　　小治的打兔子继续着,小治媳妇晚饭前房顶上的叫骂也继续着。日子久了,那叫骂就像是西贝家晚饭的一个序曲,又好比西贝家一个固定的保留节目。少了这个序曲,西贝家的晚饭就迟迟不能开出;少了这个节目,西贝家的一天就不能说过得圆满,此时的笨花村便也仿佛少了点什么。小治不理会女人的叫骂,只待晚上和媳妇上炕后才对着房梁说:"不论谁抹香油都能招男人?"要不就说:"男人都是冲着香油去的?知道什么呀你!再说,你看见我扔兔子啦?"媳妇说:"就是,就是看见啦,咱二片看见啦。"小治说:"哼,二片……"

　　西贝牛的小孙子,西贝大治的小儿子西贝二片,这年虚岁十二,胎里只带出一条半腿,另外半条腿在膝盖以下消失了,只留下

---

① 叫街:乞丐哭喊着的乞讨。

像擀面杖似的一截秃头,这秃头上还努出一个脚指头,脚趾上也长了趾甲。那确是人的一枚小脚指头。西贝二片走路在地上蹭着走,只在必要时他才蹿起来用一条腿跳跃。村里没有他蹭不到的地方,也没有他不了解的事。西贝二片蹭着走路,视点就低,偏低的视点所到之处常是女人的胯下。有时他还向女人的胯下发起冲击,或用棍子,或用一把土。女人们都把西贝二片看做自己的天敌。但西贝二片冲击的女人,只局限于刚嫁到笨花的新媳妇。他常对人宣称他知道所有笨花新媳妇那地方什么样,因为他常把她们堵在茅房里看。叔叔小治给大花瓣儿扔兔子的事,就是他说给他的婶子,小治媳妇的。

西贝全家默认着小治的行为,也默认着小治女人叫骂的合理性。只有西贝梅阁对此另有见地。当西贝小治媳妇叫骂之后倚住灶坑做饭时,梅阁就说:"婶子,听我一句吧,咱们都是上帝的罪人。人世间的事,不论善恶,惟有上帝才会做铺排,婶子往后就别上房了。"

西贝梅阁举出上帝来说服小治媳妇,因为她信基督,西贝家也只有她识文断字。十六岁的梅阁,六岁时就跟前街刘秀才学识字,后来又跟南邻家的向文成大哥念实用白话文,在县里上简易女师的时候迷上了基督教。当时有位瑞典牧师来县城传教,这基督教义使梅阁着了迷。她坚信上帝的存在,她有许多心事,从不告诉家人,只递说上帝。现在她虽然还没有受洗,却觉得自己离上帝越来越近。不过,西贝梅阁对婶子的规劝,并没有止住婶子对大花瓣儿的叫骂。梅阁常在这时躲进自己屋里对着炕角流眼泪,只想着自己的软弱,软弱得连婶子也说不服。要克服这软弱,还得求主帮助。这时只听爷爷西贝牛在院里没有人称地喊:"还不出来给牲口煮料,人吃饱了,还有牲口哪!"

随着西贝牛的喊声,梅阁就听见开门出来煮料的又是婶子。

煮料是把黑豆和高粱一起放在锅里煮。喂牲口的人要把煮熟的料和切碎的干草拌起来给牲口吃。西贝家人吃得饱,牲口也吃得饱。片刻,风箱响起来,煮熟一锅料,比做一顿饭也不省工夫。西贝梅阁伴着风箱"夸嗒夸嗒"的响声睡着了,西贝家也从黄昏进入黑夜。

2

笨花村的黄昏不只属于西贝家,那是一整个笨花村的黄昏。

黄昏像一台戏,比戏还诡秘。黄昏是一个小社会,比大社会故事还多。是有了黄昏才有了发生在黄昏里的故事,还是有了黄昏里的故事才有了黄昏?人们对于黄昏知之甚少。

笨花村的黄昏也许就是从一匹牲口打滚儿开始的:太阳下山了,主人牵着劳作了一天的牲口回村了。当人和牲口行至家门时,牲口们却不急于进家,它们要在当街打个滚儿。打滚儿是为了解除一天的疲劳,打滚儿是对一整天悲愤的宣泄。它们在当街咣当一声放倒自己,滚动着身子,毛皮与地皮狠狠磨擦着,四只蹄脚也跟着身子的滚动蹬踹起来,有的牲口还会发出一阵阵深沉的呻吟。这又像是对自己的虐待,又像是对自己的解放。这时牵着牲口的主人们放松手里的缰绳,尽心地看牲口的滚动、摔打,和牲口一起享受着自己于自己的虐待和解放,直到牲口们终于获得满足。大多有牲口的人家,门前都有一块供牲口打滚儿的小空地,天长日久,这个小空地变做一个明显而坚硬的浅坑。西贝家和向家门前都有这样的浅坑。

牛不打滚儿,打滚儿的只有骡子和驴。

西贝家牵牲口打滚儿的是牲口的主人西贝牛或者他的大儿子西贝大治。向家牵牲口打滚儿的本应该是牲口的主人,年龄和西贝牛相仿的向喜,或者向喜的大儿子向文成。但向喜和向文成都不牵牲口打滚儿,他们各有所忙。家里养牲口,他们却离牲口很远,只把牲口交给他们的长工,长工倒成了牲口的主人。

西贝家有一匹骡子。向家有两匹骡子,一匹大骡子一匹小骡子。其实大骡子不老,小骡子不小。拉车时大骡子驾辕,小骡子跑哨。浇地时两匹骡子倒替着拉水车。

打完滚儿的牲口故意懒散着自己从地上爬起来,步入各自的家门,把头扎进水筲①去喝水。它们喝得尽兴,喝得豪迈。再小的牲口,转眼间也会喝下一筲水。

向家的两匹骡子在门前打完滚儿,进了家,喝光两筲水,显得格外安静。它们被任意拴在一棵树上,守着黄昏,守着黄昏中的树静默起来。再晚些时候,长工才会把它们拴上槽头喂草喂料。

牲口走了,空闲的街上走过来一个鸡蛋换葱的,他以葱换取笨花人的鸡蛋。以鸡蛋换葱的买卖人并非只收鸡蛋不收钱,因为村里人缺钱,卖葱人才想出了这个以物易物的主意,笨花有鸡蛋的人家不在少数。久而久之,卖葱人反而像专收鸡蛋似的,连吆喝也变得更加专业。他推一辆小平车,车上摆着水筲粗细的两捆葱,车把上挂个盛鸡蛋的荆篮。他一面打捋着车上的葱脖儿、葱叶,一面拉出长声优雅地吆喝着:"鸡蛋换……(呜)葱!"随着喊声,来换葱的人陆续出现了,她们大多是家里顶事的女人。女人在手心里托个鸡蛋,鸡蛋在黄昏中显得很白,女人倒显得很模糊。她们把洁白、明确的鸡蛋托给卖葱人,卖葱人谨慎地掂掂鸡蛋的分量,才将鸡蛋小心翼翼地放入荆篮。一个鸡蛋总能换得三五根大小不等的葱。女人们接过葱,却不马上离开,还在打葱车的主意,她们都愿意再揪下一两根车上的葱叶作为"白饶"。卖葱人伸出手推挡着说:"别揪了吧,这买葱的不容易,这卖葱的也不容易。"买葱的女人还是有机会躲过卖葱人的推挡,揪两根葱叶的。她们攥紧那"白饶"的葱

---

① 水筲:水桶,一筲水约50市斤。

叶,心满意足地往家走,走着,朝着"白饶"的葱叶咬一口,香甜地嚼着,葱味儿立刻从嘴里喷出来。女人拿鸡蛋换葱,揪卖葱人两根葱叶显得很自然。

西贝家不拿鸡蛋换葱,他们珍惜鸡蛋,地里也种葱。向家拿鸡蛋换葱,向家出来换葱的多半是向文成的媳妇秀芝。秀芝换葱不揪葱叶,她不是不稀罕近在眼前的葱叶,她是觉着磨不开。但对于鸡蛋大小的认可,有时她也和卖葱人的看法不一。卖葱人说向家鸡蛋小,当少给其葱,秀芝就说,这鸡蛋不小,别少给了。最后,卖葱人把秀芝已经拿在手中的葱左换右换,终是把大的换成小的。秀芝也不再争执,心想,天天见哩,随他去吧,吆喝半天也不容易。

一个卖烧饼的紧跟着卖葱的走过来。这是邻村一位老人,他步履蹒跚,扤个大柳编篮子。一块白粗布遮盖着篮子里的货物,这盖布被多油的烧饼浸润得早已不见经纬。老人喊:"酥糖……(呔)烧饼!"老人篮子里有烧饼两种,代表着当地烧饼的品种和成色。这里的烧饼以驴油做酥面,与水和的面层层叠叠做成。酥烧饼带咸味儿,一面沾着芝麻粒儿;糖烧饼也酥,却以甜见长,不沾芝麻,只钤以红色印记。买主来了,老人掀开盖布,和买主就着暮色一同分辨着酥的和糖的。但他决不许买主直接插手——那酥货娇气。他的辨认从不会有误,篮子里次序有致。笨花村吃烧饼的总是少数,因此老人眼前的顾客就不似鸡蛋换葱的踊跃。但老人还是不停地喊着,这常常使人觉得他的喊声和生意很不协调。他的嗓音是低沉中的沙哑,倒把卖葱人的喊声衬托得格外嘹亮。卖烧饼的老人在向家门前喊着,他是在喊一个人,便是向喜的弟弟、向文成的叔叔向桂,先前他买烧饼吃。黄昏时笨花人常看见人高马大的向桂走到卖烧饼的跟前,从口袋里抻出一张票子,豪爽地放到老人篮子里,拿几个糖的,再拿几个酥的,迫不及待地张嘴就吃。卖烧饼的最愿意遇见向桂这样的顾客,他们不挑不拣,不计较烧饼的大小,有时甚至还忘了找钱。可惜向桂已经离开笨花在县城居住,但卖烧饼的老人还是抱着希望,一迭声地试探着,希望能喊出从城里回来探家的向桂。当他的希望最终变成失望,他停止了吆喝在向家门前消失后,大半是一个卖酥鱼的出现了。卖酥鱼的不是本地人,他操着邻县口音。邻县有一个季节湖叫大泊洼,洼里专产一种名为小白条的鱼,大泊洼也就有了卖酥鱼的买卖人。笨花人都知道大泊洼的人"暄",不似本地人实在。卖鱼人在笨花便也不具威信,他们来笨花卖鱼时就更带出些言过其实的狡黠。

笨花村吃鱼的人是凤毛麟角,单只向家有人嗜好鱼腥儿,就是向喜的女人,向文成的母亲同艾。那是她跟随丈夫向喜在外地居住时养成的一种习惯,一种"派"。同艾先是跟向喜住在保定城东小金庄,吃保定府河和白洋淀里的鲫瓜、鲤鱼,那是向喜由保定武备学堂毕业后,进入北洋新军期间。后来她又跟向喜在湖北吃洞庭湖里的胖头鱼,那是向喜驻防城陵矶期间。之后她还吃过沿长江顺流而下的洄鱼,那是向喜驻防湖北宜昌期间。再后来她还吃过产自吴淞口三夹水的腌黄鱼,那时向喜在吴淞口,正统领着驻扎于吴淞口的陆军和海军。从同艾的吃鱼历程可以看出她经历的不凡,还可看出同艾的丈夫向喜本是一位行伍之人,她的吃鱼经历似也代表着向喜在军中的经历。虽然,几年以前向喜的行伍生涯已成历史,但向家门檐下的匾额仍然清楚记载着向喜在军中的位置。有块朱底金字的匾额,上书:干城众望。上款为:贺向中和先生荣膺陆军第十三混成旅少将旅长;下款为:中华民国十一年笨花村乡眷同敬贺。向中和便是向喜,向喜从戎后就不再叫"喜",他为自己取名为向中和。

这个黄昏,同艾受了卖酥鱼叫喊的吸引,掏出一张老绵羊票让秀芝去买鱼。同艾吃鱼纯属个人嗜好,如同人的抽烟、喝酒。逢买鱼,她一向动用体己。秀芝为同艾买回半碗酥鱼,那一拃长的酥鱼在碗中一字排开,金灿灿的倒也可爱。同艾看见鱼,迫不及待地伸出筷子便尝,但那入口的东西却并不像鱼,像什么?同艾觉得很像煮熟的干萝卜条,才知受了坑骗。她也不责怪秀芝,端起碗就去追那个卖酥鱼的。那卖酥鱼的已经不见踪影,墙根儿只剩下一个卖煤油的。卖煤油的知道向家太太同艾受了骗,愤愤然道:"人不济,还敢在这儿久留?"同艾本来是要冲着卖鱼人的去向大骂几句的,同艾心里自有骂人的语言。不过当她一想到邻居西贝家小治媳妇骂人举止的不雅,还是把脏话咽了回去。同艾在人前是注重行为举止的,平时她说话斯文,语言多受着外地的感染。她操一口夹带官话的本地话,笨花人说"待且",她说"待客";笨花人说"看戏",她说"听戏";笨花人说"喝茶",她说"吃茶"。受了骗的同艾总算把就要出口的骂又咽进肚里,只对卖煤油的说:"才相隔几十里,怎么就不知道认个乡亲。"她说的还是那个卖鱼的。卖煤油的就说:"出了名的暄。"他说的也是那个卖鱼的。同艾的气还是再次涌上来,气着,把半碗酥鱼泼到当街,奔回家中。院里,儿子向文成正站在廊下擦灯罩,他一边冲灯罩哈着气一边说:"这才叫萝卜快了不洗泥呢。鲜萝卜倒有个顺气理肺的功能,这干萝卜条比柴火棍子也强不了多少。"同艾接上向文成的话,也才把那卖酥鱼的骂了声"黑心贼",说,黑心贼快遭天打五雷轰了。她骂着,骂里却又带出一串笑来。向文成又说:"那大泊洼的鱼也能叫鱼?即便是真鱼,比个蚂蚱的养分也强不到哪儿去。"同艾的儿子向文成是个读书人,但他幼年遇到灾病,一只眼已经失明,另一只眼仅残存着微弱视力。仿佛就因了视力不强,向文成便分外注意对灯罩的擦拭。他冲灯罩哈一次气,擦拭一次;再哈一次气,又擦拭一次,直至他确认那灯罩一尘不染。向文成和同艾说着鱼和蚂蚱的养分,门外又传来卖煤油的吆喝声。卖煤油的喊:"打洋……(吔)油!"他在喊秀芝,秀芝不出来打油,卖煤油的横竖是不走。他偎住墙根儿,把自己辖在一件紫花大袄里,他眼前是一只长满铁锈的膝盖高的方油桶。如果在天亮,可以清楚地看到油桶上凹陷的字样:美孚油行。这只有着美孚油标志的原装桶上摆放着两个提,一个为一两,一个为半两。向家的每盏灯里,隔长补短要添足半两煤油。秀芝走过来,把灯举到卖油人跟前,也不必说话,卖油人就把煤油一提一提地提入向家的油灯里。秀芝则把早已备好的零钱递过去。向家与卖油人的交易最为简洁,无须挑拣,对分量也不存争议。洋油产自美孚油行,想掺水也掺不进去,不似卖酒的。

就在卖油人将煤油提入秀芝的油灯时,一个人影儿正从东向西飘忽过来。这人个子偏矮,紫花大袄的前大襟被他掀起一角掖入腰间的褡包,一杆旱烟袋搭在肩上,烟袋的后边连着火镰和烟荷包。他走起路来身轻若燕,宛若戏台上的短打武生。每天的这时,他都要移动着碎步从笨花的最东头走向最西头。每天他都要从卖煤油的油桶前走过,每天煤油桶前都有打油的。每天打油的跟前都站着秀芝,每天秀芝看见他就像没看见。转眼间他的脚步所到之处就是笨花一条街。这时街上的闲人多起来,他们像专门等待着这个时刻,专门等待着这人的到来。或许这才是笨花村真正的黄昏。

这人叫五存,他这习惯性行为使他得了个绰号叫"走动儿"。此时走动儿正敦促着自己往一户人家赶,这户人家有个正等待他的女人。走动儿没有办法阻止住自己这每天黄昏时的走动儿。如果男女之间有一种见面叫做幽会,那么这就是幽会了。所不同的是,在这场幽会里已没有任何秘密可言。一街的人都在等待着这个几分浪漫、几分刺激的时刻,等待这个时刻的人里也包括了那女人的丈夫和儿子。女人的丈夫叫元庆,也姓向,是个胡子连着鬓角的驼背。女人的儿子叫奔儿楼,奔儿楼上学,刚念小学四年级,却写得一手好字。过年时他写半个村子的对联,近两年向家写对联也找奔儿楼。元庆自家门上也贴着奔儿楼写的对联,这对联每年都是"又是一年春草绿,依然十里杏花红"。

走动儿来了,走动儿走到奔儿楼家门口,紫花大袄擦着或新或旧的对联"潜入"奔儿楼家。这时元庆和奔儿楼便从家里"溜"出来,元庆扎个人堆,和大伙儿一起海阔天空起来;奔儿楼只靠在自己所写的对联上等待走动儿的离去:又是一年春草绿,依然十里杏花红。半顿饭的工夫吧,走动儿走了。奔儿楼便像个探子一样从人群里喊出元庆,二人一起回家。至此,笨花街上才变得鸦雀无声。黄昏结束了。

谁也不知道奔儿楼家的事是怎样发生、发展、运作的,懂得自重的笨花人,谁也不去了解和打探,他们只在等待新的黄昏的到来。

秀芝买回煤油,把几盏灯摆在院里的红石板桌上。向文成还在擦灯罩,他冲着灯罩哈一阵子气,再把块揠布塞进去,旋转着擦拭一阵,然后拽出揠布,把灯罩举到眼前对着天空照。其实天早就黑暗下来,星星早已布满天空,但向文成仍然举着灯罩对着天,他的照看不再是照看,那已经变成一种感觉。他是一个视力无比微弱的人,微弱到看不见夜空里的星星,更看不见灯罩上的烟尘。可他的感觉无比准确,他最愿意这个能够放射光明的玩意儿一尘不染。黄昏时收捡全家灯罩的永远是向文成。

向文成擦完灯罩,把灯罩一一扣在注满煤油的灯座上,并不急于点燃。他对着满天的星星不说油灯,单说电灯。他说,电灯的原理,就是靠了两极的接触,电有阴极、阳极,两极相吸才能生电,同性则相斥。汉口南洋兄弟烟草公司的霓虹灯有两丈高,晚上光彩夺目,也是靠了两极的原理。向文成的说电、说电灯,仿佛是自言自语,又仿佛是在演讲;仿佛是说电灯原理,又仿佛说的是别的什么。

刚才厨房里一直有风箱声,现在风箱声停了,向家该点灯了。向家点起了灯,一个黄昏真的结束了。

3

向家住在笨花村的向家巷,向家巷在笨花村西头。向姓在笨花不属大姓,仅有为数不多的几支,但他们在笨花历史悠久,且有严格的家谱可考。

向喜的父亲叫鹏举,鹏举的父亲叫以岜。单从向喜以上两代人的名字看,可发现向家在笨花是有别于他人的。向家世代崇尚武功,都希望通过尚武之道出人头地。不过向喜的先辈们却事与愿违,功名不就。以岜和鹏举两代人在乡试时,只获得过武宜生的称谓,宜生实际是个不及第的功名,属于"安慰赛"吧,反倒使向家本具规模的家境逐渐破败。待到向喜成年时,向家那年久失修的院落中,只残存些石锁、石凳这些演练武功的道具,房梁上也斜插些闲置的弓箭、长矛。只有向家门前的上马石还能显出这个尚武世家的风范。然而这一切已和向喜相距甚远。时下,上马石已变成向喜做生意出门时歇脚、缓手、放置器物的地方。向喜没有再去练习武艺,他做小本生意,卖豆腐脑儿,还有插制佛堂的手艺。这一方人供奉神位繁杂,但各路神仙都要被主人放置在一个名叫佛堂的地方。佛堂也叫佛堂楼(儿),宽和高约二三尺大小,先就地取材用修直的秫秸秆插成骨架,骨架上再糊上彩纸,是一个缩小的庙宇,主人把它安放在正房迎门的条案上,面前常施些香火。向喜在年节将近时插制佛堂;不年不节时,只和豆浆、卤水打交道。他的销售地是距笨花八里地之外的石桥镇大集。

长大成人的向喜,只生得方脸、大耳、眉目清秀。体格虽不高大,但虎背熊腰,敦实健壮,且有浑身的力气,生意也做得颇有人缘。先前，宜生鹏举并非想让儿子做此小本生意的，他吸取自己习武不成之教训，决心让向喜弃武读书。向喜六岁时，鹏举便将他送入私塾，跟前街名师刘秀才读《孟子》《论语》。但碍于每况愈下的家境，刚过十岁的向喜又不得不放弃学业，去学做小本生意。几年的私塾学历，倒也使他有了写算的基础。虽说眼下向喜离孔孟之道越来越远，手下摆弄的净是豆腐和秫秸秆儿，可一有闲暇，"上孟"、"下孟"、"上论"、"下论"里的只言片语仍不时从他脑际中闪过。尤其书中孟子和梁惠王那些耐人寻味的对答，更使他铭记不忘。他常想，孟子为什么总和梁惠王交往？这一切先生从来没有告诉过他，但梁惠王和孟子那些耐人寻味的对答，却伴随了他一生。这是后话。

现在，向喜做完一天的生意，正肩挑担子从石桥镇往笨花走。太阳就要落山，余晖正洒在一条坚硬的黄土小道上。霜降已过，路边的茅草已枯萎，其他诸多杂草也被霜打得萎靡不振。只有一种名叫猪耳朵棵的东西，叶子还湛绿。向喜寻思，猪耳朵棵这家伙就是与众不同，即便是满地霜雪，它还是水灵、支棱。同是长在笨花道边的野草，竟有这么大不同，可见世间万物都有说不清的道理。向喜踩着干枯的茅草、湛绿的猪耳朵棵，不觉已来到自家地界。这年向家仅存五亩旱地，这五亩旱地离村最远，缺水少肥无人侍弄，说是地里种着庄稼，其实和荒地也差不多。向喜每次从自家地里经过，心里总为这五亩地生出几分怜恤之情。他放慢脚步，担不离肩地信手揪下一棵遗忘在穄谷地里又瘦又弱的谷穗，不觉又想起《孟子》中的一段文字："五亩之宅树之以桑，五十者可以衣帛矣。鸡豚狗彘之畜无失其时，七十者可以食肉矣。百亩之田勿夺其时，八口之家可以无饥矣。谨庠序之教，申之以孝悌之义。颁白者不负戴于道路矣。老者衣帛食肉，黎民不饥不寒。然而不王者，未之有也。"朱熹对这段话曾有过评注，他的解释是：你要有五亩地，最好二亩半作耕田,二亩半作宅基,墙根可以种桑养蚕。人一到五十岁身体渐衰弱,一定要穿桑丝绸缎才暖和;到了七十岁,非吃肉不饱;不到七十岁的人千万不要和七十岁的人抢肉吃。这讲的是为人遵从孝悌的道理。后一段是说,人人都能达到温饱却是件不容易的事。站在夕阳里的向喜举着一棵瘦弱的谷穗,他想,面对这块不毛之地还谈什么桑蚕丝绸和温饱呢?我也不会去从我爹碗里抢肉吃,我爹碗里缺的就是肉。在以后的日子里,向喜常常想起孟子这番说教。那时向喜已不再挑担走路,时局纷杂,乱世出英雄,一时间能称雄称王者是大有人在的。向喜不具王者之位,但桑丝温饱已不在话下——这又是后话。

夕阳中的向喜扔掉瘦弱的谷穗继续走路,笨花越来越近了。转眼间日落西山,近处的茅草和猪耳朵棵,远处的屋宇已逐渐模糊。向喜来到一块杂草丛生的空地上,这里原是邻村一户官宦人家的风水坟茔,茔道上还矗立着石象生,笨花人管这里叫"石人石马"。如今石人石马早就人无头马无尾,但当地人仍然借这里的风水,胡乱埋些亡灵,这"石人石马"便成了一处乱坟岗。村人多忌讳在此停留,向喜却不然,每过此处,总要放下担子歇息片刻。向喜在石人石马前放下担子,坐在一匹石鞍马上看西山的太阳是如何隐没于山那边,看天上的余晖是如何渐渐失却颜色。向喜的家乡没有山,只有平地和平地。山在西边五十里以外。向喜看山是看西边的远山,远山像一脉平原上突起的长城,那长城自北向南蜿蜒开去。城墙上有一带平坦的突起,像盘磨,人们就叫它磨山。还有一带突起像个大桃子,人们就叫它桃山。眺望远山的向喜常常盼望自己能走到山前看个究竟,看桃山是不是还像桃子,磨山是不是还像一盘磨。他听上过山的人说,在远处看山有桃子有磨,挨到跟前反而再也找不到桃子和磨了,在山里你还会连你自己也找不到。在后来的日子里,向喜见过了山,那时他却忘记寻找桃子和磨,他饱尝的是翻山越岭之苦。

向喜坐在石马上看山时,一位老者忽然自乱坟岗里朝他走来。老者鹤发童颜,两眼有神,他突兀地站在向喜跟前拱手施礼道:"少掌柜的,罐里可还有吃食?"这里人卖豆腐脑儿不挑锅,担子一头挑只大沙罐,灰黑的沙罐像只小水缸,罐口盖个草蒲墩,为的保温。另一头是只带条盘的木箱,条盘上有碗、勺和各种作料。向喜对突现在眼前的老者有几分奇怪:他是从何而来呢?再看老者的衣着也不似常人,显得整洁飘逸。不过他懂得来的都是客,便顾不得多想,迅速起身拱手还礼道:"大伯哟,准是走饿了吧?我这沙罐里倒真还有个底儿,大伯坐。"向喜边说边从扁担上解下一只条凳请老者坐下,盛上一碗豆腐脑儿,放些作料端给老者。老者接过碗,不吃,只拿勺子搅着碗说:"怎么也不见个油星儿?"向喜这才想起他忘了在碗里滴香油,便连忙拿起油罐,从罐中提出一个用秫秸秆穿着的铜钱。笨花人吃香油,吃的都是这种"钱儿油",铜钱带出的油少,油便吃得省。可是当向喜给老者滴"钱儿油"时,却见油罐里已经无油。他只得把油罐倒过来亮给老者说:"不瞒您说,罐里该添油了。"老者看看向喜手里的空油罐,知道向喜没诓他,才安心吃起少了香油的豆腐脑儿。向喜想,这位老者,吃得还真细致。

老者仔细吃着,又不住打量眼前的向喜,他冲向喜发问道:"敢问这位少掌柜是哪村人?"向喜听老者说话,分明是位识文断字之人,便也在心中组织起相应的句子说:"回大伯问话,我乃本县笨花村人。"老者又问:"先前笨花村有个习武的向姓世家,少掌柜可知否?"向喜道:"当然知晓,乃小的祖上。"老者道:"原来如此。"向喜又反问老者:"老人家莫非认识他们?"老者道:"何止认识,还时常交手,各有胜负。"向喜和老者正在对答,没留意,又有一些人突然出现在他眼前,且都声称要吃向喜的豆腐脑儿。人群中妇孺男女均有,这使向喜更来不及打问他们的出处,就逐一为来人调理吃食。他在沙罐里左刮右刮,把作料用尽,总算为众人再凑成几碗。众人捧住碗吃起来,也顾不得碗里或缺油或少盐。这时老者方站起来向食客们发话道:"乡亲们吃是自管吃,可必得按市价付钱给少掌柜,不许蒙骗、糊弄,有赖账者回去问事。"老者说完率先从身上摸出几文大钱,咣唧唧扔进向喜的钱柜,谢过向喜,旋即消失在暮色中。食毕豆腐脑儿的众人果然也效仿老者将一文文大钱小钱扔进向喜的钱柜,接着便追随老者而去……夜幕下,向喜也加紧收拾扁担赶路回家,只待快进村时才觉出刚才的事有几分蹊跷:哪村的?怎么说来就来说走就走?手头还真有些宽绰呢。

　　向喜回到家,把扁担放在当院,父亲鹏举、弟弟向桂迎了上来。鹏举五十已过,练过拳脚的腰腿仍然硬朗,思维意识却并不正确,常在人前人后说些打锅话。家人都知道鹏举的毛病,也自不去计较。去年向喜成亲,娶来媳妇同艾。当晚席罢人散,鹏举便拉过向喜的弟弟向桂说:"你怎么还不去脱衣裳钻被窝,新媳妇正在炕上等着你哩。"尚未成年的向桂就说:"爹,我是桂。"鹏举却又说:"新媳妇等的就是俺桂。"向喜见鹏举又在说胡话,赶紧搡鹏举回屋。向喜的娘赶上去捶打鹏举,向喜推挡着娘的胳臂说:"娘,别打我爹了,我爹的老烂腿又重了。"鹏举患有老烂腿病,全家人都说这生是练武练的,血脉下沉。向喜劝住娘,他娘就坐在炕边喘气,嘴里还念叨:"老不死的,快糊涂煞你吧!"鹏举还在胡言乱语:"要不叫我上新媳妇的炕吧,她一个人孤孤单单的。"向桂厉声道:"混账,混账!"向喜喝住弟弟说:"住嘴吧你,混账也是你说的!"当晚,向喜和新媳妇同房,媳妇在被窝里笑个没完。向喜正在不知怎么和媳妇说第一句话,这会儿倒有了说的,他坐在炕上问同艾:"怎么高兴成这样儿,哪有新媳妇光笑的。"媳妇同艾还是笑得上气不接下气地说:"咱爹、咱爹……"向喜懂了,就说:"咱爹的话你都听见了?"同艾在灯影儿里点点头。向喜又说:"你初来咱家,可别跟咱爹一般见识。咱爹心眼儿好,就是这说话……"同艾说:"才不呢,一个老人一个脾气。"向喜说:"咱爹的性情生是练武练成的,出过大力,可伤了脑子。"同艾说:"想不到的事。"向喜的媳妇同艾是东村一个小巧、白皙的女人,快嘴快语,为人豁达。她嫁到向家,很快就融入向家,同艾与向喜同庚。

向喜和全家就着月光在院里一块红石板上吃饭,吃完饭就去上磨破豆子。向桂和嫂子同艾打开钱柜盘点向喜一天的流水。向桂边数钱边扔着大钱小钱玩耍,听钱们在红石板上丁当作响。这时同艾惊叫起来,她对向桂说:"兄弟,快去叫你哥,你看这是什么?"向桂探视钱柜,看见了钱柜里有不明之物。他喊来向喜,向喜也就着月光盯住钱柜,原来那钱柜里除了一枚枚的铜钱,还有一摞纸钱,就是活人为死人送葬时烧的纸钱。

向喜看见纸钱就明白了石人石马前的一切,路上的疑惑也解开了,便对家人讲起他在石人石马的经历。笨花人大都听说过,老年间村里就有个卖豆腐脑儿的在石人石马前遇到过这样的事。据说那个买卖人回到家盘点钱柜,发现钱柜里的纸钱后竟吓得倒在地上,从此一病不起。他遇见了鬼。刚才向喜见那些人和平常人没什么两样,那老者还说认识向家的人,一时就忘了这个故事。

同艾和向桂可都想到了那个故事,他们不约而同地盯住向喜。向喜却淡淡一笑说:"你们俩是怕我摔倒吧?我摔不倒,普天下最厉害的还是人。人碰到鬼也真是百年不遇的事,让我碰上了就是我的造化。咳,原来鬼和人也没什么两样,知道饥饿,碗里少了作料他们也知道。再说人家不是也给了钱嘛。"向桂说:"那是假钱。"向喜说:"他们哪有真钱呀。"说着把一摞假钱打捂起来让向桂去扔,向桂不敢。向喜自己将纸钱扔进猪圈。同艾说:"烧了它们算了。"向喜说:"不能烧,不是自家人的物件,不能烧。一烧倒不知会烧出什么祸害。"他抄起把铁锨,往猪圈里盖了两锨土。

晚上同艾和向喜围着沙罐点豆腐,向喜对同艾说:"香油罐里该添油了,作料们也都该添了。把该添的都添足。"

同艾不说添也不说不添。

同艾不说话,向喜就知道同艾还在为刚才的事腻歪。他说:"你还在想那件事啊?"

同艾说:"怎么也是个不吉利。"

向喜说:"我还是觉着他们和平常人真是没什么两样。"

同艾又说:"怎么也是个不吉利。"

向喜说:"这就难说了。人世间你看着吉利的事就一准儿吉利?"

同艾不再说吉利不吉利,就去添作料。向喜又对着她的后影儿说:"下回不要他们的钱了,也省得腻歪。剩下了就给他们一碗半碗的;剩不下,他们能把我怎么样。"

4

公元一八九五年,光绪二十一年,日本发动对中国不宣而战的甲午之战,中方失利。皇帝召见曾参与黄海之战的德国军事顾问汉纳根,咨询甲午之战失利之原因。汉纳根向皇帝坦陈自己的观点,他认为,大清失利,乃缺乏一支训练有素、装备精良、军纪严明、能征善战的新军。该新军应以"洋人西械加练""新军应在十万"。光绪重视汉纳根的建议,他本人亦早就注意到原有八旗子弟,以及李鸿章、张之洞的湘、淮两军①均已不再能战,即决定采用汉纳根之

---

① 湘军:清咸丰年间由曾国藩在湖南督练的一支新军。淮军:清同治年间由李鸿章在安徽督练的一支新军。

谏,并鼓励朝内各路诸侯为演练新军献计献策。

有河南项城人袁世凯①者,甲午时曾随驻朝鲜大使吴长庆在朝鲜任通商事宜专员,现在北京督办军务处差委。此人在朝鲜任职时,曾对海战双方有所观察,并凭着过人的聪明暗自悟出些用兵的道理,便上书光绪皇帝,奏本上除明确提出时下操练新军之必要,还以超前的意识,务实之精神,提出更加具体的招募新兵之标准,以及演练之法,即著名的练兵十三条。光绪非常赏识袁世凯的练兵十三条,着即命朝中研究实施。原来自康熙、乾隆时,皇帝们已经明察八旗子弟进关后不能再战之弊端,根本是兵员的腐败、惰慢所致,故光绪尤其注意袁世凯在十三条中所提出的兵员素质一项。这十三条中第五条关于兵员素质规定:兵员出身、三代及住址必须清楚。身高应在四尺八寸以上,每时行走在二十里以外,力大限平举一百斤以外者为合格兵员。素吸食洋烟者不收;素不安分犯有事案者不收;五官不全、手足软弱者不收。预备升任军官者还应粗通文字。

十三条很快被光绪帝谕准,并令付诸实施。光绪二十一年十月二十二日,督办军务处亲王奕劻会同军机大臣李鸿藻、翁同龢等联名奏请变通兵制,并保荐袁世凯编练新军。奏疏中言:"中国自粤、捻削平以后,极沿旧法,习气渐深,百弊丛生,多难得力。现欲讲求自强之道,固必首重练兵,而欲迅期兵力之强,势必更革旧制……臣等公同商酌,查有军务处差委浙江温处道袁世凯,朴实勇敢,晓畅戎机,前驻朝鲜,颇有声望;因令详拟改练洋队办法。旋据拟呈聘请洋员合同及新建陆军营制饷章,臣等复加详核,甚属周妥……"是年袁世凯正式接任,当即赴小站筹办练兵事宜。他先将原定武军加以改编,又扩招新兵数千,计七千三百人,定为"新编陆

---

① 袁世凯(1859—1916):字慰庭,北洋新建陆军创始人,北洋集团首领。曾任直隶总督、内阁总理大臣、民国大总统等职。

军"。光绪二十八年,袁世凯再奏扩招新军,光绪准奏,并派陆军部右侍郎直隶正定人王士珍①及二镇统制王英楷再赴直隶招募新员。直隶人王士珍随即将自己的家乡正定,邻县兆州,以及大名、广平作为新兵的招募地,且亲自赴各县自验兵员。

不久,直隶正定等县即广贴告示,以昭天下。

向喜是在石桥镇上看到招兵告示的。这天正是腊月二十五日,石桥镇年前最后一个大集。这石桥镇因有横跨孝河以上的千年单孔古桥而得名,这里的集市平日就热闹非凡,年前的大集更胜过以往。今天石桥上下摆的尽是这一方人过年的年货。向喜这天也不再卖豆腐脑儿,他肩上挑的是早为这个大集插制下的佛堂。他先在桥上徘徊一阵,又沿河坡走下河床。原来这古桥以下并无河水,那河床是一条亮了底的干河床。逢五排十大集时,桥下因地面宽阔,比桥上还要热闹。这里平时是花市、牲口市,现在摆满了鞭炮、奇火、灯方、年画这些应时玩意儿,佛堂自然也要归入这些玩意儿中。向喜卖佛堂是远近闻名的,三里五乡的顾客早就在等候他的到来。当向喜把佛堂摆上河床,买主便围了过来,过年时他们都要更换家里的旧佛堂。一方信徒供一方神仙,此地人不供观音菩萨,不供二爷关羽,专供些不入流的在野神仙,比如隋炀帝之女三皇姑是最受人崇敬的神仙;还有火神、水神、二郎神。有一位名叫玄天大帝的虬髯大汉,也很受尊敬。各路神仙都有各自的堂舍,向喜插制的佛堂便分出等级。有华丽繁琐、半人高的大"殿堂",也有简单朴素的"小庙"。向喜对此是有研究的,他根据各路神仙的品位和顾主的购买能力,把佛堂尽量插制得合情合理。有买主挑选讲价时,他先问清供主家里供奉的是哪路神仙。供主要说三皇姑,向喜就挑出一个华丽多彩的说:"买这个吧,这个彩画得鲜气,

---

① 王士珍(1861—1930):字聘卿,老北洋系,河北正定人,北洋武备学堂毕业。曾任军政司正使,二、六镇统制,陆军部大臣,国务总理等职。

三皇姑是个女的。"如果供主供的是玄天大帝,向喜再挑出一个说:"就这个吧,玄天大帝威风,住处也不宜太花哨。"火神、水神的堂舍最简单,只用"四梁八柱"做支架,再拿梃杆起个脊,脊上也不起瓦楞,糊上蓝纸、黑纸,也不彩画,价格最便宜,和二升红高粱的价钱差不多,倒也畅销。

这天,向喜插制了一个冬天的佛堂,刹那间就销售一空。他收起扁担,把收入的大钱小钱们放进钱褡,便蹬着河坡向上走。就在青石桥头一幢石碑上,贴有一张告示,一群人正在围住观看。那告示上的糨糊还未干,被腊月的寒风吹得冻着冰茬儿。有人认字,有人不认字,人们互相打问着告示的内容。向喜在人后止住脚步读起告示,原来这是一张招兵告示。告示上写道:

初,我朝定鼎中原,仅靠八旗劲旅便无敌于天下。然,日月辗转,时局错综,至甲午及日本之役时,练兵、练勇均不足恃。今,皇帝有道,特下诏招募新军,即于直隶招募新丁六千,凡年在二十至二十五岁,三代及住址清楚,身高不下四尺八寸,行走时越二十里,能举百斤者为合格之丁。粗识文字者更为优先。合格者三日内于县署望汉台前报名应试。试成,家中即享恤优焉。

石桥镇有个叫葛俊的人,在桥头开一饭馆,卖些炒饼、烩饼、糊汤,与向喜素有交往。向喜也常到葛俊店中喝水、打尖。现在葛俊见向喜一字不落地细读眼前的告示,便走过来说:"喜哥,天都晌午了,到店里坐坐吧,一年最后一集,再见面就到明年啦。"向喜看看太阳,正午已近,说:"也是,日子过得真快,不知不觉又过了一年。"说着就跟葛俊挤出人群来到店里。向喜把手中的扁担靠到门后,看个板凳坐下。一个店小二殷勤地给他倒上茶水,葛俊则来到灶前亲自为向喜炒饼。地道的炒饼配菜要用绿豆芽,兆州冬天没有绿豆芽,菜底只配些白菜丝、豆腐丁、碎粉条。少时,一份素炒饼便摆在向喜眼前。向喜也不推让,低头吃起来。葛俊看着向喜吃炒饼,想起告示上的事,他对向喜说:"听说来招兵的头领叫王士珍,北边正定府人,现时就住在县城。你说王士珍怎么就看上了咱兆州人?"向喜说:"王士珍自有眼力,看的是咱兆州人的实着。再说,兆州历来是风气刚劲之地,符合告示条款的人就多。古书上说过,招兵的先找这种地方。"葛俊说:"要说符合条款,我看喜哥就最符合。你说身高、相貌,你说家世……要讲粗识文字,咱比粗识文字的人不知高多少。"葛俊有意无意试探向喜,向喜却只顾吃饼并不答话。向喜越不答话,葛俊便越拿告示的标准去衡量向喜。很早葛俊就觉得,向喜虽然也穿着紫花布大袄,和他一样只做些小本生意,可向喜自有与人不同之处,站有站相,坐有坐相,说话有分寸,待人也厚道。加之他识文断字,通读过《四书》,就越发叫葛俊觉出这人定有出人头地之时。于是葛俊又一次拿话试探起向喜。向喜就含糊其词地说:"兄弟呀,咱们都是庄稼人,我上有老人,家里又有刚过门的女人,哪能拔脚就走?再说,当兵可不比做生意,是要拿命做抵押的。"葛俊眼见着还是看不出向喜的动向,反倒认准桥头上的告示就是下给向喜的,他估摸着,早晚向喜得被那告示打动,于是就开始十拿九稳地用话头给向喜打起埋伏。他说:"喜哥,眼下咱兄弟虽说还没有拜金兰谱,我至死也是你的兄弟。哥哥万一今后有所升发,可别忘记石桥的兄弟葛俊呀。让我再给你做碗糊汤吧!"向喜说:"你看你说到哪儿去了,眼下可还不是说这话的时候,人家要咱举起一百斤呢,我整天举的是佛堂,一个佛堂才几斤重,一个秫秸秆插制的物件。"谁知葛俊正是从向喜这番话里悟出了究竟,他咕咚一声跪倒在地说:"喜哥,你必得先受小弟一拜了。"向喜说:"你这是做什么?"葛俊说:"你一拿秫秸秆比方重量,我就明白你的心思了。快让我到城里大有斋买本金兰谱吧,事已至此。"向喜扶葛俊起来说:"告示上的事,要说我一点也不动心那是我骗兄弟,现时烽火四起,能人辈出,我就不信咱这一方人只能顶着高粱花子卖豆腐脑儿。刘备不是也卖过草鞋么,他王士珍不也是咱这一方水土养大的么。"葛俊从向喜这番话里到底听出了门道,兴奋起来,说:"看,总算猜对你的心思了。"向喜说:"我说的是这个理儿。我吃饱了、喝足了,给你留下几个大子儿吧。"葛俊说:"哪儿的话,你让我日后有何脸面见你。"向喜掂量着手中几文大钱说:"算了吧,大年下的,高兴为贵。"

葛俊寻着向喜话里的蛛丝马迹,真准备去城里大有斋买金兰谱了。

辞别了葛俊,向喜离开石桥镇往笨花走,只觉得有种不可名状的思绪在心里翻腾。莫非他真受了那张告示的鼓动?他不停地问着自己,他想若真是为此动了心思,那就赶紧忘记为对。还是回到家中去伺候拖着一双病腿的老人吧,现在他的一副担子正维系着全家人的生计。还有他那位刚过门不久的、纤小秀丽的媳妇,他也难以割舍。向喜决心不再想告示上的事,他掂掂肩上的褡裢,褡裢里很是有些分量,他盘算,明年是添置一亩地,还是再添置一副担子。地和担子比较,也许还是一副担子好,原有的五亩地还荒在那里。担子可以交给弟弟向桂,向桂也不能总是游手好闲地闲呆着了。

向喜一路思前想后,不觉又行至石人石马跟前。他放下空扁担,骑在一匹"马"上歇脚。日头刚偏西,天色尚早。有太阳就不会来鬼神,再说今天鬼神要来还真不巧,今天他没有豆腐脑儿供应他们。向喜拍拍胯下的石马,一个念头又猛地涌上心头:他想一百斤的重量到底有多重?想着便翻下马来,双手扶住石马用力推推,石马纹丝不动。他寻思,一匹石马比一百斤可要重得多,它也许八百斤,也许一千斤。

太阳落山时向喜回到笨花,迈进家门,不知怎的一眼就盯住了院里当年父亲练功的石锁。他脱口而出地问正在扫院子的鹏举说:"爹,这石锁有多少斤?准有一百斤吧。"鹏举云山雾罩地说:"在考棚里我拉不开一百五十斤的大弓,可我能举起一百五十斤的石锁。"鹏举当年就是因为没有拉开一百五十斤重的大弓才名落孙山的,可他能举起一百五十斤重的石锁。今天鹏举见儿子打问这石锁,又想起了自己举石锁的事,便对向喜说:"要先摆个式子,摆不出式子,五十斤也休想。"向喜放下担子就去举石锁,可他没有举起。他盯着这个陌生的家伙,家境的衰落竟使他从来没有认真留意过它的存在。他竭力回忆先前父亲练武时摆下的式子,骑马蹲裆式吧。他运了一口气,拉个架式,石锁有了一点动摇。向喜开始和石锁搏斗起来……黄昏时,他终于举起了那家伙。他发现石锁底下有刻字:官秤一百五十斤。

鹏举闹不清儿子的心思,他看着又摆式子又举石锁的儿子说:"喜呀,挪在枣树底下当枕头吧,伏天枕着凉快。"还是向桂看出了门道,他知道招兵的告示也贴到了村里,人们请出了前街的刘秀才给村民宣读讲解。向桂回到家,看见正和石锁搏斗的向喜,说:"哥,村里人都说你准行。"向喜说:"可别乱说,此事非同小可,背井离乡的,你以为就那么容易?入兵营可不比去赶趟集,刀枪无情,如今的洋枪更不长眼。"向桂则说:"怕什么,我是不够岁数,咱就不能闹他个知府当当!"向喜说:"知道个什么呀你,知府是文官。"向桂不再追问向喜,可他已经看出了向喜的心思。全家人都看见了向喜举石锁,都做着各自的猜测。

十冬腊月,向喜一家不再蹲在院里吃饭,有人守着灶火,有人偎住炕。没有人再提告示上的事。

晚上,向喜的媳妇同艾揪把花柴在火盆里点着给向喜烤火。花柴的火苗很旺,热气顿时把屋子弥漫。向喜叫同艾围着火盆和他一块儿烤火,他看见火光中的媳妇尤其好看,椭圆形的脸格外白,嘴唇格外红。他从来没有注意过女人的嘴唇能有这么红。闲杂书上常有对女人嘴唇的形容,一般都形容成樱桃。向喜没有见过樱桃,只见过桑葚和沙果。他想桑葚的红有点偏紫,沙果大概和樱桃相仿,沙果就够好看的了。同艾边用火筷子撩拨着盆中的火苗,边不停地撩动着额前的刘海儿,生怕头发帘儿被火苗燎着。在火光下,向喜还发现媳妇大袄旗盘领上的花样格外明显,一朵挨一朵的碎花像荷花又像棉花朵。他想那一定是荷花,绦子这东西产在苏杭,苏杭人是不懂得棉花的形状的吧。火光中的同艾,也不时拿眼的余光扫着向喜,她发现向喜的辫子还盘在头上没放下来。干活儿的人都是这副模样,闲暇时,辫子才被放下来。同艾看伸手烤火的向喜许久不说话,便说:"你两天不梳头了,赶明天我给你梳梳头吧。"向喜把辫子放下来在手里攥攥,觉得媳妇的话有道理。同艾又说:"桂说前街贴出告示了。"向喜说:"石桥镇也贴着哪。"同艾顿了顿又说:"莫非真有人去投奔?"

向喜没有回答同艾的问话。火盆里的花柴已烧尽,变成了一盆红火。红火无烟,烤火人才觉得最应时。

5

向喜到底受了告示的诱惑,决定去县署望汉台下应试。

在以后的日子里向喜常想,是谁让他鬼使神差地举起了家里那个石锁呢?身处顺境时,这就像他人生的一大侥幸;身处逆境时,又似乎是他对那个石锁的抱怨。

那天晚上,向喜和同艾就着火盆的余火一直坐到鸡叫头遍。同艾一次又一次试探着向喜的心思,向喜却一次又一次岔开话题。向喜遇事一向不事声张,即便是决定了的事,也总是先捂在心里。这夜,他们的对话还是在试探和被试探中,不知不觉就变成了对事成之后的商量。

同艾说:"连个像样的被褥都没备下,赶过了二月二我才待布①哪。眼下絮花倒有,可没有被里被面。"

向喜说:"兵营里什么都发,扛着新铺盖倒成了累赘,还得托人捎回来。带个破旧不起眼的,扔了也不心疼。"

同艾说:"那鞋呢,听说军营里只发衣裳不发鞋。"

向喜说:"看你说的,有衣裳就得有鞋。"

同艾说:"前年俺村里过兵,住满了村子,看他们可苦哩,脚上的鞋露着脚指头。都过霜降拾花了,兵们还穿着单衣裳,我都替他们冻得慌。"

向喜说:"那是什么军头,是绿营,是马玉琨②的兵,兵不兵民不民的。要不就说朝廷要操练新军呢,新军要效法西国,就是外国。从穿戴到手使的家伙都是西式的,还能少了一双鞋?"

同艾说:"洗换的汗褂横竖得带,年上待的白布还有。"

同艾一提洗换的汗褂,向喜倒不由得伸手攥住自己的汗褂袖子观察起来,发现这袖子已经摩挲得毛了边。他从袖口上揪下几根秃了茬儿的线头儿往火盆里扔。

同艾就说:"看,袖口都快烂了,秋天待的白布倒还够……要不先做件替换的汗褂吧。"

向喜想,这汗褂倒真是该添了。可他却对同艾说:"咱越说越远了,你怎么知道我一准儿能验上?"

同艾说:"一准儿。你要验不上,这一个兆州就没人能验上。"

向喜说:"那是你看我,自家人看自家人都这么说。要是验兵的人也这么说才算数呢。"他觉得和同艾说话越说越真,引得同艾竟要盘算着做褂子,就不再说当兵的事,只抄起火筷子拍打火盆里

---

① 待布:浆线,上机,织布。
② 马玉琨:清光绪时早期新编陆军将领。

的余火,心疼起烧火的花柴。心说,这一晚上烧的柴火够做几顿饭了。他站起来拍拍身上的柴草灰对同艾说:"天也不早了,咱躺会儿吧。"说完先脱鞋上了炕。

同艾跟着向喜和衣躺上炕,两人合枕着一个大枕头,有一股棉花籽油味儿朝向喜扑过来。通常百姓家的女人,头上没有像样的头油,年轻时只顺手施些棉花籽油,生了孩子以后就连棉花籽油也不施了。这里有棉花,不缺棉花籽。棉花籽榨的油叫花籽油,花籽油能吃,能点灯,能膏(音 gào)大车、水车、纺车,女人也往头上施。她们的梳妆匣子里,都备个小孩袜底大小的布油饼,油饼上浸满着花籽油。每天早晨梳头时,拿出油饼往头上蹭蹭。同艾过门不久,从不忘在头上施油。

向喜闻着媳妇头上的花籽油味儿,他初次闻出了这油的好闻。他暗自吸吮着花籽油味儿,一时间甚至觉得自己盘算的事简直有些荒唐了。他想我这是干什么?不愁吃穿,炕上还有自己的女人,难道非要背井离乡地去受管教不可?他想着想着便开始摸索媳妇大袄的扣子,五个扣子在不知不觉中已被他解开了两个,同艾为向喜解开了那剩下的三个。

向喜和同艾虽是新婚,但碍于他早出晚归的生意,和媳妇亲热的时候便稀少。现在他的一双粗手摩挲着同艾细腻的身子,就更觉自己这手的粗糙。他生怕手上的茧子、毛刺划着同艾,有些歉意地说:"看这手吧,生是让秫秸划的。"同艾不搭腔,只摁住向喜的手背任他在身上划拉。向喜说:"你不嫌?"他指的还是他这双粗手。同艾说:"嫌不嫌你还不知道?要是嫌,早就撺掇你去当兵了。"

同艾的话让向喜心里一热,他和她好了一会儿就又自言自语说:"我家里有这样的媳妇也不知还乱琢磨个什么……"同艾听见了向喜这自言自语,愿意这话是真的。

窗户纸发白时向喜才睡着了,同艾却一夜没合眼。她朝着发白的窗纸看,有几只出窝的家雀在窗棂上嬉戏,互相依偎着,一副难舍难分的样儿,影子像皮影戏似的映在窗户纸上。院里传来开门声。同艾推推向喜悄声说:"起来吧,咱娘都起来倒尿盆了。"

向喜睁开眼坐起来,一只胳膊肘挂在炕上,没头没脑地对同艾说:"你听说过男儿当自强这句话么?"

同艾偏过头看着向喜说:"我还当是你改了主意哪,敢情是句哄人的话。"

向喜说:"一个男人,主意已定就不能犹犹豫豫。"

同艾说:"你主意真定了?"

向喜只"嗯"了一声。

同艾心里说,其实我也没把你昨天晚上的话信以为真。

向喜先下了炕,提上鞋去开门。同艾看着他宽大的后背,把门外的亮光都遮起来,立刻觉出自己身子的单薄。似这样单薄的身子莫非还真能抵挡住这个挡着门的男人的举动?想到这儿,她又叫住向喜,悄声对他说:"军中兴带家眷呗?"

正要出门的向喜又返回炕前对同艾说:"我要是验不上呢,还不是整天和家眷在火盆跟前坐着。"说完又叮嘱同艾,先别把这件事告诉爹和娘,待事成之后他自有安排。

向喜来到当院,见父亲鹏举又在扫院子,鹏举胡乱挥动着扫帚,两条病腿一瘸一拐地倒腾着。向喜忍不住说,爹,歇会儿吧,院子都叫你扫出坑来了。鹏举就说,七月的雨,十月的霜雪,是树就没有不落叶的。向喜轻叹一声想:爹真是一天比一天糊涂了。向喜娘走过来抱柴火做饭,冲鹏举说:"老不死的,净说些不着调的话,快糊涂煞你吧!"向喜劝住娘说:"娘,往后可别这样说我爹了。"

向喜是来叫向桂的。向桂在一个放柴草的小南屋自己睡,小南屋有一条小炕,炕上除了向桂,还堆放着花桃、花籽和高粱穗。

向喜走到小南屋窗前,伸手拍拍窗棂说:"桂,快醒醒。"向桂在屋里答应一声说:"有事哟?"向喜说:"有个事哩,出来一下吧。"

向桂开了门,向喜把他引到自己屋里说:"桂呀,眼下你也十四五了,十四五就该顶个大人使了。咱爹的腿脚不济,脑子也不清不楚,家里总得有个顶事的男人。"

向桂说:"哥,你别说了,我明白了,你这是要走。"向喜说:"想试试去,可哪有一验就验上的。这件事你也先别给咱爹咱娘说。吃完早饭,你跟我一块儿进趟城。咱俩别一块儿出门,我在村西苇坑边上等你,你给我包俩干粮。现在这事只有你嫂知道,给她说不要紧。"向桂仔细听着向喜的话,只是答应着。

早饭后,向喜悄没声地往外走,鹏举就在后头大喊:"你那佛堂呢,你那佛堂呢,怎么不挑上?"

向桂替向喜回答说:"佛堂早卖完了,嚷个什么呀你!我哥去赶集量黄豆。"

向桂小跑着追上了正在苇坑边上等他的向喜,他把几个干粮用块豆包布包好,绑在腰间,跟向喜一起朝着县城里走。早晨,路边干茅草上的霜雪还没有化,一群鸽子正在黄土道沟里找食吃。向桂就和鸽子嬉耍起来,他信手捡块土坷垃投向鸽子,鸽子们扑棱一声飞出道沟,飞出不远又落下来。向桂又去追。向桂追一阵鸽子对向喜说:"哥,咱也养几只鸽子吧。"向喜说:"以后你少想这些闲事吧,十四五岁该知道顾家了。"

向桂看鸽子已飞远,用脚踢掉茅草上的霜雪,又看见远处有辆牛车也正朝城里走,就说:"哥,咱要是有辆车,你坐着,我替你赶着,比走着不强多了。"向喜不回答向桂的话,向桂又说:"听说验上了还给安家银子呢,咱有了银子,我就去找瞎话哥,他懂牲口,让他给挑个小牲口。"

向喜说:"你净拣远的说。有没有安家银子也不是该你想的事。再者,你当买牲口就像买把扫帚那么容易?"

向桂说:"一头小牲口也值不了几个钱,瞎话哥说的,他懂行情。"

向喜问向桂:"瞎话怎么说?"

向桂说:"瞎话说,桂,别花钱买烧饼吃了,攒钱买头小牲口吧。"

向喜说:"你听,乍一听一头小牲口就值几个烧饼钱。瞎话的话,你不可听,也不可不听。可买牲口的事,眼下离咱家还远。"

他们说的瞎话也姓向,和向喜家是远门当家。瞎话也有大名,"瞎话"是他的绰号。只是人们早已忘记了他的大名。村人都知道瞎话的话大多是瞎话,可村人都愿意听瞎话的瞎话。听着瞎话的瞎话,渐渐就把他的大名给叫丢了。瞎话是个牲口经纪人,专站在石桥镇的桥下给人说牲口。

向喜和向桂一前一后,说话答理地沿着通向城里的黄土道沟进了东门,走进县城,又沿着东街南街来到位于县署前的望汉台下。兆州古时名为平棘,是东汉时刘秀称帝的地方。兆州的望汉台就是刘秀在此封帝时建造的,现在只剩下一座断崖绝壁的土拱门,通过土拱门便可进入县署。

今天是招兵的头一天,望汉台下已是人头攒动。有应试的壮丁,也有看热闹的闲人,四周还停放些驴、骡、马车。台前摆着一溜桌案,和一排供应试者托举的铁石器物。正中的桌椅上披着桌围椅披。这张桌后端坐着一人,此人削瘦的脸上,一双眼睛炯炯有神,乌黑的上髭修剪得甚是整齐。此人不穿军服,只着一身长袍马褂。向喜想,这莫非就是主考官王士珍?

向喜和向桂在人后徘徊一阵,想挤上前去,却正遇见瞎话。瞎话是一位短胳膊、短腿的人,长着连鬓胡子,背也显驼,但神情机灵。瞎话拍打着身上的尘土走过来对向喜说:"是你们哥儿俩。"向喜也和瞎话打过招呼,他按寻常的称呼叫他瞎话。向喜比瞎话大两岁,同辈分,他只按寻常的称呼叫他,瞎话对此称呼早就习以为常,甚至还常有几分得意。瞎话在望汉台前看见向喜,自然就以应招的事说起瞎话。他说:"咳,我本不想来,这不,王士珍王大人托人捎来口信,说笨花村的瞎话不来应试,这兆州招兵的事横竖是开不了张。"向喜明知瞎话在说瞎话,还是强忍住笑问道:"你也是来应试的?上完名字了没有?"瞎话说:"刚上完。喜哥,王士珍就等你了,刚才还向我打问你哩。"向喜就势又问瞎话:"上面坐的就是王士珍吧?"瞎话说:"那还能差得了?先前俺俩在真定(正定)府瓮城圈儿里一块儿吃过凉粉儿,要不怎么说一来就给我捎信儿呢。"

有两位巡逻的护兵正向这里走来,向喜就对瞎话说:"瞎话,别乱说了,别叫护兵听见。"瞎话看看护兵,潜入人群。

报名和面试在同时进行。应试者先在案前按章程报告本人的住址、姓名、家世,由书记官逐项记于册上。应试人便站立一旁等待主考人的问话和面试。他们按照传呼人的传唤逐一来到主考人面前,回答主考人的问话。向喜自报过家门姓名后,也站在一旁等待着传唤。他一边等待,一边留意着眼前的一切细枝末节,他发现主考官格外重视应试者的对答,有些应试者就是因为回答问话的不慎,被当场免去资格的。

有位应试者来到主考人面前。此人身材修长,面色白净,声音却文弱。主考人按名册对过姓名后便问:"这位同乡为何当兵从戎?"此人答道:"旧军冗散无能,国民生灵涂炭。"主考人便说:"这位后生出口成章,此等高见是个人的见识还是道听途说?"此人答:"都这么说。"主考人又问:"你当兵有无个人的贪图?"此人答:"完全无有,一心为朝廷。倘有二心乃愧对皇恩。"主考人结论道:"看来汝乃国家栋梁之材,将来必当大任,何必从戎做此勇丁?除名,站下吧。"

有一膀大腰圆的红脸大汉站过来。当主考人问他为何当兵时,他毫不掩饰地答曰:"听说给四两安家银子,四两银子足够家中老母一年的缠绞了。"主考人命他托举百斤石锁,那人赫然举起。主考人便有评语说:"诚实,有力,乃军中合格之丁。准报。"

一位瘦脸、嘁腮者来应试,主考人看过面相问道:"这位同乡为何来应招?"来人说:"都说军中饭食强,三日一小宴,五日一大宴。是人谁不为了一张嘴活着,总比在家吃糠咽菜强。"主考人听了这番话,再次端详了来人的面相,评价说:"你两腮没肉,吃好的没够。除名,站下吧。"

瞎话被点名后走过来,主考人把瞎话打量一阵问道:"家中生活尚可饶有馏口么?"瞎话显出豪迈地说:"何止是馏口,"说着指指自己的嘴,"这不,一大早就吃了碗红烧肉。"主考人说:"你也爱吃肉?"瞎话说:"吃,一天至少一碗。您就看这嘴上的油吧。"主考人观察瞎话的嘴,问:"家中现有多少家产可供你天天吃肉?"瞎话说:"房无一间地无一垄。"——这次他说走了嘴。主考人说:"无有家产哪来的肉吃?一派胡言。你嘴上挂的分明是浮油,准是拿生猪皮抹上去的吧?"在场的人大都知道瞎话说话的毛病,哄笑起来。最后主考人评价瞎话说:"你尖尖嘴,说瞎话鬼。除名,站下吧。"

瞎话平时爱"露富",常用生猪皮在嘴上抹抹,谎称刚吃了红烧肉。其实瞎话做经纪人,过的也是饥一顿饱一顿的生活,瞎话"露富"是自得其乐。

近中午时,向喜终于被点了名。主考人端详了一阵向喜的面相,问了一些例行的问话,便让向喜去举各种等级、分量不同的铁石器物。向喜沉着地挑了一个一百五十斤重的石锁,先摆了个式子,运足力气,当着主考人,当着全县父老把那石锁举过了头顶。

向喜的表现使主考人发生了兴趣,他操着浓重的乡音和向喜对话,当得知向喜粗读过《四书》时,便问他孟子和梁惠王说的"未有仁而遗其亲者也,未有义而后其君者也"是什么意思。向喜说:

"这说的是仁者必然先热爱其亲人,义者应该先以君主的利益为重。"

主考人对向喜的回答暗自点着头。

向喜被验中。

在回家的路上向桂问向喜:"那位主考人准是王士珍吧?"向喜说:"准是。你没听见他说话的口音,真定府人和兆州人说话一模一样。"

后来,向喜从戎后,随着他在军中位置的不断升迁,关于他面试那天和王士珍对答的传闻,便也不断增添些传奇色彩。有说,那天向喜与王士珍对答《孟子》时,王士珍生是让向喜问得张口结舌了。还有说,王士珍最后对向喜的评价是:我观你两耳垂肩,两手过膝,目能自顾其耳,将来必有大福大贵。有人问到向喜这是不是真的,向喜说,我哪有那么大的耳朵,那是"三国"里对刘备的形容。

当有人问到向桂那天的情形时,向桂说,王士珍是说过我哥耳朵大,我亲耳听见的。谁不知道我哥的耳朵大胳膊长。

瞎话对那天的情景也有描述,他说,王士珍不是个儿,生是让我喜哥给对答得跪在了地上。王士珍咕咚一声跪下管我喜哥叫着向大人说:"向大人,你快替了我吧,还叫我回真定府种地吧。"

瞎话对王士珍的贬斥,显然存有报仇雪恨的意思,谁让王士珍说他尖尖的嘴,说瞎话鬼呢。

6

公元一九〇二年,光绪二十八年,已改名为向中和的向喜弃农从戎。向中和还不忘给自己立个字号:向中和,字谦益。

按章程,勇丁被验中后,招兵官员还要到勇丁的原住地做些核实。若有私瞒编造出身履历者,仍将被除名。几天后笨花也来过复查向喜的官员。他们和"地方"①核实过向喜的家世后,向喜便被正式注册编入新兵序列,并被通知于光绪二十八年正月十六日赴县署前集中,入伍开拔。

向喜应试那天,望汉台前的主考人确是王士珍。王士珍前来招兵,一切均按招兵十三条行事。条例第三条规定:凡募足一队二百五十人,即分带来营,点名支饷。

王士珍在兆州共募得新兵五百有余,即由几名队官、哨长率领,准备先步行到元氏火车站,再由元氏乘火车经石家庄北上,至保定下车入营。这天又是向桂送向喜来县城入编,又是在望汉台前。向喜果真领得安家银子四两。他攥着银子对向桂说:"咱哥儿俩就要分手了,这些天我对你说了不少话,说过的话就不再说了,你只记下最为重要。我不能在二老跟前尽孝,也全仰仗你了。以前你年幼贪玩儿,从今日起你可真是个大人了。你肩上的担子没有千斤重,也总有七八百斤了。"

几天来向桂对哥的事只知高兴,对向喜的话有时听得见有时听不见。这时向喜的一番话才把他说得心里难受起来,他拽住袖子直擦眼泪。向喜说:"别揉眼了,按规定,以后我常有假期,我还会回来探家。我人在军营,心还在咱笨花。再说,你嫂子的身子也笨了,你就要当叔叔了。"向喜说着,看看四处无人,就把打着封的四两银子交给向桂说:"拿好了,说句不吉利的话,这便是我的卖命钱。回家后,银子不要交给咱爹,他糊涂得连自己的袜子都找不到。要交给咱娘,有花销时,要叫过你嫂,商量着花,万不可你个人做主使用。买小牲口的事,现在还不是时候,该买了,我自有安排。"向桂接过银子又四处看看,把银子揣入怀中。

向桂辞别向喜回笨花,向喜便入列听候调遣。现时的新军编制是:十二人为一棚,三棚为一排,三排为一队,三队为一营。棚有

---

① 地方:村长。

36

棚头,排有排长,队有队官,营为管带。新丁入列后,均由正式棚头率领。这天,入伍新丁在望汉台前排成纵队,由招兵大员王士珍亲自过目清点。向喜个子中等,被排在一排人之正中。王士珍走过来似专在向喜这棚新丁面前停住脚步。今天他身着戎装,佩带单刀,俨然一副统带模样。他站在军前朝着队伍喊话,专让向中和出列。从未接受过军事训练的向喜听到王士珍喊他的名字,慌忙从队伍里挤出来,冲着王士珍便拱手作揖。王士珍看着拱手作揖的向喜说:"现在作揖,本统领不怪你。不知者不为过。要知道,从今天起,你们就不再是兆州的乡民了,你们是朝廷的新编陆军。军人要站有站相,坐有坐相,举手投足都有规矩。"说完故意又喊向中和的名字。向喜连忙答应道:"哎。"王士珍说:"以后要说'有'。详细的规则以后你们自会了解,可是从现在起,大家都记住,回答长官的呼唤要说'有'。"王士珍再次喊向中和的名字,向喜回答了"有"。王士珍说:"这就对了。"他说着端详着向喜问道:"听说家中老人先前也是习武之人,也曾立志报效朝廷?"向喜说:"回大人的话,是练过武。"王士珍说:"现在你已继父志,今后应在军中做个忠勇孝悌的榜样才是。"向喜答道:"记下了。"

  王士珍命向喜入列,又在队前发表训示,讲了些现今朝廷欲讲自强之道,固必首重练兵,而欲迅兵力之强,势必更革旧制。兵非患少,而患不精;兵非患弱,而患在无术。而站在他眼前的这五百号同乡,将来必是新军中的栋梁。王士珍的话虽然说得深奥,向喜大都听得明白。王士珍训示完毕,有位队官站在队前开始宣讲新军的军制。他告诉大家,从现在起新丁开始吃饷。正式入编前每人每天发小口粮大钱一百文,待正式入编为军人后,每人每天的小口粮是一百五十文,米价在内,柴价在外。到营后,正兵月饷四两五钱,正头目月饷五两五钱,有粗通文字者和头目同例……听着队官的介绍,向喜便暗自盘算起来,一百文也好,一百五十文也好,这已经是个不小的数字了。一碗豆腐脑儿才五个大钱,这一百文大钱就是二十碗豆腐脑儿了。一百五十文便是三十碗。将来他或者还可以按粗通文字者对待,每月便有五两五钱的饷银,这是多少碗豆腐脑儿啊。向喜的脑子出现一阵少有的混乱,接着一种满足感立刻涌上心头。

新丁开拔了,队官将横队变成纵队,人们便步,鱼贯向兆州西门走去。出西门跨过护城河的吊桥,有条正东正西的黄土小道直通三十里以外的元氏车站。正月未过,各村仍然残存着年节气氛,衣着新鲜的男女老少站在村口看新兵走过,看见熟人就互相打起招呼。兆州人向喜生在城东长在城东,从没有到过城西,现在来到城西,就觉得城西已经是一个全新的世界。这时从城西看山,就觉得比在城东近了许多,那两座看惯了的桃山和磨山仿佛正冲他扑面而来。其实从笨花算起,他自东向西也就走出了十里地。向喜穿着同艾为他赶做的新鞋,走在冻得坚硬的小道上,边走边看。他们下午未时出发,走到元氏时,太阳已西下。向喜看着渐渐挨近山头的太阳,感到太阳就在他眼前。

元氏是京汉线上的一个小站,在以后的日子里,向喜无数次在此等车、打尖,对这里的一砖一木甚是熟悉。可是现在,初次离家的向喜只觉得这小站一切都新鲜。这里的道路、店面、人的穿着都有别于笨花。元氏附近产煤炭,有数的几家店铺,都被一层煤灰覆盖着。先前常有自笨花来元氏拉煤炭的车辆,赶车人叙说着元氏的见闻,把元氏车站描述得像个大商埠。在这个夕阳西下的时刻,冷清的小街上,几个当地人或是外乡人,正守着一盏电石灯在做小本生意,其中还有一个卖豆腐脑儿的。几个人正在一个小摊前吃豆腐脑儿。向喜一眼就发现这家豆腐脑儿的不地道:往豆浆里点石膏时温度不合适,豆腐脑儿不成形,摊主的调料里也没有韭菜花。

新兵打尖吃饭自有新兵的去处,就在离站台不远的一个大车店里设有兵站。兵站已经支起几口七印大锅,锅里的小米干饭正热。围着锅台,是几只正冒热气的铁桶,桶里是干萝卜片粉条汤,汤里飘着黑鸦鸦的花籽油。新兵被传知,解散吃饭。

开饭时,新兵们自由地盛着小米干饭和萝卜汤,把自己吃得很饱。平时只有村里遇红白事时,他们才能放开肚子吃喝。

饭后新兵集合北行,在队官和哨长的指挥下鱼贯上车。

运载新兵北行的火车是装载货物的闷罐车,车里铺着苇席,供新兵们躺卧,每节车厢都要挤下三棚一个排。兵们背着个人的行李,看好自己的位置,把行李绽开。

向喜入伍前,同艾没有来得及待布,只把一套旧被褥做了拆洗,现在向喜一绽开它们,立刻闻到一股灰水的味儿。笨花人拆洗被褥不用胰子碱面,只淋些灰水做洗涤剂。灰水去污力也强。那灰并非石灰,而是柴草灰。女人专拣些上好纯净的柴火灰,将灰倒入筛子注入清水,灰水被淋出来,这样淋出的水即是灰水。洗刷时,女人先把被里被面摁在灰水里浸泡一个时辰,再使棒槌用力敲打、投净,陈年的老垢被洗下来,粗布显得经纬分明。

向喜端坐在自己的褥子上,把被子卷个卷儿当枕头,观察起火车这个尚属稀罕的物件。他想,原来这就是火车哟,一节车厢就像一个大匣子,装上几十号人倒也宽敞。就是头顶上这排小窗户显得高了点,叫人觉得憋闷,坐久了兴许还会头晕。他得知从元氏到保定需走整整一个晚上。这时的向喜并不知道火车还有货车和客车之分。

火车一阵摇晃走起来,扒着小窗户往外看热闹的人都回到自己的铺位,坐着,躺着,互相打问起姓名住址。躺在向喜旁边的一位同乡冷不丁对向喜说,还是笨花出能人。向喜说,怎见得。那人就说,王大人为什么单把你叫出来问话,怎么不叫咱何村人。向喜想,这一定是何村人了。就说,当官的叫到谁是谁呗。那人又说,可不是那么回事。头一天我就听见你和他对答《四书》《五经》了。向喜说,识几个字的人也不止我一个。另一个人打岔说,先前我在石桥镇就见过你,听说你还在石人石马跟前遇见过鬼。真的假的?向喜没有回答他在石人石马前遇鬼的事。这事被乡人传说得绽出许多演义,也给向喜的回答增加了诸多困难。所以有人问他时,他经常不做回答。那人见向喜不回答遇鬼的事,又说,听说叫咱们使洋枪洋炮打仗,咱没见过那玩意儿,怎么使法?咱就见过火枪打兔子。向喜就说,军营里自然有人教授枪法。向喜和乡亲们说着话,通过高处的小窗户看向后闪动的星空,只觉得兆州正伴着头上的星星飞速离他远去,越发体味到灰水洗涮被褥的好闻。他想到同艾拆洗被褥时,手让灰水烧得红通通的,还想到同艾一天比一天鼓起来的小肚子。

火车前半夜过石家庄,后半夜过定州。每隔几个小站,火车就停一次,哨长就提醒大伙下车撒尿。天亮时火车过望都,上午巳时到达保定。

向喜和他的五百乡亲分散住在保定东关和金庄、银庄。他们先被编入北洋新编陆军左镇、八标所属的第一营和第二营。

一九〇三年,光绪二十九年,向喜被选拔入北洋陆军速成学堂。一年后毕业,被委以队官,其所属番号序列是:北洋陆军第二镇,第八标,第一营,左队。按军制规定,队官属次等第一级,享五品待遇,月薪饷银五十两。此前向喜还任过棚头、排长等职位。

7

向喜入营六个月之后,还是托了一个来保定贩苇席的兆州老乡把旧行李捎回笨花。虽然离家时他对同艾说过,旧行李扔了也不可惜,但当他真的身处异地他乡时,才又觉出旧被褥的珍贵。这是一套由五彩线交替织成的"四蓬缯"①被褥。在笨花,不是所有女人都会织"四蓬缯"。小时候他见别人家待四蓬缯时,就对他娘说:"娘,怎么咱们不织四蓬缯呀?"他娘就说:"费那事干什么,左不过是个被面呗。"长大后他才发现,他娘这么说,那是他娘不会织。向喜的娘应该算个笨女人,不会织布,饭也做得粗糙。贴饼子馇粥尚显不出"力拔",遇到白面时,手下便不知所措。针线活儿更不强,做起活儿来粗针大线,自己的大襟上常显露着不该显露的针脚。四蓬缯离她更是遥远,那显示的是女人的心灵手巧。那不仅要有上好的棉花纺出上好的线,买上好的靛青、煮黑、绛红、鬼子绿,染出上好的线子,待到线子掏杼、递缯时女人须巧施手艺;线子上机后,女人更要手脚协调地穿梭引线,才能把经线和纬线巧妙地结合起来。同艾娶到向家,向家才有了四蓬缯。

向喜每逢看见眼前这套四蓬缯被褥,便想起同艾,想起她从纺线、染线、浆线、掏杼递缯到上机织布的情景。他尤其愿意看同艾坐在织布机前那副前仰后合的模样,她身子弯下去,胳膊飘起来;身子直起来,胳膊又摆下去。她微晃着头,一副银耳环在昏暗的机房里闪闪烁烁。有四蓬缯的人家是一个标志:女人灵巧,日子滋润。同艾上机时,向喜故意对同艾的事业不动声色,只待同艾下机离开机房后,向喜才悄没声走到织布机前,抚摸起机上那一块云锦般的织物,满足着自己。

向喜托人把一套旧被褥捎回家,还捎回半年来他积攒下的五两碎银子。

转眼又过了四年。

向喜离家时,同艾身子笨了,向喜走了四年,他们的儿子向文成也四岁了。向喜在异地他乡给儿子取名文成。乡村人说虚岁,

---

① 四蓬缯:一种工序繁复、织工高超的织物。

这年向文成虚五岁。五岁的文成和母亲同艾要去保定。此前,家里接到向喜捎回的家书。家书上说,按军营里的章程,如今他可以带家眷了。向喜从没有忘记过他和同艾对坐在火盆前烤火的那一夜。她问他军中兴不兴带家眷,那时他回答她说,他要是验不上,他和家眷还不是得坐在火盆跟前烤火。那时候他拿不准。后来他验上了,带家眷就成了他的朝思暮想。他在信中写道:因军务累身眼下不能回家探亲,就让文成娘儿俩先来保定住些日子吧。待来日再将父亲母亲大人接于军中,儿再尽孝心。

信是写给鹏举的,鹏举念信连不成句,便叫过向桂,向桂也念得隔二片三,鹏举只好请来专人读信。这次鹏举没再犯糊涂,听完信,叫过文成说,这是你爹叫你哩,不见你的面还不知道你是个闺女还是个小子呢。快跟你娘去吧,别忘了给你爷爷买保定稻香村的槽子糕。向桂就说,还有槐茂家的酱菜。稻香村的槽子糕和槐茂的酱菜,向喜都往家里捎过。

文成听说爹叫他去保定,急着要过向喜的信在上面找自己的名字。他人虽幼小,但聪明伶俐,还没进学堂,已经抓挠着向喜的旧书识了不少字。文成的相貌也随向喜,生得虎头虎脑,眉眼也清秀。他的出生,给这个缺了向喜的家庭带来了结实的欢乐。

向桂送嫂子同艾和侄子向文成到保定找向喜。他们按照向喜的吩咐,在保定火车站下车,由一名拿蓝旗的护兵引荐,乘两辆洋车,穿过西下关,进大西门,又穿过西大街、东大街,出东门,来到东关以外的金庄。这时二镇的人马大多住在保定东关以外的金庄、银庄。向喜住在金庄靠村西的一个小院里,和军事学堂的老同学孙传芳[①]住同院。他们两人是军事速成学堂步兵科头班同学,孙传芳毕业后曾被保送日本学炮科,向喜则在军中开始带兵。孙传芳

[①] 孙传芳(1885—1935):字馨远,山东历城人,北洋陆军重要将领,直系。1925年后为东南五省联军司令。

学成回国,在二镇做教官,又遇向喜,两人便在金庄合租了一个农家小院。这里距军营教场不远,离保定城也只有三里。

同艾和文成的到来,给几年远离人间烟火的向喜带来了家庭的暖意。聪慧的向文成也给向喜的军营生活增添了不少乐趣。向喜为儿子请了一位当地的私塾先生,教他《三字经》《弟子规》乃至上《论语》下《论语》。文成念书时,对眼前的文字总是过目不忘,深得教书先生的喜爱,丝毫不必向喜和同艾操心。

向喜和孙传芳入营以来很投脾气,相处如同兄弟。同艾和孙太太也相处得如同姐妹。每天上午两人就伴儿进东门到大慈阁下买回些时令菜蔬和鲫鱼、肉馅。保定地处府河和小清河交汇处,向东三十里就是白洋淀,因此保定人的生活习惯如同水乡,菜市上也不乏白洋淀的鲜鱼、鲜藕,连肉铺卖肉馅也用鲜荷叶包裹。向喜就待见同艾买回的用荷叶包着的肉馅。孙传芳常对同艾说,嫂子,你看喜哥就是改不了这老习惯,面对十个碟八个碗的宴席,也单挑带肉馅的这一样吃。同艾就说,走到哪儿也是个兆州人。同艾来到保定金庄,向喜先教她用肉馅包馄饨。先前同艾不在,向喜常和孙传芳去东大街馄饨摊儿上吃馄饨,那时他一边吃一边了解馄饨的做法,兆州人没吃过馄饨。现在同艾来了,他就教她擀皮、包馅,还告诉她馄饨包成了,鸡汤也熬成了,还有三样不可缺少的作料就是虾皮、紫菜和冬菜,就好比豆腐脑儿离不开韭菜花。他还告诉同艾,买紫菜冬菜要到西大街庆源祥,那里的紫菜是南货;虾皮出自白洋淀,遍地都是,不必挑拣。

同艾在保定做馄饨,也给向文成留下了极深刻的印象。许多年之后他在笨花教自己的媳妇秀芝做,做出来却不是样儿。向文成在一旁打趣地说:"你擀的可不是馄饨皮,是鞋帮儿吧,挺实倒是挺实。保定的馄饨皮可不是这样。"秀芝问保定的馄饨皮什么样,向文成说:"保定的馄饨皮比窗户纸还薄。"秀芝就也打趣道:"那你拿我擀的馄饨皮做双鞋吧。"每逢这时,深谙此道的同艾就在一边只是笑着不说话,心想,擀馄饨皮,那是要保定乾义面粉公司的"双鱼"面呢,就这一条,笨花人就休想,再细的箩也筛不出"双鱼"面。

中午了,向喜从操场操练回来,便闻见厨房里煎熬着的鸡汤正香。他想,这又是同艾在做馄饨了。他不进厨房,径直进了正房,背着手对文成说:"成,过来,看我给你买了个什么。"正在炕上念书的向文成放下书跳下炕来说:"我知道,准是个猴爬杆。"向喜说:"你怎么知道?"文成说:"村西小庙里住着个做猴爬杆的老头儿。"果然向喜从背后举出个猴爬杆,用手按了一下麻秸秆上的竹眉子,一只一拃长的小猴哗啦一下便趴上了杆顶。向文成伸手就要,向喜说:"别忙,先背《弟子规》,背过《弟子规》再玩猴爬杆。昨天背到哪儿啦?"文成说:"父母呼,应勿缓。"向喜说:"对,就接着吧。"文成背道:"父母呼,应勿缓。父母命,行勿懒。父母教,须敬听。父母责,须顺承……"向喜一边听向文成背书,一边用掸子掸着马靴上的尘土说:"对是对,还得会讲。"文成就说:"爹娘叫你,你就赶快答应;爹娘叫你做事,你就快点;爹娘说你,你就好好听着;爹娘教训你,你别还嘴。"向喜听儿子讲解,暗自点着头,心说这讲解哪里像出自一个五岁孩子之口,却又故意对文成说:"对是对,可你能做到不能?"文成撒娇似的说:"不能。"向喜装出恼怒的样子说:"唔?怎么不能?你这是怎么说话?"文成就说:"不是做不到,是要先看爹娘说得对不对。要是不对,就不能听。"向喜说:"书上说的是先听再说对不对。"文成就说:"得先看对不对,再说听不听。"同艾来了,对向喜说:"别难为孩子了,刚五岁。"向喜说:"孔融四岁就知道让梨了,比成还小一岁。"同艾又觉得向喜的话也有道理,这时候也不能偏袒儿子,就换个话题,招呼向喜父子到厨房吃饭。

孙传芳也从校场回来,正在院里槐树底下喝茶,听见向喜教育向文成,便冲着正房说:"喜嫂,说说喜哥,成还小哪,给孩子立的规矩太多也不见得有什么好处,也别净拿孔融打比方。孔融那年代还没有火车呢,还没有电灯呢。"说话间向喜已经来到当院,接上孙传芳的话说:"馨远,小孩子家可不能像撒鹰一样没个管束。"孙传芳说:"喜哥,你看你的家乡话又带出来了,不能叫撒鹰,官话叫放风筝。我这个山东人听得懂撒鹰,人家保定人就听不懂了。要说改口音你真还不如喜嫂改得快。"向喜就说:"那保定话也不那么中听,说话带'儿','面条儿','煤球儿'。"同艾说:"可比兆州话听着绵软。兆州话一句话就能撅倒八面墙。要不怎么你一喊操连当兵的都笑你。"向喜说:"笑不笑的,你手下的人能听清楚就是了。"孙传芳说:"喜哥,嫂子说得对,她是不好意思说我,我的山东话,你的兆州话,咱都得改。我当教官,张嘴说话也有人笑我。"

同艾先带向文成去厨房吃饭,孙传芳便招呼向喜坐在树荫下喝茶,说起军中的事。向喜问孙传芳说,最近有传说,军中要发双饷,不知是真是假。孙传芳说,这和南方的战局有关。武汉的局势一天比一天吃紧,南北双方都把武汉三镇当做兵家必争之地。孙传芳说,依他的判断,不久武汉必有一场恶战。旗人荫昌[①]抵不过武昌的民军,袁宫保[②]早晚还得出山。袁宫保一出山,咱们二镇肯定要开拔南下,南方的局势非二镇莫属。上午统制王大人[③]来八标训话,也暗示过袁宫保就要出山[④]了。向喜说,莫非咱这个小院住不长久了?孙传芳说,依我看,这便是军中发双饷的缘由。养兵千日,用兵一时。自从河间会操后,二镇已经是一支举国瞩目的新军,南方的局势还少得了咱们?

两年前袁世凯的新军在河间的会操,是一次对新编陆军的大检阅,那次的会操声势浩大,新军分成南军北军,南攻北御,在河间

---

① 荫昌(1859—1928):满族,清光绪时的陆军部尚书。
② 袁宫保:即袁世凯。
③ 即王英楷。
④ 指袁世凯在戊戌变法被贬后的二次出山。

交战。参加会战的官兵达四万六千余人。演习结束后,又举行阅兵式,许多外国使节和军事观察家也赶来观看。作为"攻方"的二镇更是出尽了风头,充分展示了袁世凯操练新军的成就。之后,袁世凯曾上书皇帝称:……此次会操非第以齐步伐、演技击、肆威容、壮观瞻而已,盖欲以饬戒备、娴战术,增长将士之实力,发扬军人之精神,熟悉于进退攻守之方,神明于操纵变化之用……

向喜和孙传芳都是因在河间会操表现出色而被提拔的。

这时同艾又在厨房招呼向喜吃饭,她还对孙传芳说:"他馨远叔也过来吃吧,成他婶子回山东老家了,护兵又做不好饭。"孙传芳说:"今天不吃了,护兵已经从东大街义春楼叫了白肉罩火烧。"同艾说:"以后他婶子不在,就别让护兵叫饭了,饭馆里的饭吃的工夫长了还上火呢。"说话之间义春楼的伙计提个食盒进了门,向喜起身往厨房走着对孙传芳说:"既是真叫了饭,你就还吃你那'四两罩半斤'吧。"保定义春楼的白肉罩火烧最出名,四两罩半斤是火烧和肉的比例搭配——四两肉罩半斤火烧。

今天同艾没做馄饨,砂锅里煨出的鸡汤是炖萝卜用的。迎门饭桌上已摆好一盆鸡汤炖萝卜,三碗大米饭,还有一大碟春不老炒黄豆。保定四周土质肥厚,水源充沛,适合种植各种蔬菜,保定才出了像槐茂酱园这样的腌制行。这春不老也是俗话说的保定三桩宝中之一桩——保定府三桩宝:铁球、面酱、春不老。春不老是一种芥菜,菜根叫芥菜疙瘩,做腌菜里的五香疙瘩头;菜缨子就是春不老。

同艾递给向喜一把羹匙,让他尝萝卜汤的咸淡。向喜尝了尝说,不咸也不淡。还说,这灯笼红萝卜的味儿和老家的象牙萝卜就是不一样。西下关就有卖萝卜籽儿的,明年春天应该买点捎回笨花,让向桂学着种。同艾说,成他叔叔挺灵,学干什么都行。向喜轻叹了一声说,就怕不学,人没有学不成的事。向喜喝了几口汤又问文成,你长大了学点什么?文成说,做猴爬杆吧。向喜说,没出息。同艾说,让成学什么都行,就是别离家忒远了。文成问娘,远了就怎么了,向喜催促说,快吃吧,今天下午不出操,我还带你下府河摸鱼去。

府河在金庄村南,河道并不宽阔。但河水清澈见底,河里游着白条、泥鳅,也有鲤鱼擦底游过,常潜藏于水草中。闲暇时,向喜常带向文成去府河游水摸鱼,二镇的士兵也常在那儿洗澡游泳。

这天向喜带向文成来到府河边,向喜先在一片芋麻地里脱掉衣服,光着身子跑向河岸,然后一个猛子扎入水中。当他再次露出水面时,人已游到了河中央。他冲着尚在河岸的向文成喊:"成呀,可别往河当中走,这儿的水有一房深,比咱村东壕坑的水可深!"笨花村东有个大壕坑叫杨家壕,平时干涸,只待雨季时,全村的积水才夹带着树叶、乱草乃至猪、羊的粪便一起涌入壕中。但一池浑黄不清的雨水仍然不能阻挡笨花人下壕游泳。笨花人把游泳叫做浮水,那时大人孩子都把自己脱个精光,在壕坑里扎猛子游水,从这岸游到那岸。他们所掌握的游泳姿势叫狗刨儿,两条胳膊在前一刨一刨,双脚在后头只管扑腾。也能前进,也有速度。

向喜一面"狗刨儿"着自己在水中潜泳找鱼,又不时抬起头对正往水中走的向文成喊:"别往深处走,好好站在那儿等我。我看见条鲤鱼,大的!"说完一个猛子扎进水中。向文成受了大鲤鱼的诱惑,还是冲着河水中的向喜走过来。清凌凌的府河水齐住了向文成的膝盖;清凌凌的府河水齐过了向文成的"小鸡儿";清凌凌的府河水没过了向文成的腰。这时他突然一个趔趄陷进一个旋涡,向文成不见了,连喊一声都没来得及。

向喜终于发现府河里少了向文成,他挣扎着向岸边游来,发疯似的在水里狗刨儿着找儿子,却不见儿子的踪影。有几位游水的二镇士兵也过来帮助打捞寻找,最后有人在下游百米开外找到了向文成。一个二镇八标一营的兵认出了眼前这个光着身子的男人是向中和向大人，就把昏迷不醒、四肢绵软的向文成平放在河岸上说，原来是向大人的公子啊。向喜顾不到自己的体面，蹲下就"窝别"向文成的胳膊和腿。有人摁住向文成的胸脯用力压，一股股清水从孩子嘴里流出来。一群裸体的大人终于把一个裸体的小孩救了过来，但从此以后，向文成就不再是从前的向文成了。

向文成躺在金庄的炕上，一躺就是半个月。他能呼吸，能进汤水，却不省人事，不认父母。孙传芳从西大街厚生堂请了保定府最有名的孙厚春先生为文成诊病。孙先生说，这孩子的病是"冷攻热淤"所致。向喜和同艾问他孩子的命能不能保住，孙先生说，命可以保，但是，人自此会落下残疾，丢一点身上的东西是免不了的。

后来，孙先生的话应了验，向文成的命保住了，说话答理儿如同从前，但他的左眼枯了。仅存的右眼看东西也像罩着一层窗户纸。他看什么都要凑近着去看，近得不能再近。

许多年过去了，向喜每逢看到站在身边的长子向文成，看到他那一只不再饱满、明亮的左眼，心中都会漾出疼痛的歉意，他埋怨自己：那天中午他实在不该带儿子去府河摸鱼。向文成对此却不以为然，他不埋怨父亲，一生留恋他那段美满的童年生活。似乎保定的一切仍是一片美好，就仿佛，保定虽然使他失去了半壁光明，保定可也使他心扉大开。外面的世界仍然多姿多彩，府河的流水在他心目中永远明澈，河里的水草，水草中的游鱼永远清晰可见。他看世界就像儿时看府河。

8

一九一一年，宣统三年秋天，正如孙传芳所料，汉口的战事再次吃紧。旗人荫昌遭武昌起义军重创，退至湖北孝感，起义军在几位年轻军官的带领下,英勇顽强攻势更猛,很快就占领武昌、汉阳,直逼汉口。为避免汉口失守,刚出山的袁世凯果然想到了他的二镇。

十月,二镇三协协统王占元①在保定接到开拔的命令,对部下谎称到河南打秋操。队伍连日乘火车向南运动。向喜在河南信阳小住几日,发现并无打秋操演习的迹象,不觉又想到孙传芳对时局的判断。很快,三协再次南下,次日抵汉口江岸。这时起义军早已在武昌得知北洋陆军调兵遣将的动向,抢先在武昌向汉口发起攻击,抢占龟山。一时间长江两岸枪声四起,起义军冲杀的喊声在汉口亦清晰可辨。王占元急传向喜,似有急事。向喜匆忙去见王占元,果然王有急事传他。王占元对向喜说:"他娘的,你们的管带听见枪响吓跑了。你来得正是时候,从现在起你便是一营的管带。这件事已经在二镇马大人那儿挂了号,任命很快就会下。你先准备上阵吧,上边让三协夺回龟山,这攻占龟山的活儿就交给你们一营干了。"

王占元下命令时愿意把打仗说成干活儿。干活儿这个词向喜听起来当然不陌生,甚至还有几分亲切。他想,打仗也真是干活儿,只不过把手里的锄头换成了刀枪。其余,就像背井离乡的卖力气拿工钱,都一样。可现在要从士气正旺的起义军手里拿下龟山,这个活儿可真有点不好干。这应该叫攻坚战吧。原先攻坚战的战术他只在河间会操时练习过,那次他指挥南军的一个排去攻北军占领的一个村子,结果村子攻下了,南军胜利了。可那次的战事再猛烈也是演习,演习就是假的,攻守双方再英勇,毕竟都存有几分虚假。这次他将指挥的是三个连九个排,攻占的是一座龟山。这可是冲着真人放真枪,且还有长江天险相隔,这活儿干起来就存有

---

① 王占元(1861—1934):号子春,北洋陆军将领,直系。曾任二镇协统、二师师长、湖北督军兼省长等职。

麻烦。但命令就是命令,况且他已是管带。

强攻龟山的活儿开始干了,向喜的一营在半山腰遭遇起义军的勇猛抵抗,他的营伤亡惨重,在保定刚补齐的一营三百六十人,半天之间失去大半。龟山腰上躺的尽是一营的弟兄。向喜第一次看见脑袋开花是怎么回事;肠子从肚子里流出来是什么模样;两条腿一块儿被炸上天是多么惨烈。什么叫血肉横飞,什么叫血溅战场,向喜都是第一次亲眼目睹。一个士兵滚在地上伸着手朝他喊:向大人,是我,快看看我吧!向喜低头看去,只见那士兵已经少了两条腿,半截身子像半截瓮。他记得这个兵,在保定练正步走时,他总是把腿抬得比别人高,向喜扳着他的腿纠正他,现在他的腿没了。有个士兵向长官敬礼总显得"力拔",巴掌打在脑门儿上,像自己打自己。向喜也纠正过他。现在他那条敬礼的胳膊已经没了。左队官来了,向喜刚向他下达了攻击令,左队官也给向喜敬了礼,正准备冲锋时,忽然噗的一声倒在向喜脚下。再看时,左队官的脑浆正往外流,白的脑浆伴着鲜血,就像拌着辣椒油的豆腐脑儿……向喜打了个冷战,心突突地跳个不停。这个左队官的位置三天之前还是他,假如现在这个队官还是他向喜呢?难道他死的时候脑袋里也非得流出豆腐脑儿不可吗?为什么豆腐脑儿还是离不开向喜,莫非这是鬼使神差的巧安排?向喜只在这时才暗暗想到,鬼们神们,在笨花村的石人石马前我可没有亏待你们呀。一时间向喜的身体失了控,他踉跄了几步,倒在一棵马尾松下。传令兵发现向喜右臂受了伤,迅速叫来卫生兵,卫生兵坚持要把向喜背下火线。向喜清醒过来,抬一抬右胳膊,觉出子弹没有伤着骨头,他当着士兵,强镇静住自己,只对卫生兵说,缠上吧,不碍事。

向喜没有从火线上下来,他展开传令兵交给他的命令,这是王占元的手书。手书上写:龟山一役,关乎全局。龟山下之,武昌可得。龟山不下,就不要回来见我。

向喜读完王占元的命令,才得知龟山之役的重要。龟山西麓之激战,已让向喜的一营损失过半。他在龟山山腰又清点了所剩军士,举起手枪向武昌城连鸣三枪,命令左队向左,右队向右,对龟山展开迂回,他带领后队佯攻。当起义军集中火力向正面猛烈还击时,向喜的左、右队却抄了起义军的后路。他的营占领了龟山。

向龟山总攻之前,向喜又想到了干活儿,他寻思既是干活儿,就有个下工的时候。他抚摩着胳膊上仍在淌血的伤口,心想,其实这会儿他完全有理由佯装重伤,叫卫生员把他抬下火线——他下工了。可转念又想,他是拿了主家的工钱的,开拔时他还拿出双饷的一半——五十块现大洋寄给弟弟向桂,叫他买头驴再买挂水车,笨花的地不能光旱着。没有双饷的工钱,家里哪会有驴和水车?想到这些,向喜才又打消了下工的念头,他把伤口勒紧,再次朝武昌城举起了手枪。向喜的一营终于攻下龟山。

龟山之战在这次战役中举足轻重,攻下龟山,队伍当应再向武昌进发。但当时令向喜不解的是,他的一营在夺取龟山后士气正旺,武昌城轻易可下,他却突然接到停止前进的命令。他的队伍即止于龟山。向喜尚不知,此时南北战事正酝酿着一个新的动向,即:因起义军的暂时失利、北洋陆军占取上风,最终导致了举国瞩目的"南北议和",以至于孙中山将大总统的位置谦让于袁世凯的局面。

南北议和和袁世凯即大总统之位,使国家暂时处于平和,二镇也再次由武汉回到大本营保定驻防。

向喜和孙传芳差不多又同时回到保定金庄。原来,就在向喜被提升为二镇八标一营管带时,孙传芳也被任命为辎重二营的管带。次年,北洋各镇改制,王占元借汉口之役的战绩升任二师师长,向喜和孙传芳的管带也改称为营长。

这天向喜在金庄对孙传芳说:"这次在汉口,没想到我们兵止于龟山,连武昌城都没看见。"

孙传芳说:"谦益兄,我们打仗就好比是棋盘上的棋子,棋子自身没有前进一步的能力,全靠棋手的摆布。你上了龟山,正在龟山上喝水纳凉呢,后边就来了个南北议和。这叫什么?叫政治。军人呼而喊叫的死的死、亡的亡,末了还得听政治的。"

向喜问孙传芳:"这次就叫和棋吧。"

孙传芳说:"可以这么说。可这次的和棋肯定是暂时的,和棋是南京临时大总统孙中山的愿望,和成和不成,最后还得看这边的棋手袁大人。"

向喜说:"眼下孙中山不是正在把总统让位给袁大人嘛,看来还有几分诚意哩。"

孙传芳说:"孙中山讲仁义,这连咱们北洋军人也不能说个不是。可他也不是孤家寡人说了算,武昌起事的目的也决不是为了举出个袁大总统就算是革命成功,后头准还有好戏看。"

向喜说:"这也轮不着我们费心,我们才是二师王大人手下一名营长。"

孙传芳说:"王大人也常常不知东西南北,议和也不是他所能预料到的。哎,这次在汉口,王大人还净闹笑话,连辎重营的'辎'都不认识,把辎念成留。当时我在场,他就要叫文书给辎重营写命令了,我不得不说:'王大人,这字不念留,念辎。'这才止住了他这场笑话。"

向喜说:"王大人怎么也是小站起家,这次在汉口,指挥、用兵,心里都还算明白。"

孙传芳说:"要不怎么单派你上龟山呢。当时我在汉口看炮兵往江岸打炮,真替你捏把汗。事情总算过去了,咱也落了个好名声,还落了个囫囵身子。走吧,咱俩进城吧。"

孙传芳说进城,是进保定城逛街。这次回到保定后,向喜的太太同艾、孙传芳的太太曹氏都还没有接来,两个人烦闷时就进城。向喜和孙传芳进城也不外三个地方:西大街的荣华池澡堂、马号里白运章包子铺、东大街的汤记茶馆。有时他们也到莲池墙上看碑帖,或去双彩五道庙街的同庆戏院听戏。

向喜响应孙传芳的提议进了城,这天他们不带护兵,也不带马弁,先在荣华池泡了澡、修了脚,又在白运章包子铺吃了包子。街上的路灯已经亮了起来。孙传芳说去看戏,说同庆请了余叔岩。向喜就说,还是到东大街喝茶吧。孙传芳思忖片刻恍然大悟说,我怎么一时糊涂忘了汤记茶馆呢,该死,该死!孙传芳说"该死"是话里有话,向喜听出孙传芳话里的话说,馨远呀,我说喝茶就是喝茶,可没别的。孙传芳说,我也没说别的呀。

孙传芳和向喜从马号出来,分乘两辆洋车,穿过鼓楼一直向东,在大慈阁下拐了个弯,拐上东大街。东大街比保定所有的街都狭窄,街两厢灰砖砌成的店铺就像头顶着头一样一家挨一家,店铺盖得也是小鼻子小眼。水泥电线杆在店铺前不端不正地立着,路灯也不明,马路也不平。但东大街自有它的韵致,这里的小饭馆多,白肉罩火烧最有名,白肉就是猪肉。罩火烧的铺子在街两厢一字排开,各家的大锅支在门口,一方方白肉肉皮朝上地被码在锅里,小沸着的肉汤香气溢满整条街。麻酱火烧在案子上码成串,客人吃时,把式先用刀把火烧片开,放入一只大碗,上面再码一层切成薄片的白肉,撒上葱段、香菜,再用滚烫的肉汤浇。除了罩火烧的饭馆,也有白肉罩饼的饭馆,有四两罩半斤的,有三两罩四两的,客人随意。孙传芳爱吃的就是这种白肉罩火烧。

东大街里还有一些小店和饭馆混同着,两家照相馆是新开张的,一家叫国光,一家叫新新,门前的橱窗里招贴似的挂着梅兰芳和当地河北梆子名伶大金刚钻的戏装照。再往前走是几家南货铺、酱菜铺和药铺。近来适应着二镇的驻扎,又新开了两家绸缎庄和专营香胰子、牙粉、牙膏的商店,专招二镇的官兵和家眷。再往前走,是挨近东门脸的小雨儿胡同的红灯区。保定没有像样的窑子,头等下处拿到大都市只等于一等半或二等。现在,尽管二镇的军令中有严格禁止官兵宿娟的规定,但小雨儿胡同的生意还是好于往年。

孙传芳和向喜不去小雨儿胡同,他们的洋车在离小雨儿胡同不远处停下来。这里有几家茶馆,汤记茶馆便是其中一家。二镇驻防保定不久,孙传芳和向喜就常来这里喝茶。店老板姓汤叫汤会儿,老板娘也姓汤,外号麻鸭子,他们有个闺女叫二丫头。

汤记茶馆在东大街是最小的一家,一间门脸儿上挑着一个简单的牙旗幌子。迈两级台阶进入店内,店内只摆着几张方桌。茶座少,客人也少。孙传芳和向喜来这里是图清静。汤记茶馆的茶也还好,专营江苏的碧螺春、湖北的毛尖。茶馆里满墙都是香烟和雪花膏的广告画,都是二丫头贴的,有弹月琴、身着旗袍的仕女,有烫着卷发、胸脯半露的洋人,还有上海的摩电车和洋楼。后山墙上挂个月白门帘,门帘一掀动便能看见后院的眉豆架、晾晒的衣服和揎布。院里还有两间正房是汤家三口人的住处。客人落座了,男女老板就不停地撩动着月白门帘进进出出,炉子在后院。二丫头不常出来,手里也没什么活计营生。大多时候她靠在屋门口喂小鸡、嗑瓜子儿,和爹娘没好气似的说话。

孙传芳在前,向喜在后进了茶馆,老板娘麻鸭子迎上来说:"前几天街里过兵,我跷着脚找你们俩,愣是没看见个影儿,我寻思莫非单把你们俩留在了南方?"说着就拿块揎布抹桌子、摆茶碗。

孙传芳说:"留不下,走到哪儿也惦记着保定,谁叫保定有个汤记茶馆呢。"

麻鸭子说:"孙大人说话吉利,小茶馆就借孙大人个吉利话吧。"说着在桌上摆了两碟瓜子儿,问孙传芳喝什么茶。

孙传芳说:"就喝碧螺春吧,在汉口光喝毛尖了。"

这天汤会儿不在,麻鸭子给客人上着瓜子儿说着话,抓茶叶,摆扣碗,不停地挑动着门帘到后院捅炉子坐开水。

孙传芳就问麻鸭子:"怎么就你一个人忙,人呢?"

麻鸭子说:"老头子回西关了,二丫头在后院洗头呢。"

孙传芳说:"洗完了头快叫她帮把手,哪有内掌柜光捅炉子的。"

麻鸭子说:"生是不愿伸手呢,越大越生分,贵人小姐似的。"他们说的是二丫头。

麻鸭子和孙传芳说话,发现向喜不言声,光端详印在茶碗上的花草,就说:"怎么今天向大人闷闷不乐呀,想家想的呀?"

孙传芳连忙截住麻鸭子替向喜说:"他是军人,他想的净是军中大事呀,带一营人可不比你经营一个茶馆。"

孙传芳有意岔开向喜"想家"的话题,他说完看看对面的向喜,向喜还是低头玩他的盖碗,脸上没显出什么来。

月白门帘挑开了,是二丫头提着锡壶走进来。她白了麻鸭子一眼说:"光知道说话,水都开半天了,也不知道照应着点。"说完把开水壶往个机凳上一蹾,靠住门也不近前。

二丫头穿一件肥袖小夹袄,头发精湿,披在脖子里的夹袄领子还没有翻上来,显着脖子很长,闹着气似的脸更显"嘟噜"。这二丫头平时就不爱笑,脸就显长,和客人说话时常鼓着嘴。这年她二十已过,没名字,没婆家。麻鸭子在东大街做生意,为人孤立,也影响了二丫头的一些前程,使得这个三口之家的日子越发不协调。二丫头随便冲麻鸭子撒气,麻鸭子也不怵二丫头。娘儿俩的吵闹常传到东大街街面上。汤会儿老实,被麻鸭子镇着,只知擦桌子、扫地、买煤,在后院摁着压水井压水。

二丫头撕巴着湿头发用梳子梳,便有水珠滴在地上也滴在鞋上。孙传芳只看见水珠滴在地上,向喜却看见鞋上也有水珠。

孙传芳见二丫头一个劲儿梳头,不帮麻鸭子料理店面照顾客人,就说:"怎么也不帮你娘一把?我们就等着喝你续的茶呢。"

二丫头把头一扬,眼往屋顶上一斜说:"就不,就不帮她。"

孙传芳说:"丫头,这可不像个做生意的。"

二丫头说:"不像就不像。"说完把嘴使劲一噘,鼻翼翕动着。

孙传芳看看二丫头,又看看向喜,说:"今天,不客气说,我和向大人就专要喝你倒的茶,你要是不倒,我们就坐着不走。"

麻鸭子看二丫头只知"叫劲",就去撕扯二丫头。二丫头就使劲往后鞴。

半天不说话的向喜见麻鸭子上手撕扯二丫头,终于说话了,他说:"哎,哎,你这是哪一出啊,怎么说上手就上手呀。"

孙传芳也开始制止这娘儿俩的撕扯,说:"向大人说话了,现在该松手的松手,该倒水的倒水。茶我们还得喝,今天我和向大人专喝丫头倒的茶。"

麻鸭子松开了手,二丫头也才弯下腰去提壶倒水。

孙传芳端详着倒水的二丫头说:"丫头,你的衣裳领子也该抻出来了。"

二丫头这才知道领子还在脖子里掖着,赶紧又放下壶拽领子。

二丫头提起壶,打开盖碗倒水,壶嘴粗,水倒得猛,开水从宽大的壶嘴里冲出来,冲满碗又冲上桌子。二丫头这时才自知手下有闪失,只对两位大人说:"倒猛了,二位凑合着喝吧。"说完把盖碗嘭嘭一盖,又站到一边梳头去了。

孙传芳和麻鸭子说话,看似不再理会眼前的二丫头,向喜却暗自注意着这位汤家的大闺女。或许是孙传芳的一句话触动了他,他是军人,军人都是背井离乡的,可背井离乡的军人也总得有军人的生活。他想着想着就拿二丫头和同艾做起了比较。二丫头高于同艾,壮于同艾,黑于同艾。现在她穿着卡腰小夹袄,人显得倒不蠢,刚洗过的头发又黑又直,不时有一股洋胰子味儿飘过来。向喜想起,先前同艾在金庄洗头还用碱面哪,后来向喜制止了她,让她改用香皂。上海出的力士皂能洗头,保定本地的"三合一香皂"碱性大。

向喜看着二丫头比同艾,心里总有几分不光明,心想,我怎么像是有预谋而来?馨远老弟在街上说的也不过是句玩笑话,怎么我倒认真起来。他暗自谴责着自己,决心不再看眼前的二丫头。他看当街路灯下来往的洋车,看对面照相馆橱窗里的大金刚钻和梅兰芳。他觉得梅兰芳身子小巧,嘴有点像同艾,大金刚钻的嘴唇宽厚有点像二丫头。

孙传芳今天倒真像是有预谋而来。刚才他在街上一次次拿话给向喜听不是没有原因。他想,军人军人,怎么说也是个卖命的差事。今天你身在阳世吃四两罩半斤,冲着部下吆三喝四,明天没准儿你就魂归西天。汉口一仗,多少弟兄掉进长江喂了武昌鱼呀。现在为什么非得一个人守清苦不可?寻花问柳吗?他和向喜都不好此道,他便真心替向喜想到了汤记茶馆的二丫头。二丫头再生分也是良家女子,女人是可以调教的。

孙传芳和向喜在汤记茶馆喝完茶已是半夜,他们不坐洋车,决定出东门步行三里到金庄。这天城门已关闭,守门当班的士兵认出是孙传芳和向中和,便给他们开了门。在路上,孙传芳又跟向喜没深没浅地开着玩笑,说,二丫头的腰壮,能生孩子。

当晚向喜一个人躺在金庄的炕上睡不着觉,只想二丫头那一头湿头发。一阵阵香味飘过来,他想这一定是同艾的香胰子放的味儿吧。他穿上衣服从炕上下来,东闻闻西闻闻,果真同艾的胰子盒里还有以前的香胰子。胰子好久不用,挺干,向喜就更觉得对不起同艾。他决定不再胡思乱想,还想制止住孙传芳对他的撺掇。他穿好衣服来到院里敲孙传芳的门,孙传芳在屋里开着玩笑说:"怎么,睡不着了?"向喜隔着窗户说:"是睡不着了,往后可别再撺掇这件事了。"孙传芳说:"你今天晚上说的话不算数,我要听你明天的。"

第二天,孙传芳一早就去了军营,没和向喜见面,向喜却一个人又去了汤记茶馆。

晚上,孙传芳回来问向喜:"喜哥,想好了没有,我可等着你的话呢。你要不让我提二丫头,今后我可不敢再提了。"

向喜说:"馨远,不用闹了,你去找麻鸭子给我说说吧,我主意已定。娶她。"

孙传芳说:"其实我今天一睁眼,等的就是你这句话。"

几个月后,向喜把二丫头娶到保定双彩五道庙街。她是明媒正娶,从山东回来的孙传芳夫人曹氏为她张罗了一切。向喜在双彩五道庙街买了一个小四合院,又给二丫头买了一架大铜床。二丫头变成了向太太。

洞房花烛夜的晚上,向喜对二丫头说:"二丫头,你得有个名儿呀,你也二十好几了,你爹娘连个名也不知道给你起。"

二丫头就说:"起什么名,我有,我就叫二丫头。"

向喜说:"不行不行,不成款。你叫顺容吧。"

二丫头用保定话说:"你要觉着好,就叫呗。"

结婚前,向喜把同艾留在金庄的物品装在一个军用箱子里锁好,也运到双彩五道庙街。待到二丫头问向喜箱子里是什么时,向喜说,那是军用物资。

二丫头相信了。

9

大总统令

  任命向中和为陆军第十三混成旅步兵第一团团长授陆军步兵上校衔此令。

        中华民国八年七月二十二日
          国务总理 龚心湛
          陆军总长 靳云鹏

  向文成在汉口看南洋兄弟烟草公司的霓虹灯。这年他十四岁。

  "南北议和"结束不久,袁世凯为确保长江上游的地位,又调二镇到湖北驻防。此时二镇已按新制改为陆军二师,王占元任湖北督军兼二师师长。王占元欣赏向喜的忠勇,大总统对向中和的任命即缘于他的呈请。之前他还把向喜留在身边做副官长许久。

  向文成受父亲的邀请,陪母亲同艾去汉口。

  这次他们母子离家,不似他童年时由笨花外出看父亲。那时他们母子常因盘缠不足,路途中遭遇些囊中羞涩之苦。一次在石家庄换火车时,娘儿俩只在车站买了两个贴饼子,就着一碗白开水充饥。贴饼子白开水带给向文成的也是欢乐,因为他站在了火车站上,他是一名小小的旅人。并不是每一个笨花的孩子都能见识火车站的,所谓见多识广,火车站和火车是不可少的见识。当时母亲同艾也很坦然,她一边照顾儿子吃饼子喝水,一边还腾出工夫观察笨花以外的风光人情。从前的向喜在军中虽属下级军官,但同艾能作为家眷常在军中小住,已经觉得十分满足。后来,当同艾住在保定金庄,能和同院的孙太太相伴,常进出于保定城之后,就更觉出那实在是自己的福气了。她常常想起一句老话:有福之人不用忙。这福中之福,都因为她嫁给了向喜。

今天的向喜执意要把妻儿的汉口之行打点得既宽裕又风光——向喜的月薪已是纹银四百两。处事有板有眼的向喜惟恐弟弟向桂疏忽了同艾母子的行程,特意给笨花家中一连去了两封信,信中连他们离家时要坐细车①,买票要买头等车都嘱咐了又嘱咐。同艾和文成在兴奋和忙乱中度过了行前的几天。旅行对于他们虽不新鲜,坐头等车他们可是第一次。离家这天,向桂亲自赶辆细车把同艾母子送到元氏车站,又在元氏为他们买了些粗细果子,和一篮产自兆州的雪花梨。之后,他把他们顺利送上头等车厢。

旅途是愉快的,自幼就对点心、零食不感兴趣的向文成,只是饶有兴趣地看母亲手托酥皮点心吃得那么仔细。他看见一些细碎的薄皮掉在洁白的卧具上,同艾又把它们收敛起来放入口中。向文成看同艾吃点心,还听她讲父亲刚驻保定时,保定金庄的孩子们是怎样笑话父亲的笨花口音。在金庄院子里,有孩子像看稀罕一样看他们的新房客,向喜就说:"出哩出哩。"他是说请孩子们出去。保定孩子便大笑着,也跟着高喊"出哩出哩"!向喜的笨花口音很难改变,他对语言的敏感远不如同艾。同艾随丈夫每驻一地,就能立刻发觉当地口音和自己家乡话的差异,她甚至很快就能对他们的口音和句式做些神似的模仿。同艾第一次驻军营是河北迁安县,迁安属冀东。同艾注意到迁安人管借叫"求",管篮子叫"笼子",管大伯叫"大爹"。有个房东孩子叫戳子,他娘说:"戳子呢,快到大爹家求笼子去。"他娘说的是让戳子到大伯家借篮子。向文成没见过迁安人说话,但他深信同艾描述的真实。同艾吃着点心和向文成说话,直说过了高邑和顺德。她累了,就斜倚在雪白松软的

---

① 细车:有顶棚、车帷及装饰的牲口车。

枕头上打盹儿。向文成不知累,十四岁的他已是成年,他把头抵住玻璃看窗外,看飞速后退的风景。火车出了河北境,风景就不同于笨花,也不同于保定。风景在他眼里虽不清晰,但他还是能感觉到那些黑的瓦和白的墙,干土地也变成了水田。他又想起了口音的问题。这黑瓦白墙屋子里的人,口音又是怎样呢,和笨花的差别一定更大。保定府离笨花才三百里地,口音就那么不同,更何况现在已经出了省份。有人说一方水土养一方人,口音一定也和水土有关系。兆州每个村子的水都不同,有咸有淡,口音也才有了差别。童年时代的向文成常想,天下有多少种口音,到底哪里的口音最为标准?也许俺笨花最标准。后来,随着年龄的增长,他才意识到儿时自己的可笑,笨花村才那么小。

向喜这次接同艾母子来军营,决心要把一切做得尽善尽美。他亲自到江岸车站迎同艾母子下车,用马车把他们接进军营。他让护兵和马弁称同艾为向太太,称文成为少爷。他特意请来当地名厨为太太和少爷烹制当地菜肴。一场家宴热闹过后,马弁就陪同艾去逛街。原来汉口和保定大不相同,这里,不仅本国商贾云集,诸多外国商号铺面也在埠设立。当晚向喜又亲自领着妻儿赴江边看汉口的夜景。向文成第一次看见长江,第一次看见往来于江面的帆船、汽船,第一次看见江边那个令他终生难忘的"南洋兄弟烟草公司"的霓虹灯广告。那面竖起来的神奇之灯就像从天而降,它们在夜幕中逐字逐字地显现着,又逐字逐字地消失下去,之后再显现再消失,闪闪烁烁,永无停止。向文成发现,电,不仅可以使一个灯泡亮起来,原来还可以制造出让人意想不到的新奇。自此,这架"南洋兄弟烟草公司"的霓虹灯便永远矗立在了向文成的心里,成了他见多识广的一个证明。

从江边归来,向文成在自己的房间久久不能入睡。他发现了茶几上的报纸,那是一份头几天的《申报》。报纸他虽不是第一次看见,但《申报》之于他,是汉口之外的又一个世界了。这报纸应该是属于父亲向喜的,可不知为什么他猜测父亲不是一个喜欢读报的人,军人仿佛没有时间再去阅读什么。这样想父亲也许有些大不敬,向文成却还是执拗地这样以为,好像父亲在军中时间越长,离文字就越远。报纸对于向文成本人却有着莫大的吸引力,他拿过《申报》,在灯下翻阅起来。顿时,"南洋兄弟烟草公司"几个大字又闯进视线,原来这是南洋兄弟烟草公司在《申报》上刊登的一则广告。广告上画着一个身着长袍马褂的戴眼镜男人和一个身穿花旗袍的女子。这男人一手托腮坐于沙发上,女人正一手撩起门帘,一手拿着一盒香烟递给坐着的男人。画面配着文字,文字写道:他醒了就要吸烟,中国南洋兄弟烟草公司出品的梅兰芳牌香烟是他最赞成的,所以我预先给他拿来。

向文成反复读着这则广告,广告上精心组织过的绵软句子竟使他兴奋。他想,若是换了笨花人,这段话该怎么说呢?递烟人要是母亲同艾,吸烟人要是父亲,这话又该怎么说呢?他想不出来。父亲也从不吸烟,所以向文成永远不曾看见父母关于烟的交流。但是《申报》上这则南洋兄弟烟草公司的广告,伴随着汉口江岸那闪烁不止的霓虹灯,毕竟给向文成带来了某种莫名的心境。他尤其不能忘记广告上那位撩起门帘的年轻女子,她额前整齐的刘海儿,身着旗袍的窈窕身材都让他激动不已。将来他身边的女人就应该是这样的吧?假如他睡醒了要吸烟,他身边的女人也应该用这样的言语关照他抽烟才是……向文成背诵着广告词,把自己坠入舒畅的梦里去了。

晚上,向喜和同艾的恩爱在自然中渐渐复苏着。同艾和前些年相比,体态稍显出些丰腴,丰腴的同艾和向喜依偎在一起,向喜又闻见了同艾头发里那股花籽油味儿。虽然同艾来汉口前已经不再使花籽油,她使了在保定买的生发油。但向喜还是顽固地认为那就是花籽油味儿,也许那是同艾带来的笨花的味儿吧。笨花味儿使向喜兴奋,笨花味儿也给向喜带来一丝忧愁——二丫头不时出现在他眼前,他跟同艾说着话,就免不了有些走神儿。凭着女人的敏感,同艾不久就觉出了向喜的走神儿,她谨慎地又有几分肯定地对向喜说:"你有心事,我觉出来了。"

向喜长出了一口气说:"是哩,我心里一直有事。"

同艾又问:"是国事还是家事?"

向喜犹豫了一下说:"国事、军事……都有。"本来他要说国事家事都有,家事就是娶了二丫头。但话到嘴边,他把家说成了军。

同艾知情达理地说:"那就不是我该听的事了。"

向喜却说:"你不听我也想给你说说。我不说给你,又能说给谁呢。"他说得很动情,也很真切。他确有一些不能与人言的国事想对发妻说,虽然他知道,身边这个女人并不能够完全理解。他突然给她讲起一个名叫宋教仁①的人,说袁大总统差了个叫应桂馨的人在上海暗杀了他。那个杀害宋教仁的应桂馨几次三番向大总统邀功,大总统为灭口,竟又派人把应桂馨也暗杀在火车上。向喜叹了口气说:"我一向钦佩袁大总统,可袁大总统这么做实在不该,有点叫人心惊胆战。这件事之后,我在外头做事经常心有疑虑,有时候我半夜醒来经常闹不清自个儿在什么地方……"

向喜对同艾说的话,是他埋藏在心里的真话,是啊,此话除了同艾他又能对谁说呢。

同艾深知这些,她用力攥住丈夫的手说:"人在外头不管做事大小,都是身不由己,有些事我比你还放心不下呢,也只能全靠个人节在②了。"

向喜说:"有些事你节在都来不及。"他说着又想到了二丫头的

---

① 宋教仁(1882—1913):国民党早期领袖,倡导政党政治。
② 节在:谨慎、在意。

事,背着发妻娶二丫头就是一次不节在吧。他这次接同艾来汉口,就是要把这个不节在源源本本告诉她的,这种打算又何止今天才有?他一次次鼓足勇气,又一次次气馁下来。他想该怎样开口才能最小程度地刺伤同艾?就在向喜一次又一次鼓勇气的时候,二丫头顺容却又给他生了两个儿子,于是气馁就更占了上风。

同艾攥着向喜的手见向喜不说话,又问:"心里还有别的没有?"

向喜说:"别的一时也说不清。"

同艾说:"那就明天吧,你也困乏了,明天还得听王大人差遣。"

向喜就势打了个哈欠。

有句形容夫妻间相处的好话叫做相敬如宾,向喜和同艾在汉口的日子就相敬如宾。虽然同艾也觉得他们夫妻这样的相处已不同于笨花,也不同于保定,可她又实在挑不出丈夫对她的怠慢。她只想,现今已经被人称为向大人的向喜,莫非你非得让他回到从前不可?他已经不再是守着火盆烤火的庄稼人,他也不再是教她拿肉馅包馄饨的、自己起火做饭的队官。同艾暗自为自己圆满着说法,也从心底感激着丈夫对她的关照和周到。

向文成和父亲相处总有几分不自然,他在父亲面前常常自觉其貌不扬,尤其当父亲身着戎装威风凛凛地出现在他眼前时,他就更加感到了自己的渺小。他不愿意与父亲的眼光相遇,这使他在父亲跟前就常有一种犹豫不决的表情。向喜或许察觉了儿子和他之间的距离,竭力想找回他和儿子之间的那种父子亲情,但他终也找不到合适的话题。他和儿子谈文字、谈时局,父子也能做些对答,可他们对答着,双方又都觉出,这仅仅是做出的一种姿态。向喜不愿意把逐渐长大的儿子形容成其貌不扬,一切都是性情所致吧,他想。他只觉得,文成要是个子再高些,身板再壮实些会更招人喜欢。还有他那双残缺的眼睛,给他与别人的交往带来了更实际的障碍。唉,向喜想,那个中午他为什么非要带他去下府河不可呢?他怀着这不能平抑的内疚暗中端详着十四岁的向文成,却又从儿子那貌似自卑的形态里,发现了他有一种超越了身高的迷茫而又热切的神情,他突然会显出些抱负满怀。

无论如何,向喜一家三口是愉快的,一旦找到话题,彼此都会忘记任何间离,尤其在饭桌上。这天中午全家在餐厅用饭,厨子不仅做了鲜藕炖排骨、红烧猪手,还特意从外面的饭馆叫来一道当地菜肴——土匪鸭。于是全家就围绕土匪鸭展开了话题。向文成问父亲,这土匪鸭真是土匪吃的菜吗?向喜说,正是这样。你看鸭子外面包着荷叶,荷叶外面又裹着泥,这鸭子是用火烤熟的。先前土匪抓了别人家的鸭子来不及细做,就用了这个办法。向文成就说,这办法好是好,就是土匪做鸭子太失策。向喜说,怎见得?向文成说,土匪既是土匪,就不必再自己动手把生鸭子做成熟鸭子,要是有人追上来怎么办?向喜说,照你的说法,鸭子就不用做了。向文成说,土匪既是土匪,就不如去抢做熟的鸭子。同艾说,看你说的,要是近处没有饭馆呢?向喜就说,再饿着肚子跑呗。三口人都笑了。后来向喜又说,其实湖北的土匪鸭和杭州的叫花子鸡做法都一样,都是借了个离奇的名字。名字越离奇,越能吸引人去吃。快尝尝,快尝尝,趁热乎。向喜亲手将泥和荷叶扒开,先给同艾夹一块,又给文成夹一块。

就在向喜为文成母子夹菜的时候,一个女人大步跨进了餐厅。在向文成看来,这女人显得很是人高马大,她就像江中的一股浪头朝饭桌涌来。他本能地往母亲那里闪了闪,才看清这女人跟前还有两个孩子。小一点的被她抱着,大一点的在她手里牵着。这女人大约在刚进门时受到了护兵的阻拦,所以嘴里还在责骂着护兵。女人闯进门后,先把两个孩子推搡在向喜跟前,就让他们管向喜叫爹。

两个孩子按照女人的吩咐,一人搂住向喜一条腿,果然叫起了爹。女人又冲孩子嚷道:"大点声儿,再大点声儿,你们爹耳朵背,怕他听不清。"女人说着,拿眼睛斜视起同艾与文成。斜视一阵就又挑衅似的说:"我不是走错了门吧,是我走错了门,还是有人进错了门?"

来人是二丫头。这是她携儿子文麒和文麟对汉口的一次突袭。原来二丫头早就在向喜身边安插了"眼线",她嘱咐眼线,一旦向大人身边有风吹草动,就立即往保定发电报。几天前她果真接到了一封电报,那电文只有一个字:来。二丫头顺容仿佛就是冲着这个"来"字来的,电文越简单,她胸中的火气就越大。

这一幕情景对于同艾来说是爆炸性的,却也干脆明白,不再存有悬念,向喜的"国事、军事"也有了结果。哪有不相干的女人让儿子乱叫爹的?

这一幕情景对于向文成来说也不再存有悬念,他已知晓这女人就是他的"姨"了,按笨花人的习惯,二房被称做姨。那两个小男孩,便是他的两个同父异母的弟弟了。

同艾还是感到了惊骇,她惊骇的不是这事情本身,她惊骇的是向喜会把事情瞒得这么严实——两个孩子都会叫爹了,也许一个五岁,一个三岁吧。她恍恍惚惚地看见他们头戴小瓜皮帽,身着西式花呢小外套,体面,整洁,气色红润,她的眼光突然瑟缩起来,又一阵恍惚,就觉得餐厅里没有了她自己。

同艾看见二太太汤顺容之后就昏了过去,醒来后又说了几天胡话。向喜为她请来一个叫马克的德国大夫,同艾吃了几天马克的药,才逐渐恢复了常态。

向文成一直守在母亲身边,他们和二丫头分住在两个院子里,只待吃饭时才同坐在一张餐桌旁。同艾大半不再上桌吃饭,只有向文成碍于父亲的尊严,不得不上桌就餐。每次进餐,向文成都不知如何对待他这位从天而降的姨和两个从天而降的弟弟。有时他试图不加人称地和他们打个招呼,但他又断定,那换来的一定是二丫头和两个儿子不约而同的白眼。原来一张桌子上只有他才是多余的。父亲向喜也总想缓和一下尴尬的气氛,但偏偏文成自己又不"赶劲",虽然每次进餐他都加倍用近视的视力扫视桌面,惟恐有什么闪失。但面对一桌盘子和碗,又常常错误百出。一次他把混入菜盘中的一根麻绳当粉条,用筷子夹住送进口中,被两个弟弟看见,他们立刻兴奋得不能自制地高声大笑起来。他们不看文成,只看向喜,好像在说,怎么这个人也是你的儿子?向喜并不纵容两个年幼的儿子,他甚至为此喝斥他们。但是向文成还是感觉到,父亲和他们似有一种天然的亲昵,而父亲对他更多的是责任和客气。小时候父亲和他都光着屁股去府河游泳的日子已经是往事了。

  向文成在汉口的日子变得很沉闷。他隐隐觉得,自己终归还是属于笨花的吧。他不再去江边看船只的往来和霓虹灯的闪烁,对《申报》上的烟草广告也减了兴趣。他忽然觉得,他配不上广告上那位女子,那样的女子只配得上同父异母的弟弟文麒和文麟。为母亲治病的德国医生马克就在这时走进了向文成的心。马克的儒雅和谈吐常常带给向文成一种陌生的冲动,他想,如果这时父亲问他将来的打算,他会告诉他,他要做一名医生。

  经过德国医生马克的调治,同艾的精神恢复到往常。她脾气出奇地好,还常常陪王占元的太太去听戏、打牌。她不卑不亢地对待二丫头,她待文麒和文麟也如同亲生。向喜估计风暴已经平息,他受着同艾的感动,他想,和二丫头相比,同艾到底是多些豁达和厚道的。他永远也不会忘记,在千钧一发的时刻,是同艾给了他面子。

  然而,一天晚上,打牌归来的同艾把向喜请进自己房里说,她想回笨花了,在汉口固然清闲,可笨花还有公婆。向喜在这里有顺容照顾,也就够了。同艾把顺容的名字说得格外自然,就像在说着自己的姐妹。

向喜对同艾的表示并不意外,也没有做理应的挽留。因为他知道,他的任何挽留在同艾看来都会是虚假的。他只对同艾说,就替我给老人行孝吧,我打算给家里盖新房,要盖笨花最好的房。

向喜差人到首饰店给同艾打了一枚金戒指,戒指背面铸有一行字:向梁氏同艾。这枚分量不轻的金戒指不仅是向喜对发妻的一份情意,也是向喜对发妻身份的再一次郑重确认。

同艾和向文成坐上了返回北方的火车,他们比来时多了许多行李。向喜不但为同艾买了礼品,还不忘把家里人一一打点。行前向喜曾问向文成想要点什么,文成想了想说,我把爹不看的《申报》带走吧。向喜就给向文成准备了一只尺把长的藤编小箱,把手头所有《申报》都收拾进去并说,从今往后,他会替文成把《申报》订到笨花去。

同艾一路无话地把头靠在车窗墨绿色的窗帘上静坐,她面容淡然,心中却是倒海翻江。她已经许多天不再流眼泪了,现在人一离开汉口,眼泪才又像断了线的珠子一样噼里啪啦落下来。她忽然想起向喜给她讲过的那个被袁世凯派人杀死在火车上的人,她想,不如也叫人把我杀死在火车上吧。可她又明知,有人杀宋教仁,也有人杀应桂馨,却没有人杀梁同艾。梁同艾还得回到笨花去。

对面的向文成凑近母亲的脸,躲着人们的眼睛小声说:"娘,你哭了。"

同艾的眼泪流得更汹涌了。

向文成说:"娘,别哭了,你的眼可别再哭坏了。"

同艾终于止住了哭。她不是怕哭坏了眼,那是因为儿子文成的提醒,那是因为她对文成的怜惜。她也不愿意同包厢的人看见她掉眼泪。

火车到达石家庄是个早晨,同艾母子要在这里换乘去元氏的慢车。母子二人下了火车走在站台上,旅途的劳顿使二人脸色都不太好,眼角也堆积着眵目糊。现在天色尚早,车站外面显得非常冷清,只有几个当地妇女在卖洗脸水,她们各自守着眼前的脸盆、毛巾和一把热水壶,喊着:"洗洗脸吧,洗洗脸吧,洗洗脸长精神啊!"

萎靡了一路的同艾在一排洗脸盆前停住,从口袋里掏出几文小钱对向文成说:"我要在这儿洗个脸,你也洗一个。"

同艾执意要洗完脸,精神着回笨花。

第 二 章

10

笨花人喜欢把笨花村的历史说得古远无边,以证明他们在这块黄土平原上的与众不同。他们尤其热衷于述说自己那捕风捉影似的身世,把那些说不清的年代统称为老年间。他们说,老年间他们并不住在笨花,他们的家乡在山西洪洞县。说得再活灵活现些,那是山西洪洞县老鸹窝村大槐树底下。在老家他们的日子过得充实富足,与世无争。后来不知是哪位皇帝心血来潮,命他们到老鸹窝大槐树底下集中,然后又平白无故地命他们移民至沃州或平棘,沃州和平棘都是兆州一带的古称。于是他们的祖先便拖着沉重的脚步,不情愿地向东出发了。他们翻过高不可及、重重叠叠的太行山,进入尚是荒漠的、只有野狼出没的冀西平原,蹚着终年泛滥成灾的拒马河、滹沱河的泥沙,昼夜兼行,只是向东、向东。更加悲惨的是,他们自从在大槐树下集中的那天起就失去了人身自由,他们被反剪着手捆绑起来,成行成串地连在一起,睡觉时也是成行成串地倒下来侧身而卧。只待谁有了便溺之意,请求方便时,才被允许解开手离队。于是,"解手"就成了大、小便的代名词,大便时应该报告为解大手,小便时应该报告为解小手。这时押送移民的兵卒将他们的手解开,他们就在山崖河滩行些方便,之后再被绑起来入列前进。这样,解手的典故不但流传下来,还成了这支远道而来的乡民们光荣历史中一个不可缺少的细节。这是一次勇敢的东征之举,这是一个个姓氏、一个个部落乃至一方乡民背井离乡,在另一方土地上开发创造自己新生活的英雄史诗。千百年过去了,他们认为他们的血管里流淌的仍然是外乡人的血。这一支"外乡人"为什么总是念念不忘那个久远的年代和那个远在天边的洪洞县?那是因为他们带着智慧和耐力开发了这一带的荒漠大地。先前这块荒漠大地上尽管也有人生存,可也许是那些人缺少强壮的体魄和开拓精神,自盘古开天地,他们就一直过着饥不果腹、人种退化、濒临灭绝的生活。这些外乡人为了证明他们与当地人的不同,又不惜苦思冥想,再想出些"证据",以便更加确凿地来证实他们的身世。除却解手的典故,他们还说,洪洞县的移民被绑过,所以至今仍然保持了背着手走路的习惯。他们说,移民脚上的小拇趾都不长趾甲,那是因为长时间走路,小拇趾的趾甲被永远地磨去了。笨花一带乡民,确有不少背着手走路的人,一些人脚上小脚趾的趾甲确实消失了。

移民来了,差不多每个人的行囊中都装着种子。他们走走停停,终于发现了兆州这块适于种植的黄澄澄的土地。从前这块黄土地上虽然没有正经庄稼,却生长着茂密的打破碗花、车前子和羊角蔓,还有浆果枸杞子、苵苵果……几位有学识的人经过考虑,得出结论说,这里的土质所以肥沃,是因为北有滹沱,南有孝河。两河不时翻滚改道,才淤出泥滩,淤泥又进化为适于耕种的黄土。于是他们这些被反绑着手的外乡人,便向朝廷发出了请求,请求留下来结束他们一个时期以来的流亡生活。朝廷准了他们的请求,他们成了这里的乡民。

这些初来乍到的乡民开始把他们行囊里的种子撒向大地,大地长出了谷子、小麦和棉花。他们又在那些生长着浆果的地方种下鸭梨和雪花梨,都获得成功。笨花村也因此而得名,因为是他们带来了笨花籽儿。

这个传奇般的移民故事并不是笨花人的凭空杜撰,正史上也有记载。《明实录》载:洪武四年(1371年)时,河北人口仅有一百八十九万三千三百人,而山西却有四百零三万零四百五十四人。山西人口稠密又以汾河平原以及洪洞县为最。朱元璋采纳户部郎中刘九泉的建议,决定从山西向中原移民。移民先被集中到洪洞县,再分别被移向河北、河南等地。明隆庆时的《兆州志》也记载着:本州与宁晋境内田地,国初大半抛荒。永乐年间迁山西屯留、长子等民实之。所令开垦,永不起科。原来人们说的那个古老的年代是明朝,那个皇帝是朱元璋。

尽管史书把这个远古的移民传说做了详尽的记载,但笨花人还是不打算以史为依据,他们坚信着传说和演义,固执地按照自己的信念,解释着那些细枝末节。笨花村有些孩子喜欢当众把鞋脱掉,炫耀自己脚上的小拇趾就不长趾甲。每逢这时,那些长着趾甲的孩子反倒觉出些自卑。有的孩子故意学着倒背着手走路,走着,斜视着正挺直身子走路的孩子说,你会哟?我会!那不背手走路的孩子就找个僻静地方模仿起来,直到大人将他们喝斥住。大人说:"你老了?你比你爹还老哟!"这孩子的爹只知喝斥孩子,一时又忽略了他们的光荣历史。

后来,待到向文成解释小脚趾上不长趾甲这件事时,说,人的小脚趾不长趾甲是遗传所致,是生理现象。趾甲真要是走路磨掉的,还会再长出新的来。遗传则不然。长成什么样就是什么样,想改都改不过来。至于说棉花籽儿是笨花人带来的,倒是真的,先前这地方没花。这时的向文成已是一名中西兼容的医生,研究着《医宗金鉴》《伤寒论》,也研究着生理学。

这里的人管棉花叫花。笨花人带来的是笨花,后来又从外国传来了洋花,人们管洋花也叫花。笨花三瓣,绒短,不适于纺织,只适于当絮花,絮在被褥里经蹬踹。洋花四大瓣,绒长,产量也高,适于纺线织布,雪白的线子染色时也抓色。可大多数笨花人种洋花时还是不忘种笨花。放弃笨花,就像忘了祖宗。还有一种笨花叫紫花,也是三大瓣,绒更短。紫花不是紫,是土黄,紫花纺出的线、织出的布耐磨,颜色也能融入本地的水土,蹭点泥土也看不出来。紫花织出的布叫紫花布,做出的汗褂叫紫花汗褂,做出的棉袄叫紫花大袄。紫花布只有男人穿,女人不穿。冬天,笨花人穿着紫花大袄蹲在墙根晒太阳,从远处看就看不见人;走近看,先看见几只眼睛在黄土墙根闪烁。

笨花人种花在这一方是出名的。他们拾掇着花,享受着种花的艰辛和乐趣。春天枣树发了新芽,他们站在当街喊:种花呀!夏天,枣树上的青枣有扣子大了,他们站在当街喊:掐花尖打花杈呀!处暑节气一过,遍地白花花,他们站在当街喊:摘花呀!霜降节气一过,花叶打了蔫,他们站在当街喊:拾花呀!有拾花的没有?上南岗吧!随着花主的喊声,被招呼出来的人跟在花主后头到花地里去掐花尖、打花杈,去摘花拾花。

南岗是向家新置的地,一块三十亩,种着笨花和洋花。向桂最爱站在当街喊,有时还蹚着梯子站在房顶上喊。他声音洪亮有底气,传得远,能传遍整个笨花村。向桂最看重的是摘花和拾花。逢到摘花时,他备上零钱,扛上大秤,亲自坐在地头等过秤。被他喊来的摘花人净是妇女,十几个妇女把自带的包袱皮系在腰间,在南岗花地里一字排开,摘一个来回就找向桂过一次秤。向桂选一块杠硬的土地,用花柴棍在地上一边划拉着记数,一边跟年轻的小媳妇开着没深没浅的玩笑。他指着鼓在小媳妇肚子前头的棉花包说,哎,几个月了?那鼓着的棉花包很像怀着胎的大肚子。有人识闹,有人不识闹。不识闹的拿眼白一下向桂就说,像狗嘴里呲出来的话。向桂也不恼,只笑着过秤说,五斤。那不识闹的小媳妇说,怎么摘了一个来回才五斤?向桂说,五斤还是个低头秤呢。卖东西的款待人讲抬头秤,收东西的款待人便是讲低头秤了。

也有识闹的女人专等向桂来跟她闹。识闹的女人站在向桂眼前拿眼神瞟着他说:"掌柜的,怎么就不问问我这肚子?"向桂就说:"你这肚子里的事就咱俩知道,那天好得你直蹬腿儿。"女人更加来劲地说:"那我就带着这大肚子回家吧!"说完半真半假地摁着腰里的棉花包就走。向桂就冲着她喊:"哎哎,回来回来,这可不行。"女人站住了,还在拿眼瞟向桂。向桂就势拽住她的衣裳角,把嘴对准她的耳朵说:"想挣花了?等拾花吧,打着你的牌哩。这儿的花你还得给我倒下。"他拍拍女人的肚子。这位识闹的女人叫大花瓣儿,西贝小治打的兔子就是扔进她家的。大花瓣儿二十好几了,人还是水灵新鲜。人风骚,活儿干得"力拔",花摘不干净,摘下的花上也沾着烂花叶。向桂替大花瓣儿解包过秤,瞟着大花瓣儿故意说:"你是谁家的呀,怎么不理会?笨花这村子大了。"大花瓣儿站下来,撒娇似的让向桂给她解包袱,一边说:"村子再大你也认不差人。就是假装不认识我算了,还甜言蜜语说打我的牌。"向桂讪笑起来说:"别跟我磨牙了,快摘你的花吧。"大花瓣儿系上包袱去摘花,又勾回头来对着向桂的耳朵说:"哎,拾花的时候可别忘了我。"向桂说:"忙摘你的去吧!"

收工了,一地白花花的花朵被拾掇在向家的棉花包里,棉花包堆成了一座小山。向桂按照地上的记数,把口袋里的铜子和制钱分给摘花的妇女们,喊过长工群山系紧大包,把大包抬上大车。向桂抬着大包估摸着包里的分量,心想南岗这三十亩地总算没有白要,哥哥向喜要是从南方写信问寄回的银子都干什么用了,我也算是有个交代了。向喜这时不再驻汉口,他驻湖北宜昌,每次写信总要问几句家里的土地种植和收成。

遇到整治棉花时,也有不在大庭广众之下呐喊用人的,西贝家就总是悄没声地实践着关于花的一切。西贝家的花地种得精巧、细致,春天的下籽,夏天的打治,秋天的摘花、拾花,都是西贝牛率领全家完成。赶到摘花时,西贝家里的男人、女人腰里都系上包袱,鼓起肚子在地里摘花,连西贝牛也系个包袱皮走在全家最后,监工似的。他发现谁摘得马虎就喊:"哎,花翅上还沾着眵目糊呢,十个花翅就能沾半两。"西贝牛说的花翅是棉花桃的硬壳,花桃开放,棉花溢出来了,四边扇出四个小翅膀,就是花翅。西贝牛尤其看不上孙女西贝梅阁手下的活儿,他看着梅阁那副心不在焉的样子说:"你那也叫摘花呀?念字说念字,干活儿说干活儿。你不穿衣裳呀!你不絮被窝呀!那都是花,那耶稣穿的大袍子也是花织的布。你看你遗失在地里的花比摘的还多哪。"西贝牛见过宗教画上穿着大白袍子的耶稣,就用耶稣的大白袍子来启发梅阁把花摘干净。梅阁听见西贝牛"呲打"她,也不扭头也不转身,就冲着花地说:"整天听你絮叨,再絮叨我就不来了。耶稣也是你编排的呀,你怎么知道耶稣的袍子是花织的布,那是麻织的,约旦河边有的是麻。"西贝牛说:"麻还能织布?麻就能打绳。"梅阁就说:"那是笨花人的见解,笨花人就知道眼前这点花。"逢这时西贝大治、西贝小治和他们的家里人都不说话,只有西贝时令站出来说:"梅阁你就别跟爷爷犟了,爷爷说得也在理儿,咱家摘花要摘出个样来。咱不能像别人家,摘花就像赶庙似的,热闹倒是热闹,花摘得可是隔二片三,遗忘在地里有多少啊!"时令说的别人家大约指的是向家。梅阁不说话了,西贝牛也不说话了。绵软的花叶扫着西贝家人的胳膊和腿,那些尚未绽开的花桃敲打着他们的胸脯和腰。西贝家的花柴长得高,齐了腰,邻居向家的花柴只能齐到大腿。

向家和西贝家住笨花村西头。就在西头摘花时,东头也有人家在摘花。有一家姓佟的,几片花地包围着笨花半个村子。佟家不种笨花,单种洋花。自家开着花坊,轧花、弹花,雇着把式"蹬包"

向外运货。姓佟的户主叫佟法年,年纪和向喜相仿。两个儿子一个叫佟继业,一个叫佟继臣。平时,当笨花人都在以自己是老鸹窝的移民为荣时,佟法年就常常站在当街说,一点不假,你们都是外来的,我可是本地人。你们的那点地,都是我祖宗让出来的,要不是我祖宗深明大义,看着你们可怜不待见的,你们不知现在何处漂流呢。还有笨花这种物件,我祖宗压根儿就没有把它放在眼里。纺线织布没弹性,絮被窝扎肉。要饭的穿紫花布还差不多,往墙根儿一蹲不挨狗咬。为什么?黄土色,狗看不见你。

从前佟法年站在街里一说笨花的事,向桂就问哥哥向喜,问他笨花人种的地是不是佟家人让出来的,向喜说:"太张致,太张致,离他们远点。"如今向文成就说:"他祖宗怎么见过洋花?洋花传过来也不过几十年,咸丰十年(1860年)洋花才从美国传到中国,美国开国也不过二百来年。"

没有人考证佟法年的家世,向文成的看法是,佟家以本地人自居是自有用意的,他把住笨花四十亩官地不放手就是证明;他种着官地不为村里付出就成了天经地义。老年间笨花村立下过规矩:谁种官地谁得管村里的开销,办学、唱戏、抗灾乃至官场上的应酬,费用都应出在官地。其中村人最重视的莫过于办学,可笨花村现在只养着一个私塾先生刘秀才。刘秀才半饥半饱地上课,每次向佟家催要欠粮,顶多只能从佟家背回二斗谷子。刘秀才把口袋往当街一蹾,愤愤然地说:"快看看吧,刚够喂只麻鹁!"遇到村里来了戏班子,佟家还贴出告示敛钱上份子。现在四十亩官地佟家也种着洋花,摘花时,佟法年便站在街口喊:"摘花呀,上官地!"官地的洋花成色好,从处暑一直摘到霜降,摆在集上都抢手,摆在佟家的花坊里,就成了花坊的底子货。有官地四十亩的洋花压底儿,佟家的花坊净赚不赔。

佟家花地多,地块大,摘花时会招来更多的妇女。佟法年为了让摘花人把棉花摘得干净,还叫家里揽饭①的往地头上送绿豆汤。佟法年站在地头上说,来吧,绿豆汤管饱,算清了工钱每人再加俩大子儿②!

大花瓣儿给向家摘花,也给佟家摘。大花瓣儿对向桂说:"人家佟家还管绿豆汤呢,怎么恁家就不给熬点?"向桂说:"妇道!就待见这点小恩小惠。你说一只兔子吧还有点嚼头儿,那一罐子绿豆汤顶多也就撒上一把绿豆,比喝水能强到哪儿去?"大花瓣儿就说:"烧开水还得费柴火呢。"向桂说:"要不就说你妇道呢。等到拾花那工夫多挣一包袱花不就什么都有了。说话之间这花就该摘三喷了,离霜降也没几天了。"

摘棉花讲"喷",头喷花摘花有限,二喷三喷是棉花最应时的时候,摘下的花纯净饱满。四喷的棉花质量不及二喷、三喷,五喷的花干瘪瘦弱,白里透着黄红,叫红花。红花卖不上价,待出的白布也属次布,只能撕着零用。五喷花过后,节令已是霜降,该拾花了。在笨花村,摘花像是家事,拾花才是盛会。拾花牵动着不少男人和女人的心。

11

白露以前大庄稼掩映着棉花地,棉花地在大庄稼的遮盖下像一片片的海,一铺铺的炕。大庄稼放倒了,海和炕、炕和海连成了片。少了大庄稼的掩映,人们放眼四望,能看得很远,种花的花主对花就不放心起来。这时,家家花地里都搭起了看花的窝棚。花主们派出家里的人去窝棚看花,盛开的棉花朵招人。有女人就专往这盛开的花朵上打主意,晚上她们钻进窝棚和花主缠磨、挣花,

---

① 揽饭:被雇替人做饭。
② 大子儿:铜板货币的俗称。

于是就有了钻窝棚之说,于是窝棚和女人在花地里就成了一道风景线。这窝棚用竹弓和箔子草苫搭成,半含在地里,四周再围起谷草,培好土,里面铺上新草和被褥。人走进去直不起身,只能在草铺上盘腿说话。这窝棚防雨、防风又防霜,秋分过后花主们就把窝棚搭起来,直到霜降,满街喊着"拾花"时,还拖着不拆。拖一天是一天,多一夜是一夜。那时的夜只属于看花人。

从前西贝家是小治看花,后来时令长大了,看花人就变成了时令。这年时令还没有娶媳妇,自己就能决定自己的事。只有西贝牛对时令不放心,他看着时令为自己打点被褥要去看花,就在院里指手画脚地说:"先说下,看花就是看花,花可是你爷爷你爹种的。"时令打捋着被褥不说话,西贝牛又说:"说你哪,看花就是看花。花这物件多一把就是一把,少一把可就缺一把。"时令就说:"爷爷,我知道,我还不知道多一把是一把,爷爷你也看过花。"西贝牛说:"我看花,哼……"他没再说下去。

西贝牛看花在村里是出了名的,他的窝棚里最安生,谁也休想从西贝牛窝棚里要出一把花来。轮到小治看花时,花就有了伤耗。西贝牛知道大花瓣儿钻过小治的窝棚,他不心疼小治扔给大花瓣儿的兔子,单心疼花的伤耗,就让小治媳妇冲着大花瓣儿家骂。有一次小治媳妇骂出了大花瓣儿,大花瓣儿出来了,不吵也不闹,站在当街只是往西瞧,瞧着说着:"我就是愿意听这叫街的声儿!"招得半街筒子人光笑。

没有人能止住窝棚里的事,西贝牛说说而已。他看见扛着新鲜被褥出门的时令,心里只是盘算,从白露到霜降过后,窝棚里到底能有多少花的伤耗。他想,五斤吧,十斤吧,也许二三十斤。他又想时令怎么也是个本分孩子,知情达理,处处为家里打算,就算花有伤耗,也有限吧——他可和小治不同。

和其他花主相比,时令出来看花是个不早不晚的时刻。向桂早就在南岗搭起了窝棚,他不把花地交给群山,他要自己看花。

花地里起了窝棚,就像庙上起了戏,笨花的夜变得悠闲而忙碌。夜又像是被糖担儿的糖锣敲醒的——有一种专做窝棚生意的买卖人叫糖担儿,糖担儿在花地里游走着卖货,手持一面小锣打着喑哑的花点儿。这小锣叫糖锣,糖锣提醒着你,提醒你对这夜的注意;提醒着你,提醒你不要轻易放弃夜里的一切。

夜有时是明月当空,有时是伸手不见五指。

糖担儿们不管这些,他们点个泡子灯,灯里添足煤油,在花地里踏着湿润的垄沟转悠起来,远看去像传说中的灯笼鬼儿。糖担儿卖货并不挑担子,他们扤个柳编篮子,篮子里码着烟卷、花生、糖球和鸭梨。那烟卷有好有赖,有次烟"双刀""大孩儿",也有很上档次的"哈德门""白炮台"。届时,糖担儿分析着看花人的脾气秉性,把不同档次的商品出示给他们。许多男人在那个时刻都要显出些豪爽的——糖担儿卖货只要花不收钱。

有个糖担儿来到时令的窝棚,他撩开草苫就进。时令一个人不点灯,躺在被褥上发愣,糖担儿的罩子灯倒把窝棚照得挺亮。时令盯着被照亮的棚顶说:"谁呀?"其实他知道进来的是糖担儿,这时候还能是谁。糖担儿说:"是我,怎么也不点个灯?"时令说:"点灯干什么,还招蠓虫呢。"糖担儿说:"有灯才能招人,要不黑咕咚谁知道这儿有人。"时令说:"招人干什么呀,还乱得慌哪。"糖担儿说:"我就不信。"时令正和糖担儿说话,门上的草苫哗啦一响,进来一个人。糖担儿先看见,是个女的,穿着红底儿绿花小棉袄,前后有点撅,黑裤子倒很单薄。糖担儿看看来人就说:"看,来了不是?生是有灯的过,灯给你招来的。"时令发现真来了人,就坐了起来。灯把这个女人的眉眼照得很清楚:细眼,厚嘴唇,眉毛很黑,辫子不算细,年纪不过十七八岁,时令猜测大半是个闺女。她不是笨花的。眼前这闺女让时令自觉有点腼腆,他没话找话地问这闺女:

"你怎么知道这儿有人?"闺女说:"看着有灯就往这儿走。"糖担儿忙接茬儿说:"是吧,生是我给你领来的,给抓把花吧。"时令说:"你就知道要花,哪有啊?"糖担儿说:"遍地都是。"时令说:"也不是给你的呀。"糖担儿看从时令手里一时要不出花,又见这女人正低了头等时令,就"知趣"地说:"要不这么着吧,我也别死赖在这儿不走了,你俩先办事吧,就算先欠我一把花也无妨,乡里乡亲哩。"糖担儿说完弓起腰就走,出窝棚时又折回来,扔给时令一小包洋蜡说:"点着根蜡吧,别弄错地方。"

糖担儿真走了,时令听见糖担儿踏着垄沟的干花叶走了。

糖担儿说的"办事"时令明白,来人也明白,这一方人把男女交合俗称办事。糖担儿走了,窝棚里就剩下时令和闺女两个人。闺女就势往时令的被褥上一滚说:"知道恁家的花最强。"一面说,一面就解扣。时令说:"哎,哪儿的人呀,怎么这么不管不顾?"闺女说:"东边的。"时令说:"我说呢。"闺女解着扣,说着好冷好冷,就去抓时令的被窝,说话间早把自己脱了个光膀儿。就着洋蜡的光亮,时令看见这闺女的脸让秋风吹得很红,身上很白,两个奶子之间长着一个黑痦子,像粘着一粒黑豆。

窝棚里的事,时令不是没有过。这晚也不是没有思想准备。他只是想,不能光不管不顾地糟蹋家里的花,就想把这个闺女冷淡出去。哪知闺女不怕冷淡,还是沉住气等时令。时令就又想,一回半回的,又不是我招的,都是糖担儿的过。想着,就迁就了闺女。

时令跟那闺女半生半熟地办了事,那闺女还搂着时令的脖子说了会子话,光板儿穿上袄裤就向时令要花。时令从窝棚底下抓了两把笨花给闺女,闺女不要,专要洋花,还说:"都说你们家舍不得,我还不信呢,敢情是真的。莫非就给两把笨花打发人?"时令觉得闺女点到了地方,他不愿意在她面前露出小气,就给她换了两把洋花,说:"赶紧走吧,还得再串两三个窝棚。"闺女说:"哪儿也不去了。"时令说:"算了吧,还有嫌花多的人呀!"

闺女还是嫌时令给的花少,又扑腾着爬到窝棚底儿去找花。时令说:"明天可别再来了,谁给得起呀。"他又抓给她一把。

闺女走了,时令看着她的背影想,明天真别再来了,糖担儿也别再往这儿招人了。他钻进窝棚,把脚底下扑散出来的花往里摁摁,用块包袱皮盖好。

糖担儿从时令的窝棚里出来,就去南岗找向桂,向桂的窝棚他最熟。糖担儿来了,掀起向桂的草苫就进。这草苫厚重也隔音,人若不挑开,不知道里边有举动。里边有举动,外边听都听不出来。糖担儿掀开了向桂的窝棚,向桂的窝棚里有灯,灯把窝棚照得赤裸裸的。原来向桂正和大花瓣儿在被窝里闹,向桂一看是糖担儿就骂:"狗日的,早不来晚不来。"向桂骂糖担儿是玩笑,这里有风俗,窝棚里的事最不忌讳的就是糖担儿。向桂骂着,只用被窝角捂住大花瓣儿的肩膀子。大花瓣儿说:"不用捂我,给他看个热闹,吃他的梨不给他花。"糖担儿就说:"谁叫我运气好啊,平时想看热闹还看不见呢。梨,敞开儿吃,哪儿还赚不了俩梨。"他把一个凉梨滚入向桂和大花瓣儿的热被窝。向桂就说:"别他妈闹了,凉森森的。"大花瓣儿说:"让他闹,看他再敢扔进俩来。"糖担儿来劲了,果然又抓起俩梨就往被窝里送。他送进俩凉梨,就势摸了一把大花瓣儿的胸脯子,说:"敢情这儿还有俩热梨呀。"大花瓣儿也不恼,光吃吃笑。向桂恼了,就去揪糖担儿的紫花大袄揍糖担儿。大花瓣儿说:"算了,饶了他吧,让他给你盒好烟,要白炮台。"向桂说:"一盒好烟能占那么大便宜?"大花瓣儿说:"叫他给你两盒。"糖担儿说:"那可不行,你知道两盒白炮台值多少花。"说着就去捂篮子。哪知大花瓣儿早已从被窝里蹿出来,露着半截身子,劈手就从糖担儿篮子里拿烟。糖担儿说:"哎哎,看这事儿,这不成了砸明火。"大花瓣儿说:"就该砸你,叫你冻(动)手冻(动)脚,腊月生的。"说着抓出两盒白炮台就往被窝里藏。糖担儿伸手去夺,大花瓣儿已经出溜到被窝底儿,向桂就势把被窝口一摁。糖担儿想,你抢走我两盒白炮台,我看见你俩馋馋①,不赔不赚——谁叫你往外蹿。我没有花地没有窝棚,看看也算开了眼。

向桂见糖担儿不再动手动脚,又心软下来说:"你也不易,算了,抓几把笨花走吧。"糖担儿说:"当下笨花没人要,给两把洋花吧。"向桂说:"洋花在窝棚后头盖着哪,个人出去抓吧,可不许抓多了。"他没有走出窝棚监视糖担儿抓花,他舍不得热被窝。糖担儿一听向桂让他个人去抓花,就高兴地冲着被窝喊:"大花瓣儿,我可走了,别想我想得睡不着,赶明儿再来看你哟。"

糖担儿钻出窝棚,找到向桂的洋花,一把一把狠往篮子里摁。装满篮子,又往大袄口袋里塞。向桂就在窝棚里喊:"别没完没了,该走了!"

糖担儿装满篮子装满兜,用糖锣打着花点,嘴里唱着《叹五更》走了。

糖担儿走了,大花瓣儿还在被窝里鞠着。向桂拍拍被窝说:"还不出来,糖担儿走了。"大花瓣儿还是不出来,只伸出一条光胳膊拽向桂。向桂先把两条光腿伸进被窝,又褪下大袄,往下一溜也溜到被窝底儿。大花瓣儿早拿头顶住了向桂的小肚子,顶得向桂直笑。向桂说:"别闹了,这糖担儿误了咱俩多少事呀。"大花瓣儿说:"也不能这么说。这花地里离了糖担儿,还叫个什么花地,干磕磕的。"向桂说:"也是。"向桂说着"也是",大花瓣儿就去摸索向桂。向桂迎着大花瓣儿说:"你刚说花地里离了糖担儿就干磕磕的,怎么糖担儿一走你就干磕磕地乱摸呀。"大花瓣儿就说:"你不是嫌糖担儿误了咱俩的事呀,还不快点。"说完一骨碌先压住了向桂。向桂只觉得今天大花瓣儿的身上格外光滑,心里说,我操,这

---

① 馋馋:乳房。

女人身上像绸缎一样,要不说招人哪。他摩挲着大花瓣儿身上该摸的地方,又办了该办的事。

后半夜了,旷野里的糖锣还在敲打,声音听起来更加悠远。向桂和大花瓣儿睡了一小觉,醒了。大花瓣儿睁开眼没深没浅地问向桂:"你哥眼下是个什么官?"向桂说:"这有你什么事?"大花瓣儿说:"怎么也不管您家的事呀。"向桂说:"你这是什么话,没有我哥,就没有这花地、这窝棚,我也给不起你花,你就只能吃人家的兔子肉。"大花瓣儿说:"哎,打人不打脸,谁稀罕他那一只死兔子,那是他自己扔进来的。你问问西贝小治知道我身上什么样,他要说对一样儿,我就跳井去。"向桂说:"你还钻过他的窝棚。"大花瓣儿说:"钻是钻过,就是穿着衣裳跟他搂会儿,他身上膻,有死兔子味儿。"向桂说:"就算是吧,那,还有别人吗?"大花瓣儿说:"这你就别管了,我又不是你媳妇。我刚才说你哥不管家,就是说你媳妇的事。你娶媳妇,怎么你哥也不替你相相,怎么什么模样的人都能走进你向家。"

大花瓣儿一提向桂的媳妇,向桂就不再说话了,他觉得大花瓣儿点到了他的疼处。向桂结婚几年了,喜事办得倒不小,可媳妇一下轿向桂才看见是个丑人:一副肉大身沉的长相,耳朵还背,说话瓮声瓮气,带着男人腔。向桂经常不上她的炕。

大花瓣儿看向桂不说话了,就说:"咳,我也别揭你的秃疮了,说得你垂头丧气的,刚才还欢欢喜喜的。来吧,上来吧,再高兴一会儿,也不早了。"说着就把向桂往自己身上搬。向桂不动。大花瓣儿说:"要不我上去吧,谁叫我伤着你了呢。"大花瓣儿骑在向桂身上,抓住他的阳物就往自己的阴处掖,掖不进去,就说:"看这败兴劲儿,生是怨我的过。我走吧,赶明儿你再娶一房吧,下处来了不少拾花的,我给你挑挑,说不定哪天就给你领一个来,就怕你讲门户。"

大花瓣儿一提下处,向桂倒打起点精神了。他把大花瓣儿从身上挪下来说:"今年下处来了多少人?"大花瓣儿说:"十几口子。"向桂说:"还在秃老四家起火?"大花瓣儿说:"是哩。"向桂说:"赶明儿我倒想见识见识哩。"

大花瓣儿边和向桂说话边穿衣裳,她穿好棉袄,穿上裤子,不系裤腰带就钻出窝棚去撒尿。她找了一个棉花垄蹲下来,尿滋在干花叶上豁啷啷直响。向桂听着响声也钻出来说:"我藏了点好花,专给你留着呢,怕别人瞎抓挠。"说着把一条小垄沟指给大花瓣儿,小垄沟上盖着一块席片。大花瓣儿系好裤子,掀开席片,下面的洋花白花花。她摊开一个包袱皮,摁了半包袱花,扭头问向桂:"你不嫌我抓得多吧?"向桂说:"哪儿的话,一星半点的,你还能抓穷了我。"后半夜的月光格外亮,大花瓣儿弯腰抓花,向桂就着月光看大花瓣儿撅着的大屁股,大花瓣儿的屁股又圆又瓷实。他想,大花瓣儿,谁给她起的外号? 真不凡。大花瓣儿,准是指她那个地方吧。大花瓣儿一弯腰撅屁股,那个地方隔着裤子仿佛还忽隐忽现,向桂觉得。

每年秋天都有外乡人来笨花村拾花,笨花村总有人家腾出房子给她们当下处。每年她们白露过后到来,霜降过后离去。她们年龄参差,有闺女也有媳妇。她们每天晚出早归,肩上扛着成色混杂的花包袱,回到下处喝粥睡觉。她们从花包里捏出相应的笨花、洋花交与房东作为房东的"抽头"。笨花人管她们叫拾花的,其实拾花人并不重视拾花,霜降过后捡拾花主们遗忘在地里的一星半点花瓣儿本不是她们的目的。她们重视的是钻窝棚,重视的是伴着旷野里的糖锣声声,和花主们相互欢愉之后的那些收获。霜降过了,笨花村地光场净了,她们的男人或家中的长者才推着独轮车出现在笨花。那时每个拾花的女人都有了一个小山样的棉花包,男人们把棉花包装上独轮车,推不动时,女人就在车前拴根线绳拉着走。出村时她们不卑不亢,目不斜视,好像笨花之于她们是一个完全陌生的地方。总有一些熟悉的眼光向拉车的女人投过来,女人也只是淡然一笑,不抬头,不搭腔。

也有就地将花卖掉的,但这些杂七杂八的花不好出手。佟家对这些杂花从来不屑一顾,向桂倒喜欢来下处转悠着看。向桂在笨花村西头也开了一家花房,雇着几个伙计轧花、弹花。拾花的女人撺掇着向桂把花价抬高,向桂也迎合着她们做些让步。佟法年背地里说,向桂不是看花,是看女人。向桂听见只当没听见。向桂开花房收杂花,到笨花村来拾花的女人一年比一年多,都知道有个笨花人敞开儿收花。

大花瓣儿说话算数,隔了两天真给向桂领来一个拾花的。她熟练地掀开向桂的窝棚说:"来,把灯拧亮点,好好看看。"

向桂窝棚里点着罩子灯,他学着侄子向文成擦灯罩,把灯罩擦得也很亮。灯光从窝棚的缝缝隙隙里溢出来,招着人。向桂不愿寂寞。

大花瓣儿进到窝棚盘腿就坐,被她领来的人双腿一跪,局促不安地跪在了向桂的褥子上。向桂把灯再往亮处拧拧,也歪坐起来,假装只跟大花瓣儿搭腔,其实他已经看清了来人。这是个小妮儿,以向桂的眼光看,也许十五,也许十六。她的小脸黄白色,尖下巴上有个小疤拉,像个瓜子;头发又细又软,剪过的刘海儿很不规矩。她的眼球不黑,像是发灰,又像发黄。一件二红的粗布棉袄,罩住偏瘦的上半身,袖口上沾着油渍。一条小棉裤倒很新,蓝底儿小红花,裤腿上有一层细土。这小棉裤似乎是有人专为她这次的出门新做的。她的棉裤腿上绑着红裤腿带,脚是一双天足,倒显出她的生性天然。说实在的,向桂有点不知道怎么对待跟前这个小妮儿,此刻他没有亲近她的欲望。大花瓣儿看出了向桂的心思,说:"新来的,后半晌刚到,我就给你领来了,你出来一下吧。"说完她先钻出了窝棚,向桂也跟了出来。大花瓣儿往窝棚后头走走,小声对向桂说:"没出过门儿,我不愿意笨花别人先沾她,留她一晚上吧,试试。行,下一步再说;不行,给她两把花,叫她走就是了。"向桂说:"别闹了你,一个孩子。"大花瓣儿就说:"谁没从孩子过过?十多年前我还是她这个岁数呢,女人,早晚的事。你又不心疼那几把花。再说了,女人大了就好吗?你媳妇大,可从来也没听你说过好。"向桂说:"说别闹就别闹,从哪儿领来的再领到哪儿去。"大花瓣儿说:"我不,就不让别人先沾。我走啦!"她说走就走,大步流星地蹚着花地往村里走去,眨眼间就消失在黑夜里。今天很黑,没有那天的月亮地儿。远处传来喑哑的糖锣声,此起彼伏。

向桂在垄沟边上独坐一阵,想抽根烟,烟在窝棚里。他掀开了草苫,弯腰低头地拱了进来。小妮儿还在他的蓝褥子上跪坐着,瘦小的臀部坐住一双大脚。向桂也在褥子上坐下来,他没有看她的脸,光看她的花棉裤。他研究起花棉裤的小花朵和粗针大线的针脚,莫名其妙地觉出了这条小棉裤的可爱。他有点受着它的吸引。

向桂开始和小妮儿说话,他问她:"谁给你做的新棉裤呀?"

小妮儿说:"俺姐。"

向桂说:"你姐姐呢?"

小妮儿说:"嫁啦。"

向桂说:"哪村的婆家?"

小妮儿说:"马刀寺。"

向桂说:"马刀寺在西边,离你们可不近。"

小妮儿不说话了,只低头搓她的新棉裤。向桂看见她从裤腿上搓下了不少新花毛——新布都爱沾絮花,他决定换个话题。他说:"你来这儿干什么?"

小妮儿说:"拾花。"

向桂说:"谁叫你来的?"

小妮儿说:"俺爹。"

向桂说:"你知道拾花是怎么回事吗?"

小妮儿又不说话了,只拿眼看向桂。那眼光分明在说,这还用问我吗?笨花人怎么还问这样的话呀?向桂不再问了,思摸片刻说:"都是为这点花。我这脚底下就有,你抓吧,尽着你抓。"说完他又钻出窝棚去,撒尿,抽烟。一个泡子灯冲他飘过来,是糖担儿。糖担儿发现站着撒尿的是向桂,就说:"有热包子,韭菜粉条的,专给你送来的。"向桂说:"瞎说,入冬了,哪儿来的韭菜?"糖担儿纠正着自己说:"是白菜粉条。"说着指指窝棚又道:"还在里头吧?"向桂说:"谁叫你送包子来的?"糖担儿说:"大花瓣儿呀,说你有用项。"向桂说:"大花瓣儿呢?"糖担儿说:"早在家里钻被窝了。说,你有事,她哪儿也不去了。"

向桂拿了糖担儿的几个包子,糖担儿就要进窝棚,被向桂拦住了,说:"今天没看头儿,快走吧。"

糖担儿在窝棚跟前站会儿,信了向桂的话,走了。

向桂托着包子进窝棚,却不见了那个小妮儿,只有半包袱花滚在褥子旁边。被子倒散开着,一件小棉袄,一条小棉裤盖在被子上。向桂明白了。他把被子撩开一个角说:"你怎么躺下了?"小妮儿说:"躺下等你哩,我拿了花。"

眼前的情景让向桂为难起来,这是向桂没有经历过的时刻。向桂经历过女人,面对任何女人他仿佛都能显出自己的聪明,而现在,被窝里这个小妮儿却使他露出了几分笨拙。一时间他不是没有想过脱掉衣裳,按照大花瓣儿的说法去"沾"她,也许那是一个全新的天地,什么大花瓣儿、大屁股……都是常人、常事,也许都赶不上这条蓝底儿红花小棉裤吧。他甚至解开了裤带,一阵阵冲动着自己。这时被窝在灯光下被小妮儿撩开了,她突然亮出了她自己,也许她已经感觉到他在解裤子。罩子灯的光晃得小妮儿直搭眼。

87

就着灯光,向桂还是打量了这小妮儿的全身。他看见她的两条胳膊像两根细擀面杖;她那正在发育的胸脯明显地有点抠,两个醋碟子般大的小"馋馋"上,奶头像殷红的"酸溜溜";肚脐下的小肚子也塌成个小坑;再下边两腿之间正有毛长出来,又细又稀,尚待茁壮。小妮儿把腿尽量做个内行状(也许她听人讲过那时的姿势),她微微叉着腿,在两条叉开的细腿以下,更显出两只脚的宽大。

这小妮儿只是捂着眼喘气。

向桂提着裤子往前爬行了一步,他就要闻到她的气味儿了,可他又停了下来,他怜惜起她的小身体。他揪紧自己的裤子毫不犹豫地对小妮儿说:"来,你起来吧。"

小妮儿还是闭着眼不动,只把捂着眼的手拿下来,放到胸前捂住两个小"馋馋"。

向桂又说:"叫你起来哩,起来吧。"

小妮儿这才翻了个身坐起来,拽过被子一阵东遮西盖。她看看向桂,又看看地上的花包说:"我抓了你的花呀!"

向桂说:"花是你的了,快扛上走吧。"说着拽起她的棉裤棉袄,一件件地扔给她。

小妮儿捉住衣裳还是不敢穿,疑疑惑惑地问向桂:"叫我扛上花,走?"

向桂说:"扛着,走!"

小妮儿这才先穿棉裤后穿棉袄地穿起衣裳。向桂觉得她那光着的小身体笼罩在衣服里,衣服显得很旷,很不贴身。

向桂替小妮儿提起包袱,把包袱交到她手中,暗自掂量着花的分量,心想,人小,抓的花可不少,比大花瓣儿还敢下手。正在寻思间,小妮儿又说话了,她说:"她们说,头一回让我多抓点。"

向桂心想,怨不得这么敢下手,想着就对小妮儿说:"来,再给你添两把。"他又给她捏了两把笨花说:"再给你俩包子。"

向桂把小妮儿送出窝棚,还让她留下姓名住址。小妮儿说,她就叫小妮儿,姓冯,她爹叫冯车子,正在下处等她。

第二天向桂来到秃老四家,找到冯小妮儿和冯车子,把他们叫到茂盛饭馆里,给他们一人叫了一份炒饼、一碗糊汤,吩咐他们说,从此不许他们呆在笨花了,也不准他们到别处拾花了。向桂说着从怀里掏出沉甸甸的一包钱告诉他们父女:"这是十块现大洋,你们回家吧。"

第二天笨花没有了冯小妮儿和她爹,只留下许多传说。

12

向文成到了娶亲的年龄。他和母亲同艾从汉口回笨花是三年前的事了。向文成小时候家里就给他定了亲,媳妇是淤城村人。淤城在笨花西边,离笨花五里,挨着孝河。

向文成要娶亲,远在汉口的向喜十分惦记。向喜计划着要把儿子向文成的婚事办得体面、排场。他还常常忆起他娶同艾时的尴尬,那时同艾虽然也坐了轿,可他迎亲时只穿了件蓝洋布大褂,大褂还是借的。那时向家只有粗布,买不起洋布。粗布不能做大褂,只能做大袄。粗布做的大褂不垂,打着挺儿,穿起来像戏台上武生穿的"靠"。大褂要用洋布做,洋布以上的材料是绸缎。

向文成结婚不用再找人借大褂,父亲向喜要在汉口亲自上街给儿子挑选衣料。这时二太太顺容还住汉口,见向喜整天为大儿子的婚事奔忙,很是受不得,便找茬儿与向喜吵闹。向喜的火气一次次被激起来,干脆就借机为顺容约法三章。他对她说,你既是嫁到笨花村向家,就得做笨花向家的人,你的位置在哪儿就是哪儿。自古还没听说过二房越过原配的。我的原配是同艾,可不是你。眼下我儿子结婚,你这个当姨的要想帮把手那是你的贤惠;你不愿做贤惠之人也不要紧,没人逼着你去做。你要在一旁说三道四,我可不应!"

顺容不听,撒泼似的操着一口保定话和向喜搅理。她首先否认了她是向文成的姨。她说:"谁是你儿子的姨?那时候你在汤家茶馆喝茶,光低着头装老实,家里有女人也不说,你还买通了孙大人,孙大人也不说。你家里既是没有人,你怎么就又有了儿子,我怎么就成了你儿子的姨?你倒说说我听听!"

向喜说:"孙大人不是递说你了。"向喜一着急就带出了笨花话,把告诉说成递说。

顺容说:"那是什么时候,那是结婚半年以后,我肚子都鼓了。"

向喜说:"谁说的?我和孙大人在你家喝茶时,孙大人就说过我是军人。军人的含意你不懂?哪个军人没有三房四妾?你整天跟王太太打牌,你问问王太太,王大人现时有几房。"

顺容更是撒起泼来,她大叫着向中和的小名说:"向喜,我告诉你,王大人行,你向喜就不行!"

顺容大叫向喜的小名,向喜怒了,他也高声喊着:"二丫头你放肆,我向喜也是你叫的?我是向大人,娶了你是抬举你。我再说一遍,眼下是向大人的大公子办喜事,往后向大人还要给笨花买地盖房,我有什么举动也不准许你再干涉。"

在向喜的恼怒面前,顺容更不示弱,她油盐不进似的把腿一拍说:"就干涉,就干涉。向喜我告诉你,不经我允许,你敢给笨花一分钱,我就死在你眼前!"说着把腰一叉,胸一挺。

向喜说,想死还不容易。他信手拉开一个抽屉,拿出一把手枪往桌子上一拍说:"你认识这是什么吧。"

顺容见向喜拍出了手枪,才闭了嘴安生下来。

向喜的副官叫甘运来,甘运来在对面屋里听见吵嚷声,就知道这又是顺容在找衅向大人。他想给向大人设个脱身之计,便在门外喊了个"报告",跑进屋来说,刚才王大人的护兵来过,王大人请向大人即刻去都督府一趟。说完转向顺容说,二太太您也消消火,来一趟也不易。

顺容一听甘运来叫她二太太,又火了,冲甘运来嚷道:"太太就是太太,谁是你的二太太?你说!再叫二太太我让向大人辞了你。你不是向着笨花吗?你就还回你们笨花去!"

原来甘运来是笨花人,向喜挑副官时专挑了他,图的就是笨花人向着笨花人。

甘运来深知顺容是个缠磨头脾气,闹起来没完没了,就故意忙着给向大人找衣服找帽子,系皮带挎军刀。向喜知道这是甘运来给他设的脱身计,便迅速穿戴整齐先出了门。甘运来晚走一步又对顺容说,向大人整天军务在身,在家里应该图个清静。家里要是再不清静,天下哪儿还有个清静地方。太太做事也不能光由着自己的性子。昨天我去汉正街办事,看见春发祥绸缎庄又从杭州运来了新料子,回头我禀告向大人,向大人肯定得叫我去给太太买块新衣料。

甘运来不再管顺容叫二太太,又提到了汉正街的衣料,顺容渐渐平静下来。

向喜出了门,看见他的两个儿子文麒和文麟正倚在厨房门口不敢出来,就走过来对他们说,出来吧,叫你妈带你们到门口看看,门口有个变戏法儿的。说着掏出几个大子儿分给两个儿子。

向喜假装都督府有事离开了家,却到街上为向文成找起衣料。甘运来陪他为向文成选了衣料,又在一家英国洋行专给向文成买了一双三接头压花皮鞋,就便还真给顺容买了块衣料。他把给向文成置办的东西交给甘运来,嘱他不要向顺容出示,明天给笨花家里寄信寄钱帖时,把衣料和皮鞋一块儿寄回去。

晚上,向喜郑重地给儿子向文成写了一封信,这是他第一次给

儿子写信。他措辞谨慎,语气恳切。他写道:

> 文成吾儿见字如晤:儿随母离汉口后,不觉又过三年。三年来知儿在家乡奋发求知,且已深谙新学诸科。今知吾儿在医道上正拜师求索,为父甚喜且深为感动。望儿一如既往立志进取,将来虽不涉国事,在我笨花一方亦能另有出落。和淤城完婚之事在即,为父因军旅事缠身不能亲自为儿主持,只寄去婚事所需开支,望儿计算支用,亦不必只为节俭而过分计较,务使婚事完满为要。况有桂叔作总理,为父不再赘言。
>
> 阖家均安。
>
> 另:随信寄去钱帖一张及几件物品。

向喜给儿子的信是由衷的,三年前向文成和同艾回笨花后,向喜心里总是七上八下,在军中与同僚相处也显得心事重重。鄂督王占元看出了向喜的心思,劝慰说:"也别净为这区区家事分心,屋里事没个摆平。三房四妾,你要让人人都高兴,没有的事。再者,你屋里不就一个同艾和一个二丫头嘛,怎么就生是摆布不开?"

向喜说:"王大人,我跟随你多年,你知道我的秉性,我是个放不下家的人,总觉着我们那个黄土小村是家。"

王占元说:"你说放不下家,我看你是放不下同艾。咱背着二丫头说话,同艾可是个贤惠女人。不过现在你眼前是二丫头,守着二丫头就得说二丫头。"

向喜说:"一切都得由着二丫头?"

王占元说:"不是由着,是迁就吧。"

向喜想,王大人的话也对吧,自己"修"下的女人,自己不迁就谁迁就。他们抛开二丫头又开始说向文成。王占元说:"听说你的大公子要办喜事了。"向喜:"正是。"王占元说:"可得给孩子好生张罗一下。你那个文……"向喜接上说:"文成。"王占元说:"对,文成兴许有些造就呢。"向喜说:"乡村僻野的,怎么也是苦了孩子。

弄点文字、医道，也谈不上大出息。"

向喜跟王占元聊着向文成，看似随意，心里还是放不下。他想，向文成血脉里流的终归是他和同艾的血，有时他觉得儿子的性情实在不像他，更多是像同艾，同艾的聪慧在儿子身上有着更多的体现。

向文成在故乡笨花弄文字、弄医学的事不断传给向喜，向文成也不断以书信的方式对向喜报告着家里和自己的事。其中最让向喜高兴的，莫过于向文成在医道上的进展。在一封写给父亲的信中，向文成说，他已经拜兆州名医许子然为师。向喜想，儿子弄医学是再合适不过的；拜师许子然是求之不得的。向喜跟王占元提到许子然，原来王占元也知道这位兆州名医。他说，文成能拜师许子然，可非同寻常。那年曹锟[①]曹大人不是还找许先生看过病么。向喜说，有这事。那一次许子然为曹锟治病，就是经向喜推荐的。

不久，笨花向家收到了向喜寄来的书信和包裹。同艾拆开包裹，拿出衣料一块块分析着对向文成说：这是两块软缎，做衣裳的。这是两块卧缎——做褥子用的，这两块是直贡呢。老头子想得挺周到。同艾看完料子又举出一双皮鞋端详一阵说："这是一双洋人的鞋，看着不算大，皮鞋是穿大不穿小，你试试我看看。"向文成举着一只皮鞋凑到眼前说："这东西可怎么个穿法？穿上它也不知还会不会走道。"说着还是按照同艾的意见脱下脚上的布鞋去试穿皮鞋，他左穿右穿也穿不上。同艾观察了向文成的脚说："别穿了，你得先换袜子，哪有穿着家做的布袜子穿皮鞋的，穿皮鞋要穿洋袜子。怎么光知道买皮鞋，也不知道买两双洋袜子。"她埋怨起向喜。向文成说："别埋怨我爹了，这皮鞋我也不打算穿，我对付不了它。"

---

① 曹锟(1862—1938)：字仲珊，直系。曾任北洋陆军三镇统制，直隶总督，直、鲁、豫巡阅使。1923年成为贿选总统。

同艾说:"得穿,做做样子也得穿。我看穿着皮鞋穿大褂的人比穿着布鞋穿大褂的人要文明得多。"向文成也不反驳同艾,把皮鞋拿在手里捏巴着只是笑。他的眼光在屋里无目的地跳跃着,他假想着自己穿上皮鞋走路的样子。然后他扔下皮鞋给同艾念了向喜的信。

同艾听完信说:"这信得给你叔叔念念,钱帖子也要先交给你叔叔。这办喜事的总理还得是你叔叔。"向文成就拿了信和钱帖到西小院找叔叔向桂。他对向桂说:"叔叔,我爹来信了,我给你念念吧。"向桂说:"打给谁的?"向文成说:"打给我的,信上说的是淤城的亲事。"向文成给向桂念了信,向桂得知哥哥随信寄了钱,就问,钱帖子呢?向文成说,在这儿。说着掏出一张钱帖交给向桂。向桂接过钱帖翻来覆去地看着说:"如今这钱庄里写帖子是越写越潦草,生是不让你认出是多少。"向文成说:"整数是大写,旁边还标着苏州码,写的是大洋叁佰贰拾伍圆零陆毛。"向桂说:"这是个什么数,怎么这么不整状,还有几块几毛。"向文成说:"这很简单,这是我爹取了一张算上利息的帖子。"向桂说:"我就想不到这些个,怎么你一看就知道?"向文成说:"这有零有整的数,肯定是那么回事。"向桂把钱帖正过来倒过去又看了一阵说:"日子定了这花销立刻就来了,走,过去跟你娘商量个日子吧。"

向文成和向桂从西小院出来到东小院去找同艾,同艾正在炕上给自己絮棉袄。同艾的衣橱里本来不乏南北成衣局做的衣裳,可同艾还是愿意自己织布,自己絮棉袄。在保定和汉口的那些日子,她只觉得闲得慌。她跟王太太、孙太太一块儿也听戏也打牌,可她想来想去还是最愿意在笨花摆弄絮花。她向来看不上别人絮花,后来向文成的媳妇秀芝过了门,她也看不上秀芝絮花。她对秀芝说:"看,东一块西一块,也不把花撕扯透就往上捆。"秀芝脾气好,不嫌同艾絮叨,还说:"娘就教教我吧,我就是没学会絮花,淤城的花也不如咱村种得好,絮得也马虎。"同艾教秀芝絮花,秀芝学会了。这是后话。

向桂和向文成站在炕下跟同艾说淤城的事,向桂说:"嫂,别絮了,快有人替你絮了。"

同艾故意说:"谁呀,这么惦着我。"

向桂说:"文成他媳妇。"

同艾说:"那敢情好,我就等着媳妇替我絮花呢。"

向桂说:"就怕嫂子看不上眼儿,这絮花可是个手艺活儿。"

同艾说:"手艺不手艺的反正有诀窍。絮花的事以后再说,你就快定日子吧,喜事哪天办,办多大,都得你来定,总理是你。"

向桂说:"要办就办他个大的。花轿、细车自不必说,鼓乐班子咱要到外县去订。我最看不上兆州的鼓乐班,就会吹个小放牛,就两杆唢呐一副小镲,连捧笙的都没有。鼓乐班子里要是没有笙,看着就穷气。这鼓乐班,说听不如说看,要看就看个排场。喜宴要摆五十席,随来随吃。去宁晋县泥坑烧锅买酒。喜事要过三天三夜,第一天让文成十字披红双插花,骑匹红马光在街里转,招人听鼓乐。第二天才去淤城迎亲,拜天地,这是正日子。第三天回门,给咱文成做件团龙马褂,让淤城的人也见识见识,谁让他是向大人的公子呢。"

向文成这时插话说:"叔叔,团龙马褂可不是乱穿的,那是皇亲国戚穿的,朝廷赏的。"

向桂说让向文成穿团龙马褂,同艾也笑了,说:"老头子只寄了几块软缎和直贡呢,要做团龙马褂,就让你叔叔去找皇帝讨封吧。"

向文成说:"可惜鹿钟麟刚把宣统赶出宫①,现时找皇帝还不好

---

① 鹿钟麟(1884—1966):冯玉祥部下,曾驱逐溥仪出宫。

找哪。"

向桂也笑了,说:"恁娘儿俩也别笑话我了,咱家就恁叔缺少见识。可我知道捯饬我侄子。"

同艾对向桂说:"你可不是个少见识的人,向家离了你可怎么动转?"

向桂和同艾在一片欢闹声中商量了喜事的规模,待向桂认为一切就绪,就要出门去操办时,向文成又说:"叔叔,你天生是个当总理的架子,不用说是个红白事总理,就是给你个国务总理,你也不下于靳云鹏①、段祺瑞②。你主持北洋政府,没准儿天下早就太平无事了。"

向桂说:"文成,你比我有学问,别净拿你叔叔开心了,招架一下家里的事咱不怵,国务总理咱可不敢应承,咱招架不了。我看王占元也不是材料,孙传芳那小子没准儿能招呼两下子。那年我在保定金庄见过他,管我叫小老弟。谈吐非凡,透着精明。"

同艾说:"文成,别跟你叔叔打逗了,快让你叔叔到城里汇成钱庄支钱去吧。现在日子定了,就得紧张罗。"

向桂装上钱帖出了门。向文成看叔叔已走远,就对同艾说:"娘,我刚才有句话没说出来。"

同艾说:"什么事呀,我知道你想事。"

向文成说:"娘,是这样,我叔叔讲点排场也不为过,这也是我爹的意思,是军界的向大人家里过事,也得要个样。可是,过喜事是两头过,是笨花向家和淤城米家两头的事。这头越排场,闹不好,会显得那头越寒酸。咱和淤城米家订亲的时候,订的是娃娃亲,当时两家都不富裕。现在米家还如同从前,五亩地一头小毛驴,他排场不起来,越显得门户不对。"

---

① 靳云鹏(1877—1951):皖系。曾任北京政府国务总理兼陆军总长。
② 段祺瑞(1865—1936):皖系首领。曾任北京政府国务总理、陆军总长、临时执政。

同艾听向文成说话在理,就说:"你是不是说,咱们得接济接济米家?"

向文成说:"说接济也可.怎么也是两头的事。"

同艾说:"银票上写的是多少钱?"

向文成说:"三百多块。"

同艾说:"不能大撒手地交给你叔叔,叫他取回来交给我,花的时候到我这儿支,叫他记个数就行了。"

向文成说:"淤城那头呢?"

同艾说:"先给他家送一百块,叫闺女置办点像样的陪送。皮箱、立柜、压箱底的钱都得有。告诉你老丈人,务必给孩子打一副凤冠,到栾城去打,要点翠的。可谁去送钱传话呢?这好似南北议和一样。"

向文成说:"娘,我倒想起一个人。"

同艾说:"谁呀?"

向文成说:"瞎话叔。"

同艾说:"可不行,瞎话连篇的,还不半道儿骑驴①。"

向文成说:"他不敢,对咱家他也不会,他有口才。"

后来,瞎话怀揣一百块现大洋去了淤城,淤城米家的秀芝也头戴凤冠嫁到了笨花向家。淤城人看见骑着高头大马,十字披红双插花的向文成,做着评价说:向家官大,就是这孩子的眼不强,要不是有人牵马,马还不知往哪儿走呢。笨花人看见秀芝说:凤冠倒是点翠的,怎么脸上有蚕沙呀。

向文成从来看不见秀芝脸上的蚕沙,就知道秀芝是个随和人。他们住在向家东小院西屋里。西屋窗前有一棵老枣树,是向鹏举的爹,向喜的爷爷,向文成的老爷爷种的。秀芝第二年在小西屋炕上生了一个闺女。闺女还没起名,没了。笨花人不知什么病,向文

---

① 骑驴:小贪污。

成就解释着说:"猩红热,猩红热。"

又过了一年,他们又生了一个男孩,起名叫武备。

13

大总统令

  任命向中和为陆军第十三混成旅旅长,授陆军少将衔,授三等嘉禾章。

  中华民国八年十月十四日
  国务总理 陆军总长 靳云鹏

  笨花人愿意听瞎话说瞎话。笨花人知道瞎话说的是瞎话,也愿意听。

  瞎话从街东头(或西头)走过来,人们拦住他说:"哎,瞎话,再给说段儿瞎话哟。"

  瞎话正走得急,显出一副忙碌的样子说:"哪儿顾得上呀,孝河里下来鱼了,鱼多得都翻了河,我得去拿筛子捞鱼。"

  笨花人一听瞎话要去拿筛子捞鱼,就一传十、十传百地传开来,也争着抢着往家里跑,跑着去拿筛子。孝河里常年无水无鱼,孝河两岸的人不知捞鱼的规矩,也没有鱼网,只有筛草筛粮食的筛子。听了瞎话鼓惑的人们拿着筛子奔向孝河河堤,却不见孝河有水。孝河的河底和先前一样,亮光光地朝着太阳。人们才忽然想到这是听了瞎话的瞎话,上了瞎话的当。

  有人从孝河回来,把这件事说给向文成,向文成说:"瞎话没错儿,你们让人家说瞎话,人家说了,你们偏又愿意当实话听,怨谁?"

  瞎话也对上孝河捞鱼的人说:"往后可别再听我说瞎话了,我也不打算说了,累得慌。"

可瞎话有时候对向文成也说瞎话。有一次瞎话对向文成说:"文成,我给你说个瞎话吧。"向文成说:"我愿意听,可不许你说实话。"瞎话说:"放心吧,没真的。"向文成说:"说吧,我听着。"瞎话说:"昨天晚上,县城城隍庙里的城隍走了。"向文成说:"城隍走了?"瞎话说:"走了,不信你看看去。"向文成又问:"走了? 一个泥胎。"瞎话说:"走了,泥胎走了。"向文成知道城隍庙里的泥胎没了,那是十五中的学生闹学潮给砸了。他对瞎话说:"瞎话,你这个瞎话是实话,不能算瞎话。"瞎话说:"是瞎话,我说的是走了,'砸'变成'走'不就是瞎话么。"向文成说:"你这个瞎话不高明,没意思。"

"我再递说你个事吧,"瞎话又对向文成说,"城里柏林寺后山墙上的水不动了。"向文成说:"不动了?"瞎话说:"不动了,昨天一天没有动。"向文成想了想说:"是阴天的过吧,昨天,天阴得很墨。"瞎话说:"归来归去我是糊弄不过你。"

兆州城里有座柏林寺,是唐朝时佛家禅宗留下的道场。柏林寺大殿佛龛背后有一面墙,墙背后画着铺天盖地的水,据传是吴道子的真迹。那一墙水画工生动,大殿环境布置也神奇:迎着画水的墙,专在后屋顶开个天窗,晴天时便有阳光照进来。阳光和着摆动着的树影照在墙上,一墙水便波涛汹涌地流动起来。现在瞎话说水不动了,向文成想到了阴天。

瞎话就不跟向文成说瞎话了,知道骗不过向文成。向文成结婚时,才想到让瞎话去淤城。秀芝过门以后,常提起瞎话去淤城的事,她说那次瞎话到了淤城,很是有些派头。穿着长袍马褂,马褂袖子盖着手,长袍拖着地。衣服不合身,一看就是借的。但瞎话迈着方步走,身后还跟着两个捧喜帖的随从。不用说,瞎话嘴上又抹着油,刚吃了肉一般。他进门就对秀芝的爹说:"就叫亲家吧,差着辈儿也是亲家。向大人在南方差事正紧,专派护兵给送来一封信。

向大人的字龙飞凤舞还挺不好认哩,我认了半天才看出来,是要遣我来淤城。时下我虽没在军中伺候向大人,可也得听向大人调遣呀。我是为咱两家的喜事而来。来人,看过喜帖。"

两名捧喜帖的随从也穿戴整齐,听见瞎话喊来人,便连忙出示喜帖,将喜帖端端正正放上迎门桌。瞎话把喜帖递给秀芝的爹,秀芝的爹哆嗦着手接过来,神情格外拘束紧张。瞎话就说:"亲家呀,也不必如此,如今向大人虽是指挥千军万马的将军,可咱们向家和米家到什么时候都是儿女亲家。我来了,你也算是见到了向家的人。"

米家老爹这才稍微放松地询问了瞎话一些婚事的细枝末节。瞎话按照向文成的嘱咐,把细枝末节一一交代给米家,临走时才从怀里掏出一包钱,双手捧着,看似更加沉重地往桌上一放说:"这是一百块现大洋,文成怕你们不会用钱帖子,先到城里钱庄兑成了现钱。给孩子零用吧,皮箱、立柜我不说家里也知道,要紧的是赶紧到栾城订凤冠,要点翠的。"

瞎话把一百块现大洋如数交给了米家,并且按照向桂和向文成对他的嘱咐,把该传的话一字不落地传了过去。半道上"骑驴"的事没有发生。

过后,向桂得知瞎话办事办得漂亮,对向文成说:"瞎话办事还真不能小看哩。"向文成说:"瞎话叔本是个能人,说瞎话仅是他人生的一大乐趣。"

现在,向家又有事要找瞎话。

甘运来回笨花了。他带着两名护兵,事先也不通知向家。甘运来在元氏火车站下车后,雇辆单套细车,和护兵悄悄进了村。这次甘运来回笨花还是为了向家的事,这次向喜觉得事关重大,就没有写信,专派甘运来回来。

甘运来进了村,先不回后街自己的家,径直来到向家。他在门口下车,付清细车脚钱,就带领两名护兵进了东小院。东小院住着鹏举老两口,同艾、文成和秀芝也住东小院。身着戎装、肩挂少校军衔的甘运来,不失礼地先去正房给鹏举敬了军礼问了安。这些年,鹏举的腿疾更有发展,下了炕只能扶着椅子挪步。他看见有位穿军装的向他敬礼,连忙说:"喜呀,先去看你媳妇吧,媳妇想你想得什么似的。"甘运来说:"我是运来,后街东头的。"鹏举腿不好,耳朵也背了,把运来听成有财,便说:"有财哟,有财就再买挂水车吧,三十亩花地南头高,井在北头,浇不上水。"

　　向文成从外边回来,看见院里坐着两名护兵,就知道是汉口来了人。护兵站起来向大公子向文成敬礼,向文成就招呼秀芝领护兵到西小院叔叔屋里去喝水。他见甘运来正在屋前说话,便迎上去说:"得叫甘副官了,副官比马弁可不容易当。嘀,一个星期前,我还从《申报》上见过你的名哩。报上说十三混成旅旅长向中和向大人乘船沿江而上赴宜昌,随从只带了副官甘某一人。"甘运来说:"那是去荆州看地形,并不是去宜昌。记者们也净捕风捉影,有位女记者问我姓什么,我说姓甘,就落了个姓。"向文成说:"你这也是十三混成旅的一员将了,姓甘听起来也威风。从前东吴孙权帐下就有个甘宁,甘宁,字兴霸,也是三国时期不可多得的一员将才。戏台上的甘宁是长靠武生,穿绿靠,那次周瑜打黄盖时,就他傻乎乎地替黄盖说情,也遭了周瑜一顿打。"甘运来说:"我可不是甘宁,可忠心也不下于甘宁,我随时不忘咱是笨花人。"向文成说:"你跟着我爹,我和我娘都放心。"甘运来说:"就是二太太看着我不顺眼,净拿话儿给我听,说我对他们娘儿仨是假模假式。其实那两个孩子也是向大人的骨肉啊。"

　　甘运来一提二太太,才忽然想起同艾,这半天他只顾和文成在院里说话了。他看看东屋没动静,就问:"文成,你娘——太太呢?"向文成说:"去百舍找许子然看病了,群山赶着车。也快回来了。"

甘运来说:"说实在的,你爹身在外地,最为惦记的还是你娘。"

秀芝把两名护兵领到西院喝水,又返回东院,从屋里搬出两个机凳放到红石板前,让甘运来和向文成坐下,接着又在石板上摆了两只粗瓷茶碗,就去烧水。这红石板是向家热天在院里吃饭的饭桌。

同艾回来了。

同艾被群山领着,只是领着,她不要他搀扶。一看院里坐着甘运来,同艾的心还真有些怦怦跳。她尽量平静地说:"运来,是你。怎么不捎信儿让人到元氏去接你一下。"甘运来说:"接什么,兴师动众的,元氏站有的是拉脚的车,粗车、细车都有。"同艾说:"自家人,不接也罢。"

甘运来和同艾说话间,秀芝又从同艾屋里搬出一把藤椅让婆婆坐。这藤椅本是那年向桂去汉口时从军营里要的,四把藤椅,两把给同艾,两把留在西院自己坐。同艾坐上藤椅,身上还穿戴着出门的衣裳,人看起来格外排场。走过南北的同艾,在家人面前站有站相,坐有坐相,话里也夹杂着南北的官话。她从来没有忘记自己的身份,现在她最想问的当然还是向喜的一切,可话到嘴边,她只说:"汉口哩,今年热不热?"甘运来说:"热,比那年热得多,那年雨多。"甘运来说的那年,是同艾和向文成在汉口的那年。她又问了些路上的事,问甘运来几点上车,几点下车,火车上有餐车没有。最后,她终于提到了向喜。她假装不在意地说:"怎么,报上说老头子又去了宜昌?"甘运来说:"是荆州。"同艾说:"是开拔,还是查看地形?"甘运来说是看地形,不是开拔。同艾问长问短,只是不问向喜是一个人住还是那个二丫头也在。同艾不问,甘运来也不提。

刚才甘运来进门时护兵随后就抬进一个藤编箱子,现在甘运来要和向家人交代这个箱子。他就着红石板把箱子打开,先取出几块衣料、几包干货和茶叶,又拿出几匣子孝感麻糖,说,孝感麻糖是他坐火车过孝感的时候买的。最后,他开始对向家交代正事了。一说交代正事,同艾就让群山到后街花坊去喊向桂回来。向桂平时不在家,大半在花坊,现在又挨着花坊张罗开粉坊。

向桂来了,和甘运来做了寒暄。

这次甘运来专程从汉口回笨花,是为向家盖房的事。近来,顺容越是在汉口住着不走,向喜就越发为家里盖房的事费心思。他先把每月的饷银拿出一半交给甘运来,叫甘运来存到英国银行,说中国银行朝三暮四不稳妥。接着,向喜又日夜不停地构思着笨花向家的建筑计划,一有闲暇就和甘运来讨论实现这个计划的可能性。顺容对向喜饷银的"锐减",自然是要过问的,向喜就说,没见政府又换了国务总理,王大人几次到北京催饷也催不下来,军饷拨不下来这军心还不稳呢。顺容半信半疑地去问王占元的太太,王太太知道向大人家里的事,便说,王大人是去过北京。顺容不再问了,只对向喜说,手里再紧,我保定的爹娘你也得管哪。向喜也不与她争执,叫过甘运来说,这月要多往保定寄几块钱,别写错了门牌号码,保定东大街一百五十三号。

甘运来在笨花传达向喜的建筑计划。他从箱子里拿出一张图纸铺在红石板上。向桂低头凑近图纸看,向文成却不看图纸,只是不动声色地看天。笨花的天很蓝,他看见天上就有一幅图画,那正是他家未来的宅院。向桂左看图右看图怎么也看不明白,就说:"这是哪儿跟哪儿呀,现时咱们坐在哪儿说话呀?"

向文成还是不看图,却心中有数地回答叔叔说:"咱们正坐在图的东北角。"

向桂说:"这图上哪儿是东西南北呀?"

甘运来说:"这是按照军用地图的规矩画的,我见向大人画过,上北下南,左西右东。"

向桂看看还在看天的向文成说:"文成,你不看图,怎么知道咱坐在这图的东北角说话呀？"

向文成说："除却东北角，咱们没地方坐。"

向桂说："这又是怎么说的？"

向文成说："叔叔你想，现时咱这老房子东边临街，你盖房横竖不能往街上发展，要发展只能向西向南扩。咱这老房子西边南边才有空地，眼下你不坐在地图的东北角你坐在哪儿呀？"

甘运来看看向桂又看看向文成，带出敬佩的口气说："文成是怎么掐算的？"

向文成说："用不着掐算，只是推算。"

同艾也抑制不住赞美的语气说："看这孩子。"每逢看到向文成的聪慧过人之处，她便想到文成五岁那年躺在保定金庄炕上害病的样子，越发觉出儿子的可怜不待见，也越发忍不住要夸儿子几句。

向文成又问甘运来："我爹的计划，向西大概是十五间房的宽度吧？"他只问着甘运来，还是不看图。

甘运来说："西边画着一个土坑。"

向桂就说："从这棵枣树到土坑，大约摸也就是十五六间的量。"

甘运来说："文成又猜对了。"

向文成说："这分明是个东西狭、南北长的大宅院。向南，兴许能到前街口，五是五，五五二十五……"向文成独自心算一阵说："哈，这宅院可不短！"

向文成自顾自对宅院的面积做着估摸，甘运来又根据向喜的口述，把宅院的具体分割做着解释。他一边解释一边对向文成说："文成，过来一起看看图吧。"

向文成说："不用看。大门洞肯定朝东，进门还有个长门洞，我爹这是计划在门洞挂几块匾。顺着长门洞一字排开三全院子，这是住宅。越过最后一全住宅又是一全柳暗花明的大院子,院子里有五间西屋,我爹要当客厅用;厨房、仓房是东屋;此外还要规划出牲口棚、长工屋、碾、磨道、粪坑和男女厕所。再往西,也就是现在的土坑,是个居连,种花、种菜——可是,没井。"

甘运来说:"向南呢,还没说向南呢。"他是故意要考向文成了。

向文成说:"向南地方远是远,目前我爹尚无什么正经建筑规划。南边现在有一片枣树,不用动,先圈进来,也是备用,也算一景,将来立块石头题个字,叫:秋枣玲珑。"

向桂听着向文成说得像真的似的,便不断观察甘运来,意思是,这图我也看不懂,我侄子说的这套话到底对付不对付啊。

甘运来对向桂和同艾说:"桂叔、太太,实话说,我服了。这是怎么鼓捣的呀,刘伯温、诸葛亮也不过如此吧。"

同艾得意着说:"别夸他了,越夸他越逞能。"

秀芝来来回回地拿个水舀给大家倒水,也有茶叶,是南方的绿茶,有点陈。她看着眼前的丈夫,听着向家的宅院前景,心满意足地只笑不说话。她看见丈夫的裤腿一个高一个低,线袜子筒也掉到脚脖上,便想今后她该怎样提醒他的仪容。

甘运来对向文成的能掐会算很是兴趣浓厚,他有些兴奋地说:"文成,我还是想知道你这里的窍门,怎么你没看图就能一说一个准儿?"

向文成说:"我的判断根据有三:其一,我爹量事要以可能为依据。眼下咱们扩宅院不能说风就是风说雨就是雨,想到哪儿是哪儿。说到哪儿也必得以咱这东西小院做基础。其二,我爹量事还有个量力而行。南边长是长,却不能眨眼间盖起来,经济能力还达不到。当旅长使的也是他那点死钱儿,不会捞外快,家里横竖成不了王府。其三,也是咱向家处事最重要的一条,仁义为最。向西向南要地,都是些不起眼的边沿空地,怎么也好办。东边是街,北边是西贝家,咱不能置村人的利益于不顾。这就是我的分析。"

甘运来感叹说:"领兵打仗也不过这两下子,只是……"话没说完,却发现向文成这才拿起红石板上的院落布局图似看非看起来。他看时,眼就离图纸很近,鼻尖磨擦着图纸,沙沙沙,沙沙沙……他鼻尖擦着父亲笔下的乱线寻找一阵,放下图说:"看,八九不离十。"向喜的这张图纸还仅仅是一个建筑的平面位置图,宅基地有五亩大小,与向文成猜测的正吻合。至于建筑形式,向喜没有更具体的指示,只让甘运来告诉向家,让家里人拿主意。

向家人围着图纸,虽然一时没有把建筑形式提到日程上来讨论,可也七嘴八舌地说了些对新宅院的展望。

同艾主张要学保定府的房子,扣瓦起脊,一面窗户;廊子不高,只有三两级台阶,也不招摇,屋里也明亮。笨花一带的房屋,窗户小,窗户棂子密,屋里黑。晴天还好,赶到阴天,忒憋闷。

向桂主张学南方,他说:"南方的房子比北方还高大,廊子下雕梁画栋的,屋里不砌砖,装地板。红松地板漆大漆,走起来咯噔咯噔。"

向文成打趣地说:"叔叔,那炕盘在哪儿啊?"

向桂说:"不盘炕,改改咱这守旧的性子,买清一色的钢丝床。"

向文成又说:"钢丝床倒软乎,家里人怎么跪在上头絮花呀?"

同艾也插话说:"使不得,使不得,钢丝床睡久了也腰疼。"

甘运来愿意听向文成说话,他说:"还是多听听文成的吧,我看他想事周到可行。"

这时向文成又说话了,他对向家未来的新建筑发表了个人的初步意见。他反驳了同艾的保定风格,也反驳了向桂的南方风格。他说笨花村从老年间传下来的房子为什么不起脊,只盖平顶房?道理很简单:笨花人要上房。上房干什么,摊晒棉花、五谷杂粮和大枣。其中最为重要的一项是投芝麻。原来笨花人种花时家家花地里都要带芝麻。秋天了,芝麻先被砍下来,捆成个子斜戳在房顶上晒。等芝麻梭子晒开了,要把芝麻个子提起来,头朝下用棒槌"投",投时得铺个大包。要是起脊的房子,大包铺在哪儿?人又不能扛着芝麻个子房上房下乱跑,芝麻粒儿崩得到处都是。所以,向文成说,就为了晒花投芝麻,笨花村的房子也必得是平顶。同艾说的窗户小,倒是可以改造:扩大窗户的面积,窗户棂子也要做做文章。炕还得盘,还得在炕上絮花。如此,向桂说的地板就不能铺,钢丝床也不能设。至于廊子底下的雕梁画栋,向文成肯定地说:"我爹是不会赞成的。"

向桂听着向文成的主意,还是不甘心。同艾暂时也没加可否,只是说,她就觉着保定的房子明亮。

向家要盖房,要盖房就要买地。图上画得再好,也是画在纸上的乱线。向桂说:"这说话又要买地,谁知道周围的地户都是什么主意呀,虽说不是什么好地,边边沿沿的,有人真要买也不见得顺当。我去打问打问吧。"

向文成说:"叔,这事你别去,你去响动太大。我看还是叫瞎话叔去吧。"

14

向文成差遣瞎话去说地,瞎话就按照图纸上涉及的地户满街走,瞎话、实话一块儿说,果真顺利地把地户们说通了。地户们说,就凭瞎话的几句瞎话,咱也得把地让出来。要是呼儿喊叫地光说实话,还不卖哩。瞎话忙说:"我说着瞎话买你的地,我喜哥出钱可不说一句瞎话。"

瞎话在笨花称呼向中和不称他向大人,从来都叫喜哥。他这样叫,自觉就是向家的人。

瞎话说通了地户,去找向文成。向文成一看瞎话的神色,便说:"瞎话叔往院里这么一站,我就知道事办成了。"瞎话说:"没个办不成的。你就准备算地吧,算地可是你拿手。"

向文成会算地,向文成十几岁时就会算地。

笨花人管买地叫要地,管卖地叫去地。村人要地、去地都找向文成算。那时向文成手里提个算盘,跋着一双云子钩棉鞋,走路有点踢踏。他踢踏起笨花村道沟里的黄土,人像腾云驾雾而来。他按照当事人的指点,或到村外算耕地,或在村内算庄户宅基地。初冬时要地、去地的户格外多,初冬时道沟里的黄土格外暄。向文成就不停地踏着黄土奔走,鞋上和裤腿上常常溅着土星儿。笨花人都说,向文成算地的本领是从保定学来的。其实保定金庄的私塾先生并没有教过向文成算地,算地属于向文成的个人研究。向文成有许多研究,算地只是其中的一项。

也有村人说,算地有什么难?长十二,宽是五,不多不少整一亩。说的是十二丈乘以五丈便是一亩地。话虽如此,可哪有现成的既整齐又规矩的长十二、宽是五的地块儿呀。地块儿要是长十一丈半呢,要是四丈零一寸呢。地边要是鼓出来呢,地块儿要是甩出个刀把儿呢,要是个月牙儿呢?地块儿的形成大多是依着自然,向文成算的就是这种鼓肚的、刀把的、月牙儿的……从前笨花人算地请刘秀才,向文成只跟刘秀才当助手,或扛丈杆,或替刘秀才拿算盘、捧笔墨。他不言不语地很快就看懂了刘秀才算地的诀窍,也看出了刘秀才算地的含糊之处。他偷着拟个算式用算盘复核刘秀才的等数,结果刘秀才的等数十之八九和标准有出入。刘秀才也自知本人对文字尚属精通,对算术却从未深涉,当着众人便常有几分羞惭。向文成并不当众指出刘秀才的错误,他只是埋头个人研究,终于悟出章法,也逐渐出了名。

笨花人要地,像过红白事,家里摆上八仙桌,桌上虽然没有七碟八碗的宴席,煎豆腐、杂面汤却不能少。茶点也得准备。待到土地算出结果,要地的人家就得请客。众人回到要地人的家中时,便坐在八仙桌前,吃饱煎豆腐、杂面汤,吃完豆腐杂面席,买卖双方再履行最后一道程序。最后一道程序是写文书,文书上应写下地块的坐落地点,东西南北的至向,还得写出地块的详细数目。从前刘秀才写面积数目只写几亩几分,向文成不然,他算地写文书,在亩的后面还有几分几厘几丝几忽,向文成能算出五位小数。

　　从前向文成为别人算地,现在他要为个人算地了。他自己算自己的地怕落嫌疑,就去后街找甘子明一同前往。甘子明现在城内第一高等小学教国文、算术,他教算术,尤其长于算术里的四则和分数,闲暇时他常和向文成比赛算"鸡兔同笼",他们约定只许用心算得出等数,两人在速度上各有胜负。鸡兔同笼本是四则演算的基础,也深得少年演习者的喜爱。比如题曰:鸡兔同笼四十九,一百条腿向下走。问:笼里有几只兔子几只鸡?这个式子是鸡兔同笼的基础算式,向文成和甘子明任意把笼子里的鸡、兔子的数目和腿的数目做些更改。当然,鸡兔同笼的演算对于向文成和甘子明已是雕虫小技,他们比的只是速度。他们的交谈范围也并非只有这些。他们的问题比这更广泛、更深奥。甘子明问向文成:"关关雎鸠,在河之洲。雎鸠是什么鸟? 雎和鸠是一种鸟还是两种鸟?"向文成问甘子明:"唐诗上说的'老妻画纸为棋局,稚子敲针作钓钩'。你说当时的针是一种什么金属,能弯成鱼钩? 为什么现在女人做活儿用的针敲不成鱼钩呢?"甘子明问向文成:"李白说的'蜀道难'指的是哪条蜀道?"向文成回答说:"这条道说的是从关中经川北入川的这段路,其中也包括了秦岭。"甘子明就说:"不见得,应该是湖北经夔门入川这条道,这里山水都有。李白说的难决不只是秦岭、峨眉……"甘子明没有说服向文成,两人争执一阵,还有些面红耳赤。但当两人观点相同时,便又一起拍案赞叹。甘子明说:"你说贺知章怎么就想到去扫月光下的花影?'重重叠叠上瑶台,几度呼童扫不开。'"向文成就说:"那李贺呢,生是说云彩能压城——'黑云压城城欲摧'。"

向文成和甘子明更加关心的是北京政府的局势。现在,段祺瑞正在利用他的安福俱乐部竞选国会,对北京这个安福俱乐部,向、甘二人也各有看法。甘子明说:"这'俱乐部'是根据外国话译出来的,安福俱乐部其实是安徽一帮文人墨客把会馆改个名而已。报纸上反复刊登安福俱乐部的动向,是投国人目前心理之所好,为的是多发行点报纸。"而向文成则说:"绝非如此,这是段祺瑞要搞国会了,将来这个安福俱乐部就是他的智囊。"甘子明听向文成分析得在理,便说:"你父亲呢,向大人如何看?听说长江上游的司令吴光新①被免了,还在宜昌遭了审判,当时向大人也坐在审判席上。一个长江上游总司令,说免就免了,他可是段祺瑞的人,皖系。"向文成说:"我父亲历来不跟我谈军中的事,他关心的只是战事少起,军需齐备。"甘子明就说:"这话反了,没有战事,还备什么军需?"甘子明是喜欢抬杠的。

他们终于说到了算地。向文成给甘子明介绍了他家买宅基地,扩建住宅的计划,他是来请甘子明过去和他一起丈量、一起演算。甘子明说:"这点事还用叫我,我算地可不如你,算地是数学里的另类。这可不比摆弄几只兔子几只鸡,颠来倒去还是问那几条腿的事,算地需要的是临场应变。"向文成说,他请甘子明出马,一是遇到难题二人好议论解决;更重要的是甘子明是个旁证。向文成说,他不能自己说几亩就是几亩呀,现在是执着算盘算自家的地。甘子明说:"你要这么说,我还是去吧。"

卖地的户主在笨花村西一字排开,正等待向文成和甘子明的到来,瞎话也手持丈杆站在人群中,像个手持长矛的古代武士。这

---

① 吴光新(1875—1939):皖系将领,曾为长江上游总司令。

个季节,笨花村的田野里已看不见花地,秋后刚耕过的土地像翻江倒海似的汹涌着波浪,不用说,兔子们又在没遮掩的土地上活跃起来。远处有个扛枪的人正在瞄准,那是西贝小治。不时有枪声传来。

瞎话看见甘子明忙说:"等的就是你。你不来,我这丈杆就派不上用场。"

甘子明说:"我是个打旗的,主角是文成。开量吧,这可不能用瞎话报数。"

瞎话说:"看说的,一尺一寸也错不了。"说着,拉动丈杆丈量起来。

地户们还是紧跟住他,瞎话要把丈量出来的数目报出来,向文成才能开算。人们惟恐瞎话报数目报的有虚假,他们想,瞎话也姓向,又会说瞎话。瞎话看看紧跟着他的地户说:"不用紧跟着我,我手下可不敢有半点差错。去地要地是人命关天的事,可不敢虚报。"他手持丈杆一递一杆地"排"地,把数目报给甘子明。甘子明手拿毛笔和砚台,把数目记在一张毛边纸上。

向文成根据瞎话所报数目开始运算。这一家地户的户主是秃老四,秃老四是个寡妇,无力种地,拾花时只会把家里做下处,靠抽头儿维持日子。地就常年荒着,茅草盖着脚面。这地形一边长一边短,一头还被苇坑"咬"去一个角,是一块不三不四的小地块。向文成根据瞎话所报数字开始运算。他手执算盘打了一遍,又打一遍,得出结论后对秃老四说:"四婶子,你这块地是九分六厘一毫一丝一忽,差一点一亩。先前有文书没有?"秃老四说:"哪有文书呀,家里连个纸片也没有。你给多少就是多少吧,瞎话要是不糊弄恁四嫂,你文成还会糊弄你四婶子哟。"瞎话说:"哎,四嫂,怎么又涉及我?你也不看看这是谁在要地,莫非我敢败坏向大人的名声呀?"

甘子明看见向文成算盘上的等数说:"文成,再打打,再打打我看看。"他是要看向文成的演算方法。向文成毁掉等数重新打,算盘雨打芭蕉似的一阵乱响,他嘴里还念叨着只有自己才明白的口诀。他再次得出等数,还是九分六厘一毫一丝一忽。甘子明看着向文成的演算,笑着。

向文成算完秃老四的斜角地,瞎话又量出一块月牙儿地。向文成算出的等数是六分七厘三毫二丝。地的主人说:"文成,怎么我这块地没有'忽'啊?"向文成说:"忽叫恁家的牛吃了,谁让你光在这块地里放牛呢。"地主人又说:"文成,一忽有多大块呀?"文成说:"也没多大,也就是笨花村子这么大。"旁边甘子明也打趣补充说:"恁家的牛肚子也忒大,吃了一忽地也不见得吃饱。"一地笑声从人群里飘起来,又随着秋风在空中四散。小治在远处又放了一枪,有人放弃看向文成算地,跑过去看小治打兔子。

整整一个上午,太阳正南了,把黄土地照得金灿灿。西北风又把金灿灿的黄土吹起来,迷着众人的眼。

五块地都算出了等数,要写文书了。卖地的户主也要拉开架式到向家去吃煎豆腐、杂面汤。

丈量土地的人们在旷野里散漫地排成队回笨花。他们专拣坚硬的黄土小道走。甘子明叼起短烟袋问向文成:"文成,你这算地的方法我还是没有研究透。你能不能简要地说说其中的道理。"

向文成也在坚硬的小道上走,小道太窄,他走不准,脚就不时踩在暄地里,有点一溜歪斜。他也不在意,一心回答甘子明的问题,说:"这道理很浅显,基本道理是梯田借积的公式。但是,梯田借积仅是个基础,公式也尚显粗糙。我又加进了些'倍积'的道理。我编了个顺口溜,你一听就明白。"甘子明说:"快念念,快念念。"向文成说:"是这样:梯田借积细端详,倍积可查成最量。倍积我不用给你解释。为什么叫最量?最量就是最准确的意思,不可能再得出第二个等数。"

甘子明听懂了向文成的算地诀窍,把短烟袋抽得很旺。

走在坚硬小道上的人们,除了甘子明,没有人再能听明白向文成的算地诀窍。但人们听得高兴,像听戏子唱戏,像听说书人说书。

15

大总统令

吴光新着先行免去长江上游总司令各职,交王占元彻查确情核办。所有长江上游总司令一缺,应即裁撤,其辖军队并由王占元妥为收束以节军费。

中华民国九年七月二十九日

国务总理　靳云鹏

笨花向家筹建宅院,向桂在西铺村订了三窑砖,一窑砖是三万三千块。笨花没砖窑,笨花人盖土坯房时,只会在自家地里泅湿土地打坯;盖砖房时,就要到八里以外的西铺村砖窑订砖,西铺的灰砖有名声,烧得透。

向桂在笨花忙着订砖,向喜正在汉口参与审判吴光新。此前,大总统有令,已解散安福俱乐部。解散安福俱乐部,罢撤吴光新,是直皖战争①后,事关皖系元首段祺瑞命运的两件要事。

甘子明从《益世报》得知安福俱乐部被解散的新闻后,对向文

---

① 直皖战争:北洋集团直系和皖系争夺权力的战争,战争长达两年,皖系败。

成说,正如你所料,原来这个安福俱乐部并非只是会馆改名,其中还大有文章。向文成便说,你想,新国会中,参、众两院议员安福俱乐部竟占了百分之七十之多,所以《申报》上说这个国会应该叫安福国会。向文成订上海的《申报》,甘子明订天津的《益世报》。

安福俱乐部的解散,直接影响着段祺瑞国务总理的位置。时隔不久,直、奉两系再向皖系元首段祺瑞施加些压力,段祺瑞不得不声明辞去国务总理兼陆军总长之职,国务总理由龚心湛、陆军总长由靳云鹏暂任。

朝中职位的更迭,对于身在军中的向喜倒算不得意外,不久他还接到一纸任命状。他接过自己的任命,也并未显出过分的欣喜,直到真穿上配有少将肩章的军服,系上只有将军才能佩戴的四狮刀时,心里才又涌上一股激动,也不由得感叹:两次任命,时隔还不到一年。他决定从驻地城陵矶亲赴汉口一趟,去会会他的老友孙传芳。况且他确也有事找孙传芳商量。前天他接到鄂督王占元的电话,王占元急令他赶赴汉口。

向喜这次去汉口,决定全副戎装,副官、护兵、马弁,该带的一个也不少。穿着历来随意的向喜,却要把这次与孙、王的会面做得体面、严谨。

向喜从城陵矶乘火车北行,早晨上车,中午到达武昌。在武昌,他先按照身份将随员安置在汉光大饭店,午饭后才乘马车赴孙传芳官邸。向喜的车沿江岸款款而行,只见江中的来往船只运载的大多是士兵。士兵荷枪站立船头,一副准备战斗的姿态。向喜想到,这吴光新带过来的人,属第一旅,看来士气不低。也许这次王占元招他来汉口,和吴光新调兵东进有关。莫非吴光新为挽救皖系的命运还要做些孤注一掷?

向喜带副官甘运来乘车沿江观察一阵,车子停在孙传芳官邸前。甘运来先行向门岗通报,向喜一行人径直走进孙传芳的院子。

这是一处带天井的宅院,天井里,几名护兵正在收拾花草,见向喜进了院,连忙放下手里的工具。其中一个对向喜说,孙大人正在后院打电话,请向大人在客厅稍坐,我就去禀报。

向喜走进孙宅的客厅,看了一把红木太师椅坐下,不觉想起保定金庄的一切。一个风云变幻的年月,时光荏苒。几年前他们还在保定睡炕头,吃白肉罩火烧,在汤记茶馆喝茶。现在呢,住所叫官邸,官邸内有花草、有客厅。中式的坐物是太师椅,西式的坐物是沙发。大厅墙上还有画。那是谁的字画?向喜对辨认字画并不内行,尤其对书画上作者的落款更认不准。眼前这墙上有个条幅,条幅下端有一团墨,像只鞋,又像块石头,总之是一团黑。右上角有题字,字不多,画家的署名像哭字又像笑字。向喜坐在椅子上看看,站起来看看,再走近看看,还是看不准。只听见院里有人和甘运来说话,已知是孙传芳过来了。孙传芳迈进高大的门槛,见向喜正看画,便说:"谦益兄,认识这画吗?"

向喜一边迎着孙传芳一边说:"看了半天看不准,像只鞋,又像块石头。看看落款吧,又像哭字又像笑字。我对字画就是不入道。"

孙传芳和向喜并排站在画前,指着画说:"我也是看个热闹,我看画最不打眼的还是美女和老虎。这是八大的画,叫个《眠鸭图》。那不是靴子,也不是石头,是只卧着的鸭子。这幅画好就好在墨色上,都这么说。"

向喜再注意看看,也看出了形象,说:"噢,我也看出来了,是只鸭子,鸭子一回头,嘴扎在了翅膀里。那,题款呢?又像哭又像笑。"

孙传芳说:"那是八大山人的习惯写法,上头两点是个'八'字,中间的'大'和'山'连在了一起,'人'字像个'之'字。可不,正像哭之笑之。"

向喜说:"看出来了,文人墨客都喜欢把个人的款落得似是而非的,你越认不出来他越高兴。军令状可不行,你总不能让人家捧着军令状乱猜,这是段祺瑞呀,还是靳云鹏。"

孙传芳说:"刚才光顾认字,喜哥,你知道这幅画是哪儿来的吗?"

向喜说:"你不说,我可猜不着。现在你也算是个藏家了。"

孙传芳说:"不瞒你说,这是前几天我去荆州,吴光新送我的。你说吴光新这人吧,不会打仗,好舞文弄墨,收藏也可观。你跟他谈军事,他答非所问地支应你一样。可一谈起书画,你听他的就可以了,没你插话的工夫。你说段祺瑞怎么把这么个人派到荆州,一呆就是好几年。"

向喜说:"长江上游总司令其实是个虚职。"

孙传芳说:"虚职是虚职,可你得听他的,我们都驻军长江上游呀。政府还故意把隶属关系规定得含糊其辞。"

向喜说:"那是段祺瑞的计策,要不然咱们这些直系老兵知道吴光新是谁?"

孙传芳说:"我和你不一样,我的二十一旅在王大人的属下,你的十三混成旅可在吴光新的属下呀。要不说王大人怎么想到了急调你来汉口。"

原来调向喜来武汉的事孙传芳早已得知,向喜打算先从孙传芳这儿探听出王占元调他来汉口的目的。

孙传芳不断让护兵端茶端水果,然后又搬出几件字画请向喜看,向喜就有些心不在焉了,说:"馨远,字画以后再看吧,你也教教我怎么认画。我这次来不知你有何猜测,你就在王大人身边啊。"

孙传芳收起字画,为向喜推过一杯茶说:"喜哥,我还是愿意叫你喜哥,惯了。你官升得再大,也是我的喜哥。"

向喜说:"我也愿意你这么称呼我。"

孙传芳说:"你在江岸上看见长江里的船了吧,那可是兵船呀,那可是皖系段祺瑞的人。段祺瑞的安福俱乐部离咱们当兵的远,这船上的兵离咱们可近。前些天你在城陵矶,吴光新就率范国章、刘海门东进,虎视眈眈直冲宜昌、汉口而来。我和卢金山在襄樊堵截一阵,佯退下来。可吴光新不识时务,再乘机东进,大军直抵汉口。来者不善呀,我看这就是王大人调你来汉口的原因。"

向喜说:"我是只身一人,没带兵呀。"

孙传芳说:"不用带兵,现在长江沿岸只有你能挡吴光新的兵马。更多的细节我也不跟你分析了,明天你一见王大人,一切就都明白了。现在我这也叫瞎猜,我也没有参加督军府的军事会议。不说了不说了,晚上去老通城吃豆皮吧。然后到大光明看电影,来了个新片子《宝莲历险记》。"

孙传芳不再说军中的事,只问了些家长里短,问大太太同艾身体好不好,问向文成的医术有何长进。孙传芳也问了二丫头,向喜说,二丫头还是愿意住保定,说二丫头的爹娘都已过世,二丫头卖了西关的房子和东大街的茶馆,又在双彩五道庙街买了一个小院,和原先的房子连在了一块儿,整天让向喜寄钱,说要扩建宅院。孙传芳说:"二丫头挺有心计,扩建宅院也势在必行。"向喜说:"兆州笨花也在大兴土木呢,我打算先顾笨花。"他对孙传芳说了他在笨花大兴土木的计划。

向喜没跟孙传芳去老通城吃豆皮,直接回了汉光大饭店。他对孙传芳说,他得等王占元的电话。

第二天,向喜漱洗完毕,着戎装乘车来到都督府。王占元看见向喜,冷不丁便问:"见孙传芳了吧?"向喜并不隐瞒,说:"见过了。"王占元说:"跟你说了些什么没有?那是个机灵鬼。"向喜说:"并没有说什么,只让我看了八大山人的画。"

王占元还是看出向喜对自己和孙传芳的见面有些支吾,便说:

"说说也不要紧,都是老保定,眼下也是一个绳上拴的蚂蚱。"向喜说:"他只猜测你找我来汉口和吴光新东进有关。"王占元说:"这就对了,一听就真实。他猜得不错。"

王占元说着,把向喜引进一个套间,又打发左右退下,向他交代了这次急传他来汉口的原因。果然,王占元招向喜来汉口和吴光新的东进有关。王占元和向喜谈话,也是先从安福俱乐部说到段祺瑞在政府的预谋,说除了他的安福俱乐部,北边有他的边防军,南边便是吴光新。吴光新认不清形势,执迷不悟,执意要替皖系挽回败局,才率兵东进来犯湘鄂。前些时,王占元命孙传芳佯装败退,吴光新竟顺江而下兵至汉口……最后王占元对向喜说:"好,来吧,来了就是我的客人,明天我要请他吃饭。派谁去请呢,便是你向中和向大人。"王占元说完,仔细观察起向喜。

向喜身着戎装正襟危坐,双手只紧紧握住身上的佩刀,一时不知如何表示。他想,这不是吃饭,他想起古代鸿门宴的故事,当时项羽也说是请刘邦吃饭。

王占元好像猜出了向喜的心思,突然说:"你想对了,就是鸿门宴。你跟我多年,我把事靠给你一百个放心。那吴光新对你也不存戒心,你的十三旅还归他指挥。你去吧,就带甘运来一个人,不要打草惊蛇。目前这小子来汉口,住在长江上游总部运输处。帖子我已经写好了,就等你来。"

向喜又想起"干活儿"这个词,他想,这叫什么活儿,怎么这么乌漆麻黑?这不是明打明的领兵打仗,是定计捉人哪。可王大人把活儿交给他,他还得干,谁让他握着狮头刀呢。狮头刀不是王大人颁的,也是王大人呈请的。

向喜领了诱捕吴光新的任务,只带甘运来一个人,从武昌江岸码头驾只小船过江,直抵长江上游总部运输处。向喜来汉口之前,王占元就曾以电话相约,请吴光新过江到都督府吃饭。吴光新手下的人说此事有诈,制止了他。吴光新也暂时打消了这个念头。这天吴光新又接到王占元的电话,电话说湖北军政各界乃有为吴光新过江洗尘之意,现又特派向中和前去相迎,请吴光新就"赏个脸吧"。

吴光新一听来的是向中和,才放下心来。他想,向中和不久前还是他属下步兵一团团长,此人虽是老直系,和王占元也同僚多年,但为人忠厚,少事端。最近虽然刚接替张继善升任十三混成旅旅长,但任命也并非王占元所署。此前他也在段总长面前提起过此人。吴光新放下电话轻松了许多,这时他还想斥责他的部下胆小如鼠。

向中和来了,在堂前向吴光新行了个合乎标准的军礼。他那崭新的军刀,合身的军服,以及胸前的二等文虎章和三等嘉禾章,都使吴光新觉得这是一个真实而友好的姿态。再看向中和身后,只有副官甘运来一个人,赤手空拳。吴光新彻底放下心来。

吴光新在屋里轻轻还了一个礼,迎出来说:"谦益呀,要我看,你戴这副肩章是整整晚了三年。"他端详着向喜肩上的肩章,伸手为他掸了掸肩章上的微尘。

向喜说:"吴司令夸奖了。"

吴光新说:"可不,那年你打龟山已是名声在外了,后来又打败石星川①收复荆州,那时你才是……"

向喜说:"第十三混成旅一团一营营长。"

吴光新说:"是啊是啊,一营人打败石星川半个师,不出三天就上了政府公报。一个营长被政府公报指名道姓褒奖,实属罕见啊!"

向喜说:"也是天意吧。"

吴光新说:"是天意,也得有能人。"说着就整理起衣着。

---

① 石星川(1880—1948):鄂军师长,曾策动荆州独立。

向喜看吴光新已接受邀请,趁机再次表明来意,说:"如果吴司令方便的话,他带来的船就在江边等候。"

吴光新欣然答应过江赴宴,只带了十六名护兵,一名副官,和向中和一起乘船过江,在武昌汉阳门码头登岸,再乘向喜所备的马车直奔都督府。

宴席摆在王占元的督府会议厅里。向喜将吴光新引至会议厅,请吴光新在主桌前坐定。王占元走进来。

吴光新刚刚起身相迎,王占元已大步跨到吴光新跟前面呈厉色。吴光新顿知有诈,便喊护兵,护兵早被拦至门外。王占元厉声厉色质问吴光新道:"吴司令,你在长江上游呆得好好的,部队何以分途直抵武汉三镇?"

吴光新已知眼前处境险恶,仍然强硬地说:"我奉的是陆军部的命令,你区区鄂督管得也太宽了吧!"

王占元听罢不再和吴光新对答,只仰天大笑一阵,进入内室。吴光新回头再看向喜,向喜的脸色也有变。他忍不住对向喜大声喊道:"向中和,这到底是怎么回事,你给我说清楚!"

向中和说:"你还是问问陆军部吧,他们最清楚。"

吴光新发现自己处境险恶,想拔腿外逃,却已被王占元埋伏下的军士按压在地。

民国九年七月二十七日,北京政府迫于直系压力,以叛逆罪下令褫夺吴光新长江上游总司令职。

民国九年九月一日,王占元受命组成军事法庭在武昌审判吴光新,会审委员除孙传芳、向中和外,且有各师、团长参加。

九月五日军事法庭做出判决:判处吴光新为一等徒刑,徒刑期限为十五年。

向喜和孙传芳从会审法庭走出来,向喜对孙传芳说:"馨远,最近我脑子里装事太多,睡不好觉。我想歇歇,回趟老家,笨花老家正盖房呢。"

孙传芳说:"你就离不开你那个笨花。"

向喜说:"是离不开。"

16

向家盖房,使全家过了半年"颠沛流离"的生活。原来的住处拆掉了,他们只在院里搭几个窝棚,支起门板睡觉。原来的锅灶也没有了,向家人和盖房捧忙的人一起吃大锅里的干饭。秀芝常常在锅里焖几十口人的小米干饭,把眼睛煎熬得又红又肿。同艾在新墙旧院中挑毛病,向桂的"总理"艺术在施工中经受着考验。他大着嗓门在院里喊:窗户上歪了!门框没安正!要上梁了,向桂就让向文成写红帖子贴在梁上。向文成故意问向桂帖子怎么写,向桂就说:"老规矩,就写'姜太公在此诸神退位'吧。"向文成说:"咱家不养姜太公,姜太公一到招得各路神仙都来,家里整天安生不了。还是写个吉利平安话吧。"向文成裁几条大红纸,每条纸上只写"上梁大吉"四个字。上梁了,向桂点着早就准备好的鞭炮,师傅们用粗瓷大黑碗喝着泥坑酒。向家人都仰头看着上梁。一帖帖红纸映照着向家,使向家更显出喜庆。

上梁,是施工盖房的一个阶段性标志。上梁了,一个个为盖房而不安的灵魂才趋于稳定。

向家的盖房,入冬时施工,跨过了春节,直到来年的三月,枣树发了芽,花籽儿下了地,工程才接近尾声。同艾站在二门以内仰头看,她觉得这个内门门楼很眼熟。两扇黑漆街门两边起了两根半圆的磨砖对缝柱子,柱子顶着一个砖雕的花墙,花墙上雕着花草,又像牡丹,又像芍药。同艾叫过向文成问:"文成,怎么这个门楼这么眼熟呀,像在哪儿见过?"文成说:"保定,保定时兴这样的门楼。"同艾说:"敢情是学保定呀。"文成说:"也不是学,和保定比较咱又有改进。再说,这样式也并非完全中式,其中也有外国的成分。别小看这两根半圆形的柱子,这叫柱式。柱式就是来自希腊、罗马,和现今的意大利国。"

同艾一听向文成说希腊、罗马和意大利国,觉得儿子有几分见多识广,也有几分云山雾罩。心想,难道两根半圆柱子也能有这么多学问?她又问向文成说:"你说这柱子叫什么?"向文成说叫柱式。同艾又想,东西既是有名称,想必是真有其事,便不再多问。

为门楼的事,向桂和向文成倒有过争论。向桂主张门楼要沿袭传统;向文成说,都入民国了,也得照顾潮流。他坚持把门楼盖成柱式雕花的。最后向桂让了步。

向家在一片欢腾中迁进新居。

四月了,向家在新居里迎来了城里的四月二十八庙。今年的四月庙,仿佛专为向家的乔迁之喜祝贺一般,向家举家出动去赶庙。

每年的阴历四月二十八,是兆州县城的大庙会。庙会连续五天,不仅附近客商到兆州来赶庙,这庙会还惊动着千百里之外的南北客商。南方客商从湖广苏杭贩来干鲜、竹货、洋布和绸缎;北方客商也将杈、耙、扫帚、水缸、瓦盆摆上街头。戏班来了,河北梆子的梆子声能传出城外。马戏来了,有马戏也有大变活人。说书艺人搭起书棚,专说薛仁贵征东。卖药的立个大棚叫大兴棚,大兴棚更是招徕生意的好时候,大兴棚里摆个方桌,桌上立只火鸡又在吸引顾客。围观者看着火鸡脸色的变化听着卖药人吆喝着:"腰疼腿疼不算病,咳嗽喘管保险哪……"大兴棚里不仅有专治咳嗽喘的灵丹,最拿手的当是治腰腿疼的狗皮膏药。卖药人当场把一贴贴膏药用火烤软,将膏药贴在病人的腰腿上,病人被烫得龇着牙咧着嘴,坚强地忍受着膏药那火辣辣的温度。

这兆州的四月庙本是为火神而立,为了乞求火神不要在这时把火灾降临人间。因为这正是兆州的麦收时节,一把火就可能酿成大灾大难。离庙会不远真有座小庙叫火神庙,这火神庙虽小,这时香火却盛,小庙里的香火缭绕着从庙里飘出来,飘向当街。两排"叫街"的乞丐跪在庙门前叫喊,他们光着上身,用自己的鞋底把自己的胸膛拍得山响,红肿的胸脯真能招来进香施主的同情。有人把零钱扔在叫街的跟前,叫街的则更起劲地拍着胸膛等待下一位施主的接济。

卖汽水的打着小镲叫卖,摊上摆着玻璃杯子和玻璃瓶子,杯子里和瓶子里注满红水绿水。红水像坏女人的红脸蛋,绿水像染布用的鬼子绿。这汽水就是加进颜料的井水。卖汽水的从附近井里打水,蹲在桌子后面配制,现配现卖。阴历四月天已近盛夏,刚打上来的井水格外凉。孩子们捧着这冰凉花哨的井水喝,自觉就是汽水了。

饸饹是实惠的,卖饸饹的撑开一面白布大棚,棚里摆着白槎条桌条凳。棚的一厢盘着锅台,锅台上架起饸饹床。压饸饹的人趴在饸饹床上,双脚离地,使出平生之力,猴攀杠子似的把荞麦面饸饹压到锅里,以示这面和得硬邦、实着。锅里是滚开的羊汤,羊汤的鲜味儿在人们的头上飘游着。

向家人赶庙吃饸饹似乎是一个传统的保留节目。从向喜算起,爷爷以鄙带他来吃过,后来他爹鹏举也带他来吃过。再后来向喜也常和向桂下饸饹棚。那时向喜领向桂坐在饸饹棚里,给向桂要一碗,也给自己要一碗。向桂吃完还要吃,向喜就说:"桂呀,明年吧,明年我再带你来。"向桂就不高兴地嫌向喜不让他吃饱,使性子闹气。再后来向喜当兵了,第一次探家就决意让向桂吃个饱。那年他尚是一个棚头,他带全家人来吃,向桂终于吃了个"撑饱"。

向喜看着心满意足的向桂说:"我就知道早晚有个叫你吃饱的时候。"

今天,向桂却觉得赶庙吃饸饹已经和向家的身份不般配,他自作主张把全家赶庙的消息通知了润华泰绸缎庄的经理,让他到十字口义和楼订饭。润华泰是如今向家在县城经营的买卖之一。向家在县城还经营着粮栈和粪厂。

同艾知道了向桂让润华泰订饭就说,她觉得拉家带口的到十字口饭庄吃饭太招摇,不如还到大棚里去吃饸饹。向桂坚持一阵,还是听了同艾的。

向家赶庙套两辆车,同艾一人坐细车,其余家人坐一辆粗车。两辆车在柏林寺后面的东坑里止住,群山把牲口拴在车后尾上,让它们信马由缰地吃草,向家一家人便蹚起黄土逛庙。他们随着同艾走在人群里,同艾在那些南北货摊前停下研究一阵,只觉得庙上的货物都透着土气。末了她只买了几领凉席和几只芭蕉扇。

天近中午时,他们进了一个饸饹棚。饸饹棚掌柜的早就认识向家,连忙让散坐着的客人专给向家腾出一席之地,又额外沏上一壶茉莉花茶。掌柜的说他就知道向家人今天来赶庙,昨天专门杀了一只肥羊,鲜羊汤舍不得给别人用,单等向家人到来才往锅里续。同艾对掌柜的说:"算啦,掌柜的,你的话我当真就是了,快做生意吧,饸饹都煳锅了。"

掌柜的满脸是笑地走开去准备饸饹。一回身又捧过一个瓦盆给同艾看,再次强调了盆里是专为向家备下的好羊汤。同艾拿眼扫扫瓦盆,发现汤里飘着的油星儿倒不少,心想这也许是真事吧。她冲掌柜的点点头,掌柜的才得意地离去。

农历四月二十八日已近夏至,麦子正上场,天气炎热。今天同艾穿一件夏布肥袖上衣,一条青布单裤,一双半大的漆皮鞋。这上衣和皮鞋是那年在汉口买下的,明眼人一看就知道同艾的衣着是有别于当地人的。同艾也尽量显出些身份,她想,这里的饸饹好吃是好吃,但吃时应该有几分矜持才是。她吃了两口,把筷子往碗上一搭说:"面牙碜。"向桂一听嫂子说饸饹牙碜,就要去喊掌柜的说事,同艾叫住他说:"别找他们了,一碗饸饹,也值当的。"她把筷子搭在碗上,开始看棚外的热闹。

向家别人没有声明这饸饹牙碜,向文成更不在意同艾的挑剔,他把碗吃得很干净。向文成吃饭一向不注意品尝,他认为吃饭就是为了吃饱。现在他更不用心同艾的问题,耳朵只留意着棚外的一种声音。那声音是锣鼓伴着的说唱,原来饸饹棚旁边有个拉洋片的。

拉洋片的锣鼓惊动了向家,拉洋片的说唱也提醒了向家。向文成首先放下饸饹碗,站起来对向桂说:"叔叔,旁边有故事。"向桂放下筷子仔细听听也站了起来,好像听出了什么。

向文成先出了饸饹棚去找拉洋片的,向桂和掌柜的算清账也跟出来。向家一行人走在后面。

洋片也叫西洋景,艺人把鸡窝似的一只大箱子架起来,箱子正面有几个窟窿安着放大镜供人往里看;箱子顶上是个木架子,悬着几片布画做招贴。画可以上来下去,艺人一面操作布画,一面用手牵动着安装起来的小鼓小锣,嘴里唱着编成的小调。看客们坐在一只条凳上,扒头探脑地便看到大箱子里那一个个神秘莫测的世界:历史故事,时事新闻,道听途说,乃至神话鬼怪都变得活灵活现。有一出颇具时尚的洋片,画着北京打磨场旅馆杀人的故事:有一个住店人在床上被杀,一个鲜血淋漓的脑袋竟从床上滚到地上,鲜血淌在床上和地上。艺人拉着长声唱道:

哎——北京城有个打磨场呀,
打磨场里有旅馆呀,
哎——这就是北京打磨场旅馆杀了人哪,

你们(吔)就看上一(吔哩)看呀!
　　……

　　故事惊险,艺人唱时声调却从容不迫,强调着唱词中的虚字。看客们看着床下那颗血淋淋的人头,一惊一乍地唏嘘着。

　　洋片上也有上海四马路开动着的电车,也有天津跑马场的赛马会。除了南北奇闻,还有妇女儿童不宜的片子。艺人们讲究演出道德,片子内容因人而异。有一部赤裸的男人蹬着床边和赤裸的女人性交的片子,男人的阳物粗大,女人的裆里点着红。女人们的发式模仿着上海滩最时髦的发式——飞机头。图画画得直白,唱词却含沙射影,借着各种谐音,叙述着男女之事。看客们面对镜中的故事,心里怦怦乱跳。向桂小时候就看过这片子,向桂小时候长得高,他装出一副大人模样,混在大人群里坐着观看。

　　现在艺人唱的不是打磨厂杀人,也不是妇女儿童不宜的片子,这说唱却和向家有关。

　　向文成顺着艺人的锣鼓先挤过来,向桂也随后挤了过来。艺人说唱得正尽兴,锣鼓丁冬,洋片七上八下。却原来,这是一个有关向中和向大人在南方打仗的故事,这是一出时事新闻。艺人唱道:

　　哎——往里瞧来往里看,
　　向大人在荆州打败了石星川。
　　向大人正住宜昌城,
　　荆州也在长江边。
　　哎——你们就看上一(吔哩)看哪!

　　哎——往前坐你看得真,
　　向大人是咱笨花人。

高头大马挎洋刀，

向大人本事可不小。

哎——你们就看上一(哋哩)看哪!

……

向文成细听着唱词,向桂就花了两个铜子坐下观看。他看了一会儿站起来,把向文成拉到一边说:"文成,此人胆大妄为,我得教训教训他。你光听见唱,没看见里边,把你爹画得像个武大郎,你爹骑的马像条瘦狗。"

向文成说:"你怎么教训他呀,一个卖艺的。"

向桂说:"先砸了他的摊子再说。要不把县大队叫来,押他进班房。"

向桂说着就举手叉腰地向艺人冲过去,向文成想拦没拦住。这时同艾和全家人也都听清了眼前的故事,同艾挤在人群里光是看着那个大木箱子笑,也不近前。

向桂冲到艺人的跟前,膀大腰圆地把洋片镜子一堵说:"哪儿来的,反了你的啦!你知道向大人是谁吗?石星川又是谁?你说说我听听。"

艺人一看来者不善,浑身哆嗦着说:"我是临县东旺的,向大人不是笨花的大官吗?那石星川我不知道是谁,都是听来的。"

向桂把艺人脖领子一抓说:"听来的就这样胡编乱唱,向大人也是你糟蹋的?走吧,跟我到县大队!"说着拽起艺人便走。

这时人群里突然有人叫向桂,一个熟悉的声音喊着向桂的名儿说:"桂呀,快放开手,不许跟人家置气!"向桂听见了这喊声,只觉得这声音好熟,心想这是谁喊我的小名?他环顾左右,一阵寻找。

向文成却立刻听出了这声音是谁,心说怪了,这不是我爹吗?

说话人真是向喜,向喜后边站着甘运来。突然出现在庙上的向喜只穿一件白洋布汗褂,一条灰洋布单裤。他从人后挤过来,甘运来替他扒开拥挤着的人群。甘运来也穿一身家做衣裳。拥挤的人群里终于有人先认出了向喜,他们仿佛不相信自己的眼睛一样,惊喜地说,看呀,这不就是笨花的向大人嘛!向桂看见当真是向喜站在了面前,便松开艺人说:"哥,怎么是你?你怎么像从天而降一样。"

向喜的"从天而降"出乎全家人的预料,他们欣喜着,当着众人却故意不近前寒暄。

向喜让向桂把艺人放开,然后对艺人说:"我就是向大人,笨花村的向中和。收起这本片子吧,你连石星川是谁都不知道就编成洋片。我和石星川石大人都不是你唱的,我是打败了石大人,可我自有敬重他的地方。你就别瞎编了,怎么编也编不对,唱点别的吧。这么一闹,也耽误了你半天的生意。运来,给他两块钱做个补偿吧。"

甘运来掏出两块现大洋递给艺人。艺人接过现大洋就要给向喜下跪,说:"向大人,我给你磕头吧!这本片子我也不演了,多有得罪,请大人恕罪。"向喜说:"不必这样,快去做生意吧。"

向喜一家人在此相遇,既惊奇又高兴,他们簇拥着向喜出了庙会往回走,在去往柏林寺找车的路上,向桂开始埋怨起向喜,他嫌他微服私访似的回老家,嫌他不带护兵马弁,他说甘运来一脱军装像个店伙计一样。他说,兆州人还不一定见过将军呢。他说,四月庙上要是来个将军,非炸了庙不可。

向喜说,他就是怕炸了庙啊,才在元氏下车前脱了军装,也故意没让家里去接。总算赶了一个安生庙——就是没来得及吃碗饸饹。

同艾从看见向喜第一眼,心就嗵嗵跳着,她不时理理头发,拽拽夏布上衣。她想到,今天出门时本不想穿这身衣裳到庙会招摇,但不知为什么她还是穿了,鬼使神差一样。她到底是穿对了,现在当她站在向喜面前时,就自觉和向喜显出了般配。

17

向喜和全家从四月庙上回笨花,坐细车的仍然是同艾。向喜和家人在车后走着。同艾坐在车上,凑近细车的后窗打量着走在车后的向喜,努力寻找着几年来丈夫身上的变化。她看见向喜刚剃过的头上淌着汗珠,乌黑的眉毛下还是那双熟悉的眼睛。那眼光平和,使你常常看不出是喜还是忧。一双稍显外八字的脚,步履是从容的,这脚上穿一双黑皮便鞋,庙会的浮土已经把鞋染成了土黄。同艾还是发现了丈夫体态上的变化:他的腰比过去粗了,肚子便有点挺。现在穿着中式汗褂,肚子就更显突出。她想,丈夫若穿上军装也许就不显肚子了,可能还有几分魁梧,军装遮丑。同艾还发现,这时的向喜蓄起了胡子。和同艾在外面看见的军官一样,他们很注意对胡子的修剪,这让他们显得神气活现。同艾看着车后这位男人,时而把他想成从前笨花的向喜,时而又觉得他是另一个人,他本是领兵打仗、威风凛凛的向大人。她实在不知怎么对待这次向喜的还家,她坐在车里一阵又一阵局促不安,不断变换着坐车的姿势,汗也濡湿了她的夏布上衣。

向喜和家人出了庙会,走过柏林寺,走过东门脸。东门下有两个站岗的士兵,穿着袖子偏短的灰军装,带刀快枪随意提在手中。向喜觉出这兵们纪律的松弛,他想起这是冯玉祥[①]的七师。直皖战争后,京畿一带尽属直系。看到直系的人在守兆州城,向喜却又感到几分亲切。

---

① 冯玉祥(1882—1948):字焕章,国民军系,民国时著名将领。1935年曾任军委会副委员长。

甘运来催促向喜坐车,向桂也让哥哥上车。向喜对他们说,他愿意走路,他愿意走走看看。

走出东门走过东关,才是去笨花的正道。一条黄土道沟蜿蜒八里,道沟又宽又深,车辆走沟底,行人专走沟上的黄土小道。沟里沟沟壑壑,浮土扬长;小道则坚硬平坦。从前向喜站在道沟这边看那边,只觉得道沟宽阔无边,常拿它和黄河和长江做着比较。如今刚从长江边回来的向喜再看这黄土道沟,就觉出道沟就是道沟而已。他只发现了这条深陷多弯的道沟于战争的用途:它足能埋伏下一个营或者一个团的人马。现在正值四月庙会,或赶庙、或回村的大车小辆,在沟底东摇西晃地错着车。赶车人吆喝着牲口,声音从道沟传出来,传得很远。赶车人只认识向家的细车,却并不注意走在沟上、身着便服的向喜。这使向喜免去了许多与乡人的寒暄。

向喜在前,家人和甘运来在后,说着话离笨花村越来越近了。他有时掐个将熟的麦穗在手里搓搓,有时掐棵打破碗花闻闻。离开家乡后,最让向喜想念的好像就是家乡的野花野草。四月天,沟沿上的花草争相生长,向喜熟悉的猪耳朵棵倒不显突出了,突出的是"老鸹喝喜酒"。这是一种尺把高的柴梗,梗上有紫叶和藕荷色的小喇叭花。把花揪下来,抿在嘴里吸一吸,便有一股甜丝丝的酒味儿喷出来。笨花的大人、孩子都待见这"老鸹喝喜酒"。向喜在大江南北的旷野里常常想起它。他带兵打仗,每到一处,闲下来时就走出战壕去找"老鸹喝喜酒",可他从来也没有找到过。今天他终于又看见了它。他揪下一朵"老鸹喝喜酒",放在嘴边吸一吸,突然喊过向文成,问他这东西能不能入药,中药里有没有这种东西。

今天,向文成自从在庙会上见到父亲,还没有机会和父亲说话。现在父亲这一突然的发问就使他有些紧张。他势必要谨慎地对待父亲的问话,并努力回答得规范流利。他说,从前他并不留意

"老鸹喝喜酒"这东西,本草上倒有一种叫"土知母"的药,形状和它有些相似,大约就是这种东西,但又不敢肯定就是。向喜又问向文成"土知母"的药性,向文成说,"土知母"性甘温,可解毒消积。

向喜对向文成规范而流利的介绍却显得似听非听,只说,这地里的花草就像人一样,哪里的花草就是哪里的花草。哪里的人就是哪里的人,想变也变不了。人和花草都是当地的水土养育的。

向家一行人走路说话,不觉已行至笨花村西。再向东看,眼前有一带新起的干打垒院墙,从后街西口一直延伸到前街西口,院墙内突现着高高低低的青砖房。有几棵老榆树从墙的北侧突出来,喜鹊正叼着花柴在树上搭窝。向喜想,这干打垒的新墙便是向家后院了,那老榆树是西贝家的,看起来和向家的院墙连在了一起。他停住脚问向桂:"这道墙从北到南一共有多长?"

向桂说:"一共是二十五丈有余。"

向喜说:"砖不够用了才垒成干打垒的吧?"

向桂说:"要是把这道墙也砌成砖墙,还得两窑砖。我和文成商量,不如先干打垒的打起来将来有机会再表砖。"

向喜说:"不表砖也无妨,一个外院居连墙。"

向桂没有再就这道外墙表砖的事同哥哥讨价还价。

向喜本想不显山水地回笨花,可村口还是聚集了不少人观看向喜的归来。原来是瞎话早就向村人传了话,说向大人就要回村了,向大人这次回家不带护兵马弁,也不穿军装,就一身洋布裤褂,信不信由你们。

村人便冲着瞎话说:瞎话,瞎话。先前向大人当营长回家还穿军装带护兵哪,这次保准带着一个马队。他们立在村口土坡上看马队,没想到一个穿白衣灰裤的人早已站在他们眼前。这人在村口站住,向村人拱手施礼,有人认出这真是向喜,向喜真穿着洋布裤褂。人们才想到他们又拿瞎话的实话当瞎话了。瞎话站在村人中说:"喜哥,他们正站在这儿看你的马队呢。"向喜只是微笑着问乡亲家里的事、地里的事。他看见人群里站着西贝牛,便说:"牛叔,麦子要开镰了吧?"西贝牛忙把披在光膀子上的紫花汗褂舒上袖子,趔趄着从坡上走下来,像没有听懂向喜的话,一时也不知怎么回答。向喜想,我不该说开镰,应该说割麦子。开镰是南方人说的。他走近西贝牛又说:"牛叔,该割麦子了吧?"果然西贝牛听懂了,说:"这蚕老一时,麦熟一晌,也就一两天的事了。"

甘子明走下土坡对向喜说:"我还是叫叔叔吧,叫向大人不习惯。我是后街甘家的子明。怎么,《益世报》上说又把吴光新放了,我分析准是有人讲情吧?"向喜只说时局变幻常常出人意料,他并没有直接回答关于吴光新的事,只问了甘子明和向文成谁大谁小。还有人拦住向喜问长问短,瞎话及时给向喜解了围。他说:"等着看马队吧,向大人在前,马队可在后头呢。那马队长得很,这头进了兆州城,那头还在石家庄哩。这会儿快叫我喜哥先回家看看吧!"

村人又闹不清瞎话说的是瞎话还是实话了,有人说瞎话又在说瞎话,有人却走上高坡开始向西张望找马队。

向喜这才拱拱手从人群里拔出腿来,开始朝那座他朝思暮想的、由他亲手设计的新宅院走。他先站在大门口端详一阵,才走进大门向右拐,迈过两级青石台阶进二门。他又在向文成的柱式门楼下站住看看,然后绕过四扇可启可关的绿漆烫金星的闪车门进入东小院。他熟悉的那棵枣树还在,树下那块红石板和那个一百五十斤重的石锁,现在就像挪了地方一样。其实它们都还在老地方,是宅院扩大了,也变了格局。现在向家人管过去的东小院叫东院,管西小院叫西院。

东院正房五间,还是因袭了笨花的传统形式,两明一暗,东西耳房,柱廊,平顶。屋顶用大灰炉渣捶硬,叫捶顶房。窗子和门在同艾的建议下做了必要的改进:四方四正的窗棂下加了一排玻璃。檐下无任何装饰,只在东西耳房墙上各出三个"滴水",滴水以下有砖雕,雕着喜鹊登梅。雕喜鹊登梅也是同艾的主意,同艾愿意讨个"喜"字。向文成猜出母亲的心思,格外重视这六块滴水的精雕细刻,每块砖雕的下方还有碗大的深刻楷书,从右向左念是"民国九年桃月"。向喜仰头看着滴水下面的字对向文成说:九年,桃月倒对,可这滴水下边的字怎么不请个人写?他已经看出这六个字本是出自向文成之手。他觉得儿子的字写个地契文书尚可,字若刻上屋檐应该是登上大雅之堂了,便不是谁都能写了。文成小时只在保定练过几天柳公权的玄秘塔,后来,加之视力锐减……

　　父亲的问话让向文成有些慌乱,他没有想到父亲对区区小事还如此在意。对这次的向喜还家本来就心存紧张的向文成,此刻更是不知所措了。自从那年的汉口归家后,向文成已经意识到,他和父亲再也不是两个人光着屁股在府河洗澡时的父子了。后来,父亲越是对他表示关切,他就越发不知所措。从理性上讲,父亲给他订报、写信……他存有说不尽的感激之情。他可以在大庭广众之下带着几分炫耀乃至几分夸张地大谈父亲向中和在军界的新闻、趣事;他也可以在书信中用文字表达对父亲的尊敬。但当他和父亲面对面地站在一起时,他突然就找不到自己的位置了。从庙上的相遇到现在,他最发憷的一件事就是回答父亲的问话。父亲问个老鸹喝喜酒能否入药还可以支吾搪塞过去,问他为什么不请人写字,他又该如何作答呢?难道他能说区区小事他能胜任?向文成思忖片刻还是找到了一种说法。他说,当时雕工催得紧,没来得及再请别人写。

　　向文成欺骗了向喜,向喜也听出了儿子对他的欺骗,便不再就写字的事发表议论。向文成却越发局促不安起来,因为他欺骗了父亲。他脸上的肌肉不能自制地一阵惊悸,他觉得他已经不是他自己。幸亏向喜又转过身和向桂说话去了,向文成才获得解脱。

向喜对向桂说甬路砌窄了,说中间那块太湖石可以不摆,本来院子就不大。说着走出月亮门,进中院去看父母。

向喜在东院看房,秀芝和向桂媳妇早到中院去给二老换衣裳去了。从前鹏举和老伴住东小院,新宅院落成后,鹏举非要住中院不可,说中院严实,贼进不来。中院的结构大体如东院,只是后来砖不够用,就把本是四合院的西配房抹成了青灰的,正房檐下也少了砖雕。

秀芝要给二老换衣裳,二老就知道家里来了客人。每逢来了客人,家人都要给老人换衣裳。这些年鹏举更显老态,人也越发糊涂,老伴儿也只能半倚在炕上。向桂的媳妇叫扔子,扔子和秀芝一阵忙碌,总算把老人打扮起来,鹏举穿起烟色团花缎子马褂,藏蓝长衫,捂汗似的正坐在迎门椅子上;老伴只披了件竹布褂子,挺坐着。

向喜跨进门来,果然鹏举不知是谁,说:"打哪儿来呀?买襁子的哟,去花坊找向桂吧。"鹏举的老伴连有人进来都没发现。

向喜见父母从来都是下跪施礼,现在人未跪下,眼泪先掉下来。他跪在地上,叫了爹又叫了娘,连着说了几次"我是喜,我是喜"。鹏举就说:"不是买襁子的,是收鸡的呀。"向喜站起来拉住鹏举的手,不再和他说话,擦着眼泪,让甘运来从随身携带的箱子里将买给爹娘的礼物摆在桌上,嘱咐秀芝说,这东西叫油绸,是广货,闲暇时给老人裁套裤褂,穿上凉快。长衫马褂太热。还说,人老了,别嫌弃他们,替他行孝吧。

向喜出了中院正房,穿过一个月亮门来到西院,西院向桂住,三个院子格局大同小异,只在用料上露出些每况愈下。西院只有正房是砖房,东西配房一律青灰抹墙。看此情景,向喜想,我弟弟向桂看似放浪,怎么也是向家人,终是不为个人争执计较。想着,就有些感动。他明白这每况愈下的建筑规格,都只为少了几窑砖。当初他要是不顾保定只顾笨花,也不至于如此。

向桂看出哥哥的心思便抢先说:"三窑砖咱得使在正经地方,大门二门不能含糊;后山墙,东西山墙是朝外的,咱也不能让人看出寒碜;表砖墙拦腰三芍,是个正经规矩;还有后院的大西屋是客房,更不能露怯。三窑砖,九万九千块,就用完了。"

向喜听完向桂的介绍说:"这样用砖也是个两全的办法,在村中盖房还是不要出人头地为好。"

向桂说:"我也是这么想。去看客厅吧。"

向喜出西院去后院看客厅。后院果真天地广阔,一扇黑桐油小门把前三院和后院隔开。向喜刚走进后院就看见一侧有一排西屋。这西屋离地三尺突兀地崛起,屋前一排雕花长廊,雕工虽不属上乘,但比起前三院要排场得多。阔大的庭院眼下虽然荒凉空旷,但稍加点缀修缮,不就是座后花园吗?向喜在院内踱着步做着丈量,计划着这后院的前景,说:"原来你们把力量都使到客厅上了。"

向桂说:"哥哥好客,咱家虽不是王府,怎么也不能在这地方显得寒寒酸酸哩。"

向喜在厅外观看一阵,走进客厅,发现这客厅用隔扇隔开三间坐客,两间供客人歇宿。迎门的方桌条几虽不是硬木,但大漆尚新。迎门挂一副王士古的青绿山水,两副对联是沽上名士华士奎书写。上联是:前江后岭通云气;下联是:万壑千林送雨声。再看屋顶已做过裱糊,窗纸正新。向喜想,倒是个待客的地方,说不定明天石桥镇的葛俊就会赶过来。这次回家向喜还想会会许子然,一来多交一位朋友,二来也给文成送个欢喜。这次他还从南方带来了海参和玉兰片准备分送给友人。想到待客,向喜又看了厨房,厨房里除了农家用的锅台,还专为他盘了一个炒菜用的高灶,高灶旁已码好大砟①供他点火。

接着向喜又看了仓房、马棚、草屋、粪坑、男女厕所。最后他来到那个只用干打垒土墙围着的后园子。笨花人管后园子叫居连，现在居连里只种了些椿树、洋槐。树还小，整个居连看上去就空旷无边。但向喜对这个尚显空荡的居连却用心深远。他想，待到他叶落归根时，可以由着他打整。这才是他的好去处。

向喜走马观花似的看完宅院，返回东院时，天已近黄昏。街里传来"鸡蛋换葱""打洋油"的叫卖声。晚饭时，全家人还是围坐在枣树下的红石板前喝小米粥。与往日不同的是，同艾让秀芝买了油酥烧饼，还煮了老腌鸡蛋。从前向喜喝小米粥，觉得小米粥是笨花的上品，香甜无比。现在向喜喝小米粥却觉不出香甜了，但他喝，和家人一样地喝。他想，回到笨花他应该喝小米粥。

晚饭后向喜和全家人围坐在枣树下，少不了又说了些家长里短。北斗星的"勺把儿"已歪向西南，是各回各屋的时候了。

向喜这次回家，好像是第一次走进属于他和同艾居住的东院正房。他看见桌上的罩子灯擦得很亮，照着条几上的帽筒和罗汉。画着小八宝的帽筒和斜披着袈裟的罗汉都是他让向桂从宜昌带回来的。帽筒旁边是一套乌木匣装的他喜爱的淳化阁字帖。他觉得条几上摆帽筒、罗汉合乎规矩，淳化阁的字帖摆上条几就不伦不类。他问同艾是谁摆的，同艾说是向桂，向桂说摆上它只是为的文明。

条几上方的中堂写的是朱子治家格言，向喜崇尚朱柏庐的治家格言，主张把朱子的治家思想贯彻给家人。他坐在一把太师椅上东瞅西看，墙上一架德国自鸣钟已经打了十一点又半点。自鸣钟提醒着他，现在他应该想想同艾了。

同艾已经为向喜摆好洗脸水、洗脚水，把两条不曾用过的新毛

---

① 大砟：上等的无烟煤。

巾搭在椅子上。其实同艾坐在细车上想的事,向喜也正想着:他该怎样对待同艾呢?

向喜洗漱完自己,躺上同艾今天新买的凉席,把头枕在同艾在凉席上摆好的一个大枕头上。这时同艾不等向喜让她,也枕了上来,一切如以往一样。向喜仰头看着纸糊的顶棚说:"同艾,你说我出哩过没有?"向喜是问同艾,你说我离开过家没有。

同艾机敏地说:"要我说,你没出哩过。外边的事都像做梦,家里的事才是真事。"

向喜说:"我也整天这么想。"

同艾说:"往后可别再说'出哩出哩'了,向大人说'出哩'叫场面上的人光笑话你。"

向喜说:"这不是在家么。"

同艾故意大着胆逗向喜说:"那现时你在外头怎么说?"

向喜说:"请出去吧。"向喜的这句话带着南腔北调。

同艾和向喜交流"出哩",拉近了他和她的距离,他们放松下来,说东道西。可谁也不提保定,不提二丫头。他们一面说着话,他向她伸过去一条胳膊,同艾觉得这条胳膊是奔腾着的海浪,同艾见过海。她枕住向喜伸过来的胳膊,贴住他沉实的身子。这时她的小腹忽然一阵酸楚,有一种要"跑肚"的感觉。她不得不转过身趴在炕上,想忍住这来得不是时候的"跑肚"感。可这感觉却是一阵强似一阵,弄得同艾不得不起身下炕,到院里去方便。

同艾从外边方便回来,回到炕上。向喜正安静地等着她。她刚要去就向喜,那感觉却又从同艾的肚子里再次升起。同艾只好又一次离开向喜,奔到院子里去……这一夜,同艾诅咒着自己不断下炕,断断续续一次又一次,自此她便患上了这种毛病——这是后话。在以后的许多年里,向文成一直研究着母亲的病症,并得出结论叫神经性腹泻。他为她组方配药,但她还是落下了病根:无缘无故上厕所。

这个晚上的同艾,和久别的男人同枕着一个大枕头的同艾,并不了解这不期而至的腹泻属于神经性,她只一味地经受着尴尬、扫兴和对向喜的对不住。天将亮了,他们还是并排躺在枕头上。一股股凉渗渗的泪水从同艾眼角滚出来。向喜知道同艾在掉眼泪,只面朝上平和地说:"同艾,我们是老夫老妻了。"他又对同艾说:"汉口卖一种暖水袋,橡胶做的,比汤婆子用着方便,回去我给你捎一个来。"

天亮时,他们呼吸均匀地睡着了。

早晨,石桥镇的葛俊来笨花找向喜,同艾说向喜去了南岗地里,葛俊就到南岗地里找向喜。向喜正和群山说话。他伸手摘着垄沟边上的黄花菜对群山说:"金针这物件只要有水,长起来没完,天天掐天天有。"笨花人管黄花菜叫金针,南岗地里的金针是有一年向喜回村时种的。群山看着向喜手里的一把金针说:"金针这物件像薄荷的性子,薄荷也待见水。"向喜说:"我打算再往桑园移几棵。"桑园是向家新要的地,四十亩。桑园没有桑树,地好,种什么长什么。

向喜侍弄完黄花菜又对群山说:"群山,我又带来了油冬菜籽儿,还有一种菜薹,像蒜薹,紫色的,可不知在北方种适宜不适宜。先前我在保定买的灯笼红萝卜籽儿,在咱这一带就不长。"群山说:"等暑了伏吧,暑了伏我把它们种在桑园里。"

向喜顺着垄沟往前走,顺着水头走到稙棒子地。稙棒子有一尺高了,水正灌满一畦地。他拿起耙子替群山改畦口,葛俊走过来了。他绕到向喜眼前说:"哥,怎么也不捎个信儿?这是怎么说的,微服私访一样,我可不赞成。"

向喜说:"我知道你快过来了。为我不带护兵马弁的事,向桂早就数落我半天了——不说这个了,凡事我自有我的主张。"

向桂数叨向喜不止一次,说他既不给家人面子,也不给朋友们面子。家里人没跟着你出去吃香的喝辣的,瞻仰瞻仰你的气派总不过分吧。你可好,一身洋布裤褂回来,像在外头打了败仗、遭了审判一样——你又不是吴光新。

葛俊埋怨向喜几句,夺过向喜手里改畦的耙子,把耙子交给群山,拉起向喜便走,走着说着,说一会儿还有几个朋友要来,现时都是场面上的人,认识一下也没坏处,今后文成在家里遇事还怕多一个朋友?

葛俊把向喜半推半拉地推下南岗,两人一起往村里走。向喜举着刚才摘下的黄花菜对葛俊说:"来就来吧,这把金针还是今天一道菜哩。"

第 三 章

18

西贝梅阁走路时从来不跑。她跟家人在地里干活儿赶上下雨,家人跑着回村时,她也不跑。梅阁一个人稳稳当当地走在家人的最后,铜钱大的雨点落下来,砸在梅阁的头上肩上,砸在梅阁的胸上背上,砸在梅阁脚下土质干细的小路上,砸湿她的袜子砸湿她的鞋。她闻着雨点溅起的腥热湿气,觉得很好闻。西贝牛在前头吼她,嫌她苶斜①,她就听着。

雨越下越大,雨点不再是雨点,它们变成了急促的雨柱,脚下的细土中汇集起涓涓细流,雨水浇透了梅阁的全身,鞋也被泥水粘下来,梅阁就提着鞋低头走路。她紧紧抿住嘴唇,仿佛是和天上的雨较劲。梅阁不跑,她是嫌跑着难看。她觉得人一跑身子就像变了形,就像变成了什么动物。再说,不跑也能回到自己的家,爷爷他们跑成那样儿,衣裳不是也叫雨水浇透了么。

村人见梅阁在雨中不慌不忙地走路,都觉得这闺女的做派是不可理喻的。

西贝梅阁走路不跑,就像她不愿意和家人说话一样。和家里人能说些什么呢?和爷爷西贝牛研究讨论种地施肥么?和叔叔小治讨论研究打"卧儿"和打"跑儿"的要领么?和婶子一起站在房上骂大花瓣儿么?母亲给牲口煮料还用说话么?至于和西贝时令、

---

① 苶斜:不机灵。

西贝二片就更无话可说。这就不如不说话,把话留给和上帝说。一个人心里只要有了上帝,就可以任人用好话和歹话评说。为此她常在心里感谢兆州城里简易师范那位国文先生,是他把梅阁引荐给上帝的,梅阁第一次读《圣经》就是在国文先生那里。这先生有一本墨绿色漆布封皮的《新约全书》,封皮上的烫金字已被先生的手摩挲得掉了颜色,内文的纸也毛了边。梅阁打开这本被无数次翻腾、揉搓的《新约全书》,眼前恰是"启示录"那一节。她读道:"主神说,我是阿拉法,我是俄梅戛。我是昔在今在以后永在的全能者……"梅阁想,这主神不就是说给我的么,梅戛不就是梅阁么。这时的梅阁,虽然尚不知阿拉法和俄梅戛是什么意思,但仅是这六个字已足能让她心跳不已了。梅阁接着读:"我转过身来,要看是谁发声与我说话,既转过来,就看见七个金灯台;灯台中间有一位好像人子,身穿长衣,直垂到脚,胸间束着金带。他的头与发皆白,如白羊毛,如雪;眼目如同火焰;脚好像在炉中锻炼光明的铜;声音如同众水的声音。他右手拿着七星;从他口中出来一把两刃的利剑;面貌如同烈日放光。我一看见,就仆倒在他脚前,像死了一样。他用右手按着我说,不要惧怕,我是首先的,我是末后的……"读到这里,梅阁自觉也像死了一样。她眼前只闪现着金灯台,和那位眼如火焰、发如羊毛的老人,老人那如众水一般的声音正灌入梅阁的耳中。他告诉她,不要惧怕,我是首先的,我是末后的……梅阁哭起来,她断定她听懂了那声音。首先是什么?是她之于家人的先知先觉;末后是什么?就是她人生的归宿。这一切都像是上帝的意愿,上帝的安排。从此她断定她是主的人。后来,当她得知阿拉法就是希腊语"首先"的意思,俄梅戛就是"末尾"的意思,就更加断定梅戛和梅阁不是无缘无故的巧合。

这时有一位名叫山牧仁的瑞典传教士,正在兆州城内建起一座神召会福音堂,国文先生便带着梅阁去山牧仁的福音堂做礼拜。

梅阁走进福音堂,更感觉是走进了另一个世界。可惜,简易师范不久停办了,梅阁辍学回家。学校并没有留给她更多的印象,福音堂和国文先生赠她的《新约全书》却在她心中生了根。

在笨花燥热的夏季里,在寒冷的冬日里,在花地的垄沟边上,在家中炊烟缭绕的炕头屋顶上,在黯淡的油灯下,伴随梅阁的就是这本《新约全书》。《圣经》吸引着梅阁,性格孤僻的梅阁和她的《圣经》又吸引着几个年龄参差的女伴。

在西贝家,梅阁有自己的屋子自己的炕,炕上炕下常有女伴来就她。冬天夜里,梅阁的炕上就格外热闹。女伴中有对门的素,有后街东头走动儿的闺女安,还有大花瓣儿家的小袄子。素的岁数和梅阁相仿,属于梅阁的"挚友";安和小袄子是两个小妮儿,才不过十一二岁。冬天梅阁的炕是暖的,她用珍贵的煤饼烧炕,炕前有个自来风小砖灶。灶上有时烤一把花生,有时烤一把红枣。这使得梅阁的屋子显得更加奢侈,也更加能吸引众小妮儿。

笨花人管未成年的女孩子叫小妮儿,小妮儿专爱扎大闺女群。梅阁招小妮儿,素却膈应①小妮儿们,尤其膈应小袄子,小袄子却常常得到梅阁的保护。趁小袄子不在时,素栖住梅阁说:"招她干什么,小疯子一般。再说,她娘是大花瓣儿。"梅阁却说:"大花瓣儿是她娘,又不是她。她又不是个罪人。"素说:"你婶子还净骂大花瓣儿呢。"梅阁说:"我婶子骂人就对?"梅阁替小袄子说情,素还是不饶小袄子,说:"不行,她再来,我得把她赶出去。她还不如安呢,安倒是安生。"梅阁不再接着说小袄子的事,她观察起素说:"素啊,我给你铰铰头发帘儿吧,看你的头发帘儿都盖住眼了。"素说:"不铰了,恁家的剪子钝,咬头发,铰得我生疼。"梅阁说:"疼也得铰,这事你得听我的。"素看梅阁非铰不可,就从炕边够过一把锈剪子,和梅阁坐了个对脸儿,让梅阁任意给她铰。

---

① 膈应:讨厌,腻歪。

钝剪子咬着素的头发，素就致惊导怪地不住叫喊，梅阁就在素的叫喊声中摆治着素。

素在大多时间听梅阁的，素听梅阁的，不光是因为梅阁比她大两岁，她是觉着，人活一世就得听一个人的。她长这么大，不听爹不听娘，就听梅阁的。梅阁愿意让素听她的。她觉得人活一世就得让一个人听。她不愿意管别人的事，就愿意管素，就像她平时少言寡语，把话都留给上帝和素一样。

梅阁给素铰头发帘儿，小袄子又来了。入冬了，小袄子又穿起了年上的小袄子。年上的小袄子穿在今年的小袄子身上就更嫌短小，前后都撅着。小袄子穿着小袄子，向后一弯腰，露着肚脐；往前一弯腰，就露腰。小棉裤的裤腰也忽隐忽现，露出来的裤腰带也一头长一头短。小袄子往炕前一站，素就白了她一眼。素对小袄子说："怎么又来了？"小袄子就像没听见，靠住门框只东看西看。她盯住了灶前的自来风炉子，发现炉子该添了。她三步两步走到炉子跟前，拿起一块煤饼就往炉眼儿里掰。她把煤饼一块块地掰进炉子，再抄起火镩将炉子捅旺，就又靠回门框看梅阁给素铰头发帘儿。她见梅阁铰一剪子，素就叫喊一声，知道是剪子钝，就说："叫我去拿俺家的剪子吧。"

素说："不用不用，谁用恁娘大花瓣儿的剪子？"

梅阁说："素，别说了。"

素又说："不用不用，不用大花瓣儿的剪子。"

小袄子年纪小，可有时嘴也不饶人。她知道素话里有话，就机灵地接上素的话说："那怎么不拿恁家的剪子呀？恁家的剪子强，就是借不出来，恁家是小疙瘩主。"

小袄子一提小疙瘩主，素真恼了，她夺过梅阁手里的剪子往炕上一拍，对小袄子说："张致煞你吧！允许你在那儿站会儿就不赖，要不是梅阁在，我早就'扭'你去了。"

小袄子自知说了不该说的话,便不再言语,只用求情似的眼光看看素又看看梅阁,看看梅阁又看看素。

素的家庭确是一个被人称做小疙瘩主的人家,小疙瘩主的含义褒贬皆有。小疙瘩主是一种农户的生存态势,他们是要具备下列条件的:有少量的土地,有一匹小牲口,一两个壮劳力。靠着科学耕种和超常的劳动,过着丰年不富、歉年不穷的生活。他们的勤勉是常人难以匹敌的,若说起早下地,他们永远是全村第一;若是使牲口拉水车,他们会在牲口身边拴根绳祥,为了防止绳子将肩膀磨破,再往自己肩头垫个鞋底子,然后将绳祥套上肩头,和牲口并肩劳作,出着比那牲口还大的力气。他们家什齐全,万事不求人,可别人也休想找小疙瘩主借东西。这就是小袄子说的,素家虽有好剪子,就是借不出来的原因。

小袄子说得对,别说一把剪子,就是一根针,一根线,一个粮食粒也休想从小疙瘩主家借出。素深知小袄子一语道破了她家的家风,才更不饶小袄子。她推开梅阁,光脚从炕上跳下就去追小袄子。小袄子是聪明的,几步跑到炕上,躲在了梅阁背后。素又追上炕去拽小袄子,小袄子使劲抱住梅阁的腰。梅阁对素说:"素,算了吧,看把小袄子吓的。"素说:"她才不怕呢,装的!"说着又把小袄子追下了炕。这时安进了屋,安后边还有两个小妮儿。

安是个瘦弱文静的小妮儿,不言不语只知道听别人说话,和小袄子是个鲜明的对比。素一看见安就对小袄子说:"看人家安多么安生,哪像你这样。"

小袄子却又在一边挑衅似的说:"她人是安生,她的尿可臊气!"

安听见小袄子说她的尿臊,脸就红了。素就替安说:"你呢,你的尿更臊,猴尿一般。"

小袄子说:"你见过猴?"

素说:"见过,就在当地站着哪。"

小袄子知道素还在编排她,没有再反抗,"风波"不了了之了。其实素也并非执意要赶小袄子走,留着她不是没有一点用处。小袄子会抢着倒尿盆,她也就知道谁的尿最臊。

冬天夜长,天冷,晚饭时女孩子们喝的一碗一碗的粥,很快就变成了一泡一泡的尿。她们在炕上恣肆地说南道北,不愿到冷院子里去方便,就在炕下设个大瓦盆供大家使用。瓦盆比脸盆大出两圈,盆里泛着灰白色的尿碱。于是,小袄子为了在这炕上争得一席之地,就主动承担了倒尿盆的差事。每天分别时,不等人催,她会及时端起尿盆出门倒净。但小袄子在这儿的位置仍然不够稳固。

冬夜,外面是寒冷的,但梅阁的炕上暖和。在暖和的炕上她们无话不说。最吸引她们的还是《圣经》里的人物和故事。她们拿《圣经》里的人物和笨花人对着号。小袄子坚持说瞎话像犹大,梅阁就制止她说,可不一样。说,瞎话叔说瞎话,可是不出卖人,犹大不同,说着瞎话还出卖耶稣。说到耶稣,又有人问梅阁,马利亚到底怎么怀的耶稣。还有更直接的问题:马利亚来不来月经。有人说来,有人说不来。坚持说来的理由是:是女人就有月经,马利亚不来月经怎么怀的耶稣?坚持说不来的人说,马利亚怀的是圣胎,怀圣胎还要什么月经。有人就问:圣胎怎么怀?有人就答:靠吹气儿。有人问:往哪儿吹?不再有人回答,却引出一场大笑。一场没有结果的争论倒激起了小妮儿们的心血来潮,小袄子从炕上往起一站,把棉裤往下一褪,露出屁股蛋子向众人高喊道:我来了!她说的自然也是月经的事,梅阁这才对小袄子沉下脸说:"小袄子,不许没羞没臊地瞎闹,快把尿盆倒了回家吧。"众人正在兴头上,看见小袄子真闯了祸,都纷纷埋怨起小袄子。小袄子见局面已是不可挽回,只好赶紧提上裤子下炕找鞋。她在炕前的黑影儿里找到自己的鞋,趿拉着端起大瓦盆就往外走,盼望着再有一个新的明天。小妮儿们也在炕下找着自己的鞋,各自回家。

炕上只剩下梅阁和素。素不走,素要和梅阁就伴睡觉。笨花有不少没出嫁的闺女都愿意扔下自家的屋子自家的炕,到别人家去睡觉,有时几个人挤在一条炕上。梅阁允许一炕小妮儿在炕上疯闹,睡觉时却只留下素一个人。夜深人静了,梅阁炕上的人少了,这炕便分外开阔和安宁。梅阁和素并排躺在各自的枕头上,只对答着最普通、最简单的话。这话简单却神秘,只有梅阁和素才能听懂。

梅阁问素:"又提过没有?"

素说:"提过。"

她们议论的是小疙瘩主给素提亲的事。

梅阁问:"你哩?"她问的是素对此的态度。

素反问道:"你哩?"她反问的是梅阁对此的态度。

梅阁沉吟半天说:"素,我怕。"

素说:"我也怕。"

她们说的是谁都害怕谁嫁人。

梅阁又说:"我不怕。"

素说:"我也不怕。"

她们说的是谁都不相信对方会离自己而去。

已是后半夜了,院里有脚步声,这是梅阁的爹大治去牲口房喂牲口。西贝家的人都懂得马不吃夜草不肥这个道理,一个晚上他们要给牲口添几次草料。梅阁听见脚步声,才吹灭炕墙上的油灯。月亮很亮,一缕月光正照在素的脑门儿上。于是梅阁便发现,素的头发帘儿修剪得太潦草,天亮后她要为素重新修剪。这时的素露着一副精光的肩膀,已经睡着了。梅阁给她掖了掖被头。睡觉时素总是先于梅阁睡着,梅阁为此羡慕素。她睡不着,翻来覆去还是想着给素铰头发帘儿的事。她想得琐碎细致,她想起来了,她婶子有把新剪子,天一亮她就去找婶子借。她还后悔自己忽略了这件事,为一把剪子小袄子还和素争执半天。她想着想着,身体似从炕上飘了起来,接着她了无声息地出了屋子来到院里,走进婶子房里。她张口向婶子借剪子,婶子却把剪子往针线笸箩里藏。这使得梅阁意外而又悲伤,她悲伤着突然两脚离地,她会飞了,她像天使一样飞出婶子的房间飞向笨花村的上空。她在村子上空盘旋,琢磨着还有谁家会有新剪子,她该怎样开口向她们借。转眼间她已经飞到大花瓣儿家的门口,大花瓣儿正举着剪子冲她招手。梅阁犹豫之间素从大花瓣儿身后闪了出来,忿然对梅阁说,我就知道你得借她的!我就知道你得借她的……

梅阁心里一急,醒了。

19

笨花人坚信天上有个专司下雹子的神是雷公,雷公还有一个帮手叫活犄角。雷公住天上,活犄角住人间。只待雷公需要时,活犄角才被雷公招至天上,工作完毕,活犄角再返回人间,过着和平常人一样的生活。活犄角好似雷公的打工者。

每逢下雹子时,雷公在天上驾着云头驱动一辆大车,车上装着足够下一场的雹子。下时,雷公便命活犄角手执一个葫芦瓢,把雹子一瓢瓢地往下扬。活犄角听从雷公的指挥一瓢接一瓢地扬着雹子,直到一车雹子都被散尽。雷公的雹子车上还有一位专司闪电的女性便是雷公娘娘。雷公娘娘双手各执一只明晃晃的铜镲,手舞足蹈地挥动着。这时人在地上看天,天上就有条条闪电出现。雷公一面驱车一面击鼓,广漠的大地便被响雷闪电夹带着的冰雹遮罩起来。民间有雷公驱车下雹子的图画：雷公长着一张"雷公嘴"，像秃鹰，直眉立目的；雷公娘娘和地上的女人没什么区别，梳着高头，穿戴也飘逸，举镲打闪时扭着腰身。活犄角则是一副村夫野叟的打扮，裸着胳膊，高挽着裤腿。有的人家把这画贴在家里当故事看。

活犄角不是村村都有，离笨花村二里地，一个叫土廓的村子有位活犄角。平时他下地干活与村人无任何区别，只待雷电交加的雹子天，活犄角就会昏死在炕上任人也唤不醒。一场雹子过后，活犄角会自动苏醒过来。苏醒过来的活犄角从炕上坐起，揉着眼睛只说"使得慌"，这一带人管累叫"使得慌"。他说，好使得慌，好使得慌！一车雹子就我一个人下，雷公只管赶车击鼓，雷公娘娘只管打闪，重活儿都给了我一个人……活犄角喊着使得慌，哼哧嗨哟显得格外疲劳。

这时候活犄角的屋里炕前早就聚集起许多村民，他们专门等待活犄角醒来，好听活犄角的诉说。他们一边听活犄角的诉说，还有人像审案一样对活犄角发问。他们说，活犄角，你先别喊使得慌，你是土廓人，下雹子为什么不躲开土廓？活犄角说，雷公的命令我不敢违抗，是雷公逼着我往土廓下的。有人问，你怎么不找雷公娘娘说说情？活犄角就说，她一个娘们儿家，只管打闪，她哪敢给雷公上话呀。村人们总算相信了活犄角的话，活犄角的家人赶忙替活犄角烧开水沏姜汤，让他冲净身上的寒气。刚下完雹子的活犄角，必是手脚冰凉的。

这好像是个传说，它就像许多传说一样听来荒唐。然而再遇雹子天，还会有一位活犄角昏死过去。换句话说，哪里下雹子，哪里就有一位昏死过去的活犄角。他们苏醒过来以后，都向人述说着一个同样的经历。

又一次雹子天，土廓的活犄角再次昏死过去。醒来后他对众人说,这回我算躲开了咱土廊,我看见一个村子像笨花,一车雹子就都下给了笨花。活犄角说着带出些窃喜。有人就问,这次雷公怎么听了你的?活犄角说,那是雷公受了我的骗。雷公问我这是哪儿,我说这就是土廊。雷公信以为真,就说下吧!我就把雹子下到了笨花。

这天笨花村里真遭了雹灾,正是棉花"坐桃"的时候,青花柴被砸得东倒西歪,有一头驴被雹子砸得四处疯跑,结果掉进一口井里。

活犄角的讲述和地上的事实完全相符,怀疑活犄角现象的人也相信了活犄角存在的真实性,而活犄角也就成了一个不吉利的象征。平日里人们见到活犄角就像见到灾星,土廊的活犄角终于被赶出土廊。活犄角率妻儿老小四处流浪,他的后代也隐姓埋名四处落户为家。活犄角家的房子风吹日晒倒塌了,人们从房子跟前经过,还指着破房子说,看,活犄角家的。

笨花村的元庆媳妇就是土廊活犄角的后代。那一年元庆在外地扛长活领回了这女人。开始元庆打算把媳妇的身世瞒过村人,可一个村子里没有不透风的墙,秘密还是不胫而走。加之笨花人对那次驴被砸入井中的雹灾记忆犹新,对元庆媳妇便议论有加。驴被砸入井中这种千古奇事足能让村人倍加记忆,于是更有甚者,干脆就说元庆娶了个活犄角。他们质问元庆,领这个女人时知不知道她的身世。元庆支吾着回答村人的发问,元庆媳妇也自知身世难以澄清,在笨花就活得格外谨慎。她很少出门,从不赶集上庙,又无娘家可回,笨花便很少有人知道她的模样。后来走动儿恋上了这个女人。

家住后街东头的走动儿是怎样恋上家住前街西头的元庆媳妇的,没有人知道。在他们的记忆中,只有每天黄昏时走动儿自东向西的"走动儿"。在每天的黄昏里,走动儿伴着"鸡蛋换葱"的叫卖声,从街里步履轻捷地穿插而过,而每逢这时,元庆便从家里躲出来,扎入街上的人群中。元庆的儿子奔儿楼也开始靠在街门上等待走动儿的离去。

这天黄昏,走动儿从东向西走,路过向家门前时,没有再往前走,他踌躇着停了下来。他见秀芝正拿鸡蛋换葱,吞吐着说:"武备他娘,文成哥在家呗?"秀芝对走动儿的问话很觉意外,心想走动儿这是怎么了,怎么走着走着不走了?准是家里有了病人吧。她告诉走动儿说,文成在家,你找他去吧。说完,秀芝一手攥着葱在前,走动儿在后,进了向家。

黄昏中,向文成正把擦好的灯罩往灯上安,看见秀芝把一个人领进了院。向文成看不清人,却听出是走动儿的脚步声。向文成听惯了走动儿的脚步声,那是一种急促而又轻盈的、鞋底磨擦着地面的声音。向文成对走动儿的到来并没觉出有什么奇怪,现在他是医生,说不定哪天一个想不到的人就会来请医生。向文成不等走动儿开口,就对走动儿开起玩笑,说:"走动儿,你这是自东往西走啊,还是自西往东走?"走动儿也不计较向文成的玩笑话,只说:"文成哥,你别逗我了,这不是开玩笑的时候,我这心乱如麻似的。"向文成一听走动儿的话,忙止住笑说:"快坐下说吧。"他为他指了个凳子。走动儿推推凳子不坐,只满院子看。他看见同艾正在廊下坐着乘凉,秀芝从屋里进进出出,群山也正提着一桶水浇院里的草茉莉。他对向文成说:"咱俩到药铺里说话吧,听说你开了一个药铺。"向文成说:"叫药房,世安堂药房。"原来,向文成为了诊病、下药方便,在向家后院辟了两间小房,布置了一个小药房。他还为小药房起了堂号叫"世安堂"。不久前向文成请木工为世安堂打制了一套药橱子,自己用白漆在小抽屉上按规矩写下药名,又托县城仁和裕药铺在祁州订购了药碾、药臼、戥子、研钵。世安堂成了向文成诊病、抓药的专用场所。

向文成端灯在前,走动儿在后,出内门再进大门,来到后院世安堂内。向文成再请走动儿就座时,走动儿坐下了,却仍然显出不安。向文成从桌上摸出洋火把罩子灯点起来,得出判断,开门见山地对走动儿说:"你这是为了西头的事来找我。"走动儿说:"什么事还能瞒过了你。这两天光喊肚子疼,元庆不管,奔儿楼一个劲儿躲着。我说我去请文成哥吧,元庆就说,你不去谁去?像包了她一样。"向文成一听走动儿果然是为了西头的事,说:"这事应该你来,元庆说得也在理。"走动儿在灯光下讪笑着,从肩上取下烟袋,装了一锅烟也不抽,只把烟袋在手里攥着。向文成又说:"事不宜迟,咱俩走吧。"说完把刚点着的灯吹灭,和走动儿走出向家。这次是走动儿在前,向文成在后。刚才有人看见走动儿进了向家大门,便猜出走动儿这是为元庆媳妇请先生去了。于是现在站在街上等着看走动儿的人就格外多。他们终于看见走动儿领向文成走过来,就故意高声说些天南地北的闲话,眼睛却死跟住走动儿不放,直到把走动儿和向文成送进元庆家的白槎小门。

　　奔儿楼还是靠在门框上看着走动儿和向文成进门,他靠着自己书写的对联。对联已不新:又是一年春草绿,依然十里杏花红。远处,街角的人群里有元庆的声音飘过来。

　　很少有人走进元庆的院子,向文成也是第一次进来。在这个白槎小门里,狭窄的院子满地散乱着柴草。鸡很多,黄昏中鸡还没有上窝,它们在人的脚下也不躲避,人好像随时都能踩到它们身上。只有当人真的踢到它们时,它们才咕咕嗒嗒地跳起来跑走。走动儿走得熟,知道躲着鸡走;向文成踢了不少只鸡。

　　走动儿替向文成挑开一间小屋的门帘,向文成进了屋。屋里没点灯,黑暗中只传来元庆媳妇的呻吟声。向文成吩咐走动儿点灯,努力习惯着屋里的一切。这间小屋的墙被柴草烟熏得很黑,炕上苇编的炕席也已是深褐色。锅台连着炕,锅台上散乱着几个饭碗。走动儿虽然点上了灯,整间屋子还是像一个黑洞。元庆媳妇正侧卧在炕席上。她背朝着墙,一会儿把自己团起来,一会儿又把身子伸开,好似一只离开水挣扎着的虾米。向文成发现,这女人光着身子只盖了一条被单。他坐在炕沿儿上为元庆媳妇号脉,走动儿把她搬起来,她身上的被单滑落了,裸露出胸脯和肚子。走动儿又把被单往上提提,给她做些遮盖。在昏暗的灯光下,向文成看不清女人的身体女人的脸,只觉得她是一团白气。这团白气使向文成想到了《聊斋》里那些狐狸和鬼,也想到了活犄角。他越是这样想,眼前这股白热气仿佛就越是向他扑。他想,有热便是人,狐狸和鬼身上肯定是冰冷的——向文成仿佛是自己跟自己开着玩笑。他为她号完脉,用手背在她的脸上试了试温度,他的手像触到了热铁锅。向文成又让女人平躺下来,想为她做西医式的叩诊。他发现这是一个短小的女人,五短身材,体态却鲜明。这个短小的女人现在正焦灼不安地扭动着身体只喊肚子疼。向文成用手指叩动着她的肚子和小腹,小腹胀得像口小铁锅。他想,按西医生理学的说法,这位置正是膀胱。膀胱鼓胀,病人又喊肚子疼,应该是尿闭的症状。他问女人有没有小便,女人和走动儿都听不懂向文成的话。元庆媳妇只拿疑惑的眼睛看走动儿。向文成换了个说法,他说:小便就是尿,有尿没有?女人听懂了,似乎就为了这个听懂,她那痛苦的脸上居然还露出了羞涩难耐的笑容。她带着羞涩的笑容回答了向文成的撒尿问题,说她已经三天三夜没撒尿了。说完一脸恳求地盯着向文成,就像是说,尿不出来,我怎么办呢?

一切迹象表明,元庆媳妇得的是热症,张仲景把这类病统归为伤寒杂症。而在他所著的《伤寒论》里记载着,有种"太阳病"和眼前的这种女人的症状很相似,脉象也符合。《伤寒论》上说:"太阳病,脉浮紧,无汗发热,身疼痛,阴虚小便难。阴阳俱虚竭,身体则枯燥,当以小柴胡汤煮之。"

向文成为元庆媳妇诊着病,又一次想到活牺角的事。他觉得这女人怎么也不该让活牺角笼罩一辈子。哪有活人到天上下雹子的事?可从前他对活牺角的现象又百思不得其解。前些天他看报,读到一则和活牺角现象相似的消息,这才为活牺角现象初步下了结论。向文成决定把这则消息讲给元庆的儿子奔儿楼听。他诊完病,开了方,把站在门口的奔儿楼喊进家。奔儿楼听见向文成喊他,扭捏着不进门。向文成说:"进来吧,我和你讨论点书报的事。你识字不少,应该更能断事。"奔儿楼这才进了门。向文成说:"奔儿楼啊,你说人为什么要识字?"

奔儿楼说:"是为了长知识吧?"

向文成说:"对。可什么是知识呢?"

奔儿楼不说话了。

向文成说:"叫我看,知识就是超出你眼前的事。"

奔儿楼不知道向文成现在为什么同他谈知识,他一双大而深陷的眼睛只茫然地看着向文成。向文成说:"你知道无线电吧?"

奔儿楼说:"听说过。"

向文成说:"前两天我看《申报》,报上说有个地方出现一种怪病,有人一听无线电就会失去意识,昏睡不醒,像假死。至今也找不到有效的治疗办法。你猜我为什么给你讲这个消息?"

奔儿楼不说话,一直躺在炕上的元庆媳妇也侧过身子细听着。走动儿在黑影儿里抽着烟,听得更加注意。

向文成又说:"我分析,这种现象是电流的干扰所致,无线电里有电流产生。雷电也是电流,下雹子时电流就格外猛烈。有人会在这个时候假死过去,就成了活牺角。其实这是受了雷电的影响。这两种现象依我看都应该叫恐电症。奔儿楼,你好好想想我说得有没有道理吧。走,跟我去抓药吧。"

奔儿楼觉得向文成说得在理,也知道向文成为什么专给他讲这番话。他在笨花写字好,有人就说那是因为他也沾着活牺角的血脉。这使他自觉低人一等,而他的娘更像个伸不开腰的虾米。听了向文成的话,奔儿楼便觉出他娘有几分可怜,他决定跟向文成去抓药。

在世安堂里,向文成给元庆媳妇开了小柴胡汤,方剂量很大。他一面抓药,一面又给奔儿楼分析着"恐电症"的可能。他对奔儿楼说:"咱可都是识字的人,断事就得有点科学根据。你说地上的人真能到天上去下雹子?"奔儿楼听着向文成说话,接过药包。向文成又嘱咐他煎药的要领。

元庆媳妇服完向文成开的小柴胡汤,有尿了。可伺候元庆媳妇的还是走动儿。

元庆媳妇蹲在炕上撒尿,走动儿拿个红瓦小盆给她接。元庆媳妇尿完,顿时觉出少见的轻松。她对走动儿说:"走动儿,我好了。这两天我净想文成说的话。"

走动儿说:"文成那天说了很多话呀,你想的是哪一段呀?"

元庆媳妇说:"敢情人一时死了是雷电的过。"

走动儿说:"既是这么个理儿,往后可别再想这件事了。"

元庆媳妇说:"我不想,也挡不住别人想,你也不能把文成的话去递说一村子人。你就是递说人家,人家还有个信不信呢。再说无线电又是什么样,谁见过?"

走动儿一面拿小盆给元庆媳妇接尿,心想,也是,谁又能堵住别人的嘴呢?谁又见过无线电呢?他把一小盆尿端到院里,泼进茅房。

20

大总统令

  两湖总督王占元电呈长江上游警备司令所属陆军第十三混成旅之一团,第二旅之二团,陆军十八师之机枪连,近日在宜昌哗变,扰害地方,均属图乱有据请褫夺上列主官之官勋 并严行通缉务获归案讯办以昭炯戒此令。

  中华民国九年十二月二十三日
  国务总理 陆军总长 靳云鹏

  这一年向桂跟哥哥向喜在宜昌小住,正遇宜昌兵变。兵祸殃及武昌和汉口,宜昌和汉口的银行、商家损失惨重。时十三混成旅孙建平之一团因参与兵变,受到惩处,该团遂被解散。向桂便有机会收拾了孙团的"营底子",从宜昌运回笨花。向桂收拾营底子兴趣广泛,有属于军品的雨衣、雨帽、帐篷、子弹箱,也有属于民品的桌椅、条案、箱子、挂钟。其中还有一对漆布沙发。向桂把营底子运回笨花后,除一架德国挂钟被他挂在房中外,其余一直堆放在一个闲屋子里。

  向文成开办世安堂药房,想到叔叔向桂带回的营底子,就把一张楠木写字台做了调剂配药的柜台。又在他的诊台后面放置一张高背靠椅,一只沙发也被安置在药房的一角。然而最让向文成感兴趣的是一张长江上游地形图。地图包括了西至四川、东至湖北之地域。宽阔的长江江面,散漫无序的洞庭湖占据了地图的大部面积。地图虽与世安堂无关,可地图贴在墙上便显出两间小房的与众不同。它使向文成心胸开阔,使他的世安堂早已飞出笨花,宛若与世界同在。

向文成自小喜欢地图,中国的,世界的,地方的。他一面研究着那些山川河流,一面背诵着那些奇妙而费解的地名:欧罗巴、立陶宛、苏门答腊、圣地亚哥……他觉得秘鲁念起来上口,而不丹念起来就挺咬嘴。说着黎巴嫩,人们会想到梨,土耳其让人想到帽子,而大马士革像个皮货店。向文成喜欢地图,也酷爱地理,他能告诉你爱斯基摩人每年要在黑暗中度过多少日日夜夜;而狗能拉雪橇更是笨花人始料不到的。向文成热爱地理,还净挑现行地理书上的毛病。他说有一本正在沿用的地理教科书在介绍北京时,竟然在语法上出现了不可原谅的错误。那课文在描绘前门大街的繁华时写道:"北京前门大街尤其精华所在。"他说这句话里起码有两个错误:第一,"所在"多余,就好比"笨花村有鸡蛋换葱所在",有了笨花村,你还用得着"所在"?第二,形容前门大街的热闹、繁华应该用形容词,"精华"不是形容词。

向文成喜欢地图,也主张年轻人喜欢地图。儿子武备小时候,向文成就让他站在桌上认地图,他为他指出,地球上水比陆地多,蓝颜色是水,山像毛毛虫,铁路像节节草,圆圈越大城市越大。他告诉他,中国像一片秋海棠叶,"渤海似叶柄,葱岭似叶尖,山川纵横叶脉云"。武备看着地图长大了,现在他在县城上高小。

武备走了,跟向文成认地图的人却没有减少。西贝梅阁爱看地图,她对向文成说:"文成哥,我最愿意看地图,看着看着就像走进去了一样。《圣经》上也有地图,你递说我,《圣经》上的大海叫什么海?"梅阁随手拿过一本《新约全书》,翻到后边,指着地图问向文成。

向文成也不看《圣经》,张口就对梅阁说:"左边那一块是地中海,右边那一块是死海。"

梅阁又问:"你递说我伯利恒离耶路撒冷有多远?"

向文成说:"七八十里吧。"

梅阁说:"你怎么知道?"

向文成说:"你想,约瑟和马利亚早晨从耶路撒冷动身,晚上到伯利恒,可不就是一天的路程呗,就和从笨花到石家庄差不多。"

自从世安堂贴了一张长江上游地形图,梅阁就来认长江上游。梅阁说:"宜昌离洞庭湖有多远?"向文成说:"你自己目测一下吧,地图右下角有比例尺。任何一种地图都标着比例尺,比例尺标的数字就是地图缩小后的倍数。"梅阁从地上捡起一根笤帚苗,按比例尺撅了一个长短,在地图上仔细量量说:"我知道啦,二百里差不多。"向文成说:"比例尺的长度是公里,折算成华里是四百里。"梅阁问完宜昌的事,又问城陵矶的事,她问向文成,城陵矶离洞庭湖那么近,吃鱼是不是很方便,洞庭湖里什么鱼最多?向文成就对梅阁说,这已经是地理以外的事了。他说洞庭湖里胖头鱼最多,先前他叔叔向桂住宜昌时,净跟厨子去买胖头鱼。

世安堂开张了,在梅阁眼里,世安堂本不是药房,那实在是一个知识宝库。她喜欢这里,她愿意和向文成在问答声中度过一天又一天。秀芝听着梅阁和向文成的问答,常常听着不走。她想,西贝家怎么就出了这么个闺女,不像她爷爷,也不像她爹,倒像向家的闺女。秀芝说:"梅阁,跟了俺家吧。"梅阁说:"就怕文成哥不要我。俺家早就想赶我走哩,他们嫌我'瘾症'。"秀芝说:"俺家不嫌你瘾症。"

梅阁扶住墙认地图,背冲着秀芝,秀芝就看出梅阁的肩胛骨越来越突出,在一件短袖洋布褂子下面,两块肩胛骨像挂着的两面扇子;短袖褂子里舒出来的两条胳膊,像两根细擀面杖。人瘦,一头乌黑的头发就显出格外沉重,浓重的头发天生的自来弯,自来弯任意扑散在脖子后头,像秀芝屋里月份牌上的美人。秀芝想,这孩子哪儿都不招人讨厌,就是这身子骨,骨头架子一般,不知患着什么病。有时秀芝问向文成，梅阁有没有病，向文成认为，一时很难说。人瘦，没有别的症状，就很难说是有病。秀芝说："你给她号号脉吧。"向文成说："目前不适宜，好好的人，你给她号脉，她还真当自己有病哪。"

秀芝是来帮向文成炮制中药的，中药里有不少药需要蜜炙，小柴胡汤里就有两味，一味是枳实，一味是甘草。世安堂开张后，向文成让秀芝学炙药，说，我开了药房，你也是半个药房伙计了，先学炙药吧。他把从县城仁和裕药铺学来的中药炮制技术告诉秀芝，秀芝心领神会，很快学会了炙药。炙药不能用家里做饭的大锅台，需要炉火。向家厨房里专为向喜待客炒菜盘下的高灶，便成了秀芝炮制中药的炉灶。秀芝把一个灰砂锅坐在高灶上，不烧煤炭，只抓把花柴点火，花柴火比煤火温柔，比麦秸火硬，很适于炙药。秀芝把花柴点着，把一勺蜂蜜倒入砂锅，待蜂蜜沸腾起泡后，倒入药材，快搅拌，锅离火，灶上立刻升起一股又苦又甜的草药味儿。向家院里常常弥漫着这种气味。秀芝呼吸着这种甜中带苦的气味，奔忙于世安堂和厨房之间。

梅阁看秀芝把炙好的药倒上调剂台，便对秀芝开玩笑地说："嫂子，你替我文成哥炙药，他给你工钱不给？"秀芝就笑模哈地说："给，他让我换个大碗喝粥。"向文成说："你看实惠不实惠。"

向文成把抓好的药一味味地点齐，学着仁和裕伙计的包药方法，把药包得四棱四角，从空中拽下专为绑药包吊在房梁上的纸绳，绑住药包，又对梅阁说："什么都不怕，就怕少知无识。"

梅阁说："你说的是前街西头的事吧？"

向文成说："我是泛指，其中也涉及前街西头的事。那天我看《申报》，报上说最近南方某地发现一种怪病，有人一听无线电，就会失去知觉昏死过去。"接着他又把这恐电症和活犄角现象对着梅阁说了一遍。

梅阁仔细听着向文成说活犄角,不再看地图,她背着手把身子靠在了地图上。她双腮绯红,眼睛在一头浓重黑发的衬托下显得很亮。她说:"文成哥说得有道理,别人谁也找不出活犄角假死的原因。可是,你说活犄角醒过来以后为什么专说天上的事?说得像真经历过一样。"

向文成说:"就好比一个喝醉酒的人,都会云山雾罩地说些醉话。常言说,你越说他胖,他越喘。大凡人都有这个毛病。活犄角把平常听来的,顺理成章地都变成了自己在天上经历过的。"

梅阁说:"这就越说越明了。"

秀芝正为向文成裁纸包药,裁着纸插话说:"可苦了元庆媳妇,你说一个女人整天在家里窝憋着,病灾就多。"

三个人正在世安堂说话,素走进来。素说:"我知道你们说谁呢,说西头的事呢。"

素和梅阁近,有梅阁的地方,也常有素。梅阁来世安堂,素也常跟着来。但她不识字,对梅阁和向文成讨论的问题,常常觉得深奥得不可企及。这种时候她便眯起一双小眼睛,靠在一个墙角里听。素长得瓷实,眼睛也窄小。她最稀罕的不是梅阁关心的问题,而是世安堂里那只漆布沙发。她人小,最愿意把自己一抛抛在沙发里,故意颠颤着玩。她问向文成,那漆布下边是什么东西,会使得她一颠一颤的。准也是絮花吧?向文成就说:"哪有这么有弹性的絮花。"素攥起拳头在沙发上一阵捶打,又说:"里边怎么像空的,是灌着气吧?"向文成就说:"素呀,你也别猜了,天下的事多得是,你说火车头有时候冒黑烟有时候冒白烟是怎么回事?"素在沙发里安静下来说:"这我更不知道了,我还没见过火车呢。"向文成说:"是啊,想弄清沙发里的事再简单不过;想弄清火车头的事就不那么容易了。来,先帮我打捋药吧,打捋完药,我再递说你沙发里的事。"

素坐沙发,梅阁也坐进来。好在梅阁是个瘦人,两人就坐在沙发里紧贴着。

向文成昨天刚从城里仁和裕进了药,一包袱药还摆在楠木写字台下面,等待往药斗子里倒。

药橱子上的抽屉叫药斗子,中药房里拉抽屉抓药的伙计叫"拉药斗子的"。

向文成进药,都是骑一辆日本白熊自行车到仁和裕去驮。他眼力不好,却能骑自行车。他骑自行车上路,大多靠对路的感觉,他骑车进城,远看去,人和车就像跳跃着前进一样——他却从没有出过任何差错。他一路不下车,只在进东门时才骗腿下来朝站岗的士兵略作致意,连忙又骗腿上车,然后一直骑到南大街仁和裕。在仁和裕,他只需把一张进货单交到柜上,再和经理聊些药行的事。这时伙计自会按照货单,或一斤,或半斤地把药包好,还会替向文成绑在自行车后衣架上。当向文成和他的白熊自行车又在黄土道沟上跳跃着前进时,车上已经多了一个大包袱。

向文成让素和梅阁替他倒药,素只拉着梅阁在沙发上颠颤着说小话儿。向文成也听不清她们说什么,又催着说:"来,快帮助我倒药吧。"素就扑哧笑起来,她笑向文成冲着她们说"帮助"。她说:"帮助,帮助我懂,就是揎忙的意思。可我不会说,说不出口。"向文成说:"这文明话该说还得说,不能光说说不出口。"素说:"你说,咱们这儿的话就不文明吗?为什么外边的人不学学咱们的话?"向文成说:"这件事让梅阁告诉你吧。"梅阁就说:"咱们这儿准是不文明的话居多。你看教会里的山牧师,就不用咱们这地方的话讲道。"梅阁说着已从沙发上站起来,准备去给向文成倒药。素懒,还是不愿意离开沙发。梅阁就去强拉她,总算把素拉出了沙发。

向文成已经把个大包袱在柜台上摊开,许多纸包从包袱里滚出来。向文成说:"现在我坐下,你们俩替我倒,把纸包里的药倒进药斗里。"他说梅阁识字,站在药橱子前拉药斗子,素管解药包。向文成又对素说:"你解开一包药,告诉我这药什么样,我就告诉你这药叫什么。梅阁呢,就拉开斗子往里倒。"

向文成坐在沙发上,开始指挥梅阁和素倒药。

素解开一个纸包,抓一把看看,闻闻,对沙发上的向文成说:"大白片,有点像萝卜干,比萝卜干块儿小,没什么味。"

向文成说:"山药,药斗子上写的是怀山药。为什么叫怀山药?因为是出在怀安府。"

素说:"这怀安府的山药和咱们这儿的山药就是不一样,咱们这儿的山药能当药不能?"

向文成说:"就等你研究呢。天下没有不能的事,怀安府的山药当药材也是人研究出来的。"

素说:"叫谁研究山药?"

向文成说:"叫你研究。"

素说:"我不会研究山药,我就会吃山药,吃得我都麻烦了。"

梅阁说:"看烧得你吧,恁家有山药,别人家还没有呢。"

向文成笑了笑说:"咱笨花的山药虽入不了药,可是好物件,糖分和淀粉最丰富。维他命也不少。"

向文成一说维他命,素又糊涂了,说:"怎么天下净是我听不懂的话?"

梅阁说:"你就休想懂那么多了,快把药包递给我吧。"

素把一斤怀山药递给梅阁,梅阁在药橱子上那汪洋大海一般的药名里终于找到了怀山药,她把药斗子拉开,倒进去。

素又解开一个纸包,对向文成说:"小黄片儿,比怀山药的片小得多,有股子甜味。"

向文成说:"甘草,是药材里用途最广、用量最大的药。"

素说:"牛吃这样的甘草不吃?"

161

向文成说:"牛吃,像嚼糖块儿一样,可吃不起。"

素说:"嚄,好贵的甘草呀。"她把甘草交给梅阁,又打开一包药说:"像蚕豆,比蚕豆白。"

向文成说:"贝母,川贝母。贝母里除了川贝母还有浙贝母。川贝的成色比浙贝好。川贝生在四川,浙贝生在浙江。"

素说:"四川、浙江、兆州,哪个地方大?"

向文成说:"叫梅阁递说你。"

梅阁说:"四川和浙江都是省,兆州才是个县。"

素又说:"省管着县还是县管着省?"

梅阁对素说:"你爹管你还是你管你爹呀?"

向文成说:"你这个比方不对。素她爹才比她大一辈,省比县还大着两辈呢,中间还隔着府哪。"

素说:"我知道啦,省是县他爷爷。"

向文成说:"这倒沾点边儿了。"

素听说自己的话沾点边儿了,高兴起来,说:"我好不容易说对了一样。"她又托出一个大纸包,纸包一打开便有一团又轻又白的东西弹开来,像花又像乱线头。素说:"这包药可怪,乱线头子一样,抓在手里一点分量都没有。"

向文成说:"灯草。"

素说:"为什么叫灯草,拿它能点灯啊?"

向文成说:"古代,真有人拿灯草点灯。那时候还没有花,没有花搓灯捻儿,就把灯草蘸上油点灯。"

素说:"文成哥,你不是说古代人捉萤火虫当灯吗?"

梅阁截住她的话:"那说的是买不起灯油的人家。'如囊萤,如映雪,家虽贫,学不辍……'还有在雪地里就着亮儿看书的,形容的都是一种念书的刻苦精神。"

素说:"灯草点灯蘸什么油?洋油还是花籽油?——叫梅阁

说,觉着你什么都知道似的。"

这还真是个问题,梅阁也没有想过的问题。她便说:"我怎么就会知道灯草蘸什么油?还是问文成哥吧。"

向文成从沙发上站起来,从摊开的纸包里拿起几根灯草,在手里捻来捻去地说:"咱们都没有用灯草蘸油点过灯。我寻思,灯草蘸的是花籽油。一来古代没有洋油;二来即便有,洋油的燃烧力太强,灯草太暄,控制不住洋油的燃烧力。花籽油燃烧力不强,适于拿灯草做灯捻儿。我看只能这样分析。"

向文成的分析看似无可挑剔,但梅阁却听出了问题。她说:"文成哥,既是有花籽油,就说明有了花;有了花,就可以拿花搓灯捻儿,还用灯草做什么?"

向文成一愣,说:"嗯,倒把我问住了。谁都有被问住的时候,瓦特和牛顿还经常被问住呢。"

梅阁知道瓦特和牛顿是谁,素不知道,可她听出了那是两个外国人。她说:"咱笨花村有人叫牛,外国人也有叫牛的呀?"

向文成说:"那个外国人不叫牛,姓牛。我看灯草点灯的事也只能是个传说。"他又把话题归在了灯草上。他还想,世上没有花的时候可就有麻,麻籽也能榨油,灯草蘸的也许是麻籽油。可此时的向文成愿意让两个姑娘"问住"自己。

素和梅阁不知不觉把向文成的一包袱中药都倒进了药斗子。梅阁看见世安堂的一架小座钟时针已经指向十二点,知道天已晌午,便对素说,天都晌午了,咱们回家吧。这时素又想起沙发的事,对梅阁说,她还等着文成哥给她讲沙发呢,看沙发里到底是花还是气。向文成就把沙发的秘密告诉了素。素得知,沙发里不是絮的花,也不是灌的气,那本是靠了一种叫弹簧的东西。向文成还告诉素,弹簧不仅可以做沙发,还能做床,汉口就有弹簧床。

素一听还有弹簧床,刚迈出世安堂的一条腿又收回来说,她还要再听向文成说说弹簧床的事。她问向文成睡在弹簧床上晕不晕,说,在沙发上坐久了她还显晕呢。向文成告诉她,晕不晕每个人的反应不尽一样。他说,素就睡不了弹簧床,晕沙发的人更会晕床。素就说,再晕她也想试试。

21

冬天,笨花村通往县城的黄土道沟常被冰雪覆盖,笨花村里也常堆积着成行的雪堆。当中午的太阳把温暖送入笨花,路上的冰雪暂时融化的时候,雪水的涓涓细流就顺着车辙汇入那条黄土道沟,人和车把道沟践踏成泥泞,牲口和人在泥泞里跋蹚着前进。夜晚寒冷降临了,泥泞又被冻结起来,等待着白天的再次融化。如此反复,直到春天。春天了,冰雪和泥泞再也无力结起。那时,由孝河呼啸而来的东南风,由滹沱河呼啸而来的西北风,就会把干涸的泥团刮削成悬浮的尘土。当壮烈的狂风呼啸而来时,黄土便被卷上天空,一时间黄土盘旋升腾,弥漫起天日,道沟以上会升起一条黄的巨龙。巨龙吼叫着奔向笨花,笨花立时被黄土吞没。黄土在笨花是无孔不入的,通过破损的窗棂,不严实的门楣,矮矬的残垣断壁,扑进人们家中。人若在街里行走,黄土就会把你推挡得寸步难行。你嘴里也会灌满黄土,黄土在你的上牙下牙之间摩挲着。

大风吹起世安堂的靛蓝门帘,门帘不住扫着世安堂的房顶。风还把向文成的包药纸刮了一地。

向文成弯腰捡纸,把捡起的纸一张张打捋好,用个铜镇纸压住。

风把甘子明刮进来。

甘子明已经脱了黑洋布棉袍,换了一件灰洋布夹袍,夹袍下摆在狂风中鼓荡着。甘子明冬天不穿紫花大袄,在笨花不穿紫花大袄是一种身份的标志。向文成也不穿紫花大袄。甘子明还穿一双三接头压花皮鞋,那是他在北京政法学堂读书时买下的。向文成轻易不穿皮鞋,他常穿的是秀芝做的纳帮布鞋。想体面时,就穿一双礼服呢皮底鞋。只是他的礼服呢便鞋和他的布袜子仍不匹配,布袜子厚,脚和袜子掖在鞋里,鞋紧挤着脚。向文成总觉得脚是肿胀的。有一年向喜曾托人给向文成捎回一种新式丝袜,这袜子还有一个时尚的牌子,名曰"中山先生丝袜"。向文成穿过一次之后评论说,这袜子名称的意思不错,意在穿中山先生丝袜,走中山先生之路。可这袜子的质量欠佳,穿在脚上不吸汗,走路直打滑。所以向文成还是穿着他的布袜子。

甘子明敦实个儿,目光炯炯,短胡子微黄。他对胡子也很注意修剪,不似一般村民,任胡子乱长。向文成不留胡子,只用老式剃刀把脸剃光。他的视力常使他的脸上残存着隔二片三刮不净的胡子楂儿。

甘子明曾就读于北京政法学堂,在一个历史转折的关键时刻,没毕业又回了笨花。但甘子明在笨花乃至全兆州,学问当属正统。向文成不然,早年在保定读私塾,年头有限;后来只靠个人的智慧和兴趣弄些杂项学问。这一切都标志着甘子明和向文成风度相"悖",学问也有"朝野"之分。可两个人始终保持着友好的关系。

向文成和甘子明的友谊基础还不局限于他们的风度相悖,和他们学问的朝野之分,他们的友谊还有着更深远的因由。笨花村一场旷日持久的官司证明了他们的志同道合,这场官司使他们变得不可分离了。

甘子明在北京念政法学堂时,正值一九一九年。那年五月,北京十多所高校学生为抗议巴黎和会,联合起来游行示威,沿途散发传单,直至火烧赵家楼……一场势不可挡的反帝国主义反封建主义的爱国运动很快就遍及中华大地,这一切都鼓动着甘子明。他先是一封又一封地给向文成写信，诉说着他的耳濡目染和他不平静的心情。身在笨花的向文成也把一封封书信寄往北京，向甘子明倾诉兆州一班人对这场运动的热望。再后来向文成竟直截了当地提出要和佟家清算那四十亩官地的事。他写道：近日，既然北京之事态发展给了国人以希望，解决笨花事想也为时不远矣。但最终，事在人为。人为，莫非此事要落到你我之辈肩上？

向文成用个问号结束此信，其实是对甘子明的试探。谁知甘子明接信后却立刻决定放弃北京的学业，毅然回到笨花。不久，在向文成和甘子明的带领下，笨花一班村人就将佟法年告上公堂。甘子明凭借他学习的法律专业，将状纸书写得情绪激昂，字字珠玑。他写道：现，吾国帝制结束，共和兴起。共和莫过于扬公抑私。然，在我笨花，公被私侵吞、践踏由来已久。我祖上为兴办教育集资购置的校田四十亩，常年被佟姓无理据为己有。村民早有收回之意，但投诉无门。今，共和已现，新文化运动又如火如荼。想正是我笨花村民收回官地的大好时机。收回官地，也是笨花三百余户、两千五百余丁口的共同心愿。官地不收回，我笨花村一切进步事业举步艰难。万望县署诸大人明察公断。

然而甘子明书写的状纸呈上后，却如石沉大海。原来这时的兆州政权阴错阳差已辗转落入晋军阎锡山①之手。阎政权考虑的只是维护晋军在河北的既得利益，并无心思去理会笨花之区区小事。官司被搁置。向文成和甘子明一不做二不休，又递上第二次第三次状纸。笨花一班村民也群情激愤，他们组成一支浩浩荡荡的请愿团，久住城内，每日到县署静坐，等待县长升堂审案。这一干人借住在向家的利农粪厂，每日起火做饭，一切花销都由向家支付。为此向文成还曾乞求母亲同艾解囊相助，同艾两次共拿出大

---

① 阎锡山(1883—1960)：民国时晋军及山西地方政府领袖。抗战开始后，为第二战区司令长官。

洋二百元。官司从炎热的夏季开始,直到春节将至,历时半年。到后来,还是向文成想起,那年父亲回笨花时,经石桥镇葛俊介绍,认识了一位叫吴世甫的朋友,吴世甫曾在向家吃过向大人亲手烹制的葱油海参。此人现在兆州县署任承审。向文成便拜托父亲向喜给吴世甫写了一封信。吴世甫见信后恍然大悟,明白了这场官司联系着向大人的公子。吴承审随即秘密会见了向文成和甘子明,对官司久拖不下做了解释,表示不日即开庭。果然,三天后吴承审代理县长升堂断案,案子终于有了结果:佟家败诉,四十亩官地回到笨花村民之手。县署还判佟家再拿出大洋五百元,作为笨花兴办新式国民小学的基金。

一场持续半年的官司以村人的胜利而告终,一时间笨花人群情高涨,借此东风,向文成和甘子明立即在笨花兴建起新式国民小学一座,学校定名为笨花村两级小学堂。在向文成的鼓动下,甘子明彻底终止了他在北京的学业,自任两级小学堂校长。

兴建两级小学时,向文成再次展示了他的建筑构思才能。他因地制宜,凭着兴建向家大院的经验,又参照了保定同仁中学的校门和部分格局,请来村中把式精心施工,花一年时间将学校建成。村民把学校叫做"洋学","洋学"的教室系磨砖对缝的拱形门窗,门窗上玻璃闪亮。迎门一座大影壁遮挡着院内。影壁后面是一个有着二百米跑道的小操场,院里见缝插针地种些月季和丁香。笨花的孩子没见过月季也没见过丁香,春天了,月季随着丁香开放,孩子们闻着满院子的花香,争论着这花香像什么味儿。吃过月饼的孩子说像月饼味,没有吃过月饼的孩子说像四月庙上的汽水味。

校长甘子明还担任着两级的算术和国文课。他请向文成也去任课,向文成说:"眼下教员不好找,我打个补丁吧,把常识和修身交给我吧,这两门课灵活。"

向文成在世安堂开张的同时,还在"洋学"兼教常识和修身。

洋学位于后街东头,从前这里是一座破败的关帝庙,和佟家只一墙之隔。洋学的读书声常传到佟家。佟法年像遭了大难一样,东躲西藏也躲不过隔壁的读书声。但是佟法年的两个儿子对此却另有态度,大儿子佟继业经营着佟家的花坊,他不仅不赞成父亲对学校的态度,还背着父亲,自作主张去县城采购些铅笔、橡皮到洋学散发。小儿子佟继臣正在洋学读书,也帮助哥哥把橡皮、铅笔分发给同学,学生们每人均得到铅笔两杆,橡皮一块。佟继业还对甘子明说,现在甘子明和向文成在村里从事的事业是与科学、民主的新文化运动同步的,没想到他的家庭成了这个运动的障碍。他批评了他爹佟法年,还决心给学校做点小小的贡献。甘子明便表态说,凡为村中的教育事业做贡献者,来者不拒。

佟继业真的批评过佟法年,说他不会审时度势。佟法年就说,就等着你审时度势呢,你最好把佟家的宅院都让出来。

每逢甘子明和向文成提起打官司建学校的事,甘子明就说:"文成,你猜这次的事最该感谢的是谁?"向文成说:"天下英雄惟使君与操耳。"向文成借了一句《三国演义》中曹操和刘备青梅煮酒论英雄时的名言,玩笑着说明他二人是这次打官司的英雄。甘子明说:"不是。你我虽有志向,但两手空空也难成大事。"向文成说:"我知道了,你是说我娘那二百块钱吧?"甘子明说:"没有那二百块钱,你家利农粪厂里可只有大粪呀。一千人马一住半年——老人的贡献咱们可不能忘记。等明年吧,明年官地收了花,怎么也得还我喜婶子的账。"向文成说:"明年,我算了算,要添置的东西还不少哩。教室里要买洋炉子,操场要一副篮球架子,有了架子还得有球。院里也不能光是丁香月季,除了灌木,咱还得种几棵乔木,要种还得种几棵稀罕的。我想让甘运来从南方给买点水杉、银杏。我娘的账……等世安堂有了赚项叫世安堂还吧。"

向文成说叫世安堂还账,就好像世安堂是个人,是个外人。

向文成真对同艾说过:"娘,你那点账先别着急,往后让世安堂还吧。"

同艾不说话,也不说要,也不说不要。她是在想,你也就说说吧,就你那个世安堂,到哪辈子才能赚够二百块钱。也就是你敢逗你娘玩儿,别人谁敢?

别人是不敢,没人敢跟向太太半真半假地说笑话。

风把甘子明刮进世安堂,甘子明看见正在收拾药包的向文成,出口成章带出诗韵地说:"风好大,吹起一沓包药纸。"

向文成也不假思索地对曰:"门虽小,刮进一个长衫人。"

甘子明又说:"小屋落座下,灰长衫眼前还是包药纸。"

向文成说:"大风刮起包药纸,捎带刮走一个大碾盘。"

甘子明说:"要是瞎话说大风刮走一个大碾盘我就信了。"

向文成说:"大风刮走了大碾盘正是瞎话说的。"

甘子明来世安堂,向文成也不必让座,从来都是甘子明自己找座。甘子明也坐在墙角的沙发上,来世安堂的客人大都愿意坐在那个庞然大物上。甘子明抽烟。他穿着讲究,但抽烟潦草,一把短烟袋,一个油渍麻花的烟荷包,总是被他攥在手里。说话时,烟袋便在荷包里一搅和一搅和地装烟。

甘子明拿烟袋搅和着烟荷包说:"据说外国人把风都定了级,不知今天这场风相当几级?测量风力的仪器不知什么模样,我上过北京东便门天文台,没看见有测算风力的仪器。"

向文成说:"不用找仪器测,这场风,八级过之。"

甘子明露出一脸惊异,活泼的眼光在沙发里一闪一闪地说:"你这标准从何而来?"

向文成说:"你想,外国人把风的级别一共定成十二级,十二级大风能把船只掀翻;十级大风能把树刮倒;八级大风可不就只能把世安堂的门帘卷上房顶呗。"

甘子明说:"我又算服了。咱不说自然风了,说点国风吧。"

向文成说:"你顶着风来,我就知道你有事要说。"

甘子明说:"认识西关的王光致吧?"

向文成说:"他不是在保定二师上学么。"

甘子明说:"咱县在保定二师有三个学生,王光致是一个,还有一个叫葛咏堂的,高村还有一个叫胡佩之。王光致回来了,找我谈了两件事,这事虽然上不传父母下不传妻儿,可我也必得先传给你。"

向文成不急于追问王光致约见甘子明是什么事,但已经意识到事非寻常。他没见过王光致,可他知道他从事的事业。王光致不仅在保定二师上学,他还联着二师的学生运动①。向文成静等着甘子明叙述王光致对他的约见,但甘子明不说,他只说:"文成,我最愿意听你断事,你猜猜吧。"

向文成说:"这叫朋友们打坐在世安堂,猜一猜甘子明腹内思想。咱也不用像唱《坐宫》似的,来那么多'莫不是',现在我只是想以后洋学谁来当校长。"甘子明听了向文成的话,把手里的烟袋往沙发上一按,惊讶着感叹道:"文成,你断事真叫人瘆得慌,连个判断过程都不用,张口就来。"

向文成知道他已猜对八九,反而沉默下来,他那很少严肃的脸也显出严肃,一只手的大拇指神经质地用力摁住腮帮子,把腮帮子摁出一个坑。

甘子明说:"既然你也猜中了,我也不用瞒你了,王光致是北方特委②派来的,他找我两件事,其一是打听春蕾书店,其二是跟我商量去十五中的事。原因我想不必和你多费口舌,一句话,形势发展

---

① 保定二师:北方进步学生运动的摇篮之一。1932 年 6、7 月间爆发的"二师学潮"尤为著名。
② 北方特委:当时河北一带共产党的领导机构。

的需要。我要重点给你说说春蕾书店的事。王光致说,向文成的春蕾书店太红了,已经引起了当局注意。他说,你弄点《复活》《爱玛》一类的书尚可;《短裤党》《少年漂泊者》就不宜摆,你赶快告诉伙计把惹眼的书从架上拿下来。看来春蕾书店会另有用场。"

春蕾书店也是向家在县城经营的商业之一。书店盈利有限,但经营着各种新书。向文成自任经理,但并不直接坐镇经营,只掌握着进书和经营方向。最近借北京的新文化运动的兴起,春蕾书店也经营得有声有色。向文成也知道春蕾书店太"红"了,说:"行,风一停我就进城,叫伙计把书撤下来了事。可我想的还是你离开笨花以后的事。"

甘子明说:"我也想过,县里的十五中和咱的两级小学比,自然十五中重要,现在那里热闹倒是热闹,有点不可收拾了。学生为建立伙食团跟校方闹闹尚可,推倒个城隍庙的泥胎也不算过分。要赶走校长就非同小可。凡此都要有人梳理引导,这就是王光致约见我的目的。我要是真走了,咱们的洋学校长你先兼起来吧,级任的课对你也没什么,算术还不到鸡兔同笼呢。那点国文你不用备课也能应付。当然,洋学也不能拴住你,你还有世安堂。待有了合适的校长,我就会给你推荐。"

甘子明和向文成的谈话已步入正题,气氛显得很沉闷。那些于国于民的大道理,他们之间实在用不着互相分析、告诫;对上级的新举措他们也用不着或阻拦或劝慰。这不过又是一个新的开始吧,他们只在心里互道珍重。甘子明感觉到世安堂气氛的沉闷,又见向文成拇指顶在腮帮子上越陷越深,他很想活跃一下气氛,便说,刚才我在大风里真看见瞎话了,瞎话没有说大风刮走碾盘的事,我看他在大风里佝偻着腰东抓西挠,我问他干什么,他说大风刮走了他的帽子。后来他在村西口追上了他的帽子,拿起来一看是西贝家榆树上的老鸹窝。

向文成说:"瞎话的帽子准是刮上了树,老鸹们没了窝,就把瞎话的帽子当了窝。"——向文成立时就领会了甘子明讲此笑话的用意,他振作起来,积极附和着甘子明。

22

这天晚上同艾做了一个梦:是个夏日,她站在棉桃泛绿的花地里,有风吹来,那些小拳头大的沉甸甸的棉桃捶打着她的腿、她的腰和她的小肚子,她的小肚子顿时一阵麻酥酥的发热,一种久违了的快感闪电似的流遍全身。她不敢轻举妄动,生怕稍有动弹那美妙的感觉就会溜走。她就像钉死在花地里一样地站着,一边埋怨自己为什么许久不进花地了。戏谑着她的小肚子的那些棉桃是那样饱满坚硬,来日放出的花朵也定是雪白肥硕的。这时远处走来一个男人,是向喜。向喜身着戎装,怀里抱着一个小闺女儿。那小闺女儿也许三岁,也许两岁。可向喜他只走着自己的路,生是看不见同艾的存在,只大步流星地在花地里穿行。同艾就大声地叫向喜,她用尽着气力,但声音却是那么绵软微弱,那不像叫喊,更像是一种焦虑的呻吟。向喜终于走到了同艾跟前,猛地发现了她。同艾的突现让向喜有些惊慌,仿佛是因为他怀中的那个小人儿。只见他快速把怀中的小人儿交给了身边的甘运来——同艾这才看见原来甘运来正跟在向喜的身后。甘运来接过向喜手中的小人儿,躲闪着同艾的眼光把那小人儿直往怀里藏。天忽然阴了,闪电把花地闪得忽明忽暗。同艾很想看清甘运来怀里那个小人儿的模样,却始终没能看清。那个小人儿老是把脸往天上仰。天上一打闪,她就冲着闪电格格地笑。向喜和甘运来就冒着闪电、伴着小人儿的笑声急急地往远处走去……同艾醒了,小人儿的笑声还响在耳边。

醒来的同艾看窗户,窗纸还黑着,屋里、四周更是黑得可怕。一种恐惧和失落感霎时间笼罩起同艾。她开始研究起这个梦:为什么向喜一看见她,单把那个小人儿交给甘运来?而甘运来为什么又把她东掖西藏?这怕是一种不吉祥的预兆吧,莫非除了二丫头,向喜身边又有了什么女人?同艾不愿再想下去了,她焦灼地翻着身,再也无法入睡,裸露着的胳膊磨蹭着她身上那条老棉花被窝。这被窝便是当年向喜带到军中又捎回来的那条。这些年同艾的衣物不断更新着,惟独这条四蓬缯老棉被她不更换,盖着它就自觉离向喜近。那年在汉口遇二丫头以后,她曾决心不再盖它,但天一凉下来,便不由自主地把它抱出来。她亲近着这条老棉被,就像坚守住了从前她和丈夫的那些恩爱;她坚守住了这条老棉被,就像坚守住了丈夫。

同艾是从不相信梦的,欢喜的和不欢喜的梦她做过不少,一旦睁开眼,她就会忘得一干二净。可是今天,那个梦境却不断浮现在她的眼前。过了一个时辰,又过了一个时辰,窗纸已发白了,同艾从炕上穿衣坐起,决心不再想梦中的事。谁知当她下地开始梳洗时,梦中那个小人儿的笑声又传了过来。同艾只觉得那个小人儿在笑她,在提醒她:我都这么大了,你怎么还视而不见啊。我该叫你娘还是叫你姨?这时同艾仿佛听见那个小人儿真叫了她一声娘,然后又扑到甘运来怀里。同艾有些不能自制了,她奋力推开房门,其实推开房门并不值得用那么大的力气。她推开房门,站在廊下,刚升起的太阳正照在她的脸上,直把她照得有几分晕眩。她看看天,看看树,看看院子,后来又看见正在出入厨房的秀芝,便觉得哪都不顺眼。尤其秀芝,怎么把抱着的柴火哩哩啦啦撒了一院子。过门都多少年了,对向家的家风怎么还是这么不在意。向家比淤城的家业大,可那也是老头子背井离乡拿命换来的。人命换来的家业,就该这样扑散吗?同艾拿脚跺着台阶走下廊子,她开始弯腰捡拾掉在地上的柴火。她左捡右捡,捡了一大把,掐着柴火奔向厨房。她见秀芝正坐在灶坑前烧火,便把柴火哗啦一声拽在秀芝眼前。秀芝停下风箱扭头看看同艾,就觉得同艾的脸拉得很长。她想到,今天婆婆怎么给我捡起柴火来了,平日里她是不伸手这种事的呀。正在纳闷间,同艾就开了口,说:"武备娘,你可得记住,咱家的一草一木都容不得有人糟蹋。一根柴火棍子也是家产,你们不心疼,你娘还心疼哪。"同艾一席话,更让秀芝觉得事情蹊跷,但秀芝从不和同艾争执,她知道是自己刚才抱柴火做饭时不小心把柴火撒在了当院,就赶紧说:"娘,以后我仔细点就是了。"边说边掀开锅盖搅锅。锅里正熬着小米粥,沸腾着的小米粥发着吭哧吭哧的声响,这声响标志着一种状态:锅里煎熬的是稠粥,不是稀粥。稀粥不是这声响,稀粥开起来是哗啦、哗啦的。搅着锅的秀芝没想到,这稠粥的翻腾却又招来了同艾更大的不满。粥的稀、稠当然关系着下锅米的多少,从前同艾对下锅米也是从不过问的,完全由秀芝一个人做主,婆媳二人也从未因一碗粥的稀稠而有过什么别扭。但是今天,刚给秀芝捡回柴火的同艾,又开始针对下锅米发表议论了,她三步并作两步走到锅前,透过蒸腾着的热气,终于彻底看清秀芝煎熬的确是一锅稠粥,便说:"武备娘,你可是勤俭人家长大的闺女,听说恁家拿米下锅都用升子量了又量。怎么到了向家就变了样?米是哪儿来的?是地里种的。地是哪儿来的?是你公公要的。你公公怎么要得起地?是拿命换的。你知道打一次龟山死多少人吗?你知道宜昌兵变有多少弟兄死在湖北孝感吗?你不知道。你不知道我可知道。枪子儿没有让老头子送了命,那是老天爷有眼。"

秀芝一听同艾这番话,就知道这才是个开始,更激烈的言辞还在后边。她早就发现婆婆同艾近来添了个爱絮叨的毛病,可她自觉能容忍婆婆,她觉得婆婆活得也不容易,许多时候秀芝对同艾的絮叨听见只当没听见。果然,同艾又开始了新一轮的絮叨。她问秀芝:"武备他娘,我问你,今天家里盖房呀?"

秀芝说:"没有啊。"

同艾说:"今天家里打坯呀?"

秀芝说:"没有啊。"

同艾说:"今天家里割麦子呀?"

秀芝说:"没有啊。"

同艾说:"家里有人坐月子呀?"

秀芝说:"没有啊。"

同艾说:"家里不打坯,不盖房,不割麦子,也没有人坐月子,你为什么往锅里下那么多米?谁吃稠粥?是打坯的,盖房的,割麦子的,坐月子的。没有打坯的,盖房的,割麦子的,坐月子的,就用不着熬那么稠的粥。"

秀芝对着锅说:"娘,粥是稠了。"

同艾也对着锅说:"稠得快赶上干饭了,插根筷子都不会倒。你试试。"

秀芝盯着锅开始发愣,灶坑里的火一旦熄灭,锅里也终止了翻腾,米香正从锅里飘出来。秀芝看见今天的粥真是稠了,可也决不像同艾说的"插根筷子都不会倒"。但她又不能真拿根筷子去给同艾当场做试验。她不知如何是好了,只垂手侍立着不再言语。

秀芝不再言语,同艾还在就粥发表着议论。她又和秀芝讲起了败家的道理,她说自古以来败家就败在一根柴火棍子和一个米粒上,说着还搬出了一个故事。说从前有个大户人家拿米下锅不当事,刷锅水带出的米粒流到当街,有个人就专替他家捡米粒,捡了就晒干存起来。结果大户人家穷了(不停损失米粒的缘故吧),沦落为乞丐。这乞丐要饭要到那个存放米粒的人家,那人家倒给他半碗粥,这位由大户人家沦落成的乞丐吃着格外香。那收米粒的人就说,你知道这米是谁家的吗?是恁家的。乞丐一听,恍然大悟,鼻涕一把泪一把地哭起来。同艾说完故事,又把话题转到向家,说,向家有人拿花不当事的,把花糟蹋在窝棚里;也有人拿米不当事,把米糟蹋在锅里。说,现时向家的老人没了,弟兄分家了,再有人糟蹋花她也看不见了。可没想到又遇见了糟蹋粮食的。秀芝明白婆婆说的糟蹋花的人是向桂,那糟蹋粮食的人便是她。她这才开始委屈起来,忍不住就抽泣着扔下婆婆,离开厨房去世安堂找向文成。

其实,刚才厨房里的事向文成已经听得一清二楚,他正在世安堂等秀芝来找他诉委屈。秀芝踏进门来,坐进沙发掉起眼泪。向文成勉强笑着说:"此事不必上心。依我看,咱娘的絮叨话越多,她絮叨的那事就越不大。真要遇到大事,她就不絮叨了。你没见过她遇到大事什么样,我见过。那年我和娘从汉口回笨花,坐了一天一夜火车,娘一路无话。那才是遇上大事了呢。别看今天她说你下米多,明天你要真少下半升米,她准该说你下米少了,不信你就试试。"向文成的一番话使秀芝止住了眼泪,她轻叹了一声说,我知道了。

向文成劝住了秀芝,自己却琢磨起来。他寻思娘今天的絮叨好像另有文章。大凡睁开眼就没好气的人都联系着晚上,晚上一个人的胡思乱想,一个人梦境的好坏,早晨都能带出来。直觉告诉向文成,昨晚同艾准是做了一个梦。秀芝见向文成只想事不说话,就说:"你不说话了,我怎么办呢。"向文成说:"还是快去给娘盛粥吧。"秀芝说:"盛稠的还是盛稀的?"向文成说:"这件事要你自己拿主意。"秀芝一面想着,出了世安堂又回到厨房。

厨房里,同艾不在了,想必已回到自己屋里。秀芝把粥锅搅了又搅,锅里的粥的确比往常要稠。她准备给同艾盛粥,盘算着是撇稀的还是捞稠的,末了她还是盛了结结实实一碗稠粥。她盛好粥,又给婆婆拨了一小碟香油拌的咸萝卜丝,再切上半个二八米窝窝,半个咸鸡蛋,一块酱豆腐,用个条盘端到了婆婆屋里。同艾的早饭大体如此。

秀芝把条盘放在方桌上,叫了一声娘说:"以后我再下米时经点心就是了,您快坐起来吃吧。"正在炕沿儿上坐着的同艾也觉出刚才自己的过分,连忙站起来说:"武备他娘,刚才我说的是过日子的道理,咱家也并不是真在意那几粒米。稀和稠也就是一把米的事,多一把米还能吃穷了咱家。可该省的时候省一把,也不为过吧。"同艾的话分明是在安慰秀芝了,秀芝把条盘里的早饭给婆婆摆在桌上,她看见同艾拿起筷子搅粥,仿佛根本就没有注意到粥的稀稠一样。

同艾正就着小菜喝粥,西院传来吵闹声,这是向桂那一支。同艾和秀芝仔细听听,是向桂的大房聋扔子在骂,二房小妮儿在哭。

向家的老人鹏举过世后,按照村人的习惯,向桂和向喜分了家,向桂这支仍然住在原先的西院;向喜这支住东院。东院对西院的吵闹并不陌生。自从向桂把小妮儿明媒正娶娶到家中后,这种吵闹便没有断过。西院的居住格局是这样:向桂的大房扔子住东房,小妮儿住西房,向桂自己住正房。向桂摆出了一个不偏不倚的架势,当然他暗中偏向的还是小妮儿。而大房扔子却紧紧把守着小妮儿的门户不许向桂进门,她惟恐由于自己的耳聋晚上听不见声音,让向桂钻了空子,便常在小妮儿门口设下暗记:每天入夜时,扔子就抓两把柴草灰神不知鬼不晓地撒在小妮儿门口,待早晨她再去查看那灰上是否有向桂的足迹。如果有,一场暴烈的恶斗便开始了。这时大房扔子就会把二房小妮儿揪到院中,扔子眼前有时是个穿衣服的小妮儿,有时是个裸体的小妮儿。那扔子靠了自己的体态高大,能把小妮儿踩在脚下。她一手揪着小妮儿的头发不放,一条胳膊抡圆开来对小妮儿猛打。她手里或许是一根木棍,或许是赤着的空拳。这时的小妮儿多半是没有反抗地匍匐在地上任扔子猛打。若遇向桂在家,向桂当然就会从扔子的后方包抄过来将她摁住,替小妮儿做些还击,三个人顿时滚作一团,只滚得三个人都筋疲力尽时方才罢休。如果适逢向桂不在,扔子就会独占鳌头。今天向桂不在,一场恶战就失去了悬念。所以东院的同艾和秀芝便听见小妮儿的哭嚎格外凄惨,仿佛一只受了重伤的小兽在临死前绝望地惨叫。

同艾听着小妮儿的惨叫越来越剧烈,推开饭碗对秀芝说:"快看看去吧,你小婶子哭得都不是人声了。"

秀芝仔细听了听,急忙跑下走廊,从东院跑进西院,正看见光着身子的小妮儿跪在当院哭嚎着求饶。但聋扔子依然不放过小妮儿,也许是看见秀芝进了门的缘故,她内心的愤怒更加高昂了起来,便一定要当着秀芝再表现出些威严。她突然伏下身子竟咬住了小妮儿的一个手指,她把它咬了下来。待秀芝冲上前去挽救时,扔子已把小妮儿的那个手指从嘴里吐在地上,就像吐掉了一个小胡萝卜。扔子的举动很是出乎秀芝的预料,她蹲在小妮儿跟前去搀她起来,小妮儿已经昏了过去,光身子上沾着地上的土和自己的血。秀芝也慌了,不知怎么办才好,扔子的血盆大口使她觉得格外害怕。扔子却还不罢休,她见小妮儿连告饶之力也不再有,便又换了一种惩罚小妮儿的方式——把打变成了骂。她瓮声瓮气地骂她是"钻窝棚的浪货",她说"这是俺家,这不是窝棚"。扔子每次骂小妮儿,骂里总是包括着这样一个内容,便是小妮儿钻窝棚的事。只是现在昏了过去的小妮儿已经听不见扔子的叫骂,她就像一个棉花包似的歪摊在地上。秀芝一边听着扔子的叫骂,一边伸手推小妮儿。小妮儿不动。秀芝急中生智,决定把小妮儿背回东院。

秀芝背起光着身子的小妮儿往东院跑,扔子倒没有再追上来,但嘴里还在叨叨着窝棚长窝棚短。

同艾和向文成站在廊下等西院的消息,见秀芝背了个光着身子沾着血的小妮儿回来,同艾就冲秀芝喊:"快,快背到我屋里来。"秀芝把小妮儿背到正房,放在同艾的炕上,又赶紧扯过一条被单替小妮儿遮住身子。她抓住小妮儿掉了手指的那只手腕冲同艾举了举,同艾才知道发生了什么。向文成看不清小妮儿掉了手指,只看见一只血肉模糊的手,想到西医用碘酒止血,立刻回世安堂拿来碘酒。当他用碘酒为小妮儿止血时,才发现小妮儿的手上已经少了一个手指。秀芝这才告诉他们,手指是被聋婶子咬掉的。

向文成用碘酒给小妮儿止血,伤口受了碘酒的刺激,小妮儿疼得醒了过来。醒来后等待她的是更加难忍的疼痛。她看见眼前的同艾、秀芝和向文成,像看见亲人一样,愈加悲痛,疼痛加悲痛使她在炕上不停地哭泣、滚动。同艾知道有一种叫白兰地的酒可以止疼,就对向文成喊道:"白兰地呢,还不去拿白兰地!"

原来同艾在汉口时,王占元的太太害着一种腰疼病,疼痛难忍时就拿来白兰地喝。后来同艾偶有疼痛时,也用此酒止过疼。同艾从汉口回笨花时,王太太还送给同艾两瓶法国产的白兰地,白兰地一直放在世安堂。

同艾让向文成去拿白兰地,向文成磕绊着腿脚把白兰地拿来,同艾捏住小妮儿的鼻子灌了小妮儿一小杯。果然,白兰地终于使小妮儿安生下来。向文成又把她的伤口仔细做了包扎,但那少了的手指再也无法复还,自此小妮儿的十个手指就成了九个。

同艾不让小妮儿回西院,让她在自己炕上养伤。白兰地不仅止住了小妮儿的疼痛,小妮儿还觉出了那东西的神奇,只觉得靠了它终能解脱些什么。烦闷时小妮儿就对同艾说:"嫂,再给我喝一口那洋酒吧。"同艾给她倒上一小杯,然后也给自己倒一小杯。琥珀色的白兰地并不很辣,却直冲心窝,冲得人心一阵阵发热。白兰地帮助小妮儿消化疼痛和郁闷,似乎也能给同艾自己排遣一点忧愁。

小妮儿喝了白兰地说:"嫂,老大打我,我并不记恨老大。是我抢了她的人哪,向桂本是她的人。"

同艾说:"也不能说谁抢了谁的人。男人有男人的理儿,女人就应该有女人的理儿,要不然谁家的日子也没法过。"

同艾的话小妮儿只听懂了一半,另一半只有同艾自己懂。她又想到了那个梦。针对着那个梦,她还必得自个给自个说出个理儿来。要不然她的日子可怎么过呢。聋扨子是老大,她也是老大,难道她能像扨子那样去找向喜撒泼,去咬谁的手指么?

小妮儿在同艾屋里将养几天,向桂不断过来看小妮儿。聋扨子知道自己闯了大祸,偷偷掩埋了小妮儿的手指,又被向桂惩罚一顿后,一连几天只关起门来不吃不喝不出屋。

这天向桂又来了,同艾对向桂说:"桂呀,有句俗话叫老嫂比母,我不敢担当这句话,可我也是从小看你长大的。现时,你也是个大老爷们儿了,你们男人娶妻纳妾做女人的无权干涉,可是你家里的事闹到了这地步,你总得想个主意呀。我看,你带小妮儿进城吧,咱家的花坊不是要往城里挪嘛,你就带上小妮儿走吧,让他大婶子也眼不见心为净。"

向桂说:"嫂呀,你就是有资格说老嫂比母这句话。你没见咱娘活着的时候那糊涂劲儿。家里谁是明白女人?就是我嫂。"接着向桂也说出了自己的打算。他说,花坊正要往城里挪,他也打算把小妮儿带走。挪花坊的事他正在跟向文成合计。

正说着,向文成走进来。他听见向桂说挪花坊的事,说:"我看事不宜迟,花坊挪到城里,应该换个字号,也图个吉利。"

同艾说:"先不用说你们那换字号的事,先把你小婶子送回家吧。叫秀芝搀扶着,你爷儿俩护送着,也给你小婶子壮壮胆儿。"

小妮儿在同艾屋里经过几天的静心调养,人又缓了过来。秀芝早就从西院为小妮儿拿来替换的衣裳,同艾就像故意要让小妮儿"绝处逢生"一样,每天拿出脂粉教小妮儿化妆。现在小妮儿从同艾屋里出来,往廊下一站,向桂就觉着小妮儿比娶时还要新鲜。早晨的太阳把小妮儿照得直眯眼。同艾看着冲着太阳眯眼的小妮儿说:"过去吧,麻烦了就还过来。"

秀芝搀扶着小妮儿在前,向桂和向文成在后,小妮儿举着一只伤手,走出东院,进了西院。

23

地处长江上游的宜昌,虽不及汉口繁华,但因位置显要,且连接川鄂,早已是兵家必争之地,也成了长江流域开埠较早的城市之一。二十世纪初的宜昌商贾云集,从码头到市内并不宽阔的街面上商铺林立,还可见外国人开设的邮局、银行和酒吧。向喜就是在这里第一次品尝了洋酒白兰地的滋味儿,那是一位英国海关稽查官送他的。可惜向喜不服洋酒,他对酒的兴趣还不如发妻同艾。同艾倒是有些酒量的,那年她在汉口小住时,向喜已经发现了同艾饮酒的能力。他发现同艾在接受不同地域的语言的同时,也饶有兴致地接受着当地的饮食。后来同艾回了笨花,二太太顺容来了,顺容对于外地的习俗感觉就麻木,更不喜外地的饮食。她固执地眷恋着北方,再说具体些,是北方的保定。她说,普天下最好的地方就是保定。她常拿南方的一切和保定做对比,她说,汉口老通城的豆皮再好吃也不及保定西关的焦炒饼。她说,城陵矶的土匪鸭再有名也不及保定马家老鸡铺的卤煮鸡。她说,任何带馅儿的吃食都不及保定白运章的包子。而南方所有的炒菜都赶不上保定的土豆炒辣椒。说到南方的居住条件,更使她不能容忍,她说再住下去她不长虱子也要长疥疮。为什么?因为潮。被褥潮得能攥出水来。就这样,那年同艾和向文成离去后,向喜也没能把二太太顺容留住。不久,她便带着儿子文麒和文麟回了保定双彩五道庙街那所二进的小院。自此向喜一人又过起了简单的军旅生活。闲暇时,向喜的思绪常驰骋于笨花和保定之间。

在向喜的脑子里,笨花的分量是大于保定的,一想起笨花,他就想得琐碎而细致,他尤其愿意回忆那些模糊不清的生活细节:他每次外出回家迈门槛时,是先迈左脚还是先迈右脚?他做生意的扁担是榆木的还是槐木的?他从哪一年过冬时才开始穿袜子?他眼前闪现着从前他那两只因不穿袜子而长着皴的脚面……最后他总是把思绪停止在他和同艾之间。他想起离家时他和同艾面对面烤火的那一夜,那一夜他只注意过同艾大襟上的绦子边,却没注意同艾头上的簪子,那一夜同艾的簪子是那只足银的还是那只点翠的——同艾有两只簪子。然后,又跳过几年。四月庙他回笨花的那一夜,同艾那一次次的热情,和一次次的失望,他觉得那晚的同艾分外可怜。开始他认为那是同艾在庙上吃了不干净的食物所致,后来听儿子向文成写信说并非这样。向文成说母亲的病很是异常,看来和神经系统有关,很像西医诊断学上说的习惯性腹泻。向喜想,不管那病叫什么名吧,反正是那次他回笨花时她落下的,那夜的同艾过于欢喜又过于恐慌,人突然受这两种情绪支配时,最容易出现意外。向喜由此还会联想到,谁让他一个做小本生意的乡人转眼就变成了向中和向大人了呢?同艾不知如何应付他这位向大人了。一想到此他甚至就不知道向大人和向喜是不是一个人了,他糊涂起来,自觉神情就有些落寞。

甘运来护送二太太顺容一行回保定,返回宜昌后见向大人神情黯淡,便不断向他报告些市井消息、花边新闻、文艺动态,供他解闷儿。向喜对这些却是置若罔闻。一天,甘运来又给向喜报告了一个最新娱乐消息,说时带着不同往常的兴奋。他说码头上刚刚卸下一个杂技班,连人带行头,加上狮子、马匹整整装了一船。甘运来且打听出这杂技班来自直隶吴桥,全名为直隶吴桥瓦尔斯杂技马术团。这班杂技和马术不久将在宜昌江岸立棚演出。

甘运来所以对此消息格外有兴致,一是由于他们来自故乡直隶吴桥,二是这班子具有一定规模,他们将立棚演出。甘运来懂得杂技的演出有"立棚"和"撂地"之分,撂地属于小打小闹:艺人一敲锣,招一伙人围个圆场,那班主领俩小闺女和一个猴就要演出。立棚则不同,"棚"就是个"园子",那里演员阵容强大,节目充实,常带有飞禽走兽。向喜也知道杂技的立棚和撂地,从前在石桥镇集上就常有撂地的艺人。向喜每次经过那里都要瞅上两眼。但他无心驻足,他觉得他们和要饭的实在没什么两样。石桥镇也来过立棚的,但进棚要买票,向喜就舍不得了,只当稀罕看过一次。

甘运来兴奋着将瓦尔斯杂技马术团来宜昌的消息告诉向喜,尽管他竭力强调着吴桥和立棚,可向喜仍然没有表现出多大兴趣,只对甘运来说,这些直隶人也真敢闯荡。甘运来说,听说这班子还闯过俄国哩,你听那名字就不一般——瓦尔斯,准是俄国人给起的。向喜也想起,这宜昌城里离十架牌楼不远有家俄国酒吧,舞女就跳瓦尔斯。但向喜不提瓦尔斯,只说,立棚也罢,撂地也罢,内容都差不多,都是班主逼着一帮傻乎乎的孩子在场子里疯跑罢了。会翻俩跟头就是绝活儿了;不会翻跟头的,没准儿还得挨刀哩。接着向喜就给甘运来讲了一个叫"杀人摘瓜"的节目,说是班主逼着一个小闺女往一只坛子里钻,那坛子的口才有小孩拳头大,小闺女左钻右钻也钻不进去,班主就说,你这不争气的东西,留着你有何用?说着亮出一把砍刀就朝小闺女砍过来。小闺女边哭边绕着场子跑,喊着"叔叔大娘行行好,给我点钱吧,我师傅就要杀我啦!"有心软的看客便开始往场子里扔钱。但班主还不罢休,他将小闺女摁倒在地,且挥起了闪亮的大刀。他手起刀落,砍刀竟切进小闺女的脖子里,鲜血顿时流出来。小闺女的头歪在一边,头和脖子"若即若离"。向喜讲的是故事,甘运来倒让这故事给惊呆了,他惊恐着问:"哎呀,那是怎么回事?"向喜说:"开始我也被他们吓住了,后来才明白其中的奥妙,典故都在那把刀和刀鞘上。"甘运来仍然不解地问:"那血呢?血是哪来的?"向喜说:"血是红米汤,红米汤灌在了刀把里,刀一砍就卧进了刀鞘,班主用力把刀鞘一挤,米汤流了一脖子。这就是'杀人摘瓜',有什么看头。"

但是甘运来还是决心要激起向大人对瓦尔斯的兴趣,说瓦尔斯演的可不是这个,中式的洋式的都有,听说还有一位叫施玉蝉的名角,擅长钢丝和马术,早已名声在外。又是直隶人,又有这么大的名气,怎么也得开开眼去。向喜对甘运来的热切撺掇仍不置可否,不过第二天他还是坐在了瓦尔斯班的大棚里。原来江湖上有规矩,戏班杂技班每到一地,首演时都要给当地军政要员送请帖,瓦尔斯班更不例外,他们还得知宜昌住着一位向大人是直隶人,就更重视对向大人的邀请。班主差人将请帖送至向大人官邸,甘运来接待了送请帖的直隶老乡。后来,当甘运来拿着请帖再次向向喜报告,向喜就决定赏光瓦尔斯班了。

这天向喜身着戎装,被副官、护兵簇拥着坐在了瓦尔斯班的大棚包厢里。位于大棚后方的包厢竟是用软缎屏风相隔,桌上摆着干鲜果子和白瓷盖碗。向喜环顾这个圆形大棚,只觉得比个小戏园子还要气派。但置身于大棚里的向喜,脑子里不知为什么还是那些撂地的,他记起撂地的在演出前都先由班主出场"卖口",卖口的双手抱拳向看客作揖后,就说些大同小异的开场白:"哎——各位爷们儿各位大娘婶子姐妹,小的我向各位施礼了问安了!哎——常言道,这卖艺讲究走,逮狼讲究守;锣鼓就是千顷地,猴子就是骡马牛哇!小的今儿个初来乍到,借贵方一块宝地给各位行家耍上几手……"这便是卖口的张嘴说话基础。此人若是饶舌者,会更加啰唆无边,一心要把演出时间拉长,直到观众等得不耐烦时,说不定才会出来一位踢腿下腰的小闺女。那小闺女都是用香烟纸擦个红脸蛋子,嘴唇上说不定还挂着干鼻涕,下腰时棉袄的下摆朝天撅着……向喜回忆着品了一口茶,开始等待这个卖口的出场了。可他并没有等出通常那种卖口的,他等出了一位头戴大礼帽、身着燕尾服、手持文明棍的黑衣人。随着此人的出场,棚顶上一排摩电灯也骤然亮起,幕侧里还显出几位手持洋号的吹手。吹手奏过一个引子后——瓦尔斯吧,黑衣人才迈起优雅的步子,摇晃着手里的文明棍走到台子中央,站下来说:"各位军政大人,各位老爷太太,少爷小姐,各位看客,诸位在上,小的有礼了!"黑衣人说着双手一摊,向众人鞠了一个九十度的欧式大躬,然后接着说:"敝团能在南国为诸位献艺,乃敝团之荣幸。若问起敝团从何而来?敝团本来自黄河以北,长城以南,渤海以西,太行以东。那位说了,这黄河以北,长城以南,渤海以西,太行以东,地域宽阔无边,我还是知不道贵团来自何方。好,敝人现在就自报家门:敝团本来自直隶吴桥。那位又说了,直隶吴桥?我还是没听说过。好,您老人家没听说过不要紧,可眼下连俄国人老毛子都知道中国有个直隶,直隶有个吴桥了。这么说,敝团是去过俄国的?正是。俄国人花着自己的羌帖①,看着中国的玩意儿,连声喊着'哈拉少!②哈拉少!'那位又说了,你们在俄国演得好好的,为什么要回到中国来?哎——这就是敝人今天要告诉大家的。时下,我中华已南北议和,共和实现,国人正在举手欢呼之时,敝团还能不为此助兴吗?……"这位黑衣人的开场白终于使向喜觉出,这瓦尔斯班到底是有别于他看见过的那些撂地的。虽然此人的言辞仍旧带着"卖口"的架势,但终归和那些撂地卖口的不一样了。听口音,该人虽竭力模仿着外路人说话,直隶人的口音却还不浅。比如他把"不知道"说成"知不

---

① 羌帖:国人对俄币卢布的俗称。
② 哈拉少:为俄语"好"的中国话谐音。

道",就这一句话,倒使向喜觉出了几分亲切。从这伙走南闯北、连老毛子都给喊过"哈拉少"的乡亲身上,向喜还感觉到几分自豪。

当黑衣人再往下说时,言语间便少了官话,多了些卖口的习气,诸如"会看的看门道,不会看的看热闹"啦;什么"一会儿就有惊险处,不怕心慌气短的可千万别走远喽"等等。这时向喜便想,原来这位还是个穿洋服的"卖口"的。

演出终于开始了,节目中,没有向喜过去见过的那些恐怖惊险,倒不乏一些身怀绝技的把式:吃火的、吞剑的、大变活人、大褂底下捧出鱼缸的……可以看出,这瓦尔斯班对这些传统节目也都做了改造,演员们也不再是一些身穿花棉袄,用香烟纸抹着红脸蛋子,嘴上挂着干鼻涕的闺女。男演员健壮英武,女演员娇艳、婀娜。在一阵马匹、狮子、老虎过后,压轴的是女名伶施玉蝉的"钢丝"。这几天施玉蝉的名字早在宜昌传开,说这是一位在俄国走红、技压群芳的女子。此刻施玉蝉终于出场了。在变幻的五彩灯光下,她一身小打扮,手持一把红伞闪烁上场,顿时观众眼前一亮。她走到早已架好的钢丝绳前,一个"云里翻"跃向空中,接着便轻似羽毛、了无声息地落在钢丝上,宛如一朵荷花突放。她的表演似行云流水,动作时而惊险,时而从容。她颠颤着自己,不忘和观众做微笑交流,她还懂得顽皮和幽默,在舒展的动作中忽然佯装失妥就要下跌状,待观众席上有人发出担心的惊呼时,她一个"鹞子翻身"又把柔软的身体稳稳送回到钢丝绳上。一时间全场掌声四起,观众的心被弄得跌宕起伏,惊喜难禁。

用惊喜难禁也来形容一下向喜此时的心情是不过分的。钢丝上的施玉蝉带给观众的是高超的技艺,带给向喜更多的却是一种久违了的快乐。施玉蝉的直隶老乡身份,更让向喜觉出一种陌生的亲近。演出结束后,他吩咐甘运来给班主送了些赏银。

以后几天的演出,向喜每场必到,他奢侈着自己以每天三十块银元的价格包下一个包厢,两元四角的娱乐捐也一分不少付。除此外,向喜还每天专送赏银给施玉蝉。一日演出后,甘运来把施玉蝉领进了包厢当面拜谢向大人。上着妆的施玉蝉大方地谢过了向喜,倒让向喜有些忐忑了,在这位女子面前,他竟觉出了自己的几分不光明。好在施玉蝉急着卸妆,没有在包厢里久留。

施玉蝉要离开宜昌了,瓦尔斯班要顺江而下去荆州演出,班主(那位黑衣人)领施玉蝉来给向喜告别。向喜这才第一次看见卸妆之后的施玉蝉。他发现施玉蝉比在舞台上还要显得年轻,只有十六七岁吧,且身材挺拔,神情大方。她跪谢着向喜,却没有卑微之态,举止是健康和快乐的,就像把钢丝上的快乐更近地带到了向喜眼前。

向喜感觉到自己对她的留恋。

但施玉蝉还是按照班主定下的路线,顺江而下离开了宜昌。离开时向喜送她一张名片,嘱她今后遇有什么难处可随时来找他。

向喜没有料到,三天之后施玉蝉就又返回了宜昌。她牵着一匹演出用的小红马来到了向喜的官邸。原来,瓦尔斯班在宜昌上船直奔荆州时,途中却遇风浪。船触礁沉没,人和行头尽沉江中。施玉蝉靠了这匹小红马的帮助浮上岸来,保住了性命。

施玉蝉在向喜官邸将养一些时日,很快恢复了健康,又经一班军中人的撮合,她做了向喜的第三房夫人。一年后,她生下了一个女儿,向喜给女儿起名叫取灯,向喜对取灯疼爱有加。取灯是笨花人对火柴的叫法,取灯是个光亮。取灯在向喜眼前玩耍,向喜自觉眼前就闪烁起光亮。

施玉蝉和向喜守着取灯这团光亮又过了三年。就在取灯三岁的时候,一向活泼欢快的施玉蝉忽然变得情绪消沉了——丈夫向大人对她们娘儿俩的宠爱,到底没能胜过她那天生卖艺的习性,加之不时受到报上刊登的那些演出广告的吸引,她冷落起丈夫和取灯,开始练起功来。那匹闲置在马厩里的小红马也被她牵了出来,她和她的马每天在十三混成旅的操场上飞奔,并即兴做着马术动作,招得十三旅官兵常驻足观看。

向喜不赞成施玉蝉的行为,一来觉得她这举动有碍自己的尊严,二来他已隐隐觉出施玉蝉不安于眼前的生活了。一日,心烦意乱的向喜问施玉蝉练功的用意,施玉蝉先不直接回答向喜的问话,只神神秘秘地说,大人,我给你讲个故事吧。她讲了一个耍把戏艺人的传奇故事。她说那是黄帝战蚩尤的时候。黄帝派一个使者到另一个部落传令,黄帝还告诉那使者,说完不成任务回来必遭斩首。使者去了,遇上一场大风雪,迷了方向,连走数日找不着那个部落。使者又不敢回去,心想不如就此远走高飞。他忍着饥饿逃到一个小村,想要饭充饥。见一户人家正开着门在院里吃饭,却又抹不下脸来讨要,就在门外打起了跟头引人注意。果然跟头引起了那家人的注意,他们放下饭碗出来观看,许多村人也围了上来,他这才往地上一倒。人们发现他是饿倒的,纷纷拿出吃的给他,有人说,还有什么花样耍给我们看,我们管你吃住。使者吃了东西,又翻了一通跟头,变着花样。他不断换来些饭食,自此沿村走着,活了下来。黄帝见使者迟迟不归,便又派人去抓使者,说抓不回使者也要被斩首。派出的人四处打听使者的消息,有人告诉说,那个使者一路打着跟头要饭,活得挺好,已经走得远远的了。这人一想,原来卖艺也是一条活路啊,索性也不回去,也就以卖艺为生了。以后黄帝又不断让人去追杀前边派出的人,那些人一经派出就都没有回去。再以后,这世上就有了卖艺的。

向喜烦躁地听着施玉蝉的故事,问她:"你是不是要去追那前边的使者?"

施玉蝉说:"大人待我恩重如山,可我还是个光会翻跟头的使者。"

向喜说:"你这是要走?"

施玉蝉说:"我话已出口,听凭大人发落吧。"

向喜问:"你要到哪儿去?"

施玉蝉说:"大人一定听过'卖艺讲究走,逮狼讲究守',我想回老家搭班子,不走我活得难受。"

向喜见施玉蝉的主意已定,少不了又想出了一些挽留她的办法。他让甘运来每天上街变着花样为她购置女人所用的新鲜,几天之内施玉蝉的房中就成了一个小商店。施玉蝉对此既不动心,也无兴趣。向喜无奈,又使出军人惯用的惩罚方式。他仿佛记得哪位要人为了不让妾室离去,竟把她关了禁闭。他便也命甘运来把施玉蝉禁闭起来。不许她出屋,不许她吃饭。三天过后,饥饿难忍的施玉蝉看见走过来的甘运来说:"甘副官,你过来,我给你翻俩跟头,你给我一碗饭吃吧。"

甘运来擦着眼泪把施玉蝉的话告诉了向喜,向喜听着也掉了眼泪。他看看身旁的取灯,取灯正疑惑地看爹。她不知道爹娘间发生了什么,但几天不见母亲,她也觉出事不寻常。眼看着甘运来和爹都在掉泪,她突然抱住向喜的腿痛哭起来。施玉蝉要翻跟头和取灯的哭声同时打动了向喜,他让甘运来立刻放出施玉蝉。面色已明显憔悴的施玉蝉看见向喜不哭不闹,只用心调养自己。不几日,十三旅的操场上,人们又看见她和她的小红马的身影。骑在马上的施玉蝉使向喜知道她的走已成定局,这时他反倒对这位风尘女子生出几分敬意。他把施玉蝉叫到身边不愠不火地说:"我对你的痛恨之处,也是我对你的敬重之处。你,你就回直隶搭班吧。"

施玉蝉听见向喜要"放"她离开,双膝一软跪在向喜跟前说:"大人不杀小的小的已知恩了,没想到大人还如此宽厚容小的离去,大人对我的恩情,我来日当报。"施玉蝉对向喜说话,已不再像夫妻,完全成了一个"小人"对"大人"的口气。

向喜搀起施玉蝉说:"你还有什么要求尽管说,可有一件事我必得告诉于你——取灯的事你不可再提起。她要留在我身边,她还要念书。我不希望她再落成个只会讲'走'的人。"施玉蝉说:"这也正是我要嘱托大人的事。当初我走江湖是无奈,取灯可是向家的闺女。"

本来向喜一直担心施玉蝉会为了取灯的去留和他有一番大争执,谁知施玉蝉对这件事做了极明事理的处理,也叫向喜又对她多了几分尊敬。

施玉蝉要走了,向喜给了她足够的盘缠,还给了她足够搭班的银两。但他没有亲自去江岸送施玉蝉,也没有让取灯去送母亲。他只派了甘运来和几名护兵把施玉蝉和她的箱笼,以及那匹小红马送上了船。

奇怪的是,取灯看出母亲要离她而去,对施玉蝉也没显出更多的留恋。施玉蝉的离去,让她和向喜更加亲近了。母亲的影响在她身上一天天减少着,向家的血脉在她身上一天天浓厚起来。向喜开始想她的依托和教育。

24

三岁的取灯已经显露出好动的天性。她喜欢在床上打滚儿,喜欢往高处攀爬。她经常趁着奶妈不注意时,蹬个小板凳爬上椅子,由椅子爬上桌子,再由桌子爬上窗台,还想爬上敞开的窗扇。有一次,站在窗台上的取灯正往窗扇上爬,看见进门的向喜,就格格笑着叫爹,扒着窗扇不撒手,直吓得向喜说不出话来,生怕自己的声音吓着女儿,女儿从窗台上摔下来。他只屏住呼吸,小心翼翼挪到窗台前,然后张开两臂,猛然把女儿搂在怀里。这时受到惊吓的向喜才突然明白,这惊吓不仅仅因为女儿这好动爱攀高的"嗜好",他受了惊吓,是因为他又看见了施玉蝉的影子。也许命运就是这样捉弄人的,使他觉得对取灯的管教已是刻不容缓。施玉蝉离去时,向喜不让她带取灯走,就是怕取灯走母亲的路。"近朱者赤,近墨者黑""孟母择邻"等道理,向喜没有少想。他不停地盘算着取灯的归宿,笨花和保定同在他的权衡之中。他反复将保定和笨花,甚至把同艾和顺容做着比较。平心而论,把取灯送回笨花老家是他的第一选择,老家的人一定会善待这个孩子。但理智又使他觉得应该把取灯托付给保定的顺容,取灯要受教育。笨花不具条件,兆州最好的学府才是一所三天打鱼、两天晒网的简易师范。那么,他还是应该把她托付到保定。可这事必得经顺容同意。

　　向喜在宜昌接纳施玉蝉时,消息很快就传到笨花和保定。得到消息的同艾和顺容想必都会生出些不同程度、不同形式的愤怒。不过这次顺容决心不再受宜昌"眼线"的鼓动,去干涉向喜的事,即使在接到有着"来"字的电报,她也没有再"来"。这是顺容的"长进"。顺容的长进来自她的耳濡目染,她听说袁世凯隐退在渭河垂钓时,给太太们盖了九座院子,九座院子想必住着九个太太。这是远的。近的是她的邻居陆公馆,陆公馆里有五位太太,人们给这五位太太编了顺口溜:大的胖,二的瘦,三的穿衣不带袖,四的打牌夜不归,五的招人没个够。想想这些,顺容愤怒一阵事情也就过去了。如今,当大太太同艾和二太太顺容得知那位走钢丝的风尘女子已经离向喜而去,宜昌的事已成为历史,她们甚至对她留下的那个小闺女取灯还生出了几分恻隐之心。

　　向喜给身在保定的顺容写了一封信,命她到宜昌来"接一个人"。向喜的信语气坚决,透着"接人"的不容商量。粗识文字的顺容既已明了向喜身边又发生了什么事,便也猜出这要接的人是谁了。她不敢怠慢,日夜兼程来到宜昌,一进门就看见了她要接的那个"人"。那个只有桌子高的人竟冲着这个陌生的大脚女人格格笑着叫了一声"妈"。当然,这是向喜事先教给她的。为讨顺容欢喜也罢,按道理就该叫也罢,反正向喜教会了取灯要管来人叫"妈"。取灯很是配合向喜,她心领神会地发出了那个简单的声音。

取灯冲顺容格格笑着叫了妈,她那格格的笑,或许因了她的不自信,有明显的表演意识。可顺容并没有意识到这些,虽然她对取灯的热烈称呼一时做不出反应,她的脸上还是露出了笑容。人们看见顺容脸上露出笑容是千载难逢的,这"人们"中也包括了向喜。先前向喜问过顺容:"为什么你总是沉着脸?"顺容就说:"一个人自有一个人的模样,这也要用得着别人管?"向喜后来就不在意顺容的模样了,你的脸沉不沉的吧,反正沉也是你,不沉也是你。他想。尽管如此,现在顺容的模样突然有了一个瞬间的变化,向喜还是求之不得。本来他娶取灯的亲妈施玉蝉,已是对同艾和顺容不起了,如今顺容不记前"仇",叫来就来,脸上还漾出一丝微笑,该当是一个好的预兆吧。

接下来是笑着的顺容向取灯伸出了两条胳膊,取灯也向顺容伸出了胳膊。仿佛像积极响应着这位"生"妈的热情,她投入了她的怀抱。

向喜放下心来。

专来接人的顺容,没有在宜昌久留,就辞别向喜,携取灯回了保定。临行前向喜为取灯的事又向顺容做了细致交代。包括取灯的教育,取灯的伙食,取灯的穿戴,取灯的奶妈,取灯的出入门……以及健康时的取灯,生病时的取灯,睡下时的取灯,醒来后的取灯,热天时的取灯,冷天时的取灯……都该当如何。向喜说得絮叨,顺容听着不嫌腻烦。她知道,向喜这是要把取灯调教成一个"新式女孩"。她见过保定那些新式女孩什么样:留着齐眉穗,身穿月白上衣黑裙子,偏带皮鞋,手里提的是带木提梁的布书包。她们个个衣服清洁,脸上油红似白。不像她小时候,几个月也不洗一次头,都二十岁了,洗脸时还把领子掖在脖子里不知掏出来。

向喜絮叨一阵后,又把取灯现在的奶妈叫过来,请她把取灯一些必要的起居规范向顺容做了演习。

临别时向喜对顺容说:"说一千道一万,对孩子的教育还是第一。小学就先选琅瑚街吧,那儿离家近,课程也新。中学,我再想想,不是育德就是同仁,反正来日方长。"

对于向喜这一切一切的嘱咐,顺容只说了一句表态式的话,她对向喜说:"放心吧,你跟前的人就是我跟前的人。"说时带着保定人特有的豪爽。

最后向喜才提到取灯去保定后的开销。他说取灯的开销他会另"拨"。向喜一提给取灯另拨开销,哪知顺容的表现还真出乎向喜的预料,她说:"我是养活不起个闺女,还是怎么的?那我成什么人了?"说时更带出保定人特有的仗义。

向喜想,算了吧,二丫头,你也别过火了,我还不知道你对钱财的禀性。不过向喜什么也没说,过后还是把足够的费用按时寄给了顺容。

顺容携取灯回保定后,还真的实践着自己的诺言。她开始按照一个"新式女孩"的标准来抚养取灯,她无比挑剔地为取灯更换着保姆,她尤其受不得那些来自郊外乡村的女人,她嫌她们侍候、打扮取灯时带着村气。有一次一位保姆在给取灯洗脸时把棉袄领子掖在了脖子里,顺容就冲保姆奔过来说:"这是你们村里人洗脸的架势,给孩子洗脸不会把棉袄脱下来吗?里边又不是没有毛衣!"又有一次一个保姆给取灯梳头,往取灯的头发上不住抿水,顺容又奔了过来说:"哎,哎,你这是干什么?往头上抿水长虱子。"还有一次,有位保姆在取灯的两眉之间点了一个红点,这更激怒了顺容,就为这,她立刻辞退了那个保姆。她说那保姆把取灯打扮成了一个新城县的泥娃娃。保定北边有个新城县,新城县出泥娃娃,泥娃娃脑门儿上都点着红点。后来又经介绍,来了一位家住老城根儿还了俗的、识文断字的修女做取灯的保姆,才算留了下来。

25

民国九年(1920年)十一月二十一日,宜昌发生兵变。据岳阳《大公报》载:"夜半,驻宜昌十八师与十三混成旅部分士兵因反对王占元克扣军饷,突然哗变,变兵抢劫财产后房屋则被火焚一空,如二架牌坊自大十字街起至礼泰药房止,二面房屋焚去二百多家;鼓楼街焚去天宝银楼等;北门焚去当铺、商店数家;白衣庵街焚去萧鼎新布号等数十余户;东岳庙街焚去五十余家;南门外正街焚去凤祥银楼等数家;一马路焚去慎泰食品店、成章洋货匹头店、利昌罐头店、新凤祥银楼、日商武林洋行、大阪堆栈、德商马金洋行等。损失最重者为城内城外绸缎店、京货店等,皆如水洗。是夜,变兵抢占电报局,不准市民向外拍报通话。"

另据官方统计,此次兵变所受损失,宜昌地方财产六百二十五点三万串。外商受灾的有四十家,其中日本十九家,美国八家,英国七家,俄国和意大利各两家,法国和希腊各一家。总计损失两千万元。

继宜昌兵变后,次年六月,陆军十八师、第八师、第二师的部分士兵在武昌、沙市等地再次哗变,该地损失更甚,银行、官钱局、造币厂亦被焚。

几次兵变因有碍外商和外国侨民利益,停泊于长江下游的英国炮舰"格那脱""格列格"号奉命西上抵宜昌。美国炮舰"孟活开"号和日本军舰亦先后抵宜昌。驻华法国公使和日使均向北京外交部提出交涉。

北京政府迫于压力,在处理此次事件时格外谨慎,急令鄂督王占元严惩祸兵。之后数名主官被免职,十四名营以下军官被处决。向中和的第十三混成旅被取消番号。不久,王占元本人也因"督军不利"被免职。王占元被免职之前,幻想挽回局面,要对北京政府做出姿态,决定处决所有参与兵变的士兵。名义上他给一千二百余名变兵发足两个月饷银,声称将其遣回原籍,暗地却密令第四旅旅长刘佐龙在湖北孝感车站设下埋伏。待押运变兵的火车停孝感时,将手无寸铁的变兵全部枪杀。

王占元为使此计执行得彻底、无误,还特意遣派知己赴孝感监督。这时他想到的是向中和。

正为兵变事受着牵连的向中和被招至都督府。他知道这次见王占元定与兵变有关,也已做好受罚准备,却万没想到这次被召见的"使命"之特殊。王占元也没有想到,当他在都督府推心置腹地将任务交代给向中和之后,向中和竟驳回了他的命令。向中和坦诚地对王占元说:"王大人,我跟你征战多年,深知大人的性格,大人也深知我的性格。当年我在笨花老家被征入伍,在回答王士珍大人的问话时,就说过我崇尚的是孟子的中和之道。当时我为自己取名向中和便有这层意思。现时湖北兵变祸及大人,我的十三混成旅也因少数人打劫滋事,受到政府的裁撤。在上我对不住政府和王大人,在下我也对不住手下的弟兄,是我没带好他们。可,王大人遣刘佐龙去孝感向弟兄们动手,我于心不忍。大人再让我赴孝感督阵,我就更难成行,万望大人海涵。大人若能以慈悲为重,能饶过这些弟兄,让他们还家为民,这是大人积下的大恩大德;若大人执意要解决他们,请另定他人督阵吧。"

身处逆境的王占元正心绪烦乱,听了向喜这番话,自然更添几分不悦。但他还是压住了心头的怒火对他这位老同事说:"谦益呀,自打我们早年在保定相识,我就看出你是个仁义之士。你打龟山、下荆州,我又看出了你的用兵之才。这也就是我把你留在身边多年的原因。当然了,也就耽误了你仕途的升迁。从保定武备学堂起到现在快二十年了,你才是个少将旅长,我亏待了你啊。但是这次事件非同一般,对我的打击也非同往常。北京政府和湘鄂两省的乡绅决不会轻易放过我。所以我想,假如我设下的这个……举动能有助于对宜昌兵变所造成的后果的平息,我还是不准备改变我的计划。谦益,你要是不帮我,我也决不勉强你。我尊重你的为人处世。再说,看现在局势的发展,也许你我分手的日子已经不远了。你没看见湖南人正抛出一个驱王援鄂的计划,其目的不就是为了赶走我么。看来你我还是好离好散为对。"

向喜说:"王大人对我的过奖我实在不敢当。像我一个笨花人,能有今天,也全靠了王大人的栽培。我没把兵带好,那是我的才疏智浅。至于大人所说的后果,那是我不愿看见的。我想北京政府在处理此事时不会那么不管不顾吧。"

王占元说:"说到政府,现时这一阵子,无非是他徐世昌[①]在那里支应,他是顶不住各路诸侯的压力的。我处理完宜、武兵变事,恐怕你也要给我送行了。唉,孝感你不去也罢,还是洁身自好为对。"

向喜没有去监督孝感车站对变兵的"处理",但事后目击者还是把详细情景给向喜做了介绍。那介绍让向喜一阵阵毛骨悚然。他想,这哪里叫"处理",应该叫杀戮。向喜见过"杀戮"这两个字,当时他并不认识杀戮的"戮",还查了字典,字典的解释是:戮,杀也。他想,杀和戮连在一起,不就是杀、杀吗!这杀戮不同于作战,作战是敌对双方互相开枪,大家手中都有武器;而这杀戮是一方枪口对着另一方赤手空拳的兄弟。昨天大家还一起领饷,一起并肩在战壕里作战,今天被闷在火车里的兄弟就成了肉泥烂酱。一个有血有肉的男儿又当怎样去面对那些兄弟的在天之灵呢。

---

① 徐世昌(1855—1939):老北洋系。曾任北京政府国务卿、总统等职。

一九二一年六月九日的《申报》也报道了这次的处决变兵事件：王占元假意让宜昌、武昌哗变的一千二百余名士兵回籍，每人发给两个月薪饷，并允许自由携带抢来物品，于是日下午备专车三十节护送。同时王占元又密电中央第四旅旅长刘佐龙中途将其全部枪杀。运送变兵的火车北上，至湖北孝感站时突然停车，晚九时，早已埋伏在车站的第四旅即开枪扫射，至次日十时止。除在混乱中有数十人逃脱外，其余均惨遭杀害。京汉铁路因之一度堵塞，至晚方恢复原状。这位撰文的记者最后也深有感慨地说："此乃杀戮也！"

一场杀戮过后，王占元并没有保住他在湘鄂的地位，在朝野一致的紧逼之下，八月五日王占元不得不先做出姿态：急电北京政府请求辞职，并密令将家中所有现款、财物一律运至天津，计有银钱箱一百六十口，衣物箱八十口，行李百余件。还令工厂赶制大木箱百余口，装载各类古董、字画。八月九日，大总统徐世昌令，免去王占元两湖巡阅使、湖北督军本、兼各职，任吴佩孚①为两湖巡阅使，肖耀南为湖北督军，孙传芳为长江上游总司令。

八月十一日，王占元在督署向武汉各军警长官告别，在文昌门码头，他看个机会把向喜单独拉到一边说："谦益呀，我有些对不住你，万没想到我们分别会这么快。对你的今后，我也没来得及做安排。昨天晚上我只见到了馨远，专门谈了你的事，你就找他吧。一个新组建的长江上游司令衙门，是不会缺你一个位置的。对，我太太还说，行前不能见到同艾和二丫头，也请代她向二位太太致意。人家这些娘儿们场的交情也不能忽视。"

向喜说："谢谢王大人的好意，我的事我正用心权衡，大不了笨花老家还有我的两间房子住。太太对同艾和二丫头的问候，我一

---

① 吴佩孚(1874—1939)：字子玉，直系。曾任两湖巡阅使、直军总司令、十四省联军司令等职。

定代转。"

王占元在文昌门码头同汉口军政各界告别后,和家人登楚振舰沿江而下,经浦口赴天津。向喜和孙传芳都站在文昌门码头前为王占元送行。

送走王占元,孙传芳拉住向喜的手说:"王大人处事聪明一世糊涂一时。没有孝感的事,再闹也不至于闹到这地步。也不知哪个混账王八蛋替王大人出的这个馊主意。"

向喜说:"你知道咱中国人说一意孤行是什么意思吗?孤行无非是形容人处事既不合民意也不合天意,连朋友的劝告也不听了。你想,一条京汉铁路让自己弟兄的血肉给堵住,世间还有比这更惨烈的吗?"

孙传芳说:"事情也过去了,人该死的也死了,该走的也走了,还是说说你的事吧。你有什么打算,我想对我是不会见外的吧?长江上游是个没边没沿的地方,有我一口饭吃就有你一口饭吃,他北京政府也得听咱们的。"

向喜说:"馨远老弟,我现在一心想休息休息。我想先回保定,然后我也许去笨花,笨花的新房子我还没正经住过哪。"

孙传芳说:"我知道你是不愿被人勉强的,先回保定看看也好,什么时候想回来,说一声就是了。你我不久肯定还会见面。"

一九二一年八月十一日,孙传芳和向喜分别于汉口文昌门码头。

一年之后,果然如孙传芳所预言,向喜和孙传芳又在保定相会了。这年冬天,曹锟在保定做六十一大寿,孙传芳专程从宜昌来保定祝贺。曹锟这次的做寿惊天动地,直系的各路诸侯除吴佩孚故意不到外,其余全赶赴保定,连奉系少帅张学良也专程从沈阳赶来贺寿。北京的来宾更是数以千计,仅十二月八日这天,北京开赴保定的祝寿专列就有四列之多。曹锟还请来梅兰芳、余叔岩、程砚秋等名伶在光园为其助兴。原来宾客如此热心于曹锟的六十一大寿,皆因为曹锟正在为自己贿选总统而呼号。曹锟在北京甘石桥专设俱乐部,为其奔走拉票广散银两。又特别设计了祝寿这个举动。

向喜自汉口与孙传芳分手后,便赴保定准备闲居。时曹锟的总督府正在成立咨议局,曹锟得知向喜正闲居保定,便遣人到双彩五道庙街邀来向喜,请他出任咨议官。向喜盛情难却,答应下来。咨议官其实是在总督衙门领着薪水的闲职,但曹锟并没有让向喜闲下来。他正热心在保定大兴土木,开通了连接总督府的新开路,将原直隶按察使司狱署改建为宾馆。因曹锟崇敬明代民族英雄戚继光,特将这宾馆命名为光园。现在他还准备把沿府河六百亩的闲置土地修建成公园,主持修建公园的差事就交给了向喜。曹锟对向喜说:"知道我为什么单选中你为我主持公园的工程吗?因为你久居南方,熟知南方的园林建筑。在北方建园林,不吸取南方的特点,定是乏味之作。咱要借助府河这一河清水,把公园建成个赛苏杭。"

向喜说:"苏杭我还不曾去过,我只见过汉口的东湖。"

曹锟说:"东湖就东湖,比紫禁城里的御花园强就行。我就看不上紫禁城里的御花园,小鼻子小眼,土巴呛呛的。东一小堆石头,西一小座亭子。"

向喜全身心投入了修建公园的事,他对此颇有兴趣。他想,这又是一种"活儿"。这活儿要干,他还打算干出个样儿来。他凭着对南方大小园林的见识,开始了对府河边这六百亩土地的谋划。他仿照南方园林的布局,在园中广堆太湖石,在堆起的石头下尽开洞天。在近水之处又广建亭台,种植牡丹、芍药。这年直隶省刚遭遇旱灾,当地百姓听说保定建公园用人,纷纷前来报名,向喜对报名者也大为慷慨,来人便收,干多干少每天照样发工钱,并不时多发几个铜子,以款待工人。为此曹锟倒落下了好名声,工人们说,这都是曹锟的大慈大悲。

孙传芳在光园同向喜见面。这天他身着戎装,而缺少军职的向喜只穿了长袍马褂。他们参加完曹锟的祝寿仪式后,孙传芳对向喜说,咱俩不吃曹大人的宴席了,咱还去马号吃白运章的包子吧。离开保定这些年,我还不时想起白运章的包子。向喜也说,他回到保定这一年多,也没机会去趟白运章。说着二人就出了光园。孙传芳只带了两名护兵,他们沿新开路向东,只二百步便来到白运章包子铺。包子铺老板一眼就认出了这两位老顾客,赶紧把孙、向二人引进一个雅间,又亲手为他们上了几个下酒菜,就退了下去。

孙传芳先问了向喜在保定的生活起居,又问了二丫头的近况。问了文麒、文麟,还特意问了向喜的小女取灯。向喜说,取灯四岁了,十分招人疼爱。现在他自己委身保定,除了和太湖石打交道,就是和他的小女取灯在一起了,她给了他极大的乐趣。

两人自然要谈及当前的南北局势,谈及曹锟贿选的前途。孙传芳说:"喜哥,你身在近畿,又在曹大人都督府,自然比我这个身处长江上游的散淡之人明白。你认为曹大人能成功吗?"

向喜说:"恕我直言,曹大人能成功。即使贿选再不光彩,但甘石桥俱乐部也会为他孤注一掷,就像段大人的安福俱乐部一样,都是使出了浑身解数的。再者,现在据我所知,甘石桥俱乐部已发出选票五百多张,每一张选票附带大洋五千元,听说还有一种一万元以上的选票。你想,议员们对这一堆白花花的银元还是挺在意的。"

孙传芳说:"我这次来保定,权衡再三,吴佩孚吴大人就在电话里劝我要谨慎行事,而且毫不客气地说,'我不去给曹大帅捧场,我只派了肖耀南。仲珊闹得举动太大,有安福俱乐部的前车之鉴,他还要紧步后尘,闹出个甘石桥俱乐部来。首先,中国人就腻歪俱乐部这种称呼;再者,贿选这种事,总不是件光明磊落的举动。选举成功是咱直系的缘分,可真要有个闪失,我们都得吃不了兜着走'。这就是吴大人的看法。"

向喜说:"可各路诸侯也是看人下菜碟,今天单只光园接待的来宾就有上千口人,还不算住在大小旅馆里的散客。我也总觉着曹大人如此树大招风地闹下去,祸福真是难以预料。刚才我说曹大人会成功,即使成功了,就好看吗?能维持吗?"

孙传芳说:"人在这个时候劝是劝不住的。不过我们就这样想吧,曹大人要是成功了对我们自然也不是一件坏事。曹大人怎么也是咱直系的一棵大树,莫非你我还能怕这棵大树越长越大?将来曹大人要是真能在朝中主事,主一天是一天。眼下我们还是想想自己的事吧。现时洛阳的吴大人其实比保定的曹大人眼光更远大,不久我那个长江上游的差事兴许会变化的。"

向喜有些诧异地问:"你是说……"

孙传芳说:"你想,吴光新下野后,从中原到湘鄂大局已定。王占元王大人的事虽然闹得举国上下沸沸扬扬,可你把它放到整个中国的整个局势里来看,也不过是件区区小事,它无碍大局。王占元带着他的金银财宝一走,很快就会被国人忘记,此事不会伤我直系筋骨。如此说来,胜算者还是咱们,咱们可不能闲呆着啊。现在我守着长江上游看三峡风景,你在保定给曹大人修公园,差事都差不多。你注意过东南没有?东南首先是福建的局势,自从陈炯明①在福建背叛孙中山,不少人插手福建都不成功。吴大人派王德胜去'援闽',又被福建的王永泉赶了出来。我看福建的事迟早还得要我们去支援、平息。不瞒你说,我已经观察到吴大人和曹大人为此有过磋商。谦益兄啊,假如有朝一日派我去督闽,你愿不愿意和

① 陈炯明(1878—1933):老同盟会员,曾为粤军总司令,后叛变孙中山。

我前去？你的公园，你的取灯，该放下的时候还得放下。"

孙传芳的一番话，向喜不是毫无准备，福建的局势他也不是一无所知。可他并不打算立刻就向孙传芳表态，现在他要品尝一下白运章的包子。伙计上了包子，热气腾腾。他夹起一个包子在醋碟里蘸蘸，吃着说："馨远啊，你说的事太巨大无边，我从湖北回来后就愿意思索一些身边琐事。咱们几年不吃白运章了？今天我一吃就知道不对味儿。为什么？这是陈麦子磨的面，面哈喇，没劲儿。可你要问掌柜的这是什么面？他准告诉你这还是'双鱼'精面。你再咬咬、尝尝，你信不信？"

孙传芳放下筷子也不去夹包子，只观察着向喜说："喜哥，你是越活越老练呀，还有点……狡猾。我跟你谈福建，你就跟我谈什么双鱼面。看来也许现在谈福建还不是时候。可我对你说的话你不能当耳旁风听。到时候，兄弟真要为此事远行，你可不许推辞。你以为我这次来保定就是拜寿看戏呀，若不是老兄在保定，我肯定还会在宜昌看我的三峡风景。"

向喜听出孙传芳的话并非闲话，他也已经猜测到直系插手东南的动向。但他对军旅生涯确实已感疲倦，况且此等事也无法在饭桌上做出决定。他便继续对孙传芳谈他的太湖石和双鱼面。他又夹起一个包子在醋碟里蘸蘸说："我用两车皮太湖石给曹大人堆了一座山，山下还有洞，曲径通幽。我还给这洞取了一个文雅的名字叫做'别有洞天'。那天曹大人从别有洞天穿过，说这不就是江南吗？高兴得什么似的。我正准备再调几车皮太湖石，再给曹大人堆几座山。"

孙传芳到底也夹起包子蘸蘸醋，冷笑着说："喜哥，恕我直言，我不喜欢你的'别有洞天'，先前你也不是这种性格，没想到当兵当得使你我都变得越来越口是心非了。你要说舍不得你的取灯我信，你要说舍不得你的太湖石，就让我难以置信了。今天我让你一步,不再谈东南的事了,咱俩吃完包子去双彩五道庙看取灯吧,我还记得在宜昌给她过满月那样儿哪。哎,孩子跟着二丫头还习惯吧?"

向喜说:"要说二丫头对取灯可是一百一。哎,见了取灯可别提她生母的事。"

孙传芳说:"这个我明白。说起取灯的生母,那个施姑娘有消息没有?怎么说走就走?当时我正在岳阳,也没再见施姑娘一面。"

向喜说:"施姑娘没有准消息,只听说在老家吴桥又搭了一个班儿,自任老板,还听说净在哈尔滨、俄国那边演出。"

孙传芳说:"唉,江湖上的人真是脾气难摸。"

他们没有再就施玉蝉的事讲下去。

向喜和孙传芳在白运章包子铺吃完包子已是下午,在天华市场前,他们又叫了两辆洋车,沿新开路西行。保定本来就是个交通无序的城市,这天又适逢曹大人祝寿,总督府门前更是车水马龙。孙传芳和向喜的洋车在青石子路上颠簸着,绕着涌动的人流西去,过了总督府,过了光园,拐进光华路向北,再经过保定著名的槐茂酱菜园,前边有条东西小街便是双彩五道庙街。这是一条只有几百米长的小街,街上东半段是绱鞋铺和豆浆坊,鞋铺挂着"反正绱鞋"的幌子。西半段是清一色的青砖门楼。这并不是保定府达官显贵的居住区,但作为住家倒也安静。向喜的院子坐南朝北,在这条小街的尽头。孙传芳和向喜的洋车在门前停住,两辆护兵的洋车也随后停下。几个护兵从车上跳下,立时把住了院门。街上行人停住脚步观看,他们已猜出来人的身份了。

孙传芳对这个小院并不陌生,院里的两棵丁香树还是他和向喜一起种下的。他走到丁香树前,看着落尽叶子的干树枝说:"那一年光知道帮你种树,也不知开什么花,紫的还是白的?"

向喜跟过来说:"你说巧不巧,一棵白的一棵紫的,春天一开花,满院子香。"

孙传芳说:"那是你的院子太小了吧。"整日饱览长江和三峡气势的孙传芳,确实觉得眼前这个两进的小院小得可怜,便想到向喜在保定的生活并非如愿。

孙传芳和向喜在院中看丁香树,一个小姑娘从后院跑出来,看看客人又转身向后院跑去,边跑边喊着"妈妈,妈妈,有客人来了"。这便是取灯。她回到后院去叫妈,又和二丫头手拉手从后院出来。她端详着站在眼前的孙传芳,孙传芳也仔细端详着取灯。取灯端详一阵孙传芳还是扑在了向喜怀里,向喜弯腰拉过取灯说:"快叫叔叔,这位叔叔和别的叔叔可是不一样。"取灯使劲打量着孙传芳说:"怎么不一样,他是个大官吧?"向喜说:"不光是个大官,你小时候他还抱过你哪。"取灯有些不相信地继续看孙传芳,孙传芳早就上前一步把她抱起来。二丫头这才插上话说:"看孙叔叔威风凛凛的,把俺取灯吓着了一样。"孙传芳说:"看喜嫂说的,也不看谁家的孩子,莫非还怕当兵的?"

孙传芳抱着取灯往后院走,向喜和二丫头跟在后边。

26

孙传芳离开保定后,不久真去了福建,继而又从福建进入沪杭地带。向喜也终于应邀扔下他的取灯和太湖石,随孙传芳前往。当孙传芳统领起东南五省时,向喜是为孙传芳镇守东南门户吴淞口要塞的主官,称吴淞口要塞司令,授中将衔。

取灯在保定过着安生而富足的日子,她按照父亲的吩咐先在琅珊街读完小学,后来考的是地处保定南关的同仁中学。同仁是美国人开办的教会学校,课程设置、师资力量都处于领先地位。校规校风又竭力适应着中华民族的民风民情,单看它的校歌也可窥见一斑。同仁的校歌本是由尧舜时代的《卿云歌》改编而来,歌中唱道:"天覆地载,日月照临,春风化雨,一视同仁……"而它的盾形校徽和蓝白相间的校旗,在保定更是独树一帜。校方对校徽的解释是:盾象征着自卫,加之内中的同仁中学四字,便是同仁抵御着旧势力,去创造新的事业。而校旗的蓝白则象征着大海和纯净。

同仁古朴而有活力的校风,务实而又先进的课程设置,一时间在华北一带名声大噪。尤其它那主张德、智、体、美全面发展的生动活泼的教学理念,更是受到在校学生的欢迎。学校为使学生把课本知识应用到实践中去,特开设工厂车间,成立专门小组,出资购置各种机器、器械,甚至连电影放映机这种罕见的物件也不惜血本购进几台。学生们节假日可骑着校方的自行车,带上放映机,分小组到农村为农民义务放电影。而男生们还可以自愿报名去参加一些修桥补路的义务劳动。

同仁的生活激荡着取灯的心,她按照向喜的设计,顺容的关照,学校的教育,自然而然地变成了一位保定的"新式女孩"。为了活动方便,她还给父亲写信,要求买了一辆自行车。每逢星期天,她和放映小组便骑车奔波于乡间的小路上。

开始顺容不主张取灯骑自行车,她说她看不惯一个女孩子骗着腿上下车的样子,这就不如坐洋车的女子看起来文雅。取灯说,我又不能坐着洋车去乡下放电影。再说,骑自行车也是运动,坐洋车像小姐。顺容说,你就是小姐,你妈我没当过小姐,我闺女就得当小姐。为买自行车,取灯说服不了顺容,才给向喜写了信。向喜很快回信同意了取灯的请求,顺容才勉强也同意下来。

向喜支持取灯买自行车,却不支持她去放电影。去乡下放电影,又使他想到了那些走村串庙"撂地"的流浪艺人,他愿意让取灯远离这些。为此他给取灯写信说,他倒觉得同仁那个学医护的小组更适合她。向喜还提到,在老家笨花,她还有一位行医的大哥,大哥在笨花受着乡人的尊敬。后来取灯听了向喜的建议,参加了同仁的医护小组。因为在骑车放电影的日子里,她曾亲眼看到乡村有不少患着病却不得治疗的乡民。

取灯在保定和顺容相处得融洽,和两位哥哥文麒和文麟也相处得融洽。取灯念初中时,文麒和文麟已是西关育德中学的高年级学生。文麒酷爱文艺,他正迷恋着京剧里的余派老生,有兴致时甚至还以票友的身份登台献艺。电影更是他迷恋的艺术形式之一,有位保定籍名叫王元龙的知名影星,家住保定小金线胡同,这年全国各地正在上演着他主演的电影《美人计》。文麒和王元龙认识,一次王元龙回保定探亲时,文麒就领取灯去拜访王元龙。王元龙不仅以礼相待为取灯在本子上签名留念,还专门陪他们兄妹到东大街电影院看了电影《美人计》。王元龙在电影院的突然出现,自然引起一场波动,场内电灯突然大亮,把所有光亮都照射到王元龙身上,灯光也照亮了文麒和取灯。这让取灯有些不知所措,她东躲西藏才总算藏在了人后。但这件事却叫她终生难忘,这使她了解到,世上原来还有这样风光的职业。不过王元龙的风光并没有带给取灯真正的艳羡,她不喜欢这种在灯光照射下的风头。有一次她给父亲写信讲了这件事,向喜读过信后松了一口气,心里说谢天谢地,幸亏你不稀罕灯光这物件。电影院里的灯,杂技棚里的灯,不都是灯么。他还暗自欣喜他对取灯的设计和教育收到了效果,取灯已不再是喜欢蹬梯爬高的那个小闺女了。

文麟不似文麒那么"活泛",在学校他迷恋英文和历史,课外迷恋的是西洋音乐。他有一架自动换盘的留声机,他还积攒了成套的唱片。取灯不断从他那里听到一些外国音乐家的名字,文麟告诉取灯,贝多芬的第三交响乐叫《英雄》,第五交响乐叫《命运》。俄国强力集团的首领叫莫索尔斯基。而圣桑的《天鹅之死》并不是柴科夫斯基的《天鹅湖》。文麟少言寡语，喜欢一个人思想，还喜欢一个人到街上吃零食。有时他会背着顺容，带取灯一块儿到街上找零食吃。一块麦芽糖，一把铁蚕豆，一串红果夹着橘子瓣的糖葫芦。文麟吃，取灯也吃。直到文麒文麟都赴北京考入大学之后，取灯还留恋着她和两位哥哥在一起的日子。

眼见着取灯的成长，顺容有时候会显得不知所措。少了对奶妈和保姆的训斥，她仿佛对取灯的一切就无法下手了。她对取灯的衣着设计也一次次遭到取灯的反对。那次她知道取灯要跟文麒去见王元龙，便格外兴奋，因为她本人也正倾慕着这位保定籍的电影明星。她自作主张到天华市场的万里鞋店给取灯买了一双猩红的漆皮鞋，气得取灯差点跟她翻了脸。平时她自作主张在取灯房中摆下的绢花蜡果，让取灯都送回了顺容房里。顺容见取灯听唱片，就也给取灯买了两张"戏盘"，一张是评戏《小老妈开嗙》，一张是滑稽表演《洋人大笑》。取灯把它们永远压在了一个什么地方。当顺容又张罗着给取灯买什么东西时，取灯就对她说："妈，这买东西的事往后您就别操心了，我又不是三岁的孩子了。"顺容知道自己的兴趣和取灯不对路，可还是忍不住跃跃欲试地要给取灯添置物件。顺容对取灯是真心，越是真心，取灯和她之间就更容易陷入尴尬。

取灯十五岁了。

这年甘运来路过保定，他奉向大人之命看望过顺容和取灯后，声称还要回笨花。取灯暗自动了心，跟顺容商量说，妈，我也想去一趟笨花。

顺容思忖片刻，没有立时回答取灯。平心而论，她是不愿意取灯去笨花的，她愿意取灯和她一样，也对那个黄土小村采取一种视而不见的虚无态度。顺容对笨花一向就是采取视而不见态度的。取灯见顺容不置可否，也没有立逼着顺容表态。甘运来却不时背着顺容向取灯灌输笨花的事。他说,单说笨花的天吧,他从南到北从来就没见过像笨花那么蓝的天。取灯说,清苑的天也挺蓝,取灯放电影时去过保定南边的清苑县。甘运来说,不行,离保定太近。离城市近的乡村,烟尘就多。还有,你知道恁家的大门朝哪儿开?甘运来说大门时竭力强调着"恁家"。"恁家"使取灯的心怦怦跳起来。她好像这才意识到笨花也是她的家。甘运来这么认为,她也应该这么认为。也许就为了"蓝天"和"恁家",取灯主意已定。她不再等待顺容的应允,便收拾起行装来。顺容看取灯整理行装,知道想挡也挡不住她回笨花了。又寻思,自己和女儿终归不同。再说取灯要是请示老头子呢,老头子肯定不会反对。这就不如表现出些开明吧。她对取灯说,想跟甘叔叔去看看就去吧,等甘叔叔回吴淞口时再把你带回来。顺容想,一个在大城市长大的新式女孩,莫非还真能受一个黄土小村的吸引?老头子思念笨花,是土生土长;取灯可不是土生土长。不出三天,最多七天,她就得想回保定。想到这儿,她又细心地问甘运来:"甘副官,你哪天回吴淞口?"甘运来说:"向大人只给了我十天假,这说话已经过了三天。"

顺容放心了。

第二天,顺容从街上叫了两辆洋车,甘运来带着取灯的行李乘一辆在前,她送取灯去车站,两人同坐一辆在后,穿过保定西大街的碎石马路直奔西关车站而去。

取灯要回笨花了。

第 四 章

27

群山赶车到元氏车站来接取灯,事先甘运来已经从保定给向家发了电报。

向家的细车一路摇晃着走在由元氏去笨花的土路上。这条土路比笨花去县城的大道沟平坦,但狭窄。正值夏末秋初,大庄稼吐穗,棉花放铃的季节,高粱和玉米都没过了细车,细车像走在一条幽深的胡同里。取灯没见过真细车,只在描写乡村的电影里见过。现在坐在细车上,感觉就像演电影。她不喜欢这种装腔作势的样子。加上细车的车窗窄小,门帘又严实,不一会儿她就憋闷难忍了。她在车里对坐在车前盘儿上的甘运来说:"甘叔叔,我不坐车了,我想下车走。"

甘运来说:"那可不行,元氏离笨花还有三十里地,远着哩。坐着车觉不出,一走就知道了。"

取灯说:"我愿意走。"说着伸手撩起细车的门帘弓起身子就往车外迈。她把门帘放到身后想往车下跳,但车前盘儿上,右边坐着甘运来,左边坐着群山,挡着她不能跳,她便跪在二人中间让群山停车。

群山无奈,扭着身子问甘运来,甘运来踌躇一阵对群山说:"就停一下吧,叫孩子下来走两步也行,走累了再上去。"

群山按照甘运来的吩咐,在道沟里停住车,他先跳下来,给取灯闪出地方,取灯跟着也跳了下来。甘运来看取灯真跳了下去,也从另一边跳下来,跟取灯一块儿走。

走上土路的取灯第一次觉出乡村原野原来是这样的。尽管那时她在保定郊外也骑自行车去过乡村,但也许因为那些乡村离保定太近了,也许因为她只想着放电影的事,她没有注意过四周,保定附近的乡村确实没有给她留下什么印象。现在,当她脚踏兆州的黄土,置身于这湛绿的大庄稼当中,才有了一点对乡村实实在在的认识。大庄稼肥厚的叶子扫着她裸露的胳膊,扫着她的脸;扬花的玉米缨子、高粱穗扬下的花粉播撒在她的脸上,她呼吸着满带野性的空气,想到许多书本中的一个形容词:陶醉。原来人真有陶醉的时候。被乡村的原野陶醉着的取灯又眯起眼睛看天,天也真的不同于她在保定郊外看到的天。她这才明白甘运来为什么跟她夸耀家乡的天空了。

甘运来见取灯一边走路一边仰头看天,就对她说:"取灯,我没骗你吧,你说这天蓝不蓝?你快说。"他立逼着取灯表态。

取灯说:"蓝,蓝得我都没法形容了。"她说着没法形容,还是想起一个形容词,便对甘运来说:"甘叔叔,你听说过'一尘不染'吗?"

甘运来说:"看你说的,我虽是笨花人,笨花人说话土,可一尘不染我知道,就是天上连个土星也没有呗。"

紧跟在后面的群山一边拿鞭子轰着牲口,一边说:"天上没有尘土,地上可有,你看把鞋'蹚'的。"群山看见取灯下车没走多远,黑皮鞋上就蹚了一层细土面儿。

甘运来说:"脚下踩着黄土才显出天更蓝。汉口的天为什么不蓝,就因为脚下的马路是黑的。黑漆漆的路就是显不出天蓝。"

取灯觉得甘运来讲得有道理,说:"甘叔叔这也是一种对比吧,不过天这么蓝主要还是大气层纯净的原因。"

三个人议论一阵蓝天和黄土,取灯又受了路边野花的吸引,她东一朵西一朵地揪野花,不一会儿揪了一大把。她问甘运来那野花们叫什么名,甘运来就分门别类地告诉她。然后他单指着一种豌豆大的小黄花说,这种花可不能要。取灯问他为什么,他说,猫猫眼,拿到家里打了碗。说着从取灯手里把猫猫眼都择出来。取灯问,真有人拿着它打过碗?甘运来煞有介事地说,有的是。取灯又举出一簇藕荷色的小喇叭花问甘运来,这花叫什么名?甘运来说,这花可不一般,全中国就咱笨花这一带有,叫黑老鸹喝喜酒。你揪一朵放在嘴里吸吸,还真有酒味。

取灯揪下一朵放在嘴里吸,一股甜丝丝的酒味真的喷了出来。她也不说话,只觉得神秘、刺激,便一朵朵吸起来没完。

甘运来说,向大人就喜欢这种花,打仗的时候走到哪儿找到哪儿,可就是找不到。有一回我们在河南信阳,向大人在战壕边上找到一种花和黑老鸹喝喜酒差不多,可放在嘴里一吸,又苦又涩,不大一会儿嘴唇还肿了。

取灯听着甘运来讲黑老鸹喝喜酒,越发觉出这花的神秘,越发吸起来没完,她问甘运来,这"酒"喝多了能不能醉。

甘运来故意夸张着说:"没个不能。是酒就能醉人。"

取灯说:"这又不是真酒。"

甘运来说:"保险比真酒还真,真就真在它是天然。"

取灯正在对甘运来的话半信半疑,群山又赶过来给她举出了新鲜。他把一簇又黑又紫、豌豆大的小果实举到取灯眼前说:"你尝尝这个,保险比黑老鸹喝喜酒还好。"说完惟恐取灯不信,自己先揪下几粒放进嘴里。

取灯接过群山的小果实,也迫不及待地学着群山揪下几粒放进嘴里尝,她觉得像葡萄,又像樱桃,可比葡萄和樱桃的味儿都野。她吃着问甘运来这东西叫什么,甘运来告诉她说,这东西叫茇茇果,吃多了能把嘴唇染黑。

取灯让甘运来看她的嘴唇黑不黑,甘运来说,就快黑了,劝她不要再吃了,不然回到家中,让老人们一看准说,这闺女哪儿都好看,就是嘴唇有点黑。

取灯假装害怕地问甘运来,那嘴唇要是黑了还能不能变回来?

甘运来说,可就再也变不回来了。

取灯知道甘运来是在吓唬她,她想,按照化学变化的原理,任何染色染上皮肤迟早都会褪去。所以取灯也跟甘运来开着玩笑说,那就永远黑着吧。她格格笑着,还是忍不住用手背使劲擦起嘴唇,手背也染上了黑。笑声从大庄稼地里升起来,传得很远。

一路上甘运来还给取灯讲了这条路的许多故事,说向大人从军就是沿着这条路走出笨花的。那时他是从东向西走,现在他们是从西向东走,后来向大人每次回笨花也是走这条路。但是甘运来没有讲向大人以前做生意赶石桥集走的也是这条路,他觉得那情景已和向大人现在的身份很不相称。他不愿意取灯知道向大人的过去。他们走过石人石马时,甘运来更没有讲向大人在这里遇到鬼的事。

笨花到了。

甘运来站在向家门前,指指大门对取灯说:"看,这就是恁家。"

向家人听见群山吆喝牲口,知道是取灯到家了,一家人都迎了出来。大家把取灯簇拥着进了院。全家人进了东院还没来得及说话,只见同艾先快步走上廊子进屋去了。家人正在纳闷,同艾又从屋里出来了。她手里举着一把摔打衣服用的布摔子,来到取灯跟前。原来同艾站在门口一眼就看出取灯浑身上下都蒙着浮土。她要给她摔打一下衣服。她一手捏起取灯的袖子和大襟,拿布摔子为她掸土,掸完了上衣又掸她的黑裙子。还边掸边埋怨甘运来:"你领着孩子回家,怎么就没个机灵劲儿,怎么不让孩子坐车?"同艾一看就知道取灯是走路回家的。

甘运来正无言对答,取灯却接上话说:"娘,是我愿意走路的。"

同艾为取灯摔打衣服,取灯的叫"娘",立刻把这两位初次见面的母女拉近了许多。若不了解其中关系的人看见这情景,会认为这家的闺女是走了一趟亲戚,还是赶了一趟集?

来笨花之前,取灯对同艾的称呼也曾有过设计,在保定她管顺容叫妈,当她得知老家人管母亲叫娘时,便也决定管同艾叫娘了。只是她对自己能不能叫出口,始终是拿不准的,特别是这第一声,万一她要叫不出口可怎么办呢,"娘"这个字对她来说毕竟是很遥远的。但是现在,也许是同艾的行动激励了她,也许是刚才那一路她受了家乡和家乡人的感染,当同艾一举起摔子埋怨甘运来时,不知怎么她就脱口而出地叫了娘,而且她叫得是如此自然。

全家人都听见取灯叫了娘,听见她叫得那么自然,这使得站在后边的秀芝红了眼圈儿。取灯的一声"娘"也让向文成放下心来,大半天来他一直不知道这母女的初次相会,会有什么故事出现。

取灯的一声"娘",最高兴的还是同艾。同艾对和取灯的初次见面,也有过各种猜想:一个生在宜昌,长在保定的洋闺女,乍走进笨花这个黄土窝,遇见这一家子"生"人,很难说是个什么局面。但同艾是决心要把这闺女接纳进向家的。为了迎接取灯,今天她先把自己好好梳洗打扮一番,她决心不给向家露怯,也不能让老二顺容那么容易就占了这么多年风头。半天来她坐不安立不稳的,不时在院里听听,又走出街门看看,一阵阵的心慌意乱。秀芝见婆婆今天的异常表现,就偷着对向文成说:"你看咱娘,为闺女回来是多么上心。"向文成笑着说:"这就是咱娘。再者,一个没见过面的闺女进门,怎么也是咱向家的大事。"

同艾把取灯的衣服摔打干净,全家人才有机会欣赏这位向家的闺女了。他们都觉得,这位衣着虽不同于笨花的闺女,怎么就那么像向家的人。他们有的人看取灯又短又白的手像向喜;有的人看她饱满的脑门儿也像向喜;同艾的眼最尖,她看的不是取灯的脑门儿和手,她看的是取灯的脚,一双又短又宽的脚。尤其她穿着偏带皮鞋,就更显出这脚的短宽。脱了鞋,五个脚趾头准也和向喜一样,齐头齐脑。接着他们还是不自觉地去找取灯身上那些不似向家人的地方,他们不约而同地注意到取灯的眼睛。向家的孩子都是单眼皮,取灯却是双眼皮。这让他们都想到了那位走钢丝的风尘女子。那女子一准就生得一副双眼皮。但他们并不膈应这双眼皮,反而觉得它给取灯平添了几分灵动和鲜活。

向文成看不见取灯的双眼皮,也没注意取灯的脚,他偏重听了取灯的声音。很明显,取灯说话口音虽属保定,但音色却带出向家人的特点,向家几代人声音偏低不偏高。

取灯并不理会全家人正在研究她,她有些激动地一一辨认着家人,叫着她应该叫的称呼。她的眼里莫名地含着泪,鼻子上沁着汗珠。她已经感觉到她的确是这个家的人,她又想起甘运来的话:"恁家。"

站在人后的甘运来看出他的"恁家"已经得到证实,高兴得又点头又跺脚,同时还不忘提醒取灯,给取灯一个表现机会。这该是取灯向全家人出示礼物的时候了,他对取灯说:"取灯,给你娘的礼物呢,还不让你娘高兴高兴。"

取灯这才想起来笨花前,为了表示对家人的心意,她给家人精心准备的礼物。她不找顺容要钱,用自己的积蓄买了几样分量不算"重"的礼:给同艾的是一条绣花丝巾,给秀芝的是一小盒五色绣花线,给向文成的是一块带盒的象牙图章料……她一一把礼物摆放在院里的那块红石板上。分送完这些,取灯还另有"重礼"。她从她的小藤箱里捧出几个用礼品纸包裹着的小方包,闪亮的包装纸,挽系着闪亮的丝带。用礼品纸包装礼品,这是取灯在同仁中学看外国人送礼时学来的。她捧着它们先分送到同艾和秀芝手中让她们猜,当她们猜不出时,她就说:"外国人送礼,都主张当场打开,就请娘和大嫂当场打开吧。"

同艾和秀芝听了取灯的话,都哆嗦着手小心翼翼地打开自己的礼物,原来礼物并不重,每人都是一瓶没贴商标的雪花膏。同艾正在纳闷,心想这物件也值当得左包右包,瓶上连个商标也没贴,再好还能赶上双姊妹牌的?

取灯见同艾和秀芝对手中的礼物有疑惑,就说:"娘,这雪花膏可与众不同,这是我们学校化工厂自己做的,我还参加制作了哪。我们的化工厂做雪花膏,也做肥皂和花露水,就是装潢不强。好不好的我也不好评价,娘和大嫂就先试试吧。"

取灯说着为同艾打开一瓶,让同艾当场试验它的品质。同艾受了取灯的鼓动,当真用手指从瓶里抠出一点在手心里打匀,擦在了脸上。对化妆品已有些许了解的同艾立时觉出,这自制雪花膏并非那种石灰渣子般的次货,它还真有几分品质呢。她便也鼓动秀芝当场试用。一向远离化妆品的秀芝有点不知所措,取灯就给秀芝抠出一点抹在她掌中。秀芝不得不把它施到脸上,她觉得自己很害臊。同艾肯定了同仁中学的雪花膏。

雪花膏招出了向文成的参与。他冷不丁张口问取灯说:"雪花膏的主要成分是硬脂酸,你们的硬脂酸也是自制的?"

听到硬脂酸三个字,取灯惊异地把注意力转向了向文成,她是觉得,怎么连这么"背",这么专业的化学试剂,我这位大哥都能够脱口而出呢?她马上感到她和大哥之间又多了几分交流的可能,也仿佛更多了几分亲情。她回答了向文成的问题,说,硬脂酸他们还做不了,是从天津购进的。接着向文成又发表议论说,"雪花膏""洋沤子"①的品种千变万化,其基础成分就是硬脂酸。还说,外国人巧立名目,吸引顾客,结果还是硬脂酸。那香味是来自香料,加

---

① 洋沤子:即雪花膏。

什么香料就是什么味儿。

同艾见向文成又开了一个硬脂酸的话题,不知这硬脂酸还会引出什么故事,就觉得现在应该把更多的话留给取灯说。她打住向文成的话头说:"文成,你还是听取灯说吧。"

取灯对同艾说:"我大哥说得对,化妆品的气味就是靠了香料,香料的好坏也决定着化妆品的品质。"

同艾打住了向文成,自己倒不知不觉也说起雪花膏来,她问取灯:"先前保定马号里有个专卖化妆品的三友和商店,紧挨着国风照相馆,不知还有没有?"

取灯说:"早关门了,生是让洋货冲击的。"

同艾说:"也难怪,本来他家的雪花膏就不强,名目倒不少,打开一闻,都是怪模怪样的烂水果味儿。"

全家围绕雪花膏的话题过后,甘运来还有礼品交代。他从吴淞口回来时,向喜给向文成的世安堂买了一些南方的药品,藏红花、川贝,还有更贵重的麝香什么的,这些东西虽产在四川和云贵,在南方,可比北方要便宜。除了这些名贵中药,向喜还给向文成买了德国产的两种洋药,一种叫"呼吸香胶",另一种叫"人造自来血"。向喜为向文成买药,一是对向文成事业的鼓励,二来也是对家里的接济。

向家人簇拥着取灯,取灯眷"恋"着向家人,从傍晚直到月亮升起。

晚饭过后,同艾把取灯安排到自己房中歇息。她给自己睡觉的炕换上新鲜的竹席,又在房中摆了一张单人床。待取灯洗漱过后,她问取灯睡炕还是睡床。取灯想了想说,她愿意和同艾一起睡炕。

取灯要和同艾一起睡炕,这是同艾希望的,可她毕竟不知取灯的心思,才又给取灯摆了一张床。

夜深了,同艾和取灯就着一盏雪亮的洋油灯(今天向文成把灯罩擦得格外干净)上炕睡觉。同艾见只穿着一件针织背心,已经发育成熟的取灯,觉得她还是像向喜的地方居多:那平整的脊背,浑圆的肩膀和胳膊,还有丰满的后脖梗子。她拍了拍取灯的脊背说:"看,小案板子一样。"

取灯听过不少外人对自己的形容,她都没有在意过。不知为什么她很愿意听同艾说她的脊梁像小案板子,她觉得这才是自家人对自家人的形容,这比说你个如花似玉呀,活泼可爱呀要亲切得多。

闻着向家屋里和院里的空气,当晚取灯睡得很香。

第二天早晨,秀芝看见站在廊下的取灯,告诉她洗脸在哪儿,刷牙在哪儿,还问她带没带牙粉。取灯对秀芝说,牙刷牙粉她都带了,就是没有带牙缸。这时同艾已经举着个牙缸站在了取灯身后,说,这牙缸本是取灯的爹向喜备在家中的,她让取灯就用爹的牙缸刷牙。取灯刷完牙,又在廊下的脸盆架上洗了脸。

早晨,向文成一家坐在院子里吃早饭。取灯的到来,使不常在院里吃饭的同艾也和全家一道进餐了。昨天秀芝来不及蒸馒头,今天一大早就用麦子从街上换了二斤馒头。在笨花,就像黄昏有"鸡蛋换葱"的一样,早晨也总有拿麦子换馒头的馍馍车,笨花人管馒头叫馍馍。换馍馍的不吆喝,吹个羊犄角当信号:呜……呜……馍馍车上的馒头是"戗面"的,方方正正,有咬劲。

这个早晨,向家的红石板饭桌上放着两种干粮:二八米窝窝和白面馍馍。取灯伸手要拿黄澄澄的二八米窝窝,却遭到了同艾的制止,她执意要取灯放下窝窝吃馍馍,结果还是向文成说了话。向文成对同艾说:"娘,你就让取灯入乡随俗吧,再说这也不叫入乡随俗,应该叫入乡随向,就让取灯随着取灯家吧。"

同艾笑起来,这才同意取灯去吃窝窝。

取灯第一次品尝了二八米窝窝的滋味,她觉得这种像金字塔般的吃食,吃起来有几分劲道和几分松散,劲道和松散里透着米香。她吃着二八米窝窝,突然又抛开窝窝发了话,她先叫了声娘,又叫了声大嫂,说:"我闻出来了,你们今天都搽雪花膏了。"秀芝不说搽了也不说没搽。同艾说:"我试了试,恁做的这雪花膏是比保定三友和的强。往后你就专供我雪花膏吧。"其实同艾回笨花以后,是很少动用化妆品的。

取灯说:"我还怕娘和大嫂看不上我们的产品呢。"

向文成说:"单说你大嫂,没个看不起的,给她盒蛤蜊油,她还舍不得搽呢。"

取灯一听向文成说蛤蜊油,又问向文成蛤蜊油是不是凡士林。向文成说:"没个不是的。凡士林有黄的和白的,蛤蜊油就是白凡士林。"取灯说:"蛤蜊油既是凡士林,就不适宜往皮肤上搽,搽多了手上还裂口子呢。"向文成说:"你看,到底你的化学底子比我深。我就知道凡士林能调配软膏。"取灯说:"哪儿呀,我也是听说。"

向文成和取灯从二八米窝窝说到化学,从化学说到药,最后从药说到世安堂。取灯问了世安堂不少问题,向文成对取灯说:"想了解世安堂,吃过饭先跟你大嫂替我上房晒药吧。又到泛潮的季节了,药也泛潮。"

向家吃了一顿早饭,说了一顿饭的话。秀芝收拾饭桌时只说,饭和菜都没下去多少。

上午,取灯真去帮秀芝上房晒药,她和秀芝把药一包一包地从世安堂搬出来往房上运,又学着秀芝的样子蹬着梯子上了房。当她站在房顶上时,首先看见的是笨花村的炊烟和晨雾,炊烟和晨雾被清新的阳光衬着,笨花村就像笼罩在一层轻纱里,而脚下就是向家平坦坦的"捶灰"房顶。秀芝先用笤帚把房顶扫了又扫,然后就把一包包中药摊开,在太阳下摊晒。取灯帮着秀芝解药包,不一会儿,解开的药包就摊晒了一房。空气里弥漫着取灯不熟悉的药味,她觉得它们又好闻又不好闻。

就在取灯和秀芝劳作着摊晒中药时,邻居西贝家引起了取灯的注意。她注意的不是西贝家那门窗朝"一面儿的"院子,她注意的是这邻居家有位女孩子。这女孩子一副瘦弱的身体,正靠着一个门框直往向家的屋顶上看。她一定是看见了一个生人正和秀芝一起劳作。她看得很是出神,甚至忘记了她本是要坐在太阳下读书的。

房上的取灯看见了这女孩子,也看见了她手中那本厚重的大书。她想,那是一本《圣经》吧,同仁的学生对《圣经》的模样并不陌生——绿的或是黑的漆布封面,精装的规格,显得很庄重。取灯想不到在笨花这样的乡村也能看见《圣经》。她目不转睛地看着院子里的女孩子,问秀芝她是谁,为什么她会有一本《圣经》?

秀芝告诉取灯,她叫梅阁,是基督教徒。她家姓西贝,她家里人都看不惯她的做派,而向家人常觉得这孩子可怜。取灯又问秀芝,这位梅阁常来咱家吗?秀芝说,来,能踢破咱家的门槛,就喜欢找你大哥问这问那。

房上的取灯看院子里的梅阁,院子里的梅阁也看房上的取灯。一会儿,梅阁闪进了屋,没再出来。

取灯站在房上想着,乡村有多少事让她觉得不可思议啊,在满是柴火灰和牲口粪味儿的狭长院子里,生是有个女孩子读《圣经》。

28

又是一个早晨,取灯在房上看见西贝梅阁又站在自家院里朝房上看,便忍不住叫起梅阁的名字请她也上房来。自从第一次看见梅阁读《圣经》,取灯对她就充满了好奇。

梅阁听见房上的取灯叫她的名字,先是觉得突然,一想到这是向家人把自己的名字告诉了她,也就不奇怪了。她决定接受邀请,上房去认识这位"外边"来的女学生。笨花人管外地叫"外边",管从外地来的人叫从"外边"来的人。他们觉得外边神秘莫测,外边宽阔无边,外边来的人都大大有别于笨花人。梅阁早就知道向家还有个闺女在外边,梅阁对外边的理解更加具体,她已经从向文成那里知道,这闺女在保定,念的学校是同仁。

梅阁蹬着自家梯子,沿着房檐走上向家房顶。当她和取灯站成个面对面时,一时不知说什么是好。跟前这位矫健、丰腴的取灯,只叫梅阁更加觉出自己体态的单薄。她不时把身上的布衫往下抻,有点局促。取灯看出了梅阁的局促,便伸出手说:"来,握握手吧,握握手就算认识了。"

梅阁响应了取灯的提议,向取灯伸出了手。这是她第一次同人握手,觉得新鲜又文明。

取灯和梅阁握过手,信手从房顶上拽过两个蒲墩,自己先坐住一个,又指给梅阁一个。两人面对面坐了。还是取灯先说话,她从兆州的学校开始问梅阁,问她这兆州的师范学校为什么叫简易师范?

梅阁说:"兆州就有个简易的,不知道不简易的师范什么样,简易,想必是不正规呗。"

取灯又问这简易师范国文讲到了什么程度,数学讲到了什么程度。梅阁一一回答了取灯。取灯明白了,简易师范的课程比高等小学略高一些,也显通俗一些。她立刻又想到了《圣经》,梅阁只上过简易师范,为什么能读《圣经》呢?《圣经》是有一定难度的。她便对梅阁说:"你能读《圣经》,读《圣经》可不容易。"

梅阁说:"也不难,有人不识几个字还能读呢,上帝的旨意,只要你愿意接受,就能接受。"梅阁问取灯是否读过《圣经》,取灯说,她没有读过,只见别人读。同仁中学里有个小礼拜堂,她偶尔走过那里,就站下听听,还记住了《圣经》里的一些名字,比如亚伯拉罕。

"亚伯拉罕是个什么样的人?"取灯问梅阁。

"好,是个好人,好得不行,可上帝还要考验他。"梅阁说。

梅阁和取灯谁也没想到,她们的第一次见面,她们的第一次交谈,会开始于那个离她们如此遥远的亚伯拉罕。接着,梅阁给取灯讲起了亚伯拉罕的故事。她说,亚伯拉罕是绝对服从耶和华的,可他越是虔诚,耶和华就越是要考验他。亚伯拉罕有个儿子叫以撒,一天,耶和华突然显灵告诉亚伯拉罕,叫他把儿子以撒带到摩利亚山上去,并让他亲手杀掉儿子,再把儿子烧掉作为祭品。亚伯拉罕就忠诚地准备服从耶和华的旨意。他命令两个仆人做好旅行的准备,把木柴装在驴背上,带上水、干粮,就和儿子朝着沙漠去了。他们走了三天,终于到达摩利亚山。在山上,亚伯拉罕要两个仆人停下,自己则带着以撒往山顶上爬。以撒很快活地跟着父亲向上爬,他知道父亲是要去山上上供。不过他也感到有点奇怪:父亲上供他是常见的,祭坛和木柴都有,父亲手中也拿着杀羊的长刀,可是作为祭品的羊在哪儿呢?他就问亚伯拉罕。亚伯拉罕说,到时候耶和华就会把羊拿来。话刚说完他就把儿子放在了祭坛上。他一手举刀,一手将儿子的头向后推去,以便割断儿子的颈动脉……

取灯听到这儿,惊讶地问:"难道他当真杀了自己的儿子吗?"

梅阁说:"亚伯拉罕举起了刀,这时他耳边响起了耶和华的声音,耶和华说'止住吧',耶和华没有让他杀儿子。耶和华果然看到亚伯拉罕是所有信徒中最忠诚的了,也就不再需要这位七十多岁的老人用杀儿子作证明了。以撒也听见了耶和华的声音,从祭坛上站了起来。这时附近树丛里跑出了一只大黑公羊,亚伯拉罕把那羊抓过来,代替儿子做了祭品。"

梅阁讲到这里,已是热泪盈眶。她一往情深地对取灯说:"做上帝的信徒,就要像亚伯拉罕这样。你说亚伯拉罕好不好,忠诚不忠诚?"

取灯并不准备马上回答梅阁的问题,她觉得就这个故事而言,真能叫人有几分感动。可是,亚伯拉罕要杀儿子,毕竟是残忍的。但她有点不愿意把自己的真实思想告诉梅阁,就扭过头去看院里的一棵枣树。枣树长过房顶,果实累累的青枣已经红了眼圈儿。她信手摘下一个枣问梅阁,这是什么枣?

梅阁见取灯只顾摘枣,对她的故事如此淡漠,脸上立时有些不高兴,说:"取灯,你还没有回答我的话哩。"

取灯咬了一口枣,吃出枣还生,又觉出她对梅阁的不礼貌,便说:"你是让我说真心话吗?"

梅阁说:"可不兴说假话。"

取灯说:"平心而论,我觉得上帝和亚伯拉罕都很残忍。这就是我的真实看法。"

梅阁急了,说:"你怎么敢这样说上帝和亚伯拉罕?"

取灯说:"哪有让人家拿儿子的命去表忠诚的?哪有为了表忠诚就举刀杀儿子的?"

梅阁说:"可上帝并不是让他真杀呀,是考验他。"

取灯说:"上帝要是晚来一步呢,以撒不就没命了吗?"

"上帝不会晚来,上帝什么时候都不会晚来,他时刻都在准备拯救世上的罪人。"梅阁告诉取灯。

取灯不打算就上帝会不会晚来再和梅阁讨论下去,她想,这是个信仰问题吧,现在她倒愿意把自己摆到个异教徒的位置上了。她愿意和梅阁的初次见面是愉快的,她更愿意尊重梅阁的信仰。她沉默了一会儿 说:"梅阁,咱说点别的吧,你也别跟我这个异教徒一般见识了。我愿意相信《圣经》上的一切都是真的。可你还没有回答我的话呢,这是什么枣,再过多少天才能好吃?"

梅阁也不准备回答取灯的问话,她觉得今天这个外边来的闺女带给她的净是不愉快。她心里堵上了疙瘩,她还从来没听谁说过上帝是残忍的。她从蒲墩上站起来说:"不跟你说了,我走啦。"说完真的顺着房檐儿去找她家的梯子了。

取灯这才发现自己真的伤害了这位邻居。她不错眼珠地看着梅阁瘦弱的背影,暗自埋怨着自己的冒失。她想,总还有机会吧,总还有机会挽回同梅阁初次见面的遗憾。

29

兆州的土质城墙宽阔高大,城垣一周十五里。在这高大宽阔的城垣里,有许多闲置的土地,据说是古代建城时,为官府的屯兵屯田而用。现在这城垣里的土地无人耕耘,变得荒芜。在城垣之内荒芜的土岗上,有一带由土坯垒成的院墙,外面抹着清洁的白灰。院里是一座座平顶表砖房。远看去,这院落、屋宇和当地没什么区别,只待人走近,才发现在平顶表砖房的墙上,开的尽是拱形窗户,而当地的窗户都是方形的。逢礼拜天时,人们还能听见从窗内传出的诵经和唱诗声,这便是瑞典牧师山牧仁在兆州修建的福音堂。

山牧仁主持的福音堂属基督教的神召会,院墙的大门上突现着两排砖刻大字:兆州神召会福音堂。山牧仁,瑞典人,几年前不远万里来到中国,先在中国南方传教,后又受教区派遣,辗转来到兆州,他一心要把耶稣基督教的教义传给这里的乡民。山牧仁是一位个子偏高,背微驼,谢顶的中年人,他那深陷的眼窝儿,高耸的鼻子,都引起兆州人的好奇。更让兆州人稀奇的是,他的鼻子上还能架起一副无腿眼镜。山牧仁的太太被当地人称为山师娘,兆州人更是拿山师娘当稀罕来看。她那张毛细血管突现着的粉嫩的脸,她那高耸的足能冲击到你眼前的胸脯,她那两条又细又长的腿,以及走起路来那大步流星的步态,都能叫兆州人看得目瞪口呆。起初,兆州人真不知如何接受他们。山牧仁和山师娘的到来,也给包括笨花在内的兆州人增添了许多谈话的资料。有人说,山牧仁和山师娘不吃粮食,专喝羊的奶;有人说,他们操一口鸟兽一样的语言;也有人说,他们走路时是不回头的,即便有人在身后喊他们,他们还会目不斜视地往前走。还有,那山师娘立冬无夏的不穿裤子,只用一条裙子把自己包裹,人们实在闹不清她是怎样耐得住冬天的严寒的。冬天,当兆州的女人们和山师娘擦肩而过时,便觉出自己腿脚的寒冷。然而兆州人接受了他们,山牧仁的夹鼻眼镜,山师娘高大的胸脯、细长的腿,久之也不再是稀罕。他们在兆州城里建教堂,招信徒,使耶稣基督的故事在这里流传开来。圣母马利亚为什么把耶稣生在马槽里?彼得手里为什么有一把大钥匙?高风亮节的约翰,卑琐的犹大……成了这一带乡人的嘴边话。他们把伯利恒和笨花说得一样流利,他们也把赖人称撒旦。还有人把《圣经》里的人名起到自己的儿女身上:彼得,路德,各雅,耶利米……兆州人还得知,七天的最末一天叫礼拜天,逢这天,有人便手持《圣经》到山牧仁的礼拜堂去做礼拜。这天,假如你从山牧仁的教堂墙外经过,就能听见教堂里的唱诗声。在众多的声音里,有一位女人的声音最高亢、最尖锐,那便是山师娘。异教徒们说这声音像鸡打鸣,教徒们很为此而不悦,虽然他们也听出山师娘的唱诗与鸡打鸣的酷似。山牧仁也唱,他的声音却是低沉的,那声音稳妥地沉在诗歌的底部,像一种兽类的低吼。兆州人更想像不出人还能发出这种声音,男人们一次次模仿又一次次失败。

梅阁的漆皮面《新约全书》就来自于山牧仁的福音堂。最初向文成对神召会福音堂和山牧仁夫妇的了解,则来自于梅阁的介绍,梅阁介绍着山牧仁夫妇,但她至今对山牧仁夫妇的某些举动仍存有不解。她对向文成说:"我净看见山牧师和山师娘在院里来回闲走,不慌不忙的,掉过头一趟,掉过头又一趟。那是为什么?"

向文成说:"我递说你吧,那是散步哩。"

梅阁说:"这就是散步哟,这走了一趟又一趟的。可人为什么要散步呢?"

向文成想,这可是个难题:是呀,人为什么要散步?他想了一阵,终于找出了答案,便对梅阁说:"是这样,散步也是一种休息。"

梅阁又追问向文成说:"休息就是歇着的意思吧,那坐会儿不是更好吗,光来回走不是又累了吗?"

向文成说:"休息和咱们说的歇会儿可不一样。歇会儿就是呆住不动了,休息可不是只呆着不动,从生理学上讲,是为了让身体的各个部位都活动着得到调节。"

梅阁说:"咱笨花人为什么不散步?散散步,调节调节。干地里的活儿可使得慌哩,散散步不就好了么。摘一会儿花散一会儿步,掐一会儿谷子散一会儿步,翻一会儿山药蔓散一会儿步,有多好。"

这一次向文成被问住了。他想了半天答不上来,就说:"梅阁,这件事很高深,我得好好想想,容我个时候,我再递说你。现在我是想问你一件教会里的事,唱圣诗的事。那天我去办药,从福音堂门前经过,听见你们正在唱诗。山师娘领着唱,你们都和着。唱的好像是:'耶稣基督我救主,够我用,够我用。'下边呢,我没听清。"

梅阁说:"下边是这样的:'除非靠他无二路,主真够我用。'"

向文成说:"你给我从头唱一遍,我还有话要问你。"

梅阁起了一个调,捏着嗓子跑着调儿唱起来,但还是让向文成听清了歌词,那歌词是:

> 耶稣基督我救主,
> 够我用,够我用。

除非靠他无二路,
主真够我用。

仁爱喜乐兼和平,
忍耐恩慈本能行,
良善信实都在心,
耶稣够我用。

梅阁唱完,向文成说:"这下我听全了,你给我讲讲吧。"

梅阁说:"我可讲不好,我讲讲试试。山牧师是这样说的,你要真信基督,心中有一个基督就够用了,不用再去寻找还有什么真主。也就是说,世上就不会再有别的道理可言,也没有第二条路。第二段是说,做人要学会仁爱、喜乐,这样心里才有平和。再下边我讲不好了,也不知道对不对。"

向文成仔细听着梅阁的讲解,说:"讲得都对,下边的缀语就属于一些劝人方了,讲的是要善良,讲信用,实实在在做人。许多教派里都这样讲。我让你唱这诗歌,是想问问你,你觉得心里只有一个基督到底够用不够用?"

梅阁说:"够。"她语气坚定,自己微微点着头,又说:"除此真是无二路。你说呢?"她又反问向文成。

向文成说:"我不是信徒,说不出是够还是不够。我倒想认识一下山牧仁,我想接触一下,听牧师讲讲,也许我就知道够用不够用了。"

向文成想结识山牧仁,他要等一个机会。机会终于有了。一个盛夏,天正酷热,知了正在向家枣树上高叫,梅阁走进了世安堂。梅阁今天穿了件雪白的短袖布衫,靠色单裤,黑绒鞋上沾着细土。她脸上挂着汗珠,一望便知是从外边归来。

向文成正趴在桌上抄写药方,看见风风火火的梅阁便说:"你这是从城里来,好像还有急事。"

梅阁说:"文成哥,有急事哩,山师娘有病了。我们唱诗,不见山师娘出来唱,心想是不是病了?唱完诗,就听说山师娘是真病了,一会儿冷一会儿热。我跟山牧师说,叫我给山师娘请个先生来看看吧。山牧师说,请介绍一位吧。我说,就请俺村里的向先生吧,医术可强哩。你猜山牧师怎么说?他说,我也听说过向先生,你认识他?我说,他是俺南邻家,我叫他哥哩。山牧师说,就辛苦你一趟吧。牧师一说辛苦你,我就知道是叫我请你哩,我就紧走慢走地回来了。文成哥你就快去一趟吧,山师娘是好人,说人家唱歌像鸡打鸣的人没有好报,上不了天堂,赶到地狱里也好受不了。"

向文成也听见过山师娘那飘出院墙的歌声,当时他站住脚听听,心中暗想,这兆州的乡亲们还真会形容,说山师娘唱歌像鸡打鸣,你不能说没有一点道理。对于山师娘这样的声音,向文成并不陌生,那年他在汉口,街上有一家英国咖啡馆,晚上常有一位洋女人,打扮得像只火鸡,在那里演唱。她的声音哆嗦着从咖啡馆传到街上,有时候像鸡,有时候像鸟,招得路人都停住脚听,听一阵笑一阵。而屋里喝咖啡的洋人却不断拍巴掌。看来外国人的歌唱和中国人的歌唱到底有区别。向文成研究人的生理学没有那么细致入微,他想人的发声是靠了声带的运动,他不知外国人和中国人的声带构造到底有多大区别。

向文成决定立即进城去给山师娘看病,但想到梅阁刚才那番话,他还是对她说:"梅阁,刚才你说,那些说山师娘唱歌像鸡叫的人就得下地狱,我看你也不能这么说,这好像并不是耶稣教的教义。"

梅阁觉出自己的言语有误,赶紧说:"我是说走了嘴,你可别为了这个就不去给山师娘看病。"

向文成说:"哪儿的话,有病人当然得去看,一家人背井离乡地来到咱这穷乡僻野,行的也是善事。我去,容我换件衣裳。"

梅阁这才注意到,原来向文成还光着膀子,一条黑裤子白腰的抵腰裤,一条裤腿低,一条裤腿高。她抢先迈出了世安堂去找秀芝。她进了东院冲着西屋喊:"成嫂,快给文成哥找两件衣裳吧,文成哥要进城。"

说话间向文成也进了东院,对迎出来的秀芝说,他今天去见洋人,得穿讲究点。

秀芝把梅阁迎进屋,向文成也跟进来。可换什么衣裳呢,秀芝犯了难。向文成的穿着一向随意,现在他要往讲究里穿,不知这讲究意味着什么。秀芝岑着两条胳膊在屋里一阵乱转,梅阁倒不见外地扒开了他们的床头柜就去翻找。她翻出一件白纺绸汗褂,举到秀芝眼前说:"就这件。"说着把汗褂捤给向文成。向文成抓住这件松软滑爽的汗褂说:"不妥不妥,穿上准像茶叶店掌柜的。"

梅阁又举出一件灰地儿团花长衫说:"这件吧,又大方又时兴。"秀芝却夺过来说:"更不行,像个新女婿。"

后来还是秀芝找出了两件得体衣裳:一件漂白洋布汗褂,一条家织土布单裤。秀芝说,这条旧裤子是她刚拿煮青染过的,和新的没什么两样。向文成换好裤褂,脱掉脚上的家做布袜,换了一双白线袜,又费劲拔力地蹬上一双尖口礼服呢便鞋。这样,梅阁协助秀芝,总算打扮完了向文成。

向文成把他的白熊自行车推到当院打气,梅阁抢着拿过气筒,双手一上一下地替他打。她推动着气筒猛打一阵,就有些上气不接下气,她松开气筒,背过身子一阵咳嗽。向文成把气筒接过来说:"还是叫我吧。"他一边打着气,想着在一旁咳嗽的梅阁,心里说,这孩子到底不是个壮实人,打几下气就累成这样,怨不得整天想着休息呢。

向文成骑着自行车上了路,梅阁坐在后衣架上,使劲揪着向文成的衣裳。向文成说:"人是需要休息,可整天想休息也不正常。"梅阁说:"我就净想休息。"向文成说:"说的是哪。有了空儿,我得给你诊断一下,该吃药还得吃点药。"梅阁说:"不吃药,我靠主,够我用,无二路。"梅阁语气坚定,向文成不再和她讨论主的事,他懂得对人的尊重。

向文成和梅阁骑车在大道沟边上一路颠簸,太阳偏西时他们才来到福音堂。梅阁在前,向文成在后,他们在福音堂门洞里站住。门洞里正有一位胖墩墩的中国长老在等向文成,这长老自我介绍说他姓陈,是保定人,还说山牧师正在后院等向先生呢。

向文成无数次从福音堂门前经过,不曾进门。现在他看见,这福音堂院子宽阔而空旷,东西南北的平房把院子围得四方四正。几棵大槐树长得无比茂密,为这座教堂增添了几许幽静。院中有一眼水井,井上架着辘轳。一个围着围裙伙计模样的男人正摇着辘轳打水,从哪个角落里还有羊的叫声传来。若不是门楣上嵌刻着基督教福音堂,你一定会以为走进了一个大车店。那一排有着拱形窗户的建筑是这院落的南房,南房便是这神召会的礼拜堂。礼拜堂一排六间,现在无人做礼拜,两扇大门关着。

向文成由陈长老带领,穿过有着槐树阴凉的前院,通过一个涂着绿漆的栅栏门来到后院,后院才是瑞典人山牧仁的居所。这是一个有两亩大的院子,院里种着各种花草和蔬菜。一条笔直的灰砖甬路把院子分成两半,灰砖甬路的尽头便是山牧仁一家的住房。

山牧仁的住房是一座由灰砖砌成,四方四正,四面起脊的房子,两面有柱廊,三面有门,四面有窗。兆州人常议论这间古怪的小屋,不知山牧仁一家怎样在这里生活。陈长老和梅阁把向文成送进栅栏门,两人留在了前院。

向文成踩着青砖甬路,闻着甬路两边的月季花香,只身一人往前走,心想,这一定是山牧仁和山师娘的散步之路了。这时山牧仁迎了过来。他向前倾着身子，迈着鸵鸟似的大步走到向文成面前，伸出两条长胳膊就去和向文成握手。向文成本没有同人握手的习惯，他正在不知所措，山牧仁已经抓起了他的手。他握住向文成的手摇晃着，按照中国人的措词习惯说："久仰，久仰了。能为内人请来向先生，也是我山牧仁的福分了。这一切都是上帝的安排。"

山牧仁说出的中国话很是让向文成意外。先前他曾想，一个外国人，即使是懂几个中国字，可要把《圣经》传达给兆州人，是何等不易。山牧仁到底是怎样征服了这些中国乡村信徒的呢？为此他几次问过梅阁，梅阁只说，人家的中国话说得好着哪。可向文成还是半信半疑。今天当他面对面地和山牧仁站在一起时，才完全明白了。山牧仁的中文程度可不是懂几个中国字的问题。面对山牧仁出口成章的欢迎辞，倒使向文成需费点脑子精心措词对答了。向文成在不自觉地握了一会儿山牧仁的手之后说："早有意来拜会山牧师，今日才得一见。牧师在这穷乡僻野还习惯吧？"

山牧仁说："怎么是穷乡僻野？你看我这里又有蔬菜又有鲜花，生活像个贵族一样。等一会儿我还要请向先生喝下午茶。"

机敏的向文成就说："敢问牧师，喝下午茶不是英国人的习惯吗？"

山牧仁说："在我们斯堪的那维亚半岛，也有喝下午茶的习惯。"

山牧仁和向文成说话间已走到房门前，他为向文成拉开了一扇淡蓝色的单扇门，走进门是山牧仁的客厅。客厅不大，但一切布置都有别于当地人。两个低矮的窗户上挂着洁白的窗帘，厅内也没有方桌条几，客厅当中四边不靠地只摆着一张长方形餐桌，桌上的台布洁白，几把硬木椅子将餐桌围起来——这些纤细的硬木椅子，一看便知来自异国他乡。餐桌上玻璃花瓶晶莹剔透，瓶中插着刚剪下的月季花。

山牧仁把向文成让在餐桌前坐下,从一个凉水瓶里为他斟上一杯凉开水,说:"向先生喝杯白开水吧,大暑的天气。"

向文成接过白开水说:"真没想到山牧师不仅中国话说得这么好,对中国的事情也了解得这么透彻,连中国的二十四节气也注意到了,昨天大暑刚过。"

山牧仁也给自己倒了一杯白开水,习惯性地先喝一口说:"我觉得中国的二十四节气是个了不起的发现,而二十四节气在华北这一带最是准确无误。在中国南方就有不小的误差,我去过广州,立冬、小雪、大雪都过了,人们还穿着单衣,茶花还盛开着。"

向文成说:"在东三省,惊蛰的时候往往还是冰天雪地。"

山牧仁说:"说中国地大物博,一点也不夸张。"

向文成来会山牧仁之前,对他们的初次见面尚有几分猜测,猜测中还有几分紧张,他不知怎样对待和一个外国人的初次相见才算得体。现在向文成把心放了下来,他没想到和这位秃顶高鼻子的外国人谈话会是这样无拘无束。他学着山牧仁也喝了两口白开水说:还是先给太太看病吧。说着起身就要往另一个门里走。他想,这位山师娘一定也像他的许多病人一样,躺在一个什么地方,要么昏睡着,要么呻吟着。哪知,不等他迈步,这位病中的外国女人却从另一个门里走了出来。山牧仁起身上前一步拉住太太的手,引她到向文成面前。山师娘也朝向文成伸出手要和他握手,她那无拘无束的身体离向文成很近。她穿一条碎花无袖长裙,露着两条光胳膊,那紧束的腰带使她的胸脯更加高耸。她谦逊地观察向文成,脸上堆着温婉的笑容。山师娘这坦然举止,倒让向文成有些不好意思起来,当他伸出手和她握手时便觉有一股热气向他扑来。再看她的脸,脸格外红。向文成判断出这是一位正发着烧的病人。他握着她的手,估计着她的温度,他想,三十八度或者更高。本来中医诊病是不用温度计测温度的,但向文成不然,在他的出诊包里,常放着一支温度计。虽然温度计上微小的刻度向文成看起来很是吃力,可他还是以它给病人测体温来作为诊断时的参考。

三个人在餐桌前坐定,向文成便从山师娘的体温开始询问她的病情。但山师娘的中文水平有限,她基本上听不懂向文成的问话,这时山牧仁便来充任翻译。向文成对山牧仁说:太太在发烧,我猜三十八度也许更高。说话间向文成就在出诊包里找温度计。这时山牧仁已经从一个什么地方也拿出了一支温度计,说:"不必再找,就用这支吧。"山牧仁把温度计夹在太太的腋下替向文成给她测体温,山师娘则安静地回答向文成的问话。向文成一边询问着她的病情,一边开始为她诊脉。原来山牧仁最好奇的莫过于中医的诊脉了,今天他终于有了向中国医生请教的机会。他等向文成腾下手来便说:"向先生,我有一个问题早就想向先生请教。"

向文成说:"请讲。"

山牧仁说:"我发现中国医生诊脉和外国大夫摸脉搏有着根本的区别。难道一个人的脉搏除了代表他的心率速度以外,还会有别的意义吗?我看过一本中医诊断学的书,很费力气地读,还是读不懂。书上把诊脉描写得像变魔术一样,甚至说脉还有沉和浮。我借此机会很想聆听向先生的教诲。"

向文成说:"西医的摸脉和中国医学的摸脉意义是有不同。西医说脉搏的跳动只代表着心跳,我们中国医生却能从中判断出一些和病情有关的现象。比如你说的沉和浮,还有短和紧,涩和弦……这都是一些现象。当然,只凭这些现象断病,还是得不出准确的结论,要综合地看一个病人,脉象才有意义。比如太太在发热,伴有干咳、头痛、食欲不振,体温又有准确的参考,这时我们再结合她的脉象就可以得出一个比较完整的结论。中国医生把这种综合诊断归纳为四个字,便是:望、闻、问、切。这里的'切'讲的就是切脉。现在师娘坐在我面前,我综合观察师娘的病况,应该属于少阳症,实际就是西医说的时疫。近来正值大暑,兆州一带闷热多雨,得少阳症者不乏其人。少阳症属外感。"

山牧仁听着向文成的解释,一边把向文成的话翻译给山师娘,一边在一个本子上记录着什么。向文成深入浅出、细致入微的论述使他兴奋,他说:"都说向先生的医术高超,原来向先生讲的是科学,不是玄学。从前我总以为中医的理论近似玄学。"

向文成说:"我研究着中医的诊断学,也注意着西方医学的发展。国外的医学在诊断学和药物学方面对医界有着不可忽视的贡献。当显微镜和X光都在证明着一些不容置疑的现象时,我们光用一个人的脉象来解释一切,就显得很荒唐。"

山牧仁说:"这么说,中医诊断也有一些不科学之处。"

向文成说:"何止是有,应该说还不少。比如说人的上火,难道一个血肉形成的躯体,体内也会起火吗?"

山牧仁大笑起来,他把向文成的话翻译给山师娘,山师娘一时也忘记病痛大笑起来。山牧仁大笑一阵说:"中国有一句俗话,叫做'听君一席话,胜读十年书'。现在我也胜读十年书了。"

山牧仁在中国不算短暂的日子里,还没有人用如此简明的道理向他叙述中医治病的原理。当梅阁为他推荐向文成时,其实他是有过犹豫的,他担心自己不能接受中医的诊断。后来,也许他是为了了解中医诊病的方法,才决定让梅阁去请向文成。今日一见这个人,大有相见恨晚之感。他愿意和这位其貌不扬的乡村先生交谈。

后来向文成问山牧仁,师娘曾服过什么药,他知道一个远在异国他乡的外国牧师,家里总要备些药品的。山牧仁告诉向文成,太太曾服过阿司匹林。昨天出了不少汗,可体温并不减。

向文成说:"这就对了,少阳病就忌一味地发汗。我们的《伤寒论》上说:伤寒脉弦细,头痛发热者,属少阳。少阳不可发汗,发汗则谵语,此属胃。胃和则愈;胃不和,烦而悖。你看,可不能再发汗了,应该从治胃开始。这是中医治病声东击西的道理。我给师娘下药吧。"向文成让山牧仁取出一张纸,又用山牧仁的自来水笔,为山师娘开了药方,并嘱他要到南街仁和裕抓药。山牧仁接过药方,说这张纸不仅是药方,还是向文成留给他的纪念,他要把它好好保存。山牧仁让山师娘回卧房休息,又对向文成说:"现在我们该喝茶了,今天要按照我们北欧人的习惯度过一个下午。我们先喝茶后散步,我们还会有许多话题交谈。"向文成愉快地接受了山牧仁的邀请。

在山牧仁的客厅里,向文成转悠着看房中的陈设和墙上的宗教画,山牧仁则按照瑞典人的习惯,在餐桌上摆茶具和茶点。他从一只餐具柜里捧出一件件专门招待客人的茶具,又捧出一只小铁筒说,这是他们过印度时买的印度红茶。他说北欧人最喜欢印度红茶。他把茶叶徐徐放入一把镶银的茶壶,用开水冲上,这时才把向文成再次请回餐桌。他为向文成倒茶、加奶,还把两碟自制点心推给向文成。他一丝不苟地为向文成表演着北欧人喝茶的程序,并抱歉说,因为今天太太身体不适,不能亲自为向先生备茶,他自己备茶就潦草了许多。

不喜形式的向文成,坐在餐桌前总有些拘束不安,他时而碰翻糖缸,时而将茶勺掉在地上。山牧仁不见外地大笑着为他收拾。为了不让向文成拘谨,他只风趣地说些喝茶之道。他说在茶里加牛奶本是英国人的习惯,然而,他们在兆州没有牛奶,现在加在茶里的是羊奶,味道就差多了。

向文成没有尝过牛奶红茶的味道,便也指不出羊奶加在茶里的逊色之处。

下午茶过后,山牧仁领向文成到园子的甬路上散步。没有实践过散步的向文成,开始不知如何对付这种不紧不慢的步伐,他时而一个大步迈到山牧仁的前头,一不小心又踩到了山牧仁的脚后跟。山牧仁只不动声色地走在向文成旁边。向文成想,原来这散步并不是乱走。走了一会儿,向文成走出了门道,他和山牧仁肩并着肩,满脚落地地走到甬路尽头,一个转身再往回走,如此反复。

山牧仁一边散步,一边给向文成介绍他的菜园,说他今年种的番茄已经成熟。他知道当地人管番茄叫洋柿子,可他不了解中国人为什么不喜欢种洋柿子,他说这种东西含多种维生素,于人体大有好处。还有,兆州人也不种马铃薯,这从一开始就给他们的生活带来了许多不便。现在好了,他园子里有的是番茄和马铃薯。向文成就说,常说一方水土养一方人,这一方人无形中也就形成了自己的生活习惯,种植习惯其实也代表了生活习惯的一个方面。说到此,向文成突然想到了父亲向喜,便对山牧仁说:"我父亲总想把外地的种植习惯引到兆州,他种过保定的灯笼红萝卜,也种过南方的菜薹,但十有八九不成功。"

向文成提到父亲向喜,又为山牧仁开了一个新话题。他说:"敢问向先生,令尊向大人的名字我早已得知,不知令尊的近况如何?那一年令尊带兵打浙江的夏超①省长时,我正在杭州,尚不知向中和将军就是令尊。在一个风云多变的国家,不知向将军现在可好,中国的政局将如何发展?"

山牧仁的新话题,向文成回答起来并不难,然而面对一个外国牧师,他又感到这是一个不便展开的话题。他沉吟一阵只说:"中国的事千头万绪,相信今后你我会有深谈的时候。总而言之有一句话,人类得求进步,不能倒退。中国人是要朝着光明,决心抛弃黑暗的。我父亲已落到保定,说体面点是做寓公,其实一介平民百姓而已。我倒有另一事愿向牧师请教。"

山牧仁说:"请讲。"

---

① 夏超(1882—1926):孙传芳入浙后,曾任浙江省长。后因叛孙,被孙处决。

向文成说:"我们村有位教徒叫西贝梅阁,对牧师传播的教义十分上心。"

山牧仁说:"西贝梅阁,对,是一位上帝的好孩子。我正准备给她施行洗礼。"

向文成说:"西贝梅阁教给我一首歌,叫'耶稣基督够我用',我也记住了歌词。从字面上讲,我可以做到片面的理解。我想向牧师请教的是,为什么一个人心里有了主就够用了呢?够用就是对一切的满足之感吧。"

山牧仁在他的番茄架前停下脚步,一边整理着他的番茄架一边说:"向先生,这个看似平淡无奇的问题很深奥,这也是一个传教士终生为教徒讲道的难题所在。而站在我面前的又多是向先生那些淳朴的乡里乡亲。他们虔诚地捧起我分发给他们的《圣经》,却目不识丁。我要使他们心中有主,首先要解决的不是他们对《新约全书》的背诵,而是要他们在意识上的坚信。他们坚信主的存在了,我的心里就感到欣慰了。其实一个传教士的愿望是很微不足道的,仅此而已。我的成功便是他们对主的满足感,满足感便是主啊,够我用。我不知我是否回答了向先生的问题。"

向文成说:"你已经回答了。可我的问题还存在,那么主真的存在吗?"

山牧仁从菜架上摘下一个有病的番茄扔掉说:"这是信仰的根本。你想,对于一个人类社会,对于一个国家、一个民族,主的存在于他们有意义,还是主的不存在于他们有意义?"

向文成机智地说:"你是不是说,信则有,不信则无。"

山牧仁说:"我只能按照基督教的教义回答你的问题,离题太远也是一种无中生有。面对像西贝梅阁那样天真可爱的教徒,我可以说,看见了吗,基督在天国显圣了。而面对向先生这样的智者,我只能传播信仰对于人类社会的意义。我还愿意把自己想像成一个罪人,罪人的存在是不利于人类的文明的,于是罪人就愿意在主的面前洗清自己的罪恶。他清洗一点,自己就会离文明近一步。一个民族多了些文明,总不能说是一件坏事。不知向先生能不能接受我的解释。"

向文成说:"我想,我的收获是大于我们所谈内容的。"

太阳已西下,余晖正照耀着山牧仁的园子,把园子的蔬菜照耀得十分晶莹。有位穿紫花汗褂、长着络腮胡子的先生正摇动着一架小型抽水机为蔬菜浇水。山牧仁到他面前为向文成介绍说:"这是密斯脱黄,我的菜园全靠了他。"

黄先生停下工作和向文成握手,梅阁和中国人陈牧师也从栅栏门外走进来。山牧仁说:"欢迎西贝小姐,谢谢你为我介绍了向先生,向先生在兆州真是名不虚传。"梅阁听着山牧仁对向文成的评价,高兴得有点不知所措,她已经知道她为山牧仁请来向文成是成功的。

今天山牧仁格外兴奋,兴奋中又带向文成参观了他的鸡舍、羊圈。一群来亨鸡摇动着鲜红的鸡冠正蹲在窝里下蛋,山牧仁信手捡起两个又大又白的鸡蛋说:"明年我请向先生来拿小鸡,我还要再繁殖一些来亨鸡。我把它们的蛋和本地鸡蛋做过比较,它们的蛋比本地鸡蛋要大得多。"在羊圈里,一位当地牧羊人正在挤羊奶,牧羊人攥着羊的大萝卜一样的乳房,往一只白铁桶里挤,羊奶从他手缝里滋出来。山牧仁说:"这就是刚才我们茶桌上的羊奶。"向文成只想到,不大的一只羊,怎么能生出那么多的奶。

山牧仁站在福音堂门前和向文成告别,他还请黄先生为向文成准备下礼物,那是一个本地的大荆篮,篮子里有新鲜蔬菜、来亨鸡蛋和两瓶鲜羊奶。

向文成和梅阁回笨花,向文成在前边骑车,梅阁坐在后衣架上抱着这只大荆篮。

30

向桂迫于内外的压力,把向家的花坊由笨花迁到了县城。外是"花行"的竞争,导致他的经营不善;内是家事的一天天紧迫,大房扔子对二房小妮儿的不容。向桂听了嫂子同艾的劝告,下决心把向家的花坊迁出了笨花,走时还带走了小妮儿。搬迁时向桂还找向文成给花坊改字号,向文成出口成章地说:"就叫裕逢厚吧。"向桂一听裕逢厚本是个吉利的字号,当下就定了下来。

裕逢厚位于县城西街,临街是三间带柱廊的板搭门面,门面一侧是通往院内的大门。高大的院门可通行大车小辆,迎门的影壁宽阔,上书"裕逢厚花坊"五个大字。院内有正房五间,向桂在此待客谈生意;两排东西厢房是裕逢厚的账房和各业务部门。绕过正房是后院,后院是花坊的轧花和蹬包车间。裕逢厚的业务是把收购来的籽棉加工成皮棉,打包外销。外销时皮棉要打成见棱见角的花个子,这个环节就是打包。轧花、打包是花坊的关键环节。

兆州人管皮棉叫穰子,管给穰子打包叫蹬包。在花坊里,当籽棉通过轧车被轧成穰子后,便被送到蹬包车间进行蹬包。蹬包工人先把穰子填入蹬包机,然后他们一边填花,一边用脚踩实,最后再由机械加压,将穰子压成"花个子"。花个子在蹬包机里被压榨成形后,再以铅丝箍紧,从机器里滚出来,蹬包工人便完成了一个蹬包工序。花个子论件,一个花个子叫一件,一件花个子二百市斤,一个壮工只能荷起一个花个子。

向家的裕逢厚在城里开张后,生意果然大为改观。这里终日车水马龙,进院的车辆是送货的,车上装满大包的籽棉;出院的车辆上装载着花个子,花个子被送到元氏或石家庄外销。车有单套也有双套,赶车人在院里用鞭子抽打着牲口,牲口们在院里拉着车或加力或调头。也有牲口在此"打尖"歇息的,赶车人便看个角落卸下牲口,让牲口就着车后尾的笸箩,任意吃喝拉撒。裕逢厚的大院里整日充斥着牲口的草料味儿和牲口的粪便味儿。裕逢厚的经理向桂,在这种气味中游走着和赶车人搭讪聊天。向桂办公本应在经理房,但生性好动的他不安于在经理桌后就座,他最愿意转悠着和客商搭讪闲聊,并任意对答着各路客人的闲言碎语。客商们多因了向桂这种待人随和、爱说话答理的性格,都和他保持着友好的买卖关系,热切地与他合作。客商们也因了向桂这种随意的性格,在花里使潮掺假,糊弄着裕逢厚。他们常把白色的坩土掺入花中,增加花的分量。裕逢厚的伙计把情况反映给向桂,向桂却不在意地说:"一星半点的,卖花没有个不使潮掺假的。下回验花时仔细点就是了。"这时的向桂,只在院里一面和赶车人借火抽烟,一面轻描淡写地对赶车人说:"哎,回去递说你们掌柜的,下回少使点假,别坏了我的轧车。"赶车人讪笑一阵,把烟抽得很猛。向桂是想,我还说人家呢,我的花个子里也有潮。向桂的蹬包房里就专有人拿喷壶往穰子上喷水使潮的。

　　向桂对待送花的潦草随意,于自己的穿着却从不含糊。如今作为裕逢厚东家兼经理的向桂,有事没事常穿一袭洋蓝软缎长袍,黑团花马褂,一双三接头皮鞋也常是一尘不染。向桂的穿着做派很是有别于他的侄子向文成。在笨花时向桂有时也到世安堂坐坐,见侄子向文成那穿戴随意的做派,常说:"文成,一个看病的先生,世安堂的经理,穿戴不能像你这样不管不顾,连双洋袜子也不穿,你也不是穿不起。"那时向文成就笑笑对向桂说:"叔叔,这穿戴的事就依我吧,我不愿意自个儿给自个儿找麻烦。"向桂就说:"我就不嫌麻烦,这鞋油就是专为皮鞋准备的。"向桂说皮鞋离不开鞋油,是看见了那天向文成也穿了一双歪三扭四的皮鞋,那还是他结婚时向喜从宜昌给他买的那双,棕色,压着碎花。向喜为儿子买的本是一双礼鞋,但礼鞋到了笨花之后,却变成了向文成的雨鞋,只在下雨踩水时向文成才把它穿在脚上。那天外面正下着小雨。被向文成当雨鞋穿的这双皮鞋,漆面早已磨去,鞋带也早就不知去向,鞋也变了形,向文成穿上它走起路来就一歪一歪的,皮鞋里再塞上一双家做的布袜子,走路时脚下更显得很没准儿。向桂批判着向文成穿皮鞋的架式,再看看自己脚上的皮鞋,觉得人的禀性终归是难移的,也就不再强调皮鞋打油的事。他是来找向文成给花坊起名的。先前向家的花坊在笨花时叫吉庆花坊,花坊濒临倒闭时向桂就觉得,生是这个小鼻子小眼的字号的过。现在花坊要搬家了,向桂就来找向文成了。向文成脱口就说了个裕逢厚,向桂说:"这个名字好,富裕逢厚实,咱盼的就是这两样。"

向桂穿长袍马褂,有时还冷不丁穿出一套西装,头戴法国盔,手托一杆白铜水烟袋于人前人后。这时向文成来裕逢厚,却看出了叔叔向桂穿戴的不得体之处。他对向桂说:"叔叔,穿西服可不能手托水烟袋,要配雪茄哩。长袍马褂配的才是水烟袋。"向桂看看自己手里的水烟袋,心想,这孩子,不论什么事,心里都明白。他自己不穿西服,却懂得西服配什么。怎么我偏就不留心这些。他就对向文成说:"文成,你要是不提醒你叔,生是没有人敢提醒向掌柜。再者,谁懂呀,净是些赶车送花的。"听了向文成的话,向桂就为自己准备了雪茄,遇到穿西服时,就把手里的白铜水烟袋换成雪茄,点不点的只在手里夹着。

同艾也很关心向桂穿衣戴帽的事,她不止一次地嘱咐小妮儿说,你既是在他叔身边,就要记结着他叔的穿戴。这穿戴的事男人粗心,女人可不能粗心。小妮儿心里明白,这是嫂子疼向桂。自从向喜离家后,这叔嫂二人始终保持着融洽的关系。向桂遇事找同艾,同艾就推心置腹地给他出主意。当年向桂要娶小妮儿做二房,就是先找同艾商量。同艾说,要说你们老爷们儿的事,应该由老爷们儿自个儿做主。可现在你问到嫂子了,嫂子就不能拿你当外人。老爷们儿娶二房,哪个做女人的也不能说就一百个赞成。可女人怎么也是女人,莫非还能制止住男人的心思?可是有一条嫂子还是要递说你,你把小妮儿娶过来,不能亏待小妮儿,更不能嫌弃他大婶子。我可看不得这个。同艾说的他大婶子就是向桂的元配扔子。扔子耳朵背,断事不敏锐,也不知向桂正对小妮儿动着心思。

如今小妮儿跟向桂住在裕逢厚,向桂又在裕逢厚隔壁为小妮儿买了一全小院,在裕逢厚的墙上挖了一个门,小院变成了小套院。这小院不大,只有三间小北屋,倒也严实。小妮儿不用下人,自己为向桂买菜做饭,把小院收拾得干净利落。向桂每天忙完柜上的事,便回到自己的小套院吃小妮儿的蒸馒头。原来小妮儿她爹就是个蒸馒头的把式,那年他在笨花得了向桂的接济后,就不让小妮儿再拾花,回本地开了一个馒头房。那时的小妮儿已经学会了蒸馒头,她为她爹揉面、使碱、烧火。馒头出锅了,她爹就推上车子去卖,小妮儿在家里看店。看似生性随意的向桂对小妮儿的心却很重。自从那年向桂给了小妮儿父女十块大洋,命他们离开笨花,也不许小妮儿再去外出拾花以后,又过了两年。有一次向桂只身一人专程从笨花去看小妮儿,他按照小妮儿留下的地址,走了一天的路,找到了小妮儿。他看见小妮儿真听了他的话,没有再去拾花钻窝棚,正在家规规矩矩地做着生意,便向小妮儿透露了他决意要娶她的事。小妮儿很为向桂的举动感动,高兴得一时不知如何是好,她给他热了两个馒头,又到街上给他切了一盘咸驴肉。向桂狼吞虎咽地吃了小妮儿的馒头和驴肉,告辞了小妮儿。不久以后,小妮儿的爹也同意了这桩亲事,但也给向桂提出了不容置疑的条件。第一,向桂要娶小妮儿必须是明媒正娶;第二,他自己不离开本地继续蒸他的馒头,将来向桂要和小妮儿一起为他送终。向桂答应了小妮儿爹的条件,很快就备下花轿细车、鼓乐班子到临县去迎亲,喜事过得比娶老大扔子时还大。娶扔子那年向家家境尚不景气,扔子只坐了一辆双套细车,连花轿和鼓乐班子都没有。

向桂在家中张罗喜事,扔子尚在梦中。向桂又托同艾去给扔子透露消息,去劝说扔子接纳下小妮儿。同艾就特意把扔子请到自己房中,妯娌俩盘腿坐在同艾的炕上,同艾把一块直贡缎衣料摆在眼前。扔子看见衣料,猜出是同艾有事找她,又联系上向桂最近的行踪,便先开口说:"有事,有事,这是有事。"扔子瓮声瓮气地一连说了三个有事,那语气不是询问,不是探听,明显地带着毫无疑问的肯定。同艾想,原来谁都不傻,断这类事,女人更优于男人。她决定不再转弯抹角地往那件事上拐,她准备先从扔子的自身条件切入正题。然而,还没等同艾开口,扔子冷不丁又说:"这是桂有事,桂。"同艾一听扔子张口就举出了桂,索性就接上扔子的话茬儿说桂,她凑着扔子的耳朵说:"扔子,桂有事,桂是有事,桂想孩子了,想抱个胖小子。"

想抱胖小子,这是男人纳妾的理直气壮的理由。原来向桂娶扔子多年,扔子不曾生育。作为向家老二的一股,无论如何是一个缺欠,也是扔子在向家的无地自容之处。扔子也明白,现在同艾说向桂想抱胖小子,这并非是指向桂对扔子的期望,是另有所想。但女人的本能也立时呈现了出来。扔子涨红了脸,手在空中指画着,她对同艾嚷着说:"娶小的呀,桂要娶小的呀?他敢!"同艾把扔子挥在空中的手够下来,让那胳膊在身前稳住,说:"她婶子,算了吧,由他吧,桂跟前不能没有人。"同艾用了一个最简便的理由,制止住扔子的愤怒,况且那语调是肯定的。扔子果然无言以对了,她喃喃自语起来,嘴里道出了一些只有她自己才能听得懂的闲言碎语。同艾想,唉,向桂让我劝说扔子,其实也就是给扔子打个招呼而已。你扔子和我比,比我还强哩。当年向喜娶二丫头时,连个招呼都没人给我打过。那孙传芳叫了一阵嫂子,遇到这事也不叫了。想想这些,她就觉得和扔子也不必再多费口舌。她双手托起眼前那块衣料,对扔子说:"南方来的,裁件褂子吧。"果然,扔子暂时把对向桂的注意力转向衣料。她打开纸包,伸出一双粗糙的手在衣料上摩挲着,霎时间脸上还出现了点笑容。同艾见状就进一步和扔子开玩笑说:"叫小的给你裁,叫小的给你做,使唤她,嗯!"哪知扔子捏住衣料却又抵触似的说:俺不,俺不!俺不用小养汉精!俺不用钻窝棚的货!扔子对小妮儿用了个"小养汉精"和"钻窝棚的货",找到了此时对此事的心理平衡。她知道向桂正对临县一个钻过窝棚的小妮儿动着心思。同艾想,那就是你的事了,你不用白不用。

妯娌俩这场对话之后不久,向桂娶来了小妮儿。但扔子并没有因为同艾的那块南方衣料而容纳下小妮儿,再后来终于演变成那次的咬手指事件。好在扔子咬掉的是小妮儿左手的中指,缺了半截中指的小妮儿,没有显出做事的不便。小妮儿的左手缺了中指,手腕上也落了两道深陷的大牙印儿,像对接着的两个月牙儿。每当向桂看见小妮儿左手落下的伤残,就心疼得要命。他想,手指是长不出来了,也不好掩盖。手腕上的伤疤倒可以做些遮挡。他托起小妮儿娇嫩的手腕说:"我再去天津的时候给你买块手表吧,戴上手表也许能遮遮。"小妮儿却说:"不碍,我不戴那物件,我嫌洋气。"向桂又说:"你要执意不戴,我就给你打副金镯子,打宽点,也能遮遮。你手上这副镯子太细。"小妮儿说:"你真要打,就打银的吧,可不兴真打金的。"向桂说:"咱打得起,咱有的是花。"小妮儿说:"打得起,也不打。"向桂想了想没再说话。他知道小妮儿最关心的是他的花坊。从前小妮儿来拾花时喜欢花,现在娶到向家还是喜欢花。她常在花坊转悠,捡拾工人们遗失在地上的花瓣,替他们扔上花堆。她还常挑拣些上好的穰子找人弹成絮花,絮成一床床的被窝。向桂便给她买回一床床的绸缎被面供她做。现在小妮儿的炕上有顶着房梁的新被窝,晚上小妮儿和向桂倒换着盖。

白天小妮儿给向桂蒸新馒头,晚上就和向桂换着样地钻新被窝。小妮儿把自己的小光身子任意歪在向桂身上,闻絮花的味儿。身高马大的向桂搂着细胳膊细腿的小妮儿想,从那次窝棚相遇,多少年过去了,小妮儿好像没长个儿,还是细胳膊细腿。每到这时他就会想到当年她那条小花棉裤——那条蓝底儿小红花的小棉裤。那一晚,小妮儿把条棉裤一脱,仰在窝棚里等他。他想,当时他心疼的也许正是那条小棉裤吧,他爱怜的也是那条小棉裤。小棉裤勾起了他无限的心事,就因为小妮儿穿了那条小棉裤,小妮儿才变成了他的人。小妮儿当时要是不穿那条小棉裤呢……可是她穿了。

向桂在新絮花被窝里上下抚摩着小妮儿,只听小妮儿说:"原先我以为一包袱絮花就挺多,没想到,花还能用大车小辆拉,还能一装一屋子。"向桂说:"这才一星半点的,赶明儿我带你去趟天津,让你看看天津专盛花的大仓库,你看那仓库有多大、有多高。"小妮儿说:"还能赶上兆州的城墙高?"向桂云山雾罩地说:"高,桃山、磨山一般。"

31

西贝牛和大儿子大治在给牲口铡草。父亲搦,儿子铡。西贝牛坐在一个谷草个子上,脚上绑着护腿,胳膊上戴着套袖。他双手掐住草个子,一下一下节奏分明地把谷草往铡刀底下搦。大治随着西贝牛的节奏,把铡刀一下一下地掀起,又一下一下地往下摁。他的胳膊一夯一夯,身上的短袄一掀一掀。远看去,使人觉得他的肩膀很耸,头很小。大治的铡刀摁下去,金黄的草节从铡刀一侧飞起来,草节落在西贝牛的脚下,也溅在西贝牛的头上和肩上。有时他的眼皮上鼻子上都沾着草节,像灶前贴的灶王爷。

铡草是个不紧不慢的悠闲事,刀切干草的嚓嚓声,会使切草人兴奋不已,还会使一个家庭显出安谧、富足和稳定。嚓,嚓,嚓……牲口吃着拌着煮料的草节,心满意足,也和主人友好相处如家人。

西贝牛的二儿子小治扛着空枪走进门来,他是在县城集上卖了兔子回家的。小治把空枪斜靠在门框上,然后坐在门槛上打火镰吸烟,他那双有点斜视的眼,像看天又像看父亲和哥哥铡草。西贝牛和大治似乎谁也不曾理会小治的出现,他们习惯了小治的扛枪出门进门。他们铡草,小治打火镰抽烟,铡草和打火镰的节奏相近,有点不谋而合。西贝牛攥完一个草个子,小治抽完一袋烟;西贝牛又攥完一个草个子,小治又抽完一袋烟。趁铡刀歇息的空隙,西贝牛发现了小治,小治也终于说话了。

"集上的人有说法。"小治没头没脑地说。

"有什么说法?"西贝牛问小治,脸上带出少有的警惕。大治也拍打着溅在身上的草节,静听着。

"说咱家的事哩。"小治说,说完朝小北屋看看,小北屋住着他的侄女梅阁。小治的眼光躲开梅阁的窗户,警觉地暗示父亲和哥哥进他屋里说话,说完他先从门槛上站起来进了屋。西贝牛从铡刀旁边站起来跟进去,大治也放下铡刀跟在后面。大治不找坐物,只拿身子倚住门框,他那高大的身躯挡住光线,使屋里显得很黑、很严实,这正适合父子三人说话。

西贝牛和大治静听着小治的下文。

小治直视着站在他眼前的西贝牛,又拿眼光关照着正堵着门的大治,压低声音说:"咱家有人要受洗,集上有个在教的递说我的。"

笨花人管教徒叫在教的,笨花人更知道受洗是怎么回事,西贝牛全家也知道。那是教徒的一个重要标志,也是基督教的一个重要仪式。瑞典牧师一次一次地给教徒施洗,施洗的过程也一次一次地在笨花人口中流传。笨花人觉得这仪式既神秘又寒碜,笨花人对受洗的了解是这样的:礼拜堂的讲坛下有个粪坑大小的水池,这池子平时盖着木板,山牧师讲道就是站在这木板上。赶到受洗这天,池子被揭开了,池中灌满冰凉的井水,水有齐胸脯子深。受洗的男人女人一律被扒成个光腚,肩上披个白包袱皮,排着队走到水池跟前,这时山牧仁便摁住受洗人的脖子,一个又一个把他们摁入水中。凉水呛着他们的鼻子灌入他们的嘴。待到他们上气不接下气时,才会被从池子里捞出来,到下处去换衣服。之后这些光过腚、下过水的男人女人就变得与众不同,他们就变成了上帝的人。

先前西贝牛总觉着孙女虽然信教,离这一步却还很远。现在听小治一说,莫非孙女真要被扒个光腚让山牧仁掐着脖子往水里摁?为了证明此事当真,西贝牛又问了小治一些细枝末节,联系到梅阁近日的行踪表现,他终于相信了这传说的真实。西贝牛平时少言寡语,但遇事性子便火爆。现在他听完小治的诉说,转身推开挡在门口的大治,向小北屋奔去。

梅阁正在小北屋炕上给自己絮棉袄。那天她和素就伴去石桥镇赶集,在集上为自己新买了一块花哔叽。这哔叽布海蓝底子,上面印着一个个猩红的小圆点。为这小红点她和素还有过一场争论,素说这红点是桑葚,梅阁说这不是桑葚,桑葚没有这么红,这应该是樱桃。素说你怎么知道这就是樱桃,你又没见过樱桃。梅阁说,人不能光知道自己见过的事,谁也没去过伯利恒,你就不能说世上就没有伯利恒。你没见过伯利恒的马槽,你也不能说马槽就兴笨花有。后来梅阁为了让素相信布上的红点就是樱桃,还专给素讲了一个《圣经》上关于樱桃的故事,那樱桃就和这布上的小圆点一模一样。素总算半信半疑地相信了。

梅阁给自己买布,是为了给自己做件新棉袄。她要受洗。她算了算日子,受洗那天已经过了霜降拾花的日子,那时天已凉下来。再说,为了这个洗礼,她也愿意穿件自己亲手做的新衣裳。这几天她不用娘和嫂子帮忙,她把自己关在小北屋不出来,自己剪裁自己絮花。此刻她正把棉袄的里和面绗起来。

素不赞成梅阁的受洗,她觉得受过洗的人就不再是"人",身上好像笼罩着一层仙气,遇事阴阳怪气。东头有个娘们儿受过洗,整天凡人不理似的,还截长补短地当着人闹"圣灵充满"。闹圣灵充满时连自己的子女都不认,非得说满世界的人都是罪人,就她是从天上下来的。素不愿意梅阁也变成这样的人。为此,梅阁做棉袄,素就不来帮忙。梅阁叫她,她还净抢白梅阁,说:"俺是罪人,俺是罪人,莫非罪人还能摸你的絮花哟?你就快穿上新棉袄到伯利恒吃樱桃去吧。"

梅阁扑着身子在炕上绗棉袄,下午,小北屋的窗户被树影儿挡着,屋里光线很暗。梅阁早早就点着了炕墙上的油灯,她没想到爷爷西贝牛会进小北屋。

本来西贝牛对孙女的举动就愤愤然着,现在又发现大白天的梅阁就点起了灯,更是火不打一处来。他冷不丁在梅阁身后说:"你这是吃新粮食烧的吧?秋也过了,新粮食也下来了。"

梅阁看是爷爷西贝牛站在她跟前,就停住手里的针线,但她并不准备转过身来。西贝牛向前跨一步先吹灭了炕墙上的油灯,祖孙二人立刻陷身于小北屋的黑暗中。在黑暗中,西贝牛的眼睛显得很亮,他眼光一闪一闪地又对梅阁说:"都说你哩,全兆州城都在说你哩。"

梅阁还是不说话,索性又扑下身子去绗棉袄。光线暗,看不清针脚,她就摸索着一针一针地往前绗。

西贝牛见梅阁不说话,嗓门顿时又提高了许多,他大着嗓门说:"你不是个信主的哟,信主的不兴说谎,不兴蒙人,你把你那主张也给你爷爷说说,让你爷爷这个光知道给人种粮食、给牲口铡草的罪人也听听。"

梅阁这才扔下了手里的棉袄,猛然转过了身,眼光不躲闪地看着西贝牛。黑暗中梅阁的眼光也很亮。她看着爷爷想,这是爷爷已经知道她要受洗的事了。于是她说:"你不是都知道了,知道了还问我。"

西贝牛说:"我是想听你个人说出来,真有这事儿?"

梅阁说:"真有。你没看见我正给个人做棉袄,就是为了那天穿哩。"

西贝牛听说梅阁眼前的活儿就是那个时刻要穿的棉袄,就好像立时看见了那个粪坑大的水池,看到了那一群鱼贯而行的光腚男女,孙女梅阁正披着包袱皮,光着腚走在这一群男女中。他觉得自己身上很冷,也很羞耻。他下意识地紧了紧系在腰里的褡包说:"不行,你爷爷不答应,除非你不是西贝家的人。"

梅阁说:"行,从今往后你就把我当外人吧,你就把我打出去吧。"

西贝牛反对梅阁受洗,但他没有把孙女赶出家门的打算。他站在孙女身后,看着孙女那单薄的脊梁,突出的肩胛骨,便不再说话。他不再说话,并不是被孙女说服,也不是对孙女那单薄的身子生出怜恤,他是想去找邻居向文成。一方面找向文成探个究竟,一方面让向文成劝说住孙女,他知道向文成在梅阁心目中的位置比他这个爷爷重要得多。他自己再发火也是个攒粪、铡草、种地的,向文成呢,在梅阁心中快赶上个"二上帝"了。

西贝牛在小北屋和梅阁说话,西贝家的男女都站在院里听,西贝二片也支起一条腿趴在窗户上往里看。只有西贝时令不在场。当西贝牛冷不防从小北屋出来,全家人才悄没声地散开,各回各屋了。

西贝牛冲出街门到向家去找向文成。天色已是黄昏,西贝牛一出门正碰见那个鸡蛋换葱的。换葱的以为西贝牛换葱,赶紧迎上去说:"正经八百的鸡腿葱……"西贝牛不看卖葱人的鸡腿葱,绕过他的葱车就走,迎头又碰见了卖糖酥烧饼的老汉。老汉还当西贝牛来买烧饼,便说:"新出炉的,还热乎哪。"西贝牛看也不看老汉的烧饼篮子,径直拐进了向家。

又是向文成擦灯罩的时刻,院内的红石板上已经摆了一排灯罩。直到西贝牛走到向文成眼前,向文成才看清这位房后的邻居。他想,这可是位稀客。西贝牛是从不串门的,西贝牛若来串门必有大事,定是为了梅阁受洗的事。梅阁要受洗,西贝牛迟早要来找向文成劝阻梅阁,这已在向文成预料之中。

向文成把手中刚擦过的一只灯罩排在红石板上,对西贝牛说:"牛爷哟,我掐算的是您明天来,没想到您早来了一天。"西贝牛比向喜大两岁,向文成管西贝牛叫爷。

西贝牛愣了一下,对向文成的话似懂非懂,也不知如何开口了。

向文成知道西贝牛不知如何开口,又说:"牛爷,咱两家离得再近,您也是稀客。早晨喜鹊叫,必有客来到。一大早咱两家的房顶上的喜鹊就叫个没完。"

西贝牛还是说不出话。他只擅长说花地、谷地、牲口和大粪的事,他知道受洗的内容,但"受洗"这两个字离他的嘴边却十分遥远。这时他只是盯着向文成面前那一排锃亮剔透的灯罩,觉得自己的手和脚都很脏,便不停地在裤腿上蹭手,在地上擦脚。向文成见西贝牛还在局促着,就替他拉过一只板凳让他坐,西贝牛也不坐。

向文成索性进一步说:"牛爷,你常年不到墙这边来,不像梅阁,咱这堵后山墙对梅阁来说有没有都一样。"

向文成一提梅阁,西贝牛才终于开了口。他说:"邻家呀,我要说的就是梅阁。那是真事哟？我想问问你。"

西贝牛把向家的人一律称做邻家，不分男女老少。

向文成想，果然是为梅阁受洗的事。既是这样，他就应该把真实情况告诉西贝牛，还要亮明自己的态度。他说："牛爷，你问的是梅阁受洗的事吧？第一，有这么回事；第二，要我说，应该让她自己做自己的主。"

西贝牛说："你是说让她去洗……那个澡？"

向文成说："不是洗澡，是受洗。受洗可不同于洗澡。城里南街有个一品香澡堂，进澡堂是洗澡。人家这是教会里的举动，性质可大有不同。"

西贝牛说："不都是光着腚下水呀，有个什么不同。不就是肩膀上多一个包袱皮，叫人往水里摁呀。"

向文成笑起来。向文成一笑，西贝牛更加局促，他仿佛知道自己言语有失，就又对向文成说："都那么说，披个包袱皮，全身都光着。"

向文成想，受洗不受洗，这本是一个人的私事，也是一个家庭的私事。可把受洗误解为披着包袱皮被人往水里摁就有点荒唐了。这件事还必得给西贝牛说清楚。他对西贝牛说："牛爷，这样吧，受洗不受洗你听梅阁的，披包袱皮的事，我可以向你保证，没有那回事。人家山牧仁是个文明人，他传的教也是教人施爱心，讲文明。光着腚披着包袱皮，叫人掐着脖子往水里摁，决不是基督教的教义。梅阁真要去受洗，赶到受洗那天，我还说不定要去看看哩。"

西贝牛安静下来。也许是他听了向文成给他的介绍，也许是他听说向文成也要去看梅阁受洗。但他对梅阁的受洗并没有应允。他和向文成脸对脸愣了一会儿，只说："邻家呀，我走吧，也该吃饭了。"西贝牛转身往外走，当他出了向家院子时，却已经感到梅阁受洗的事已成定局。

向文成有两个儿子。大儿子向武备在外地念书。小儿子向有备，今年八岁，他和哥哥的名字里都有个"备"字。

全家人都说有备的脾气怪，对吃的物件太挑拣。他不吃茴香、芫荽，不吃牛肉羊肉。他说老咸菜苦，他说咸鸡蛋臭。家里人拿大白菜剁馅儿，他说闻着头晕，还说熬南瓜有臭水沟味儿。秀芝说他，同艾就护着他。同艾："百人百姓百脾气，你们说孩子，你们都没挑儿？"秀芝说："娘，你就惯着他吧。"其实秀芝对有备也是睁一眼闭一眼。

只有向文成对有备是认真的。他净拿幼年时的武备和现在的有备做比较，他常当着有备叙说武备儿时的"风云"故事，用以激励有备的成长。他说武备不会说话时就会认影壁上的字，大人问他哪个是风，哪个是花，哪个是月，他都能指出来。后来会说话了，故事就更多。三岁时会背东头洋学影壁上的"总理遗嘱"；四岁时对戏台上的戏文就过"耳"不忘；吃饭时捋着胸前的围嘴（把围嘴当髯口）学着某员外的"引子"说："春天有雨花开早，秋后无霜落叶迟。"还有，还有什么写字快，笔尖从不离开纸，七岁时赛跑得第一，得奖得了个墨盒（白铜的）……听着这些反复不断的叙述，有备并不受此激励，也不自卑。有备想，认字记戏文我并不比我哥武备差，我没背过"总理遗嘱"，我背过《陋室铭》；我没背过"春天有雨花开早"，我背过"伊里门前下了马，有劳大人相迎咱"。可是有备毕竟有自卑之处，他背书背戏文是心里背，他说话不顺当，他口吃。有备在学校赛跑也没跑过第一，他走路脚尖往里拐——里八字。向文成就把他的里八字当心病。受了口吃和里八字两件事的困扰，向有备于父亲面前总有几分"自惭"。有备爱看戏，有一次他看了一出《捉放曹》，回来向文成问他，那个捉住曹操又放了曹操的人是谁？似这等区区小事，有备就是答不上来。他知道那个捉住曹操又放了曹操的人叫陈宫，可那个陈宫的陈字，他就是吭哧着说不出来。这件事很让他无地自容。他以为向文成会逼着他必须说出来,但向文成让了步,他明白有备回答不出不是不知道,那是另有原因,然而就是这件事横在有备心中,成了他和父亲交流的障碍。之后向文成也迁就了有备,他不再问他《大登殿》里苏元帅和魏高参的真名叫什么。但向文成对有备的里八字脚却不能迁就,他止不住地让有备在甬路上练走路,他在他前头"矫枉过正"地撇起"外八字"做示范。他们走过来走过去,直到同艾看不下去,吆喝向文成这是没事找事难为有备时,父子才停住脚。

向文成对有备的要求或许有"暴虐"的成分,正因为他对这个小儿子也寄予着希望。当他面对山牧仁送给他的那一荆篮番茄、羊奶和来亨鸡蛋时,这些高营养的食品使他首先想到的是小儿子有备,他切盼他健康成长,他切盼他长成一个武备模样的有备。

现在,西贝牛走了,向家开始围住红石板桌吃晚饭。吃饭的有向文成、同艾、秀芝、有备和取灯。

夏天取灯来笨花,本打算只在笨花住几天。但同仁中学因为局势的缘故迟迟不能开学,取灯就在笨花住了下来,她觉得她已经融入了向家。刚才取灯在厨房帮秀芝拉风箱做饭,听见大哥向文成在院里和西贝牛说话,便不时停住风箱听听。后来西贝牛走了,取灯见正是停火捂锅的时候,就停了风箱从厨房来到院里。她把一只纤尘不染的锃亮灯罩扣在一盏煤油灯上,划根火柴替向文成点着。油灯把红石板照得很亮,月亮也升起来,向家的院子更显敞亮。取灯点完灯,又进厨房端出秀芝切好的咸菜,再把秀芝盛好的粥一碗一碗端上饭桌,直到全家围上红石板吃晚饭时,她才接上刚才向文成和西贝牛的话题。

取灯说:"大哥,牛爷同意梅阁受洗了?"

向文成说:"也不能说同意,他是对受洗有误解。可拦也拦不住,梅阁又不听他的,所以才来找我。"

取灯说:"闺女们也净拿受洗当笑话讲,说山牧师让受洗的男女都裸体着披个包袱皮下水,说得有鼻子有眼的可真实了。不过越是这样我倒越同情梅阁了,顶着多大的压力呀,长得又那么单薄。"

向文成说:"这就是宗教和老百姓之间的矛盾所在。宗教要争取信徒,老百姓对宗教又持排斥态度。有时候我也常为山牧仁想他在兆州的前途。"

向文成全家吃着饭一直说教会,说梅阁的受洗。取灯又说:"我就支持她,像她这种性格的人,就应该多给她点人生的自由,这对她的生命只有好处,没有坏处。"

同艾说:"大粪牛是个死榆木疙瘩,管那么多干什么。"

秀芝说:"可怜见,那天拿着块花哔叽给我看,个人裁,个人做,也够痴心的。"

向文成说:"取灯。"

取灯说:"哎。"

向文成说:"这受洗的仪式我还真想见见,也是给梅阁一点安慰。你看这样行不行,我带上你们,咱们都去。"

同艾听向文成说要带大家去教堂,就说:"我数叨大粪牛行,可我不进教堂。一家人招摇过市的。"

取灯说:"娘,你不用去,你去动静太大。我和大哥、大嫂、有备去。"

众人说话间,向文成已经停住碗筷,仰头直对着天上的星星出神。取灯看看想事的向文成说:"大哥,我看你主意已定,那咱们就去吧。"

向文成"嗯"了一声就找有备,他见有备端碗在远处转悠,就喊有备过来。

端着碗转悠的有备没想到父亲喊他,但他对家里人议论的事,心里很明白。他知道家里人支持梅阁去受洗,其实受洗的仪式他倒见过,这一点他比家人明白。去年他和几个孩子去教堂看受洗,黄长老不让他们进门,他们就蹬上砖摞,捅破礼拜堂后窗户的窗纸往里看。他见过那个灌满水的大池子,还看见教堂里早早就生起了一个大洋炉子,热气直往外扑。他还看见有一队男女走进来,有人把他们搀扶到水池子里。那些人并不是光着身子只披一件包袱皮,他们都穿着又肥又大、扫着地的大白袍子。有人把他们往水里领倒不假,可那不是摁,是他们自己一步一步地往水里走。后来受洗的人从水里走出来,讲台上就开始唱歌、演节目……端着碗的有备听见爹喊他,就知道是为梅阁的事。他走过来,把饭碗放在石板上,靠住姑姑取灯。

向文成说:"知道为什么叫你吗?"

有备心里虽然明白,可他不说话。取灯替有备说:"咱们看受洗去,都去。"

向文成说:"去是去,不光是看,还有事哩。这事也和受洗有关,谁也不许发憷,轮着谁就是谁。"

取灯说:"这倒突然,大哥,什么事?"

向文成说:"咱给梅阁助助兴。我编出小文明戏,你们上台演。"

取灯说:"让谁演,我?"

向文成说:"你,还有有备,主要是有备。取灯,你是个配角,有备是主角。"

向文成说到此,全家都放下碗筷,不约而同大笑起来。同艾笑得最响,这件事让常年不笑的她感到格外兴奋。她笑,还因为她见过演文明戏。那年在保定,有一伙中学生在街上演文明戏,她和孙太太挤在人群里看,还记住了其中许多台词。那出叫《文明结婚》的文明戏,一位主持婚礼的老者(女学生扮演的黑胡子老头)戴个黑边眼镜报礼单,操着某地方口音的普通话,诙谐地不着边际地说:"山上石块(十块),河里流快(六块),柳树底下凉快(两块)……"意思是说,为这结婚送份子的只有山上的石头,河里的流水和岸上的柳树,是一场没有人捧场的文明结婚。现在一提文明戏,同艾就想起那个粘着胡子念礼单的女学生。

同艾笑一阵,秀芝也笑起来。秀芝笑,是笑有备他爹怎么就想起了有备。到时候有备也许是个老头,也许是个梳纂儿的娘儿们,演戏轮着什么算什么。取灯对这些倒不奇怪,她在保定同仁中学时,也上过台。有备更不笑,只觉得身上一阵阵火辣辣。他怎么也想不出,为什么爹单在这个时候点到了他。他又想起了那次爹问他"谁捉了曹操又放了曹操"的情景。取灯已经觉出倚在身边的有备的不塌实,她猜出了他的心事,就给他鼓劲儿说:"有备,站直了,你能。在台上说话和在台下不一样,要不然你试试,你肯定行。"

向文成想到让有备演戏也是事出有因。先前一个唱梆子的戏班里,有位叫九岁红的孩子,平时说话磕磕绊绊连不成句,一上台,对于戏文的念和唱就分毫不差。后来九岁红还成了戏班里的头牌。向文成想,让有备大胆上台演出文明戏,既给梅阁助了兴,说不定也锻炼了有备。

取灯给有备鼓劲儿,有备便不再发憷上台的事。取灯趁热打铁地说:"咱有备说了,他演。大哥,你准备编一出什么内容的戏?"

向文成想了想说:"我看你们就演一出'出埃及'吧,这里边的主角是摩西。摩西是个老头儿,还有一群跟着他出埃及的犹太人。有备演摩西,那一群犹太人叫有备自己去找,找到谁算谁,多一个少一个也不要紧。戏里还有一两个人物,一个是耶和华,一个是埃及法老。事不多,不时在山上显一下。取灯就演这俩人。穿什么衣裳,怎么化妆,就交给取灯了。明天我就动笔。"

一连几天,向家人都在为这件事兴奋。同艾对取灯说:"看看耶稣教的画吧,穿什么衣裳一看画就知道了。"

只有有备没说话。这件事他虽然没有十分把握,但演一个拄着拐杖的老头儿,无论如何对他是有吸引力的。这天晚上他做了许多梦,他梦见他老了,净拄着拐杖走路。他弯着腰走上一座山,那不是山,是棉花垛。在棉花垛上他碰见了取灯和梅阁,她们不认识他了,问他:"你是谁呀?"他就是回答不出来。他心里想说是摩西,说不出;想说是有备,也说不出……

32

哀恸的人有福了
因为他们必得安慰
清心的人有福了
因为他们必得见神

《新约全书》马太福音
第一章第五节

深秋,大庄稼已收获,花也拾了,田野里只剩下霜降后的花地。花棵花叶由绿变成紫红,像红铜铸的秸秆,秸秆变成花柴。只有遗留在花翅里的花瓣星星点点在寒风里忽闪。看花的窝棚还在,却没有了恋花的男人和女人。地里没了花,恋花人就对窝棚失去了兴趣。寒风忽哒哒地吹动着窝棚的草苫和席片,四周无限的凋零。

大道沟两厢都是花地,暗红的花地簇拥着大道沟,也簇拥着沟沿上坚硬的黄土小道,小道显得十分明亮。坚硬明亮的小道上正缕缕行行地走着一排人,是西贝梅阁和陪伴她去受洗的人们。他们宾主分明地朝着城里走,梅阁走在最前头。她穿起了亲手做的"红樱桃"小棉袄和一条漆黑的薄棉裤。棉裤的裤腿很肥,肥裤腿正在时兴。风把她的肥裤腿刮得忽闪忽闪的,风把她的齐肩长发撩起来落下去,落下去又撩起来。风还把她的双腮也吹得特别红。她神情庄重,眼睛只看着一个方向,便是兆州城。

紧跟在梅阁身后的是取灯和秀芝,再后面是向文成和有备。还有几个孩子走在最后,他们是有备挑选的跟他"出埃及"的"犹太人"。向文成为有备编的《摩西出埃及》今天也要登台。出门前他们对自己的服饰都做了打整,取灯为了打扮自己,问了秀芝又问同艾。她试了制服又试大裉,试了夹袄又试毛衣。末了还是同艾拿了大主意,同艾说她就待见保定女学生的打扮:一件毛蓝大裉,大裉外面是敞口毛衣。取灯就听了同艾的,穿了件阴丹士林的卡腰大裉,外加一件红毛衣。取灯穿衣服细致,有了合适的衣裳,袜子和鞋也得配好。她挑了一双半新的偏带皮鞋,一双白袜子。这样穿戴,在同艾看来,取灯又变成了一名保定的女学生。同艾喜欢女学生打扮,这和二丫头倒有点相仿。怎么说取灯也是有别于笨花人。秀芝简单:刚拆洗过的青布棉袄,灰布夹裤,半大脚上是一双黑平绒鞋。她脚跟着地走得大步流星。向文成今天也穿了件平时很少穿的蓝洋布长袍,脚上是一双新布鞋。秀芝特别关照他把布袜子换成线袜子。脚穿新鞋新袜的向文成和大家步调一致地走着,他的白熊自行车只推着不骑,他口中还不自觉地哼着一首首歌曲。哼完了"云儿飘星儿摇摇"又哼"只有一位真神就是我救主"……这支宗教歌是他模仿梅阁的调门儿唱起来的,梅阁唱歌走调,这常常给向文成的模仿带来困难。兆州人管走调儿叫"咧调儿",向文成听见梅阁唱歌就说:"哎,咧调儿了。"梅阁想改,可她改不了。向文成唱着咧调儿的歌,唱时就没有把握,只好轻声哼哼。他能唱准"云儿飘",还唱"春深似海,春水如黛",都是从戏盘上模仿下来的。向家有个带大喇叭的留声机,也是那年向桂在宜昌住闲,赶上宜昌兵变,从宜昌抱回家来的。有了留声机,向文成就到处买戏盘、唱片,他买金少山、言菊朋的京剧,也买盛行一时的流行歌曲和国乐演奏。后来取灯来了,见笨花家里也有留声机,便也跟着留声机唱歌。有时向文成和取灯一块儿唱,兄妹俩一块儿唱着一块儿探讨着唱歌的奥妙。向文成问取灯:"据说洋人把唱歌叫声乐,声乐里还分声部,你听我的音属哪个声部?"取灯说:"外国人唱歌分部其实就是意大利人他们分得细,单说这高音里还有高音和次高音,次高音以下才是中音和低音。我看大哥你应该属于次高音,比中音高点,比高音低点。"向文成又问取灯:"你哪,你属哪个部?"取灯说:"我也属次高音吧,咱俩的声音都随咱父亲他老人家。闭着眼听,大哥你和咱父亲说话声音一模一样。不像我二哥三哥,他们说话随我保定的妈。"向文成想到,他第一次见取灯时,就偏重听取灯说话的音,原来他们两人的见解是一致的。取灯和向文成听着唱片一起讨论了不少关于唱歌的知识,当然,取灯的声乐才能是优于向文成的。在保定时,同仁中学一位教音乐的美国老师就说,取灯的歌唱快接近真正的意大利洋唱法了,她最拿手的一首歌是《特别快车》。二哥文麟对音乐更内行,他为取灯灌了一张唱片。这次向文成编文明戏《摩西出埃及》,本想也给取灯编一段唱,可转念一想,取灯演的是耶和华,属女扮男装,取灯一唱就露了性别,压低嗓子道几句白倒显不出什么。

有备最愿意听取灯唱歌,他觉得姑姑唱歌赛过了戏匣子里的人。至于向文成的歌唱,过去有备就觉着他"二五眼",像是在"喝咧"。姑姑夸父亲,是对他的客气吧。有备知道,姑姑最敬重她的大哥。

向文成唱了一阵歌,猛然想起走在身后的有备,他不扭头,只招呼着有备,有备就在他身后答应着。他问有备:"你那拐杖呢?"

"拿……拿着哩。"有备说。

"你那大袍子呢?"向文成又问有备。

"扛……扛着哩。"有备说。

"你那胡子呢?"向文成问。

"兜里装……装着哩。"有备说。

"所有犹太人的物件都拿全了?"向文成问。

"都拿全了。"有备说。

向文成放心了。他问有备这三样东西,是因为这三样东西最重要,都是这出戏必不可少的服装道具。

其实有备比向文成想得周到,出门时他不光打扮自己,还把摩西的衣物和所有犹太人的衣物都借全。因为出埃及的不光是他摩西一个人,而是一群人。这几天他把将要出埃及的"犹太人"一个一个地都找齐,有的人愿意当犹太人,有的人不愿意当。遇到不愿意当的,他还得狠费一番口舌去说服。有人还给有备讲条件说,在台上跟着走可以,就是不能让说话。有备把这些"犹太人"的要求告诉他爹向文成,向文成说:"行,跟着走就行。可是让摔倒的时候必得摔倒,背井离乡的犹太人走路很辛苦,有时要摔跟头。"有备再把这个情节转告给"犹太人","犹太人"觉得只摔一下倒也不要紧,终于同意上台。

现在,有备在前边走,五个"犹太人"(有男有女)跟在最后。今天有备穿的是紫花小袄,毛蓝裤,肩上扛着一捆秫秸棍,秫秸棍上挑着一个大包袱,包袱里是全体犹太人的大袍子。为这犹太人的大袍子,向文成和取灯很是费了一番心思,他们只在画片上见过犹太人的衣裳:齐脚面的袍子又肥又大,颜色有白有黄。袍子没袖子,胳膊像从一堆布里伸出来的。可这东西是怎么穿在身上的,谁也不知道,为这件事又值不得去问山牧仁。最后还是取灯想出了主意,她找秀芝要了一匹白布一匹紫花布,把布打开就在身上做起演习。她先用布在身上缠成个大筒子,再拿粗针大线连上。演出用时让"犹太人"往身上一扣,和画片一对照,活脱儿就是犹太人。今天有备的包袱里包的就是这些白布和紫花布的大筒子,那捆秫秸棍是犹太人的拐杖。

有备一边招聘演员一边筹划服装道具,态度积极自信。但向文成对有备却总还有几分不放心。他担心的不是他的记性,而是担心他的口才。为此他暗中和取灯做了几次商量,并物色B角准备随时顶替。取灯说:"不用,我说不用就不用。要不然预演两场试试。人在台上说话唱歌和在台下完全不同,你不是净举九岁红的例子吗?"后来《摩西出埃及》真在向家大西屋里预演了两次,向文成见有备在台上说话和平时判若两人,才放心了。

原来有备是有表演天才的。

为保险起见,向文成还是物色了一个叫二小的孩子做摩西的后备。二小不怵说话,也愿意演。就为这,他很希望有备在台上"结巴"。有备在台上一张嘴,他在台下心里就说,快啦,快啦!有备却偏偏不出一个错儿。二小知道没有盼头,也就死心塌地地去演犹太人了。正好这出戏里有一位乡人,这乡人也有唱,事也不少,二小就去演乡人了。有备知道有人正等着接他的事,心里格外怀恨二小,他上台之前就咬着牙在心里说:就为了你等着顶替我,我也得演好。有备成功了,取灯就对向文成说:"大哥你看,我说的有道理吧,有备在台上和在台下就是不一样。"

梅阁一行人在沟沿上走,招来不少过路人观看,有本村人也有外村人。本村人知道这里的故事,只看不说话。外村人就说:这群人是干什么的呀,娶亲不像娶亲的,赶集不像赶集的,这是怎么回事呀?

这群笨花人在沟沿上走六里,又在沟底下走二里,走完了八里黄土路就是城门。进了城门,绕过柏林寺,斜岔过一个干水坑,又在一个枯草坡上走一阵,就是神召会福音堂了。信徒们看见这个高耸在土坡上的福音堂,就像见到了天堂,今天"天堂"的门开得格外早。这群笨花人来得不是最早的,福音堂院里早就来了许多人。

有参加洗礼的信徒,也有送白菜、豆腐、粉条的。每当举行受洗仪式,教堂都要为信徒们开饭。拉着送菜车的牲口冲人群喷着白气,教友们一面搬着白菜豆腐,一面躲闪着牲口,互相打着招呼。

陈长老一眼就认出了向文成。他正指挥着几个人往锅灶前码白菜,院里大槐树下,新盘起的锅灶上支着两口七印大锅。大锅底下架着劈柴,厨子不时掀开锅盖往锅里续水,蒸汽立刻向当院扑散开来。陈长老身穿一件旧棉袍,手上、身上蹭着白菜上的湿泥。他看见向文成,像看见老朋友似的就去和向文成握手,他握住向文成的手说:"欢迎欢迎,山牧师知道向先生来参加西贝梅阁的洗礼,特意让我在这儿等候,说向先生来了,梅阁受洗就格外荣耀。"

向文成已经熟悉了教会里的握手礼,他握着陈长老的手说:"陈长老,你看,不光我来了,我家里也来了,你们叫太太,我们叫家里,其实只是个称呼问题。我家里,我妹妹,我的小儿子——他比我还重要,呆会儿你就知道了。"陈长老看见有备和他的演出道具就说:"是为洗礼助兴的,欢迎欢迎。"

陈长老和向文成说话,有备和他的"犹太"伙伴早就钻进人群去看热闹了。陈长老对向文成说,现在山牧师也正在后院做准备,一时腾不出时间关照向先生一家,就请大家自由参观一下教堂吧。

那边又有人在喊陈长老,陈长老就又去照应了。

向文成一行人开始四处参观教堂,梅阁给他们介绍着这里的一切,如数家珍。他们先走进房门大开的礼拜堂,堂内一字排开的条凳上已经坐了不少人。裸露着的檩梁上悬挂着拉成彩链式的花纸,梅阁说堂里只在做洗礼和圣诞节时才挂彩纸。她领向文成一家从彩纸底下往前走,一直走到讲台前。讲台上的木板果然被掀开了,地板下面果真有一个四方四正、炕一样大小的深坑。这深坑周围砌着灰砖,几步台阶通着池底,有一条穿墙的水道连接着墙外。显然,这池中的水将要从这水道里灌进来。向文成站在池前,想起了笨花人描述过的那个讲台下的"粪坑"。这时池内有个工人正对着水道口冲着墙外喊,让外边往里放水。不多时,真有水通过水道涌了进来。水头很猛,水里漂浮着草棍和树叶。向文成猜测,这水一定是从山牧仁菜园里那口井里涌进来的。

  向家人在堂内参观一阵,绕过一架旧风琴和一个炉火正旺的洋炉子,走出礼拜堂。他们穿过人群,推开山牧仁的栅栏门来到后院,看见黄长老正在摇水车。向文成暗想,自己猜得果然不错。黄长老抡满胳膊,一下接一下地摇着摇把儿,水从地下涌出来,涌入垄沟,再穿过礼拜堂的后墙,直流向堂内。黄长老看见向文成一行,认出了这是上次他为他摘西红柿的那位向先生,和向文成寒暄两句,就说起水的事。他说一池子水要浇俩钟头哩,得齐了胸脯子才够深。这时山牧仁和山师娘从甬路上走过来,衣着郑重,手持《圣经》。他们看见向文成十分高兴,山牧仁对向文成说了些欢迎的话,还说向文成来参加梅阁的洗礼,也为这个仪式增添了光彩。山师娘提到那次吃了向文成的中药,非常见效,使她对中国医学有了新的了解。山牧仁看见梅阁站在向文成身后,朝梅阁走过去说:"西贝小姐,今天应该说是你的节日,愿我的教会更多一些像你这样虔诚的教徒。走吧,我们开始吧。"

  洗礼仪式开始了,山牧仁和山师娘在信徒的簇拥下缓步走进礼拜堂。信徒和听众在一排排木凳上坐下来,山师娘在那架旧风琴前坐下,开始弹奏。另一位中国牧师手执一把小号,与她合奏一首名叫《万有主宰》的歌,信徒们附和着风琴和小号奏出的曲调唱起来。唱诗完毕,山牧仁开始布道,布道结束,才是洗礼的正式开始。

  受洗人在受洗之前先要到下处的房间更衣,秀芝和取灯也帮梅阁更衣去了。果真,受洗的信徒并非如笨花人传说的那样——光腚披一个包袱皮,而是有着更庄重的规范。他们脱光身子是真,可他们要穿起一件白布缝制的大袍。这袍子宽大无比,拖着地面,受洗人只裸露两条胳膊。洗礼开始时,他们要赤脚走进礼拜堂,再走进那个深水池。

这时,随着《万有主宰》的歌声,黄长老手持一个筛子走到池边,弯下身子将池内的枯叶败草仔细打捞干净。一池井水显得更加洁净明亮。令向文成一生不解的是,这水中的杂物为什么一定要在仪式开始后,当着众人去打捞呢?是为了当众证实这是一池洁净的水吗?而黄长老的打捞也是庄严和虔诚的,仿佛这打捞本身就是洗礼中的一个程序:筛子在他手中随着歌声飘游一阵,水面上的枯叶败草们向筛子游来……

水洁净了,受洗人被搀扶着走过来。堂内的琴声歌声更加响亮。受洗人袍子拖地,赤脚走过院里的沙土地面,又走过堂内的墁地青砖,再依次走进池中。

这天受洗的一共五人,梅阁走在最前头。她被两位受过洗礼的女信徒搀扶着,她们后面是两对年长的夫妻。

向文成和家人站在最后,为了看得清楚,他们都蹬上了木条板凳。他们看见梅阁被搀扶着走入水中,水没了她的脚,没了她的膝盖,没了她的胯,没了她的腰。水齐了她的胸,两位帮助她施洗的信徒继续将她往水里领,指示她屈膝下蹲。刹那间她的头也没入水中。当梅阁的头浮出水面时,清水从她头发上流下来。梅阁伸出双手,像洗脸一样摸着脸上的水,虔诚地把水从脸上摸下来。终于,她被从池中搀扶出来。当她整个的人浮出水面时,她分明轻轻咳嗽了几声。也许这咳嗽只有向家人能听得见。向文成带着职业的思维想,这水的温度到底是不适于人体的。梅阁的几声咳嗽让向家人都觉出了轻微的心酸,秀芝和取灯的心酸还不仅于此:刚才帮梅阁更衣时,她们挽着她那瘦弱的胳膊,看见她那扁平的、像男人一样的胸脯,她那少肉的臀部和她那看似总是发育不全的私处,她们心中已经涌起过阵阵酸楚。现在她们又听见了她的咳嗽,一时间谁也说不清受洗对梅阁到底又意味着什么。

梅阁被两位教徒搀扶着走过来了,精湿的大袍子紧贴在身上。秀芝和取灯都愿意替她往好处想:梅阁姑娘,你现在一定离上帝近了许多吧。

一个湿漉漉的梅阁从礼拜堂往外走,在她身后,两对受洗的夫妇也跟着走出来,湿漉漉的信徒们把礼拜堂的青砖地,把院里的黄土地染得很湿。

秀芝和取灯还是偷偷抹了抹挂在脸上的泪珠,直到助兴节目开始。

助兴节目开始了,刚才洗礼的池子又被地板遮盖起来,讲台变成了一个小舞台。唱诗者又唱了《荣耀归于真神》,助兴节目才一个个演开来,信徒们不断为节目鼓掌。《摩西出埃及》被排在最后,压轴戏似的。这出由笨花人演出的压轴戏确切点说是向文成编剧,向取灯导演。

节目开始前,取灯学着同仁中学演节目的办法,又根据剧情,就地取材把"舞台"做了一番布置,她推倒几只桌椅,用几大块布把它们苫起来,舞台上便出现了高山和丘陵。摩西和他的同伴,就将在这里完成这次历史性旅行。

在摩西出场前,先是耶和华的显现。耶和华(取灯)身穿白袍,头上搭一块羊肚手巾,手巾用布条箍住,再插几朵野花。他站在山丘的最高处,向着大地举起双手呼唤道:

  我看到我的百姓在埃及所受的苦难,
  我听见了他们的哀号,
  我要拯救他们,
  带他们离开埃及,
  去有牛奶和蜂蜜的地方。

你们去吧,我时刻在照看你们……

耶和华说完,隐在了幕布后边。

台下的信徒们开始议论:这耶和华是哪村的?有人说是笨花人,有人说不是,说笨花人说话不是这口音。又有人问,这耶和华是男是女?有人回答说,听不出来,听起来又像男的又像女的。信徒正在争论,摩西出场了。

这摩西刚高过台上的桌椅板凳(山丘),他的嘴和下巴上粘着几朵棉花。他手里拄着一根秫秸棍,身穿一件紫花长袍,露着两条胳膊。他两腿弯曲,步履艰难,一蹶打一蹶打地开始在台上转圈儿。摩西后面紧跟着几个犹太伙伴儿,他们也学着摩西的姿势迈着艰难的步子走路。摩西在台上拄着棍子转了一个圈儿,又一步步登上一座山(桌子),手搭凉棚东看西看,尼罗河的沙漠正迷着他的眼吧。他挥挥手,驱赶尽眼前的沙尘,就见有位当地的牧羊人(二小所饰的乡人)走过来。牧羊人看见摩西和这群衣衫褴褛的旅人便上前询问。

牧羊人(唱):

　　行路客人你往哪里,
　　手持拐杖到何处?

站在山上的摩西听见牧羊人问他,也做了回答。

摩西(唱):

　　我今远行离我本地,
　　遵照我主所吩咐。

牧羊人(白):看你们走得辛苦,何不歇歇再走?

摩西(唱):

　　不到天明不敢歇息,
　　直到荣华福乐地。

牧羊人(白):你们不害怕走路吗?

摩西(唱):

　　主在暗中时时看顾,
　　天使尾随常保护。

耶和华又在山上显现,他举起双臂插话道:说得对,我随时看顾你们,直到荣华福乐地。

牧羊人(白):看,大风要起,你们可不要迷路呀。

摩西(唱):

　　主在前面引领我,
　　一路扶持无失措。

这时像有大风突起,大风把摩西刮得东倒西歪。摩西和他的同伴就趔趄着转起圈儿来。风却更大了,他们被刮倒在地,开始在台上打滚儿。剧情已进入高潮,山师娘见台上气氛紧张,也即兴弹起风琴做伴奏,她聪明地用低音键奏出风声的效果。台下的信徒顿时更加如身临其境。山师娘的加入,让向文成也激动不已,他小声对秀芝说:"看,风琴就是个万能的物件。"秀芝看着正在台上打滚的儿子,只不住点头。

风终于停了。

牧羊人(白):我还是不明白,你们这样艰难,为什么一定要离家远行呢?

摩西(唱):

　　那里必得生命活水,
　　常与救主彼此亲近。
　　我必头戴荣耀冕冠,
　　为此必往福乐地。

耶和华又一次显现(白):这就是他们的决心,有志者都跟上来吧。

牧羊人(白):这倒是我事先想不到的。

(唱):

> 请问我可随你同往,
> 那里福气我也慕。

摩西(唱):

> 请你快来我深盼望,
> 得一良知同进步。

牧羊人加入摩西的队伍,众人表示欢迎(合唱):

> 快来快来休再迟延,
> 请和我们同进步。

摩西(唱):

> 家宅早已准备齐全,
> 快到荣华福乐地。

全体合唱:

> 同心协力一起前进,
> 我们必到福乐地!

耶和华显现(白):哈哈哈哈,这我就放心了,我将扶持你们直到永远!

一出《摩西出埃及》结束了,"耶和华"也从山上走下来,和众人站成一排,向台下鞠躬谢幕。有备撕掉粘在嘴上的棉花,取灯也摘下头上的手巾,露出一头短发。台下信徒这才明白,演耶和华的是个闺女。更有了解内情的人说,摩西是耶和华她侄子,摩西管耶和华叫姑姑。

洗礼仪式结束了。山牧仁和山师娘走到向文成一家人跟前,山牧仁拉住向文成的手说:我猜这出戏是向先生编的,没想到向先生对《圣经》也这么了解,还有编剧的本领。摩西演得也好。向文成说,他自己对《圣经》了解有限,只能算是助兴,这一切还是为了梅阁。

受过洗礼的梅阁,站在山牧师和向文成面前,眼里噙着泪花说不出话来。她一会儿拉住取灯的手,一会儿又摸摸有备的脑袋。

陈长老迎上来要留向文成一家吃饭,向文成说,他们约好还要到城里叔叔家,就婉谢了陈长老的盛情。山牧仁、山师娘、陈长老站在福音堂门外送别向文成一家,信徒们正围住院内的锅台举着碗打菜。

33

向文成从福音堂里往外走时,看见教徒们正在准备进餐,几屉米面馍馍不下笼屉,就在院子里一溜排开,蒸汽扑上人们的胸、人们的脸。从前向文成听梅阁说,受洗这天教徒进餐吃米面馍馍,只在圣诞时教徒们才吃白面馍馍。现在米面馍馍在笼屉里冒着诱人的香气,两口大锅里,粉条豆腐菜正滚开着。菜熟了,厨子正把点着火的劈柴从灶膛里撤出来拿水泼灭,灶里的余火仍然炙烤着锅底。教徒们手托空碗,兴致勃勃地等待厨子为他们分菜。

受洗后的梅阁在下处又换上她的樱桃新袄,然后她到门口送向文成一家。她那精湿的头发还打着绺儿贴在脑门儿上。她恋恋不舍地和他们告别,就好像这将是一次久别。虽然就在当天,他们还会在笨花见面,可在梅阁的心目中,她自己已经是一个全新的梅阁。现在和向家人告别的是从前那个旧梅阁,那个旧时的梅阁距离向家,也包括距离她自己,已经很是遥远。

向家一行人出了福音堂,不约而同地回头看梅阁,他们看见有两位教徒正将她挽回院里去吃圣餐。

向家人离开福音堂,没有立刻出城回家,他们要到向家自己的花坊——裕逢厚去做客。有备在土岗上送走他的几位"犹太"老乡,也和家人一起去看他的二爷爷和小奶奶。向家人称呼向桂的二太太小妮儿,前边都挂"小"。小一辈的人管她叫小婶子,小两辈的人管她叫小奶奶。对这个稍带贬意的称呼,小妮儿采取听其自然的态度。她想,小就是小呗,反正我也变不大。再说她的名字就叫小妮儿,不管从哪方面讲,也还说得过去。笨花人也有一直叫她小妮儿的,那是外姓人。外姓人爱闹,小妮儿也不恼,全笨花人都知道小妮儿的好脾气。向家人更知道小妮儿的脾气好,他们愿意去裕逢厚看望他们的叔叔、爷爷,也愿意去看望他们的小婶子、小奶奶。

福音堂离裕逢厚并不远,走下那个黄土高坡,走过一条叫斜北街的街道,就是兆州西街,裕逢厚坐落在西街上。说是去裕逢厚,但向桂这时不住裕逢厚,他已经搬了新居。随着裕逢厚的发展,向桂的居所也在发展。他在紧挨花坊不远处又要地盖房,为他和小妮儿建造了一套新宅子。这所新宅子的规模可观,远远胜过了笨花的房子——他闹了一所小绣楼(儿)。

向桂在县城盖绣楼,不同于在笨花盖新房,他不效仿北方的格局,只按照南方的形式,确切说,他效仿的是宜昌曹家大院。曹家在宜昌城内属首户,那次的兵变,就是曹家惹的祸。曹家老爷子过五十大寿,流水席吃了两个月,每天赴宴的人就有上百桌,戏班子换着唱,祝寿唱戏就在曹家那个带绣楼的院子里。向桂去看热闹,见曹老爷子不断站在绣楼上向楼下发话,他今天穿狐皮长袍,明天穿水貂领子礼服呢大衣,头戴土耳其大礼帽。当时住在曹家附近的十三旅士兵六个月不发饷,曹家却如此张致。兵们红了眼,先抢了曹家,又抢了街里的商家店铺,酿成了一次著名的兵祸。但曹家大院的气派却在向桂心里扎了根。尤其他那座绣楼,成了向桂朝思暮想的"样板儿"。他暗想,将来他要是再盖宅院,也要盖座绣楼,盖不成大的,就盖座小的。后来裕逢厚发展了,向桂就要实现他的愿望了。动工时,他不和远在南方的向喜商量,只避重就轻地和向文成打了个招呼。他说:"文成啊,咱城里的房子窄狭了,你叔要盖两间房(儿),你看不看的吧。"

向文成想,叔叔要盖两间房,莫非做侄子的还能阻拦?可向文成不傻,他知道叔叔要盖的决不是两间小房。如果真是两间小房,何必非要同侄子打招呼不可?再者,叔叔说"看不看的吧",这话里更有文章。大凡人做事时,冲你说"看不看的吧",那是在告诉你:最好不看。后来向文成和同艾探讨这件事,同艾也说,老二处事本不是个躲闪的人,老二要是一躲闪,里面就有故事。向文成和同艾都猜出向桂盖房胸怀远大,可谁也没有料到宜昌曹家大院的绣楼会是他的样板。不久,向文成"无意中"还是看了向桂那"两间小房"。向文成一看,心里就惊叹道:我娘呀,这不是宜昌曹家大院的绣楼哟!当然,向桂的绣楼比曹家大院规模要小,但形式结构包括雕梁画栋都分毫不差。砖刻上的"大八宝、小八宝",木雕上的韩湘子、吕洞宾,都是向桂派当地雕工赴宜昌做过暗访后回来雕制的。一开始雕工对此很犯愁,他们说从来没有揽过这样的活儿。向桂就给他们打着哈哈说,你们说天下哪里的雕工最伶俐?还是得属咱兆州。要不然古时候鲁班修桥就定在咱兆州呢,那是看上了兆州的能人。莫非我这点活儿,还能难住咱兆州的师傅。开凿吧,赶明儿我派人去衡水拉好酒,咱不喝宁晋县的"泥坑"了,咱喝衡水的老白干。向桂一鼓动,雕工们一使劲儿,像不像三分样,成功了。

向桂住上了新式绣楼,自己也不断更换行头。这个时期他身上穿的头上戴的,都是从天津购制,他看不上石家庄和保定的裁缝。小妮儿的衣柜皮箱里,也不时增添着新内容。但小妮儿不似向桂,她住在绣楼上很不习惯,佯装头晕说她不愿登高,还说她闻不惯油漆味儿,她净在楼下和用人呆着。新衣裳她也不穿,让她到天津烫头她也不烫。为小妮儿的打扮,向桂倒真动过肝火,他在绣楼上吼着小妮儿说:"怎么你这副穷性子就是教化不好呢!"小妮儿也不还嘴,偷着掉泪,过后的妆扮还是如同以往。

向文成领着家人来到向桂的新居门前,一个新来的门房老头儿不认识他们,不让他们进门。老头儿看着向文成其貌不扬,乡下人进城一般,便大模大样地问:"哪村的?"

向文成说:"当块儿的。"他故意不说是笨花的。

老头儿说:"有事到柜上去吧,柜上专有人接待。"

向文成说:"我们想见见向经理哩。"

老头儿说:"那可不易。"

向文成说:"不易我们就站在这儿等吧。"

看门老头儿猛然又看见一副城市学生打扮的取灯,说:"这位小姐是哪里来的,怎么和别人的打扮不同?"

取灯走到向文成前面对老头儿说:"怎么不同,你们这儿以貌取人呀!这是我大哥,这是我嫂,这是我侄子。你们经理是我二叔,快去禀报吧,就说家里人来看他了。"

正在这时,绣楼上忽然有个人影晃动。有备眼尖,先看出那是小妮儿。他对家人说:"那……那不是俺小奶奶哟。"

小妮儿也看见了向家的人,她捋捋头发赶紧往楼下跑,跑着又没有人称地喊:"快来吧,文成他们来了!"她显然是在叫向桂。小妮儿跑下楼,从一个月亮门里闪出来,快步走到家人跟前。刚才她大概听见了门房和向家人的对话,有些不好意思地对看门人说:"大伯,都是家里人,往后记住了吧,要不经理该说你了。"小妮儿说完,门房给向家人道了歉,说,他刚来几天,对家里人不熟,就原谅他吧。向文成说,这次不算,以后要再说不认识就不够乡亲了。

小妮儿带家人进大门又进月亮门,月亮门里是花园。花园虽小,向桂也还设计了许多小景致:曲径通幽,飞云叠翠,荷花鱼池……鱼池里还矗立着三个石头罐子,上面刻着"三潭印月",几条红鲤鱼正围着石头转。现在刚入冬,花草已衰败,只有菊花正应时,两排瓷花盆一盆挨一盆地一直排到楼梯。楼梯的油漆正新。向文成一行踏着新鲜的楼梯上了楼,向桂从门里迎了出来。

今天,向桂刚修剪过的黑胡子很整齐,刚梳过的背头很亮地抿在脑后。他身穿一套棕色花呢西装迎接他的家人。向文成看着眼前的叔叔想,好一副经理派头。

向桂把家人让进屋,便冲着楼下厢房喊:"刘嫂,刘嫂,上茶,上茶!"可以听出,向桂喊刘嫂,是竭力模仿着外路口音。取灯就有些要笑,她听着向桂这四不像的口音想,我正学笨花人说话哪,他倒"撇"起来了。兆州人管模仿外路人说话叫"撇京腔"。

小妮儿听向桂招呼用人上茶,自己赶紧又下楼去了,她觉得面对家人,她应该亲自去料理一切。

向文成见过这绣楼的外貌,却不曾进过楼里。里面中西合璧的陈设,也是向桂模仿了宜昌曹家的。迎门是硬木条案桌椅,两厢摆的却是棕红色皮沙发。两组沙发和茶几摆在两块割花地毯上,地毯图案是蝙蝠和"寿"字,围绕寿字的是"拽不断"图形。天花板上不露檩梁,一方方的藻井彩绘着祥云仙鹤。向桂见向文成站在当屋四处打量,就先把他让到沙发旁说:"文成,都坐沙发吧,我早就主张笨花家里也设两套沙发,当时你不让,怕你爹说。其实,如今场面上的人家哪有不设沙发的。你爹呀,误事就误在本分这两个字上。你知道王占元下台回天津的时候,光盛现大洋的箱子有多少口?还不包括珠宝玉器——有一百多口。这山也似的财帛,经谁的手收敛的,经你爹的手。可你爹呢,整天两袖清风的。有一回在城陵矶,一个湖南朋友送给他两筒茶叶,他倒是收下了。人家走了,我打开一看里头不是茶叶,是满满两罐子钞票。那物件轻,分量和茶叶差不多。我说,哥,这不是茶叶。我满心高兴地递说他,他接过一看,把铁筒盖子啪啪一扣就交给我,非叫我去追人家不可。为什么追?他叫我退给人家。你爹说话容易,我这脸上可挂不住。你说抱着两个铁筒子去追人,我这脸往哪儿放呀。没法子我把铁筒交给了甘运来,甘运来不敢不去。去了,给人家了。可从此,谁还敢给你爹送礼呀。没有外项收入,光吃他那点死饷,说是旅长、少将,月薪八百两,那花项可大哩,好,东一摊,西一摊……这当着取灯说话哩,你叔叔我说话不比你大哥那么字斟句酌,可我说的是事实。取灯你也大了,我说的是这个理儿。人做事,只要几厢情愿,不损人利己,没什么不能做的。可话又说回来,天下我最敬重的人是谁?还是我哥向喜,向中和向大人,别无他人。这不,这新房子里我不挂中堂,不挂那些风花雪月的对联,不供奉关二爷,我就摆我哥的相片。"

向桂说话从沙发开始,像打开了话匣子。向桂一旦打开话匣子,是不给别人留有说话机会的。这性格和哥哥向喜正相反,好像他们的爹娘把说话的本事都给了向桂。

向桂说个没完,向文成只好继续注意这新房子里的一切。向文成已经看见了向桂说的相片,他感到震惊不已。原来摆在迎门条案上的向喜的相片有半人高,那是向喜刚升任旅长时的戎装留影。这时的向喜全副武装,肩上斜披着绶带,帽缨子像一把炊帚。他一只手攥着狮头刀的刀柄,另一只手垂在裤线上;马靴很亮,在相片上还放着丝丝缕缕的光。这张相片笨花家里也有一张,只有书本大。现在向桂将它再次放大,且专门订做了一个紫檀木镜框。相片摆在条案,实在应该叫供奉了。围绕这张大相片,旁边还众星捧月般地挂着向喜的一批小相片,有戎装的,也有便装的。向桂专爱搜集向喜的各式相片,每次从外地回家前,就把向喜挂在墙上的相片往下摘。摘下一张就对向喜说:哥,这张我拿走了。又摘下一张又说:哥,这张我也拿走啦。向喜知道向桂的心思,就说:拿回家留个纪念可以,可别净拿着相片到处显摆。向桂说:就是个纪念呗。可他心里说,显摆不显摆的,反正是个证明。什么证明?身份的证明。向桂不仅拿向喜的相片,还拿向喜的名片。兆州人管名片叫片子,向桂把向喜的片子摆在办公桌上,摆在条案上。遇有显要客人要交换名片时,向桂故意东找西找一阵,末了托出一张向喜的片子说:"我的片子一时抓挠不着了,就拿我哥哥这张吧。"客人拿起向喜的片子看看,心里说,这张比你向桂的分量可重:

向中和,字谦益,陆军第十三混成旅旅长,少将。

向中和,字谦益,直隶总督府咨议官。

向中和,字谦益,吴淞口要塞司令,中将。

向中和,字谦益,浙江全省警务处长。

还有……连向桂自己都分不清哪张是哪张了,他信手一摸,摸到哪张是哪张,哪张都比他自己有分量。

向文成看到父亲的相片,觉得父亲的脸色很不高兴,仿佛他正在埋怨他们一家人一样,受埋怨的也有向文成。他觉得父亲一定在说:我可不是给你们做生意当幌子用的,裕逢厚也不是向桂一个人的,那是向家的。

小妮儿领着一个用人上楼,用人手里托着一个茶盘,小妮儿替她提着一只茶壶。小妮儿弯腰给家人摆碗倒茶,她今天穿一件紫缎子旗袍,袍子紧身,卡腰,使小妮儿很不自在。她困难地弯着腰,两条腿紧并着,倒茶时一屈一屈的。

用人为客人分送完茶水,又端来几碟瓜子儿、点心和糖果。向文成想,我叔叔的做派是有别于笨花人了。盛情难却,向家人喝茶的喝茶,嗑瓜子儿的嗑瓜子儿。

其实向桂今天还另有计划。他早就知道今天侄子带领家人进了城,在福音堂参加梅阁的洗礼。消息是一位教徒韩先生告诉他的。韩先生是向桂的生意伙伴,在县棉产改进会任职。这棉产改进会从前是日本国为使当地人种植优良棉花,使棉花质量符合日本国的需要而设立的,近年来这个改进会又开展了许多与此有关的业务,比如把日本产的肥田粉(化肥)、洋泵(抽水机)廉价卖给中国棉农,促其棉花丰产。韩先生就是在推广这些产品时与向桂相识。后来裕逢厚还成了日本国在兆州的代理商号,这样,原来单纯的轧花业务就扩大成了多种经营,裕逢厚随之有了新的发展。向文成对裕逢厚的经营方针是有异议的,他曾对向桂力陈自己的看法。他提出,当国人都在一浪高过一浪地抵制日货时,裕逢厚不该反其道而行之。但向桂自有主张,他说,咱和日本人做的是生意,他公卖咱公买,这有什么不好。结果谁得了好处?咱中国人,咱兆州人。咱南岗地里用水车浇地浇不上水,你换一台洋泵试试。一台洋泵少说也得顶五挂水车。肥田粉那物件,上到哪儿哪儿肥;洋泵的水头就是比水车猛,莫非这还能有假。向文成听着叔叔的话,没有再作坚持。他想,你是裕逢厚的经理,我是世安堂、春蕾书店的经理,走着看吧。自此他就很少来裕逢厚。向文成不再干预,向桂更加我行我素地经营着裕逢厚,盖着自己的小绣楼,并和韩先生继续交往。

向桂和家人嗑了会子瓜子儿,冷不丁问向文成:"文成,刚才在福音堂看见韩先生了没有?"

向文成说:"先前听你说过此人,一直还不认识。"

向桂说:"他可是个正儿八经的教徒,每礼拜必到。福音堂那个募捐箱子里,属他扔的钱多。人家早就受过洗,人家刚才来过,说在教堂看见你们啦,大概全福音堂的信徒里就他一个人穿西服。人家也不吃教堂里的米面馍馍粉条菜,做完礼拜就走。"

向桂一提有个穿西服的人,取灯就说:"对,坐在最前边,我看见了。"

秀芝说:"手里还领着个小孩。"

秀芝一提小孩,有备也想起来了,刚才有备在台上演摩西时,那个小孩还往台上扔土坷垃,小孩旁边就有个穿西服的人。那个人倒是挺懂事,净小声训那个孩子,不让他在下面捣乱。

只有向文成没有理会什么穿西服的韩先生,他眼神儿看不了那么远。

向文成看不清韩先生,韩先生可知道向文成。向文成在兆州一方行医,遇事又靠前,长相又好认,所以认识他的人就格外多。刚才韩先生就认出了向文成。他从教堂出来,路过向桂家时,特意告诉他说,你家里来了人,说不定一会儿来看你。向桂为了迎接家里人,才又把自己做了一番精心打扮。

向桂打扮自己,对向文成倒无所谓,从小一个锅里抡马勺,谁还不知道谁。向桂针对的主要是取灯。取灯虽然也是向家的人,可是第一,她不常来;第二,她是来自城市。他这个当叔叔的怎么也不能让这位保定侄女看出土气。他精心打扮自己,还要把今天的家人团聚进行得有声有色。喝茶吃点心是个小序曲,他还要用兆州城最具档次的饭食招待家人。吃完饭,他还准备请家人去参观新开张不久的裕逢厚分号。开始他把兆州的饭馆都想了个遍:义春楼,同和轩,又一勺……越想越觉得那些土地方现时已配不上向家人。店名再好听,无非是油渍麻花的八仙桌,油渍麻花的青砖地。还不如就在自己的新家里招待家人。他决定在楼下客厅里摆桌,让下人到饭馆去叫菜,他制定菜单让下人按着样儿去叫。就在向桂和家人高谈阔论的时候,楼下已经忙碌起来。几个下人端盘子抱碗的,几家饭店的伙计也早就提着食盒出出进进,小妮儿这时也已经到楼下充任指挥去了。

向桂和向文成又说了会子家长里短,就开始把谈话重心偏向取灯。他问取灯来笨花以后生活习惯不习惯,又问她还打算不打算回保定。说取灯肯定睡不惯土炕,他正准备给她买一张钢丝床。取灯说,她一切都习惯,而且越来越习惯,她告诉向桂千万别买钢丝床,说她在保定时就愿意睡硬床。说,保定是家,笨花也是家,她准备常来常往。向桂和侄女说着话,不时拿个小梳子梳自己的背头,梳梳头又去抚弄自己的领带。他的抚弄领带引起了取灯的注意,取灯发现叔叔的领带打得不对劲儿,像是胡乱系在脖子上的,领带的下端还被裤腰带绑住。取灯是个爽快人,她想叔叔既然穿着讲究,就应该讲究到家,可别叫外人看出向家人穿衣不三不四。她决定把自己对穿着的了解告诉叔叔。

取灯壮壮胆说:"叔叔,有件事我不知当说不当说,说得不得体也不要怨我,这事只有自家人才告诉自家人哩。"

向桂说:"取灯,我虽说没有看着你长大,可也是你的亲叔叔。这向家除了你爹亲,就是你叔叔我亲了,还有什么是不能说的?"

秀芝听取灯要和向桂说事,就说:"你们爷儿俩说事,我和有备去楼下看看吧。"

秀芝要走,向文成也站起来。取灯说:"不用,自家人,也没有大事,说的是叔叔穿衣服的事。"

大家一听是向桂穿衣服的事,又都坐下来。

取灯说:"叔叔,我觉着你的领带系得不对,你解下来我帮你系吧。领带是西装的画龙点睛之处,我们学校有专门学家政的女生,是她们教给我的。"

向桂一听说是他的领带的事,也不计较,呵呵笑着就把领带拽了下来,对取灯说:"这穿衣服的事还真得学。全兆州城,要不是自己人递说,谁敢提醒你叔叔,嗯?"

向文成说:"这倒是。"

取灯把向桂的领带在手里挽来挽去地给向桂做着示范,有备也在一旁仔细观看。取灯演示了一会儿,向桂接过来,学着取灯的手势却怎么挽也不成款。有备就在心里说,还不如我哪,我早就看会了。

折腾了半天,向桂终于学会了系领带。他把领带套在脖子上,干脆不耻下问,又向取灯咨询了一些穿衣戴帽的事。取灯就拿向桂今天的衣服打比方。她说:"比方说,叔今天穿棕色西服就不应该系这条绿色领带;穿黑皮鞋呢,就不要穿白袜子,特别是袜口松的袜子,叔坐下一搭腿,袜勒儿快褪到脚面了,从裤脚管那儿看,很不雅观。"

半天没说话的向文成就着取灯说西服,也开始对西服发表个人见解。他说:"穿西服好是好,人显着精神,但最容易着凉,西服护不住胃。为什么日本人发明的胃药多?就因为得胃病的多。为什么日本人得胃病的多?就因为穿西服的多。"

向桂说:"什么事叫俺侄子一说,你没个不笑的。从小就是这个脾气,都这么大岁数了也改不了。看你儿子有备就不学你,这孩子的性格和你可不一样。"

向文成说:"现在还摸不清大了是个什么脾气。"

有备想,什么脾气我也不知道,不过准没有你们那么多话说,我爹,我二爷。

向桂的家宴在楼下饭厅举行。向桂把全兆州能搜罗来的山珍海味都搜罗来,海参自不必说,燕窝、鱼翅也有。一家人喝着北方的白酒,南方的老酒。向桂知道家里的女人们不喝白酒,特意让人从石桥镇烧锅买来几瓶黄酒。这黄酒是当地黄米酿成,酸中带甜,全家人都品尝了一番。有备也喝了两口,脚下像踩了棉花。

向桂说:"能喝的都喝吧,赶明儿咱家谁要成了教徒,想喝也就没有机会了。"

向桂说信教的事,主要是说给向文成听的。他知道侄子处事图新鲜,最近和山牧仁又交往过密,说不定明天也会去受洗。向文成知道向桂话里有话,也自不去反驳。他喝着酒另有心思,他还是想跟向桂谈谈生意上的事。平时他对向家的生意从不计较,由着向桂经营,可他时刻没有忘记他也是裕逢厚的东家之一。眼下向文成和向桂已分成两股,但裕逢厚还是"老伙"的。

饭桌上向文成几次想张嘴,却又觉得不是时候。吃完饭,向桂马上提议领全家去参观裕逢厚分号,向文成终归没有找到张嘴的机会。

这裕逢厚分号已经不是花坊,它是南街上一个杂货商号。向桂引家人走进裕逢厚的板搭门,向家人便看见迎门货架上的货物陈列有序。布匹最多,还有羊肚手巾、洋袜子。向桂给大家一一介绍着商品,他亲手从货架上抱下一匹墨绿色织物说:"你们看这是什么?你们准说是布呗。是布,可不是一般的布。这是毛布,它的原料是澳洲毛。日本国专从澳洲进口羊毛,织成布,又把布往咱们中国推销。看,富士山的商标。"向桂把贴在布上的贴纸商标指给大家看,商标上有一圈日本字,日本字围着一座富士山。

取灯认识布,她摸了摸那布说:"和凡尔丁差不多。"

向桂说:"薄,比凡尔丁可薄。凡尔丁是英国货,英国的老机器可织不成这么薄的物件。毛布做大褂、做裙子都可以,凡尔丁只能做西服。"

向桂放下毛布又拿起一打袜子说:"看,乍一看和线袜子差不多,错了,又错了。这原料是玻璃丝,它比蚕丝还细。这物件娇气,整天摘花看水的女人谁穿这个。销路不广,摆在这儿仅仅是个证明,证明兆州城里别人没有的物件咱裕逢厚有。"

看完玻璃丝袜,向桂又领家人看肥皂、药皂、日光皂,看花露水,看玳瑁发卡……取灯和秀芝捧场似的附和着。向文成似看非看地东张西望,有备觉得这些东西离他太远,他不看货架,只往街上看。

在侧面的另一只货架上,有件东西突然吸引住向文成的视线,这是一盏煤油灯模样的东西。说它像煤油灯,是因为它有一个和煤油灯一样的灯罩,可其他构造又大大有别于煤油灯。煤油灯是个直上直下的玻璃瓶子,瓶子里灌满煤油,瓶口以上有灯口,灯口上扣个玻璃灯罩(向文成爱擦的就是这个罩)。眼前这个东西也有瓶子,也有灯口,也有罩,可灯罩歪在一边,好似扣在一个壶嘴上。向文成从货架上拿下一个,在手里捧着研究起来。

向桂发现了向文成的兴趣,走过来说:"稀罕吧?眼下这是个稀罕物件。我让你们参观裕逢厚分号,其实主要是想让你看看这物件。走,咱爷儿俩到里屋吧。"向桂说着,把那物件从向文成手里要过来,领他走进里间柜房,秀芝、取灯和有备留在了外面。

向桂和向文成就着一张八仙桌坐下来。向桂把手中那东西又推到向文成眼前说:"这是一盏灯。什么灯?肯定不是煤油灯,煤油灯对咱们已经不新鲜。这是一盏植物油灯。我一说植物油你就明白。兆州人不懂,侄子你懂。植物油,无非是些棉花、大麻、油菜籽榨的油。煤油呢,属矿物。对于咱们兆州来说,植物油主要是指棉花籽油——花籽油。花籽油点灯并不新鲜,可花籽油加个罩子就不一般了。为什么?为了使花籽油充分氧化。花籽油一氧化灯就亮,就不冒烟。你看,你看,天下就是有能人,这能人又是出在日本。灯座上打着字,证明是日本国宫崎株式会社出品。韩先生说宫崎叫宫崎诚一郎,植物油灯就是他发明的。韩先生说,宫崎找机会还要见见我,说他来兆州不方便,约我去天津。文成啊,面对一盏灯,我为什么要对你说这么多话,都只为了这灯关系着咱家的事,关系着咱裕逢厚的前途。你以为咱裕逢厚卖的就是那几卷子毛布,几捆洋袜子,还有什么卡子、别针、针头线脑?才不是哪。咱要卖灯。"

"卖灯?"向文成不禁疑惑地看着向桂。

向桂说:"卖灯。咱这卖可不是小打小闹的卖,咱要大闹。我准备先直接从宫崎株式会社订他三十万盏。咱不经过中间人,宫崎在天津有办事处。"

三十万盏!向文成被惊呆了。他推开眼前的植物油灯,开始冲着房梁微笑。向桂了解侄子这个表情——看似笑,实际那是个信号:他是另有所想。那时的向文成有时笑着看天,有时看房顶,眼光是犹豫的。

向桂说:"我知道你的脾气,你是想说你叔在云山雾罩吧?"

向文成自言自语似的说:"植物油灯,这物件……三十万盏……"

向桂说:"咱爷儿俩今天谋划的就是这三十万盏灯。你当你叔平白无故地就得出三十万盏这么个天文数字?我在生意场上也算混了一阵子啦,进货数字哪儿来的?我一说你就明白了。以笨花村为例,全村三百六十户,点得起灯的有三百户。点得起煤油灯的也就是三十到五十户,其余二百五十家点花籽油。要是把这二百五十盏老式花籽油灯都叫他换成宫崎株式会社的植物油灯呢,单只笨花就有二百五十盏的销路。你又说了,他们买吗? 他们买。他们为什么买? 这灯亮,不冒烟,耗油比老式油灯还少。单只一个灯钱哪儿省不出来。再说这五十户点煤油的,就说咱家吧,一灯煤油点三两天。要是换了花籽油点呢,一灯油还是点三两天,可成本少说也能降低一半。文成,你的脑子比你叔好使得多,这账你应该替我算。刚才我才说了一个三百六十户的笨花村,咱兆州有多少村子? 二百大几十个吧,咱的生意瞄准的还不是一个兆州,宁晋呢,元氏呢,栾城呢……"

单从生意上讲,向桂的一席话无可挑剔。向文成想,叔叔到底没有白在生意场上混,货源和销路不就是买卖人盘算的根本么。如此说来,这三十万盏植物油灯倒是不愁销路。当然,叔叔还没有给他亮明其中的利润,不过可以想出那一定是个可观的数字了。但是此时此刻,向文成想的是"宫崎"这两个字,这个日本意味很深的姓氏,让他想到了其他。

向桂见向文成还是只笑不说话,便说:"文成,我知道你会觉得这件事和你平时的主张有违背,抵制日货,你和甘子明带领学生也在县里闹了一阵子。可咱提倡的是点灯省油,莫非这灯里也有毒啊。人家宫崎也没有政治背景。"

向桂从植物油灯到底先引出来政治。向文成终于说话了。他说:"叔叔,你知道华北五省自治①的事吗?你知道咱河北出了个冀东政府吗?"

向桂说:"倒是听说了,咱和这有什么关系?"

向文成说:"日本人推行华北自治,在冀东搞政权,是继'九一八'之后的又一个行动。你注意一下,配合华北自治,有多少日本货涌进中国:毛布、玻璃丝袜子……我知道的还有'蝇必立死''味之素''胃活'……都是什么时候进来的,不都是随着华北自治进入中国的。"

向桂说:"我知道你下边该说侵略了,人家宫崎发明植物油灯也成了侵略?"

向文成说:"并非。可你担保日本推行侵略政策,不利用经济渗透?我爹可净给我写信,让我遇事多给你一块儿分析分析。"

向文成举出向喜,实际是对向桂的一个警告。哪知向桂并不理会这"警告",他说:"我知道咱爷儿俩说话投脾气的时候少。不过我买灯、卖灯的主意已定,你就赡好吧。家里的院子都得翻盖

---

① 华北五省自治:1935年,日本侵略者在华北推行的旨在使该地区脱离中国政府的政策。中方的参与者为殷汝耕、王克敏、高凌蔚等。

了,刚才我说到洋泵,现时咱这两院里浇地连洋泵都不趁。"

向文成没有再和向桂争论,他已感到制止叔叔卖灯是不容易的。他想现在应该是告别的时候了。向文成和向桂在门市上告别,虽然两人的情绪都有不快,但向桂还是要把今天的团聚弄得有始有终。分别时他一定要家人在货架前敞开儿地挑礼物,小妮儿劝秀芝和取灯选了不同花色的毛布,有备挑了一双球鞋。向文成说:"我就拿盏植物油灯吧,回去做做试验。"

第 五 章

34

向武备从邢台四师回笨花,一百多里走了两天。过去向武备上学来回都坐火车,现在他必须走路。

向武备回家要走路,因为他不再是四师的学生,两个月前他成了一名冀南特区的游击队员,一名政治工作者。对于向武备来说,这是一次不折不扣的投笔从戎。

向武备在邢台第四师范念书时只有两个愿望:一是当一名作家,确切地说是当一名剧作家;二是当一名世界语(Esperanto)学者。为此在学校里他有一个"春光剧社",还有一个世界语小组。为了当一名剧作家,他读了外国的莎士比亚、易卜生,又读了中国的曹禺、夏衍和洪深[①]。但向武备崇拜的不是曹禺,不是夏衍,而是洪深。他效仿着洪深的剧本《五奎桥》,又汇集和运用了北方农村的素材,写了一部叫《抗争》的剧本。这剧本写的是"九一八"之后乡村农民和地主斗争的新故事。这年"双十节"时,《抗争》在学校演出,引起轰动。这时的学生们正需要这种富于激情的故事和血气方刚的人物来激励他们的斗志。这出《抗争》的演出,也引起了邢台警方的注意。警方把校长孟福堂传到警署说,最近邢台连续出事,事都出在四师。学生们反对旧式考试闹罢考,学生们对学校

---

① 洪深(1894—1955):中国新话剧运动代表人物之一。作品以直接描写农村阶级斗争见长。

伙食不满组织伙食团闹罢食,都是你们学校内部的事,波及不到社会。可是你们演《抗争》是惊动了社会的。这等于给目前的局势火上浇油。不说别的,一出戏里光激进口号就有十几处之多,仅此一点警方就不能容忍……警方要求学校追查剧本的作者,并令校方把剧本封存上交。孟校长是倾向学生的,他敷衍警方说,那剧本只是口传,你一句我一句凑起来的,并没有正经作者。他想大事化小,小事化无。警方最终也没能从孟校长嘴里追查出剧本作者是向武备,但是孟校长也因袒护激进学生的罪名而遭免职,接替他的是一位留学日本的孙姓校长。孙校长名叫孙荫南,他一上任就推行起蒋总裁的新生活运动。他想以蒋介石的新生活运动来占领学生的课余时间,使学生不再有旺盛的精力去参加别的进步活动。于是那个盾牌式新生活运动的标记,以及"礼义廉耻"的标语顷刻间便写满、画满四师的校园。孙校长还将学校的周会变成精神训话会,训话时他亲自出马,讲些"攘外必先安内"的话。这正是"九一八"之后,国人同仇敌忾的时候,孙校长说:"要讲安内,以鄙人的看法,必先管理好咱们四师内部的事。"学生们听着这位孙校长的话,在下边偷着议论说:法西斯来了,法西斯来了!但"法西斯"还是暂时将四师学生们轰轰烈烈的事业镇压了下去。组织上要求同学们先静观局势的发展,不要轻举妄动。

这时的向武备已经是有组织的人,他按照组织的意图,一时不再出头露面,只秘密阅读着组织上发给他的《北方红旗》和《向导》。向武备一边阅读着《北方红旗》和《向导》,也不忘他的世界语,也就是在这段时间里,他的世界语水平有了提高,他用世界语写诗寄给《庸报》,他写《怒吼吧,长城》,影射和歌颂的是宋哲元的长城抗战。他写《我有一朵茉莉花》,也是一首祭奠喜峰口抗战阵亡烈士的诗。向武备没有想到,这几首诗的发表再一次给他的学校生活惹了麻烦:警方按邮戳查找又找到了邢台,邢台会写诗的自然又在四师,而四师懂世界语的人都在那个"Esperanto"小组里。结合那次演《抗争》的事件,警方把目标锁定在向武备身上。省里也注意起邢台四师的向武备,一道公事下到邢台,另一道公事下到兆州,警方要缉拿向武备。一天,有个卖文具的"货郎"来到邢台四师,悄悄把向武备叫到僻静处,没有寒暄,不说缘由,只让他必须连夜离开学校,到离邢台五十里的苏家营村去找一个叫苏老顺的人报到。向武备问货郎,他这次去的目的是什么,那货郎突然声色俱厉地说:"你们这些小知识分子就是爱问这问那,我只能告诉你,革命就是服从组织。"货郎的话很是让武备意外,但他还是辞别了学校,连夜向东急行五十里,天亮时赶到了那个叫苏家营的村子,找到了苏老顺。原来苏老顺并不老,是个五大三粗的青年,并自称是代表组织接向武备的。苏老顺接了向武备,立刻马不停蹄地领他转移,然后又是转移。一连转移几天,向武备就成了冀南特区游击队的指导员。就在向武备不停地转移的同时,邢台警方包围了邢台四师,抓捕向武备扑了空。

这已经是两个月以前的事。

现在,只身走在大路上的向武备,已经是冀南游击队指导员任上的向武备,但是更确切地说,他又是卸了任的指导员向武备。每逢想到自己这两个月的指导员生涯,向武备首先想到的还是那个"货郎"。他不愿意用颠沛流离来形容自己在这期间的一切,那是一个悲观主义的代名词,那是一个自己于自己的大不敬。他也不愿意相信,这就是他所向往、他所敬重的革命队伍的写照。莫非问题还是出在自己身上?这时他才又觉得那个"货郎"的话是有几分道理的:"你们这些小知识分子……"

初冬的寒风凛冽,一整天汤水未进的向武备肚里一阵阵鸣叫。但他的脚步不能停止,歇息和吃饭都可能会使他遇到难以预料的麻烦。仅仅两个月的游击队生活,已经把他改变得不再是那个只幻想着当剧作家、世界语学者的文弱学生,毕竟他懂得了革命警惕,懂得了行军、休息以及一个军人应该有的行为举止。初冬的这一天,说向武备是顺着大路走,不如说他是踏着漫地走,大路仅仅是个不至于迷失方向的参照。脚下被耕过的土地又暄又软,松软的沙土盖过他的脚面,他走得十分吃力。他走过一块谷茬儿地,又走过一块收了花柴的花地,眼前是一块白薯地。向武备没有种过地,可他家里有地,虽然初冬的田野被耕得一马平川,向武备还是能认出地的属性。走在一块耕过的白薯地里,他不经意踩在一块遗留下的白薯上。他兴奋地蹲下,拾起这块拳头大的白薯,撩起棉袄大襟擦擦,大口吃起来。他吃着,感觉刚才那一阵阵的饥饿被压了下去。这时他想起了"压饥"这个词,这好像是笨花人专有的形容词。小时候,他在笨花的漫地里跑着玩,跑饿了就回家喊娘要吃的。秀芝说:"搬腾一块干粮压压饥去吧!"对了,"搬腾"这个动词也是专门形容小孩子不到吃饭时间吃干粮的举动,搬腾,那实在是个不小的举动。搬腾、压饥,在四师念书的几年里,向武备再也没有听过、说过。在游击队时,当地老百姓也不说压饥,他们说"垫补"。遇到好心的房东,他们就常对向武备和他的战士们说:"饿了就先垫补点吧。"一次游击队在威县,向武备不幸发疟子,在一个大娘家的炕上躺着,也没有药吃。那个慈祥的大娘站在炕下不知所措地直说:"这可怎么是好?要不吃点物件先垫补垫补吧。"可那时的向武备不想"垫补",他烧得昏头涨脑,还想着晚上要打伏击的事。那晚,他们这支只有二十个人、十几条枪的游击队,得知有一队骑马的军警要路过村口回城,向武备的游击队就决定在村口打敌人一个伏击战。他们提前在村口设下埋伏,大家趴在一道地坎上等战机,战士们拉开枪栓把子弹顶上。指导员向武备也有一条汉阳造马枪,虽然他烧得浑身无力,但也强努着精神拉开枪栓顶上子弹。这是他第一次使枪,第一次参加战斗,打仗的亢奋压过了发疟子的难受。他们这支游击队只有队长有一把驳壳枪,队长姓李。大约吃顿饭的工夫,果然一队骑马的军警从大路上跑过来,马蹄声渐渐近了。李队长首先打响了第一枪,接着十几杆枪一齐向军警的马队射去,向武备也第一次扣动了枪的扳机。但是当他打第二枪时,枪栓却怎么也拉不开了。向武备知道这叫卡壳,忍不住大喊一声:"不好,我的枪卡壳了!"这时一条胳膊向他挥过来,一只大手捂住了他的嘴。他知道这是李队长,并意识到自己违反了作战纪律,不觉一阵羞惭。果然,敌人朝着向武备的方向集中放起枪来,放了一阵枪向远处逃去。一场伏击战也不了了之了,向武备想,一定是他的喊声搅乱了这场伏击战,而他将要受到严厉批评。唉,我这个小知识分子……他暗暗谴责着自己。但是李队长没有责怪他,回到房东家,队长只对他说:"你是个病人,先弄点吃的东西垫补垫补吧。以后要常擦枪……一个学生。"

学生,到底还是小知识分子啊。

在后来的日子里,经过几年战争的洗礼,已经成为真正的领导干部的向武备回忆起那次失败的伏击战,便想到,当时战士们叫我指导员,其实我不过是个学生,哪懂得什么行军作战。可是指挥战斗的那位李队长呢,对那次战斗处理得也十分不内行:战前不作动员,开枪后不冲锋,战斗结束后不查看战场,战后也不总结。不久,冀南一度此起彼伏的游击队活动沉寂下去了,那些苏家营式的小片儿根据地也不复存在。这是否和他们游击队那种无方的指挥有关呢?这成了向武备经常琢磨的一个问题。

向武备走出白薯地,又迈进一块花生地。冀南多沙土,适宜种花生。而花生对于笨花人则永远是珍贵的。向武备一路上在漫地里觅食已经觅出些经验,他立刻又发现了遗忘在地里的零落的花生。他一粒一粒地捡起花生来,一会儿竟捡了一大把。他用手搓掉花生皮上的泥土,剥着花生皮贪婪地吃起来。花生对笨花人来说是稀有的零食,酷爱零食的向武备已经好久没吃过花生了。他算了算,上次吃花生是一个月前的事。那次伏击战,指导员向武备当众出了丑,可向武备也有处理问题出色的时候。一天,李队长提议,要向武备只带一名战士去和土匪谈判。当时的冀南地方武装和土匪并存,双方都在争夺地盘,争夺散落在地主手里的枪支,还争夺针对地主的"分粮斗争"。游击队和土匪之间就不断产生些矛盾,遇到矛盾时就要谈判"让路"的事,有时土匪让路,有时游击队也要让路。遇有谈判不下时,双方就有枪战。但游击队和土匪共同的敌人还是军警。

这天李队长突然对向武备说:"有个任务要我们去完成:一股土匪不让路,需要谈判,向指导员,你去吧。"

向武备知道,这股不让路的土匪是想插手一起分粮斗争。本来针对这个地主的分粮斗争是游击队计划内的事,并早已向当地群众做了布置。现在土匪要插手走在前边,这就打乱了游击队的计划。李队长说:"眼下我们是既不能让他们走在前面,也不能和他们一起干,否则我们也就变成了土匪。这就需要和他们谈判。怎么谈,就你一个人去,还不能带武器,只带一个助手。谈判地点是双方谈定的。"

向武备对这个谈判任务犯了踌躇,也许是上次的伏击战让他对自己失掉了信心。李队长看出了向武备的心思,给他鼓劲儿说:"现在就看你的了,你是学生,说话有口才;又是指导员,有原则,别人谁也代替不了你。你就大胆去,咱们是红军,他们是绿林。红的对绿的,红的硬绿的就软,你就放心去吧。咱们游击队就是地方红军。"

向武备去了,在联络点上他坐着炕沿等绿林。他想,绿林一定是些参着络腮胡子的彪形大汉。不一会儿,几个绿林一齐拥了进来,但他们没有络腮胡子,只有一副副当地农民模样的冷峻面孔,这使向武备忽然觉得,这种普通面孔原来比那种络腮胡子更吓人。几个人进门后,为首的两个从腰里抽出驳壳枪,把枪往炕桌上一扔,下马威似的对向武备说:"来了个学生娃子呀!"向武备立即回答说:"你说错了,我不是学生,我是游击队代表,我代表的是广大贫苦百姓。"向武备一面说,一面拿眼睛盯着土匪扔在炕桌上的驳壳枪。土匪发现向武备在看枪,就说:"怎么,怕枪吗?"说着拿起驳壳枪,让枪在手里翻了个跟头,接着竟退出了枪里的子弹,并把子弹啪啪扔在桌上,意思是让向武备放下心来。面对少了子弹的两支空枪,向武备仍然有几分紧张:子弹能退出来,就还能顶上。他竭力控制着紧张的心情,还是想着自己应该说的话,他说:"枪倒不怕,因为谈判根本用不着这东西。"土匪说:"嗬,还真有两下子,不愧是游击队。长话短说,说说你们游击队的主张吧。"向武备说:"很简单,这回你们要让路才是。那个村的事是我们早就策划定下的,更改是不可能的。"土匪说:"那就一块儿干。"向武备说:"不行。斗争对象多得很,为什么非要挤在一条道上不可?以前我们也有'让路'的时候,你们也应该讲讲交情吧。"向武备把话说得斩钉截铁,还故意带出些江湖气,但心里尚是没底。就在这时,那为首的土匪竟然站起来把桌子一拍说了声"好",然后他又从桌上拿起枪把子弹压好说:"好,这次我们听你们的,可下一回你们得听我们的。"说完居然还冲向武备作了个揖,又道了声"后会有期",一个急转身就出了门。让向武备感到惊奇的是,临出门时,有一个土匪还从口袋里掏出一把花生拍在炕桌上,也不说话,追着领头的土匪走了。向武备和助手送完土匪,捏起炕桌上的花生吃着,不觉相视大笑。

　　那次的谈判,向武备成了赢家。他万没想到这"赢"来得这么快。回队后他得到了李队长的表扬,李队长说自己没看错人。向武备也为这次谈判做了总结。他想,面对真的土匪,他毕竟没有显出恐惧,当时心里那一阵阵的乱跳只有他自己知道。不过有一点他觉得还是应该自我检讨,那就是他不该同土匪讲"交情"。虽然李队长没有听见他说"交情"两个字,但似这等不三不四的语病,日后他定要克服。指导员说话是要讲原则的,即使面对的是土匪,语言也代表着红军。李队长再说他是学生,他也不再是学生了。至于"货郎"说的小知识分子,他想那毕竟是个潜移默化的意识问题吧。

向武备在花生地里嚼着花生,又蹚过几块空地,走过几片荒草坡,眼前出现了一条沙河。向武备认识这条河,知道这条河叫槐河,俗称沙河。这是冀南和兆州的交界,从前他坐火车或去邢台,或回笨花,无数次路过这沙河。火车驶过一个不长的铁路桥,桥下就是清澈见底的沙河水。乡里人过河蹚水走,牲口大车过河在河里摇晃着走。赶车人惟恐大车误在流沙中,他们紧摇着鞭子驱赶着牲口。赶车人的吆喝声从河床里升起来,传进火车里。向武备知道这条河水不深,河中心水才齐腰深。

向武备来到沙河边,遥望着河对岸,河那边二十里便是笨花了。他在河边看准一个水浅的河段,先将棉袍撩起,把大襟掖在腰间,再脱掉鞋袜,把裤腿用力往上卷,直卷到大腿。他走下河坡,缓慢地在河里试探着前进。但河水还是浸过了裤腿,险些齐到腰间。他终于蹚了过去,到达属于兆州的一厢。在一块掐过穗的高粱地里,他开始整理自己:先把斜背在身上的一个小包袱解下来,脱掉被河水浸湿大襟的棉袍,脱掉全湿的裤子。这时向武备的打扮与当地百姓没什么两样。人们只有稍加注意,才能发现他与当地百姓的区别:他穿的是前面有开口、腰间有裤袢的制服裤。在游击队时,他的同伴常研究他这条裤子,有人说这裤子比抿腰裤子方便,也有人说,这裤子的裤裆太紧,不及抿腰裤宽松。大家称这裤子为知识分子裤。大家也常因为这条知识分子裤,仍然把他叫做知识分子。向武备几次想换掉它,一直没有机会——游击队是不发衣裳的。裤子换不掉,他就一直任人评说。现在他这条知识分子裤全湿了,他脱下它,使劲拧干浸在裤子上的沙河水,接着他又把短裤也脱掉拧干。他这短裤也是有别于其他战友的,每当晚上他和战友们挨着睡觉时,因为他穿着短裤睡,别人不穿,弄得他反倒有几分不自在。向武备拧着长裤短裤,回想着往事,他把他的湿衣裳们搭在地里的干秫秸堆上,自己干脆光着下身任风吹打。初冬的风由东南转成西北,风刮起黄土和碎柴火,很冷。向武备不得不用他的长袍又把下身包裹起来,团坐在一个畦背上。他想,他现在这个样子,活像个逃难的,和跟土匪谈判时的向武备真是判若两人了。

当风终于把向武备的长裤短裤吹得半干时,他便迫不及待地穿起衣裤继续朝着正北走,正北就是笨花了。过了沙河,耕过的土地也变了性质,沙土变成了黄土,黄土才是他最熟悉的。两个月来他脚下净是不熟悉的沙土,沙土时常灌在鞋里袜子里。

在冀南的日子里,鞋袜里整天灌着沙土的向武备,还从游击队被抽调去做过群众工作,也许是因为他那小知识分子气质,也许是组织发现了他那次的谈判才能。他单身一人,按照上级规定的联络点,走乡串户去发动群众,建立乡村苏维埃和地方武装。乡村苏维埃和地方武装,这些火辣辣的名字吸引着向武备,也吸引着穷苦百姓。他每到一处,群众都以急不可待的眼光跟他要组织、要人、要枪。说财主欺压了他们几辈子,现在向武备来了,终于看见了天日,一时间向武备竟成了他们的大救星。但当向武备对他们说,苏维埃要靠自己建,武装要他们自己组织,枪要他们自己发现拿来时,许多人立时就显出了失望。向武备就把他自己编写自己印刷的油印小报给他们看,他们说,小报又不是枪,揣着小报又不能分地主的粮食。是啊,群众最关心的还是靠武力行动去分得地主的粮食。有几个急了眼的村子真的以苏维埃的名义,在没有枪支,只有棍棒的情况下去抢夺地主的粮食了,结果遭到事先埋伏下的军警的暗算。而土匪又趁机和地主相互勾结,连苏维埃领导的分粮运动也遭到彻底失败。巨鹿县有几名农民领袖被砍了头,人头被挂在县城城墙上,其中有一颗人头便是邢台四师演《抗争》的主演。这件事给了向武备很大震动,当急不可待的群众再去找向武备要办法时,他只好说这要等上级的指示了。上级在哪里?向武备按照从前的联络线索去找,走了一个联络点又一个联络点,他的那些联络人不是"出门"就是被捕。有一次他竟然一头撞在了军警窝子里,因为这个过去的联络点此刻正被军警包围。他急中生智好不容易跑出包围圈,按照秘密工作的规则到苏家营那第一个联络点去等联络人。可一连几天没有人来和他接头。还是按照秘密工作的规则,他知道不能再等下去。那位房东也告诉他说,你的口音不对,军警来了一听你就不是本地人。房东让他赶快离开。沮丧之极的向武备不得不离开这最后一个联络点,又返回他的母校探风声。他又步行一夜来到邢台,在校外碰见一个正要出门赶路的同学。同学告诉他,学校正被包围着,不少同学已被捕,整个冀南已经陷入白色恐怖中,同学还说,在被通缉者的名单里,每回都有向武备的名字。向武备问他到哪里去,同学说他主意已定,面对整个冀南的白色恐怖,他只有一条路:远行去西北。目前抗日救国已经压倒了一切,民族矛盾和阶级矛盾相比较,民族矛盾已经上升到第一位。这同学还问向武备为什么不和他一起去,他作结论说,冀南以盐民为中心的起义斗争①本身就是个错误。向武备听着这位同学的诉说,心想,冀南斗争的对与错,他还无力作出结论。现在他最应该做的,是赶紧决定自己的去向。于是他在几分钟之内就做出决定:他要和这位同学一道去西北。他和同学约好见面地点和

---

① 冀南盐民斗争:指1935年冀南制盐工人和当地农民的起义斗争。

时间,定好回趟笨花和家人告别后就去找他。一切都来不及再细说,向武备辞别了同学,也永远辞别了母校。

兆州境内有两条河,过了沙河才是孝河。过了孝河再走三里便是笨花了。过孝河不需蹚水,孝河常年干枯着。过孝河时向武备的湿裤子已经干透。他走过干河床,再次把自己认真整理一番,装出一副不饥也不渴的样子。然后他又把抡搭在肩上的小包袱包整齐,这才信马由缰地沿正道向笨花走去。

向武备在笨花村南向家南岗的地里,遇见的第一个人是打兔子的西贝小治。这时节正是打兔子的好季节,"跑儿"和"卧儿"在漫地里都是一目了然。小治的眼睛最能看远,他看见道沟沿上有个青年正往村里走,他一眼就认出这青年是邻居向武备。他止住正在瞄准的枪,大踏步地去迎向武备。小治去迎向武备是为了提醒他,让他小心回家。他快步走到向武备跟前,挡住向武备的去路告诉他说,这些天不断有军警来笨花找他。小治嘱咐向武备说:"千万不要这么大模大样地进村。这么着,俺家花地里那个窝棚还没有拆,你先钻进去躲躲,等到天黑你再回村。一会儿我先到恁家去说一声。"

向武备觉得小治说得有道理,就跟着小治踏出道沟往西走,小治家的花地在村西。

35

向武备在西贝家的窝棚里等天黑。地光场净时分,窝棚里少了温暖的铺盖,搭在棚顶上的席子大都已被风吹走。秫秸箔子还在,条条空隙透着昏黄的天空。武备半倚在一个光秃的草铺上,听见外面有人咳嗽一声,又咳嗽一声,脚踩干花叶的声音也传过来。响声离窝棚越来越近,凭经验,武备知道来人咳嗽是个暗示的信号,且是自己人。歹人来了用不着咳嗽,就会不声不响地摸过来。武备从草铺上坐起来等来人,来人一弯腰委身进了窝棚,原来是西贝家的时令。武备和时令虽然是邻居,先前接触并不多,时令看武备,总觉有些距离感。幼年时的武备本来就是以聪慧伶俐而闻名一方的,且又生在高墙大院的向家,成人之后又是身穿雪白操衣(制服)乘火车远行的洋学生。时令虽然也崇尚文明,决心挣脱爷爷西贝牛的管束,出落成一个识文断字的青年。但他只在本县上了完全小学,小学毕业后还是在家和庄稼、和牲口打交道。有时他暗想,除了每天的刷牙、洗脸有别于他的父辈,剩下的他和全家人又有什么区别呢?时令惟一的消遣之处是甘子明的学校,在那里他能看到甘子明订阅的《晨报》和几种杂志,还能从一架干电池收音机里听四面八方的新闻。甘子明为学校买过一台干电池收音机。乡人对收音机好奇,不断有人来听其中的故事。遇到收音机嘎嘎乱叫听不准时,就有乡人说,这是消息们正在路上走着呢。时令就对乡人说,这叫干扰。

刚才,西贝时令的叔叔西贝小治回家后,只把武备还家的事有选择地告诉了时令一个人,然后才去邻居向家报信儿。

时令钻进窝棚一把就拉住了武备的手,这种握手礼在他们之间还从来没有使用过。时令拉着武备的手,只觉得武备的手很绵软,而自己的手就更显粗糙。他想,这两双手的差别就是文明的差别吧。本来他也幻想过要有一双像武备这样的手的。他抓住武备的手久久不松开,十分激动地说:"我叔叔说你过来了,高兴得我不行。"

时令不说武备的还家是回来,他说"过来"。"回来"和"过来"的含意在笨花一带是有严格区别的。"回来"只是本地人普通的回家而已,在外面做生意的,扛活的,揽饭的,下地看水的,摘花、割谷子的回家都说回来。而"过来"是专指那些身上带有另一重使命的人的到来。官方审视民情,村民说县长过来了;名人名医被请,村民说先生过来了;乾隆皇帝下江南路过兆州时,兆州人也说朝廷过来了。这种带有使命的人物的出现,即使是本村、本家人,他们也被形容成"过来"。时下,村里不断有人过来,带着时局发展的消息。笨花人崇敬"过来"的人。

  时令说武备过来,武备并不意外。几个月来,他常常听到这种形容。冀南的群众说,向指导员过来了,向同志过来了。武备一听时令把他的回来说成过来,就已经明白村里人是如何看待他的这次回家了,他们没有把他的回家看成一般的回来。那么,指导员向武备也决心不把前些时冀南的真实形势告诉他的乡亲,他愿意乡亲们从他的"过来"中得到鼓舞,而不是悲观消极,他仍然愿意给人这样的印象:他的一切行动都是组织安排的。他握着时令这两只久久不愿意松开的、又是陌生的手,在心里组织着句子说:"我听脚步声就猜出是你,走得不紧不慢。一看见邻居,也就像到家了,离家久了才知道想家的滋味儿。"西贝时令走路,脚步从来都很沉稳,不轻也不重,不紧也不慢。

  时令松开了武备的手,就势蹲在武备跟前,看着镇定自若的武备想,到底是受过锻炼的人了,有句话叫做临危不惧,大概就是这种气度吧。但他还是抢先把笨花的事告诉了武备,他说这些天笨花没少来人,扛枪和不扛枪的军警三天两头来抓武备。也有打扮成武备的同学的,都让向文成给巧妙地打发走了。武备就说,这情况是他早就预料到的,革命哪有不冒风险的。再说,时局发展这么快,形势也会越来越复杂……武备说话虽然精心组织着句子,但又总觉得自己的话说得空洞,也缺少"章法"。他自己也不知道他说的复杂意味着什么,是指"九一八"以后中国的局势,还是冀南武装斗争的失利,还是地方军警对他的搜捕?想到这些,他越发感到现在自己处境的孤单。但是他必须保持自信,自信自己仍然是个有组织的人,他和组织失去了联系仅是暂时的,他这次的回来——不,不是回来,是过来,他暗自更正着自己,他这次的过来就应该始终是一个镇定自若的向武备。

时令说:"军警们一上家里来抓你,我就知道你已经不在四师了,我这心里就直高兴,我猜你一定是脱产干部了。后来又听人说,南宫、巨鹿一带有个向指导员,我一听这肯定是你。"武备没有肯定时令的话,也没有否定时令的话,只打问了一些笨花的事。两个人说话间,窝棚已经沉浸在黑暗之中。时令撩开草苫看看说:"这会儿你能回家了,今天也没有月亮。我在前边走,你在后边。俺家地里这几步道儿你不熟,小心踩到垄沟里,麦地刚浇完冻水。明处是水,暗处是地。"

天真的已经黑下来,时令和武备深一脚浅一脚地往村里走,一直走到向家门口,时令才小声对武备说:"到家啦,你先回家吧,家里人都等着你哩。咱俩还有说话的机会。"

向家得知武备回了村,早就不安生起来。向文成在院里忙得四处转,从这屋转到那屋,从前院转到后院。做晚饭时,秀芝拿起升子刚想往锅里下米,又改了主意到面缸里去舀白面,她要擀面条。取灯又是舀水洗脸,又是找衣裳换。她和这位与自己年龄相仿的侄子见面不多,在这位"过来"的侄子面前,她希望自己是一个干净利索的姑姑。有备跑进来,还不知家里发生了什么,看见一家人都在兴奋地团团转,便去问秀芝。秀芝悄悄把家里人在等谁递说他,他就跑到门口去等他的大哥武备了。只有同艾在廊下静坐着。同艾遇事不似她的家人,不论悲事喜事,她的表情常是平和的——至少在表面上。她只在廊下看着家人的举止说:"又不是外人,也值当的。"

武备是让有备给拉进家来的。全家人并没有迎上去,他们惊呆在院子里。

近来笨花村对武备有不少传说,军警几次闯进家来的搜捕,更给向家带来了不可名状的恐惧。还有消息说,前些天巨鹿城门上的人头就有武备一颗。这个晚上武备的突然回家,虽然他们事先已经得到消息,每个人也做了准备。但当一个真实的武备站在家人面前时,他们一时还是不能相信,这个人真的就是武备。

全家人愣了一会儿,还是向文成打破了"冷场"说:"别光站着不动了,都到他奶奶屋里说话吧。"一家人这才想起是该进屋的时候了,他们来到同艾房里。一进屋,该哭的才哭起来,该笑的才笑起来。取灯仔细打量着武备,觉得有几分神秘。她知道他正在从事的事业,在她的心目中,侄子早已是她的偶像了。

一家人经过一番必不可少的问候、哭诉、安慰、后怕和破涕为笑之后,才就势坐在同艾房中吃饭。取灯和有备把秀芝煮好的面条一碗一碗端进屋里,家人吃着饭,向文成又宣布纪律说,对于武备的这次回家,家人不可声张,要装作和平时一样。他问武备,刚才进村时有没有被人看见,武备说,是西贝时令把他领回村的。向文成说:"时令倒不要紧,也是追求进步的青年,也很靠近甘子明。"

向文成一提甘子明,立刻引武备转变了话题,他说,他正要跟甘子明见面呢,有些情况需要交流一下。向文成就说,甘子明也经常打听他,说晚上在世安堂见面吧。一家人吃着饭,武备又问取灯喜欢不喜欢笨花这个家,还问了她今后的打算。取灯回答着武备的话,只是对今后的打算,她说一时还没有想好。取灯在想,她的同仁中学固然可爱,从那里出来后她还可以顺利升入她理想中的大学。但她又预感到,局势的发展似乎使她已经不能把握自己的命运。同仁中学随着时局的变化,也处于风雨飘摇之中。也许坐在她对面的侄子武备是她的榜样吧,她知道有一种人,早就把自己的前途和国家的命运连在一起了。现在,对这个事关重大的问题,她没能立刻回答武备,只说:"今后的打算事关重大,我还得好好想想。"武备说:"形势的发展是超出人的预料的,没有国家的前途,哪会有个人的前途呢。过去我的幻想多的是,现在,行动就是一切吧。"

取灯听武备说话,听得很认真。

这晚,夜深人静时,甘子明来到世安堂。向文成把灯点亮,又用条夹被把窗户遮严。灯下坐着武备、甘子明、向文成三个人。甘子明看看向家父子,对武备说:"武备呀,我有个提议,咱们见面的范围还应该扩大一下。应该再叫俩人参加,一个是你们的邻居时令,一个就是恁家的取灯。我研究过这两个人,在这一拨青年人里,都是出类拔萃的,各自都有抱负。时令靠近组织的要求很强烈;取灯这孩子也不能小看,断事的能力很像向家的人。"

在甘子明的提议下,武备同意让时令和取灯来同他见面,虽然他们是早已见过面的。

向文成派有备去叫时令,他自己又去东院叫来取灯。

甘子明把这次的聚会定性为情况交流会,现在他是兆州为数不多的基层组织领导之一。他像个有经验的领导者那样郑重地说:"今天向武备同志过来了,我代表笨花基层组织欢迎我们上级来的领导。"

武备说:"子明叔,我可不是领导,叫同志倒可以,显得庄重。"

甘子明说:"就是领导,领导过一个游击队的指导员不是领导谁是领导?咱们对冀南情况的发展一直都很重视。"

时令插话说:"武备早就是咱们心目中的领导了。"

向文成说:"还是叫他武备吧,他做的事再大,回到笨花就是笨花人。"

甘子明圆场似的说:"不拘形式吧,武备也不在意这些。目前咱们最想了解的是局势。咱这一片没经过武装斗争的洗礼,情况相对就闭塞,虽然北有高蠡暴动①,南有冀南盐民暴动,可咱们都没有亲身经历过。武备是亲身经历过盐民暴动的战士,站得就高,看得就远。咱光看《北方红旗》,上面的文章说得太笼统,这了解外界具体形势的心情就格外迫切。"

后来武备就在油灯下介绍了邢台四师的学潮,冀南的盐民暴动和继之而来的建立地方武装、建立基层苏维埃,农民的分粮斗争……他说,这些斗争虽然目前遇到挫折,但动员了群众,播下了革命的种子。武备愿意把走向低潮的群众斗争说成是"挫折"。武备说,在民族危亡的时刻,阶级矛盾必然要让位于民族矛盾。接着他就给大家介绍了东北和华北的战事。他说,从"九一八"事变,到长城抗战、察哈尔抗战,以及前不久的"塘沽协定"②,这些事件每次都是以我们失掉一片领土而告终。由此可见,日本人是决不会以得到眼前的这点利益而停止对中国的领土要求。武备说,据他分析,更严峻的事变还会发生,这种形势的发展,肯定要引发全民抗战。西安的"双十二事变"③就是个信号。

武备谈完形势,甘子明、向文成、时令和取灯又都问了不少各自关心的问题,他们由东北、华北问到笨花。说到笨花时,甘子明说,看起来日本人虽说离笨花还远,可日本人对农村的影响却不能低估,经济侵略和武装侵略是相互依托的。就说这花坊吧,这里的事可不少。有两个穿便衣的日本人不断骑自行车进村,说是到佟家买皮棉、修理洋泵,其真实目的还不清楚。时令就说,这俩日本人被佟法年领着,鬼鬼祟祟净在地里转,表面上是观察花的长势,连花柴长多高都用尺子量,不知是在进行什么活动。

武备说,日本人在军事行动之前,各种怪事总是不断,这是个规律。这就更应该引起群众的警惕。

---

① 高蠡暴动:指1932年河北高阳县和蠡县的农民暴动。
② 塘沽协定:1933年中国政府与日军签订的旨在承认日本对长城以北地区占领的协定。
③ 双十二事变:即1936年12月12日张学良、杨虎城发动的西安事变。

几个人把种种奇怪现象做了不少猜测,当甘子明问到武备的去留时,武备就直截了当地把他的计划告诉了大家。他说,双十二事变后,年轻人向往的是西北。他这次"过来",就是来和大家告别的。

"西北"这个词对于笨花人已经不算陌生,几个人听了武备的"西北"计划,都没有感到太突然。

鸡叫头遍时,甘子明和时令才离开世安堂。

当世安堂只剩下向家三口人时,武备突然对向文成说:"爹,刚才你们说了农村不少怪事,我看见咱家有个新鲜物件,不知是哪儿来的。"

向文成说:"你看见了一盏灯。"他说着,把植物油灯从药架子上够下来推到武备眼前。

武备扶住油灯转着看,他看见灯上的宫崎株式会社的日文标志,说:"我懂了,日本产的。在冀南时也听说过,有人在推销这东西。咱家这盏是哪儿来的?"

向文成说:"我递说你吧,你二爷办的货。你不提这灯的事,我也正想跟你说说哩。"

取灯说:"武备,我叔叔还想拿这灯发大财呢,说要进货三十万盏。"

武备说:"取灯姑,你怎么看这个问题?"

取灯说:"我大哥早就想抵制住我叔叔,可我叔叔却振振有词,说他只管卖灯。还说为什么卖这灯?这灯亮,还省油。"

武备思忖着说:"真想不到二爷这么不管不顾。我看咱家目前首要的爱国行动,就是说服裕逢厚的向经理不要做这批灯的生意。如果他一意孤行……他实在不应该。这可是个原则问题。"武备还没有想好,万一向桂一意孤行要去卖灯,该怎么办。

向文成说:"我再去制止一下吧,那天我就差说他执迷不悟了。"

向武备在家里住了两天,决定出发去元氏找那位同学一起去西北。临行前他又和甘子明见了一面,商量了两件事。第一,关于怎样制止向桂的卖灯行动;第二,关于向文成的组织问题。这第二件事是甘子明提出的,他对武备说,向文成无疑是知根知底的自己人,从早年和佟家打官司,到现在事事走在群众前头……只是不重视解决个人的组织问题。甘子明说,我动员他,他就说,还是留在组织以外工作方便。现在甘子明正式向武备"请示",看如何对待这位向文成同志。武备沉吟良久,说,甘子明不提这件事,他倒还没有注意,原来他父亲向文成至今还不在组织。最后他表态说,他愿意尊重父亲的意见,父亲的主张,想必有他的道理。甘子明想了想说,也许有道理吧,就向文成现在的架势,活动着倒是方便。你看福音堂他也能进,还交了个瑞典朋友,还编过一出《摩西出埃及》。城里乡里说去哪儿就去哪儿。今后形势越残酷,斗争就越是需要各种人才吧。

武备说:"其实你是我父亲的朋友,比我更了解我父亲。我父亲的事就听其自然吧。"

"你爷爷呢?"甘子明突如其来地问武备,"听取灯说从东南回保定后,一直在保定做寓公。不知随着形势的变化,老人的处境会有什么变化。我一听说日本人不断到天津去找吴佩孚出山,就自然而然想到你爷爷。也许我的操心是多余的。"

甘子明突如其来地问到向喜,是对向喜的关心,这关心里或许也有试探。

这使向武备也认真地想起了爷爷。似爷爷这样的旧军人和向武备的距离是遥远的,他仿佛无法对爷爷做出什么判断。但他还是很严肃地说:"在民族危亡的关头,每个人都要对自己的道路做出选择,我爷爷也必然要做出选择。现在我虽然还判断不了什么,可我相信,我爷爷他是会珍重自己的吧。"

36

每天早晨,保定城刚从沉睡中醒来,双彩五道庙街上便会有一位老者,由西向东,姗姗而行。这老者胸前飘着黑白搀半的胡须,一年四季好像总穿一件灰布长衫。他手提一只搪瓷罐,往一个豆浆坊走,他是去打豆浆的。老者脚穿一双半新的布鞋,踏着街上的鹅卵石路面,不紧不慢地来到路南一个浆坊,迈两步青石台阶进门后,谦和地同浆坊老板打着招呼。这时,围在一口大锅前等豆浆开锅的顾客,就会显出恭敬地让老者往前站。这老者却并不向前,他仍然谦让地站在人后和顾客们说着今天早晨或多雾或多霜的天气,说着这几天的或涨或落的物价。就在他们说着天气、物价的时候,伙计紧拉起风箱,用急火催豆浆开锅。店老板还嫌火慢,这叫人觉得他们是专为老者的到来而着急的。豆浆终于在一阵急促的风箱声中开锅了,七印大铁锅里浓稠的豆浆沸腾起来,店里弥漫起清香的豆腥味儿。伙计这才停住风箱,抄起一把黄铜勺,为顾客盛豆浆。来店中打豆浆的顾客拿着各式各样的家什,伙计就经心地把豆浆盛进他们自带的家什。也有在店里吃早点的,伙计就把豆浆给他们盛入一个个粗瓷大碗。于是老者的搪瓷罐也被盛满,他便走出店堂迈下台阶到门口去等炸荷包——浆坊兼卖油条、油饼和炸荷包,那炸锅设在门外。荷包不似油条、油饼好炸,它要先用面坯捏成一个口袋,再把一只生鸡蛋磕入口袋里放进油锅去炸。炸时,火要不急不弱。火急了面皮炸煳,鸡蛋尚生;火弱了口袋久不上黄,油还会汪入口袋中。所以并不是哪个炸油条的把式都会炸荷包。这家浆坊的豆浆实在,荷包也炸得漂亮。把式知道老者等的是炸荷包,便也格外细心。他挑出新鲜鸡蛋,火候掌握得尤其得当。荷包炸成了,把式用块油纸给老者托住。这时老者也早已和店家算清了账目,他一手提罐,一手托着荷包离开浆坊回家。待他走远时,店老板和店中的顾客才议论起这位打浆的老者。店老板是个与老者年龄相仿的红脸大汉,他深知老者的经历,炫耀似的对顾客说:"知道这是谁吗?向大人。"顾客中知道底细的就附和着,不知道的就继续追问向大人是谁。店老板说:"不知道向大人,知道曹锟公园吧,那可是向大人造的。"众人恍然大悟,保定人哪有不知道位于南城墙外那个公园的呢,保定人把它叫做曹锟公园。人们一听打浆的是向大人,有顾客就抢着走出店门向西张望,老者已经走远,远处晨雾中,只晃动着一个穿灰长衫的背影。

每天早晨喝豆浆、吃炸荷包是保定向家由来已久的习惯了,这仿佛是保定人二丫头——向喜的二太太顺容传给向喜的。从前笨花人向喜早饭时不喝豆浆,后来向喜不但喝服了,还养成了习惯。他把这个习惯从北方带到南方,好在豆浆从南到北到处都有,只是气味不同。向喜觉得南方的豆浆清香却显寡淡,而北方的豆浆浓香但有豆腥气。不过两者相比较,他还是喜欢北方的。兆州、笨花虽在北方,但那里没有豆浆,只有豆腐和豆腐脑儿。可豆腐和豆腐脑儿的基础也是豆浆,向喜对此也并不生疏。他只是想,兆州人为什么不重视这个基础呢?做过豆腐脑儿生意的向喜,后来计算过豆浆和豆腐脑儿利润的幅度:同样数量的黄豆,豆浆的利润显然要大于豆腐脑儿的。豆浆不就是把黄豆瓣泡开,在磨上一磨,过箩以后加水烧开就卖的东西么。人们掏钱就买。但他的家乡不兴豆浆,只在过年做豆腐时人们才注意到,在豆腐成形之前,还有豆浆这个环节。可谁也不知道豆浆能喝。那些年,已经知道豆浆能喝的向喜从外地回笨花,赶上过年向家做豆腐时,他总要对秀芝说:"武备娘,烧锅时别忘了给我盛碗豆浆喝。"秀芝听了向喜的话,烧开豆浆后,就先从锅里给公公舀出两大碗豆浆。向喜心满意足地喝着,觉得家乡的黄豆磨出的豆浆格外够味儿。

向喜结束了军中的事业,刚从南方回到保定双彩五道庙时,买豆浆大都是用人的事,有时顺容和取灯也去买。只有文麒、文麟不去,他俩嫌穿着学生制服去打豆浆寒碜。向喜也并不强迫他们,后来向喜倒主动揽下了这个差事。开始顺容不让他去,说:"不许你去,你看看这条街上,哪有有头有脸的人去打豆浆的。"顺容的话带着命令的口气。向喜就说:"是人就有头有脸,没头没脸就不是人了。"顺容又说:"你就丢尽向家的人吧。"向喜说:"我丢的是向家的人,又不是你汤家的人。"

向喜买回豆浆和炸荷包,在厨房桌子上摆好,招呼顺容用早点。顺容便叫用人秦嫂把几只菜碟摆上饭桌,菜碟里大半是:一碟酱豆腐,一碟生切春不老,一碟酱瓜,一碟地藕。这四样都是保定槐茂酱园的代表产品。但顺容摆的这些酱菜向喜不爱吃,他觉得豆浆和酱菜很是不协调。他不动酱菜,只在豆浆碗里撒些白糖。顺容嫌向喜不吃她摆的酱菜,就止不住地嘟嘟囔囔。嘟囔一阵,自己赌气似的拽过碟子狠吃起来,也不嫌咸。向喜和顺容在早点的问题上,从买到吃,显得很不协调。

其实,顺容和向喜之间的不协调,并非只表现在早点上。自从向喜卸职回到保定后,顺容对向喜就总是没好气地数叨。她嫌直系失散于淮河边时,向喜不往东北走,也不往山西走。她通达世故似的说:"兵家胜败是常事,可败下来也不能就此还家为民。看人家孙传芳那个机灵鬼,早先你俩到我家茶馆喝茶那工夫,我就看人家和你不一样。那说话之能言善辩,那断事一断就是几步。当时你们俩的官儿不是一模一样哟。看看吧,几年人家就是个五省联军司令。这五省联军一垮,人家立马又去了奉天,眼下看似屈尊于张学良门下,以后你担保东北就没有个改朝换代的时候?翻手为云,覆手为雨,你等着看吧。孙传芳叫你去奉天你不去,嫌这嫌那,那山西呢,阎大人可是一片诚意吧,给你个军长你嫌小,哪儿大?双彩五道庙这个院子大,院子里你那一片灯笼红萝卜地大,你就守一辈子吧……"顺容嘟囔,向喜既不搭腔,也不与她争辩。他想,和内人去争论这些军界大事,自己便也成了妇道。每逢这时向喜的对策只有两个,一是沉默不语,拿起小锄从后院走到前院去伺弄他的灯笼红萝卜;再就是喊取灯。他说:"取灯,快去吧,快去听你妈唱歌吧,正唱哩,你不是喜欢唱歌呀!"取灯在这时一般会挺身而出,她毫不客气地对顺容说:"妈,你说的这些话你懂不懂?我觉得你是不懂。你要是不懂,就别说了。谁懂?我爹懂。这倒好,懂的不说话,不懂的说起来没完没了,这本身就不正常。你还不如到街上转转哪,东大街电影院又来新片子了,陈云裳的,你不是就爱看陈云裳呀。"

取灯的干预和提醒,大多时候能让顺容暂时安静下来,她真的迈起大脚,赌气似的去了东大街。当她出了家门之后,向喜才扔下手里的小锄回到房中。取灯对向喜说:"爹呀,我很同情你,可也很纳闷:当初你怎么就认识了我妈呢?请原谅我这做闺女的直来直去地问你。我和你们处的时代不同,想的问题也就不同。"

向喜不说话。他不愿意直来直去地和取灯讨论他和顺容之间的事,他不愿意和取灯讨论的,又何止是如何认识顺容的呢。他坐在迎门的太师椅上只是说:"取灯,叫秦嫂给我沏杯茶,沏龙井,沏铁筒里的,那是今年的新茶。"

取灯见父亲突然变了话题,也感到现在并不是与父亲讨论人生的时候,她觉得自己有点没大没小,自不量力。她没有去喊秦嫂,亲自到厨房为父亲去沏龙井。她按照父亲的习惯,一丝不苟地先把茶杯烫热,将茶叶撒进去,用温度合适的水把茶叶冲一次,倒掉水,滗干,之后再往杯中注满水。向喜吃饭简单,喝茶却不马虎。取灯细心地为父亲泡好茶,送到他跟前。

向喜喝茶喝得再讲究,也总觉得任何茶叶一到了北方就变了味儿。他在宜昌喝毛尖,在汉口喝碧螺春,在杭州喝龙井。他知道在茶叶里,就属龙井最娇气,运到北方,再好的龙井也会是青草味儿。龙井在北方一过夏天,味道就会更加不三不四。后来他按照南方人保存茶叶的办法来保存龙井,他先把它们用草纸一包一包包紧,码入一只小缸里,缸底铺一层吸潮的生石灰,然后把缸盖严实。结果还是达不到茶叶在南方的标准。关于茶叶的不对味儿,向喜想了很多,他想到北方的水(硬)到底不同于南方的水(软)吧?想到茶叶在运输时一定是和什么东西混装在一起串了味儿吧?茶叶最爱串味儿。

向喜喝完头一杯茶,便提起暖瓶为自己再续第二杯。他最重视这第二杯茶,第二杯才是一杯茶的最佳状态。他注意着龙井茶叶在杯中的下沉。好龙井叫旗枪,为什么叫旗枪?就因为好龙井一枚茶芽带着一片嫩叶,泡开时,叶像旗子,芽像枪头。向喜看着杯中这有旗又有枪的茶叶,想这确是今年的明前茶。谁知这第二杯茶仍然不尽如人意。他这才又想起南方的茶必得南方的水来泡。回保定后,本来他是决心要忘记南方的,因为他风风火火的半生总是联着南方。但是龙井茶还是让他又忆起南方……

那天,也是一个上午,吴淞口要塞司令向中和正在军港官邸品尝杯中的明前龙井,桌上的电话铃急急地响着。他原本计划安生着喝完茶要去狮子林炮台视察的,可电话铃还是打断了他的品茶计划——杯中的茶正逢最佳状态的第二杯。他知道此时电话铃响定非一般,便放下茶杯抓起电话。果然说话人是被向喜称做馨远老弟的、当下的五省联军司令孙传芳。孙传芳开口先问向喜那几条军舰的事,问他军舰能不能达到临战状态。按理说,吴淞口要塞是不辖军舰的,军舰应属海军指挥。但由于直系进入东南匆忙,现在五省尚未建立起正规的海军。在吴淞口停泊的几艘舰艇,就归了要塞司令统一指挥。孙传芳把舰艇交给向喜还另有原因——他放心。向喜接管了这几艘舰艇,按照海军的章法,精心做了安排,尤其对舰上的大小火炮,养护得分外仔细。他知道武器就像人一样,也是养兵千日用兵一时。现在孙传芳在电话里一打问舰艇的事,向喜自然知道,这是孙传芳要用"兵"了。他以肯定的口吻回答孙传芳,说几只舰艇早已进入临战状态,随时可以调遣。接着孙传芳就开门见山地对向喜说:"喜哥,知道杭州城里夏超的事了吧?狗日的反啦!你坐着军舰从钱塘江绕过去,朝他开几炮。然后堵住南星桥码头,避免他往淳安、建德方向逃。"

向喜当然知道夏超。直系入浙前,夏超本是浙江省长兼杭州警备司令,后来起义归顺了直系,仍然当着他的省长。如今随着广东方面形势的发展,那夏超又联合起一班浙人,声称要独立,并拉开一副与孙传芳势不两立的架式,最终惹恼了孙传芳。

接着孙传芳和向喜在电话里又研究了军舰的行动计划。

向喜领得打夏超的军令,带军舰五艘,以"奉安"舰为旗舰,出三夹水,进钱塘江口,在南星桥一带摆开阵势,又差部分军队沿钱塘江布防。孙传芳便倚仗着向喜的军舰,再次和夏超进行了最后通牒式的谈判。孙传芳令夏超"谨慎"从事,却遭夏超拒绝。当天夜里,向喜的舰艇上火炮齐鸣,一发发炮弹飞向杭州城。结果向喜的大炮还真把夏超轰出了杭州。夏超连夜逃出杭州后,又被埋伏在另一路的孟昭月①部活捉,不日即被砍头。之后,孙传芳便任命谢璞为浙江省长,而跟随谢璞入城的是向喜。这时他已改任为浙江全省警务处长。

夏超事件平息后,孙传芳和向喜游西湖时,二人对坐于宝俶塔下。孙传芳说:"没想到你那几炮还顶大事了。"向喜说:"我只说吓

---

① 孟昭月(1887—1943):直系。曾任陆军第十混成旅旅长,五省联军时浙军总司令。

唬吓唬他算了,谁知炮一响,夏超就跑了。一跑就钻进了孟昭月的口袋。过后我计算了一下火炮的射程,那炮弹根本打不到杭州城。"孙传芳大笑一阵说:"一切都是天意吧,我们出师东南节节胜利,究其原因我归结为两条,一条是靠天意,一条是靠朋友。"向喜知道孙传芳说话的用意,朋友当然也包括了他本人。

  朋友,现在卸了职的向喜坐在双彩五道庙家中,看着杯中一片片变淡的茶叶,不自觉地又在心中重复起这两个字。由此他又想起孙传芳失利于东南时,在徐州亲手解决施从滨①的事。那次,自以为是孙传芳朋友的向喜,曾力谏孙传芳,劝他不要枪毙施从滨,而那时的孙传芳,也是借"朋友"两个字怒斥了向喜。他立眉怒目地指着向喜说:"我在东南的失利就失在朋友们这些毫无意义的谏言上。"向喜在这时仍然自不量力地谏言道:"施从滨可是个降将呀。子曰:'大学之道,在明明德,在亲民,在止于至善。'施从滨人都七十了。"孙传芳更加怒不可遏地说:"向中和,你知道你这个保定武备学堂出身的军人,为什么肩上至今还扛着两颗星吗?就因为你这种遇事的优柔寡断,处事总放不下你那儿女情长!你还曾经对我说过,子曰:'国家将兴,必有祯祥;国家将亡,必有妖孽'呢。"向喜说:"照你的说法,施从滨便是妖孽?"孙传芳吼道:"说是便是!"说完从腰里拔出手枪向门外冲去。

  孙传芳冲出门去,把一干人集中在徐州车站一旁的土坡上,命部下扭来老降将施从滨。孙传芳以枪口紧抵住施从滨的太阳穴,扣动了扳机。七十岁的施从滨带着一头白发和血红的脑浆瘫倒在孙传芳脚下。自此,向喜便也差不多结束了他的军旅生涯。之后不久,孙传芳又和势如破竹的北伐军一阵抵挡,几乎全军覆没。向喜和孙传芳互相搀扶着渡过淮河,分手时孙传芳还是以朋友的姿

---

① 施从滨(1867—1926):皖系。曾任陆军第二十五混成旅旅长,济南镇守使。

态约请向喜一起经天津去奉天和奉系接触。向喜谢绝了孙传芳,他说他只觉得累。他对孙传芳说,叶落归根是任何人都逃脱不了的。我还是决定要回笨花的,咱弟兄后会有期。说完,向喜只身一人穿便服,和甘运来登上北去的火车。在车上,他又记起"大学之道"的后几句,便是:"知止而后有定。定而后能静。静而后能安。安而后能虑。虑而后能得。"向喜想,这"虑"应是虑事之精详。

作为朋友的向喜和孙传芳一别多年不通消息,只在几年后向喜还是接到了孙家的一封加急电报,那天向喜正在笨花老家。来电是一讣告:孙传芳在天津居士林遇刺①身亡了。那天作为朋友的向喜还是毫不迟疑地赶往天津奔丧,他连夜从元氏上火车赶赴天津……

向喜喝完第三杯茶,本来还要喝第四杯的,顺容从街上回来了,顺容身后跟着两个生人。

37

向喜在保定的住宅是双彩五道庙街副四号。平时,副四号的街门紧闭着。从前有个看门的老杨住门房,有人摁门铃,老杨就去开门。前不久老杨请长假回了清苑老家,开门的就变成了秦嫂。向家自己人进门不摁铃,有钥匙。

这天向喜正在后院,听见开门声,知道这是顺容看电影回了家,也自不理会。进门来的果然是顺容,她在前院边走边和一个男人说话,像是在说这院子的规模。那男人还问这片萝卜是谁种的,顺容支吾着说,是门房老杨种的,这几天老杨回了家。向喜寻思,这是谁的声音呢,很生,也不像当块儿的邻居,也不像保定的友人。

---

① 1935年孙传芳在天津居士林做佛事时,被施从滨之女施剑翘行刺,毙命。

顺容为什么不打招呼就把生人领进家呢。向喜决定躲开客人，他出了客厅想回卧房，一出门却正遇见客人迎头走过来。向喜没有躲及。原来客人并不是一位，而是两位。两人都是西服革履，一位头发乌黑，一位头发花白。那位黑头发的客人一边走一边和顺容说话，看来刚才在前院问长问短的就是此人。

向喜见客人已经迎头走来，就不再往卧房里躲，但一时不知如何对待他们。两位客人看见向喜也停住脚步，面露惊喜，似乎在说，总算找到了要找的人了。显然，他们猜出了站在眼前的就是向喜。顺容抢先一步走到向喜跟前说，她是在门口遇见这两位客人的，当时他们正在打听双彩五道庙街副四号，说是专程来晋见向大人的。她就把他们领了进来。顺容说话，突出了"晋见"两个字，她愿意听这两个字，她知道"晋见"是下等人求见上等人的一种最具礼节、最谦恭的用语，她自然也就显出了几分主人的"派头"。顺容在门前把来人打量一番，又见他们穿着不同一般，虽然没坐汽车，只乘了两辆洋车，她也依然能够感觉出他们的身份。

被"拘"在当院的向喜只好把客人引入客厅，并吩咐秦嫂上茶。

三人来到客厅，还是那位黑发客人说话。他说："如果我没猜错，迎接我们的便是向大人了。"

"我是向中和，敢问二位尊姓大名？"向喜说着，为客人指着座位。

"敝人姓陆，这是名片。"黑发人说着，将一张名片递给向喜。

向喜接过名片，仔细阅读。细读名片已经是向喜社交的习惯，但这张名片上的先生并不姓陆，而是姓高，名字又仿佛在哪儿见过：高凌霨。向喜又仔细阅读了旁边的小注：河北省省长，天津治安会会长。向喜有些明白了，便再次端详起来人，可两个人里显然没有高凌霨。

就在向喜研究名片和来人的时候，来人也在观察向喜。还是黑发人说话,他说:"我知道向大人在想什么:名片与来人不符。是有点不符,但名片是高省长亲手交给敝人,托敝人呈给向大人的。"

向喜知道了。社交中常有代呈名片的事,其中往往暗含着缘由。向喜想着,不觉又把眼光移向那位白发人。黑发人发现了向喜眼光的转移,又抢先说:"这位先生我忘了介绍,这是小坂先生,您一听就知道不是中国人。是的,小坂先生是位日本客人,您看,半天不说话,显得失礼一般。小坂先生说话要靠我翻译。"

向喜总算弄清了来人的身份:省长高凌霨加上日本人小坂,他想到了来者不善这句话。不过,既然顺容把他们领进了家,他也只好应付下去。他请二位客人落座后,顺容替秦嫂端茶上来,站在一旁故意磨蹭着不走,研究着客人的来意。直到向喜给她使了眼色,她才不情愿地离开客厅。

现在是向喜先开口了,他说:"不知小坂先生现在何处任职?"向喜说话对着陆先生。

陆先生把向喜的话翻译给小坂,小坂用日语回答了向喜的问话,陆先生翻译说:"小坂先生说,以前他是个商人,东北事变后,很多日本商人都投身到建设大东亚新秩序运动中来了。目前他只为日本政府在中国做些联络工作,高省长也是他联络的对象。"

向喜想,果真是来者不善啊。他们果真是从高凌霨那里来。小坂不等向喜说话,又说,那年孙传芳在天津遇刺时他也在天津,悼念孙大帅时他也在场,他看见向将军就站在其中。其实早先他就知道向将军和孙大帅是莫逆之交,听说还结拜过兄弟。而孙大帅早年留学日本学习军事时,还和日本如冈村宁次这样的名将有师生之谊。日本人都很怀念孙大帅。

向喜说:"不错,我和馨远是盟兄弟,我也想不到馨远回天津后事情会遇到这样的不测。"

"是啊,"小坂说,"死去的人已经走了,在世的英雄豪杰就要为日本和中国的共同繁荣做一点事情才是。"

向喜听懂小坂的来意,也知道了他下一步要谈的问题,但他还是假装不明白地问小坂:"小坂先生来寒舍,不知有何差遣?"

小坂沉吟片刻,知道已是进入正题的时候了,便开门见山地说:"向将军一定知道华北这个概念的。华北本是个地理概念,而现在这两个字早已超出了地理概念范围。为什么?向将军是个有见地、有卓识的中国人,《塘沽协定》的签订和华北五省自治就是个标志,这样才使许多中国的优秀分子有了同我们合作的机会。比如像向将军熟悉的高凌霨,还有你的正定老乡吴赞周①。当然,也有有识之士不愿意与日本合作的,比如向将军熟悉的宋哲元、张自忠他们,还有直系元老吴佩孚,有的做事莽撞,有的显得不合时宜。"

小坂的谈话既然已经正式开始,向喜也就要正式做出回应。军旅生涯使向喜懂得了谈判是怎么回事,有时你要懂得把简单的问题谈得复杂,有时你要懂得把复杂的问题变得简单。现在向喜准备简单从事。他说:"可我还是愿意从地理上谈论华北。从地理上讲,它是中国的北方,现时我就住在中国的北方。"

"对呀,对呀,这真是一种不谋而合。"小坂说,"这也就是今天我们来保定拜访向将军的原因。向将军愿意从地理上谈华北,好,我尊重向将军的意见。来保定之前我就仔细研究过保定的地理位置,原来保定才是不折不扣的华北腹地。"

向喜精心斟酌着官场交往的谈话句式说:"这是不言而喻的。"

"正因为如此,我们是不会忽视保定的。换句话说,保定也是应该得到我们保护的。"小坂说。

至此,小坂来保定的目的已经彻底明了。刚才,当"华北政务委员会""优秀分子""得到保护"……这些似新鲜又非新鲜的字眼

---

① 吴赞周(1885—1949):原直系军人,后为日伪河北省省长。

涌入向喜的脑海之后,他本想站起身来,奉劝陆先生和小坂迅速离开双彩五道庙的,有句话叫做怒不可遏,向喜一时间就有些怒不可遏了。他想,先前我领兵打仗,从北打到南,从南打到北,弟兄们恩恩怨怨几十年,可那都是中国人自己家里的事。那时我在军中也一时清楚,一时糊涂,我的清楚和我的糊涂也算是天时地利的转换所致吧。现在呢,坐在我眼前的是个日本人,是日本人要和我探讨华北和保定……这就有些驴唇不对马嘴了,并且让人不寒而栗。向喜思想着,怒不可遏着,但他还是强压住心头的怒火,决定把小坂的话听完。

小坂见向喜不语,以为向喜对他的话有所考虑,索性彻底亮了牌。他说,日本人占领整个华北在即,但日本人决不是简单的占领,中国人的地盘还是要中国人治理。这就急需一个过渡性的组织,中日双方给它起了个中立的名字叫维持会。日本人所到之处都要建立这个过渡性的组织。主持它的人都是经过日本军方精选出来的一方名士。那么,保定呢,正在天津的高省长就推荐了向大人。高省长还专门介绍了向将军的经历和为人。

小坂喝茶,向喜也喝茶。陆先生抽烟,向喜不抽烟。客厅里一时很安静。顺容又走进来续水,看看向喜又看看陆先生和小坂,已猜出这并不是一场愉快的谈话,就打圆场似的说:"二位先生怎么不抽烟?"她把茶几上的一筒"白炮台"推给客人,再次退了出去。

向喜想,看来小坂是死等他开口表态了。这态他是要表的,他说:"小坂先生的话我已经听明白了。可这件事事关重大,我是个解甲归田的军人,早年又没有念过什么书,当兵以后就知道军旅里那点事。你说的那个差事,其中尽是政治,我哪有胆量应承。再说,回到保定后,身体又一天不如一天,还是请小坂先生另请高明为对。"

小坂听完向喜的话,迟疑一阵说:"我不把向将军的话当真话听。我和许多中国人打交道,开始得到的差不多都是这样一席话。

谨慎处事,这是中国人所遵循的原则。假如就在今天,向将军听了我的话便说:好吧,我同意。在我听来也许反倒觉得将军是个轻薄之人了。现在向将军一推辞,我们一告辞,我以为这才是我们之间一个完美交往的开始。我们几天后再见吧。"

小坂说完起身就要告辞,向喜自然不作挽留。他送小坂到门口,看见门口停着两辆半新的洋车。小坂和陆先生上车后,不知从哪里闪出几个便衣随从,小跑着跟车而去。

小坂不说几天后再见,向喜也知道这才刚是开始。他想,是福不是祸,是祸躲不过,眼前这场祸横竖是要他对付的。晚上他躺在床上,预测着事情的发展和应付的办法。顺容看他翻来覆去地不睡觉,就说,没见过他这样死不开窍的人,人生下来就是混事的,不在这头混就在那头混。眼前的世道,保住性命,保住家室就好。向喜气得叫着顺容的小名说:"二丫头,你知道你这种说法要是上了报,你这叫什么言论吗?叫汉奸言论!"

二丫头自知言语有失,没趣地扭过脸装睡。

果然,几天之后,小坂和陆先生又几次光临双彩五道庙副四号,他们的态度一次比一次强硬。他们说,向喜一再支吾应付,已经是对日本人乃至日本国的戏弄。又过了些天,小坂再次来到双彩五道庙街,就是伴着隆隆的炮声而来的了。向家窗户上的窗纸和玻璃被炮声震得颤抖着,小坂脸上挂着难耐的笑容问向喜:"听见炮声了吗?这可不是中国人过年,这是真正的战争。宛平的事①是中国军人的疏忽大意,以为抓一个日本兵就会得多大便宜。实际错了,这件事惊动了日本天皇,陆军部还敢怠慢?我说的还是保定的前途。向将军是个职业军人,听炮声比我内行。你听这是高碑店?徐水?满城?"

向喜万没有料到事态发展会这么快。几个月前日军在宛平城

---

① 即1937年日本挑起的卢沟桥事变。

外挑衅似的演习,向喜凭着一个军人的敏感,已经知道其中必定潜藏着更大的祸端。军事演习有许多种,早年他在河间的会操就是演习。那是新军建立后,袁世凯对新军作战能力的展示;后来的河南彰德会操是新军出师前的预演。时至今日,日本人在宛平城外的演习纯粹是对中国人肆无忌惮的挑衅。他记起小坂在和他谈话时,无意透露出日本有个"大陆政策",要完成这个政策,日本人就势必要制造出一个个事端。他想起"欲加之罪何患无辞"这句话,宛平的事,不就是一次"欲加之罪何患无辞"么。

向喜听着炮声,知道哪一炮是在高碑店,哪一炮是在徐水,哪一炮是在满城。有歇后语说"保定府到北河——一百一"。高碑店和北河店紧挨着,而徐水、满城和保定仅有几十华里之遥。向喜必须思量自己今后的去向了。

这时,文麒和文麟相继回到保定家中。他们从北平回来,文麒是中国大学的学生,文麟是香山中学的学生。他们这次回家,实际上是回来和父母告别的,他们要到一个进步青年都在向往着的地方去。这时他们还不知道,他们有个侄子向武备在不久前已经去了那里。他们一路想的是怎样挣脱家庭的阻力,而这种挣脱将会怎样艰难和曲折。不过他们坚信,就像有些文学作品中描写的那样,经过一番斗争后,末了,他们的结果一定会是偷偷地出走。他们回到家里,伴着越来越近的炮声,开始和父亲谈论保定的前途,却迟迟不把他们的行动计划告诉向喜。后来他们没想到,还是父亲向喜催促他们了,向喜对文麒和文麟说:"你们哥儿俩就打算在保定这么呆下去?"

文麒和文麟互相看看,文麟就说:"以父亲大人之见呢?"文麟说时故意不动声色,翻弄着手里的一本书。

向喜说:"从报纸上看,满城方向的炮是刘峙[1]和日本的坂垣征

---

[1] 刘峙(1892—1971):时为中国军队第二集团军司令,守保定。

四郎①对打的。刘峙虽然也做了顽强抵抗,可坂垣征四郎的最终目的是要夺取保定。"

文麟又说:"那下一步呢?"

向喜说:"下一步是保定失守。我预计这是五天以后的事,最多七天。"

文麟说:"我们去笨花吧,到笨花找取灯去。我们想取灯了。"

向喜说:"回笨花我不是没想过,可坂垣下一个目标是石家庄。石家庄不起眼,不城不乡的,但是日本人肯定要看重它——它能控制冀中、冀南和山西。如此,笨花对一个年轻人来说,也不是久留之地。"

文麟又问:"依父亲之见呢?"

向喜并不直接回答文麟,只拿眼睛盯着文麟手里的那本旧书,他知道那是一本名叫《西行漫记》的书。书是取灯留在家里的,向喜闲暇时还翻过几页。他觉得其中的故事虽不奇妙,但也让他了解了黄河以西陕甘一带人们常说的西北之事。书中的一些人名他并不陌生,有的甚至还有过接触,比如朱德和刘伯承。那是护国战争时在四川,当时他在这边,朱德和刘伯承在那边,他亲自领教过他们的作战才能。从前向喜对他们北上抗日的主张总是半信半疑,但是现在,自从"双十二事变"后,他们的言论和行动却一次次吸引着向喜的注意。在中国军队的正面抵抗节节败退时,他们的队伍却东渡黄河开赴抗日前线,这不能不使向喜从内心里感到崇敬。

文麟见父亲注意他手中的书,下意识地把书往身后藏。向喜说:"别藏了,那本书我看过,那是取灯的书。"

文麟和文麒惊讶不已,也才揣测起他们和父亲的"摊牌"也许

---

① 坂垣征四郎(1885—1948):日军侵占河北重要将领之一,时为华北方面军第五师团团长。

并不像预想的那么困难。于是文麟就让哥哥文麒把他们的计划一五一十地讲给了父亲。向喜仔细听着,听完他竟然直截了当地问两个儿子:"你们的路线怎么走呢?那位美国记者走的路线是条远路,他不熟悉中国,更不会判断地形,走了不少弯路。你们不要走他的路线,要是走曲阳、五台山就近多了。你们哥儿俩对着地图研究一下。"

文麒和文麟听了向喜的话,对视良久。无论如何,父亲的话是出乎他们预料的。

但二丫头——顺容得知两个儿子要离家时,立即大闹起来。虽然她知道她的闹不碍大局,她还是闹了起来。她不和儿子闹,只和向喜闹,这闹里也包含了这些天来她心中的所有怨愤。小坂的几次登门驱使她不断涌起无名的冲动,而向喜却一次又一次对她发出斥责。一个时期以来,她和向喜的关系可说是处在水深火热之中。

向喜不理睬顺容的吵闹和阻拦,还是给足了两个儿子盘缠,嘱咐他们趁平汉铁路未断,赶快乘车南下。

文麒和文麟乘火车在定州下车,按照向喜为他们谋划的路线向西步行而去。

儿子们走后,向喜很快就对顺容宣布了他的计划:他要顺容同他一起回笨花。顺容坚决不同意,还劝他继续等小坂。向喜忍不住拿笨花话骂了顺容,他骂她是"混账娘儿们"。顺容嫌向喜骂了她,上去就和向喜"撕扒",她把向喜从屋里撕扯到院里。院里正站着秦嫂,向喜忍无可忍,当着秦嫂狠打了顺容两个耳光,并且又骂了她"混账娘儿们"。这是他第一次打顺容,他打的就是这个没有骨气、满肚子苟且偷安打小算盘的女人。秦嫂知道向喜为什么打二太太,也不去真劝,女人最懂女人的生性。秦嫂只是轻描淡写地无人称地说着:"看气的,看气的……"

一阵激烈的打闹过后,向喜郑重其事地叫过秦嫂,交给她两个月的薪水说,今后保定家里不再用人了,请她尽早回清苑老家。打发完秦嫂,向喜压住躁乱的情绪,又叫过顺容,仍然劝她和他一起回笨花。他说,如若不然,你就一个人留在保定等小坂吧。

这时顺容看出向喜回笨花是主意已定,自己就选择了留在保定。她也知道向喜允许她留在保定是真,让她等小坂是气话。她决定留在保定。

向喜想,事不宜迟,当晚他就收拾了一个简单的行李。第二天天刚亮,秦嫂为他雇了辆洋车,把他送上火车,自己也没有再回双彩五道庙,直接回了清苑老家。向喜赶上了平汉线最后一趟南行列车,炮声震荡着大地,火车似在颤抖着前进。

顺容不等小坂,可小坂真的又来了。小坂是随着进城的日军而来,这次他是一袭军服在身,坐着汽车,在双彩五道庙副四号门前下车,卫兵紧跟身后。当他在院门口得知向喜已经不在时,和顺容这个妇道也没多说什么。

没过多久,已经身在兆州的向喜接到顺容一封信,顺容粗识文字,不得已时也提笔写字。信是门房老杨亲自送来的,信上说:"他爹,你不回来就先不回来吧。你走后没几天,小坂就来了。他知道你不在就走了。后来,咱们的西邻陆宅变成了宪兵队部,宪兵队部要扩建停车场,需要咱家的院子。现在墙被推倒了,你种的灯笼红萝卜也给铲了。前院铲平了,后院给拆了一半。眼下我一个人住在小东屋里,厨房也没有了,屋里只生了一个煤球炉子……"

38

向喜赶上最后一趟南去的列车,这是一列闷罐难民车。进站无人检票,上车无人照料。难民在车下拥挤着,向喜被人挤来挤去找车门,最后总算挤进一节车厢。他看个空隙坐下来,这时却又觉出自己是个幸运者了,因为挤不上车的难民是大多数。

列车一阵摇晃开动起来,两个年轻力壮的乘客用力推上了车门。不时有炮声传过来,列车在震颤中行驶。向喜判断,这炮声是从保定以西的满城方向传来,他又想到刘峙能不能守住满城的事。当列车南行经过方顺桥和于家庄之后,炮声才渐渐远去。车厢里稍显安静的旅客们这才纷纷解开自己的行囊,拿出吃食充饥。向喜也不由自主地注意起自己的行囊,他身旁有个小包袱和一只食盒。出门前,尽管顺容和向喜吵闹,但还是去厨房随意给他抓挠了些吃的,把食物打点在一个三层的搪瓷食盒里。混在旅客中的向喜看见这个食盒,才想起从下午到现在,他也是汤米未进了。他掀开食盒,就着车厢里昏黄的灯光,先看见几块干巴巴的桃酥;他又掀开第二层,里面有馒头,也有保定酱菜。他没有再掀第三层。一看见保定酱菜他就失去了对食物的兴趣,由此不免又想起和顺容在饭桌上的不协调。此时此刻他就像逃过了保定酱菜,也逃出了和顺容的不对付。

这列南行列车走走停停,停停走走,无人报站,无人下车。这引得向喜又想起早年他从笨花从军的那一夜。那次他们也是乘坐的闷罐车,车也是走走停停,停停走走。那时他还以为火车就是这样:像个大黑屋子,地上铺着苇席,想走就走,想停就停。新鲜倒新鲜,可也不能说多么舒服。后来他无数次的坐火车,才知道火车还有客车和货车之分。闷罐车是货车,客车才是专供人乘坐的。而客车里还分着等级。再后来的向喜,乘火车常常是头等车厢的旅客,那是大房间里套着小房间的车厢,天鹅绒装饰起来的软席,窗帘上缀着外国的流苏。小桌上台布洁白,摆着洋酒。有一次他和孙传芳在这样的头等车厢里对坐着说话,孙传芳说:"喜哥,你觉得这头等车厢好不好?"向喜玩笑地说:"不好。"孙传芳说:"怎么不好?"向喜说:"不如闷罐车宽敞。"向喜的话当然是玩笑。人为什么会有玩笑?兆州人对此有句形容话叫"烧包"。现在,一九三七年的向喜坐在"南逃"的闷罐车里想,我那时候也够烧包的。遇到和王占元一起乘火车时,向喜才约束着自己,少了这种"烧包",那时他只管恭敬地坐在一旁看王占元抽大烟、喝洋酒……和王占元在一起,向喜就少了些随意。

向喜坐在闷罐车里不吃不喝,被人拥挤着静坐,他坐着一个小包袱。出门前顺容给他打点食物,向喜就为自己收拾行李,他顺手包了这个小包袱。这包袱皮还是当年他从笨花带出来的,之后,他走南闯北,一直把这块四方四正的粗布带在身边。在他的人生旅途遇有重大转折需要他更换驻地时,他随手一抓肯定先是这块粗布,就像他这次离开保定前的随手一抓。顺容几次想把这块布扔掉,还想让用人打成袼褙做鞋,都被向喜吼住了。顺容就说,这块粗布是个"败兴"的东西,有它压箱底就没有好运气。向喜知道顺容膈应它,就尽量让它离顺容远点。同艾待见这块粗布,她每逢看见它,空落的心里就会漾出几分欣慰和塌实,也就知道了她在向喜心里的位置。

火车驶过一个大站后才加快了速度,凭感觉,向喜知道这已是定州。过了定州,炮声才变得似有似无。定州过去之后是石家庄,石家庄再过去便是元氏了。像往常一样,向喜仍然要从元氏下车回兆州。

向喜上车之前本打算从保定邮局给弟弟向桂发封电报,但邮局已经停止营业。所以笨花的家里人并不知道向喜的归来。

向喜在闷罐车里草拟着他的还家计划,挤在难民的行列里,倒使他把自己的计划盘算得更加清晰、坚定。他想着明天就将和全家人见面,明天他就将向全家人宣布他的计划。这计划不是躲避日本人的权宜之计,它联系着向喜的后半生。

列车走了一夜,天亮时到达元氏。向喜在车站雇到一辆驴车。赶车人看他身穿灰布长衫,手提搪瓷食盒,有别于当地老百姓;再看他扛在肩上的四蓬缯包袱,又像本地的织物。赶车人左看右看看不准,就问向喜。向喜隐去自己的身份,只说是山西开染坊的来兆州要账的。

按照向喜的吩咐,驴车没有赶进笨花,驴车停在城内西街向桂的门口。

向喜从车上下来,向桂家的门房真把他当成了一个要账的。那一次这个门房不认识向文成,这一次他更不认识向喜。他对这位风尘仆仆的长衫人说:"山西人吧?"向喜打量着这个生里生气的门房,不说是也不说不是,只一个劲儿地拍打身上的浮土。向喜拍土,惹得门房一阵不高兴,他对向喜说:"别在这儿拍打呀,土都淌在屋里了。"向喜止住拍打,抬腿就往门房里走。门房又对向喜说:"哎,哎,要账到柜上吧,裕逢厚花坊在西边,这是向经理的私宅。"向喜不理会门房的阻拦,还是走进门房,自己看个机凳坐下,不气不恼地对门房说:"你说这是向经理的私宅?"门房说:"是啊。"向喜说:"我找的就是你们向经理的私宅。生意人和为贵,找到私宅也不为错。"

门房见来人坐着不走,又觉得这位客人言语难摸,便想到这年头要弄清来人的身份很是不易,这就不如先客气待人,也给自己留个余地。他一边观察向喜,一边从一个自来风炉子上提下一只开水壶,为向喜倒了一杯开水。门房一给向喜倒水,向喜才觉出他现在最需要的莫过于吃喝了。他本能地打开他的食盒,从第一层拿出一块桃酥,就着开水吃起来,也不再说找不找经理了。这时门房倒对向喜说起经理来,言语间带着几分炫耀。他说向经理一大早就跟一位韩先生出去了,说是宫崎来了。向喜想,向经理还挺忙,又是韩先生,又是宫崎,这宫崎怎么也像个日本人哪。但他并不急于弄清宫崎是谁,只问门房:"经理出去了,那太太呢,太太在家吧?"门房只好说:"太太在家。"向喜说:"那就传禀一声,告诉太太,就说家里人来了。"

门房一听是家里来了人,这才仔细端详起向喜。端详一阵就觉得此人好面熟,接着他终于恍然大悟了:这不就是绣楼相片上那个人嘛!越看越像。门房扑通一声跪在地上说,他真是瞎了眼,没认出向大人,就请向大人饶恕吧。

门房给向喜磕了头,爬起来就往院里跑,去向太太小妮儿报告。少时,他便领来了小妮儿。小妮儿见过大哥向喜,那年向桂带她去天津,在保定下过车,那时向喜就是一副平民百姓模样。现在小妮儿看见更加平民百姓的大哥,又联系北方的局势,心里已猜出了八九分。她进了门房,面对着向喜手忙脚乱地不知如何是好,先学着文明人的样子给向喜鞠了个大躬,又推开他的开水碗,为他收拾起食盒,提起他的小包袱说:"万没想到,万没想到,大哥怎么也不打封信来,好让桂去车站接接。"向喜只对小妮儿说:"来不及,来不及。"说着站起来,也不等小妮儿引路就往院里走,宛若进了自家的院子。小妮儿还是紧走两步,赶到前头引路。

小妮儿在前头引路,领向喜在院内一阵穿行,走过"曲径通幽",走过"飞云叠翠",绕过"三潭印月"……前面便是绣楼了。第一次走进这个院落的向喜,只觉得这院子又陌生又熟悉,直至走到绣楼跟前,向喜才顿时明白了:我这不是走进了宜昌的曹家大院了吗?那次由曹家庆寿而引发的宜昌兵变,仍然历历在目。当时,他就是站在那座绣楼上去喝退变兵的。变兵被向喜从曹家喝退出来,又上街滋事了。

向喜随小妮儿登着"熟悉"的楼梯来到"熟悉"的廊下,走进楼中。当他还没有来得及细看楼中的摆设时,还是先看见了摆着的、挂着的他本人的那些大的小的相片。而且最引他注意的是摆在迎门条案上的那张半人高的戎装照。他心里说:桂呀,这张相片快赶上你哥我的真人高了。向喜把相片一张一张看得十分仔细,这些照片他自己都没有保存下来。他看着眼前这一张张相片,相关的故事也一幕幕呈现在眼前,他不相信那就是他自己。可相片上的人又仿佛不停地在说着:我就是你,我就是你……

向喜看相片,小妮儿拿来一把掸子要替向喜掸身上的尘土,向喜也不推让,来到廊上转着身子由着小妮儿掸打。掸完土,小妮儿就招呼用人给向喜做饭,她站在楼上对下边的用人说了好几样菜。向喜对小妮儿说:"要说饿,是真饿了,你也别弄这弄那了,就给我下碗挂面吧,卧一个鸡蛋,再搁点葱花香油。"向喜要吃挂面,不知为什么说得小妮儿一阵心酸。小妮儿想事想得细,她以为大哥是个叶落归根的人了,人一叶落归根也许就格外想吃家乡的饭。鸡蛋挂面是兆州这一带最普通、也最上等的吃食,女人做坐月子,家里请先生,女婿住十五,病人将养身子,招待最亲的亲人都离不开鸡蛋挂面。

小妮儿听向喜说要吃鸡蛋挂面,就决定亲自下厨去做。煮挂面、卧鸡蛋,看似简单,火候最重要。小妮儿亲手煮好挂面,又亲手给向喜端上楼。向喜坐在一只皮沙发上吃起来。他觉得小妮儿是个仔细人,鸡蛋挂面做得很可口。他吃着挂面,突如其来地问小妮儿:"宫崎是谁呀?"

小妮儿对向喜的提问没有思想准备,可这是大哥在问话,她又必得如实告诉他。

"宫崎是个日本人。"小妮儿说,言语里带着几分躲闪。

"这是个什么人?"向喜又追问。

"说是个做生意的。"小妮儿说。

"你见过?"

"见过。那次去天津,在惠中饭店见过。"

"他和桂做什么生意?"

"先前收咱家花坊的穰子,最近让咱卖灯。"

刚才小妮儿去煮面时,向喜就发现条案上散落着几盏怪灯,他端起一盏看看,灯座上便有宫崎株式会社的字样。

向喜没有再追问小妮儿宫崎让向桂卖灯的事,只说,让门房赶快回笨花一趟,就说他回到了县城,让家里人都来,越快越好,叫群山赶车,套俩牲口。他要在这儿和全家人见面。

小妮儿赶忙按照向喜的吩咐打发门房回笨花,又请向喜进一间客房休息,等全家。

向喜在楼下客房脱掉长衫和鞋袜躺下休息,一阵迷糊,不觉已近中午。向桂回到家中,刚从笨花回来的门房抢先一步地告诉他说:"不得了啦,向大人过来了。"向桂一时没转过弯来,便问:"哪个向大人?"门房说:"你哥哥向大人,向老爷,向旅长,向司令。"门房几乎把恭敬的称呼用了个遍。正在宫崎和植物油灯之间"游走"的向桂这才突然明白,也才想起北方战事的吃紧。

向桂急匆匆地先到厨房问了小妮儿,小妮儿就一五一十地从向喜进门说起,说到他现在正在客房休息。

一听说向喜正在客房,向桂就止不住冲小妮儿发起火来,说:"怎么能让哥哥睡客房?又潮又有臭虫。"小妮儿说:"慌乱得我不行,我也不知道让哥哥睡哪儿。"向桂说:"绣楼呀,绣楼呀。这绣楼不就是为了迎接我哥哥的嘛。"

小妮儿说:"西里间咱住着,东里间还没收拾哩。"

向桂和小妮儿在厨房里嚷,惊醒了向喜。他从床上坐起来,穿好鞋袜,穿好长衫,就着刚才脸盆里没倒掉的洗脸水又洗了一把脸,从客房里走出来。

向桂看见站在门口的哥哥,急迎过来。他斜蹚过他的"曲径通幽",飞跳过他的"飞云叠翠",斜马似的奔到向喜跟前,当然少不了说些为什么不打电报,为什么不写信……还说,北方的战事一天天吃紧,宛平一打响,他就琢磨着什么时候去保定接向喜,只是没想到这么快。向桂又问了路上的经过,哥儿俩一前一后又上了绣楼。

这时,笨花一干人也进了门。他们鱼贯而入,从花园里通过。走在最前面的是向文成,他后边是取灯,取灯后边是有备,有备后边是秀芝,同艾走在最后。他们步履急迫地上了绣楼,呼啦啦站在了向喜眼前。取灯叫着爸,秀芝叫着爹,有备叫着爷爷,只有同艾什么也不叫。向文成也没叫爹。往常,女人称呼自己的男人时,只按第三人称称呼:"他爹","他爷爷","他叔叔","他大伯",那还是在万不得已时。现在的同艾没有万不得已,她也无须用第三人称来称呼向喜。向文成没有叫爹是他叫不出口。他年龄越大就越叫不出口。但一家人里,正式开始说话的还是向文成。面对全家人突然的团聚,他没有儿女情长问寒问暖,张口就把北方的战事背诵了一遍。背诵中还穿插着分析,说日本人在宛平一开火,他就知道事情已非同一般。说开始他曾把希望寄托于商震①,商震一退,剩下刘峙守保定,他就知道爹该回来了。话说到这时向文成才巧妙地称呼了爹。

向喜没有和儿子谈局势,他觉得儿子对局势的分析在这场家人的会见里有点喧宾夺主。但他又感到儿子的分析是正确的,尤其儿子谈到刘峙守不住保定,向喜就更看出了这分析的在行。向喜了解刘峙,先前他们在军中把刘峙叫做福将,被称为福将的人是不会打仗的。向喜这才接上向文成的话,说,刘峙守保定守不住,就会退守石家庄;石家庄失守,接下来是石家庄以南,兆州也当在其中。家里也要有所准备才是。

向喜说话,很快由时局转至家事,他说,他也想不到这么快能和家人见面。现在他才真是叶落归根了,在保定怎么也是客居。

---

① 商震(1888—1978):时为三十二军军长,守平汉线。

他说既是叶落归根,今天为什么不回笨花,而让全家进城呢?他说,我们先吃顿饭,吃完饭容我再细说。他说,现在我肚子饿了,全家也饿了。桂呀,快去准备一顿饭吧。

向喜吩咐向桂准备饭,向桂站起来就冲楼下喊用人,他要用人通知义春楼,说要把义春楼二楼都包下来。向喜拦住向桂说:"今天我点菜,我掏钱。咱们不吃别的,咱全家就还吃饸饹。"说完从口袋里摸出几块现大洋,"就吃这几块钱的,不许多。叫个卖饸饹的往家里端。"

向喜不让向桂订义春楼,说要吃饸饹,向桂自是不敢坚持;向喜掏出来的钱他也不敢不接。他接过向喜的钱交给小妮儿,让小妮儿去通知门房。

屋里一阵寂静,一家人仿佛找不到话题。向家人聚会对坐时,遇有向喜在场,常常出现这种缺少话题的时刻。他们要等待向喜,这种等待是合情合理的。

经过全家的一阵沉默,向喜终于开了个新话题。他挨个儿又看了一遍家人说:"都在。当着全家我先问我弟弟向桂一件事。桂,我问你,这墙上的相片是谁呀?"

向桂听出了这是个不同一般的话头,但还是细声细气地回答向喜说:"这是你呀,我的大哥呀。"

向喜说:"不像,这比你大哥可威风。咱家里不能留,不能留这威风凛凛的人。"

"那……"向桂有点张口结舌,家人也有些揪心。只有向文成平静:父亲来了,先叫他叔叔摘相片,这早就在他的预料之中。

向桂仍然踌躇着,不知如何才好,他不断看同艾,很希望同艾替他表个态。半天不说话的同艾,觉得应该给小叔子一个台阶下。她深知这个小叔子的脾气,该给个台阶的时候,还是得给一个,尽管这一屋子相片早先她也看着忒惹眼。同艾对着向喜说:"叫他叔把那张大的撤下来吧,小的留着。"

"不行,"向喜说,"一张也不能留。你不摘我摘。"说着站起来就去摘相片。

还是同艾拦住了他,说:"让他叔摘了就是了。"

向喜还是气冲冲地要摘,这时楼下有人喊"饸饹来了",向喜这才止住怒,和家人一起下楼去吃饸饹。

向家人坐上饭桌,才又恢复了久别重逢的欢乐,向喜端起饸饹碗,也觉着刚才立逼着向桂摘相片有点过分。他就故意找些轻松的话题,说一些饸饹不同寻常的滋味,说一些吃饸饹的典故。他看看紧挨在身边的取灯,说她晒黑了,可也壮实了。他对取灯旁边的有备说,这小孙子又长高了,问他能吃几碗饸饹。有备说:"两碗。"向喜就说,他像有备那么大的时候,吃不起饸饹,赶庙时就站在饸饹棚外边闻味儿。其实饸饹本身没什么味儿,味儿是羊汤和香菜味儿。他还说兆州人管香菜叫芫荽,别的地方都不这么叫。于是饭桌上的气氛渐渐活跃起来。向桂又"大胆"地埋怨起向喜,说这叫一顿什么饭,他半真半假地说向喜纯粹是给他难堪,去义春楼又不费什么事,眼下义春楼就跟向家的一样。

向喜打住向桂的话,他想,他应该向全家宣布他的计划了,这计划就是他的归宿。他把筷子往碗上一搭,面对着全家人说:"我也总算到家了,饸饹也吃了,现在我要向全家说说我的事,就是我的归宿。"

向桂一听向喜要说归宿,赶紧截住哥哥的话说:"明摆着的,叶落归根呗,从哪方面说,哥哥也该回来了。以后,和我嫂就住这儿。以前我知道家里都埋怨我盖楼的事,我盖楼是给谁盖的?给我向桂呀?你们猜错了,我是盖给我哥哥嫂子的。哥哥回来了,哥哥应该顺理成章地住绣楼,我应该顺理成章地回裕逢厚的小跨院。今天,除了文成他聋婶子不在,我当着全家,也当着我的哥哥,当着你们的爹和爷爷,向全家做个声明:把绣楼正式还给我的哥哥嫂子。往后,笨花那边呢,哥哥在城里住得腻烦了,只是回去看看而已。"向桂说完看看向喜,向喜不说话。他又看向文成,向文成心里说,我叔叔一说话,准错。

"桂错了,"向喜说,"今天我为什么叫全家都来,就是为了听我的一个宣布。文成,刚才你叔叔说的不算数,我说的话才算数。我问你,咱家那个利农粪厂还在吧?"

"在。"向文成说。

"在,我就放心了。"向喜说,"眼下有几个伙计?"

"有四个工友,一个账房。老经理告辞以后还没有经理。"向文成说。

"我去,我去当经理。"向喜说,"大家都记住,我去粪厂可不是为躲日本人的权宜之计,粪厂就是我的归宿。我也用不着隐姓埋名,可我的活动也就仅限于粪厂。这几年我寻思来寻思去,离老百姓最近的还是大粪。过去咱常说人家大粪牛就喜欢粪,人家大粪牛自有道理。现在我就是要去粪厂,当经理,侍弄大粪。这就是我向全家的宣布。"向喜的宣布让全家人一片愕然。但他们都已感觉到,向喜去粪厂是主意已定的。

下午向家人回笨花,向喜只留下同艾和取灯,他让群山明天再进城接她们。他把取灯单独叫进屋,和她说了文麒、文麟去西北的事,又说了顺容和他之间的不痛快。说完他解开包袱一阵翻找,把一杆钢笔交给取灯说,那是她丢在保定的。这杆钢笔本是向喜送给取灯的,他在军中一直用着它,那时钢笔在中国还不时兴。

当晚,取灯睡绣楼的东里间;向桂和小妮儿还睡西里间;向喜和同艾睡客房。向喜和同艾各自躺在各自的床上说了一夜的话。向喜说,不知怎么的,他从离家那天起,好像等的就是这一天。他还对同艾说:"我不是个热烈人。"

329

第 六 章

39

笨花村有四道街:前街、后街、套儿坊和向家巷。前街、后街是正经街道,套儿坊又窄又不直,依附于村子的后面,毗连村北。向家巷像个勺子,夹挤在前街和后街的中间。向文成给向家巷画了一张地图,指着地图和闺女们说:"看,咱向家巷就像人五脏里的胃。"

套儿坊和向家巷平时没什么热闹,只在黄昏时才有几个小买卖人转悠着找生意,那个鸡蛋换葱的,那个打洋油的,那个卖糖酥烧饼的。前街街面虽宽,但不临大道,便也少了许多热闹。笨花的热闹在后街,后街中间路南有个茂盛店,茂盛店便成了热闹的中心。不逢集时,过路的大车小辆要在茂盛店打尖住店。他们在大车店卸下牲口,让牲口在店中吃草,赶车人自己则在店门口买下咸驴肉,到茂盛店要个碟子,再要点醋、蒜,就着驴肉喝酒。店掌柜就叫茂盛,茂盛好脾气,谁要醋蒜都给。即使不吃他的豆芽炒饼,不喝他的糊汤,他也给。茂盛的好脾气,似乎也给笨花带来了数不尽的生气。茂盛店的门面只有三间土坯房,门前经常用苇箔搭着罩棚,那个卖驴肉的就在棚下。茂盛店门面狭窄,院子却宽大,两亩多大的院子被贴墙一排椿树笼罩着。椿树外是一带干打垒的墙垣,墙垣不整,任人攀墙而过,墙头的硬土被人们的鞋脚、衣裳摩挲出亮光。春天,椿树把星星点点的黄花播撒在墙内和墙外。秋天,又尖又黄的树叶落地时撒在人们的花包里,逢集时这院里是花市,茂盛店就更加热闹。笨花逢一、六大集。

笨花村起集年头不长,那是向文成、甘子明和佟家打赢官司之后,先盖了东头的"洋学",然后,村人一高兴,又起了这个一、六大集,立集时大戏唱了七天。为立集,甘子明又给向文成出了个难题。他先问向文成:"你说这次唱戏是为什么?"

向文成说:"你这是又卖什么关子?"

甘子明说:"我不卖关子,唱戏是为立集。那戏台上就该用块匾说明一下。"

向文成说:"交给我吧,明天开戏前你就到戏台前看匾吧。"

这戏台就搭在茂盛店,第二天开戏前甘子明去了戏台前,抬头一看,一块金灿灿的大匾就挂在戏台以上、看棚以下。那匾上的三个大字左念右念都成句,从左往右念是"成大集",从右往左念是"集大成"。向文成笑呵呵地走过来站在甘子明身后问道:"及格不及格?"

甘子明感叹地说:"看这事,看这三个字是怎么想出来的吧!字虽不多,也是大块文章,大就大在它的组字奇妙。可我尚不明白那金灿灿的颜色是怎么弄的?"

向文成得意地说:"谷糠。先用糨糊在匾上写字,再往字上撒几把谷糠,把匾立起来一磕打,有糨糊的地方把谷糠粘住了;没糨糊的地方谷糠掉了,字显出来了,金黄。"

就这样,笨花人在"成大集"的匾下看了戏,立了集。刚立集时,集还小,各行买卖辘在茂盛店里。后来集赶大了,分了市,茂盛店里是花市。逢集时,大包小包的洋花、笨花和紫花都摆在茂盛店卖,一摆摆成三条"街"。卖大包花的是大花主,他们的花包上写着堂号,整状的花朵从花包的四个角溢出来,卖花人大模大样地站在花包后面,显得很豪迈。也有比大包小一点、比小包大一点的花包,花包上也没有堂号,但花好。花主站在花包一旁,不时从花包里抻出一把花,在手里颠颤。他们是在向大花主们展示,是在说:看,比你们大花主的差吗?这是中花主。就在大花主和中花主以外,还有些小花主。他们找个墙根儿把小花包一字排开。他们的花包大小参差,花色也杂。往往一个花包里包含着洋花、笨花,有的甚至还掺杂着紫花。严格说,他们不是花主,他们不种花。他们的花是拾来的、偷来的,还有,钻窝棚挣来的。这里的卖花人多是女人,买花的走过来,她们就和买花的没深没浅地搭讪。

先前大花瓣儿在这里卖花,现在大花瓣儿不卖了,卖花人就变成了大花瓣儿的闺女小袄子。可大花瓣儿总不甘心,觉着是闺女抢了她的生意。每次卖花,娘儿俩就顶嘴"拌烦"①,大花瓣儿说:"小袄子我可递说你,你去卖花行,可你别忘了,那包袱里的花也有我。"小袄子说:"才两把。"大花瓣儿说:"两把?可多。水缸边上那一堆,都是我的。"小袄子说:"顶多也就一掐子。"大花瓣儿说:"比一掐子可多,足有一营生筐箩。"小袄子说:"行,行,卖了花给你一营生筐箩的花钱还不行。"

小袄子背着一包袱花出门,大花瓣儿在后头估摸着分量。她想,二十斤吧?三十斤吧?大花瓣儿估摸花的分量有经验,但是平心而论,这一包袱花,大都是小袄子的。大花瓣儿的花少,现在她在窝棚里左转右转挣不了两把花。这些年花主们明显地对她失去了兴趣,她的老伙计向桂也成了大财主。大花瓣儿挣花少,心里委屈,就在花里使假。她把一疙瘩花扔在水缸边上让花吸潮,吸饱了潮才掺和到小袄子的花包里。大花瓣儿拿起镜子照自己,看到自己的脸色尚滋润,嘴唇也红,刚使过花籽油的头发乌黑不乱。就想,现时这花主们也不知怎么了,怎么就光图新鲜。什么事新鲜就好吗?小闺女们新鲜,可窝棚里的事小闺女们才懂多少,怎么就纠

---

① 拌烦:不激烈的争吵。

缠起小闺女们没完没了?这时她便又想起向桂,她想,要说向桂就比这些人强,当初恋着小妮儿,生是不和小妮儿闹"先奸后婚",恋着小妮儿,还靠着我大花瓣儿。她多么希望小袄子也碰见一个向桂一样的人:恋着小袄子,也不忘大花瓣儿。可不,小袄子和当年向桂恋的那个小妮儿,不都是这个岁数么,虚岁十七,周岁十六。

　　十七岁的小袄子,穿一条眼下最具时尚的薄棉裤,上身是卡腰小棉袄,她身背一个大花包在茂盛店花市里走。现时的棉裤时兴肥裤腿,一幅家织土布一尺二宽,一条裤腿原封不动就可着一尺二做,这裤腿撑在女人的胯骨以下,像两口钟。女人的腰身一扭,这钟就在胯下一摆,看上去很是飘逸,有种撩拨人心的韵致。裤腿肥,上衣却又短又瘦,明确地显出腰和胸的轮廓,这种裤袄不是谁都敢穿,它只穿在那种最前卫的年轻女人身上。笨花人用最最明白的语言对此作着评价,他们说,裤腿越肥人越浪,人越浪裤腿越肥。这大不敬的评语,到处流传。小袄子知道这种评语,她越是知道,就越穿。小袄子穿肥裤腿、卡腰袄,头上包着一块雪白的羊肚手巾。这手巾本产于日本,雪白的手巾一头印着鲜红的花体英文字"Good Morning",另一头印着的是中文"祝君早安"。这个时期,不少人都包这种羊肚手巾,有女人也有男人,有年轻人也有老头儿。但人们对"Good Morning"的理解却不同,一般人理解"Good Morning"就是祝君早安,祝君早安就是"Good Morning"。小袄子不这么理解,她的理解是佟家老二佟继臣告诉她的。那一年佟继臣在日本读医科,回笨花度假,碰见小袄子从佟家地边经过,佟继臣有意无意地叫住了小袄子。小袄子站下来。

　　佟继臣说:"你是叫小袄子吧?"

　　小袄子说:"是啊。"她并不怵佟继臣的问话。

　　佟继臣说:"你包日本手巾,你知道那手巾上的字是什么意思吗?"

偏偏小袄子听说过那字的意思,就说:"就是问好的意思吧?"

佟继臣说:"问谁好?"

小袄子说:"包在我头上就是问我好呗。"

佟继臣仰天大笑起来,笑得蹲在地上捂着肚子。小袄子见佟继臣笑她,知道其中另有缘故,就势也一蹲,和佟继臣蹲了个对脸。佟继臣止住笑,使劲看蹲在他跟前的小袄子。他的眼光在小袄子的身上左扫右扫,最后扫到小袄子的腿裆里,小袄子的裤裆开了线。好在是条夹裤,开了一层还有一层。佟继臣看见小袄子的破裤裆,心里一激灵。小袄子也不在乎。佟继臣想,不愧是大花瓣儿的闺女,活脱儿一模一样。说蹲就蹲,裤子开着线也不顾。这么一想,佟继臣对她倒生出了几分怜悯之情。他索性和小袄子并排坐在地头,继续和她说"祝君早安"的意思。他说,那手巾上的外国字一个字一个字地翻译过来就是"早上好"的意思,可日本人为什么翻译成"祝君早安"?那是加了另外的意思。一是按照日本人的习惯,尊称男人为君;二是这手巾是为了卖给中国人,君也是个中国人喜欢的字。君透着高贵。

佟继臣给小袄子翻译讲解祝君早安,小袄子听清了还记住了,她整天想着佟继臣的话,想着佟继臣。她心里说:继臣,我头上这个"君"就是你吧。佟继臣忽而在笨花,忽而在日本,忽而在天津,小袄子生是见不着佟继臣。这是两年前的事。

小袄子来到花市,裤腿扫着地上的花包们找地方。其实她知道她的位置在哪儿,她走到花市尽头,靠近一棵椿树放下花包,一个人靠在椿树上等买主。小袄子尝尽了这种等待的苦头,她知道正经买花人都不往这里走,往这里走的净是不买花来瞎搭讪的。小袄子的花对事儿也能卖出去,那多半是在天近中午时,卖花人等得实在心烦了,这时买花人就把花价压了又压,买花人最能摸卖花人的心思。

来了一个膀大腰圆的彪形大汉,不看大花主的花,专看这尽头的小花包。他走到小袄子跟前停下来,对小袄子说:"卖花的,哪村的?"

小袄子说:"问这干么,哪村的也是个卖花的。"

彪形大汉说:"卖给我吧。"他不看花的成色,使劲看小袄子的羊肚手巾,看手巾上的"Good Morning"。

小袄子说:"不卖。"

彪形大汉说:"怎么啦?"

小袄子说:"你不是买花的,倒像个买手巾的。要买手巾就到街里,街里有洋货摊。要不就去城里裕逢厚,裕逢厚的手巾最强。"

买主再想和小袄子搭讪,小袄子把椿树一搂,给了他个脊梁。

又过来一个买花的,在小袄子的包袱里一阵抓挠,说里边有一团湿花,不要,走了。

又过来一个买花的,是佟继臣。佟继臣不常来花市,他家的花坊大,有花主专往家里送。近两年送花人越来越少,佟继臣从天津回来听父亲佟法年说,是向桂的裕逢厚在城里抢了他的生意,有个宫崎株式会社专用植物油灯换裕逢厚的花,裕逢厚出多少宫崎收多少。向桂就狠劲往上抬花价,来吸引花主。佟法年还说,宫崎在日本包着一个兵工厂,给日本军队做军装,军装的原料依靠中国。佟法年这边收不上花,这才让大儿子、小儿子都亲自出马到集上收花。

佟继臣来了,小袄子放开椿树转过身来。她先把头上的手巾解下来,重新系紧,手巾以下乌黑的头发自然地垂下来。佟继臣想,小袄子这漆黑的头发生是让这雪白的手巾给映衬的吧!佟继臣有两年不见小袄子了,没想到小袄子已经变成了一个大闺女,看来她比她娘大花瓣儿还知道干净。眼前的小袄子,面对着佟继臣,时而掸掸裤腿,时而把脚背过去,在小腿上蹭蹭鞋上的浮土,一双新鞋,底子很白。小袄子浑身上下的不安生,倒弄得佟继臣不自在起来。片刻,他还是按照一个正经买花人的架势开始和小袄子说话。

佟继臣说:"这花打算卖什么价?"

小袄子说:"你还不知道行情?"

佟继臣说:"花和花还有区别呢。"

小袄子说:"区别在哪儿?"

佟继臣说:"区别可大哪。"

小袄子说:"我看都差不多。都是花柴上长的,花桃里开出来的。"

佟继臣说:"就此也有区别。"

小袄子说:"你说的'就此'是什么意思?比'祝君'还难懂吧?"

小袄子提起"祝君",佟继臣想起了那次他和小袄子在地头见面的事,心想这闺女还挺有心。他便不再和小袄子敷衍,说,小袄子的花他一定收,还是让小袄子出个价。

小袄子一听佟继臣真的要收她的花,就干脆地说:"好,我出价,明唱,还是暗唱?"

佟继臣说:"随你。"

这一带人作交易论价,有明码唱价的,也有以手暗示的。明码唱价叫明唱,以手暗示叫暗唱。

小袄子说:"咱暗唱吧,还不把你的手伸出来。"她说完先向佟继臣伸出一只手,又把头上的手巾解下来蒙在手上。

佟继臣也朝小袄子伸出了手,将手凑到小袄子的手巾底下,手巾上的"Good Morning"便在他们手上一阵颤颤。

小袄子的手在手巾底下不停地变换着手势,把价钱"唱"得有零有整。佟继臣的手攥着小袄子的手时松时紧,他觉出小袄子的手很热,汗津津的,但手势很不规范。佟继臣心里背诵着:七撮子,八叉子,九勾子……唱的手势有严格的规矩,小袄子的"出手"没有一个是对付的。

小袄子的手和佟继臣的手在手巾底下胡乱摸索一阵,佟继臣还是摸不清价码,心里便有些明白小袄子的用意。但他还是问了小袄子一句:"还是明唱个价吧。"他没有人称地说。

小袄子四处看看,突然把嘴对准佟继臣的耳朵说:"晚上吧,晚上到你家窝棚里再递说你。古德毛宁,祝君早安!"

佟继臣对小袄子的动议没加可否,只让下人扛走了小袄子的花,暂时也没有付钱。

佟继臣扛小袄子的花不给钱,小袄子就知道佟继臣答应了她的事。她一阵高兴走进茂盛店里,对茂盛说:"掌柜的,给炒半斤饼吧,要肉的。"

茂盛说:"可比你娘胆大,你娘都舍不得吃炒饼。"

小袄子说:"大叔,叫你炒你就炒吧,账先赊着,下集给钱,钱我有的是。"

茂盛知道是佟家收了她的花还没给钱,自不计较,就给小袄子炒了饼。小袄子要炒饼是端给大花瓣儿的,一时间她感到摆在她面前的日子,比她娘大花瓣儿先前侍弄的日子要豁亮得多。

霜降过后,地里的窝棚就越来越少,加之近来北方的战事吃紧,一些花主早早就把地里打致得地光场净,准备应付时局的变化。但佟家的窝棚尚在,佟家的花地还残存着星星点点的红花。在日本留过洋的佟继臣回到笨花后,为图新鲜,不时也首当其冲地要替家人去看花。佟继臣看花倒是个规矩人,他对笨花的村风野俗不存兴趣,因此,佟家的窝棚就冷清萧条。每晚佟继臣来看花,先顺着垄沟散散步,散完步就练跳高跳远。遇有女人上门时,他就把她们支开。只有糖担儿有时来和他搭讪,听他讲日本故事。

今天佟继臣来看花,有种异样的心情。他有过女友和恋人,他知道约会是怎么回事。那么,今天这也叫约会吗?他记起了小袄子盖在手巾下的那只手的滋味,湿漉漉的,有劲。那么,他是在等小袄子了。

小袄子来了。

佟继臣正在窝棚里就着油灯看报。这是几张日文报纸,虽然他已经翻了许多遍,可还是有一搭无一搭地不住翻腾。后来他听见外面有脚步声,就知道是来了小袄子。小袄子进了窝棚,窝棚里顿时就充满了一股花籽油味儿,那是小袄子头上使了油。她那使过油的头发,更是黑亮。她又在佟继臣眼前,和佟继臣蹲了个对脸。

佟继臣说:"小袄子,以后你别往头上使花籽油了。"

小袄子说:"那使什么油?"

佟继臣说:"使生发油吧。你看你,挺好的闺女,一身炸馃子味儿。"小袄子知道佟继臣不喜欢花籽油味儿了,就说:"我买呀。"——她说的是生发油。"我看见城里裕逢厚店里就有。"

佟继臣说:"还用进城呀,你注意一下,集上洋货摊上就有。我看了看还真是日本货。"

小袄子说:"我买。"

小袄子说得恳切,毫不含糊。这又让佟继臣感觉到小袄子的几分天真,几分单纯。他看着蹲在眼前又是把腿叉开,样子不三不四的小袄子说:"别蹲在那儿,换个地方吧,我又不是不许你坐。"

小袄子一骨碌滚在草铺上就挤住了佟继臣。佟继臣想,这闺女是有备而来的,成心。他顺势抓住了她的手,逗着她说:"小袄子,我问你个事。"

小袄子说:"问吧。"

佟继臣说:"问错了也别恼。"

小袄子说:"不恼。"

佟继臣说:"这钻窝棚怎么个钻法儿,都有什么内容呀?"

小袄子一骨碌爬起来,一趴就趴在佟继臣后脊梁上,箍得佟继臣喘不过气来。接着她又把自己的脸贴住佟继臣的脸说:"就是不递说你,呆会儿你不就知道了,继臣君,是这么叫呗?"

佟继臣心想,嗬,好个小袄子,敢情是个很难抵挡的闺女。他说:"对是对,可这不适用于你我呀。"

"怎么不适用?"小袄子说,"你不就是我最敬重的人么!你说的管最敬重的人叫君,继臣君。"小袄子又叫了一声。一面叫着继臣君,两只手就去解佟继臣的衣服扣。

佟继臣说:"哎,哎,一叫君就得解扣呀。"

小袄子说:"不光解扣,还得解裤子哪。"说着早就解开了自己上衣的扣子,奓拉着大襟,又去摸索裤腰带。

佟继臣在茂盛店答应小袄子在窝棚里等她,其实并没有真想和她如何。也许是嫌她小,也许是嫌她娘是大花瓣儿,也许是嫌她和人接触太多不卫生。总之,他只是想和她无拘无束地寻点开心,说点脏话。现在,小袄子的举动一下打乱了佟继臣的计划,他不知如何应付了。而这时,小袄子冷不防已经脱下了小袄子,露出上半身,两只小馒头似的乳房正坚挺地冲着他。她那不断晃动的黑发,也使佟继臣受着过于近切的挑逗。小袄子看出佟继臣对她的挑逗并不十分排斥,褪下裤子半站起来,非要佟继臣替她脱。佟继臣愣着不去脱,小袄子就说,他不给她脱,那她就给他脱。说时迟那时快,小袄子劈手就扯下了佟继臣的裤腰带……在一阵半真半假的抗拒和反抗拒中,佟继臣到底就了范。他突然想起在中国的通俗小说里,有"就范"这两个字,他觉得这两个字此时对他是合适的。

佟继臣就了范,佟继臣真弄了小袄子。佟继臣弄了小袄子,才进一步体会到小袄子的滋味。佟继臣对于男女之事已有过体味,他觉得小袄子和其他女人比,更具真实性,小袄子不矫揉……直到糖担儿掀开了草苫。

糖担儿们总是会选个合适的时候看热闹的,他们会掐算时间。刚才糖担儿看小袄子进了佟家的窝棚,就知道佟继臣要"有事"。糖担儿想,别看你平时正人君子一样,看不上这个看不上那个。这糖担儿是老糖担儿,先前看大花瓣儿和向桂的就是他。这会儿他钻进窝棚看见了小袄子的光身子,心里说,我操!滚瓜儿似的,比大花瓣儿可强。大花瓣儿就是个白;小袄子不白,可瓷实。

糖担儿什么时候进窝棚,花主们也不许恼,这是老规矩。

佟继臣和小袄子也不穿衣裳,在被子里偎着和糖担儿说话。

佟继臣说:"糖担儿啊,你岁数也不小了,心术还这么不正,专在这个时候来。"

糖担儿说:"谁让好运气都叫我占了呢,小袄子比她娘可强百倍。"

佟继臣说:"哪儿强?"

糖担儿讨好似的说:"哪儿都强,不强还够得上挨洋学生的操?洋学生什么娘儿们没见过。哎,那洋人和中国人那块儿一样不一样?"

佟继臣说:"老不正经!说说你篮子里都有什么新鲜货吧。"

糖担儿说:"咱不吃鸡巴梨,太凉;咱不吃鸡巴烧饼,太干;鸡巴花生、瓜子儿嗑着太费事。我这儿倒是上了新货,仁丹、汽水,都是新到的日本货。"

佟继臣说:"算了吧你,那比鸭梨还凉,都是解暑的东西。怎么进货也不看季节。"

小袄子一蹿从被窝里蹿起来说:"拿他的,拿仁丹,拿汽水,尝个新鲜,留着明年伏天吃。"

佟继臣说:"别瞎闹了你,那汽水有保质期,喝了过期的要中毒。"

佟继臣只在糖担儿的篮子里拿了几包仁丹,又拿了烧饼和花生,然后他让糖担儿到窝棚后头去抓花。

糖担儿走了,佟继臣和小袄子才钻出被窝穿衣裳。小袄子穿好衣裳,迫不及待地撕开一包仁丹砍到嘴里,呲哈一阵又吐出来,说辣。佟继臣说那是药,必要时也只能吃几粒。

小袄子吐了仁丹,在灯下坐着不走,翻看佟继臣的日文报纸。佟继臣问她:"你认识呀,那是日文。"

小袄子就说:"你教我日本话吧,我思摸着我行,继臣君。"

佟继臣一听小袄子要学日本话,觉得又是一个新鲜。他玩笑似的说:"行,教你几句。别人喊你你要答应就说'哈依';别人说一件事你要觉得对,表示赞成就说'扫以代斯乃';和别人说再见就说'撒哟那拉'。"佟继臣说一句,小袄子就学一句,正确无误。佟继臣想,有语言天才这么一说,莫非坐在我眼前的就是个语言天才?

佟继臣又教了小袄子几句,并答应收她做学生。小袄子来精神了,对佟继臣说:"哎,我再问你俩字吧,就俩字,变成日本话该怎么说。"她的表情神神秘秘。

佟继臣说:"看你这么神神秘秘的,什么字?"

小袄子说:"刚才咱俩在被窝里的那俩字。"

佟继臣假装糊涂地说:"咱俩在被窝里干什么来着?"

小袄子说:"你说干什么来着?俩字。"

小袄子强调着"俩字",佟继臣还是假装糊涂。

小袄子对住佟继臣的耳朵,终于说出了那俩字。这把佟继臣吓了一跳,他没想到小袄子真能把那俩字说出口。他想,这男女之事有许多说法,文明人有文明人的说法,粗人有粗人的说法,医学上还有医学上的说法。小袄子说的属于粗俗说法。不过,还真有对应这粗俗说法的日本字。但佟继臣不准备告诉小袄子,他对小袄子说:"小袄子,你怎么张口就能说出那俩字?我可不能告诉你,怕你到处喊去。"

小袄子说:"嫌不文明是不是?不文明你还干。"

佟继臣无言以对了,只说:"等以后吧,以后再告诉你。"

小袄子倒也没有立逼着佟继臣再教她说那俩字,她愿意听佟继臣对她说"以后吧",她盼的就是这个以后,以后看你说不说。她想。

小袄子揣上几包仁丹,也不提佟继臣欠她花钱的事,也没有再跟佟继臣要花,心满意足地钻出窝棚和佟继臣告别。天已拂晓,她背对着东方的鱼肚白,面朝着佟继臣和他的窝棚深深鞠一躬说:"撒哟呜那拉!"

40

守卫保定的刘峙将军没有守住保定。保定失守后,日本军队再次向南推进。正面抵抗的商震将军虽然也做了顽强抵抗,也没能守住正定和石家庄。石家庄失守,兆州便也陷落。笨花人开始外逃。从前他们只见过东北人在关内流浪时的狼狈,有一首叫《松花江上》的歌,取灯会唱,向文成也会唱。现在他们终也成了唱着歌的"松花江"人。他们实在不愿把自己形容成仓惶出逃,然而这出逃又实在是仓惶。所不同的是,笨花人没有长途跋涉的背井离乡,他们大多找个不近不远的僻静地方去暂作躲避,观望局势的发展。向文成一家也跟着逃难的人群出笨花,向南奔波两天,来到距笨花百里开外的内丘县一个深山沟。在这个山上有柿子树,山前有小溪的山洞里,他们挨着洞里的蚊子咬,吃着山上的"树熟儿"柿子,度过了一个月又二十天。待到瞎话有一天给他们报来消息说,日本人正在兆州按兵不动,看似和当地百姓相安无事时,向文成一家才日夜兼程,又回到笨花。向家人离家时,把家扔给了瞎话,瞎话忠厚地看守着向家。在内丘的那个深山沟里,瞎话找到向文成一家时说:"你们要是不把我的话当瞎话听,就快跟我回家吧,村里回来的人不少了。"向文成说:"这时候,没人把你的话当瞎话听。走吧。"说着便和家人走上回笨花的路。

自此,笨花人把日本人进兆州之前发生的事统称为"事变前",把之后的事统称为"事变后"。

事变前,瑞典牧师山牧仁把基督教传到了笨花,又在笨花开办了一所主日学校,这所主日学校就设在向家被称做大西屋的客厅里。每星期的最后一天,山牧仁骑自行车准时来笨花上课。这主日学校的学生年龄参差,有大人也有孩子,有男人也有女人。学校的教学方式也特殊,没有课本,教材是一张张巴掌大的画片,画片正面是印着精美图画的圣经故事,背面是选自《圣经》的一两句文字。这种句子标明为金句,比如"神爱世人,甚至将他的独子赐给他们。叫一切信他的,不致灭亡,反得永生"。比如"你们或以为树好,果子也好,树坏,果子也坏。因为看果子就可以知道树"。上课时,山牧仁先让学生背诵上一课的金句,谁能背过,就再发给一张新的。笨花人把这种教学形式叫做"背片(儿)"。背片儿吸引了不少笨花的男女老少,向家的有备背片儿,取灯作为猎奇也背片儿,后来主日学还吸引了小袄子。小袄子来主日学,激起了有备的不满,他对取灯说:"取灯姑,我想赶小袄子走。"取灯就说:"可不要。主日学设在咱家,咱家不能往外撵人。"有备还是不高兴,说:"让谁来也……也不让她来。"

单听取灯和有备说话,好像没有"事变"过。其实这已经是事变之后。向文成说过:"事变了,事变咱也得过日子。这是在咱笨花,笨花还是咱们的。日本人横竖把笨花村搬不走,站得住的还是咱笨花人。"

事变后的一天,有备又和取灯说赶小袄子走的事,向文成在屋里听见了,搭话说:"你叫她坐在这儿背片儿,总比她满世界少知无识地疯跑强。"取灯就冲屋里说:"大哥,你发现没有,这小袄子的记忆力还真不错,每一次的金句,她十有八九能背过。"向文成说:"笨花之大,先前笨花人谁也没有注意到小袄子的聪明之处。"有备听向文成夸小袄子,心里就说:也值当得夸她。有备年岁不大,可专爱挑向文成说话不当之处。

向文成在大西屋一边和取灯说话,一边拿块揎布擦桌子。今天是礼拜天,山牧仁要来。有备和取灯坐在院里的枣树下,看各自攒下的金句。他们一张张翻看着金句上的图画,不再说小袄子的事。有备问取灯,画片上的人是画出来的还是照的相。取灯告诉有备说,画片上的人是画出来的,不是照出来的。有备觉得有人能把一张画片画成这样,实在奇特。他问取灯什么人才能画成这样?取灯说,画这画的人可不一般,他们叫画家。有备就问,画家什么也不干,就画画吗?取灯说,画家就是专画画的人。她挑出一张说:"这张画叫《最后的晚餐》,画这张画的人叫达·芬奇。他画的是耶稣和他的十二个门徒分别时的情形。有叛徒出卖了他,叛徒就在这十二个门徒当中。耶稣摊开手说,你们当中有人出卖了我。十二个门徒非常惊讶,互相打问着这坏人是谁?原来这个坏人叫犹大。"取灯让有备猜哪个人是犹大,有备就在十二个门徒中找,他找到了犹大。他指着一个人对取灯说:"就是他。"取灯说:"你猜对了。你看他手里攥着的是个钱袋,他收了人家的钱,出卖了耶稣。"

有备放下《最后的晚餐》,又翻出一张,这一张上画着许多人,有天堂还有地狱,耶稣就站在空中。有备问取灯这张是什么?取灯说:"这张叫《最后审判》,画家的名字很难念,叫米开朗基罗。这说的是耶稣遇难后又复活了,正对天下的恶人和善人进行着分辨和审判。你看善人都升入了天堂,恶人都下了地狱,地狱就是右下角这一部分。"有备说:"犹大准也在这个角上吧?"取灯说:"我没找过,你找找,也许能找到。"

有备找了一会儿犹大,没找准,就又拿出一张让取灯讲。取灯说:"这张叫《西斯廷圣母》,画家叫拉斐尔。画的是圣母马利亚和圣子耶稣。为什么叫西斯廷圣母?就因为他把这张画画在了西斯廷教堂的墙上。西斯廷是个地方。"

有备又让取灯讲了几张,对取灯说:"你说这都是人画出来的,怎么我照着画片画,画不成这样?"取灯说:"这可不容易,要不怎么他们叫画家呢。有一种学校就是专门教人画画的,学成了就是画家。你要是真想当画家,将来就送你去上这种学校。"有备问:"保定有没有这种学校,我去保定上吧,跟着你去保定。"取灯说:"保定没有,听说北京有,南方也有。听你爷爷说,他在杭州的时候,见过这种学校。"

向文成在屋里说:"杭州有个国立艺专,咱爹还到学校干涉过人家画裸体画的事,孙传芳叫他去的。你说孙传芳管得也宽,几个武官哪知道文人的事,一时成了一个事件。上海闹,杭州也闹,刘海粟[①]表示抗议,举国上下闹得沸沸扬扬,杭州的报纸还指名道姓点了咱爹的名。"

取灯冲屋里说:"我看咱爹也太认真,孙传芳让他去,他也满可以不去。"

向文成说:"不行,他不敢不去。再说,他是浙江全省警务处长,哪儿有事都得管。"

取灯说:"人家是学校,和警务有什么关系。"

向文成说:"这也是秀才遇到兵,有理说不清的事。"

有备不知道那件事,只觉得他们说的裸体画新鲜,就问取灯:

---

① 刘海粟(1896—1994):画家、美术教育家。时任上海艺专校长。

"取灯姑,什么叫裸……裸体画?"

取灯说:"现在不告诉你,反正是画里边的一种……"

向文成在屋里截断取灯的话对有备说:"裸体画离你尚远,先说离你近的吧。先背你那些金句吧。"

取灯就替有备回答向文成说:"他早就背过了。"

向文成在屋里大声说:"你背背我听听。"

有备嫌爹和姑姑不告诉他裸体画的事,很是不高兴。这会儿向文成又让他背金句,他就更不情愿。他不给向文成背,收起他的金句赌着气就走。有备上身穿一件白细布汗褂,下身穿一条紫花单裤。这种打扮像个笨花大人,其实有备的个子刚齐到取灯的肩膀,现在他十岁。大人似的有备把一摞金句揣进口袋,背着手只看树上的大枣。他看见几个大串杆已经红了"眼圈儿",便想起大人的一句话:七月十五红眼圈儿,八月十五挨枣杆儿。有备顶着七月的太阳看枣树,鼻尖上冒着汗。取灯看出了有备的心思,便也收拾起金句小声对他说:"有备,别闹气了,还是给你爹背上礼拜的金句吧。裸体画的事,终有一天我保证告诉你。"

有备还是不背金句,他时常显出不服向文成的管教,他嫌向文成为他立的规矩太多。向文成确实为小儿子有备立了不少规矩:他教有备殷勤,教有备讲文明,他说人生这两条为最。为了这殷勤,他要有备按照国文课上的内容去规范个人,那课文提示有备:"当当当,时辰钟敲七响,我便起床。先刷牙后洗脸,运动过后再吃饭。"还有一篇课文是:"太阳出,我起身,开了门太阳照进来……"还有《朱子治家格言》的提示:"黎明即起,洒扫庭除……"还有……总之一句话,向文成酷爱早起,他也要有备早起。他说,如果说人生殷勤、文明为最,学殷勤早起就为最。为了学习文明,向文成给有备规定得就更加细致入微:他不许有备穿衣服敞怀,不许他挽裤腿,更不许他光膀子。他还不许有备说粗话,不许他吃集上的驴肉、合子、瓜果生冷,不许他到剃头挑子上剃头,剃头要到县城理发馆。最让有备常常陷入难堪的是,他必须要时常不忘克服他生理上的两大缺陷——说话的结巴和走路的里八字。为使有备克服结巴,向文成一遍遍地教他念绕口令,什么"风吹藤动铜铃动,风停藤停铜铃停",什么"玲珑塔塔玲珑,玲珑宝塔有七层……"那时有备常常是一边眼里含着泪花无数遍地念着绕口令,一边悲愤地在心里想:为什么我爹会说这么多绕口令啊,他还不如少会点呢,他还不如是大粪牛呢。而当有备克服"里八字"的时候就更"苦",向文成教有备使劲往外撇着脚走路,在向家的甬路上,他亲自示范,他在前,有备在后。向文成向外夸张着步子狠撇着脚走在前,要有备在后边一丝不苟地模仿。有备在向文成身后一边也狠撇着脚走,一边在心里用最受气的形象形容着自己,心想童养媳也不过如此吧——有备知道在乡村,最受气的莫过于童养媳了。然而向文成还在前头吆喝:"再走一百趟!"

"童养媳"似的有备和向文成之间就有了隔阂。他并不会使用隔阂这两个字,就知道离向文成远点,只在万不得已时,他才和向文成"接触",比如现在,向文成开宗明义地叫他背上礼拜的金句。大人似的有备在取灯的说服下,不得已还是背诵起金句。他故意面朝大西屋的窗户,也不结巴了,他高声朗读道:"我想现在的苦难,若比起将来要显于我们的荣耀,就不足介意了。罗马书第八章。"有备背完金句,如释重负一般,他想,这段金句说的不就是我吗?这苦难不就是我爹给我的吗?那么今后我也该自有荣耀吧。他见向文成不再说话,便举起一根竹竿要给取灯梆枣。这时有人进了院。

进院的人是山牧仁,山牧仁推着他那辆老凤头自行车,人也风尘仆仆,车也风尘仆仆。但他服饰整齐,一套浅灰色的西服敞开着,胸前飘着领带。山牧仁到笨花布道一向穿戴整齐。与往常不同的是,在他自行车的后衣架上拴着一只奶羊。山牧仁进了院,把自行车打起车梯,从车把上摘下一个布道用的布兜子。他看见有备和取灯正在打枣,便站在枣树下和取灯说枣。他说,他发现今年向家枣树上的枣要比去年少,不知为什么。向文成听见山牧仁进了院,连忙从大西屋里出来说:"枣树本来就有大年小年,今年正逢小年,又赶上事变,枣树也摆了邪。"

山牧仁说:"怨不得。"

取灯就说:"没想到山牧师连'怨不得'这句话都会说。'怨不得'可是这一带地地道道的方言。"

山牧仁说:"'怨不得'发音并不难,还有许多兆州方言我就是发不出音来。掌握一门语言谈何容易!"

取灯问山牧仁:"瑞典有没有方言?"

山牧仁说:"有,但不像中国的方言这么复杂。"

向文成注意到了山牧仁身后的奶羊,说:"牧师今天真是个牧羊人了。"

山牧仁说:"我今天出城牧羊,不为别的,只为了给这只羊找个新主人。从今天起,笨花向家便是这只羊的主人。我知道向家人喜爱奶羊,今后的牧羊人大约就是这位二公子了——噢,就是这位摩西。"山牧仁经常管有备叫摩西,他清楚地记得那次梅阁受洗时,有备助兴演摩西出埃及的事:脸上沾着花瓣,手里拿着秫秸棍子。山牧仁边说边把羊从后衣架上解下来,交给有备说:"摩西先生,这只羊一定喜欢你。"

有备见山牧仁单把奶羊交给了自己,两只手在裤腿上擦擦,郑重其事地接过来。

向文成欣喜地说:"没想到牧师想得这么周到。"

山牧仁说:"并非想得周到,也是形势所迫。走,你我到屋里说话吧。"

山牧仁叫向文成到屋里说话,有备牵羊到一块空地上吃草,取灯便去为山牧仁烧水。

山牧仁走进大西屋,看见向文成把桌椅擦得洁净明亮,若有所思地看着桌椅直出神。

向文成说:"我知道牧师在想什么。你是想,今天的桌椅为什么这么干净?"

山牧仁说:"是啊,这正是我所想的,也是我不愿意看到的。你的行动一向是走在形势发展的前头。"

向文成故意说:"莫非我为牧师擦擦桌椅板凳,这也有故事?"

山牧仁说:"有,定而无疑的有。你又走在了形势的前头。我时常想起先前你说过的那个棉产改进会。"

向文成说:"牧师把话题绕得这么远又是为哪般?"

山牧仁说:"你说,日本人让这一带搞棉产改进,就像让东北人种植鸦片一样。而日本人在中国决不是只让中国人种种鸦片、种种棉花。这叫经济渗透,经济渗透后面才是武力。以武力占领了华北,还这么快就开进了兆州。才几个月啊,一个朴实的、与世无争的县份竟也遭到战争劫难。"

向文成说:"这并非我的先见之明,凡事都有个规律。从日本人炸张作霖①,占北大营那时起,其目的世人早已看出了八九分。现在我很关心你的教堂。"

山牧仁说:"来教堂做礼拜的教徒越来越少,教堂也成了他们注意的对象。我出城、进城都要接受检查。"山牧仁说着,伸手拍打着他的布道口袋。他把《圣经》和一摞金句掏出来摆在桌子上又接着说:"今天我牵了这只羊来笨花,出城时,一个日本兵用英文问我,出城布道牵羊干什么?我说送朋友。他问朋友在哪里?我说在笨花村。他这才放我出了城。"

---

① 张作霖(1875—1928):奉系首领。1928 年在皇姑屯车站被日军埋设的炸弹炸死。

山牧仁说话时,向文成已显出心事重重。他随意指了一个凳子请山牧仁坐,自己也坐在他的对面说:"要说牧师送我奶羊,这本是件喜出望外的事,可看见奶羊我的心情就格外沉重。为什么?我猜这是你最后一次来主日学上课吧?不知我的判断对不对。"

山牧仁说:"你把主日学校的桌椅板凳擦得如此干净,就是已经做出了判断,就是我刚才说的:你又走在了形势的前头。我的心情也很沉重,我的沉重并不只是担心主日学还能否存在,我心情沉重,是想到中国的处境和我所在的华北地区的处境将更多困难。日本人在兆州注意的决不是一个由瑞典人开办的小小教堂,因为我和我的教堂不会对他们形成威胁。今后他们注意的是中国人对他们的抵抗,他们预感到,中国人对他们的抵抗将是前所未有的……汉语应该怎么说?"

向文成说:"应该说坚强或者坚决。"

山牧仁说:"我的汉语有时仍然太不够用。对,应该叫坚决。可,我在等待着。以前我曾把希望寄托于中国军队的正面抵抗,谁知……"

向文成接过山牧仁的话说:"中国人都曾把希望寄托于正面战场,然而,中国人又一次次地失望。可中国人也决不会因此而消沉下去。你所说的主张抵抗的大有人在。这股力量眼下看似无形,但是终将有一天会成为抵抗运动的中坚力量。"

山牧仁细心听向文成说话,听完之后说:"我知道你还有位大公子,我也知道他去了什么地方。"

向文成说:"那里才是中国人的希望所在。可,本地人也不会袖手旁观只等着胜利。现在日本人占领兆州正按兵不动,城外呢……你看。"向文成又指了指眼前的桌椅:"城外尚是桌明几净,可……"他没有说下去。

山牧仁说:"我预祝中国人和我的教徒早一天在自己的土地上

获得自由。我将永远为中国祈祷。"

取灯给山牧仁提来开水,她把一壶沏好的茶和两只茶碗摆在山牧仁和向文成面前,又把茶碗斟满,主日学的学生拥进来。

这所主日学教室,实际没有什么布置,只零散摆着几张方桌和条凳,倒像是一个私塾。学生们上课任意坐在桌前,扭着身子听山牧仁讲金句。

学生们拥进来,把一张张方桌围住,山牧仁站在一张作为讲台用的桌前。他举出上周的金句,问谁能自告奋勇站起来背诵。经过一阵冷场后,站起来的竟又是小袄子。小袄子把手里的金句往身后一背说:"还是叫我吧。"

山牧仁一看还是这位时常自告奋勇的闺女,就说:"好,甘圣心小姐,就请背诵吧。"

前不久小袄子请山牧仁为她起了一个大名叫甘圣心。小袄子姓甘,甘在笨花村是大姓。

小袄子清清嗓子,张口就背:"我想现在的苦难,若比起将来要显于我们的荣耀,就不足介意了。罗马书第八章。"小袄子背完,不错眼珠地看着山牧仁,希望得到山牧仁的肯定。

山牧仁脸上漾出笑容,他肯定了小袄子的背诵,又问她:"你知道这是什么意思吗?最好能按照自己的理解把意思讲出来。"

小袄子想了想说:"这就是说,人哪,要是眼前有苦有难也不要紧,往后说不定还会有好事哩。"

小袄子的话引起人们一阵大笑,有一个闺女在远处喊:"甘圣心小姐,你眼前有什么苦难,说出来也叫俺们听听!"有一个男人便接茬儿说:"准是嫌挣的花少吧。日本人来了,搭窝棚看花的也少了。"人们又是一阵大笑。在笑声中又有人问:"哎,小袄子甘圣心,你今后还有什么好事也递说俺一下。"又有人替小袄子回答说:"等着有人来娶她呗!"课堂里"乱了营"。

山牧仁制止不住眼前的局面,坐在后面的取灯就小声对向文成说:"不能这样闹,大哥,你快说说他们吧。"

向文成在吵闹声中站起来说:"可不能这样闹了,今天的课不同于往常,都坐下,安生听讲吧。"

有备就坐在小袄子旁边,拿眼白着小袄子说:"都是叫你给搅的,你知道个什么。"

小袄子看看有备,低了头,不吭声也不敢看人了。课堂安静下来。

山牧仁说:"刚才甘圣心小姐的解释也有一定的道理。今后即使有人解释有不完全的地方,大家也不要笑,你们坐在这里都是上帝的儿女,听上帝的话,就要平等待人。说到这段金句,那是我特意为大家选出的,因为你们的国家正经受着一个特殊的时期。我作为一个外国传教士,深为你们的苦处而忧虑。但荣耀将属于你们,这是临别前我对你们的祝福。现在我怀着依依惜别的心情告诉你们,今天就是我们分别的日子了。我郑重宣布:笨花村主日学校无休止下课。请大家跟我做最后一次祷告吧。"

学生们跟着山牧仁做最后一次祷告。

下课之后,学生们在院里的枣树下和山牧仁告别。山牧仁送走学生,走近站在院里的向文成说:"文成,我知道今天你会为我准备一些礼物的。那我就先开口吧:让摩西上树给我摘一些枣吧,要挑上好的。"

有备听说山牧仁要枣,就爬上枣树去摘枣。这时秀芝也把早就准备好的礼物拿来。那也是一个大荆篮,荆篮里有新鲜的黄花菜和用新鲜大麦轧制的麦片。向家种大麦,秀芝听向文成说过"山家"这个习惯,山牧仁和山师娘早餐时要吃麦片。先前秀芝一个人想轧轧不成,后来取灯来了,取灯说她在保定同仁中学看见过美国人轧麦片,她和秀芝两个人商量着用世安堂的药碾子试着轧,终于轧成了。

受过洗的西贝梅阁不再上主日学,她知道山牧仁正在和向文成告别,便也来向家送山牧仁。

向文成、梅阁和取灯送山牧仁出村,取灯为山牧仁推着车。他们走出后街,走过苇坑,一路无话地又走了一程,取灯才把自行车交给山牧仁。

向文成一行三人回村时,在村口遇到甘子明。

41

取灯看见迎面过来的甘子明,知道他有事要找向文成,就领着有备先回了村。

甘子明截住向文成,把他引到苇坑边上先说起了取灯。他说,他一看见取灯就像看见了希望。他说取灯人聪明,又有文化,要不是赶上"事变",前途真是不可估量。向文成打断甘子明说:"你截住我,肯定不是只为了夸取灯的。"甘子明说,他一看见取灯就由不得想夸她几句。向文成说:"别夸她了,快说说你为什么截住我吧。"甘子明这才说出到村口截向文成的原因。他说,他到村口来迎向文成,是急着通知向文成一件事。甘子明和向文成说事,有时说"告诉",有时说"递说",有时就用"通知"。遇到甘子明用"通知"的时候,向文成就知道事情的非同一般。这时他们的关系也就超过了同乡和朋友的概念,也便不再是讨论鸡兔同笼和集大成的时候了。这会儿向文成站在苇坑边又听见甘子明对他说"通知",猜测着说:"我知道你这是刚从东边回来,好几天不见你了,就知道你去了东边。看不见你,我就像个没事人似的,光看山牧仁教孩子们背片儿。其实看山牧仁教学生背片儿是闲事,闲事的后头埋藏的才是正事哩。"

甘子明说:"什么事也瞒不住你。这几天我不在家,就是去了东边。东边开了一个会,成立了冀中分区,从现在起,咱这里属冀中,咱们总算有了归属。有了归属,你我的心里就塌实多了。要抗日,没有归属不行,那样就会陷于盲目。现在抗日军头不少,盲目的也不在少数。这次去东边开会,我不是正式代表,是个列席。今天晚上你要在家迎接一个人,这个人才是正式代表。这个人还得住在你家。"

向文成说:"这就是你通知我的事?"

甘子明说:"对,你回家等着吧。我还得问你一件事,山牧仁的主日学校呢,还能办下去?"

向文成说:"已经正式停办了,山牧师今天来笨花就是向学生告别的。"

甘子明若有所思地说:"基督教总是把他的信徒比做可怜人,我看可怜人也包括了山牧仁自己。没想到日本人来中国,连瑞典人传教也受了影响。主日学停办,倒给咱腾出了大西屋。"

向文成说:"莫非大西屋又有了新用处?"

甘子明说:"估计会有新用处。还是等晚上吧,到晚上我们就知道了。"

是一个月亮先升起的黄昏。事变后,笨花人不再注意这么好的月亮,这么好的黄昏了。黄昏里,向家巷少了那个卖煤油的,笨花人不再用煤油点灯,向桂代卖的植物油灯果然代替了煤油灯。点灯人掐着指头算,一年里他们省下了不少油钱。省一毛是一毛,省一分是一分。于是卖煤油的可着嗓子喊,打油人还是寥寥无几。连向家这样的点灯户也换成了植物油灯,花籽油他们有的是。后来,卖煤油的不来了。黄昏里那个卖酥糖烧饼的老头儿也不来了,笨花不再有人买烧饼吃,先前买烧饼吃的人不愿再"露富",生怕引起日本人的注意,虽然,日本人的活动目前还仅限于城里。日本人做出一副和当地人相安无事的样子,人们也怕。乱世年头,人一露富就会惹事。日本人不找你,土匪们也会找你。那个卖酥鱼的是外县人,外县人更不敢再越过县界到邻县来冒险。有消息说,日本人就专抓这种游商,抓住了就说他们是八路奸细。向家巷的黄昏里只剩下了一个鸡蛋换葱的,他把葱车放在向家巷,半天也喊不出一个换葱的——笨花的鸡蛋也少了。有消息说日本人进村先杀鸡,笨花人就觉着,把鸡让给日本人,就不如自己先吃了。向家也杀了几只鸡,取灯对同艾说:"娘,咱也杀几只鸡呀,省得便宜了日本人。"同艾说:"杀,叫有备捉鸡,捉住哪只是哪只。"向文成听见取灯和同艾说杀鸡的事,就说:"杀鸡也可以,实际这只是个姿态,解决不了救国的根本。"同艾说:"那也得杀。"说着,就像和谁赌气一样。同艾坚持杀鸡,取灯就让有备捉鸡。有备说:"鸡都上树了,明天吧。"第二天,有备真捉住了一只鸡,和取灯两个人一块杀,杀完就叫秀芝去褪毛,褪了毛又破膛,向家炖了一锅鸡。吃时,向文成说:"这像是一种仪式,是为了表达向家抗日救国的决心。"取灯说:"也是一种自我宣泄吧,人有时就得宣泄一下。"

向家吃鸡,影响了半个村子。人们都说,连向文成都杀了鸡,日本人真要进村了吧。

那个鸡蛋换葱的换不来鸡蛋,人们又拿不出买葱的钱,卖葱人吆喝一阵,也走了。月光里只剩下几个牲口在街里咣当咣当地打滚儿,显得分外寂寥。半个殷红的月亮,照着牲口的瘦身子。

笨花的黄昏是变了样了。

然而,向文成对这变了样的黄昏还另有自己的发现。有一次向文成问甘子明,如今的黄昏和先前的黄昏一样不一样。甘子明说:"还用问,可大不一样了。"向文成说:"其原因在哪儿?"甘子明说:"这还用讨论,少了几个买卖人,笨花的黄昏就萧条。"向文成说:"还有哪?"甘子明说:"还有就得靠向文成来递说我了。"向文成说:"你注意到一件事没有,走动儿呢,走动儿不走了。笨花的黄昏不能没有走动儿。没了走动儿,黄昏才不像黄昏了。"甘子明说:"你注意到的事,大半都是别人注意不到的。"

其实,并不只向文成一个人注意到走动儿不在黄昏中由东向西地走动了,甘子明也最知道走动儿"消失"的原因。刚才他是故意装糊涂。走动儿在黄昏中的消失,才像是一个时代的结束——事变前,也才像是一个时代的开始。

在寂寥的黄昏中,只有丝瓜架上的蝈蝈在叫,树上的几只知了也和着。这天黄昏,向家正在蝈蝈和知了的鸣叫声中吃晚饭,有人敲向家的门。秀芝放下碗去开门,通常开门的都是秀芝。秀芝开了门,看见门口站着的竟是走动儿。走动儿身后还站着一个人,这人高个子,赤红脸,穿一件紫花夹袄,头上包着羊肚手巾,腰里系着褡包,肩上还挎着一个粪筐。像农民,又似像非像。

先前,向文成对走动儿在黄昏消失的原因也不是不知道。他知道走动儿在笨花街上的消失,是因为有了新的"走向"。形势的变化使一些笨花人各有归属,如同向家的武备、文麒、文麟去了西北,邻居的时令去了"东边",走动儿也自有去处。他毅然辞别了笨花的黄昏,辞别了那个贴着"又是一年春草绿,依然十里杏花红"对联的白槎小门,去了一个国家和民族更需要他的地方。目前他有一个颇具神秘色彩的职务叫做"交通"。交通本来是个动词,而在目前的特殊时期,交通是动词也是名词。交通在一个看似沉闷、看似无序的社会里,像一支支在黑暗中游走着的烛光,带领那些为民族的生存和希望奔走的人,到该去的地方。这些人的一举一动都要靠交通的带领,不然你就会投错门、认错人,那后果不堪设想。

走动儿来了,带着一个背粪筐的红脸大汉。向文成知道晚上要来人,可没想到把人领来的就是走动儿。

走动儿领来人进了院,先把向文成指给来人说:"这就是向文成,向先生。"来人伸手就抓住了向文成的手说:"叫同志吧,叫同志亲切一些。"来人说话带着外县口音,向文成一听就知道是东边的。他握住来人的手说:"我也同意叫同志,叫先生就显得有些距离。"来人又说:"多亏了走动儿同志把我领了过来,我们俩从东往西整走了两天。"

向文成一听更清楚了交通的性质。现时笨花人说的东边离兆州不远,只一两天的路程。那里适应形势的需要,已是一个全新的天地。那里有全新的政权,在国土不断丢失、国难当头的时候,它领导着冀中人要展开一场浴血抗战的事业。

向文成和来人说话,秀芝和取灯就去给来人端饭。秀芝知道今晚有人来,就多下了一碗米。二八米饼子是现成的,锅里的粥也正热。秀芝盛粥,取灯一碗碗地给客人端过来。有备也及时地给客人端来一盆洗脸水放在当院。走动儿和来人并不推让,长途跋涉的劳累使他们看起来很饿。他们先各自洗了把脸,然后就坐在院里和向家人一起喝粥。来人喝着粥,见有备在对面观察他,就问有备叫什么名字。有备告诉客人他叫有备,今年十岁。

来人说:"我给你改个名儿吧。"

向文成一听来人进门就先要给有备改名,便说:"一进门就要给有备改名,这里定有故事。"

来人说:"这只怪你们家门上那副对联。刚才我在门外就着月光看了半天。说来也巧。"

向文成一听就反应过来,忙说:"莫非这副对联和你的名字有关?"

来人说:"正是这样。这对联的上联是:传家有道惟忠厚。我就叫尹率真。下联是:处事无奇但率真。你家这位有备就叫忠厚吧。"他笑着看有备。

来人不用走动儿介绍,倒自己介绍了自己:他叫尹率真。

尹率真的几句话，让向家人都觉得此人很是可亲，有备只笑，不知说什么是好。尹率真又对向文成说："文成同志，你说这件事巧不巧，在你家的门上生是看见了我的名字。"

向文成说："这就叫不是一家人，不进一家门。"

尹率真说："我们开辟工作，寻找基本群众，找的就是自家人。"

向文成已经明白，尹率真来笨花是来开辟工作的。开辟工作就是发动群众，建立抗日政权。

这时，甘子明进了院。甘子明问走动儿介绍过来人了没有，走动儿说，老尹早就自我介绍过了。自此向家人都称尹率真为老尹。老尹原来是上级派来开辟抗日工作的区长。

老尹和走动儿每人吃了两个饼子喝了两碗粥，向文成就把老尹领进了大西屋，甘子明和走动儿跟进来，一盏植物油灯照着众人的脸。尹率真看见眼前的植物油灯，判断了一下说："这就是日本产的植物油灯吧？以前只听说过，还没有见过。"向文成忙回答说："就是这个物件。"尹率真说："那么，咱们的谈话就从这盏植物油灯开始吧。当初日本人在兆州推广这种灯的时候，关心时局的人就知道这事非同一般。日本人为了侵略中国也真费尽心思，他们搜刮本地的棉花，让本地人点他的灯。一盏灯看似有小便宜，可沾大光的是日本人。听说咱县还专设了卖灯的总经销。"尹率真一提总经销，甘子明和走动儿都不约而同地看了看向文成。向文成感到有人在看他，就忙说："叫我说吧，闹总经销的就是我叔叔。"尹率真听说卖植物油灯的就是向文成的叔叔，言语有失似的说："哦，这是我所不知的。"甘子明替向文成说："老尹，没事，他叔叔代表不了文成，文成也不是他叔叔。卖灯的事，他们全家都反对。"老尹说："文成同志，你对卖灯的态度，子明不说我也能猜出八九。我们发动群众建立抗日政权，来投奔一个人，还能连一个人起码的政治态度也不清楚？"接着尹率真就谈了他来笨花的任务。他先分析了目前的抗日形势,说:"日本人用武力占领华北后,目前大规模的军事侵略已经停止,现在日本人在华北的政策是巩固他们的占领区,他们实行一种叫做'治安肃正'的政策。治安肃正不仅是军事侵略,也包括了政治统治、经济掠夺和奴化教育。你们看日本人现在按兵不动,只让各村建立适应他们的政权,这就是'治安肃正'计划的开始。我们建立抗日政权,就是要和日本人的'治安肃正'针锋相对。"接着他单把目光对着向文成说:"笨花是个有群众基础的村子,当年你们和佟家打官司的事,早在这一方出了名。大革命虽然失败了,但笨花人的意志却没有消沉,今后抗日政权的基层工作还要从笨花作为试点开始。目前抗日工作的各个环节都要全面展开,有条件的都要捷足先登。"尹率真分析了形势,又问甘子明,日本人来过笨花没有。甘子明说暂时还没来过。只去过附近几个村,每到一村还摆出一副中日亲善的架势,日本兵骑着大洋马,进村后就笑着把大洋马交给村民遛。也不进户扰民,还掏出饼干和糖果给小孩吃。可兆州的伪政府忙的却是另一类事,他们正让各村建立维持会。甘子明说他和向文成正不知道如何应对。

尹率真说:"今天咱们的谈话从植物油灯说到维持会,这才接触到正题。维持会是他们的一级伪政权,可我们要抓住这个时机,把这个维持会利用起来,和日本人周旋,主动权要掌握在我们手里。这就要有合适的人出面。你们对笨花的村民比我知根底,咱们今天就酝酿一下人选。"

向文成说:"有了,正有一个人等着这个差事哩。"

"你看,什么事一有了文成,就别怕有个闪失。"甘子明说,"我猜出文成要推荐的人了,再合适不过。"

尹率真说:"你们说了半天,只有我还闷在鼓里。"

向文成说:"我们村有个叫瞎话的人,也姓向,还是我叔叔辈儿。这个人出任维持会再合适不过。"

尹率真说:"维持会看似是维持日本人的,实际上应该受我们掌握。我们的基层干部可不能光说瞎话呀,那我们还怎么个掌握法?"

向文成说:"瞎话叔说瞎话,看对谁,看什么时候说。人在一生里,有时候还真需要听几句瞎话。"

向文成把尹率真说得一阵大笑,他笑着说:"这话新鲜。我倒想马上见见这位瞎话同志。"

尹率真一说要见瞎话,走动儿就说:"我去叫他吧。"

走动儿去叫瞎话,尹率真又谈了和日本人的奴化教育针锋相对的问题,说:"不妨先办个夜校。眼下我们的教育体系还没有建立,你们就集思广益,办学你们都是内行。我只给你们带来了政治课本,其他课程,文成和子明自会安排。哪怕就先让青少年孩子们识几个字也有好处。抗日政权的许多方针政策也可以在夜校里贯彻。"

少时,走动儿领来了瞎话。瞎话这几年很见老,不事修剪的胡子在脸上飞参着。背也显驼,一个肩膀向前,一个肩膀偏后,就像随时要伸出一只胳膊同你唱牲口价码一样。瞎话还在做他的牲口经纪人。

瞎话叼着短烟袋站在众人面前,他看见眼前站着熟人向文成和甘子明,还站着生人尹率真,便也猜出了尹率真的身份:目前夜走朝宿的人当然都是从东边过来的。

尽管是见了东边过来的生人,瞎话也要做出就像看见了一个平常人一样,他也不惊奇,也不寒暄。

还是尹率真先说了话,他口气温和地对瞎话说:"这一定就是……"他故意把瞎话两个字淡化了下来。

"这就是我瞎话叔。"向文成说。

这时瞎话突然发话了:"你们找谁?"他问众人,眼里故意闪烁着几分疑惑。

"找瞎话叔呀。"向文成说。

"你们可找错了。"瞎话说,脸上是一本正经和严肃。

一时间众人对瞎话的话不解其意,不免互相对望起来。只有向文成笑了,说:"这就对了。"

尹率真问道:"'对了'该作何解释?"

向文成说:"你们想,瞎话叔要是说咱们找对了,不就变成实话了吗?只有说找错了才是瞎话。也算是出口成章吧。"

瞎话出口成章的瞎话,连甘子明也没有思想准备,他见瞎话给了尹率真一个出其不意,也不说话,只摸着自己的胡子楂儿显出一派得意。他不错眼珠地看着尹率真,似乎在说,看,总算叫你领略了瞎话的瞎话。接着甘子明才把尹率真正式介绍给瞎话,瞎话才一扫刚才的"严肃",露出一脸惊喜。

尹率真向瞎话交代了他今后的任务。

甘子明说:"瞎话呀,你的任务就是个支应。"

向文成说:"这倒让我想起了一个名称,咱们不叫维持会,咱叫支应局,瞎话叔就是笨花村支应局局长。"

42

早晨,瞎话一睁眼先看炕旮旯。他看见炕旮旯有一团皱皱巴巴的白布,就从炕上爬起来,够过那块白布,在炕沿上摊开。这是一块桌面大的白布,白布上写着黑字:欢迎大日本皇军。笨花村支应局长向瞎话已上任,这是他为支应日本人准备的道具,他得知日本人要来笨花,就找茂盛店掌柜茂盛写了这块布。可他晚上不小心把布扔在炕旮旯,布被他压得皱皱巴巴。这个早晨,刚睁开眼的瞎话面对着这团烂白菜似的布,竭力要把它拾掇平展,有消息说,日本驻兆州的部队长仓本今天要来笨花。

瞎话趿拉上鞋,从水缸里舀了半瓢水,一大口一大口地往白布上喷水。他知道布一泛潮就会变得平展。屋里立时弥漫起瞎话的唾沫味儿。瞎话一个人过日子,平时很少洗脸、漱口,喷出来的水就格外有瞎话的唾沫味儿。摊在炕沿上的布在瞎话的一阵"吞云吐雾"中渐渐平展起来,他抻过布,抖掉上面的水珠,一阵左抻右拽,布显出了平展,瞎话就将它叠好搭在臂弯里往外走,他要去茂盛店摆个"场子",准备仓本的到来。

茂盛店的老板茂盛正在院里摊煤饼,裸着胳膊系着围裙,手里使着铁锨,看见瞎话也不停下手里的活儿。他想,瞎话也不是外人,三天两头见。瞎话却煞有介事地冲茂盛发了话,他冲着茂盛的脊梁说:"哎,停停停停,我来了。"

茂盛背对着瞎话说:"知道你来了才不停的。"

瞎话说:"叫你停,你就得停,这是支应局给你下的指示。别摊煤饼了,快除粪扫院子吧。"

茂盛不抬头地说:"除什么粪,扫什么院子?"

瞎话说:"上茂盛店西墙根儿大椿树底下除粪,牛粪、马粪、羊粪,见粪就除。除了粪干净,这可不是我瞎话叫你干的,是支应局派的你。"

瞎话再提支应局,茂盛笑了,他笑着转过身来挂着铁锨对瞎话说:"瞎话呀,村里人其实早把你那支应局忘了,怎么这支应局光成立,也不见你支应啊?"

瞎话说:"那是时候不到,时候一到,就有你的热闹看了。再者,你盼支应啊,你想日本人啦?"

茂盛说:"谁盼日本人?王八蛋才盼呢。"

瞎话说:"咱不盼他,他生是要来哩。"

茂盛说:"你瞎话摆事的说说算了,没人当实话听。"

瞎话和茂盛说话时,一直卖关子似的把那块白布背在身后,见茂盛死活不信他的话,这才把身后的白布猛然亮了出来。茂盛一见白布,才想起前些时瞎话找他写字的事,心说:莫非这支应局真要支应?他有些慌了,扔下铁锨打量着瞎话说:"……这……"

瞎话说:"茂盛呀,你也别这别那的了,快按指示干活儿吧。把西墙根儿拾掇了,把院子扫了,还得摆桌子:一张方桌,两把圈椅,摆在西墙根儿大椿树底下。摆上桌子,还得打扫门口,要净水泼街,黄土垫道。"

茂盛说:"我娘呀,莫非真要进村?"说着脸上更显惊慌,手便也有些颤抖。

瞎话说:"看把你吓的,也不必。对付日本人全靠个支应了,支应好了万事大吉,支应不好你再啰唆也不晚。快准备家伙打扫院子泼街吧。"

茂盛还是站着不动,又嫌瞎话闹得动静儿太大,说:"用得着泼街吗?听老人们说,先前村里过皇帝才净水泼街黄土垫道呢。马玉琨带兵从这儿过,都没人给他泼街。"

瞎话说:"快张罗吧,咱不支应皇帝,咱支应的是皇军。白布黑字可是你写的,你看,'欢迎大日本皇军'。"瞎话一面说着,又把白布亮了亮。

茂盛脸上有些挂不住了,他知道这几个字的意思不好,很不光明磊落。现在通明事理的笨花人救国心切,不是向东就是往西,而他却在写什么欢迎大日本皇军。写完这字,就自觉无颜以对乡亲。可瞎话跟他说过,这不关他的事,字是瞎话让他写的。现如今瞎话为了让他出力,竟又拿写字的事要挟他了。茂盛把铁锨一扔,转身就要走。瞎话知道茂盛给他摆了"邪",连忙追上去说:"哎哟茂盛呀,别摆邪了,我瞎话的瞎话固然不少,惟独叫你写字我担责任的话是实话。那几个字虽然出自你手,可是出自我的主意,凡事都由

363

我兜着。今天日本人进村我来支应,也是事关全村,你就快搭把手吧,叫伙计该拿扫帚的拿扫帚,该拿铁锨的拿铁锨。那仓本的洋马跑得快,说不定早就出了东门。"

茂盛想了想瞎话的话,不再多说,真去叫来伙计打扫庭院。扫完院子又让伙计在门口扬了些新土,用喷壶洒些净水,笨花的街道立刻显得格外生动。

扬几把新土,洒几桶净水能改变一个院落、一条街道乃至一个村子的面貌,这是笨花人早就明白的效果。但黄土垫道、净水泼街是百年不遇才实施一回的。

在净水和新土的气氛里,茂盛和瞎话又把一张方桌从店中抬出放在西墙根儿,那块白布就挂在这方桌的前脸儿。现在就缺两把与方桌配套的圈椅了。茂盛店没有圈椅,客人吃饭、打尖坐的是长板凳。瞎话知道茂盛店里缺少圈椅,早就让糖担儿去借了。糖担儿现在是村警,是瞎话的左膀右臂。茂盛打扫完庭院,糖担儿也扛来了两把圈椅。瞎话问糖担儿圈椅是从谁家借的,糖担儿说是从佟家。瞎话想,这糖担儿还真有心眼儿,借圈椅不到向家去借,单到佟家去借。在笨花,有圈椅的人家不多,让日本人坐在佟家的圈椅上倒合适。瞎话夸了糖担儿,糖担儿对着瞎话的耳朵小声说:"也不必夸,很浅显的事:尹区长在向家坐过的圈椅,就不宜再给日本人坐。"瞎话咧了咧嘴笑了,绽开一脸深厚的皱纹,短胡子在脸上飞扬,显得牙也很白。

糖担儿把圈椅摆在大椿树底下方桌两边,瞎话紧跟着就坐了上去。他坐在圈椅上,押了押衣服大襟,对糖担儿说:"你去传茂盛,传来茂盛就上街敲锣去,你一边敲一边喊,就说一家出一个人,不论大人小孩,男女都可,快到茂盛店集合。"说完又打量着糖担儿问道:"你的糖锣呢?"糖担儿告诉他说,糖锣在腰里掖着哪,说着就像变魔术一样从腰里押出了一面小锣。糖锣有菜碟子大,先前糖担儿就是敲着它在花地里行走。那时他用它敲醒着一个个神秘的夜晚,现在他又要用它去传唤乡亲。瞎话看看糖担儿手里的小锣,觉得村警手里本应有一面大锣的,这是他的忽略。他对糖担儿说:"糖担儿呀,就先敲它吧,秋后支应局里有了进项,再给你换个大的。"糖担儿说:"换不换的吧,是个响动就行了,谁听见是谁吧。"瞎话想,糖担儿的话也有道理,支应局既是个支应,敲锣叫人也就是个支应,莫非还在乎人多人少?

糖担儿手拿糖锣出门,还不忘传茂盛的事。茂盛来了,看见正襟危坐的瞎话,说:"嗬,倒是像个局长。"

瞎话说:"快给局长传膳吧。局长光顾忙,还没有进膳呢。"

茂盛说:"上翅子还是上燕窝?"

瞎话说:"翅子、燕窝谅你也没见过,就上碗杂面汤吧,你也就会做个焖饼、糊汤、杂面汤。"

茂盛去给瞎话做杂面汤,听见糖担儿正敲着糖锣在街里喊,锣和糖担儿的声音都很喑哑,糖担儿和他的锣都老了。

糖担儿是老了,如今人们叫他老糖担儿。老糖担儿驼背哈腰,哑着嗓子。老糖担儿的锣也老了,喑哑中透着破声儿。先前不安分的好看热闹的老糖担儿在笨花的夜里游走,恨他爱他的人都有,可谁又都觉得缺不了他。那时的糖锣对于村人来说,本不是用来看,而是用来听的。每天每天,随着黄昏的隐去,糖担儿的糖锣在初显的夜色里突兀地响起,从容、亲昵,尾音里也还有几分撩拨。它唤起着孩子们的食欲,它也使一些男人女人的心乱。不久前,村里大白天也突然响起糖锣声,人们便一时转不过弯来了,好比白日做梦。人们纷纷立在街门口观看,他们仿佛第一次看见了老糖担儿手里那只菜碟子样的糖锣,原来竟是有着几分寒酸的。它那潦草的声音东一声西一声地响在笨花的街道上,木呆呆的,瘪声瘪气的。再后来,笨花人腻应糖担儿的锣声了,人们都知道糖担儿的锣声连着支应局,支应局连着日本人。现在糖担儿的锣又在笨花街上响了,伴随着它的声音,是老糖担儿的传唤声:"快到茂盛店吧,支应局有事!"

人们心想,我娘呀,莫非真的要来?人们看着弯腰驼背的老糖担儿过街,都躲在门洞里不出来。老糖担儿冲着他们喊起来:"我说乡亲们哪,别扒头探脑看我了,快到茂盛店吧,一家一个人,真是有公事哩!"一些人这才跟着锣声、跟着糖担儿的呐喊往茂盛店走,一些人还站在门口犹豫着。

糖锣还是敲来了一些村人。人们半信半疑地走进茂盛店,围住瞎话问这问那。识字的人一眼就看见了围在桌上的白布,指着白布对瞎话说,这可是凶多吉少的事。有人便责怪瞎话,不号召人躲避,还让人到茂盛店集合等日本人。瞎话解释说,写几个字谁也伤不了筋骨,保住一村子平安才是头等大事。躲和等其实道理都是一个,该躲了就躲,该等了呢就得等。眼下笨花人还不是躲的时候,要等。支应局就是为了支应日本人,保护乡亲的,有我瞎话在,就能保笨花的平安。又有人问,几个字就能保住平安?瞎话说:"别小看这块布,闹好了这就好比是咱笨花村的护身符。"

问话的人中有男有女有老也有少,有一个女人的声音从后面飘过来:"你敢打保票这就是护身符啊?"原来这声音是小袄子。

瞎话看见了小袄子,却故意对糖担儿说:"快过去看看说话的人是谁,嗓音还不低哩。"

糖担儿在人群里找到小袄子,低声对她说:"小袄子,这地方可不是你大闺女来的地方,这不比拾花,快回家换你娘来!"

有人听见了糖担儿对小袄子的提醒,便说:"她娘正在家里往脸上施粉哩!"有人低声笑了。

如果不是几个孩子跑进茂盛店,人们一时就像忘记了他们来这里的事由。几个半大孩子跑进茂盛店,惊慌失措地对瞎话说,日本人已经过了苇坑,就要进村了。集中在茂盛店里的人这才真正意识到事态的严峻,立时就止住了刚才的玩笑话。有人转身要走,却被瞎话喝住。他让一院子笨花人分两行排开,从门口一直排到院内,他自己和糖担儿像排头羊似的站在了队伍前头。

日本人第一次来到笨花,人数不多,队伍走得也很散漫,几匹马走在前头,后面有自行车也有行人。为首的果然是日军驻兆州的部队长仓本。

瞎话见多识广,仓本虽然没有来过笨花,可瞎话已经熟悉了仓本的模样。这是一个个子偏矮、黑圆脸的中年人,说不上威风,他身下的坐骑倒比他这个人神气活现。仓本在茂盛店门口勒住马的缰绳,居高临下地看看从店外直排到店内的笨花人,笑着露出一口白牙。接着他向笨花人发话说:"我喜欢日中两国用这种方式相处。如果走到哪里遇到的都是这种景象,还有什么战争可言?"翻译将仓本的话翻译过来,仓本也在茂盛店前下了马。他注意到站在前头的瞎话,伸出手向瞎话走过去,用中国话说:"你的什么的干活?"

瞎话听得懂,他面无惧色地说:"我的,维持会长的干活。"当着日本人瞎话就不提支应局了,支应这俩字是既无认真、又无诚意的。

仓本握住瞎话的手说:"要希。"

瞎话在前、仓本在后,进入店门朝桌子走去。仓本在门外就已经看见了挂在桌子上的那块白布,神情果然更加得意。他问瞎话,布上的字是不是他写的,瞎话说,正是出自他自己之手。仓本夸了他的书法,有笨花人在心里说,到底是瞎话,出口就瞎话连篇。

仓本来到桌前,并不急于坐下,却注意起方桌两边的圈椅,他伸出手把圈椅抚摸了个遍,便开始对这两把椅子发表起议论。他说,如果不去面对一件实物,泛泛地讲"日中亲善"好像是一句空话。大东亚共荣也就难以实现。可当你面对一件有东亚人共同特点的实物时,你才能觉出"日中亲善""大东亚共荣"的可能。就说眼前这两把椅子吧,它本出自中国工匠之手,它用料通俗简单——我猜是就地取材,造型简单,但妙不可言,也非常符合人体舒适的需要。这种椅子的工艺里却又具备着日本木工的工艺特点。就像他在日本,也经常看到,本是出自日本工匠之手的实物,却有着中国的传统,比如日本的寺庙建筑。这种风格的接近,正说明了日中两个民族的接近之处。如此说来,日本的木工和中国的木工都是了不起的艺术家,他们的智慧和手法的接近,正好为"日中亲善"找出了根据。仓本面对两把圈椅,向笨花人发表了关于日中亲善、大东亚共荣的必然和可能的演说,又扶住椅子感慨道:"好椅子呀,好椅子……"他问瞎话,这椅子是什么木头做成。瞎话说:"柳木。"仓本说:"柳树就是垂杨柳吗?"瞎话说:"就是垂杨柳。"

  仓本发表着感慨,他身边的那个中国翻译翻译得很是吃力。但瞎话和笨花人都还是听懂了,他们都觉出这个部队长仓本的禀性难摸,更不知他来笨花的目的。

  仓本还是在他夸过的椅子上落了座,按照宾主身份,他坐在了上手,让瞎话坐在了下手。瞎话坐在下手的圈椅上,从腰里抻出自己的短烟袋装了一袋烟。他想,仓本说了半天椅子,是不是该说桌子了?

  仓本没有说桌子,他说的是棉花——花。

  仓本说,他来兆州后,也学会了把棉花说成花。他说,花这个称呼实在好。他说,他今天就是专来说花的。笨花人倒是早就发现,仓本身后没有武装,除了几名随从和翻译,就是兆州新民会的老乡。说起花,仓本对笨花村花的种植很不满意。他说他一路上注意了一下,笨花村的花远远没有达到百分之七十的种植面积。百分之七十这是皇军的规定,不是可种可不种。仓本在说花时,脸上就失去了刚才的笑容,甚至出现了几分严肃。他说,种够了指标,大家都好看,笨花人还可以享受到洋泵、肥田粉的折价待遇。若是弄虚作假……在兆州,欺骗大日本皇军的村子是大大的有,但是皇军也自有对付的办法。

听了仓本的话,瞎话沉吟片刻说:"报告仓本部队长,不会的,今年我笨花村的花地是按皇军规定耕种,只多不少。"

新民会的人员中有认识瞎话的,此时便插话道:"瞎话。"

瞎话听见有人叫他的名字,便说:"我是叫瞎话,可我一辈子不说瞎话。"

翻译把瞎话的话翻译给了仓本,仓本冲着笨花的乡亲厉声发问道:"他真的一辈子不说瞎话吗?"

众人一时无人回答,茂盛店的气氛便紧张起来,也分外地安静。仓本手扶战刀扫视着众乡亲,坚持等待回答。人们不知下一步茂盛店会有什么变故,谁都听说过日本人一恼怒,其结果是什么。好几起惨案都是因为日本人"恼"了。

这时,人群中突然飘出了一句日本话:"扫以代斯乃。"说话人是小袄子。

日语中的"扫以代斯乃",翻译过来就是"说的是呢",是附和肯定之意。这是小袄子在附和瞎话一辈子不说瞎话的旁证。

小袄子的日本话说得很轻,说得也很不自信,以至于笨花人一时谁也没有留意到她的声音。但是仓本却注意到了,他听见了这句"扫以代斯乃"——这句他的民族的语言。他目光疑惑地开始在这片灰秃秃的人群中搜索,最后他把目光落在小袄子身上。他冲着小袄子用日本话说:"你,过来。"

小袄子竟也听懂了仓本的话,从人群里挤出来,站在了仓本眼前。

仓本把小袄子上上下下打量了个遍,他用日本话问小袄子:

"请问你的名字?"

小袄子用日本话答:"我的名字叫甘圣心。"

仓本问:"你的故乡在哪里?"

小袄子答:"我的故乡在笨花。"

仓本问:"是谁教你说日本话的?"

小袄子想了想,答:"一个朋友。"

仓本问:"日本朋友?"

小袄子答:"不,中国朋友。"

仓本又问:"你还会说哪些日本话?"

小袄子愣了一下,紧走两步来到桌前,从方桌上端起一个茶碗,把茶碗举给仓本,用日本话说:"请喝茶,茶不好,心意重要。"

仓本接过茶碗,脸上的表情是意外和惊喜。不过他并没有喝茶碗里的茶,他放下茶碗又问小袄子:"你知道新民会是干什么的吗?"

小袄子听不懂了,翻译翻译给小袄子,小袄子便用中国话对仓本说:"我知道,乡下宣传的新民会,老百姓一心多种棉。"她是套用了一首抗日歌曲,那歌词本是:"乡下宣传新民会,强迫老百姓多种棉。"她巧妙地去掉了"强迫",换成了"一心"。

翻译把意思给仓本翻译过去之后,仓本脸上再次出现了惊喜。看来,小袄子用日本话缓解了茂盛店里的紧张气氛。

仓本却还是仔细追究笨花的棉花亩数,他放弃小袄子,又把目光转向闲在一边的瞎话。仓本对翻译说,他认为瞎话的话仍然可能是瞎话,还说刚才他进村前,围着笨花村先查看了花地,他站在南岗上四周一望,就知道笨花村的棉花种植距日本人的要求差距尚远。他再次命瞎话如实报告。瞎话坚持说百分之七十只多不少。仓本听完又扶住腰里的战刀喝斥了瞎话,大喊"瞎话的干活"。茂盛店的气氛再次紧张起来。人们就盼望小袄子再说一句日本话。但小袄子没有说。人们心里都在想,哼,这是你那日本话用完了。

就在这时,仓本却松开了手里的战刀,又对翻译说了一番话。翻译便冲着笨花人说,太君这次来笨花是和笨花人初次见面,面子就留给了笨花人吧。可对你们虚报花地也记在了心里。下回笨花人若再欺瞒太君,就不再客气了。仓本说完就要上马,小袄子却又从人群里走出来,对着仓本说了句"撒哟那拉"。仓本这才又注意到小袄子,他记起了她叫甘圣心,他止住脚步问瞎话,甘圣心是什么人。瞎话说,甘圣心是维持会新聘的秘书。仓本半信半疑地听着。

日本人走了,仓本来笨花的真正目的暂时无人知道。支应局和小袄子都出尽了风头。有人知道小袄子讲日语的缘由,有人不知道。瞎话把他的那块白布又拿回家,扔进炕旮旯。

这天晚上,瞎话先去找甘子明,想把白天的事向甘子明报告。甘子明不在笨花,瞎话就来世安堂找向文成。瞎话把白天的"支应"经过对向文成做了详细描述,言语中透着自得。

向文成看着自得的瞎话说:"瞎话叔,眼下你这一场是把日本人支应过去了,日本人也夸了中国的圈椅好,你还收了个秘书——小袄子。可你知道仓本来笨花的真正目的吗?"

瞎话说:"嫌咱村种花种得少。"

向文成说:"咱村为什么种花少?"

瞎话说:"支应局不给村民布置呗。"

向文成说:"这就对了。我猜这就是仓本来笨花的目的:表面是说花,实际是说你哩。"

瞎话说:"说我?"

向文成说:"说你是个不忠于日本人的支应局长。换句话说,他们是在了解笨花的维持会是不是真正的维持会,真正的维持会就会先给他种够花。咱这维持会是假的。"

瞎话说："咱有欢迎大日本皇军的招牌呀。"

向文成说："你再写十块招牌也是假的。"

"那……"瞎话不知如何是好了。

向文成说："假的就先假着吧,支应一回是一回。办法都是人想出来的,走着看吧。"

瞎话听了向文成的分析,还是心中无数地在屋里来回地走,走走又站住对向文成说："文成我再问你个事。秘书到底是干什么的呀?"

向文成说："你是问小袄子吧?说文明点,秘书就是主官的'辅佐',你就是笨花支应局的主官,小袄子就是你的辅佐。说白点,秘书就相当伺候人的人吧。"

瞎话说："你是说,小袄子就是伺候我的?这可大为不妥,一个闺女家伺候我一个脏老头子,使不得,使不得。"瞎话说着还涨红了脸。

向文成说："伺候你也并非就是件坏事。小袄子要真能给你配合,对支应局只有好处。往后该你和小袄子做演习了。"

43

那个黄昏,走动儿把区长尹率真领到向文成家。尹率真在向文成家住了三天,和向文成一家很投脾气。他和向文成分析形势,研究在笨花如何发动群众建立自己的政权。闲暇时两人还看向文成书架上的书,说《聊斋》,说《三国》,说胡适和陈独秀,说李大钊,说河北梆子的发源地到底在哪儿,说人身上到底有没有经络存在。逢向文成不在时,尹率真就和取灯说保定。原来尹率真是保定二师的学生,那年保定二师闹学潮,他正在二师读书。当时他们到南关去贴传单,贴完南关大桥,又把传单贴到了同仁中学门口。可惜当时同仁中学没有人出来响应。取灯说,同仁中学根底是教会学校,学生们只顾学业,对国家大事可不像二师学生那样热心。再说,那时候她还在琅珊街上小学哪。逢到取灯不在时,尹率真就和有备说话。他对有备说:"来吧,忠厚老弟,说说你今后的志愿吧。"有备知道什么叫志愿,他对自己的志愿也有个朦胧的打算,但他说不出来。有备说不出来,尹率真就替他说。尹率真对有备说:"别看你离医生近,你长大肯定不当医生。"有备觉得奇怪,不知为什么尹率真了解他心里想的事。他说:"你是怎么看出来的?"尹率真说:"我看见你整天在墙上画画,准是要当画家吧?"有备说:"想画什么就是画不像。"尹率真说:"先前我在保定上师范时,学校有图画课,讲究对着实物作画,叫写生。对着房子对着树画叫写生,摆个饭碗,摆个南瓜对着画,也叫写生。那时候我也画过,觉着挺有意思。你练练写生也许有帮助。"有备搬了个南瓜去画写生,尹率真就去帮秀芝烧火。尹率真坐在灶前拉风箱,知道什么时候需要大火,什么时候需要小火。秀芝说,没想到,一个区长什么都懂。尹率真说,都是从小在家里干活儿练出来的。他的老家虽然在东边,离笨花百八十里,和笨花的风土人情却差不多。尹率真不光会拉风箱,连贴饼子、蒸窝窝都会。尹率真替秀芝烧一阵火,趁捂锅的工夫,看见同艾在廊下晒豆瓣酱,就走过去说,他们老家晒酱都用西瓜协调,晒出来的酱叫西瓜酱,格外好吃。同艾说,保定人也拿西瓜做酱,她就是没学会。尹率真就把做西瓜酱的要领讲给同艾听,说现时西瓜过了季节,不然他就会亲手给她做一次。同艾听尹率真对做酱很内行,就把自己做的酱给尹率真尝。尹率真尝尝说,也挺好,要是再有点西瓜味儿,吃着吃着再不断吃出几个西瓜籽,那滋味就更不同一般了。

这时向文成从外面走进来说:"嚯,好一派和平景象。"

尹率真说:"也算是忙里偷闲吧。日本人虽然就在几里之外,可咱们的日子还得过。"

尹率真在向文成家里一住三天,在一个没有月亮的夜晚,他又被走动儿领走了。他给笨花布置下的工作已经正式展开。"支应局"已经成立,看来是为支应日本人而成立,实际这就是抗日政权的基础。作为"局长"的瞎话已经就任,还支应了一回日本人,也算受到了锻炼。老糖担儿作为村警,也把糖锣换成了大锣。现在老糖担儿把大锣可着村子一敲,村人就往街里走。老糖担儿看着人们说,这是都听见了。都听见了就好,今后我一敲锣你们就朝茂盛店里走,这就是支应局有事儿了。

又过了些日子,甘子明和向文成开始研究办夜校的事。其实上夜校识字是表面现象,今后村里各项抗日工作的展开,夜校将成为一个活动中心。甘子明和向文成研究夜校,还特意叫来了取灯。甘子明说:"咱们那个支应局其实有点荒诞不经,举出瞎话去和日本人周旋也是个权宜之计。这'局'的前途早晚得转成抗日的一级政权。夜校呢,这可是咱笨花的精神。好在办学也是咱们的长处,取灯要参与进来,我就更有信心。你比我们两位老朽更有朝气。"取灯说:"我可不同意子明哥对我的评价,也不同意你对你们自己的评价。你和我哥可不是老朽。要是没有你们,我还能做成什么?"向文成说:"咱们谁也不是诸葛亮,谁也不是臭皮匠。咱们都是临危受命,这危就是国家和民族的危难,咱们的责任就更非同一般。可目前咱们愁的不是个人能力,而是教材。"甘子明说:"教材好说,夜校先开三门课。我还是老本行,教数学;取灯教语文;政治就由你教吧。"向文成说:"挺合适。老尹给我留下一本《新民主主义论》,足够我讲的。子明的教材更不用愁,还不是轻而易举。末了就剩下了语文。"取灯就说:"这你们得帮我想想,让我教语文我可挺着急。你说用小学课本吧,那都是教给小孩子的,第一课:狗。

就一个字。第二课:大狗小狗。多了一个大一个小。第三课:大狗叫小狗跳。多了一个叫和跳。再深一点就是'排排坐吃果果,哥哥吃大果,弟弟吃小果……'我觉得都不适合夜校用。"向文成说:"取灯你也别发愁了,我书架上有两本书可以做参考。一本是几年前南京政府教育部发行的实用国文,另一本是晏阳初[①]在定县办平民教育时推行的平民千字课。两本书相比较,平民千字课浅一些,实用国文深一些,属于半文言。不过讲解得当也能收到识字和长知识兼有的效果,课文里还贯穿着爱国思想哩。比如第一课'国旗者,一国之标志也。无论何处如见本国之国旗必表行礼。某日,学校开课悬国旗于堂上,教员率学生向之鞠躬者三,礼毕,随开课'。你看,有深度,也好解释。"向文成介绍完平民千字课和实用国文,甘子明和取灯都觉得这两本教材合适,但取灯又提出了问题,她说,实用国文上说的国旗可是青天白日旗。甘子明说,青天白日旗是孙中山定的,这无妨。这里突出的是国民要敬重国旗,敬重国旗就是爱国。取灯想了想,觉得甘子明说得有道理,可她又对平民千字课提出了问题。她说,平民千字课她翻过,通俗倒是通俗,可里面有些内容不恰当,有教人知足常乐、不思进取的思想倾向,这和目前的形势不相符合。目前的形势需要人们振奋精神,共赴国难。比如平民千字课里有一课是:"有个农民去赶集,人家骑马我骑驴。回头看见推车汉,比前不足比后有余。"甘子明和向文成都笑了,甘子明说,这就靠你取灯了,沙里淘金把课文挑选一下就行了,去掉那些有消极倾向的。

夜校开学了,为避免夜校招摇,夜校没有用村东头的"洋学"旧址,夜校设在了向家的大西屋里。向文成为了改变原先山牧仁办主日学时的教室格局,叫群山帮忙,抬走了原先的方桌,用土坯垒成土墩,土墩上搭上木板当课桌,上课时学生一律面朝前坐。向文

[①] 晏阳初(1890—1990):中国平民教育家和乡村建设家。

成又亲自到后街买来高丽纸,叫秀芝把窗户糊严实。他还用锅底黑和上膘胶在山墙上刷了一块黑板。因为夜校是晚上上课,需要有足够的光亮,向文成就效仿着戏台上的照明方式,做了几盏秫秸秆挂灯。他把秫秸的大头劈成四瓣编个马莲座,马莲座上放个饭碗,碗里倒上花籽油,摆上灯捻儿,再把秫秸的细头弯个对头弯,插在房梁上。灯碗垂下来,几盏吊灯一字排开,高灯下明。取灯和秀芝则一直跟在向文成后头,忙不迭地拾掇夜校。就连同艾也不时走进来东看西看找问题。她看见油灯不亮,就对秀芝说,搓灯捻不能用红花①,红花绒短,不吸油。我屋里还有陈花,去拿吧。秀芝知道,向家前几年的陈花强,今年向家的花最赖,人心慌慌地没种好,头喷花二喷花都糟蹋在地里,末了就摘了几包袱霜降过后的红花。秀芝到同艾屋里去找来陈花,果然搓出来的灯捻雪白,点起来就是和红花不同。吊灯点起来,向家人都跟着向文成为这灯、为这屋子兴奋。

夜校开学了,闺女居多,也有半大小子,他们坐在后排很是不显眼。这年头,所有村子里都是闺女显着多。闺女越多,半大小子就越不显。最后排坐着几个大人,其中也有群山。

上课了,向文成先讲政治,甘子明和取灯在后排坐着听。这天后排还坐着一个人,是西贝时令。尹率真走后,笨花又来了西贝时令。时令也是从东边来,目前他是尹区长的助理员。西贝时令来笨花不用走动儿领,他走不错门,不存在危险。

上课了,向文成先根据尹率真的精神讲办夜校的意义。他知道在座的学生,年龄不一,思想也不一,把办学的政治目的讲得太透彻了,兴许还会有问题。他想,政治目的是个慢慢贯彻的事吧。他面对灯下的一屋子学生,先讲识字的重要性。他说笨花人世世代代从来都重视教育,现在遇上事变,东头的洋学暂时荒废着,可,

---

① 红花:霜降过后摘的棉花。

人不能荒废着,多识一个字就有多识一个字的好处。他说,人为什么要识字,识字是为了长见识。有了见识才能讲文明。就文明而言,世界上的文明事多着呢,就怕你不知道。就说这茅房吧,茅房也有文明。笨花的茅房就是半截墙头围着一个土茅坑儿。可茅坑不光有土的,还有瓷的呢。保定火车站的茅房里就有一排瓷茅坑人拉完屎一走,人走屎也走。再说点怪事吧,说说街。咱笨花的街是黄土街,保定的街是石头子街,汉口的街是洋灰街。可纽约还有一条橡皮街哪,人一到了橡皮街上就不用走了,人不走,街走……

本来,刚才向文成讲保定火车站上的瓷茅坑儿时,学生们就忍不住乱了起来。现在,当他们听到纽约的橡皮街就更加忍不住了。一些人交头接耳,一些人笑得前仰后合。坐在后面的时令一看课堂秩序大乱,心想都是瓷茅坑儿和橡皮街惹的祸,就从黑影儿里忽地站起来,冲着向文成不客气地说道:"哎哎,跑题了,跑题了,打住,打住!"学生们听见后面有人说话制止向文成,扭头一看是时令,暂时先安生了下来。向文成在时令的喝斥下,也止住了自己的"文明之旅",脸上的表情很是落寞。一时间课堂上鸦雀无声,取灯看看甘子明,甘子明正张口结舌地呆在座位上。西贝时令见课堂冷了场,才又对向文成说:"接着讲吧。"口气里似带着命令。

向文成苦笑着,脸上的肌肉抽搐几下,接着讲起来。再讲时他显得语无伦次,最后又把上学识字归结为反封建,争自由。

学生们一听说争自由,下面秩序又乱了,闺女们就显得格外活泼。她们站起来,从头上摘下卡子就去拨灯,拨亮了还拨,拨亮了还拨,见灯花掉在本子上、纸上,就一惊一乍。向文成又压不住阵了,甘子明就悄悄对西贝时令说:"时令,去镇一镇吧,你是代表区上的。"

时令再次从黑影儿里闪出来,他不紧不慢地走到讲台前,和向文成并肩站下。学生们一看时令上了台,都安静下来。他们大都知道时令来自何处,也知道他代表着谁。平时笨花人就怵时令,现在他虽然也穿着和笨花人一样的衣裳,腰里可系着皮带。系皮带的人,这是一种标志,标志着这人已不再是普通老百姓。

时令往前一站,把桌子一拍,把脸一沉说:"你们知道我是谁吗?我是西贝时令。"西贝时令又指着向文成说:"他是谁?你们都会说是向文成,向先生。这才对了一半。现在我们俩站在这儿,不仅代表着自己,还代表着政府。什么政府?抗日政府。向先生刚才只说上学是为了识字,识字是为了讲文明。叫我看,识字也是为了抗日。不遵守夜校的秩序,就是对抗日缺少起码的认识。再说严重点,就是破坏抗日。再闹,我就给你们做个时事报告。现在都安心听讲吧,再闹,我还会把武工队带过来镇镇你们。"

笨花人都知道武工队,武工队都扛着枪。

时令讲完又回到后边的黑影儿里。向文成只觉得时令的话里虽然也带着给他的助威,对他的抚慰,可心里还是有一种说不出的滋味:从前,向文成在人前说话时,有谁让他"打住"过?又有谁说过他"跑题儿"?可时令说了。当他听见时令黑虎着脸说学生闹就是破坏抗日,就更觉生硬。但是,向文成心里不痛快着,还是按部就班地讲起他选定的《新民主主义论》。学生们被时令教训得也更安静了。向文成先把这本书的来历和意义讲了讲,然后就一字一句地给大家念。当向文成念到"……反共声浪忽又甚嚣尘上"时,课堂一下又乱了营,学生们互相打问着什么叫"甚嚣尘上"?时令又急了,他从黑影儿里往起一站说:"什么叫甚嚣尘上?你们这样儿就叫甚嚣尘上。都知道了吧。"学生们听懂了,知道甚嚣尘上就是不安生吧,就不再说话。

向文成试验着讲了第一课,他觉得这第一课讲得并不成功,心情千头万绪。下边当是取灯的课。课间,向文成教学生们唱了一首歌,是他把《鱼翁乐》的曲调配上了抗日的歌词。他把歌词逐字写在新刷的黑板上,一屋子人唱得很高兴。

大家唱完歌,取灯走上讲台。闺女们看见走上讲台的取灯,自然又是一阵议论纷纷。有人说,取灯虽然也穿着和她们一样的衣裳,可看起来还是不一样。有人说,看取灯的头发铰得多精神,赶明儿她们也要铰成那样。当然也有人议论起取灯的身世。有人小声说,听说她娘并不在保定,是个唱戏的。也有人说,不是唱戏的,是个耍猴的……但不管怎么说,取灯的出现还是给人们带来了无限的兴奋,闺女们悄悄议论一阵终于安静下来。取灯学着用笨花方言讲课,她从平民千字课里选了一课不深不浅的课文作为开始。她教大家念课文,还在黑板上教大家按正确的笔画写字。

夜深了,学生们喊喊喳喳地走出课堂。大西屋里只剩下向文成、甘子明、取灯和时令。

时令对大家说:"你们注意到这秩序不好的原因没有?"

大家不说话,都等着时令作总结。

时令就接着说:"我注意到小袄子也坐在闺女群里,这是为什么?小袄子这种人一出现,秩序肯定好不了。你们说像这样的人夜校该收不该收?"

甘子明一听没了主意,就对时令说:"你说吧,你代表着组织。"

时令说:"你也代表着组织,你就是笨花村最高领导。身份不公开,咱自己的人也知道。"

甘子明说:"这件事看似不大,可关系着领导的意图,还是你定吧。"

时令想了想说:"叫我说,不能收。对课堂秩序不利,对夜校影响也不好——夜校成什么了?"

向文成觉得时令今天说话一次比一次生硬。他想,抗日的政策就这么贯彻?统一战线的方针也是从上边传过来的呀。你说我讲课"跑题"让我"打住",我忍一忍就过去了。可夜校把门关得死死的有什么好处？他想说说自己的看法。他对着时令说："上夜校不同于参加组织,叫我说,学生多一个是一个。先前小袄子上主日学就有人议论,主日学都没把小袄子拒之门外,咱们的夜校就更不应该把小袄子拒之门外。这个闺女不笨,净闹出些出其不意的事。你看那天当着日本人就说起日本话来了,说不定今后此人还有用项。抗日既是持久战,门该开大点就得开大点,夜校也是个'大门'。"

向文成的意见和时令相悖。按照组织原则,向文成无疑是顶撞了时令的。谁知时令却没有再坚持个人的意见,他转瞬间就附和起向文成,他说刚才他的意见尚不成熟,如果大家都同意把小袄子留下,就留下吧。

西贝时令今天的举止,也让甘子明十分意外,他想,一个刚脱产的干部少不了忽左忽右一阵,慢慢成熟吧。他也愿意向文成能这么想。

小袄子留下了,可过后向文成还是为那天的事有几分不快。他想,时令作为一个脱产干部,又是当着乡亲,实在更应该体现出政策水平。但他没有再和甘子明交换意见,也没有再向取灯透露过他的心情。

44

笨花村的套儿坊街是个小街,毗邻村北,狭窄,背静,住户也杂。几个卖梨的,一个卖花椒、大料的,一个卖咸菜的,都住套儿坊。还有开赌局的,卖白面儿的。大花瓣儿家也住套儿坊,大花瓣儿家的后山墙背靠着一家叫金贵的房子。身强力壮的金贵无正事可干,就在家里开摸牌场,专招娘儿们到他家炕上摸牌。金贵媳妇是个缺魂儿的女人,不会审时度势,还净给摸牌的娘儿们烧开水买包子吃。金贵家的举动吸引着大花瓣儿的闺女小袄子。

深秋过后地光场净,小袄子觉出生活的寂寞,晚上就站在房上朝金贵家看。她看见金贵屋里明火执仗,而她自己家里是一团漆黑,她就爬上房顶,再顺着一棵椿树出溜到金贵家也去摸牌。小袄子来金贵家摸牌,兜儿里没钱,就到金贵的褥边底下拿。金贵看见假装没看见,自此小袄子就靠上了金贵。遇到金贵媳妇不在家时,小袄子就翻房过来找金贵。俩人尽兴后,金贵就出言不恭地问小袄子:"哎,小袄子,你腿脚倒是麻利,整天从椿树上往下出溜,也不怕磨破了你那裤裆。"小袄子一听金贵编排她,就没深没浅地拿手扭金贵,一边扭一边骂:"扭煞你个不成款的!怕我磨破了裤裆,还不进城给我拉(买)新布去。"金贵就在炕上蹬打着腿说:"别扭了,疼煞我了,赶明儿我去给你拉新布还不行?"小袄子说:"说,拉什么样的?"金贵说:"拉哔叽。"小袄子又扭住金贵说:"谁稀罕你那哔叽,满集上都是。"金贵说:"拉充服呢吧。"小袄子说:"也算什么好物件,充服呢硬邦邦的只能做鞋当鞋面。"金贵说:"那拉什么样的才算个好?"小袄子说:"拉毛布,要葱丝绿的,裕逢厚就有。"金贵说:"得(dei)煞个你,你买那物件做什么?"小袄子说:"做件毛布大褂。"金贵说:"毛布大褂也是你穿的,你知道穿上那物件怎么走道儿?"小袄子说:"还用你递说,穿上大褂抿着腿走。你看日本娘儿们都抿着腿走。"金贵说:"就你这样儿,还能抿得住腿?"小袄子知道金贵这是话里带话奚落她,就冲着金贵又一阵捶打。金贵捂住脑袋说:"别打了,打煞我谁去给你买毛布。"小袄子这才停住手。

金贵真从城里给小袄子拉了毛布,用块手绢包住,看个空儿给了小袄子。小袄子接过毛布,在手里先掂掂分量,想,还真是块毛布。毛布比一般洋布分量要重。

日本人占领兆州后,很少有人敢进城。金贵敢进城去给小袄子买衣料,他是顺便。现在金贵不常在村里露面,家里的牌场没人张罗也散了。金贵有比摸牌更重要的事,目前他在便衣队当班长。便衣队不穿军装,警备队才穿军装。便衣队比警备队的装备强,骑自行车、挎手枪,比警备队行动快,任务也不一样。金贵常把自行车骑回村,腰里掖着盒子炮,枪把儿上的红绸子在外边飘闪着。金贵家里不开摸牌场了,可比从前的生活还好。金贵的媳妇就在街里缺魂儿似的说:"看这日子强不强,吃什么有什么,花钱有钱。"

金贵入了便衣队,不常回笨花,小袄子缺了抓挠儿才报名上了夜校。上课时她不愿意听取灯讲"国旗",不愿意听甘子明讲"鸡兔同笼",她最愿意听向文成讲反封建,愿意听妇女解放,愿意听"自由"这俩字。向文成举例说,妇女们大门不出二门不迈,整天围着锅台转,看见男人就脸红,讲究三从四德,讲究男女授受不亲……都是封建。妇女受着封建意识统治,就没法儿来上夜校。小袄子听着只觉得心里一阵阵兴奋,她也不专心听讲了,她半坐半站地东张西看,心里说,你们都快听听吧,这和我心里想的一样,我从来都是反封建的。

小袄子靠着金贵,同时也受着抗日的吸引。有一个时期,八路干部晚上活动,不论男女都披件紫花大袄,胳膊交叉在胸前走路。小袄子晚上出门也披一件紫花大袄。大袄长,大襟拖着地。孩子们看见小袄子走过来,就起哄地喊:"噢——八路过来喽,八路过来喽!"小袄子也不在乎。这天金贵回家,小袄子就披着紫花大袄去找金贵。金贵在灯下盯着小袄子说:"快扒了你那紫花皮,穷酸相儿。你快去投奔八路吧,八路就喜欢你这身打扮。"小袄子自知在金贵眼前穿这身衣裳有误,就连忙把紫花大袄脱下来,扔在迎门椅子上,才敢上炕找金贵。

金贵在炕上靠着一摞被子懒散着问小袄子:"小袄子,我问你,你可成了笨花村的能人,你当着日本人瞎白话还不算,听说你还上了夜校?"小袄子说:"你成年价没个踪影儿,我又没个抓挠儿。夜校人多,也是个热闹。"金贵说:"怎么个热闹法儿,也给我说说。"小袄子说:"甘子明教俺们加减乘除,向取灯教俺们识字长知识,向文成就教俺们反封建、争自由。"金贵说:"识字、算术我倒不稀罕,这封建怎么反?"小袄子说:"反封建就要争自由,争自由就要先上学识字。"金贵说:"你还缺自由?全笨花谁缺自由你也不缺。整天飞檐走壁似的,再自由你就成精了。"小袄子说:"你整天没句好话,自由可不是你说的这样。"金贵问:"自由什么样儿?"小袄子说:"自由还连着救国呢。有了自由,上了夜校,也是为了救国。"金贵说:"你救的哪门子国?"小袄子说:"救的是咱中国。"金贵一听小袄子这番话,警觉地从炕上坐起来说:"你知道你说的是什么话吗?"小袄子不在意地说:"这是一本书上说的。"金贵问:"什么书?"小袄子说:"叫《新民主主义论》。"金贵说:"什么?什么?你再给我说说这本书的事。"小袄子说:"是向文成给讲的,这本书上说的反正和你们干的不一样。你也不能就说书上讲的没有一点道理,日本人怎么也是占在咱中国地盘上。中国人也不能净由着日本人的性子,由着他们在中国行事。"金贵听到这里,倒不再追问小袄子了。其实他早就知道向文成和甘子明办夜校,远不是只教人识几个字的问题。本来他还可以再就此多问小袄子几句,可一想到眼下他并没有这个任务,接着又想到"兔子不吃窝边草"——夜校和便衣队有什么关系?他就不再追问了。他岔开话题说起了别的。

小袄子和金贵说话,看见有块红绸子从金贵腰里嘟噜出来,上手就拽,拽了两下拽不动,就顺藤摸瓜似的往上摸,一摸摸住了金贵的盒子枪把儿。金贵打了一下她的手说:"哎哎,怎么什么物件都上手拽,这也是你拽的?"小袄子说:"也是个稀罕,村里人都说你腰里掖着盒子炮,我还没见过。"金贵说:"村里人都说我有盒子炮?"小袄子说:"反正有人见过。"金贵说:"我掖枪他们怎么知道?"小袄子说:"人哪,都猴儿精一样。再说你那块红绸子整天在屁股后头'扑甩',还能瞒过这一村子人的眼?"金贵说:"看见就看见吧,早晚也瞒不住。再说日本人占这儿也不是一天两天的事,今天你还在笨花上夜校,谁知道明天你还能不能上。"小袄子一听金贵说夜校也可能受害,赶忙说:"我先递说你,恁可别妨碍着夜校,我看夜校挺好。"金贵说:"这也不是我能管得了的事。"小袄子说:"该管了恁可得管管,兔子还不吃窝边草呢。"

刚才金贵就想起了兔子不吃窝边草这句话,现在小袄子又脱口而出。金贵寻思道,这句话我想想可以,你说就是骂我。金贵想着,猛然直起身子朝小袄子喝斥道:"混账!你娘个×!什么话都敢向外沁。你他妈裤裆把不住门,嘴也把不住门哟。要不是念你跟我好过,我立时崩了你!"说着就去腰里摸枪。

小袄子一看金贵恼了,知道是她把金贵比兔子惹了金贵,就害怕起来。她骨碌一声从炕上跳下来,闯了大祸似的哆嗦着就去够她的紫花大袄,要走。

金贵一看真的吓坏了小袄子,就缓和了口气说:"也别逗可怜样儿了,以后你那嘴把点门就是了,这可不是闹着玩儿的话。"

小袄子不再哆嗦,还是准备穿衣服离去。

金贵问:"你上哪儿去?还去上你那夜校?"

小袄子说:"夜校还点名哩,我叫甘圣心。"

金贵一看小袄子真要走,又缓和了几分口气说:"好个别致的名儿。我说甘圣心,我整天也不回个家,就这么扔下我走?"

小袄子还是把紫花大袄披在肩上,单拿眼角扫着金贵问:"你媳妇呢?"

金贵说:"回她村给她娘上坟去了,后天寒食。从城里过,才叫我回家看门。这一走就是两三天哩。"

小袄子说:"取灯点名要是点到我呢?"

金贵说:"她点她的,什么正经学校,我在村里上洋学那工夫还说不去就不去哩。你卖给夜校了?再者说,你们那夜校指不定还能办几天。刚才我不是递说你了。"

小袄子一听金贵又提到夜校,连忙说:"你给日本人说一声吧,可别祸害着夜校。"

金贵说:"你以为谁都能跟日本人说上话?就你!好家伙,站在茂盛店里和仓本对答。除了小袄子谁敢呀!"

小袄子说:"我看日本人也不难说话,仓本还和瞎话说椅子哪。"

金贵说:"说到瞎话支应日本人的事,支应一回行,支应两回行,保险支应不了第三回。日本人做事要一步一步走。"

小袄子说:"对,那边一步一步走,这边一步一步反抗,这就叫持久战。夜校也要持久。"

金贵说:"嗬,你人不大中毒还不浅,也给我讲起持久来了。咱俩先持久持久吧,还不上来。"

原来小袄子和金贵说话时,金贵早已在炕上斜马着身子铺好了被窝,把带绸子的盒子炮压在枕头底下。小袄子听见金贵非要叫她上炕不可,又在当地迟疑一阵,还是脱掉了大袄,把大袄扔在椅子上,也不脱鞋就往炕上迈。她站在炕上,揪着自己的裤腰带叫金贵先吹灯。金贵故意不吹,小袄子说他不吹灯她就不脱衣裳。金贵闭上眼装睡,小袄子就斜爬在金贵的被窝上够着灯墙去吹灯。小袄子吹灭灯,摸着黑把身上的衣服一件件脱干净,把衣服扔到炕角。扔完衣服,她坐在枕头上还是不愿意往下出溜。不知为什么,她今天上金贵的炕,心里有些不像往常那样顺当。小袄子在枕头上坐着不动,金贵也不去就她,只拿嘴拱着被头故意说:"这是怎么了,你?不顺当就走吧,还是去上你那夜校吧,以后也别再顺着椿树往下出溜了,天下的女人也不光是一个小袄子,我也省了买毛布的钱。"金贵一吓唬小袄子,小袄子又害怕起来,心想,还是别断了这个念想儿为好,一日夫妻还百日恩呢。她一想到这句话就往被窝里出溜,出溜着就去就金贵。哪知小袄子越往下出溜,金贵越不就她,只说:"看贱的你吧,给我摆邪,也不知有个什么好处。"小袄子自觉无趣,也很讪,就找别的话题。她往下挪了挪身子,用嘴拱住金贵的被头,正闻到一股新洋布味儿,就说:"这被窝倒不赖,新里儿新面儿,没见你盖过。新做的?"金贵说:"可不,新做的。要不是和你,谁舍得盖。也不知给我摆哪门子邪。"金贵的话又把小袄子说得心里直忽闪,她就去搬金贵的肩膀,金贵到底把身子转了过来。

金贵转过身子,小袄子就仰面朝天地等金贵。金贵还是不动,小袄子说:"还不上来,我不摆邪了。"金贵说:"不摆邪了,也得罚你。"小袄子说:"怎么罚?"金贵说:"罚你个底儿朝天。"小袄子说:"我不,我嫌难看。"金贵说:"嫌难看还去上夜校吧,坐在那儿念字文明。"小袄子自知拧不过金贵,就照着底儿朝天的样儿摆了个姿势。金贵看小袄子已经变得顺当,就朝着小袄子的肥臀狠狠打了一巴掌说:"快张致煞你了……"

今晚,小袄子和金贵相好,心里老觉着委屈。她觉得今天最叫她高兴的并不是金贵,而是这床新被窝。她从来还没有体味过盖新里儿新面儿的被窝是什么滋味。她的光身子在新被窝里不住滚打、磨蹭,她又用手抓挠着、摩挲着被里儿被面儿,心想,看这,里儿和面儿都是洋布,连絮花都是好洋花,要不然也不会这么软乎。舍得拿洋花絮被窝,日子就是不一般。怨不得烧得他媳妇站在当街喊"吃什么有什么,花钱儿有钱儿"。小袄子体味着金贵的新被窝乱想一阵,便听见街上有闺女们的笑声。她想,这是夜校放学了,她们正往家走呢。她大睁着眼看窗户,窗户纸被月亮照得很亮。已经是后半夜了。她扭头看金贵,金贵正把脊梁冲着她睡。小袄子一时忘记盖在身上的新被窝,心里还是觉得空得慌。她想走。

小袄子坐起来找衣服,又看见月光把金贵的新被面儿照得很清楚,是一条藕荷色的花洋布被面儿。她左看右看看不见自己的衣裳,便从被窝里爬出来,光着身子东找西找,末了在脚底下找到了它们。它们被压在被褥下边,一小堆衣裳被压得皱皱巴巴。小袄子后悔自己没有将衣服打挼好放到远处。

小袄子在炕上"鼓鞴"着穿衣裳,金贵醒了就在被窝里嘟囔着问:"你过去呀?"小袄子"嗯"了一声,嗯声里透着几分沉闷。金贵听不出,说:"过就过去吧,鸡也快叫头遍了。"

小袄子坐在炕沿上拿脚找鞋,鞋底摩擦着地面,滋啦、滋啦响。

金贵听着滋啦声说:"我递说你一件事,往后我回笨花会更少。"

小袄子说:"怎么啦?"

金贵说:"叫我去代安哩。"

小袄子警觉地问:"叫你上炮楼?"

金贵说:"还是你聪明。"

小袄子问:"不去行不行?四五十里地哩。"

金贵说:"家有家规,军有军令,你光觉着新被窝好,那也是拿命挣的。"

小袄子坐在炕沿上穿好鞋,系好扣,又迟疑着不走了。她坐在炕沿上想,向文成给俺讲自由,世间哪有什么自由,再自由的人也是有人管着你哩。就说眼前这个人吧,看起来骑着自行车,拤着盒子炮,吆三喝四的有多么自由,可叫你去代安,你敢说不去?这边的人哩,讲着自由,白天却不敢出门走道儿。谁自由?还是我自由。想到此,小袄子便想起向文成刚教给她们的一首歌。她小声哼着去开门:

你说什么花儿好,

我说自由花儿好。

英雄们拿热血养育了它,

自由的花儿开放了,

自由的花儿

开放了……

朦朦胧胧的金贵听见小袄子哼歌,就说:"哎哎,止住吧你,还嫌目标小哟。"

小袄子止住歌,心想,好险,这是在别人家屋里。她止住歌去开门,金贵忽然又叫住她说:"小袄子你回来,我再嘱咐你一句话。"小袄子转回身,走到炕前站定。金贵说:"我正儿八经地递说你,别去上夜校了,这不是一句玩笑话。"小袄子说:"怎么了,有情况?"金贵:"你就别问了,叫你别去你就别去了,日本人为什么又挖沟又修炮楼,又调我去代安?你就好好想想吧,这是一回事。"

小袄子听完金贵的话,知道这几句话非同一般。她又在炕前站了一会儿,蹑手蹑脚地开了门。后半夜的月亮更亮,她就着月光拽拽自己那被揉褶的衣裳,就去爬树。树一摇晃,惊起了一只什么鸟。她想,这是一只鹁鸪,我娘大花瓣儿一听鸟飞,准就醒了。

45

冀中行政公署布告

为布告事,自"七七事变"我冀中区沦为日寇的占领区后,日寇即对我区实行讨伐与怀柔软硬兼施的政策。此举已遭我抗日军民奋力抵抗。今,日寇又抛出"强化治安"运动,并一再加以强化,企图把军事进攻变为军事、政治、经济、文化为一体,把烧、杀、抢政策变为烧光、杀光、抢光的"三光政策"。日寇还通过筑堡、挖沟来限制我军民的活动,分割抗日军政与民众的联系。凡此政策,日寇正在加紧施行之。仰我冀中区抗日群众提高警惕,认清日寇之种种阴谋,坚定抗日信念,为夺取抗日之胜利而奋斗不息。

切切!

此布

冀中行政公署主任　吕正操
冀中军区司令员　　孙　毅
中华民国三十一年六月十五日

这几天,小袄子总想找取灯说话。向家离村口近,小袄子就不断到村口"碰"取灯。

这天,取灯正帮群山往家里收萝卜,小袄子到底截住了取灯。她从村口一棵老柳树后头闪出来说:"取灯姑,你这是到哪儿去。"取灯说:"我去收萝卜。"小袄子管取灯叫姑,立刻就把自己摆在了一个小辈儿的位置。小辈儿尽可以去对大辈儿尊敬,小辈儿尽可以显出谦卑。小辈儿也常会受到大辈儿的礼遇。其实小袄子姓甘,取灯姓向,排不上辈分。

取灯看见小袄子从柳树后头闪出来,知道这是有意截她,并非是巧遇。这段时间,小袄子给她的印象一时很难说清,取灯只感到她性格奇特,尤其听说她会讲几句日语,就更觉离奇。现在小袄子又把她截住,莫非小袄子找她有事?小袄子找她能有什么事呢?取灯站下来,打量着穿戴整齐的小袄子。这时小袄子又叫了声取灯姑才说:"你也到地里去呀?"取灯说:"咱们都是笨花人,这也没什么奇怪的。你呢?"她是问小袄子在干什么。小袄子直言不讳地说:"等你哩,专等你哩。"取灯说:"专为等我呀,咱们在夜校不是天天见面吗?"小袄子说:"天天见是天天见,就是够不着给你说话。"取灯说:"看你说的,都住西头,离得又这么近,还有个够不着的。"小袄子说:"那也得对个时候,你白天黑夜都忙不拾闲的。忙家里的事,又为俺们忙夜校里的事,还结记着地里的萝卜。"

取灯觉得小袄子没用的话太多,半天说不到正事,就要闪过小袄子往地里走。小袄子看出取灯的意思,又截住她说:"我知道你嫌我话稠,其实我说的都对付。是这么回事,我想问你几个字,你给讲讲。"取灯说:"什么字?"小袄子往村口一面灰墙上指指说:"就是这几个字。"取灯一看,这墙上有刚写上的八个大字,那是新民会的人用刷子蘸着大灰写的。八个字是:强化治安,肃正思想。近一个时期,日本人为了侵华政策的需要,把这八个字写得到处都是。谁都了解这八个字的含义,小袄子也明白,看来她问字并不是目的,必是另有缘故。取灯看看墙上的字,对小袄子说:"小袄子,我猜你拦住我不光是为了问字,这几个字也没什么好讲的。你是不是还有别的事找我?"小袄子见取灯猜出了她的意思,就把找取灯的真正目的说了出来。原来她找取灯问字是假,想递说取灯几句话是真。

小袄子上着夜校,真也关心着夜校的前途。那天夜里金贵一再嘱咐她不要去上夜校了,就更引起她对夜校的惦记。她知道金贵的话不是随便说说,必是话里有话。可她又不能把金贵的意思源源本本地告诉取灯,就想了这么个主意,目的是提醒取灯不要对这八个字掉以轻心。

小袄子找取灯问字,真引起了取灯的注意。但她没有和小袄子讨论这八个字是什么意思,只说群山正在地里等她,她要赶紧到地里去。小袄子心里也明白这八个字已经引起取灯的注意,也就不再多说什么了。

取灯告别小袄子,一路走着一路想着,觉得小袄子提醒她注意墙上的字一定事出有因。她帮群山拔完萝卜,回到家里就把在村口遇见小袄子的事告诉了向文成。向文成一听就明白了。他知道小袄子连着金贵,便对取灯说:"小袄子这是从金贵那儿听到了什么风声。"取灯说:"怨不得,这就对了。"

果然,小袄子的话应了验。形势急转直下,日本人彻底摧毁抗日根据地的"三光政策"运动开始了,每天都有恶劣的消息传来。惨案一个接着一个,抗日游击队被袭,粮食和棉花被抢,抗日干部被捕……不久前日本人挖下的封锁沟,更是隔断了抗日军民的活动。沟沿儿上据点林立,日本人和警备队死守着封锁沟,连老百姓过沟都要受盘查。形势果然波及了笨花的夜校。

学生不敢再来上课,向文成去找甘子明研究对策,甘子明也碍于形势的需要,暂时做了转移。夜校关闭了。夜校上最后一课时,向文成面对着有限的学生说:"为了平妥,夜校暂时不上也罢,办夜校也是个权宜之计。我想得远,抗战终有一天要胜利,胜利了,咱村不是办夜校的问题,咱还要办正规学校。国计民生,国计民生终归离不开教育。大家先回家吧,回家去帮助家里坚壁好粮食和花。粮食和花不留给日本人,这也是夜校的学生宣传群众的责任。"

夜校关闭了,向文成觉出前所未有的沉闷。他在世安堂读闲书又读不下去,就和取灯说话。他们说起了小袄子和金贵。取灯问向文成,抗战前金贵是个什么人?向文成叹了一声说:"唉,一个落道梆子。"取灯又问向文成什么叫落道梆子?向文成解释说,就是好吃懒做,游手好闲,不务正业。取灯说:"我看小袄子受金贵的影响,飘浮不定,就怪她和金贵家住得近。近朱者赤,近墨者黑。"向文成说:"也不完全是。小袄子也自有她自己的欠缺。"取灯说:"形势再有变化,真不知小袄子变成什么样。"向文成说:"这就难说了。形势有变,人也会有变。"

这天夜里时令来了,头上包着脏乎乎的羊肚手巾,身上沾着烂花叶和草籽,看上去有几分慌张和几分狼狈。他不敲向家的大门,隔房顶翻过来,径直来到世安堂。时令进了世安堂,惊呆了向文成和取灯。取灯看着眼前风尘仆仆的时令说:"真没想到你会过来,形势这么残酷,你还不忘回笨花。不过一看见你,这心里好像就塌实多了。"向文成看见时令,张口先问:"上级有什么指示没有?"时令只说:"指示还不少呢,先告诉群众提高警惕就是了。能转移的还是要及时转移,敌人说来就来,再来就不善。"

向文成总觉得时令和他说话生硬,就像和他存有什么隔阂。他又想到那天晚上在夜校,时令当众指责他讲课跑题的事,那大概是他终生所遇到的难堪之一,就像小时候他在武汉吃饭时,二丫头给他的难堪一样,足以让他终生难忘。可是眼下时令是脱产干部,代表着上级,向文成还得听他的指挥和调遣。但向文成没想到,时令这次的到来,再一次给了他不悦。三个人正说着话,时令突然又对向文成说:"你先回避一下吧,我跟取灯有几句话说。"向文成快快不快地出了世安堂。

取灯见时令支走向文成,就问时令:"什么事这么机密,怎么连我哥哥也不能听。"时令说:"这是纪律,什么事该传达到哪一级就是哪一级。"取灯说:"我哥哥可是个老革命,自己人。我觉悟提高,主要还是靠了我哥哥。不然,一个保定的学生知道什么。"时令说:"话可以这么说,文成哥要是在组织就好了,在组织和不在组织就是有个内外有别。"取灯说:"我也不在组织呀。"时令说:"你虽然也不在组织,可我今天说的是关乎你的事。"取灯不再说话。她想,习惯于按组织纪律办事,这可能也是觉悟提高的一个环节吧。她还想起革命阵营里遇事,有上不传父母、下不传妻儿的说法,才又觉得时令支走向文成也许无可非议,便安下心来听时令指示。

时令又把当前的形势给取灯重复一遍,说根据形势发展需要,他已由区青抗联调到县敌工部了。临走上级让他再推荐一名脱产干部接替他,他就推荐了取灯。

时令的话,让取灯感到既突然又不突然,好像最近以来她一直等着这一天。在夜校任课的那些日子,也使她受到了锻炼。她切盼着有一天能有人推荐她脱产,现在时令来了。

取灯和时令接触不多,但他给她留下的印象并不坏。她常常拿他和保定的同学比较,觉得她所认识的几位保定青年,总是幻想多于实际,说话讲究措词,遇事却很少出头。由此她便觉得时令是个讲究实际的人,他说话生硬只是个方式方法的问题,这种人做事也许更果断。总之,时令在取灯脑子里是个标准的青年干部形象。

今晚时令和取灯谈到脱产,取灯不由得有几分激动,她说:"脱产是我由来已久的愿望,我的两位哥哥、一位侄子都在西北抗日根据地。我也整天受着我大哥向文成的影响。莫非除了抗日,目前我还有别的前途可言吗?可我就怕干不好。"

时令说:"我相信你的工作能力才推荐了你。再说青抗联的工作也单纯,无非是动员、联合青年男女群众团结抗日。当然,要说困难也不能忽视。青抗联是专和老百姓打交道,老百姓本来就是百人百姓百脾气,现在形势残酷,人的禀性脾气就更不好摸。可做工作也不能左顾右盼,要有一种勇往直前的精神,有了这种精神,就没有完不成的任务。"

时令的话显然给了取灯鼓励,她再次觉得时令身上就具备这种勇往直前、做事不三心二意的精神,她也再次想到刚才时令要给她交代工作,支走哥哥向文成并没有什么不对。

时令给取灯说完工作,就要转移,说天亮前他还要过孝河。现在孝河沿岸多了几座炮楼,他应该在天亮前闪过炮楼过河。

时令出了世安堂,翻过向家的院墙走出村,取灯也翻过墙去送时令。两人顺着墙根往南走,不一会儿就把笨花抛在了身后。时令对取灯说:"回去吧,越送越远,地光场净的也没有个青纱帐遮掩。"取灯对时令说："我想再送送你,再请你多嘱咐我几句话。脱产和教夜校可不一样,这从哪儿开始呀?"时令停住脚步,没有马上回答取灯的话,只拿眼睛看取灯。取灯发现时令看她,就低头看路边的茅草。她发现茅草都黄了,枯黄的茅草上还挂着初冬的霜雪,就止不住用脚揉搓。时令也不自觉地用脚踢踏起路边的茅草。

月亮在正南,很圆很亮。取灯和时令的影子铺在这条黄土小道上,显得很黑很短。

取灯见时令不说话,又说："时令同志,我再问你一句话吧。"她第一次管时令叫了同志。

时令说："问吧,看来还挺郑重其事,还称呼起了同志。"

取灯说："刚才我问的话也许你不好回答,从哪儿开始干工作应该是属于自己的工作方法。你准是让我自己回答自己吧。我再问你一句别的吧。你离开咱们四区,还想不想咱们四区?"

时令想了想说："邻家,你说呢?"刚才取灯管时令叫同志,现在时令管取灯叫邻家。时令其实是个粗中有细的人,他想,现在就管取灯叫同志还为时过早,直呼其名叫取灯又有点不方便,就选择了"邻家"这个词。邻家是个无可挑剔的称谓,有几分轻淡,还有几分亲近。

取灯问时令想不想四区,时令反过来让取灯回答。取灯想了想,把齐肩的黑发向后一摇,冲时令歪过头,机灵地说："你不是说百人百姓百脾气么,谁知道你是什么脾气。"

时令说："我那句话是和群众打交道的体会,并不适用于自己的同志和战友。"

取灯说："我是你的同志和战友?那你刚才还叫我邻家。"

时令说："邻家加战友不就更近了?现在我正和你说话,要是敌人打过来,眼前正有条战壕,我们往战壕里一趴,不就是一个战壕里的战友?"

取灯觉得时令的话既机智又富革命情意,但他们的谈话没有再继续。时令说他必须赶快过孝河,明天敌工部的人在孝河以南集合。不久他们就要过封锁沟,到东边执行任务。时令说完果断地一转身就走下小道,朝着一片干花柴地走去。取灯也转回身往笨花走。

取灯走了几步,听见身后有人蹚着干花柴又走过来,这当然是时令。她站下问他:"怎么又回来了,莫非还有事?"时令说:"还有件事,也不重要。"取灯说:"快说吧,这么吞吐并不是你的性格。"时令说:"你要脱产了,怎么就想不到'动员'我一样东西?我是个脱产干部呀。"

取灯对时令这句话没有思想准备。她隐约听说,八路军时兴互相动员东西:一顶军帽,一支钢笔,一个笔记本,一条皮带,甚至手枪、子弹。互相动员东西是八路军革命情意的互相表达,但取灯还不曾想到从时令身上动员东西。也许"动员"是抗日队伍里的一种时尚,你懂得了"动员",便是真正的脱产干部了。一瞬间取灯意识到自己的背时,她赶紧开始在时令身上打量。她发现时令身上除了一条皮带,其他实在没有什么可动员的,但面对这条皮带她不知如何是好。这时时令先开了口,他直截了当地问取灯:"你不想动员我这条皮带?"取灯不知怎样回答,或许她感到一条皮带的分量是很重的。时令却早已把皮带从腰间解下来,交到取灯手中说:"真不知你系上皮带什么样,你系上我看看。"

取灯把皮带系在腰间,一脚迈到一个畦背上,轻轻摇了摇头发说:"看吧。"

时令眼前是一个全新的取灯,一条皮带把取灯打整得十分英气。月光下,时令才第一次看清了取灯的身材,也才想到刚才取灯问他,离开四区还想不想四区这句话的珍贵。莫非取灯的话里另有意思?他不准备立刻让取灯去证实,只是想,战争年代,人还是暂时忽略一下自己为好。现在让他动心的是取灯大襟上那支钢笔:金灿灿的挂钩像麦穗。时令想,派克的。他开始打这杆钢笔的主意了,他想,我替取灯动员了我的皮带,取灯没准儿会替我动员了她自己那支钢笔吧?但是取灯没有提到钢笔的事。取灯的钢笔是不会轻易被人动员去的,那是老父亲向喜赠她的,她珍重它。

时令见取灯不提钢笔的事,便又后悔起刚才的闪念,心想我简直快成狭隘小人了,送人一条皮带为什么就想要人家一支钢笔?他这才和取灯握了手,又急忙转回了干花柴地。

取灯系着皮带往笨花走,只觉得离抗日近了许多。她弄不清这是因为系上了时令的皮带,还是因为她要脱产,也许两方面的原因都有。她想,要是只脱产没皮带,看起来仍然和老百姓没什么区别;要是只系皮带不脱产,看上去就有几分虚荣。那么,时令送给她皮带,无论如何是件再合适不过的事。

取灯系着皮带往笨花走,像一次革命演习一样。她假想着干部们的进村方式,便不走大路,专走僻静小道儿。她微微猫着腰,在月亮的黑影儿里七拐八拐地拐到自己家门口,轻轻推开家门又轻轻掩上,然后径直来到世安堂。她看见世安堂的窗纸还亮着,便拍了拍门说:"向文成同志在家吗?"

向文成听出是取灯,可他没有去给取灯开门。取灯自己推门进来,见向文成一个人在屋里闷坐着,就知道他这是还在为时令刚才的态度不痛快。她对向文成说:"大哥,别为刚才的事不高兴了,时令也是按组织原则处事呢。"

向文成说:"其实他跟你谈什么,不说我也猜出了八九分,无非是动员你脱产。咱家人抗日,还用他动员?西贝家的人动员向家的人,这就有点不对付了。再者,拿我当外人也不一定就是警惕性高。我也不是没做过秘密工作,那时候我们讲原则、讲纪律,也没有对自己的人如此。算了,咱们顾不得说他了,快说说你什么时候走吧。"

取灯说:"时令说,最近就叫我上区里报到。好在是四区,今后还得围着咱笨花转。"

向文成说:"好在向家人拿'走'也不当回事,咱不能自不量力地说自己是国家的栋梁,可个人命运也总是和国家的命运联系着。有备还小,将来家里也留不下。"

取灯说:"当初我离开保定时,觉得是离家,那时我放不下心的是我保定的妈。这次我离家,最放不下心的就是咱爹咱娘。咱爹的人生选择我很能理解,可那要付出多大的毅力呀。娘的身体也不怎么壮实……再就是有备,挺聪明的孩子,没赶上好时候,连个正经学校也没机会上。今后,大哥你对他管得也不能太死巴,正是长身体的年龄。"

取灯和向文成说话,说到了窗户纸发白。

取灯回屋睡觉时,天逐渐亮起来。同艾和有备都醒了。取灯有备和同艾睡一条炕,同艾左边是取灯,右边是有备。同艾对进屋的取灯说:"你哥哥就是话稠,也不让你睡觉了。"取灯说:"娘,这可不能怪我哥哥,都怪我。娘,我要走了。"同艾说:"是你哥哥支派的吧?"取灯说:"是咱们国家支派的。我知道,娘也不会阻拦我。"同艾说:"恁向家人都走惯了,谁都是说走就走。可你是个闺女家。"

有备听见取灯和同艾说话,知道"走"意味着什么,坐起来说:"姑姑,以后该你领导我们了。"

取灯刚在炕上躺下又爬起来,她梳洗完自己就站在廊下东看西看。她看这院子,看这院里的屋宇树木,看几只鸡在院里的互相追逐,看一群家雀从一棵落了叶的枣树上一哄而起,又落在另一棵树上。她觉得农村入冬后的天格外蓝,蓝得透明,蓝得晃眼。她在廊下一次次做着深呼吸。她喜欢这全院子,她从保定来到笨花,一下就喜欢上了它。她觉得这里的一切都亲切实在,她觉得在这院子里生活着的人都是幸运的。现在她要离开它了,她对这院子有一种说不出的感激之情。

今天的早饭,全家吃得很沉闷,谁也没有提到取灯离家的事,更没有人去嘱咐取灯一点什么——这时的一切嘱咐都会变成多余。吃过早饭取灯去替秀芝刷碗,今天她愿意为家里多干点活儿。刷了碗,她看见秀芝手拿一个棒槌和一个大包袱要上房,知道这是秀芝要上房去投芝麻。

投芝麻是对芝麻的一种收获方式,就像谷子要掐,棉花要摘,山药要刨,芝麻却要投。笨花人种花时,花地里都要间种芝麻。他们管在花地里种芝麻叫"带"芝麻。每年春天枣树发芽时,种花人把花籽儿扬下地,花籽儿里顺便也就掺上了芝麻粒。几天后花苗出土了,芝麻苗也出了土。种花人认识花苗和芝麻苗,间苗时,按花和芝麻的比例,把该去的去掉,该留的留下。这时花地里的芝麻苗像满天星斗一样,三步一棵五步一棵地和花苗同长。但芝麻总是要高过花苗的,芝麻能长一人高,花苗最多也只齐着腰。初秋时,将熟的芝麻就被砍下来,捆成个子拉回家,戳在房顶上晒。矗立着的芝麻个子头顶着头,看上去像一间小屋子,又像头顶着头的一排人。芝麻粒长在芝麻梭子里,当芝麻梭子一伐又一伐地被太阳晒开,芝麻粒暴露出来时,主人就把矗立着的芝麻个子提起来,头朝下地用棒槌"投"。棒槌打在芝麻个子上,成熟的芝麻溅落在铺好的大包袱里。被槌打过的芝麻个子再被戳起来,待晒开了芝麻梭子再投。

向家房顶上每年都晒着芝麻,每年都有人上房去投芝麻。今天秀芝上房投芝麻,取灯就在院里喊:"大嫂,叫我投吧!"

正要蹬梯子上房的秀芝扭头对取灯说:"还是叫我吧,你快打整个人去吧。"

取灯还是朝梯子跑过来,伸手就去要秀芝手里的棒槌。秀芝见取灯执意要上房,就把棒槌和包袱交给取灯,替取灯扶住梯子。

秀芝看取灯蹬着梯子上了房,还是有些放不下心,在房下喊:"别投得太狠了,还得投两伐哩。"原来投一次叫投一伐,一次投得狠了,不成熟的芝麻粒就会被顺势投下来。取灯在房上答应着,她的声音传得很远,在笨花村上空飘开来。

取灯最愿意上房投芝麻,她觉得这件事很富于情趣:棒槌有节奏地敲打着芝麻秸,那声音十分玲珑。伴随着玲珑的敲打声,芝麻粒好比细密的雨点洒落下来,也发出着一种细小悦耳的声响,就像芝麻本身在歌唱。取灯一个接一个地冲着芝麻个子敲打,刹那间包袱里的芝麻粒就有一拃厚了。她抓起一把芝麻粒就吃,吃着,在芝麻个子的阴凉下休息。

取灯投芝麻,芝麻在初冬的蓝天下歌唱。这歌唱传到西贝家,引来了西贝梅阁。梅阁上了房,取灯并不奇怪。她每次投芝麻都会把梅阁引来。梅阁攀到梯子顶端,先露出头来喊取灯,还嫌取灯投芝麻不递说她。取灯说:"还用递说,你一听响声不就上来了。"梅阁说:"你都快投完了。"取灯说:"没哩。"取灯和笨花人说话,尽量模仿笨花人的口音。"没哩"就是"还没有哪"。梅阁听取灯说"没哩",就笑着说:"说得还不太像哩,还不如说你那保定话好听哪,保定话和戏匣子里说的话差不多。"取灯说:"可不像。收音机里说的是普通话,保定话离普通话还差得远呢,我就不爱听保定话。"梅阁故意戗着取灯说:"我就爱听保定话。"

梅阁和取灯说着话,已经站在了取灯眼前。或许因为梅阁站着,取灯坐着,又受了这无边无际的天空的衬托,取灯觉着梅阁的身体格外瘦,格外直溜,比她身旁矗立着的芝麻个子还要直溜,看不出一点曲线,一件旧夹袄在她身上"逛荡"着。取灯心里不禁有几分酸楚。她很想在离家前和梅阁很正式地谈谈心,而且这谈心不应该形容成是对梅阁的开导,那便是对梅阁的不尊重了,梅阁自有个人的顽强信念。那么,也许该叫临别赠言比较合适吧。她用笤帚给梅阁扫出一块地方请梅阁坐下,两个人面对着刚投下来的一堆芝麻。梅阁伸手抓了一把芝麻粒,又把它们撒在芝麻堆上说:"今年的芝麻可是不强。"

取灯说:"怎么我就认不出来?我看都差不多。"

梅阁说:"可不是那么回事。你看今年这芝麻,又瘦又瘪,就像我一样。有时候我就想,我又像这芝麻秸,又像这芝麻粒。可转念一想,我又不是它们。我有灵魂,它们没有灵魂。"

取灯不愿意听梅阁拿芝麻比自己,就说:"你这样比自己,我可不同意。"

梅阁说:"你不同意我也是。"她又问取灯:"你不这样看我?"

取灯说:"我不这样看你。我来笨花后,当块儿的闺女,我第一个认识的就是你。我觉着你又有自己的信仰,遇事又有见解。在这样一个村子里能遇到你这样一个姐妹,真是福气。"

梅阁说:"你净抬举我吧。你看我那个家,就知道攒粪种地。我那点知识,都是沾了文成哥的光。"

取灯说:"时令呢,时令可是你西贝家的人哪,你看多能干,文化也不低。"

梅阁说:"他,就知道逞能,各拧着哪。"

取灯知道,笨花人说的"各拧"就是别扭的意思。她听见梅阁用各拧来评价时令,她不准备就这个话题展开下去,就问起梅阁的病来。但梅阁说时令各拧,还是给取灯留下了印象。她对梅阁说:"听我大哥说,近来你的身体好多了,但愿一天比一天好。"

"一切听从主安排吧。"梅阁说,"我为什么信主?就因为主早就为人类安排了一切。主要让我一天比一天好,我就一天天好。主要告诉我,天国近了,我就会欣喜地喊:时候到了,感谢主。"

"可人也要学会掌握自己的命运呀。"取灯说,"你就说现在吧,日本人要我们亡国,我们就得当亡国奴?目前,连山牧仁布道都受到了影响,莫非这也是上帝的安排?"

"是罪恶,迟早也要受到惩罚。"梅阁说。

"谁来惩罚日本人,也要等上帝?你跟时令讨论过没有?"取灯说。

"他,各拧劲儿。整天说不上一句话。"梅阁说。

取灯想,我怎么又提到了时令,就又转了话题说:"我想跟你说个最实际的问题:你应该吃药。现在有许多对症治疗的药,我哥哥也正四处打听呢。听说天津就有,他正准备托人。"

"可药和上帝比,我还是信上帝的。你看天国就在你我的头上。"梅阁指着天上奔腾着的云头给取灯看,那云头很白,白云的背后正有光芒四射出来。白云以蔚蓝的天空作衬,显得非常神秘,真仿佛有一个神秘的地方存在。

"你看到了吗?"梅阁问取灯。

"我只看见有云彩在飘。"取灯说。

"你要坚信,坚信天国就在头上,天门已经为人大开。我不知你看见了没有。"梅阁又问。

原来信仰对于人是这样神秘。可取灯不准备和梅阁讨论天国的存在与否,她仍然劝她吃药。她还打算离家前再和向文成讨论讨论梅阁吃药的事。这时梅阁突然向取灯问道:"取灯我问你一件事吧,你是不是要走?"

取灯说:"你怎么知道的?"

梅阁说:"我猜的。我哥时令净往你们家跑,我就知道你要走了。"

取灯肯定了梅阁的猜测。

梅阁说:"叫我猜着了,这也是拦不住的事。叫我给你唱首歌送送你吧,咱们俩躺下看着天唱。"

梅阁先躺下来,取灯跟着也躺下来。她们一同仰望着天国式的蓝天白云,梅阁轻声唱着:

> 耶稣基督我救主,
> 够我用,够我用,
> 除非靠他无二路,
> 主真够我用……

这首歌取灯不止一次听梅阁唱,惟有今天梅阁唱得格外动听,那歌声凄楚而勇敢,空灵而坚决。

天空上,云朵奔腾着一次次地做着聚散,梅阁坚定地说,在那翻滚着的云朵背后,天国之门一次又一次地做着关闭和开启。

第 七 章

46

梅阁想蹬梯子上房去向家,爬了两磴就觉得腿发软。往上再爬一磴,眼前就有些发黑。向上看看,离房顶还远。再爬,便力不从心了。她闭住眼睛歇息一会儿,再想迈腿时,腿也不听使唤了。她这才倒退下来,从正门往向家走。

梅阁来到向家,看见秀芝正在晒干菜。秀芝把没成色的白菜用刀劈成四瓣,打算往房檐儿底下挂。好白菜她舍不得晒干菜,那要放进菜窖吃鲜菜,鲜白菜从秋后起要吃到来年正月。梅阁走进来不提刚才上梯子的事,看见秀芝劈菜,还假装精神地说:"文成嫂,我替你劈,你挂吧。"秀芝看看站在跟前的梅阁,觉得她今天的脸色很不好,蜡黄,颧骨倒通红。弱症病人的病越重,脸上越显得桃花粉色。秀芝知道,梅阁这面相正是弱症的特征,便明白梅阁的病又重了。她对梅阁说:"没几棵菜,也快劈完了,临黑,群山耕地回来让群山挂。"梅阁听了秀芝的话,就找了个蒲墩儿坐下看秀芝劈菜。只见秀芝抡起胳膊一刀下去,一棵菜立时就变成两瓣,再劈两下就变成四瓣。她劈得有力,劈得果断,劈得利落。梅阁不觉想到,若是自己真要替秀芝劈菜,还真没有这么大的力气。人要是不壮实,遇上本来的区区小事,做起来也会变得十分艰难。梅阁就这么一边想着,一边目不转睛地看秀芝把菜劈完。秀芝知道梅阁来向家有事,劈完菜在围裙上擦擦手说:"梅阁,有事吧?"梅阁说:"嫂子,我想给我个人绣副枕头顶。取灯走了,我又不能进城去教堂。心里憋闷得没抓没挠,也是为了排遣点寂寞。我知道恁家有样子。我想替一副。"秀芝解下围裙收起刀说:"梅阁,你要是找花样,我娘屋里比我多。走,咱去找我娘。"

秀芝生性喜欢干粗活儿,做饭、熬菜不在话下。浆线子、待布也能胜任。可同艾教她织四蓬缯,到现在她也没有完全掌握,织出的布净跳梭。绣花的事就更少涉及了。她常对同艾说:"娘,你看我的手,就是拿不住绣花针。"同艾也不嫌她,说:"也不必去费那工夫,老年间的女人才净低头绣花呢。"

原来梅阁看秀芝劈菜,同艾早在屋里看见了梅阁。这会儿一听梅阁要替花样子,就连忙从正房走出来,站在廊下说:"梅阁,快来吧,花样子我可攒了不少,老样的新样的都有。"同艾虽然早就不绣花了,花样子还真保存了不少。她找向文成要了几本大书,把花样子一张张都夹在书里。这书是向文成的硬皮医书,有中国字的,也有外国字的,有的书上还画着人的五脏六腑,人的眼睛、脑子,还有人的生殖器官,什么都有。同艾看不懂这些奇形怪状的图像,只用这书夹花样子。

同艾把梅阁引到她的屋里,从一个抽屉里拿出两本大书,翻开来就给梅阁一幅幅介绍。她翻出一幅说:"这是个喜鹊登枝。"又翻出一幅说:"这是个鸳鸯戏水。"又翻出一幅说:"这是个麒麟送子……这是个莲花石榴,这是个五子登科,这是个狮子滚绣球,这是个松鼠拉葡萄,这是个猴偷桃,这是个鸡上架……这些都是咱们本地的花样子。"同艾又往后翻着说:"这是我在外地攒下的。外地人见识广,花样变化也快。你看,岳阳楼,洞庭船帆,平湖秋月,保俶塔,雷峰塔……塔里的那个媳妇是白娘子,白娘子是个蛇精,法海把她镇到这座塔里了。白娘子和法海可是斗了一阵子。白娘子领着水来淹法海的金山寺,淹不了,为什么?白娘子说:水也长,庙也长,法海的法力比我强……你看我说到哪儿去了,这是一出戏。你再看这张,这是断桥,断桥借伞,白娘子和许仙就是在这儿认识的。"同艾给梅阁讲着,梅阁的眼睛随着同艾的本子兴奋地忽闪着。她说:"敢情喜大娘有这么多花样,真是个万宝囊。我越看眼越花,哪个适合我呀?我这个人和别人不同。这喜鹊天天见,我也不喜欢断桥和雷峰塔。喜大娘,还求你给我出个主意吧。"

同艾一听梅阁要她出主意,想了想说:"梅阁我先问你,你打算做什么样的枕头?"梅阁说:"枕头还能有什么样的,用蓝布缝个筒子,一头一幅枕头顶,枕头里装上荞麦皮。"同艾说:"叫我说,咱们不做那样的,太守旧,做新式的洋枕头吧。先前我在城陵矶、汉口,都枕洋枕头。"同艾一说洋枕头,梅阁便恍然大悟似的说:"我知道了,准是山牧师他们家那样的,白的,扁的,没有枕头顶,花样直接绣在枕头上。"同艾说:"对,对,有的还在四周沿着飞边儿。这就是洋枕头,就做这样的。"

同艾帮梅阁确立了枕头的形式,梅阁十分高兴,就开始按照这洋枕头的形式选花样。她选来选去,最后选了一幅平湖秋月:近处有房子和树,远处是水和几个孤帆,最上边有个圆月亮。同艾也觉得这个花样适合在洋枕头上用。她把平湖秋月取出来,交给梅阁说:"你回去替吧,替下来再把样子还给我。"

梅阁回家去替花样,忽又觉得这个花样不完全适用于她。她想的可不是风平浪静,也不是花好月圆,她要把她的向往寄托在这个枕头上。她就一边替着,一边做着修改。她先去掉了那个月亮,又模仿宗教画上的云彩形状画了几朵云彩,只保留了中间的帆船和下面的房子、树。最后,她压着上方的空白写了一排双描字:天国近了,时候到了。她觉得那几只帆船不是飘向别处,正是飘向天国。梅阁终于完成了这幅图画,终于完整了自己的思想。

那天梅阁拿走花样,同艾就叫过秀芝说:"梅阁的脸色可不对,还有点恍恍惚惚的。这孩子的身子一天不如一天,咱们得帮帮她。"秀芝说:"文成让她吃药,她也拧着不吃。"同艾说:"叫她喝羊奶吧,这病就得靠将养。"秀芝说:"我叫有备给她送过,她说羊奶膻,硬是让有备端回来。"同艾说:"叫文成给她讲讲喝羊奶的好处,她还是听文成的。"

向文成从门外走进来,知道同艾和秀芝正在说梅阁的事,就说:"这回让秀芝送,告诉她,再没有比羊奶更适合她喝的物件了,羊奶里含蛋白、脂肪和钙,糖分也不少。这不论对身体的营养,对肺病的钙化都有好处。"

秀芝说:"我说不了那么全。"

向文成说:"能说多少就说多少。等她哪天过来,我再仔细递说她。"

秀芝把早晨挤的羊奶在砂锅里热热,端着砂锅去给梅阁送羊奶。这些天向家刨了山药,有备净喂奶羊吃山药,又喂山药蔓儿,挤出的羊奶就格外稠。秀芝端着砂锅出门,砂锅里往外扑着奶香。

同艾问向文成:"梅阁的病是不是弱症?"向文成说:"十有八九是。要是有架 X 光就好了,X 光就是为了诊断弱症的。"同艾说:"早先咱在保定的时候,斯罗医院就有。"向文成说:"有是有,可 X 光只管检查,管不了治疗。目前咱是缺药,外国人发明的药在中国只有大城市有,我正托人给她找药呢。"同艾说:"快托托人吧,看把这孩子煎熬的,可怜见。"向文成说:"有种专治这病的药叫链霉素,这药只有天津有,贵得很,从天津买要好几块钱一支。在咱们这里卖,一支就得两斗麦子。"同艾说:"大粪牛还能舍得拿麦子给梅阁换药?"向文成说:"可舍不得。我盘算,先把药进来,咱替她打针,治病要紧。可是怎么才能把药买回来呢,我一时还没想好。"同艾说:"找找你叔叔吧,他整天跑天津。"向文成说:"最近一个时期,他不常去天津了,宫崎的事让我叔叔伤透了心。"同艾说:"你叔叔是不撞南墙心不死的人。当初咱都看着他卖灯的事不牢靠,他非干不可。你说宫崎买他的花,不给钱光让他卖灯,有他那样的糊涂人没有,他才是聪明一时糊涂一世。"

向桂"栽"到了卖植物油灯这件事上。宫崎通过韩先生从裕逢厚套购棉花,半个兆州的棉花都给了宫崎。为了满足宫崎无限的需求,向桂用重金高价收购棉花,支出了大量现金,可向桂得到的只是宫崎的植物油灯。偏偏向桂对植物油灯的市场估计有误,现在,随着抗日形势的发展,许多人家连灯都不点了,目前几十万盏植物油灯扔在仓库里卖不出去,裕逢厚让这些灯压得已濒临倒闭。向桂自觉没脸回村见同艾和向文成,只派小妮儿不时回村看看。小妮儿有时给同艾带一小蒲包橘子,有时带几斤炸食。向文成看见小妮儿就说:"小婶子,你可成了个使者。"小妮儿说:"文成,别给你婶子开玩笑了,你婶子连个开玩笑的精神也没有了。"向文成说:"也不必。你看你一回来我娘多高兴,我娘就爱吃南方的水果。"同艾生性和笨花人不同,在南方又养成了爱吃水果的习惯,对水果吃得还很挑剔。同艾看见小妮儿的蒲包也不推让,迫不及待地解开麻绳,拿出一个橘子掰开尝尝说:"倒是黄岩橘子。这兵荒马乱的,城里还有人买橘子。"小妮儿说:"都是日本人买,有几个日本娘儿们整天穿着趿拉板围着水果摊子。"小妮儿看同艾尝着橘子,却又想起向桂的大房聋扦子,便对同艾说:"嫂,得了空儿也给有备他聋奶奶送过几个去吧。"同艾就说:"你不说我也得送过去。"

向文成还在和同艾盘算给梅阁买药的事,秀芝回来了,手里端着个空砂锅。同艾就赶紧问,梅阁喝羊奶了没有。秀芝说:"倒是喝了,可过了一会儿又吐了。吐了羊奶就咳嗽,痰里还裹着血。"向文成沉吟一阵说:"三期。"他说的是梅阁的病。原来女人的弱症就是肺结核。肺结核分期,三期已近后期。看来托人去天津买药成了刻不容缓的事。

向文成早就要替梅阁买药,一直苦于找不到人。这天,有个女人走进向家,顿时打开了向文成的思路。这女人是走动儿的媳妇,现在城里给山牧仁揽饭——笨花人管当用人叫"揽饭"。前几年走动儿往西头奔儿楼家"走"的时候,走动儿媳妇就不想跟走动儿过了,便不时找向文成诉说心里的苦闷。其实走动儿媳妇比奔儿楼娘要年轻利索得多,脸和手洗得洁白,连衣服领子都是少见的干净,头发整日光亮乌黑,纹丝不乱,一个黑丝纂儿网把脑后的纂儿网住,纂儿网上常插着星星点点的银簪子。走动儿的媳妇叫三灵,也信基督教。山师娘看见三灵干净利索,就托向文成问她愿意不愿意给她帮忙。向文成把消息告诉三灵,三灵一听十分高兴。她和走动儿本来就冷淡,闺女安已经嫁了人,身边也没有子女拖累,便去了山牧仁家揽饭。三灵很快就掌握了山家的全套家务,从洗刷到炊事,一切按瑞典人的习惯做事,做得一丝不苟。她对瑞典人的饮食习惯尤其领略得快,她利用当地极少的炊事原料,创造性地为山牧仁做着烹调。笨花人来福音堂做礼拜时,常隔着花墙看三灵的炊事表演,或烤肉,或摊薄饼。整个福音堂常常弥漫着新鲜而陌生的气味。三灵和山牧仁一家相处得十分融洽,山牧仁不止一次对向文成说,感谢他为他推荐了三灵,使他在兆州愉快地完成着他的事业。

三灵走进向家,向家人也喜欢三灵,同艾、秀芝、向文成把她围在当院。三灵笑着对向家人说:"还是回到笨花觉着亲。"三灵说的回笨花亲,其实是看见了向家人。她自己的家空着。走动儿在区里当交通后,三灵的家就更无人进门,院里长着荒草。同艾知道三灵话里的含意,说:"想家了,就回来看看吧。"三灵不再多作寒暄,把一个白布包在石板上展开,里面是一个又胖又大的面包。这面包有钵碗大,烤得红通通的,还喷着发酵的香味儿。三灵告诉他们,这是她刚烤出来的,山牧仁一定要她带给向家尝尝。只是如今她烤制的面包仍然不地道,没想到这看似最简单的事倒难住了她。主要原因是酵母不对付,山牧仁从瑞典带来的干酵母都用完了。目前全世界都在打仗,邮路不通,瑞典人想寄又寄不过来,她就用本地蒸馒头的酵母代替。用本地酵母还得使碱,不使碱就酸,可一使碱皮就硬,她左试右试还不算成功。不过山牧仁却说好吃,她知道这是山牧仁在鼓励她。一个新鲜面包摆在向家,向家人无论如何都觉得是个非同一般的物件。院里弥漫着酵母的香气,也弥漫起欢乐。近来形势紧张,向文成已经许久没有这种欢乐了。这时他面对着石板上的面包又立刻展开了一个关于面包的话题。他说那年他在汉口时,渣甸路上有个英国人开的面包房,他看过英国人做面包,那过程比蒸馒头要复杂得多。单说醒面,一般人就做不到。面发好了,做成面包形状,还要"醒",醒面的温度和湿度都得拿温度表试。

向家人观看完这个又胖又大的面包,三灵又从衣兜里掏出一个小布包,专对向文成说,这也是山牧仁让她送来的。其实,她今天是专为送这个小布包而来,送面包是个捎带。三灵把布包打开,里面是一个电光纸包。打开电光纸,电光纸里还有一层纸,纸包上写着钢笔字,有中国字也有外国字。向文成小心翼翼地接过纸包,凑近了仔细看。他看懂了,对全家说:"硼酸,这可稀罕。先前只在医书上看过介绍,是外用消炎药。"三灵说,山牧仁让她转告向文成,他知道向文成正需要这种药。向文成接过这硼酸如获至宝,他把纸包又一层层包好,像突然想起了什么,就让三灵跟他去世安堂。

向文成领三灵来到世安堂,先把硼酸收进一个药抽屉,然后让三灵在沙发上就座。三灵不坐,只看了个板凳坐下。

向文成对三灵说:"三灵呀,你再给办一件事吧。现在我进不了城,不能亲自去见山牧师,这事又不能落在字面上,只有口传。

你是个靠得住的人,就替我转告一下山牧仁吧。"

三灵问向文成是什么事,心里也知道这事肯定非同寻常。

向文成说:"天津有个班牧师你准知道。"

三灵说:"知道,班牧师叫班得胜,前几天还来过。"

向文成说:"你回去就对山牧师说,说我托他一件事,事不宜迟,我急需一种叫链霉素的药,让山牧师托托天津的班牧师务必给买到,买到后再设法送给山牧师。"

三灵说:"靠给我吧,我也知道你找这种药的用处。"

三灵站起身就要走,向文成又拦住她说:"我还得给你说说走动儿的事。走动儿可是进步了,对抗日工作积极着哪。在区里、县里名声都很好。在咱们这一方,开展工作可顶了大事。"

三灵听向文成说走动儿也不接话茬儿,只说:"文成大哥,我还得赶回城里去哪,天黑了,城门要关,就回不去了。"

向文成不再挽留三灵,三灵从世安堂出来,和同艾、秀芝告了别,就回了城。

三灵回到福音堂,赶紧把向文成托她的事,一五一十地告诉了山牧仁,山牧仁想了想对三灵说:"你再回笨花时,就替我转告向先生,他托我的事,我一定尽力,让他放心。"

很快,天津的班得胜牧师就托人送来了链霉素。班得胜托了一个来兆州卖文具的教徒,这位教徒由天津坐火车先到石家庄,又从石家庄骑自行车来到兆州。谁知进城门时遭到了日本兵的搜查,日本兵单把链霉素扣留下来。这卖文具的教徒在福音堂见到山牧仁,把进城时的遭遇讲给他。山牧仁一听着了急,便去找教徒韩先生。韩先生说,此事看似不大,但比较复杂。因为最近常有人从天津带药,药都是带给八路军的。如果他去找日本人要药,日本人一定会说他通着八路。这就不如由他引荐山牧仁亲自去找仓本部队长。好在仓本认识韩先生,估计也会给点面子。

山牧仁听了韩先生的话,决定亲自去见仓本。他靠了韩先生的引荐,在十五中学见到了仓本。十五中学本来是兆州的省立中学,现在学校停办,成了日本人的驻军机关,武的、文的日本人大都集中在这里。

仓本客气地接见了山牧仁。山牧仁用英文说明来意后,仓本笑容可掬地也用英文说:"我们都是住在兆州的外国人,据我所知,目前住在这里的外国人只有我们两个国家。我们和你们在兆州的目的虽然不同,但,都是为了这个国家的繁荣和文明而来。那么,我们两国的事就纯属于自家人的事,就不同于和中国人打交道。"

山牧仁说:"既是如此,就请您的部下把药品还给我才是,那是我的教徒托我买的。"

仓本说:"刚才我的话才说出一半。我们在兆州的目的不同,遭遇也就不同。我们正面临着八路军、游击队越来越顽强的抵抗,而他们最缺乏的是药品。我们无法证明这些药品不是带进游击区的。"

山牧仁说:"如此说来,您认为我是私通八路军的。"

仓本说:"牧师您错了,我不会做出这种无礼的判断。基督教是全人类的,传教士都是人类中最优秀的分子,他们的诚实是无可非议的。因此我们才百分之百地相信,这药品是属于牧师先生私人的。"

山牧仁说:"那就请您的部下赶快把药还给我吧。"

仓本想了想说:"牧师先生能不能帮我一个忙呢?"

山牧仁说:"我不明白您的意思。"

仓本说:"是这样,兆州这个地方交通不便,日本军队的运输又经常受到抵抗力量的破坏。牧师需要药品,皇军也需要药品。对于像链霉素这样的珍贵药品,我们就更加需要。这样吧,您把药品留给我们,我们会加倍付给您钱。这笔加倍的款项,我们会让韩先生给您送去。"

山牧仁说："这不合适吧。既然您认为药品是属于我的,假如我要是不同意您刚才这个决定呢?"山牧仁有些激动起来,听着仓本强加给他的这个主意,他只觉得在受侮辱。而一想到笨花的朋友向文成在急等用药,就更加悲愤难忍。他竭力忍住心头怒火,猛地从座位上站起来对仓本说："我是瑞典人,你这样做是超出了你的管辖范围的。"

仓本不急也不火,他脸上仍然挂着笑容,对身旁一位军人说："替我送客吧,用我的车。"

山牧仁差不多是从仓本房中被架出来的,两个军人请他上汽车,山牧仁一腔愤怒,甩开那两个日本人,连韩先生也不顾了,独自拔脚奔出了十五中学。

当天晚上,韩先生果真把药款给山牧仁送到了福音堂,那数目大约是实际药价的一倍。

47

小袄子走进向家,同艾在屋里看见也不出屋去迎;秀芝看见小袄子,转身便去忙个人的事;只有向文成在院里站着不动。小袄子见同艾和秀芝都不和她打招呼,也不在意,就对向文成说:"文成大伯,你在家呀。"

向文成说:"正站在这儿等你哩。"说得像真事似的。

小袄子说:"你怎么知道我要来?"

向文成说:"早晨喜鹊叫,必有客来到。天不亮就有喜鹊叫了。"

小袄子说:"文成大伯就是会说话。我也算客呀?"

向文成说:"算。"

小袄子说:"算不算的吧。我想递说你一句话,去药铺吧。"她说的药铺就是世安堂。

小袄子从不来向家串门,上夜校的时候她只去大西屋。现在小袄子来串门,又要向文成去世安堂,向文成就觉出小袄子真是有事找他。他便领小袄子往世安堂走。

向文成领小袄子进了世安堂,一边信手打捋着什么东西,一边对小袄子说:"小袄子,你可是个稀罕。"

小袄子说:"我算什么稀罕,先前上夜校那工夫,没踢破了恁家的门槛。我一辈子也忘不了那些个天,一进夜校的门,我就像变了另一个人。"

向文成说:"想想夜校也有好处,对个人会多一层管束。听说你这几天净往城里跑。"向文成开始引小袄子说事。

小袄子说:"文成大伯,什么事也瞒不住你,也就用不着瞒你了。前阵子金贵从代安一回城就捎信叫我。如今这世道就像麻秸秆儿打狼,两头怕。情况一吃紧,金贵也不敢回村了。你说八路军怕日本,我看日本也怕八路军。"

向文成说:"你说的不完全对,说日本怕八路还差不多。因为他是在中国的地盘上,两眼一麻黑。八路可从来不怕日本人,东躲西藏是暂时的。"

小袄子觉出是自己说错了话,一阵局促不安,说:"文成大伯,可别跟我一般见识。我不会说政治上的话,说错了也别嫌我。"

向文成见小袄子半天说不到正题,索性直截了当地问她,是不是从金贵那里听到了什么风声。小袄子一见向文成直截了当地问她话,就赶紧先关住世安堂的门,然后站在向文成面前神神秘秘地说:"文成大伯,全笨花村的人,我就相信你一个人。说到风声,我还真打听到一点。事关重大,我想先告诉谁呢?别看瞎话爷是支应局长,我也不能告诉他,怕他把实话说成瞎话,把瞎话说成实话,误了事。甘子明大伯呢,不知道怎么回事我有点怕他。想来想去还是递说你吧。"

小袄子终于说出了她来找向文成的目的。她对向文成说,日本人要来笨花,过不了三天。这次的来和上次可不一样,因为她听说了两个字叫"扫荡"。

向文成问小袄子是怎么听说的,小袄子神神秘秘地说,这就别管了,反正她听见了这俩字,这俩字还联着笨花。向文成没有再追问,只觉得小袄子的话不能忽视,他送走小袄子就去找甘子明。"扫荡"这两个字他们不止一次听说过,那是日本人在冀中实行"三光"政策的代名词。现在扫荡也一天天地逼近着笨花。开始向文成他们想让瞎话去挨家通知基本群众早做准备,可又怕村人容易把他的话当瞎话听,岂不就误了大事。想到这些,甘子明提议把任务交给村里的青抗联和妇救会。面对日本人的扫荡,笨花的转移和坚壁开始了,笨花人把粮食和花坚壁起来,人和牲口纷纷往村外转移。有亲戚的投奔亲戚,没有亲戚就在干花柴地里挖地窨子住。地窨子比窝棚矮,不容易被发现。

向文成让群山在花柴地里挖了两个地窨子,上面盖上干草。同艾、秀芝和有备晚上都睡在地窨子里,向文成和甘子明离村做了转移。

小袄子的话应了验,没过三天日本人进了笨花。日本人的进村,果真和以往不同,部队长仓本握着战刀,让瞎话把村民集合到茂盛店。瞎话就一本正经地派糖担儿敲锣。谁知半天没有敲来几个人。荷枪实弹的日本兵和警备队便去挨户砸门,大多数院子都空着,末了只抓来几位走不动的老头儿老太太。仓本见扫荡扑了空,就烧了不少房子,抢了几家的花,还抓走了瞎话。瞎话跟日本人说了一路瞎话,用个脱身计骗过了日本人,没进城就又回了笨花。

这次日本人来扫荡,笨花村遭受损失不大,小袄子便十分得意。她知道是自己立了功,就又披件紫花大袄装起了八路。

小袄子这次的表现引起了西贝时令的注意,他觉得小袄子可以利用。前不久他和几个同志要过封锁沟到东边开会,沿着两房高的封锁沟左转右转转不出去,只好回到四区找取灯。取灯正在一个村子里给民兵讲形势,时令把取灯叫出来说:"没想到我来吧?"取灯说:"怎么这么突然,听说你去东边开会了。"时令说:"会没开成,过不去沟。没想到咱们的行动还真受了这封锁沟的限制。"取灯说:"那你是不是不过啦,你还回四区吧,你看我顾了这村顾不了那村。"时令说:"看你多天真,莫非一个抗日干部还能想回哪儿就回哪儿。再说封锁沟还能真封锁住咱们呀。我回来就是找你商量这件事的。"取灯问:"找谁商量?"时令说:"找你商量。"取灯说:"我刚脱产,工作经验不足,我还能有什么好计谋。"时令说:"咱俩回笨花一趟吧,回笨花去找小袄子,听说她近来很活跃。"取灯说:"听我大哥说,她传来的情报还真起了作用,要不然笨花的损失可就不是这一点的问题了。"时令说:"所以就得趁热利用她。敌工部也掌握着她的一些活动情况,她连着金贵。她和金贵这条线,咱们得使用。再者,我们也分析过金贵这个人,现在看,他只是生性浪荡,好吃懒做才当了伪军。抗战以来还没有给我们形成什么大的危害。他是笨花人,兔子还不吃窝边草呢。他去代安也是为了躲开家门口,而且他媳妇还在笨花。"取灯说:"我有点明白了,你是说需要小袄子去找金贵,达到过沟的目的。"时令说:"对。可谁去找小袄子呢?你去最合适。把她叫出来。这事,女同志出面方便些。让小袄子领我从代安据点过沟,到了代安叫金贵给放吊桥。这事他准能办到。你看就这一条沟一个吊桥,可误了咱们不少事。"

取灯听时令说他要从代安过沟,便有些担心地说:"这可有危险,就在敌人眼皮底下过沟。"时令说:"干敌工的,就是要冒点危险。"

两个人一边说着话一边就往笨花走,三更时他们赶到了笨花。路过套儿坊时,取灯敲开了小袄子家的门。她拍拍小袄子的窗户说,她是取灯,她要小袄子马上到她家大西屋去一趟,有人在那里等她。她指示小袄子,她俩不要一块儿走,要拉开距离。小袄子在屋里听见取灯的话,不敢迟疑,赶紧穿上衣服来到当院。她和取灯一前一后绕着村外来到向家,摸黑走进大西屋。取灯顺手点着了一盏残留在房顶上的吊灯,就见时令从门外闪了进来。时令脸上格外严肃,两条刷子眉紧锁着,只拿眼把小袄子一阵打量。小袄子顿时紧张起来。平时时令在村里就少言寡语,有些大模大样,现时又在敌工部工作,小袄子就更觉出时令的威严。谁都知道,敌工部不同于一般抗日政权部门,是专门在暗地里对付日本人和警备队的。小袄子心跳着,想着我这是犯了什么案,时令是来审案的吧。这次日本人来笨花扫荡,我可是立了功的。莫非有人反映我要过金贵的毛布?这件事也怪我,做大褂不偷偷摸摸在家缝,还非得到城里成衣局去砸不可。砸完又在笨花到处找绦子边儿沿大襟,这就是暴露了目标。小袄子想到此,觉得还是自己先坦白为好。她没头没脑地对时令说:"那东西也不是我张嘴要的,是他许给我的,非给不可。"时令和取灯互相看看,觉得小袄子的话有点蹊跷,小袄子继续说:"不论是要的吧、给的吧,反正毛布是穿在了我身上。人家别人怎么不穿,为什么就我穿?这不是,他人也走了,上了代安。这点事也成了老事,时令就宽大我吧。这件事什么也不怪,就怪俺家的房靠着他家的房,他家有棵椿树。还有,我刚为抗日送了个信儿,就自大了,这也罪加一等。"

小袄子一席话,倒提醒了时令,他知道金贵送她毛布的事,现在这件事正好给他做小袄子的工作引出了话头。时令有些和颜悦色了,两条刷子眉一挑一挑的,一张嘴,他把小袄子叫成了甘圣心。

小袄子听见时令叫她甘圣心,心里果然一松,不觉一阵高兴。甘圣心这个大名平时没人叫她,现在时令和颜悦色叫她甘圣心,她便觉得眼前的事也许并非和她猜想的一样,没准儿还是一件好事哩。莫不是时令要动员她脱产吧?没想到她给向文成送了一次信儿,竟给她带来了如此的好运气。小袄子忍不住高兴地说:"刚才的话都怪我多心,恁俩要是动员我脱产,谁也拦不住我。《圣经》上说浪子回头还金不换哪。"时令和取灯又互相看看,时令赶紧拦住小袄子的话说:"脱产的事以后再说。我问你,你真做了一件毛布大褂?"

小袄子说:"嗯。"

"什么色的?"时令问。

"葱绿的。"小袄子说。

"沿着什么边儿?"时令问。

"藕荷色的,绦子上还有小碎点。"小袄子说。

"你有皮底鞋没有?"时令问。

"有一双,充服呢面的。"小袄子觉得时令的问话越问越怪,就反问道:"你问这干什么?"

时令说:"明天都穿上,头上再使点油,别俩化学卡子,卡子越鲜亮越好。"

"这是干什么?"小袄子更奇怪了。

"呆会儿我走了,让取灯递说你吧。你们再具体谈谈,她是四区青抗联的干部,专管你们的。"时令说。

时令先走了,没回自己的家,住在前街一个堡垒户家。取灯和小袄子在大西屋继续说话。取灯也愿意通过这次谈话使小袄子走上正路,动员一切抗日力量团结抗日也是青抗联的工作任务。她们面对面坐在一张课桌上,一盏油灯在头上照耀。当大西屋只剩下她们两个人时,小袄子才显出了彻底的轻松。她说:"人家时令在县里,是大人物,往你跟前一站吧怎么也是个不自在。"

取灯说:"也不必,都是一个笨花村的人。"

小袄子说:"都是一个笨花村的人,也不一样。为什么我就愿意和你说话,整天可眼气你哩。"小袄子说着,就着灯光仔细端详取灯,"看,你也长,我也长,越长越不一样。你说是不是主给定规的?山牧师说,人的一切都是主定规的"。

取灯说:"全在个人。就说你吧,为什么你一会儿一个样?就说这次日本人来笨花吧,看你帮了笨花多大忙。帮笨花忙也就是帮了抗日的忙。"

小袄子有点不好意思地说:"可我还要过人家的毛布哩……我还……我还淫乱。金句上说,淫乱就是罪。罪人早晚要受到惩罚。每逢山牧师一念那俩字,我就一哆嗦。"小袄子说着说着眼圈儿就有点发红。

取灯没有准备小袄子要同她谈淫乱的事,便想绕开话题。可小袄子还是就淫乱的事做着发挥,说:"我就整天觉着有魔鬼牵着我往地狱里走,我背过的片儿上画的地狱,可叫人害怕哩。"

取灯说:"也别说得那么悲悲切切,可你也不能老由着个人的性子做事了,想收都收不住。你看你跟金贵的事就不能说恰当,在村里影响着实不好。你自己也说了,你还要人家的毛布。"

小袄子说:"开始他要给我买哔叽,我说买哔叽还不如买毛布呢,哔叽比洋布也强不了多少。谁愿意净挨他糊弄。"

取灯说:"看你,还觉得占了便宜一样。"

小袄子还要和取灯大谈淫乱和赎罪,取灯又截住她的话,就把今天时令和她找小袄子的真正目的讲了出来。她对小袄子说,这也是个立功的机会。开始小袄子推托着不干,说她可没见过这阵仗,大白天找金贵放吊桥带时令过炮楼,吓死她也不敢,叫别人认出来,非崩了她不可。取灯就劝小袄子不必那么害怕,上级把任务交给她是做了全盘考虑的,也是出于对她的信任。第一,代安离笨花远,没有人认识她;第二,根据金贵的为人处世,他不会六亲不认去出卖时令和小袄子。好狗还护三邻呢。

鸡叫头遍时,小袄子终于同意下来。她回到家,睁着眼躺到天亮。

早晨,从笨花村走出了小袄子和时令。小袄子穿着葱绿毛布大褂,黑充服呢皮底鞋;头发用生发油抿得很光,鬓角两侧卡着粉红色化学卡子。她脸上施过脂粉,嘴唇鲜红,一块白纱手绢掖在毛布大褂的袖筒里。这毛布大褂细袖管,卡腰,大开气儿,下摆紧包着腿。小袄子穿起来很觉着紧巴。先前小袄子只试过,没正式穿过。现在穿上,一时还真迈不开腿。这倒引她想起那次金贵问她穿上大褂怎么走路的事。小袄子当时说:"抿着腿走呗。"现在她就使劲抿着腿在时令前头走,走得一扭一歪。时令在后边看着小袄子一扭一歪的样子,心想,看你也不是个穿大褂的材料,也只配穿抿腰裤,围着花地转。

时令在小袄子后头推辆半新不旧的"富士"自行车,他上身穿着前襟短后襟长的西式衬衫,下摆掖进裤腰带里;下身穿一条毛凡尔丁的西服裤,像是大城市来的一个文明人。

时令和小袄子一前一后出了笨花走十里,走上去代安的汽车道。时令对小袄子说:"来吧,坐在大梁上吧,我驮着你走。"这辆富士是"二六"型,不高,小袄子把身子一欠就坐上大梁,时令骗上腿骑起来。

小袄子没有被人驮过,她身后又是时令,坐在大梁上就不免扭着身子直叫劲。时令拱着小袄子的脊梁,闻着一阵阵汗味儿,一阵阵脂粉气,说:"你完全可以放松一点,不必太叫劲。"

小袄子说:"我知道了。"说着换了一个姿势,可叫劲却叫得更加厉害。弄得时令的自行车一扭一歪。时令努力扶稳车把想,叫劲就叫劲吧,反正也不是一个阵营里的人,我能把你带到代安就是万幸了。他开始跟小袄子说话,也希望小袄子坐车随和点。

时令叫道:"小袄子。"

"哎。"小袄子答应得很脆生。

"取灯教给你的话你都记死了?"时令问。

"记死了。"小袄子说。

"你给我背背。"时令说,"先说咱俩是什么关系?"

"你是我舅舅,我是你外甥女。"小袄子说。

"咱俩从哪儿来?"时令问。

"从石家庄。"小袄子说。

"到哪儿去?"时令问。

"到深州。"小袄子说。

"到深州干什么?"时令问。

"跟我舅舅去办货。"小袄子说。

"办什么货?"时令问。

"深州蜜桃。"小袄子说完问时令,"我说得对不对?"

时令说:"对是对,我既是你舅舅,就得装得像点,你就别叫劲了,像这样到了代安炮楼,准得露了馅儿。"

小袄子说:"怎么就不叫劲了?这样吧。"她说着往时令怀里又一靠。

时令发现小袄子靠到了他怀里,就说:"哎哎,也不能这样。"

小袄子说:"这样也不行,那样也不行,我下来吧,你也累了,咱俩歇会儿吧,前头就是梨树趟子。"

小袄子一边说着就往车下出溜,时令只得停住车,看看真到了梨树趟子,知道这是梨区了。兆州东北部出产雪花梨,代安就在梨区。

时令从车上骗下腿,小袄子早就钻进了梨树趟子。正是盛夏,青梨长得拳头大,累累坠坠,把树枝压得扫着了地。小袄子看个畦背儿,也不嫌地上的沙土,坐下就仰头看梨。时令不坐,站在一边抽烟。

小袄子看着看着梨突然对时令说:"时令同志,我不想当你外甥女了。"

时令说:"那你想当什么?"

小袄子说:"我想当你媳妇呀。一当你媳妇,保险随和,你叫我干什么我干什么。"小袄子说着就有些搔首弄姿。

时令低头看看坐在地上的小袄子,小袄子正拿眼"勾"他,鼓着的胸脯一起一伏的。他不由得想,人终归是本性难移呢。他说:"小袄子,咱俩是执行任务,可不是钻窝棚。"

谁知时令一提钻窝棚,小袄子更来劲了,把身子一仰,头一歪,挑衅似的笑着说:"哎,你就没有钻过窝棚?你钻过。恁家花地里有的是花,就是舍不得多给。"

小袄子这"将军"式的发问和揭老底儿式的肯定回答弄得时令很是不自在。他知道不能再和小袄子在这荒郊野地里纠缠,就突然把脸一沉,把腰一叉说:"小袄子,现在咱俩是执行任务,可不是来这儿打逗的。你看清楚了,我腰里的枪也不是假的,说崩你就崩你。"

小袄子一看时令变了脸,才忙站起身,拍拍屁股上的浮土走出梨树趟子,不情愿地朝自行车走。她一边走一边想,时令和金贵都有枪,怎么谁想崩我就说崩我?

时令和小袄子又骑上了自行车。两个人许久无话。直到快到代安时,小袄子才撇着嘴问时令:"咱俩过完了沟,我怎么办?你往东走了,我还得往西走回家,谁管我?"

时令说:"是这样,咱俩过了沟,天黑了你再回来。晚上金贵还要放一次吊桥,还有开会的人要过来。到时候你再就势回到这边。"

小袄子说:"我个人回家?深更半夜的,我怕。"

时令说:"我们都有安排。你过了沟,走五里下汽车道,汽车道边有个村子,村东口两棵杨树上有俩老鸹窝,你进村找武委会一个姓高的,宿一夜再走。别忘了脱了你这身衣裳,你这身衣裳太惹眼,汽车道上人也杂。"

小袄子在前头一迭声地答应,出门时她拿了一个小包袱,包袱里是她平时穿的衣服。

正午,小袄子和时令赶到了代安据点。现时代安没住日本人,只住着警备队。楼顶站岗的看见小袄子和时令,打老远就问:"干什么的?站住!"小袄子就冲着站岗的喊:"俺找金贵!"站岗的问:"金贵是你什么人?"小袄子说:"是俺邻家,叔伯哥。"站岗的就让人放下了吊桥。

金贵早就听见有人找他,他从炮楼里迎出来,站在吊桥这头往那头看。这头站着小袄子,是邻居,叫叔伯哥也可以;可小袄子身后还站着时令,再细看时令这身打扮,金贵已经感到来者不善。

时令不等金贵多想,闪过小袄子站到金贵眼前抢先说:"我是小袄子他舅,从石家庄来,找你有事,快领我们上楼吧。"金贵还没来得及说什么,小袄子就大声喊道:"渴煞人了,快叫俺们上去喝口水吧!"

时令在炮楼上说服金贵放下了吊桥,便和小袄子先过了沟。当晚金贵当班,又串通了一个当班的弟兄放下吊桥。开会的同志都过了沟。时令在沟那边把人迎过来,就势又把小袄子送过沟这边。小袄子辞别了金贵,一个人往西走,走五里果然看见一个村子,两棵杨树和两个老鸹窝。

48

走动儿不再往奔儿楼家走动,元庆的媳妇、奔儿楼的娘死了。那年走动儿来请向文成给奔儿楼娘看病,奔儿楼娘吃了向文成的药,好了。可是过了不久,这女人又得了一种怪病,向文成便无能为力了。这女人逢人就说雷公那里缺人手,她爹活犄角正在雷公那里叫她,她就要到天上帮她爹下雹子去了。她满街串游,身披元庆的紫花大袄,腰里系着褡包,装成老爷们儿。她从前街转悠到后街,连套儿坊、向家巷都转到了。这一来人们才看清了奔儿楼娘的模样:她小个儿,瓦刀脸,短胳膊。短胳膊缩在元庆的紫花大袄袖子里就显得格外短。一街人都看她,一街人都说,这女人可不如走动儿媳妇三灵顺眼,不知怎么就单把走动儿给迷住了。

奔儿楼娘在当街疯跑,元庆不管,奔儿楼更是羞惭,每次还是走动儿把她背回家。走动儿背着她走,路过世安堂时,去找向文成,请他再给她对症下药。向文成看见奔儿楼娘就像个纸扎人,短身子在紫花大袄里显得很空洞。走动儿也不让"纸扎人"坐,单把她戳在门后。向文成还是就过来,从两只大袖子里找到她的胳膊,为她号脉,这脉象把向文成吓了一跳。向文成行医多年,还从来没有遇见过如此脉象:短促尚且不说,它跳跳停停,停停跳跳,跳和停都有一定的规矩,像什么?向文成想起来了,像戏台上的锣鼓点。向文成深谙戏台上的锣鼓经,有一个叫《水底鱼》的锣鼓牌子,就是这个节律。向文成虽然觉得元庆媳妇脉象蹊跷,病存疑问,还是按照一个医生的责任询问了奔儿楼娘的病情。他问她哪儿不舒服,为什么单往街上跑?奔儿楼娘拿眼直勾勾地盯着向文成说:"我是就要走的人了,莫非还不和乡亲见个面?"向文成又问,是谁非叫你走不可?奔儿楼娘就说是她爹活犄角,是她爹叫她去帮忙。向文成一听奔儿楼娘说的尽是胡话,已知这不是一般的发烧热症所致。他觉得这症状和他看过的任何一种医书都对不上,就直言不讳地对走动儿说:"走动儿呀,这病可难住了我,我估摸这当属精神方面的事,我对这类病没有研究,也不能乱下药,只能先给她拿俩西药片吧。这药片属镇静药,吃了可以使人安生,吃两片就能让人睡个好觉,不会有坏处。"向文成说的这药叫巴必妥,也是山牧仁给他的,巴必妥属镇静类药物。

向文成说完打开一个小药瓶,从药瓶里倒出两粒小白片,按照西医包药的规矩,把药片包成五个角的西式药包。中医包丸、散包成四个角,西医包药包成五个角。向文成管这种药包叫西式药包。

走动儿听着向文成的嘱咐,一手攥住这个小药包,背起奔儿楼娘走出世安堂,回奔儿楼家去给奔儿楼娘烧水吃药。走动儿服侍奔儿楼娘吃了药,坐在奔儿楼家黑屋子里的一盏孤灯下等奔儿楼娘睡觉。谁知奔儿楼娘不仅没有睡,反倒更精神起来。她趁走动儿正趴在桌子上迷糊时,霎时间便光着身子上了房,在房上高声回答起她爹活犄角的问话。走动儿被惊醒了,他来到院里,看见房顶上这个裸体女人正对着朗朗的星空说话。走动儿从她那话里听出,好像活犄角正对她发怒,嫌她迟迟不去。奔儿楼娘冲天空伸着两条光胳膊说:"爹呀,不要埋怨我了,不是当闺女的不愿去,是我有一双鞋还没做起呢。光脚踩在雹子里太冻得慌,冻坏了恁闺女的脚,你也会心疼。爹呀,我的鞋做起了,我来了……"

走动儿爬上梯子看奔儿楼娘,就见她手里真有一双新鞋。他这才想到,这些天奔儿楼娘除了在街里疯跑,就是不停地做鞋。逢到她做鞋时,走动儿还以为她的病好了。谁知她做一阵子鞋,便又上了街。现在,当走动儿看见她光着身子正举着这双新鞋向着天空高喊时,他明白了一切。他蹬着梯子蹿上房就去抱她,但是奔儿楼娘咕咚一声已经瘫倒在房顶上。走动儿上前摸了摸她的嘴,她已经断了气。在月光下,这个光着身子的短小女人像个面口袋一样地倒下来,两只漆黑的新鞋平摆在这个雪白的"面口袋"旁边。走动儿托起她往下走,只觉得她很轻,轻得就像一包袄花。

奔儿楼娘死了,没有入殓,没有棺材,没有人为她披麻戴孝。元庆和奔儿楼倒像逃离了灾难一样轻松。他们把属于她的衣物一律扫地出门,扫到当街,点一把大火一股脑儿烧掉了。元庆还特意从后街请来一个师婆为他家驱邪。师婆身披偏衫,手拿一把柏树树枝,围着火堆驱赶着奔儿楼娘的灵魂。师婆让元庆和奔儿楼也各拿一把柏树枝,和她一起围着火堆驱赶。大火烧了半夜,一双新鞋也化为灰烬。

元庆不给媳妇入殓,只对着走动儿说:"这回你可有活儿干了,快去埋人吧,街门后头有铁锨。不许她进我家的坟地,埋得越远越好,就按照孤女埋。对了,找向文成给写块砖,俺奔儿楼不给她写这个。"

走动儿对正在点火的元庆说:"给她留件衣裳穿吧,不能就让她这样走吧。"

元庆说:"不给。"大火正烧着她的衣裳。

走动儿说:"给她留条被窝裹上吧。"

元庆说:"不给。"大火正烧着她的被窝。

走动儿说:"给她留一领炕席吧。"

元庆说:"不给。"大火正烧着她的炕席。

走动儿要什么,元庆不给什么。走动儿就脱下自己的棉裤棉袄给奔儿楼娘穿上,自己耍着单儿,背起奔儿楼娘出了村。他一手持着铁锨把奔儿楼娘背出笨花村的地界,来到五里以外的孝河边上,掩埋了元庆的媳妇、奔儿楼的娘。他先在奔儿楼娘的身上填了一层土,防备乌鸦啄啄,野狗撕咬。接着就去找向文成写砖。孤女坟前不立石碑,只在墓穴里埋一块砖,砖上写下亡人的姓名。

向文成接待了走动儿,说:"写块砖也可以,也是你的心意。你递说我奔儿楼娘叫什么名吧。"走动儿想了想说:"叫什么名我还真没问过她。就写奔儿楼娘吧,要不就写元庆媳妇。"向文成说:"这不行,死人不能带着活人的名儿走。"走动儿说:"那就写我吧。"向文成说:"你挺身而出,精神可贵。可你俩怎么称呼呢?"这件事难住了走动儿,也难住了向文成。愣了一会儿,走动儿说:"世上没有难倒你的事,没想到这件事难住了你。"向文成左思右想,最后终于想出了主意。他对走动儿说:"这样吧,你在砖上画个圈吧,你亲手画,也算是你的心意了。"走动儿把揣在怀里的一块砖掏出来,就着世安堂的笔墨在砖上画了一个圈。向文成又在那个圈底下写了两个字:"之墓",合起来便是"○之墓"。走动儿又抱着砖返回到奔儿楼娘的墓前,把砖扔进去,再填上厚土,用土拍了一个不高不低的坟堆。这坟堆造型自然,就他自己能认出来。

元庆媳妇死后不久,元庆也死了,家里只剩下奔儿楼一个人过日子。奔儿楼不再写对联,不给自家写也不给别人家写。过年时遇有不识时务的人找奔儿楼写对联,奔儿楼就说:"没看见连我自己的门上都秃着。"奔儿楼一个人过日子,日子过得很乏味。

抗日了,走动儿当交通时,奔儿楼娘已经死了三年。

三年来,走动儿不是没有从奔儿楼家门口过过。每次夜里他带着任务经过奔儿楼家门口时,都要找个黑影儿站下来,朝着奔儿楼家的白槎小门看一会儿。他把他和奔儿楼娘的事翻过来掉过去地想,想着他们之间只有他们两人知道的一切一切,不觉一阵阵酸楚又一阵阵后怕:莫非这女人真连着活犄角?是我中了她身上的仙气才扔下自己的女人,单恋上这个又短又小的女人吧。每逢这时他还想到向文成给人讲的《聊斋》上那些狐狸和鬼的故事。可转念一想他又觉得她实在是个人,她给予他的一切都符合人间的事。

走动儿盯着奔儿楼家的白槎小门胡思乱想一阵,他并不进门,他从这门前走过去。他愿意及早忘掉从前的那一切,现在他应该思索的是"交通"要完成的任务。

交通又来了任务,这次的任务是去奔儿楼家找奔儿楼。

事情是这样:根据形势的发展,抗日政府要吸收各式各样的人参加抗日工作,目前县政府需要一名刻写员。刻写员要会写又会刻。写,是书写大字小字,文件、书信、布告;刻,是要会刻图章,刻蜡版。尤其刻蜡版更是当务之急,政府要印公文、印教材,还要印粮票。这粮票更是脱产干部的必备之物,干部们没有枪支可以,没有粮票则寸步难行。他们在老百姓家里吃过饭,要付粮票。老百姓把粮票积攒起来,待到交公粮时,可顶公粮的数上交。秀芝招待脱产干部吃饭最多,攒的粮票也最多。每逢干部交粮票时,秀芝就不要,觉得太小气。可干部们不敢不给,他们有纪律约束。现时干部们身上带的粮票就是经过刻写员在蜡纸上刻出,在油印机上印出的油印粮票。

政府物色刻写员,走动儿就推荐了奔儿楼。县长尹率真问走动儿为什么推荐此人(现在尹率真是县长),你了解他?走动儿说:"这个孩子我最了解。"接着走动儿就把奔儿楼写字的特长和人品做了介绍。尹率真说:"我想起来了,莫非向文成同志家的对联就是奔儿楼写的?'处事无奇但率真,传家有道惟忠厚'。"走动儿说:"对着哩。你想,连向家都找他写对联,奔儿楼的字还能差得了?"尹率真用力回忆着那副对联,那确是一副少见的好字体。半楷半草的柳体字,当时给尹率真留下了深刻的印象。尹率真又问走动儿:"他只会写字,也得会刻蜡版呀。"走动儿就说:"这活儿保险难不住他,他一摸索就会。"尹率真问:"怎见得?"走动儿说:"他会刻图章,公章、名章他都会刻,连向文成开方子的名章、裕逢厚的用章,都是出自他手。"尹率真见走动儿推荐奔儿楼如此热情,就好奇地问:"走动儿同志,你这样热心推荐此人,和他沾亲?"走动儿说:

"不沾亲。"尹率真说:"带故?"走动儿说:"不带故。"尹率真说:"不沾亲不带故怎么这么了解?"走动儿一时不知如何回答。尹率真看走动儿不再说话,心想,也许其中有什么缘故,就不再追问。他对走动儿说:"这样吧,你去动员吧。人才再合适,也有个本人自愿的问题。咱们搞抗日统一战线,首要的是本人得有抗日热情,而这一切都基于本人对抗日的认识。你去动员吧,我对奔儿楼的能力一百个放心。有你的介绍,有向文成家的对联作证,这就够了。"

走动儿领了任务回到笨花。虽然他在尹率真面前大夸了奔儿楼,可一旦走上回笨花的路,才感到这件事其实他并没有把握。因为这将是他和奔儿楼两个男人之间的第一次正式接触,他该怎么开口呢?走动儿在左右盘算之中回到笨花。已是黄昏,他不由得又想起笨花从前的那些个黄昏,就是在这个时刻,他正自东向西地走。他将要碰到那个鸡蛋换葱的,那个打洋油的,那个卖糖酥烧饼的……今天他谁也没有碰见,他神不知鬼不晓地就来到奔儿楼家。那两扇白槎小门虚掩着,他迟疑了一下,停住脚步又犯了踌躇。后来,当他想到现在他本是抗日政府的交通,他本是带着任务来的,才鼓足勇气进了院。走动儿这次进院不似以往,以往进院,他头也不抬,只知扎着头迈着轻巧的大步一直往屋里走。今天,他按照生人进院的"礼节",站在院里先咳嗽了一声——生人进院先咳嗽一声这便是礼节。果然,奔儿楼在屋里接受了这礼节后问道:"谁呀?"

"我。"走动儿在院里规矩地站着说。

"你是谁呀?"奔儿楼想不到是走动儿光临。

"是我。"走动儿又重复一遍。他只好这样"我、我"地重复着,他实在没有办法通报自己的身份。人在与人的交往中,实在没有办法通报自己的身份时,就只有如此这般地支应下去。

奔儿楼和走动儿用这种"谁""我"的方式连续重复了一阵子,

还是奔儿楼从屋里走了出来,他看见了黄昏中的走动儿。两个人对视了片刻,奔儿楼的大脑门儿向前"奔"了两下,转身就往屋里走。走动儿终于遇见了他早已预料到的问题——也不意外。他跟着奔儿楼进了屋,奔儿楼正背冲着屋门,双手扶着桌子站着。显然,他也知道走动儿会跟着他进来。走动儿站在这个熟悉的小屋里环视了一下周围,先看见门后那个锅台。锅台上散乱地扔着几个饭碗,虽有一盏油灯的照耀,它们还是显得很模糊。锅盖敞着,四周粘着奔儿楼刚才吃过的什么粥(高粱面或者玉米面的),粥锅里也歪着几个碗。眼前的情景使走动儿看见了奔儿楼的日子,他想,这锅里是攒了几天的碗呀。奔儿楼是无心洗碗的。走动儿到水缸前舀了一瓢水倒在锅里,熟练地找到一把炊帚,他替奔儿楼刷洗起锅碗来。但这举动却激怒了奔儿楼,他猛然转过身,冲着走动儿喊道:"你这是干什么?"

走动儿说:"刷刷锅碗吧。"

奔儿楼说:"不用你。"

走动儿却不放下炊帚,他坚持刷着。他先把几个碗洗干净,找到从前奔儿楼娘摞碗的地方把碗摞好;再把锅刷干净,把刷锅水舀出来泼到当院。然后就着炕沿儿坐下来。走动儿的行动似乎让奔儿楼安静了一些。走动儿坐在炕沿儿上,掏出了他的短烟袋,点上一袋烟对奔儿楼说:"粮食够吃吧?"

奔儿楼不说话。

走动儿又问:"棉袄拆洗了没有?"

奔儿楼还是不说话。

可是走动儿已经看出奔儿楼的棉袄是没有拆洗的。黑粗布小棉袄,油渍麻花,像粘了一层浆,硬挺着,前后都撅着。走动儿决定先从奔儿楼的生活入手谈他要谈的事。走动儿说:"奔儿楼,我知道你的粮食不够吃,你的棉袄也没拆洗,咱们走吧。"走动儿冲着奔儿楼说了一个"咱们"。

奔儿楼面对走动儿,本来是要把他的愤怒贯彻到底的,刚才走动儿的刷锅洗碗甚至更激起了奔儿楼的无名火。但当走动儿说了一声"咱们"时,奔儿楼的情绪不知为什么稳定了一些,他想听听走动儿的下文。

走动儿见奔儿楼稍显安静,就说:"是这么回事,我说'咱们'走,不是跟我走,我没有什么好跟的。咱是跟抗日走。你是个识文断字的孩子,一听就明白,现时,有骨气的青年,哪有不受抗日吸引的。咱们走吧。"

走动儿的开场白果然吸引了奔儿楼,他终于朝走动儿转过了身。在灯光下,奔儿楼第一次专注地打量起炕沿儿上的这个人。先前他的眼光从来都是忌讳和这个人的眼光相遇的。他发现走动儿正用热切的眼光等待着他的回答,那眼光里有无尽的诚恳和无尽的期待。奔儿楼想,也许他们两人之间不能这样无休止地僵下去吧?他终于没有人称地对走动儿说:"哎,你说让我跟抗日走是什么意思?"

走动儿说:"跟抗日走,就是脱产。"

奔儿楼听说脱产,决定问个究竟。他问走动儿:"我能干什么?"

走动儿说:"你能写字。"接着走动儿就把政府缺一名刻写员,他推荐了他的事,一五一十地讲给了奔儿楼。

奔儿楼兴奋起来,他没想到走动儿是为了这事而来,一时间他忘记了眼前的走动儿是谁,只急切地问:"何时动身?"

走动儿说:"当下就走。什么也不必带,脱产干部是吃公粮、发衣服的。"

奔儿楼没有二话,把街门一锁就跟走动儿上了路。

走动儿在前奔儿楼在后,他领奔儿楼向河南岸一个叫冯村的地方走,那里住着抗日政府。在路上,走动儿本来还准备再和奔儿楼作些情感上的交流的,但奔儿楼故意落在后边和走动儿保持着一定的距离,走动儿够不着他。走动儿停下来等奔儿楼,奔儿楼就停下来看星星。走动儿开始走了,奔儿楼又走。走动儿在前头喊他,他就似答应非答应。走在前头的走动儿就想,这也不能怪奔儿楼,我是谁?不是他爹,不是他叔叔大伯。我是谁?我不过是他娘的"靠家"。笨花人管走动儿和奔儿楼娘这种相好的关系,叫俩人"靠着呢"。靠着的男女双方都可称为"靠家"。走动儿是奔儿楼娘的靠家,奔儿楼娘也是走动儿的靠家。现在走动儿在前边想到了"靠家"这两个字,奔儿楼在后头也想到了"靠家"这两个字。奔儿楼走走停停地心想,我这是跟谁走呢?跟的是我娘的靠家。哎呀呀,糊涂煞我!我快回去吧,要抗日,也不一定非跟我娘的靠家走不可。我的手艺既是已被政府认识,早晚都会派上用场。找找向文成也比跟这个靠家走强。奔儿楼想着就真不打算跟走动儿走了,他突然一转身,撒腿就往回跑。

走动儿发现奔儿楼在往回跑,便追了过来。走动儿走路、跑步都有经验,他三步两步就追上了奔儿楼。他截住奔儿楼说:"奔儿楼,你站住,你要到哪儿去?"

奔儿楼说:"回笨花,不跟你走了。"

走动儿说:"说得好好的,怎么不走了?"

奔儿楼说:"你是谁呀?"

走动儿一听,奔儿楼这是说出了自己的心里话,便说:"我是谁?我也正想这件事。对于你,也许我谁也不是。可我是抗日政府的交通,专领人往该去的地方走。现时你离开我,还真叫寸步难行。你要抗日,可抗日在哪儿呀?尹县长在哪儿呀?政府在哪儿呀?谁知道?我知道。你就是回去找向文成,向文成还得找我来领你。"走动儿的话里有关心,有劝说,也有"威胁"。他是想,奔儿楼,你就真是我儿子,必要时也得给你点"威胁"。

走动儿的话还真在奔儿楼身上起了作用,他不跑了,在月光里重新审视起走动儿,觉得眼前这个人对于他来说,到底是有几分熟悉的。而他给他讲的道理,更没有反驳的余地。奔儿楼服输似的说:"好吧,我跟你走。"说着一转身快步超过了走动儿。

现在是奔儿楼在前,走动儿在后。奔儿楼向前扑着身子,深一脚浅一脚地一阵快走,弄得本来习惯走路的走动儿竟也走得吃力起来。转眼他们就走到了孝河边。奔儿楼踏过了一个不高的新土堆,那是他娘的坟。走动儿本来想要告诉奔儿楼,他娘就在那堆新土底下,但他没有说出来,他怕说出来,奔儿楼又会节外生枝。现在最重要的是他要把奔儿楼领上一条光明大道。他看着前边这个越走越顺当的孩子,一时间突然生出一种父亲般的自豪。

49

七月,该挂锄了。挂锄是农事的一个阶段性标志。这时,庄稼已显出成色,浇水和锄草都可以停止,只等待收割了,锄头就被主人挂起来。今年,笨花的庄稼种得潦草,人们种庄稼已分不清阶段。庄稼该吐穗的时候不吐穗,该开花的时候不开花。锄,变得可挂可不挂。

中午,闷热难耐,向家院里分外安静。取灯走了,家里只剩下同艾、文成和秀芝。十四岁的有备也脱产参加了分区后方医院,当下医院就设在向家大西屋。不过脱产的有备目前并没有离开家,并没有脱开他笨花的"产"。身为八路军的有备,身上也还没有子弹,没有枪,没有军装,没有军帽,只有一个皮挎包。皮挎包是有备从尹率真那里动员来的。有备离八路军越近,作风也越是模仿着八路军。他先学会了"动员",动员是同志间的一种亲情,一种亲热得不分你我的时尚。取灯脱产时,西贝时令要求取灯动员他一样东西也是时尚。一次尹率真来向家,适逢有备要脱产。尹率真十分高兴,把有备夸了又夸,说有备聪明,多才多艺,在抗日队伍里放到哪儿都行。还说参加了医院,不久就是一名手艺高超的外科医生。冀西有所白校①,将来还可以被保送上白校。

　　尹率真夸有备,有备似听非听,他是在想自己的事。他想怎样才能更像八路军呢?现在他年龄小,又穿着老百姓的衣裳,混到老百姓群里,仍然是个小老百姓。他就想从尹率真身上动员一样东西——谁让尹率真和他第一次见面就用门上的对联和他拉关系呢。你说你叫率真,我叫忠厚,那么八路军向忠厚就得动员八路军尹率真一样东西。他看见尹率真的手枪就摆在桌子上,手枪乌黑,枪套也放着幽暗的光亮。有备想,这枪好是好,可我不能要。他又看见尹率真的皮带扔在桌子上,红牛皮带黄铜扦子。心想,这东西我也不能要,枪离不开皮带,皮带也离不开枪。他又看见尹率真摆在桌上的军帽——要顶军帽吧,军帽又太大,他撑不起来。要不就动员尹率真的钢笔吧,又想到县长不能没有钢笔,写信批文件都要用。最后,有备才物色到了尹率真的皮挎包。有备想,这东西合适,也是一个医生的必备之物(有备早已把自己想成一位医生了),里面放药品、绷带,连刀子、钳子都放进去,背在身上也能显出职业特点。有备动了心,就对尹率真说:"尹叔叔,你……你是说过你叫率真我叫忠厚吗?"尹率真说:"说过。处事无奇但率真,传家有道惟忠厚。"有备说:"咱俩离得那么近,我又脱产了,动员你一样东西行……不行?"尹率真说:"行呀,除了我的钢笔和枪一文一武之外,动员什么都行。"有备一听,觉得有可能,就说出了他的心愿。尹率真从身上摘下皮包,掂量掂量说:"给你吧,我还有一个小包袱哪。"说着就把文件从皮包里掏出来,包在了一个小包袱里。尹率真还

------

① 白校:白求恩医士学校。

有个小包袱,里边有文件,也有替换的衣服。逢到转移时他把小包袱往腰上一围,把两个角系在身前,包袱在身后贴住脊梁。也许尹率真觉得皮包对他来说不如小包袱用途大,而皮包对有备却有更大的用处,他是个行医的。

有备从来没有想到要行医,先前他对父亲的世安堂就缺少兴趣。向文成叫他学"抓药",他不学,他嫌太单调。向文成叫他学配制丸散膏丹,他不学,他嫌太麻烦。向文成教他学号脉,他更没有耐心。总之,凡是世安堂的事他就总躲着。进出门时他单绕着世安堂走,他怕向文成喊他。现在有备却要行医了,那是抗日的需要。现在虽然还没有人叫他向医生,可他是抗日后方医院的脱产军人。他想,这和向文成叫他学抓药可不是一回事。

后方医院在向家的大西屋成立是不久以前的事。有一天,走动儿领来两个人,一男一女,男的姓孟,三十多岁;女的姓董,才十几岁。他们都是外地人,说话带着外地口音。向文成一听他们说话,先对老孟说:"你离保定不远,可不是保定人,不是易县就是涞水。"姓孟的说:"你猜得真准,我真是易县人,易县大龙华,就在西陵边上。"向文成一听大龙华,马上就接上说:"大龙华,就是杨成武[①]打仗的地方。"姓孟的说:"一点不错,大龙华因为杨成武更出了名。"向文成又对姓董的说:"你离保定也不远,不是安新就是雄县。"姓董的说:"你又猜对了,我是雄县人,我们村紧挨着白洋淀。"向文成一听白洋淀,立刻又接上说:"雁翎队的事迹也是尽人皆知的事。"走动儿插个向文成说话的空儿,把孟、董二人来笨花的目的告诉了他,说他俩都是从冀西白校分配来的,到笨花是来组建后方医院。老孟是院长,以前是白校的教员;小董是医生,是白校的毕业生。孟院长又对向文成说,后方医院属分区领导,主要接收分区武装力量的伤员。目前医院才只两个人,医院的组建和发展还要

---

① 杨成武(1914—2004):八路军抗日将领,时任晋察冀第一军分区司令员。

靠向文成的帮助,上级让走动儿带他们来找向文成就是这个意思——向文成是医生,又是自己的同志。

没想到有备首先受了后方医院的吸引,他看了一个时机,单独对向文成说:"我……我想参加呀。"有备说着,局促不安着,不知向文成将有何表示。

向文成看着局促不安的儿子说:"好奇怪,你可是个不进世安堂的人呀。"有备说:"这可不是世安堂,这是大医院。"向文成说:"这么说你是嫌世安堂小是不是?"有备不说话了,心里说,小不小的吧,谁愿意整天守着自己的爹呀!有备不说话,向文成心里却明白。心里说,我知道你不是嫌弃医学,你是怵我。不过,有备主动要求脱产行医,向文成心里还是有种说不出的高兴。他想,孟院长是白校的教员,小董是白校的毕业生,白校是加拿大人白求恩大夫主持下的抗日名校,是青年人向往的地方之一。儿子要投奔他们,就等于投奔了白校,这和上大学学医也没什么两样。于是,向文成就像从前鼓励过武备和取灯脱产一样,现在他又开始鼓励有备了。他对有备说:"这件事我答应。医院连着抗日,抗日连着医学。可先说下,既参加了就不许三心二意,对工作更不许挑三拣四。"有备说:"知道了。"

向文成帮助孟院长完整着组建后方医院的计划,医院又就近接纳了几位新人,有男有女。新人里还包括了笨花的佟继臣,佟继臣是自愿参加的。孟院长通过向文成了解佟继臣的家庭和经历,又征求向文成的意见,向文成说:"佟家在笨花村,不能算是进步家庭,大革命时我们在村里搞斗争,针对的主要就是他家。可那已经是历史了。抗战开始,他家倒没有明显的亲日倾向,佟继臣在天津也只是学医。眼下抗日统一战线正在扩大,佟继臣既有此热情要求参加,也不奇怪。笨花全村的抗日热情,也不能不影响他。"孟院长说:"听说佟继臣在天津开过私人诊所,这段历史清楚不清楚?"

向文成说:"这段历史,笨花无人了解,一来他开诊所时间不长,二来笨花无人在天津做事。"孟院长说:"目前我们是用人要紧,急需把医院先组建起来,像这种技术骨干就更需要。不清楚的地方慢慢了解吧。今后战斗会越来越多,伤员也会越来越多,抗战已经进入了相持阶段。"

后方医院接纳了佟继臣。佟继臣参加医院和有备的身份不同,参加后的做派也不同。有备只知道斜背着他的皮包东走西转,一副不军不民的模样。佟继臣是正式外科医生,举手投足都带着职业特点。就说洗手吧,佟继臣的洗手,和别人(也包括孟院长和小董)就有所不同。别人洗手就是洗手,把手在盆里匆匆一涮,搓搓肥皂再涮一次,用手巾擦干,完事。佟继臣洗手却有着严格的规范程序,他先把袖子高高卷起,再将手在脸盆中浸泡片刻,然后搓打肥皂。搓完肥皂将两只手的手指岔开,双手手指再交叉起来仔细摩挲一阵,最后到盆里冲洗。冲洗干净,两只手还要在身体两侧狠甩一阵,尽量把沾在手上的水甩掉,这才用块毛巾去擦。佟继臣有自己的专用毛巾,他专心看护着自己的毛巾,不似他人,不论谁的毛巾抓起来就用。对于佟继臣的洗手,医院同志就有议论,有备用笨花话对小董说:"洗个手也……也值当的哟。"小董却对有备说:"佟大夫洗手最正规,咱们都应该学习。"

后方医院在向家大西屋开张了,近期无战事,眼前还没有伤员。医院开张先惊动了笨花人,笨花人知道医院是专治外科的,一时间拥来不少外科病人:长疮的,长疖子的,发眼的,长痄腮的……都来了。孟院长对这些病人毫无准备,也没有药品,他就找到向文成说:"向先生,世安堂有没有什么外科用药,先贡献一点,应付一下眼前的急需。"向文成说:"孟院长,我这儿就有一小筒凡士林,一小包硼酸,连红汞、碘酒都没有。"向文成以前只攻内科,凡士林和硼酸都是山牧仁送给他的,让他留着自己用。现在向文成把它们贡献了出来。孟院长一手托着凡士林,一手托着硼酸,把它们交给小董,让小董配成硼酸软膏。他说,痄腮和疖子都应该用伊比软膏,硼酸软膏虽然代替不了伊比软膏,可咱们没有配伊比软膏的原料伊克度。硼酸软膏只能缓解各种炎症。他让小董配软膏,还让小董把方法教给有备,说,医院准备培养有备做调剂员。

小董教有备配硼酸软膏,没有工具,也没有容器。有备问小董配软膏要用什么工具和容器,小董告诉他说,工具起码要有一把刮刀一块瓷板。至于容器倒好说,配完盛在一个大碗里也行。小董说完觉得还是概念,就又告诉有备刮刀什么样,瓷板什么样。有备仔细听完说:"有办法了,我做一把刮刀,瓷板也会有。"有备找了一段竹眉子打磨成一把刮刀,又到家里厨房把当年向喜待客的大鱼盘拿了过来。小董检验了这两种工具,称赞了有备,便开始教有备调制软膏。她把凡士林盛在大鱼盘里,让有备动手调制。她告诉有备说,调制时一定要耐心,把硼酸加入凡士林时要逐渐加,刮刀用力要均匀,尽量使硼酸在凡士林里溶解充分,硼酸是不容易溶解在油脂里的。

有备调制出了硼酸软膏,这是调剂员身份的有备"入道"以来第一次配制药品。他托着自己的成果去见孟院长,孟院长拿起刮刀仔细鉴定了盘中的软膏,肯定了有备的工作,并立刻让有备把软膏送给大夫使用。有备满心欢喜地托着软膏去找佟继臣,哪知佟继臣只拿眼轻扫了一下有备的盘中物说:"叫董医生去给病人抹吧,抹上一点倒也没有坏处。"佟继臣的语气显得十分不在意。有备对佟继臣来医院本来就有看法,他常想,向家人怎么能和佟家人共事呢。他去找他爹向文成表述他的看法,向文成却说:"有备你记住了,你是来抗日的,人家也是来抗日的,大目标是一个。各人有各人的习惯,也不能强求一致。他有长处你就学,他有短处你就记在心里。遇事不要大惊小怪,也不要和人家'攀也[①]'。人家学医

[①] 攀也:攀比。

的时候,你还没有出生呢,你跟他比什么?他看不起硼酸软膏也有道理,叫你配制的这软膏本来就是个权宜之计。"

有备托着软膏找小董,小董热心地肯定着有备的成绩,热心地为病人涂抹。有的病人敷上还真见了效。长疖腮的不服这软膏,皮下化了脓,脓排不出来,疖腮又紫又红。小董就去找孟院长反映,孟院长一时也觉得束手。就此他想了许多,他想,医院建立了,人员也能应付了,剩下的当是药品。现在才是碰到了一两个长疖腮的,将来战斗一打响,伤员一下来,缺药可就成了大问题。孟院长带着这个问题又去找向文成,他说:"文成同志,我来笨花前就听尹县长说过,你有一个买药的线索可直通天津。现在咱这里急需的也是药品,我来兆州时倒是带了一部分东西,都装在一个驴驮子里,白求恩大夫把这种驮子叫'卢沟桥',可这里面大都是器械,'卢沟桥'走得也慢,现在还在路上。即使到了笨花,其中的药品也有限。我是想说,天津的线索咱们能不能利用一下?"向文成想了想说:"天津的线索我倒是利用过一次,那次是我为一个病人找链霉素。药也运到兆州了,被日本人扣了。这件事你让我再想一想,因为这件事还得通过神召会的山牧师。"孟院长一听山牧师的名字又说:"听说这个瑞典牧师对中国的抗日战争甚表同情。"向文成说:"不光是表示同情,还真愿出些力哩,那次的事他还亲自找过仓本。虽然药品没能要回来,可也看出了对咱的真心。所以山牧仁这里问题不大,关键是药品怎么运到笨花。这样吧,你先拉个单子吧,剩下的事我考虑。"

孟院长拉了一个进药的单子,其中尽是战地外科的必备药品。像碘片、红汞、磺胺、甲紫、黄碘等。孟院长拉好清单,在中文后面又注上拉丁文,然后把单子交给向文成。

孟院长拉着清单,向文成就考虑着事情该如何运作,不能让药品再像上次那样落入日本人手里。向文成左思右想,终于想出了办法。可眼下他不能亲自进城去见山牧仁,那么这事还得通过三灵。可是让谁去叫三灵呢？向文成想来想去想到一个人,这人便是素。向文成决定让素进城到福音堂去把三灵叫来。

素不爱梳洗自己,是个邋遢闺女,混在人堆里不显山水。向文成想,完成这个任务就得找个邋遢闺女进城。秀芝叫来了素,向文成把进城找三灵的事讲给素。开始素很害怕,说,城门口有日本兵站岗,她怕日本兵,日本兵净欺负闺女们。向文成说,这件事虽存有一定危险,素的顾虑也属正常。可日本兵在城门口站岗和出来"扫荡"还不一样。直到今天,还没有听说日本人大白天在城门口欺负女人的事。他让素就穿平时的衣裳,也不用梳头洗脸。越这样,越不会被日本人注意。向文成说服了素,他又嘱咐素说,站岗的要是问她进城干什么,就说到仁和裕抓药。向文成还真给素开了张方子,让素装在衣服口袋里,还给了她抓药的零钱。

素进城叫来了三灵,向文成把托山牧仁买药的事给三灵做了交代,他特别让三灵转告山牧仁,天津的班牧师买到药品后,药品不能再走石家庄、兆州城这条线,要走沧石路。在沧石路上的前磨头卸车,再运到兆州的梨区。在梨区一个堡垒户家,把装药的箱子换成梨筐,再找个"卖梨的",把梨筐用小车推到笨花。向文成照着孟院长的清单估摸过药品的分量,他说两个梨筐一辆小车是可以盛下的。

三灵回到城里,把向文成的托付详细告诉了山牧仁。山牧仁又托了天津的班牧师,后来,药品按照向文成为其策划的路线果然平安运到了笨花。

药品运到后方医院,全院一片欢腾。孟院长把药品拿出来,一样样给大家讲解,向文成也在一边细听。原先他只知道红药水,却不知道配制这红药水的原料是红汞,红汞原来是一些盐粒大小的块状物。向文成只知道碘酒,却不知道碘酒的原料是碘片,碘片的形状像荞麦皮。他还从孟院长那里得知,碘片不溶于水,只溶于酒精。红汞是溶于水的,却不溶于酒精。

药品的到来,使有备的调剂工作也正式开始了,引导他入门的还是小董。小董在白校时就学过调剂,还学过拉丁文,她教有备配伍和配伍禁忌,还教有备拉丁文。有备在大西屋的一头,开辟了个小药房。他让群山帮他钉了一排药架,又让秀芝给他找了一个包花的大包袱皮,把药房和外面的诊室隔开,有备整天身挎尹率真的皮包撩开白布出出进进。药房里井井有条,常弥漫着石碳酸的气味。小董走进来,耸起鼻子闻闻,笑眯眯地对有备说:"我就爱闻石碳酸的味儿,有了这味儿就像个医院了。"她又看看正在淋蒸馏水的有备说:"淋蒸馏水的时候,水的温度不要太高,太高了就会把水碱滤进来。"原来,小董教有备制作的蒸馏水并非真正的蒸馏水,制作真正的蒸馏水要用蒸馏器,他们没有。他们只让秀芝把凉水在大锅里烧开,然后他们把开水倒进一个容器,再通过一块脱脂棉将水过滤到另一个容器,滤去水中的杂质,便成了"蒸馏水"。向文成走进来看看有备在制作蒸馏水,说:"这和古代的'漏'是一个原理,漏是计时器,是靠滴水计时。"有备就一本正经地对向文成说:"原理一样,可用……用处不一样。"向文成说:"是啊,我说的是这个原理。"说完他又问小董,这种蒸馏水和真正的蒸馏水有没有区别。小董告诉向文成,还是有区别,脱脂棉只能滤掉水里的杂质,终不如蒸馏水纯净。有备就觉得向文成问得过细,也不是时候,就像成心揭后方医院的短一样。有备虽然没见过真正的蒸馏水,但他知道,没有真正的蒸馏水也得开医院。也许向文成也觉出自己的问题不合时宜,就走出"后方医院"去了世安堂。小董感到有备对向文成态度生硬,对有备说:"有备,你爹问问也没什么呀,咱们用土办法是无奈。"

有备愿意听小董说话,更愿意听小董讲课。小董在后方医院不仅教有备调剂,还担任着为新人讲课的任务。她讲药理学,还讲解剖学,她的正式职务叫医助,人称董医助。个子不高的董医助,整天快乐地摇着一头齐耳的短发,把在白校学到的知识毫无保留地传授给新同志。她在大西屋那块黑板上画着人的骨头,人的肌肉,教新人辨认、牢记。她说人的骨头有二百零六块,单只从手腕到手指就有二十七块骨头。她说要真正了解人的解剖就要学得这么细致才行,医生给人做手术治病,就要先了解正常人的生理,不了解这些,一切无从谈起。董医助在黑板上画着骨头和肌肉,还画人的内脏,说外科医生虽然不治内科,可内脏也联系着外表,都是一脉相承。再说,我们的职业属战地外科,枪子儿炮弹都不长眼,伤到哪儿我们就得治哪儿。董医助画肺、画胃、画肝、画大肠、小肠……有备就从皮包里掏出本子,在本子上学着画。有一次董医助在黑板上画了一套男人的生殖系统,又画了一套女人的生殖系统。面对这两套东西,有备的心里生出一阵慌乱,手在本子上画着也不听使唤了。其实有备对人的这些部分并不陌生,先前他就从向文成的医书上看见过。小时候他看不懂,随着年龄的增长他终于看懂了。仿佛就因为他看懂了这些生殖器,他才变成了一个"大人";又仿佛因为他变成了一个大人才看懂了这些生殖器。听董医助讲课的有备当着人在本子上画生殖器故意画得潦草,故意不加注释。一天董医助查看作业,翻开了有备的本子,她一页页地看,看得很仔细,说有备比她画得还好,将来她再画解剖图时就该请有备了。当小董翻到有备画的生殖器官时,就觉得有备画得太潦草。她问有备,为什么把这两部分器官画成这样,也不加注释?"你记住它们的名称了吗?"董医助问有备。有备吞吐着说:"记……记住了。"董医助指着一个地方问有备:"这地方叫什么?"有备说:"叫膀胱。"董医助又指着一个地方问有备:"这个地方哪?"有备说:"叫睾……睾丸。"他说得很吃力。董医助又指着一个地方问有备:"这地方叫什么?"这次有备横竖是不说了。董医助指的是男人的阴茎。她见有备实在为难,就说:"我知道你不是不知道,是说不出来。我也有过这样的时候。可是战争教育了我。那次大龙华战役,一个战士就是被日本的手榴弹炸伤了大腿内侧,还连带着阴茎和睾丸。我不光知道那个地方的称呼,还要每天为那个地方换药包扎……"后来董医助又让有备在女性生殖器上指出一个什么地方,有备也死活不指。董医助发现这时的有备脸颊通红,有汗珠正从脑门儿上流下来。她不愿再难为有备了。

董医助给有备讲解剖学,好像给有备的身心发育实施着催化剂,一时间他觉得自己真的变成大人了。他觉得当一个人对人类自身的生殖系统了如指掌时,他肯定就是个大人了。先前他从向文成的医书上看生殖器,并不是一个真正的大人,他是"冒充"。

后方医院运来了药品,也迎来了各式各样的病人。孟院长的器械也运到了笨花,佟继臣也主刀为病人解除着各种痛苦。有备看佟继臣为一个水鼓病人在肚子上放水,竟然放出了满满一筲。病人的增多,使有备的工作也不仅仅限于药房的调剂了。他打针、换药、缝合伤口,哪儿需要他,他就到哪儿去。有时他还跟随董医助出诊。一天,他跟董医助到一个叫东湘的村子出诊。患者是一个女性,她已经发热三天三夜,却几天不敢进汤水,因为进了汤水就要小便,偏偏她撒不出尿来。这妇女小腹涨满,脸憋得紫红,头发"擀着毡",痛苦地一个劲儿在炕上打滚儿,董医助和有备一时都看不清她的年龄。董医助给她试了体温,听了心跳。以小董这外科医生的身份,对这妇女的病一时也诊断不清,但是凭直觉,小董认为应该首先为这妇女排尿,她决定和有备配合着去完成。她给有备交代了"医嘱",把一只筷子粗细的导尿管交到有备手中说:"需要排尿,快!"她说着,上手就撩开了病人的被子,病人的下身被彻底暴露了出来。

这是有备第一次看女人的下身,呈现在他眼前的是意外,又是他想像中的必然。意外就在于,他没有思想准备在他这个年龄就去面对一个女人的下身,那地方是足可以使他受到惊吓的。是想像中的必然就在于,女人的那个部分其实早就涌入了他的想像之中,他甚至还有几分看见它们的企盼。现在他看见了,这初次的看,只是为了按照医嘱去执行医生的意图:他应该把一根管子插进那里,却不许有半点胡思乱想。有备手持导尿管,走到病人跟前。董医助这时倒自愿做起了有备的助手。她扳开了病人并着的腿。病人转过脸,羞涩地看了看有备,脸上现出几分痛苦中的尴尬和无奈。也许她心里说,你是医生吗?你才几岁,就这样看我、摆治我?有备感到了她对他的不信任,踌躇起来。但小董又在命令他了,这一定是命令,不然有备还会踌躇下去,甚至半途而废。小董一边命令着有备行动,一边又递给有备一盒凡士林。有备知道,小董给他凡士林,是让他抹在管子上做润滑剂用。聪明的有备领会了小董的意图,把凡士林在管子上抹了抹。接着小董又把导尿的要领向有备做着具体布置,她说:"左手扒开大阴唇,右手持导尿管,徐徐前进。"小董说得自然,就像在说生活中最平常的一件事。有备照小董的"医嘱"一步步做着:左手的动作,右手的动作,他努力完成着,他竟然将那个管子送进了女人的下部。这时小董让病人的家属拿来尿盆接尿。然而,没有尿流出来。病人痛苦地看看有备,又看看小董。小董心存疑问地去检查有备的工作,她发现了有备工作的差错,错就错在有备插错了地方。小董赶紧把管子校正过来,这才有尿液流入盆中,病人脸上的痛苦渐渐消失了。小董又给病人留了药,嘱咐了她该嘱咐的话。

小董和有备离开东湘村回笨花,一路上有备抬不起头。他不敢看小董,不敢看四周,只低着头看地。地就像在不停地旋转,本是平坦的大地似乎变得凹凸不平了,他走得深一脚浅一脚。小董看看身边的有备说:"有备,不用抬不起头,这不算什么,哪个医生都会出差错,这也不算大错。再说,女人的外阴部本身就很复杂,阴道口比尿道口又宽大。光看我在黑板上画的图可不容易了解。"董医助如叙家常一样地描述着女人的外阴。接着,董医助又告诉有备,今天这件事为什么让他去做。因为战地外科常常要遇到导尿的事,也是一个外科医生必须掌握的操作技术之一。现在才是遇到了一个女人,为男人导尿更难……有备用心听着小董的讲解,心情才慢慢平静下来。

过了两天,东湘村的那位妇女好了,她在丈夫的陪伴下来答谢后方医院。两口子在大西屋碰见有备,有备一眼就认出了那个妇女,原来她是个年轻媳妇,人很饱满,看上去也很懂得收拾自己,把那天"擀着毡"的头发梳得很直。齐肩的黑发顺溜地披在肩上,显得她人很新鲜。她冲有备笑着,笑容里有几分羞涩,也有几分坦然,她好像在对有备说,那天被你看见的就是我。有备在这样的笑容面前又是一阵无地自容,他竭力躲开了那妇女的笑容和眼光,去叫董医助。董医助接待了患者夫妇,又询问了妇女的病情后说,她得的是急性膀胱炎,那天要是不马上排尿,就有尿中毒的危险。最后,董医助又给妇女开了药,她把一张处方交给有备去调剂。有备接过处方辨认着上面的拉丁文,他认出了,那是:Sulfamiga 。有备还知道,这药简称为:S. G。

有备并不知道从前他父亲向文成也遇见过这种病,得病的就是奔儿楼的娘。中医是不懂得为患者排尿的,中医也不直接面对女人的生殖系统。

50

一场战斗就像是被后方医院"盼"来的。那战斗十分激烈,枪声十分密集。笨花人把这种密集的枪声形容成"炒豆",他们说,听啊,像炒豆。

孟院长和全医院的人站在院里听"炒豆",向文成也在听。他们都判断战场当在笨花以南,也许五里,也许六里。医院立时进入了战斗状态,大家都预感到他们面临任务的严峻。这将不再是给长疖子的抹药、给水鼓病人放水那么简单了。

很快,走动儿跑进来。走动儿后边跟着担架队。走动儿告诉大家,战斗是在一个叫大西章的村子进行的,原来这村子距笨花六里,紧挨着石宁公路。走动儿还就他的所知把战斗做了描述。这是一次日本人对分区大队的突袭,住在大西章的区大队要突出重围,冲锋和反冲锋持续了整整半天。四个村口都在进行着肉搏战,敌我双方倒在血泊中的人堵塞了村口,鲜血在车辙里流淌,又把车辙里的黄土凝固……

民兵把担架抬进院子,担架横七竖八在院中摆开。有备第一次看见了伤员,他这才知道枪子不长眼是怎么回事。他眼前是流淌着的血,翻飞着的肉和断裂的白骨。一位被炸断了腿的伤员,断腿连着皮肉就斜垂在担架外面;一位让子弹把胳膊打断的战士,那胳膊反常地拧在一边;一位伤员的肠子流淌在肚子外头,那伤员正不由自主地抓起自己的肠子往肚子里摁……有备受着惊吓,有备又不愿让人看出自己正在受着惊吓。大西屋变成了手术室,三个用门板搭成的手术台已经开始紧张的工作。孟院长去为那个伤员收拾肠子;佟继臣给那个断腿的伤员施行截肢术;董医助为一个肩胛骨被打得粉碎的伤员清理创伤。他们都伸出手向有备要药品、要器械。有备把药品、器械分送到三个手术台前,然后他还要按照医嘱,为手术后的伤员施行包扎。包扎就是打绷带,原来打绷带也有学问,战地外科有一门学问就叫绷带学,教材上画着各式各样的图谱。先前有备只看着图谱拿绷带在自己身上练习,他时刻记着董医助的话:枪子是不长眼的,枪子打到哪里,哪里就需要包扎。现在枪子就打在了战士的肩胛骨上,有备就遇到了包扎肩胛骨的困难。有备拿起绷带在那战士肩上左绕右绕,绷带怎么也绕不上去,只在战士的肩上松垮着。这时董医助腾出手来就给有备做示范,绷带在她手里上下反复交叉有序,终于在战士肩上固定下来。有备仔细观察,也才记住了在肩上打绷带的套数。

有备在惊吓中受着锻炼,他还记得那次给东湘村那位妇女导尿的事。如果说那位妇女的外阴让有备受到过惊吓,那么今天,有备看见的这些和那次相比,那次的事简直微不足道了。今天有备才真正尝到了惊吓是什么滋味。比如,当医生把伤员流出的肠子重新往肚子里安排时,你的任务是要用手拉开伤员被切开的腹肌;比如,你要把一块块的碎骨用镊子从一个人的烂肉中找出来;比如,你要把一条人腿抬出去掩埋。那位被佟继臣截肢的伤员的一条断腿,就是有备和董医助抬出去掩埋的。当佟继臣为伤员做完截肢术后,他一边在脸盆里仔细地洗手,一边喊着有备。他口气高傲地说:"向有备,过来。"有备走过来,看着正在洗手的佟继臣。佟继臣不看有备,仍然洗着手说:"清理一下污物吧。"有备知道"污物"是什么,那是指处理伤员之后,遗留在手术台上和手术台下的一切废物:一条绷带呀,一堆不洁的棉球呀,废瓶子、脏脓盘呀……有备尽量不理会佟继臣的高傲,他按照佟继臣的吩咐,开始认真清扫。这时他总会想起父亲向文成对他的嘱咐:他不应该和佟继臣"攀也",佟继臣是医生,他应该听医生的。

有备清理完台前的污物准备离开时,佟继臣又叫住了他,说:"向有备,还没有清理完哪。"有备围着手术台寻找,就见台下还有一条带血的床单,那床单底下就是一条人腿。有备这才想起佟继臣刚才做的本是截肢手术。一条人腿足可以吓昏有备,一条人腿也可以使有备清醒。原来他的职业正联系着这些长在人体上的胳膊、腿,和脱离开人体的胳膊、腿。床单下的这条人腿是从高位截下的,大腿的肌肉翻开着,骨头的断面从肌肉里戳出来。有备知道这块骨头叫股骨,股骨的上端连着骨盆,下端连着胫骨。董医助说过,股骨、胫骨是支撑人直立行走的主要骨骼,股骨外面由四头肌包围。但是现在不是有备学习研究股骨和四头肌的时候,现在是要他扛起这条包括股骨、胫骨和附在上面的肌肉的腿,去把它掩埋。这件事不允许有备有半点犹豫,可他还是闭住了眼睛。他闭着眼搬了搬那条腿,觉得分量不轻,他还是去找了董医助,求她帮忙。董医助审视了一下眼前的事,动手先把那条带血的床单铺开,接着就去搬腿。她搬起了大腿的一头,有备学着董医助的样子,搬起了有脚的一头。他们把腿在床单上放好,用床单包住,再用绳子捆紧,拿根木棍抬出了村。

  黄昏中,他们把那条人腿埋在笨花村南的一个青草坡上。七月,正是闷热天,那条脱离开人体将近一天的腿放出腐败、恶臭的气味。有备和董医助埋好腿,沉默着往回走。还是董医助先开了口,她看着一路无话的有备问:"有备,你怕不怕?"有备不说怕也不说不怕,只是低头走路。董医助又自言自语似的说:"要说不怕才是假话呢。可这就是咱们的工作,净是你想不到的事。那回出诊我让你导尿就难为了你,这回又是一条人腿。下一次,谁知道还有什么想不到的事……对了,你还没有包过死人哪,我可包过。"有备问董医助人死了为什么还要包,董医助对有备说,八路军有规定,牺牲的战士每人要用两匹白布包裹后埋葬。谁来做包裹呢?也是这些医护人员。有备听着董医助讲包裹死人的事,又正值黄昏时刻,便觉得更加瘆人。却不知这样瘆人的事,还真的正等着他。有备和董医助回到大西屋,那个淌着肠子的战士死了,战士身边就放着两匹白布。佟继臣一见有备和董医助进了院,就喊住他们,让他们去包裹这位战士。有备正在踌躇,孟院长走过来说:"这件事让我和小董吧,有备还是个年轻同志,不能给他这么大的压力。"孟院长说着,把白布展开,就准备往战士身上绕。小董搬起了战士的身体,有备看见那战士的身体很绵软、很苍白,肚子上缝合过的口子还渗着血。他克服着眼前的恐惧,主动参加进来,蹲下,扶住了那战士的一个什么地方,战士的肢体已经发凉。转眼间,战士被包裹完毕,被包裹成了一个圆柱子。孟院长这才对小董和有备说:"一发迫击炮正炸在肚子上,升结肠、降结肠、空肠、回肠虽然都做了连接,还是没能活过来。"

晚上还有担架抬进来,医院又经历了一个不眠之夜。经过治疗的伤员们被分配在笨花的几个堡垒户家。一天一夜,有备就像度过了许多年。他只觉得自己很老很累,才体会到人为什么需要"歇会儿"。过去有备从不知道什么叫劳累,笨花人管劳累叫"使得慌。"那时他听见大人说使得慌,就想,这是怎么回事,莫非人还有使得慌的时候?他奶奶同艾看见忙不拾闲的有备常说:"也不嫌使得慌"。有备就笑同艾,心想怎么专跟我说我不知道的事。现在有备才觉出,人果真有使得慌的时候。懂得了使得慌的有备,又老又累的有备只觉得一阵阵天旋地转,脚下也不自主起来,看来真该找个僻静地方歇会儿了。

后方医院设在向家,已经当了八路军的有备现在就还在自己的家中。家中有许多专属于有备的地方,先前有备一个人经常在家里"失踪",连他娘秀芝都不知道他的去处。他到哪儿去了呢?房顶芝麻秸下,他不去,那是秀芝、取灯常去的地方;世安堂他不去,那是他父亲向文成的去处;大西屋他不去,他嫌太空旷。家里人都找不到有备。其实有备的去处很普通,大西屋房后有个废菜窖,有备在废菜窖里有一盘"炕"。他还去哪里呢?他还有一个谷草垛。说起向家的谷草垛,它高大得在全村属第一。这里堆放着新的和陈的谷草,谷草个子码得像城堡,城堡里还有有备的几个暗洞。有备脱产了,好久不来这城堡暗洞了。今天,累得天旋地转的他终于又想起了这里。他看了个时机(这时有备还自觉有几分不光明),躲过了同志们的眼睛,潜入了他那久别的草垛,就像回了他久别的家。他在谷草垛里左钻右钻,直钻到一个谁都不会发现他的地方,靠下来轻轻喘气。这时意外发生了:有备看见眼前有一双脚,是一双穿着大皮鞋的脚。这是日本兵的大皮鞋,日本兵来笨花,就是穿着这种大皮鞋。这鞋是土黄色的,高鞡儿,硬邦邦的底子上还钉着铁钉。这皮鞋走在笨花的大街上,常踢起一溜溜的土花。孩子们不怕日本人的大洋马,怕的就是这种大皮鞋。有备顺着皮鞋往上看时,他看见黑暗处有一双眼睛朝他闪烁,就像夏夜天空里两颗游移不定的星星。有备在笨花夏夜的星空里,常看见这种游移不定的星星,它们忽隐忽现,不似有些星星挂在天空那样坚定、明朗。有备常感到这种忽隐忽现的星星最神秘,就像人在眨眼。然而草垛里的这两颗眨眼的"星星"让有备感到的却不是神秘,而是警觉。这不是星星,是人。他想着,把斜靠在谷草上的身子直起来,有些紧张地冲那两颗星星问道:"你是谁?"

散乱的谷草抖动了一下,发出窸窸窣窣的声响。

有备又问:"你是谁?"

谷草又是一阵抖动,那双皮鞋却缩进草里不见了,"星星"也消失在黑暗中。有备浑身的疲劳忽然一扫而光,他决心把眼前的事弄个明白。他猛地扒开了谷草,两只皮鞋再次暴露了出来,还露出了一个人的腿和身子。有备看清了那腿上的裤子,是草绿色的军裤,一条腿上还缠着白毛巾。有备心里一惊:这是一个日本兵?他是怎么钻进我家草垛的?有备从来没有这么近的和日本人遭遇过,他该怎么办?是喊,还是先弄清这人的身份?他决定先弄清他的身份。他开始对着谷草里的人发话,语气竭力带出一个八路军应有的威严:"快出来!满院子都是八路军!"

谷草里又一阵窸窸窣窣,这人从草下坐起来,果真是一个日本兵。他没有军帽,只穿着白衬衣和军裤。随着有备的问话,他努力把身上的谷草拍打干净。他的目光终于和有备对视了,却没有要反抗的意思。有备还是要显出些威风,他厉声对这人说:"把手举起来,有枪就快放下!八路军优待俘虏。"谁知对方听了有备的发话,既不举手,也没有任何动作,两眼只是盯住有备。有备这才想到,这人是不懂中国话的。他也才明白自己无力处理眼前的事。他急忙钻出草垛,冲着院子大喊起来。他的喊声引来了董医助,董医助和孟院长都来了,佟继臣也来了,有备把草垛指给众人。

草垛里的日本兵在众目睽睽之下钻了出来,在人前尽力把身体站直。从他那条绑着毛巾的腿上看,腿是受了伤的,有血从毛巾上渗出来。他瘸着腿走了两步,又站住了。这是一个个子偏高,面孔白皙清瘦的年轻人,耳朵和嘴唇都很肥厚,脸上带着深深的愁容,愁容里还有惊慌。孟院长向他问话,他摇了摇头,摆了摆手,意思是他是不会讲中国话的。佟继臣便过来用日语和他交谈。孟院长这才想到佟继臣在日本留学的事。孟院长对佟继臣说:"先问问他是哪个部分的,为什么来到这里。"佟继臣问了日本兵,日本兵说,他叫松山槐多,是兆州仓本部队的一个下士,今天在大西章战斗中小腿负了伤,藏在了老百姓家中。战斗结束,日本人在打扫战场时把他漏掉了。他求生心切,晚上看见一个无人的担架,就偷偷爬上来,没想到被人抬进了八路军的医院,却又担心被认出,在混乱中他才又悄悄钻进了这个草垛。虽然他想求生,但是对于死他也做好了准备。

佟继臣把松山槐多的话翻译给孟院长,孟院长避开松山槐多,对大家说,战场上碰见这种事并不奇怪,他在冀西时,也遇见过日本兵跑到八路军医院来的事。这种情况一般都有特殊性质,一是日本兵求生心切,就像这个松山槐多说的,看见担架就上。二是这种人对侵略战争都存有矛盾心理,所以一旦负伤无援时,不用日本的武士道精神结束自己的生命,而是采取其他求生方式。孟院长在冀西时收治过这种人,过后他们还自发成立过反战组织,表示要为抗日出力。

松山槐多小腿上的伤势并不严重,子弹没有打着胫骨,只打穿了腓肠肌。佟继臣给他清理了伤口,又用日语问了他不少话,像审问。有备在旁边做助手,觉得松山槐多回答佟医生的话是认真的。松山槐多回答着佟医生的话,还不时看看一边的有备,似乎是对有备说:你相信我的话吗?我说的都是实话。有备为松山槐多包扎伤口,孟院长还专门检查了有备的包扎。

佟继臣把松山槐多的答话向孟院长做了汇报,他说,松山槐多是日本长野县穗高町人,一年前应征入伍的,今年才十八岁。入伍前是东京美术学校的学生,属西洋画科。东京美术学校的学生有不少人存有反战情绪,但松山槐多说他自己并不是一个激进的反战者,只是战争使得他不能再继续心爱的学业了。到达中国后他只盼战争早一天结束,好让他再有机会回到他的美术学校。

孟院长听完佟继臣的报告说:"怨不得他的挎包里有一顶黑学生帽,帽徽是个'美'字。挎包里还有一个本子,画着不少中国的风光。"孟院长思忖片刻又说:"松山槐多自己讲的这个故事,目前我们也只能当故事听听,也有日本兵为了生存,编出一些虚假故事的。"

松山槐多被安排住在向家一个废弃的草屋里。笨花人说的草屋并非用草搭成,这是百姓为存放农具和牲口吃的碎草的屋子。这屋里还有一盘小炕,现在成了松山槐多的病床。他在向家一住半个月,享受着和医院工作人员一样的生活待遇。每天为他换药的是有备。每次换药时,有备就把绷带解开,先用双氧水为他清洗伤口,然后把红汞纱条塞入伤口中,再重新包扎起来。开始松山槐多只观看有备的操作不说话,但几天后他的伤口不见好转,而且伤口里还化了脓。有备再换药时,松山槐多就比画着要过有备手里的器具,开始自己给自己处理伤口。他先把一条蘸着红汞的纱条塞进伤口,再把纱条从伤口另一面拽出来,两只手再捏住纱条的两端用力拉拽,鲜血立刻从伤口里流出来。松山槐多咬紧牙关,脸上却带着笑容对有备说:"要这样。"他指示有备也学着他的方法去做。有备学着松山槐多的动作为他换药,只觉得这动作未免太残忍,当他学着松山槐多的办法为他处理伤口时,觉得疼痛就成了他自己。可是,在做过几次松山式的处理后,松山槐多的伤口还真有了明显的改善:新肉正从伤口的四壁长出来,松山槐多欣喜地把新肉指给有备看,有备身上轻松了许多。

　　有备的轻松不仅是因为松山槐多的伤口长出了新肉,在给松山槐多换药的日子里,他还学会了用简单的日语和松山槐多交流。他管他叫槐多,他管他叫有备。槐多也学会了不少中国话,和有备相比,槐多比有备掌握的中文更多一些,因为日语里就有不少中国字。遇到两人语言不通时,就在槐多的本子上用中文写。

　　槐多的本子不是一般的本子,是东京美术学校的速写本。本子上不光写字,还画着许多速写画,有铅笔的也有蜡笔的。这些速写画引起了有备的极大兴趣,从前他听尹率真和取灯都说过这种写生画,今天才终于见到了什么是写生画。他翻开一页看,是兆州的古城门,他看出这就是兆州东门:土城墙上矗立着一个城门楼,门楼上有块匾。从这个门洞出去走八里,就是笨花村。在这幅铅笔画的下边写着字:支那兆州,昭和十八年六月二十日。他又翻开一页,是几棵古柏树,下面的记载是"支那兆州柏林寺古柏,昭和十八年十月五日"。再翻,是一棵大白菜,旁边写着"兆州的白菜比长野的白菜大"。再翻是一个光头的男子头像,有备看出是槐多的自画像,画得虽然潦草,也能看出那是槐多本人。有备继续翻槐多的速写本,他翻到了自己家的草垛,这是槐多刚画上去的。槐多先用铅笔画出草垛的形状,又用蜡笔在上面涂了颜色。下边的文字注明是:支那兆州笨花村草垛,昭和十九年七月余养伤于此。

槐多的速写本使有备向槐多说出了自己对美术的兴趣。前些天,当有备得知槐多是个学美术的学生时,还不愿把自己的兴趣告诉槐多。那时他想,自己是个八路军,而槐多是个日本兵,给日本兵治伤是八路军的政策;和日本兵谈画画就没有原则了。但是今天,当他翻看了槐多的速写本后,他有点要向他请教的愿望了。他对槐多说,其实他也画画,可是画什么不像什么,这是为什么。槐多说:"你画画让我看看。"他就势为有备摆了一个军用水壶,让有备在他的速写本上画。有备画了一阵,觉得和眼前的水壶还是有距离,就问槐多是为什么。槐多说:"我看出了你的问题。你画一种圆东西,先要找出它的直线。圆线没有标准,直线有标准。"槐多边说边从有备手里拿过本子,为有备做示范。他先用虚线画了一个长方形的方块,又用直线在方体里找水壶的各个圆线,然后再把这些不完整的圆线连接起来,纸上便出现了一个完整的水壶轮廓。槐多又在这个轮廓上画出了水壶的明暗,一个水壶便呈现在纸上。

槐多的作画方法使有备的眼界大开,心里一阵豁亮。接着槐多又给有备讲了比例的重要。他说,画画要先讲比例,比如一个房子前卧着一条狗,狗旁边还有一只鸡,那么这三种东西之间就产生了比例,这种比例就叫比例关系。比如一个成年人大约有七个头高,这也是个比例关系。槐多对有备说,绘画的道理还很多,我讲的都是最基本的,都属于观察能力。在美术学校学美术,就是要锻炼自己的观察能力。

有备为槐多治伤,槐多也培养着有备学习绘画的观察能力。槐多的伤腿逐渐痊愈,脸上的愁容也渐渐消失。闲暇时他常和有备一起到屋顶上画写生。有备问槐多,长野县和兆州一样不一样。槐多说,不一样。长野县有山、有水;兆州没有山,只有一条孝河,河里也没有水。有备说,你是说兆州没有长野好,是不是?槐多觉出自己的言语有失,急忙说,不是不是,不是这个意思。长野好,兆州也好,要不然为什么我在本子上画兆州。有备说,兆州好在哪儿?槐多说,兆州和长野许多地方都相似。这里的平原就很像长野,看到它就能使我想到我的家乡。长野有条千曲川,兆州有条孝河。孝河里虽然没有水,但它们弯弯曲曲的样子实在一样。我常常看着兆州想家乡。有备说,那谁让你们非要来中国不可。槐多不说话了,可思乡的心情显然还在继续,顿了一会儿,他喃喃地说:"……是的,谁让我来中国呢?"槐多沉默了,枕着自己的手掌在屋顶躺了下来。有备也躺在槐多的旁边。两人静默了一会儿,槐多叹了口气说:"有备,我给你唱一首歌吧,这是一首回家的歌。"他用日文低声唱起来,唱得婉转动情,自己还流着眼泪。

有备听槐多唱完,就问他这首歌叫什么,唱的是什么意思。槐多说,这首歌叫《小小的晚霞》,这是一首童谣,唱的是乌鸦回家的事。他吃力地用中文给有备翻译着歌词:

晚霞啊晚霞,天黑了,
山上寺庙的钟声响了,
手拉着手都回家吧,
就像乌鸦归巢一样。

孩子们回家了,
月亮出来了,

小鸟做梦的时候，

亮晶晶的星星闪耀了。

有备听完槐多的歌词，觉得天上仿佛真有亮晶晶的星星在闪耀。从前有备不知道什么叫朋友，他常听大人说："这是我的朋友。""来了个朋友。""去送朋友。"他想，大人们真有朋友吗？人需要朋友吗？此时此刻，躺在屋顶上的有备想起了朋友这两个字。他问槐多："日本人管朋友叫什么？"槐多告诉有备说："叫道莫塔其。"说完他问有备："你问这干什么？"有备本来要说："我们做朋友——道莫塔其吧。"但他话到嘴边又咽了回去。他不能这样说。槐多再好也是个日本兵，而他是个八路军。槐多这时也警惕起来，在他看来，眼前这个小孩显然已经是他的中国朋友了，可他没有自不量力，他没有把自己的心情告诉有备。

平时，槐多喜欢随意把他的黑帽子戴在头上，现在帽子就放在他身边。有备喜欢这顶帽子，它那黑呢子的质地，黑色亮皮的帽檐儿，都让他觉得新奇。尤其缀在帽子正中的黄铜"美"字帽徽，更显出它和一般帽子的不同。有时，有备替槐多换药时就故意把这顶帽子戴在自己头上。现在，有备听完了槐多的歌后又拿起了这顶帽子，他把它戴在自己头上说："咱们先回家吧。"他拉起仍然躺在房上的槐多说："我娘蒸糕呢，我闻见味儿了。"

有备曾把松山槐多介绍给向文成和秀芝，并偷偷对爹娘说："这个日本兵和别的兵可不一样，可别拿他当日本兵对待。"向文成说："你说他和别的日本兵不一样可以，可你说别拿他当日本兵对待可就说不通了。好坏他也是个日本兵。"向文成说着看似不疼不痒的话，也早就在观察松山槐多了。一次，向文成看有备给松山槐多换药，无意中也看见了松山槐多的速写本。他翻到兆州城门那一张就说："城门的匾上还有四个字哪，你光点着四个黑点。匾上光点四个黑点不行。你应该添上去。"松山槐多说："匾上是有四个字,可一张速写画,不一定非把文字写上不可,画速写是要讲些概括的。"虽然松山槐多委婉地拒绝了向文成要他往画上添字的提议,可他由此发现了向文成的热忱,他向他请教,问他那是四个什么字。向文成说:"'东门锁钥'。看,多么雄壮的四个字。那字写得也好,出自唐代大书法家虞世南之手。"向文成说这番话时本能地流露出一个中国人的自豪。松山槐多重视起向文成的话,但他并没有把字直接写在速写画的"匾"上,他在图画下方又添了一行小字:此城门的匾上有四字为:东门锁钥。字体雄壮、有力。松山槐多受了向文成的感染,写字时好像也带着中国人向文成的心情和愿望。

有备和槐多从房顶上下来,去向家吃糕。这天秀芝真的蒸了一锅黄米糕。有备就觉得,这是他娘专为槐多蒸的。可秀芝不这样说,她给槐多和有备每人夹了一盘子,又从笼屉里夹出几块,叫有备去给医院同志送糕。有备兴高采烈地去给大伙儿送糕,又觉得他这举动似又减轻了秀芝款待槐多的分量。

向文成也来吃糕,他对松山槐多说,他知道日本人也吃糕,东亚人都吃糕,可每个国家有每个国家的吃法。就此,你们讲的大东亚共荣就行不通。松山槐多笑起来,笑容里有几分不自在。

秀芝看着松山槐多吃糕,说:"今年的枣没长好,年头不好,枣也长不好。"

松山槐多明白秀芝说的年头是什么,那是因为他们这些日本人的存在。他羞愧地放下了筷子。

向文成看出松山槐多的尴尬,圆场似的说:"看明年的吧,明年没个长不好。"他说得信心百倍,带着"东门锁钥"般的豪迈。

松山槐多也听出了向文成话里的意思,重又把筷子拿起来,对着向家人说:"我预祝明年的好……年成。"

向文成纠正他说:"应该说好年景,不是年成。"

第 八 章

51

日本人这次到笨花,是为突袭后方医院而来,后方医院联系着他们的大兵松山槐多。医院得到消息,提前做了转移。向家人也跟医院转移出村,大多数笨花人都要跟着医院走。日本兵来了,包围了一个空村子,一个空的向家。他们气急败坏地烧了大西屋,抓走了甘子明,还砍了瞎话。

甘子明是在笨花村口被抓的,当时他正从外村往笨花走,不小心走到敌人群里,有人认出了他。

瞎话的被砍联系着松山槐多。笨花人跟随后方医院转移时,瞎话要求留下。他对向文成说:"叫我再支应一次吧。"向文成对瞎话说:"这次日本人进村不同往常,是冲着后方医院来的,医院的目标太大了,医院还收治了他们的人。所以我看这次日本人是来者不善。"瞎话说:"要不就说我得留下呢。村里有个人支应,总比没有人支应强。"向文成想了想,认为瞎话留下虽有风险,但拖住日本人,对转移出村的笨花人总会有好处。再者,村里要是没人支应,日本人也许更为所欲为了。村警糖担儿见瞎话要留下,就对瞎话说:"干脆我也留下算了,总得有个人敲锣。"瞎话说:"这回不用敲锣了,人都转移了,再敲也敲不出人来。你也赶快走吧。"糖担儿走了,村里除了几个走不动的残疾人和老人,就剩下瞎话一个人。

日本人进了村子,在空荡的笨花村里挨家搜索。

瞎话突然出现在街上。他两手抄在袖管里,轻声咳嗽着,若无其事地从东往西走。几个日本兵发现了他,端着带刺刀的三八枪向他走过去。瞎话站下,对日本兵笑着说:"你们来了,怎么不早说一声儿,维持会正等着支应大日本皇军呢。"日本人就愿意听见"大日本皇军"这几个字,他们放下了枪,有人还认出了瞎话,知道他是这村维持会的人,就带他去见仓本。仓本正在向家大西屋寻找后方医院的痕迹,他站在那块黑板前仔细观看,黑板上还留有董医助画的解剖图,还有拉丁字。瞎话知道医院已经暴露,再瞒也瞒不过仓本的眼睛,就抢先站到仓本身后说:"你是在找医院吧?昨天还在哩,就在这大西屋。现在走了,唉!"瞎话说完,还惋惜地叹了口气。

仓本认识瞎话,他们在茂盛店见过面,瞎话支应过他。仓本就转过身问瞎话医院去了哪里。瞎话说去了东边。仓本知道东边是指什么地方,再看看空荡荡的大西屋,也不再向瞎话多问什么,当即命令日本兵点火烧大西屋。大西屋被点着了,谷草垛也连带着起了火,烟火笼罩了半个村子。仓本又把瞎话带到茂盛店,专门问他松山槐多的事。仓本问瞎话,医院住过一个受伤的日本兵没有?瞎话说住过。仓本让瞎话形容一下那个日本兵的样子,瞎话说,高个儿,瘦脸,厚嘴唇,还爱戴一顶黑帽子。

仓本微微点了一下头又问:"现在,那个日本兵呢?"

瞎话说:"走了。"

仓本问:"到哪里去了?"

瞎话说:"往西去了。医院往东,他偏要往西。"

仓本问:"西边是什么意思?"

瞎话说:"西边有个火车站叫元氏。那个日本兵说,他要从元氏上火车回家。其实他想投奔八路军,八路军不要他,他就整天想回家。"

仓本追问道:"他是一个人去元氏的吗?"

瞎话说:"我带他去的。他不认识路,又怕再遇上八路军。"

仓本说:"照你的说法,他去元氏上了火车是吗?"

瞎话说:"去元氏上了火车。"

仓本说:"上的什么火车?"

瞎话说:"上的头等车。"

仓本说:"头等车?你知道头等车什么样?"

瞎话说:"可阔气了,窗户上绷着纱,桌上还摆着洋酒。"瞎话见过头等车,从前他见向喜坐过这种车。

仓本听出了瞎话的瞎话。近来,八路军的"破路"运动开始后,京汉线早已断了交通,元氏车站早就不通火车了。仓本冷笑着,就去摸腰里的战刀。

瞎话看见仓本摸刀并不意外,上一次仓本在茂盛店摸刀是吓唬他,这一次他估摸是真的。今天也许他等的就是这一刀。他想,反正我跟你们纠缠了半天,医院和乡亲离笨花越来越远,死也值了。他面向仓本站定,竭力把自己那弯曲的脊背直起来,还自己动手扒开了自己的衣服领子。

瞎话这带有挑衅性的动作更激怒了仓本,仓本举起刀来冲瞎话又高喊着:"瞎话的干活!"

瞎话对着仓本笑了笑,心想,就是瞎话的干活。现在不说,还待何时?现在冲你说了瞎话,我这一辈子才算得到了圆满。他将衣服领子扒得更开,不知怎么的,这时他突然想起了向文成讲过的一个聊斋故事,那故事叫《好快刀》,说的是一个蒙冤的人在被官府砍头时,当他那被砍下的头滚出好远后,那头竟又回过脸向刽子手高喊一声:"好快刀!"瞎话不知自己的头被砍下后,能不能滚好远,能不能喊一声"好快刀"。他盼着他的头能够喊出来……

日本人把空空的笨花村糟践够了,走了。笨花人又回到笨花。他们在茂盛店看见瞎话的尸体,他的头离开身子很远,短胡子被血染成紫红。他大睁着眼,张着嘴。向文成看着瞎话的头,也想起了那个聊斋故事。他只觉得瞎话是开口喊过"好快刀"的,那喊便是对日本人最大的蔑视。

有村人把瞎话的头抱过来,在脖腔上对接好。一个缝鞋匠拿缝鞋的麻绳为他做了连接。茂盛从店里卷出一领炕席,他们给瞎话入了殓。入殓时,人们发现瞎话的嘴还是不闭,张着的嘴向前伸得很远,显得嘴更尖。又有人想起了早年他当兵验不上,那个"尖尖的嘴,说瞎话鬼"的典故。

向家人回到了向家。一家人站在被烧的大西屋前不说话,也不离开。他们看见大西屋的顶子、门窗都没了,几根烧焦的房梁斜搭在黝黑的墙壁上,还在冒烟;墙上那黑板还能辨认。董医助在黑板上画的解剖图和拉丁文还历历在目。向文成没有更多的悲痛,他只是想,这大西屋风风雨雨才二十年,毁坏得太早了。

晚上,走动儿来了,走动儿又领来了尹率真。尹率真看见被烧焦的大西屋,又询问了瞎话的事迹,感慨地说:"要革命就得有牺牲啊,没想到瞎话同志伴着自己的瞎话献出了生命。他这次的瞎话说得值。他用瞎话和日本人周旋,日本人把对笨花的气都撒在了他身上。"

向文成说:"瞎话是自愿做个'垫背'的,没有他的'垫背',这次笨花的损失是不可想像的。在卢沟桥,日本人说丢了一个兵,就引出了一场'七七'事变。他们在笨花丢一个松山槐多,谁知道会引出什么灾难。"

尹率真说:"远的不说,近处的梅花镇惨案、宋村惨案,日本人都是找的这种借口,不是丢一个人,就是丢一匹马。嫁祸于人,就是这个道理。"

尹率真和向文成说着话来到世安堂,向文成把尹率真让在沙发上。尹率真说:"瞎话同志走了,甘子明同志还在日本人手里。咱们不能袖手旁观。我来,是想跟你商量一件事,咱向家认识葛俊这个人吧?"向文成说:"认识,从前他和我父亲还有过交往,此人还在我家吃过饭。没想到他成了兆州有名的大汉奸。打听他干什么?"尹率真说:"你父亲向老先生在县城和此人还有交往没有?"向文成说:"断然无有。"尹率真说:"我想也不会有。你父亲的行为也很使人敬佩,躲过日本人对他的拉拢,给自己找了个不同寻常的归宿。好,咱们言归正传。你母亲呢?你母亲能不能和葛俊说上话?"向文成说:"你说的是从前。"尹率真说:"从前?"向文成说:"从前葛俊敬重我父亲,自然也敬重我母亲。现在,我母亲对抗日的认识虽然肤浅,但她知道兆州的好人坏人,葛俊在她眼里当属坏人。现在他是警备队的中队长,全县伪军警备队才四个中队。事变后我父亲回兆州以前,葛俊还想通过我娘请我父亲出山当汉奸。我娘当面和他客气几句,葛俊一出门,她就诅咒起葛俊,说葛俊葛俊将来割下你的脑袋你就俊了。我娘有时候也说俏皮话,她用了个'葛'和'割'的谐音打比方。"尹率真呵呵笑起来,笑了一阵说:"这样我就可以给你交代任务了。"尹率真的意思是,让向文成说服同艾去找葛俊,通过葛俊的关系,设法把甘子明营救出来。向文成说:"这件事兴许有可能。咱们一起去见我娘吧。"尹率真说:"我只是去拜访她老人家一下,具体交代任务的事还得由你来完成。"

向文成领尹率真去东院北屋看同艾,同艾听见有人进院就迎了出来。平时有人来找向文成都去世安堂,若是来人进东院,同艾便知道是找她的。八月天气炎热,同艾在屋里穿着随意。听见有人进院,她就信手找了一件斜大襟夏布褂子换上。也来不及梳妆,又伸手在门后的脸盆里蘸了些水,把头发掭掭。但当同艾出现在廊下时,还是显出了些身份。这使得尹率真一看见廊下的同艾,竟不知如何称呼了。称婶子、大娘这种一般村民对村民的称呼吧,眼前的同艾无论如何是有别于村里的婶子、大娘的。也许称太太最合适,可尹率真又觉得不合时宜。他正在琢磨怎样称呼同艾,向文成先开口了,他对廊子上的同艾说:"娘,尹县长来了。"

同艾所站的位置使她显得居高临下,她对向文成说:"这还用你递说,我还不认识尹县长?"又对尹率真说:"俺有备可喜欢你哩。"

向文成和同艾先说话,倒让尹率真不必考虑对同艾如何称呼了,他顺势把话题转移到有备身上。他对同艾说:"有备可是个好孩子,第一次见面我就看出来了。"

同艾说:"好不好的,人从来都是随潮流走,潮流把你推到哪儿,你就得在哪儿。"

同艾和尹率真讲潮流,尹率真更觉得廊下这位妇人不同寻常。他想,同艾说的潮流也许是指抗日的大形势,也许还暗含着其他。她的丈夫向喜,当年不就是被潮流卷到军中去的么!而向喜最终还是审时度势,随了他该随的潮流。他去粪厂的举动就是他对潮流的又一次审视。同艾的话还给了尹率真一种预感,他预感到他想托同艾的事十有八九会成功的。不过他仍然觉得正题还是应该让向文成去细说,这时同艾却把他和向文成一起让进了屋。

在同艾屋里,三人刚坐定,同艾就突然对尹率真说:"尹县长,还是赶快说你的事吧。"

尹率真和向文成交换了一下眼光,想,不愧是向文成的娘,如此会断事。

不等尹率真说话,同艾又说:"你俩一进院,文成一叫娘,我就知道有事。文成平时轻易也不叫个娘,他一叫娘,身后还站着县长,还不就是有事。"

向文成见同艾猜出他们的目的,就对尹率真说:"你就亲自给我娘交代一下吧,也省得我动员了。"

尹率真就把他来找同艾的目的说了出来。

同艾沉吟片刻说:"要不是为抗日的事,我是不会求那个王八羔子的。那次他为老头子的事来找我,让我差点把他骂出去。看着吧,葛俊葛俊,早晚叫人把头割下来才俊哩。"同艾说完自己先格格笑起来。她答应进城去找一趟葛俊,只是还想不出见面的方式。她问儿子向文成,向文成早就想出了主意,说:"这事非我叔叔不可,先到裕逢厚,叫我叔叔把葛俊请到裕逢厚。"

同艾说:"你叔叔,一副落魄的样儿,现在往街里一站,像《豆汁记》里的莫稽差不多。生是让日本人给坑的,差点连饭碗子都丢了。这当着尹县长也不是外人,上月小妮儿不是还来找我借钱么。"

向文成说:"这不要紧,我叔叔再败落,也是向中和的弟弟。葛俊再生分,也得给我叔叔点面子。"

同艾接受了这个不寻常的托付,答应去找葛俊。尹率真告辞同艾,又去世安堂对向文成谈了甘子明被捕以后的线索,说目前甘子明还在警备队,还没有被转移到日军的弘部。弘部是日本宪兵的领导机关,八路军被捕后若被关押到那里,便是九死一生了。最后,尹率真又问及向喜的情况。他问向文成,向老先生的身体可好,在城里生活得如何,日本人找不找他的麻烦。向文成说:"我父亲的事只有一个人最清楚,就是本村的甘运来,先前他是我父亲的副官。我父亲入粪厂以后,只见甘运来一个人。甘运来从城里不断带消息回来,说他身体好、吃得饱,粪厂的生意也还过得去。你问到日本人找不找他的麻烦?是这样,日本人刚进兆州时,三天两头请他出山,都遭到了我父亲的拒绝。后来他们也就不找了。可能他们也知道,在保定的时候就有一个叫小坂的日本人带着高凌霨的信请他出山,都遭到过他的拒绝。小坂何许人?在天津时是坂垣征四郎的人,现在是保定警察署的长官,还领导着特高课。看来日本人对中国的旧军人有个政策,你不惹他,他也不轻易动你。这就是我父亲能在日本人眼皮底下生存的原因吧。"

尹率真离开世安堂后,又来到大西屋跟前。他看着被烧焦的大西屋问向文成,问他还准备不准备把大西屋重新盖起来,说大西屋是为抗日立过功的。向文成说:"等以后吧,抗战总有胜利的那一天。到时候,咱们庆祝完胜利再盖大西屋。不扩大不缩小还照原样,起名就叫大西屋博物馆。把从前的课桌、油灯、手术台一律复原。好在黑板还是原物,我打算把黑板上的解剖图和拉丁文保存好。"

这次日本人来笨花,烧了向家的大西屋,烧了向家的草垛,还抢走了向家的粮食和花。大车和牲口倒保存了下来。向家跟医院转移时,一家人就坐在这挂"粗车"上,群山赶车,把两个牲口都套上。向家的细车许久不用了,战乱的年代太招摇。细车被扔在院里一个角落,常年风吹日晒,漆皮剥落着,车上的饰件也锈迹斑斑。

群山在院里套车,今天他要和同艾一起进城去裕逢厚。群山初来向家时,尚是个青年,日月荏苒,现在也四十开外了。四十开外的群山是孝河以南的人,身边无儿无女,只有一个不壮实的媳妇在家。群山常年住在向家,几乎成了向家的人,一个人支撑着向家所有的农事。长工们分"大活""二活",大活和二活是有着严格分工的:大活使牲口、耕地、摇耧拿苗;二活喂牲口、看水、扫院子、挑水。群山在向家把大活和二活的劳作集于一身。从前向喜就喜欢群山,现在同艾和秀芝也都喜欢群山。她们都明白,有了群山支撑向家的农事,向家人才有了各自的"天地"。有一次取灯和向文成讨论起少了群山的向家当是何等状况,两人做了许多假设,都是些不乐观的假设。有一次农忙时群山媳妇病了,群山回家半个月,向家就像塌了天,水车不转了,禾苗旱死了,牲口也病了。这时同艾就没好气地埋怨起儿子向文成,嫌他手不能提,肩不能扛,说药横竖是不能当粮食吃。向文成就说:"娘,你别埋怨我了,我赶紧去给你请群山吧。"他把"叫"说成"请"。群山被向文成请回来了,同艾才停止了对向文成的絮叨。

今天,群山只在粗车上套了一匹瘦骡子,又胡乱在车上撒了几把乱草败叶,尽量不叫这车显出主人的身份。同艾在一旁就偷着乐,她是乐群山的聪明。从前她出门去元氏上火车,群山也是把车马打整了又打整,把车轮、车辕擦了又擦,把车帷扫了又扫,连自己手中的鞭子也是仔细挑选。今天群山这往车上撒烂草也是一种打整吧,同艾想。

同艾坐上群山打整过的粗车和群山进城,两人说了一路话。群山在盘算,战乱之年,向家的土地到底如何耕种才能多一些收成。同艾说:"你能给向家收上餬口的粮食就够了,还讲什么收多收少。地里种上点什么就行,总比荒废着强。"可群山还是过意不去地说:"也是一百多亩地呢,总不能糟蹋在我手里。"

两人说话答理儿来到兆州城东门,果然群山对车的"打整"奏了效。两个日本兵正对一辆花枝招展的细车进行盘查,而对群山的粗车只扫了一眼就放他们进了城。

同艾几年不进城,不赶庙了。听人说,东坑里四月庙还过,逢庙时日本人也故意制造出些宽松气氛,据说还来过洋人表演队。卖饸饹的、卖汽水的都还在。向桂不断给嫂子捎信,邀她来赶庙。但同艾每次都推辞了向桂的盛情。有一件事她不知怎么对待,便是向喜的存在。她愿意看见他,可又愿意尊重他。要尊重,就得按照向喜的嘱咐行事——他是不允许向家人去利农粪厂的。每次同艾都是权衡再三之后,打消了进城的念头。

同艾坐着粗车在城里的街上走,进了东门是东街,路还是从前的路,街还是从前的街,但这路和街已失去了往日的热闹,店铺大都关着门。车过东坑时,同艾看见,只有十五中学的门敞开着,门前有两个站岗的日本兵。他们呆立在门口显得非常寂寞。只待几个日本女人叽叽嘎嘎从门内闪出时,四周才活跃起来。兆州人管日本女人叫日本娘儿们,日本娘儿们叽叽嘎嘎很快就走到同艾的车前。同艾知道这些日本娘儿们的身份,她们年纪轻轻,都不算好看,可脸搽得很白。她们是日本兵的随军窑姐儿。这几个日本娘儿们扑棱着宽大的袖子,摇动着紧捆在身上的衣服下摆,下摆把地上的黄土扫起来,她们穿着趿拉板的脚在黄土窝里一崴一崴地走不成步。她们互相捶打着来到车前,兴奋地议论起同艾的车。有个好动的日本娘儿们还竟然把身子一歪坐上了车后尾。群山一看有个日本娘儿们上了车,故意把牲口轰起来。没上车的日本娘儿们就跟着车跑,她们一边跑着追车,一边和坐在车尾上的那个日本娘儿们打逗。眼前的情景让同艾十分不自在,她想,这是哪儿跟哪儿呀,我八百年也不进城,怎么一进城单碰见了你们这一伙儿。可她又不能把那女人轰下车去,只希望群山再把车赶快些。群山自然领会同艾的心思,又紧着在牲口身上加了几鞭子。不承想那几个日本娘儿们跟在车后跑得更欢,也笑得更欢了。只待大车赶进南街,她们才停止了对车的追赶。车上的女人也跳下来,和她的同伴开始议论同艾。她们议论的是同艾的脚。坐车的那个女人嬉笑着伸手向她的同伴比画了一个不大的尺寸,她一定在说:我看见她的小脚了,就这么小……日本娘儿们又奔过来,奔向大车仔细研究起同艾的脚。

在县城街上和日本娘儿们的遭遇,令同艾很是恼火。她还从来没有遇见过议论她的脚的人,何况议论她的还是一群日本人。一时间她心中的怒火仿佛超过了看见日本人烧了她家大西屋时的悲愤。她常听儿子向文成说到"屈辱"这两个字,这不就是屈辱么!不示弱的同艾便在心里酝酿起骂人的脏话。同艾本不骂人,但肚子里也有脏话,况且她又知道刚才那伙女人是些什么东西。她心里骂道:千人操万人攥的臭×娘儿们,我的脚小,你们的×大!同艾在心里还搜罗了不少脏话,她酝酿、编排了一路脏话来到裕逢厚。当她看见小妮儿时,心里的火气才渐渐平息下来。同艾喜欢看见小妮儿,长时间不见小妮儿,她就托人捎信让小妮儿回笨花。有时候她想,她喜欢小妮儿的什么呢?她喜欢小妮儿的人情多,是非少。

小妮儿把同艾搀上"绣楼"。绣楼的墙壁上已不见向喜的相片。向桂也无心再作布置,四壁空空荡荡的,空荡而寂寥的绣楼正是如今裕逢厚的写照。小妮儿给同艾沏了茶,同艾往茶杯里扫了一眼,心说这是"高末儿",茶叶的最低层次了。她一阵心酸。正在里间睡觉的向桂,听见小妮儿和嫂子说话,急忙走了出来。他在同艾跟前坐下,神情拘谨。同艾细细端详着向桂,他的背头还留着,大约好久不梳洗了,头发竖着,泛着头屑;眼睛上的眵目糊也很多很厚。同艾看着一身落魄的向桂说:"桂呀,先洗把脸吧,这寒碜样儿怎么给你嫂说话。"向桂都几十岁的人了,同艾叫他,还像小时候一样。

向桂按同艾的指示洗了脸,同艾就当着小妮儿说了她进城的目的。她说:"惊动一下你的朋友吧,该惊动的时候就得惊动他们。你的朋友里总有个把认识葛俊的吧?"虽是求人的事,但同艾的话里没有请求,只有命令。

向桂表示,这件事他一定尽力。他和同艾想了些七拐八拐的主意,到底把葛俊请到了绣楼。同艾看见葛俊,不卑不亢地把事情给他做了交代,最后她说:"他葛叔,这可是我头一回托你办事。"她不说"求",她说"托"。

葛俊答应去办同艾托的事,他们谁也没有提向喜。

向桂送走葛俊回来,同艾从衣兜里掏出一张钱帖,交给向桂说:"这是一百块大洋,我也不知道怎么给葛俊,也不知道去哪儿兑换准备票①。你去办吧。"

向桂接过钱帖,交给小妮儿。

同艾处理完葛俊的事,又对向桂说:"让小妮儿把甘运来叫过来吧,我想看一眼你哥哥。"

甘运来现在城内开修车铺,当年甘运来在军中就学过修枪。他不用伙计,自己租了个小门脸儿,会给自行车补胎,还会生火焊自行车的大梁。一会儿,小妮儿领来了甘运来,同艾把自己的想法说给他听。甘运来说:"太太,这也是我久久放不下的事,你不说我也不敢提醒你。哪怕就看一眼呢。咱这样办:你叫群山把车赶到粪厂的墙外隐蔽起来,我去粪厂把向大人叫到院里。好在粪厂的墙头矬,你站在墙外准能看见。要是咱们明目张胆地进粪厂,向大人准得怪罪我。他给我下过死命令,不许我把向家人领进粪厂。"

同艾觉得甘运来的主意可行,便不再久坐,下了绣楼径直让群山把大车赶到粪厂墙外,隐蔽在一棵垂柳下。垂柳的枝条似帘子般地遮住了大车。

向喜的利农粪厂有两亩地大,被一带矮土墙围着。院里,一面有几间平房,平房前是个宽大的广场和几排秋秸厦子。另一面是个阔大的粪坑,有两间屋子大。这粪坑是粪厂的主体,好比工厂的车间。开粪厂的就把收购来的人粪尿倒在这个粪坑里发酵。粪厂的业务实际就是把汤汤水水的人粪尿制作成干燥的块状物——粪干,供当地人使用。当地人买粪干是为了给白菜、萝卜当底肥,这是粪中的上品,没有人舍得往大庄稼地里使。

粪干的制作也很简单:粪便在坑里经过发酵后成了半成品,制作者用个长把儿勺子把半成品从粪坑里舀出来,摊到广场上晾晒,如同摊煎饼。几天过后,这些"煎饼"就变成了粪干。工人把粪干

---

① 准备票:日伪时期通用的纸币。准备票出自中国联合准备银行。

一块块收起来,码在厦子底下,等待出售。

同艾躲在柳树下,通过矮墙往粪厂里看,她看见甘运来进了门。甘运来进门就往粪坑那边走,粪坑前有个人正拿一只长把儿勺子往桶里舀粪。同艾只能看见他的背影。这背影虎背熊腰,两只肩膀浑圆。他上身只穿了件家做的粗白布汗褂,那汗褂之于他的虎背熊腰显得十分瘦小。他的下身是一条紫花抿腰裤,裤腿高卷着,两只光脚穿着一双黑布鞋,鞋和小腿上都沾着斑斑点点的大粪。一顶大草帽遮住了他的脸。同艾不愿意相信这就是向喜,然而凭感觉,她又相信这就是向喜。那虎势的脊背,那浑圆的肩膀,那两条不算长、却更显粗壮的腿……

甘运来走到掏粪人身后说话,掏粪人转过了身。现在同艾和群山都看清了,这正是向喜。一旦向喜转过了身,同艾就看见他身上的汗褂果真不肥。不知是汗褂本来就瘦小,还是向喜越来越粗壮。汗褂在肚子上紧绷着,露着一段接一段的肚皮。甘运来和他说着什么,他一手挂着粪勺把儿,一手摘下草帽扇汗,拿着草帽的手还不时往厦子里指,好像在说厦子里的"存货"问题。他说得轻松、平淡,如叙家常。同艾还看见,离向喜不远处还有一小块萝卜地,萝卜缨子支棱向上,红的梗绿的叶。同艾想,这萝卜又是灯笼红。

甘运来是成心要多和向喜说些什么的,而向喜显然在劝他早点离开。他不顾甘运来的存在,戴上了草帽转过身去,一把粪勺子又伸进了粪池。顿时,一股股蒸腾着的粪肥味儿更加浓烈起来,这气味越过矮墙,飘向大街。

同艾当着群山的面看向喜,什么也没有说,什么也没有表示。她见向喜不再理会甘运来,又转过身掏粪去了,就也离开矮墙对群山说:"走吧,回笨花。"在群山看来,倒像是同艾冷淡了向喜。面对着变成了掏粪人的向大人,她怎么一滴眼泪也不掉呢。

同艾没有掉眼泪。她看向喜的时候没有掉,回村的路上还是没有掉。就仿佛她看见的那个掏大粪的不是向喜,那真是个掏大粪的。群山怎能知道同艾在想什么,同艾在想:你真能去掏大粪,我就应该真把你当成个掏大粪的。

甘运来从粪厂走出来,倒是抹着眼泪的。他走到同艾面前甚至都有些泣不成声了。他扶住车辕,抽泣得不能自制,他那一阵阵的哆嗦,弄得车都摇晃起来。同艾故意让甘运来抽泣一会儿,才安静地说:"运来,快回铺子去吧,你又没个伙计。"

同艾和群山回笨花,一路无话。只待大车行至笨花村口时,同艾才开口问群山:"群山,你说种灯笼红萝卜,非得上大粪干不可?"

群山说:"当底肥就得大粪干。"

52

糖担儿又在街里敲锣了,他敲着锣,他不喊要人们到茂盛店去,他只喊着一句话:"哎——能走的都走!能走的都走!"他的锣声急迫,喊声也急迫。笨花的村人听糖担儿喊话已经听出了经验,糖担儿的喊也就不必多啰唆。他一喊"能走的都走",这是日本人又要来笨花了,这"来"就不是一般的来。

糖担儿敲着喊着到了向家巷,在西贝家的门口,他看见了西贝家的大车。车上套着一匹大骡子,西贝牛和家里几个女人都坐在车上。骡子捯着蹄脚,急不可待地要起步,大治手捉缰绳喝斥着骡子,就不许它动弹。那骡子龇着牙床,口中吐着白沫儿,还是挣扎着要走,好像糖担儿的锣不仅催促着笨花的人,也催促着笨花的牲口。西贝牛盘腿坐在车前盘上,弯曲的腰使他的胸口几乎挨着了盘起来的腿。西贝牛很老了,已经老得不能下地耕种,只对攒粪还经着心。在家里,他常常嚅动着牙齿已脱落光的瘪嘴,指使家人把粪攒到该攒的地方。家人听不清他的话,可谁都知道他这是又叫攒粪呢。

西贝牛坐在车上,看见跟前站着糖担儿,就把垂到胸前的头往前伸伸,嘴一瘪一瘪地说:"糖担儿,这回的事有多大?"糖担儿说:"就是能走的都走这么大。"西贝牛说:"糖担儿,都这咱晚儿了,还跟你牛大伯闹着玩儿。"糖担儿说:"说一千道一万,快走吧,你看恁邻家早就出了村,恁还不走还等什么?"

西贝的邻家向家的人,刚才也在催促西贝家快走,可偏偏西贝家的车就是走不了。现在糖担儿又在催促他们,急得西贝牛拍打着车辕对糖担儿说:"唉,我那村警啊,别忘了我还有个孙女哪!"糖担儿知道西贝牛的孙女梅阁,那个"半病势瘆"的,心里只有主耶稣的闺女。原来西贝牛是决心要把孙女装上车的,正让二儿子小治去院里叫她。一会儿,小治从街门里出来了,手里提着他那杆长筒火枪。小治身后还站着西贝家的残疾人西贝二片。西贝二片用一条腿蹦到车前,扶住车辕。小治就对车上的人说:"没用,没用,白劝,白劝。"二片在车前车后一阵蹦跳,不停地还朝门里张望。糖担儿听懂了,小治说的是梅阁,西贝家的车走不了,都是因为梅阁不上车。糖担儿没有再作规劝,他还要把锣敲到前街。他只对西贝牛说:"再去叫叫孩子吧,能走的都走。"

糖担儿敲着锣往前街走了,西贝一家人,除西贝牛没再下车外,又都轮流去叫了一遍梅阁,梅阁还是不出来。她只对家人说,她的事谁也不要管,"只有一位真神就是我救主,我信他听他话我的主耶稣"。梅阁说着说着就唱了起来。西贝家在无奈中将梅阁留在了家里,全家人这才上车出了笨花。大治把车轰赶得飞快,不多时就追上了东去的乡亲。小治把那杆火枪顺在车厢里,不时扭头朝笨花方向看看。但他们谁也没有注意到,车上还少一个人,便是西贝二片。二片那神出鬼没的做派是很难引起家人注意的,刚才他在车前车后一阵跳来跳去,家里人谁都以为他是上了车的。可是他没有。赶车的大治只注意到小治带了火枪,却没有带上他的火药和铁砂。小治有个专用的火药箱。大治只对小治说:"枪药这物件可别落到日本人手里,还以为咱家通八路,给八路造地雷呢。"小治用火药打兔子,八路用火药造地雷造手榴弹。经大治一说,小治这才想到自己的大意,但再回家取火药为时已晚。

西贝家没有人注意二片的不上车,就像平时没有人注意他的存在一样。西贝二片在西贝家就像一股闪电,一闪有了,一闪又没了。当你还满以为他在西贝家的哪间屋里呢,也许他正在大花瓣儿屋里。这些年大花瓣儿不钻窝棚了,可在家常常接待着西贝二片。大花瓣儿对西贝二片的接待不同于在窝棚里,她对西贝二片约法三章。她说:"哎,二片,看你孤孤单单的,串个门儿坐会儿,行。咱可不兴动手动脚。你一上手今后休想再进我的门。"二片只好嬉笑着说:"行,行,光说话行吧。"大花瓣儿说:"说话行,我又没说不行。"二片就在大花瓣儿的椅子上坐着说话。说什么?他专拣一些"荤话"说,有"真人真事",也有故事。二片说,有一次,笨花的某某(二片说得有名有姓)结婚,他趁院里正乱,早早就潜伏到新媳妇的床底下。等夜深人静客人散去时,床上的"事"他都听见了。这当属真人真事了。二片对大花瓣儿讲着,脸上浮着心满意足的嘎笑。大花瓣儿说:"算了,别蒙我了,一听就是瞎编。那床底下就那么好钻?你又是一条腿。"二片撇下"真人真事"又讲起男女故事。二片讲故事,大花瓣儿也是有一搭无一搭地听,听着还是常给他指出那些荒谬之处。二片就对大花瓣儿说:"敢情你懂。"

大花瓣儿对二片的约法三章,很是令二片不解,他想,他妈的大花瓣儿,多少人往你身上上过呀,怎么惟独我不行?逢这时他就想起他的那条腿——也许大花瓣儿在想,像你这一条腿的人"办事",能把"事"办成个什么样?其实西贝二片也常想:也是,像我这一条腿的人,能把"事"办成个什么样?歪歪扭扭的。一想到此,西贝二片就止不住一阵阵悲伤。他跳跃着,从大花瓣儿家出来,闪电似的在套儿坊一阵穿行,看见人只当没看见。在街上,他看见畜生们的交配,心想,我还不如猪、羊呢。

当西贝家的人在家里看不见西贝二片时,西贝二片或许正躺在村西苇坑里。这苇坑紧靠路边,不下雨时坑内干涸无水,只杂乱地长些杂草和芦苇。常有牛羊进来吃草,有时还有人进来解手撒尿。二片找块稠密的草丛潜伏下来寻稀罕儿看。男人的撒尿没看头儿,他决心要等个女的。女的稀少,有时一连几天不来。遇到附近有集庙时才有人进来:有女的进了苇坑,先解下裤腰带,再把裤腰带搭在脖子上,然后蹲下了,蹲得都急不可待。二片想:尿憋的。慢慢的,二片对女人的解手就有了新发现。他发现女的解手时,越年轻屁股压得越低;越老,屁股撅得越高。二片再给别人讲时,听者便觉出了这件事的真实性。他们想,二片到底是有些"干货"的。

西贝家的人不见西贝二片时,西贝二片也许在茂盛店,茂盛店门口常有个卖驴肉的。西贝二片爱吃驴肉,可无钱购买,于是便挤在人群中当起了"效率"①,他趁卖肉人不备,能把拳头大的一块驴肉"袖"过来。二片在茂盛店大椿树下坐下来,举出驴肉就吃。茂盛看见二片吃驴肉,也不报给卖肉人。他向着二片,二片是笨花人,卖肉人是外村人。再说,他也知道二片当"效率"只"袖"驴肉,没见他"袖"过别的。二片吃完驴肉,故意在卖肉车前一闪而过,卖肉的心里说:这个人可不少见。

西贝家不见了西贝二片,西贝二片又去了哪儿,就很少有人知道了。有时连西贝二片自己也奇怪地问自己:我这是在哪儿呀?

西贝家的大车赶出了笨花,又走出好远,车上还是有人发现了西贝二片的消失。发现者是二片的婶子,小治的媳妇。小治媳妇

---

① 效率:方言,应为"袖掠"——小偷。

爱站在房上骂街,也爱关心残疾侄子二片。二片的衣服大多是她为他剪裁、缝补、洗涮。吃饭时,她发现二片跳荡着盛粥的困难,就把一碗碗的粥送到二片眼前。当家里不见二片时,小治媳妇也常着急地说:"找找吧!"现在,坐在车后尾的二片的婶子说:"二片呢?要不我回去找找吧。"她不愿意这位侄子和日本人有什么遭遇,一条腿看起来跳得快,可跳不了多远还得跪着走。他可走不过日本人。

赶车的大治说话了,他是二片的父亲。大治"呲打"着兄弟媳妇说:"找什么找,莫非日本人还捉他这号人?"

西贝牛也发现了孙子二片的不在,看看离村子已远,就命令全家说:"走吧,日本人捉不住他。"他的看法和大治相反。

对于二片的不在,小治没有发表议论,他还在想他的那些火药。他想,这物件要是被日本人发现,没准儿就会给西贝家惹下祸端,这东西连着通八路的嫌疑是显而易见的。当他们再回到村里时,说不定连房子带柴火都得被烧光,那棵大槐树也会被烧成一棵秃槐树。

一车人不再提梅阁,没有人谈到日本人会不会捉梅阁,她是个久病的病人。

西贝家的车上没有西贝二片,原来西贝二片像闪电一样又闪回家中。西贝梅阁更不知道这位在她心里一直印象淡薄的弟弟,此时正和她一起呆在家里。刚才,经过家人那一番软硬兼施的劝说,经过和这番软硬兼施劝说的对抗,梅阁心里更加平安了。原来信仰就是这样,当你信得不坚定时,有时对主还真存有三心二意。当你信得坚定时,你才会感觉到信仰的奇妙。梅阁经过和家人的一番争执,再次感到自己离主更近了一步,主就在天国向她招手。此时日本人的来与不来对她来说已是微不足道,假如由于日本人的到来能促使她进入天国,这岂不是一件求之不得的好事?若用人们常说的一句话来形容梅阁自己,她已是病入膏肓。想到此,梅阁的两只手开始抚摸自己的身体。她摸了自己那塌陷的胸膛和条条肋骨,又去摸自己那刀背一样的胯骨,和那连毛发都养活不起的高耸的耻骨。她抚摸着它们,把往事都想了个遍。她知道现在留给她的时刻就是回忆往事的时刻。一时间所有她认识的人的音容笑貌,一齐向她拥来。她对这些拥来的人做着清点,她愿意留下几位最最值得她回忆的人,这是向文成,这是取灯,这是素,这是山牧仁……她连同艾、秀芝都想到了,惟独没有想起西贝家的人。这使她觉得很惭愧,她是姓西贝的呀。想到此,她才决心要想想家人。于是爷爷西贝牛,父亲大治,叔叔小治,她娘(梅阁至今不知娘的名姓),还有爱上房骂街的婶子。最后她想到了哥哥时令那个"各拧"人。想到时令的各拧,她对家人又失掉了兴趣。她猜这不是想念,只是想想而已。后来,她竟连想想的力气也没有了,便把头枕在枕头上开始静听。她听见院里有声音,像是有人在摆弄东西。虽然窸窸窣窣声音微小,但还是传进了她的耳朵。现在整个儿一个笨花村除了这微小的声音,什么都不存在了,连平日的鸡狗叫都消失了,树上的知了也飞了。

院里的声音还在继续,一件什么工具被扔在了地上,也许是一只锤子,也许是一把钳子。梅阁从枕头上欠起头冲院里问了一声:"谁呀?"院里果然有人回答了:"我。"梅阁听出这是二片。刚才梅阁把西贝家的人想了个遍,单是没有想起二片,二片却就在眼前。

梅阁听出是二片,就又问了一句:"二片你没走?"二片说:"没。"梅阁说:"你进来。"梅阁的话音刚落,二片就闪进了屋。他那一条独腿在地上紧折腾两下止住蹦跳,金鸡独立似的站在了梅阁跟前。

平时,西贝梅阁和西贝二片是素不交流的,二片远离着她,她也远离着二片。现在西贝家却意外地留下了这两位素不交流的姐弟。

梅阁说："二片,你怎么不走?"

二片说："你怎么不走?"

梅阁说："我不想走。"

二片说："我也是。"

梅阁发现二片说话时手里有一个小包袱,他紧紧地攥着它。她想,二片的"体己"吧。

梅阁又问二片："你打算怎么办?"

二片就反问梅阁："你打算怎么办?"

梅阁说："这也是你问的?"话里又带出对二片的轻蔑。

二片感觉到梅阁对他的轻蔑,心里说:都什么时候了,还这么对我说话。

梅阁也在心里说:把我的打算说给你,你能懂?你能知道天国近了时候到了说的是什么?

姐弟俩还是说不成话。一阵冷场,二片一个转身就往院里跳。跳了几步,又转过身来对梅阁说："咱俩做饭吧。"

梅阁一听二片要做饭,受了感动似的,想,真是意外,怎么也有了人话。她往起欠了欠身子想坐起来。二片见梅阁想起来,知道姐姐还光着身子,一个箭步跳到院里。二片爱看女人,可他知道姐姐是不能看的。

二片跳到厨房去拢火,梅阁也挣扎着穿上衣服,头重脚轻地来到院里。已近中午的毒太阳通过她家的大槐树,光芒四射地照得她睁不开眼。梅阁挪着自己来到厨房门口,见二片真拢起了火,正拿瓢添锅。她就坐在灶坑里,替二片拉起风箱。她费劲拔力地拉了两下,问二片："二片,你做什么饭?"

二片说："拌疙瘩,咱也吃顿好的。光吃山药白粥了,什么都是咱爷爷说了算。"

梅阁听二片说要拌疙瘩,也没阻拦,心里说,由他吧,各拧劲儿比时令也不在以下。她拉着风箱,二片就掀开缸盖找白面。他把缸和罐找了个遍,找不着,便没好气地说起不三不四、没大没小的话来,他没有人称地说:"叫日本人吓跑了恁还不算,还把米面拿个净。吃个……"他想说句脏话,没说出来。

厨房里没有米面,只有开水。梅阁说:"算了,反正我也吃不下饭,你就'欠'一会儿吧。"

二片说:"光知道给他妈牲口煮料,哪怕给咱留点黑豆呢。"

梅阁说:"别说脏话了。咱娘不煮料,也喂不好牲口,你就说咱爷爷……吧。"

二片说:"咱爷爷该当个老绝户。"

二片说得更生分了。梅阁觉得还是和二片对不上话,就把腿一屈,团坐在灶坑旁。

二片看着眼前软弱无力的姐姐,愣了一会儿突然问梅阁:"那主在哪儿呢?你知道别人都怎么说你?让我递说你吧:'耶稣教,外国料,骑不得马,坐不得轿'。"这是笨花人对基督徒的大不敬。

梅阁一听二片在糟蹋基督教,从灶坑旁站起来,扔下二片就要回屋。街上已是人声嘈杂,夹杂着枪声和马蹄声。梅阁和二片都知道街里正发生着什么:日本人进了村。

梅阁着急了,她是为二片着急。她冲着厨房喊起来:"二片,还不快走!"二片没动地方,他只在心里说:还喊什么,我不走就是为了你!这时梅阁又见二片从一个什么地方拽出他那个小包袱攥住。他不顾梅阁的存在,还把那小包袱往腿上左绑右绑。梅阁想,到现在也不忘顾你那点"体己",打算绑在腿上好跑吧,也不知有什么好的。

街上又是一阵枪声。

梅阁和二片对日本人的到来各有准备。听着枪声的梅阁站在院里自言自语着:"原来天国真近了,时候真到了,我颂赞了多少天啊!"她就迈起不紧不慢的步子散步似的向大门走去。从前她时常看到山牧仁和太太一起在菜园里散步,她自己却不曾有过散步的机会。难道下地干活儿需要散步吗?难道去福音堂做礼拜能散着步去吗?但她是决心要散一回步的。从前她和向文成讨论过散步,也常和素说散步。素听着新鲜,问梅阁人为什么要散步。梅阁就给她讲散步的道理。后来梅阁也跟取灯说起过散步,取灯不问她为什么,因为取灯知道人为什么要散步。现在素嫁出去了,取灯也不在,她打算独自一人散一次步了。她左思右想,这才是个散步的好时候。她散步散出了街门。

刚把"体己"绑在腿上的二片看见梅阁要出门,紧跳着去截她,没截住。梅阁已经出了家门。有几个日本兵在她身后跟上来,梅阁不跑日本兵也不跑,只和她拉开几米的距离跟着她走。二片避在门后往街上看,日本兵正走到他家的大门前。这时其中一个日本兵开始朝梅阁喊话,让她站住。

梅阁站住,转过身来看见了跟在她身后的日本兵和他们手里的枪。但是,她只漠然地看了看就又转过身,继续往前走。也许她在想,为什么我要站住?我在我自己的家门口散步,为什么要给你们站住?

日本兵看见了漠视着他们的梅阁,她那深陷的眼窝、灰白的面色和绯红的颧骨使他们感到诧异。他们看出她是个女人,但也许她更像是一个游魂。

身后的日本兵还是向这个"游魂"继续发令,他们觉出这女人对他们的漠视,他们大声喊着叫她站住。梅阁还是自顾自地往前走。也许她想,我主意已定,我要这样散着步散到天国。于是她唱起了歌,歌声响在空荡的街上。

天国近了,

时候到了,
悔改务必要及早。

罪孽免了,
病治好了,
应当感谢常祷告。

假神去了,
真神来了,
天堂之光永照耀。
……

几个日本兵朝梅阁举起枪,一同扣动了扳机。二片知道这枪法叫"排子枪"。枪声起时,梅阁栽倒在笨花街上,远看去,像两件飘落在地上的衣服。

几个日本兵放下枪,议论起前边这个奇怪的女人。这时灭顶之灾却降临到他们身上:西贝家的大门里闪出一个独腿人,这独腿人闪电似的向着日本兵们飞过来,紧接着就是一声巨响,几个日本兵应声倒在血泊中。

独腿人西贝二片也倒下了,又有一些日本兵跑过来。他们看见几个丧命的同伙和一个半截血人。一个日本兵用皮鞋踢了踢这个半截血人,血人像个半截水缸一样朝墙根滚去,日本兵发现半截人已咽气。

日本兵们立刻得出结论:这是一次笨花人对日军的袭击事件,这人以自身的爆炸,灭了几个日本兵的命,自己也送了命。根据爆炸特点,这人使用的是黑火药。日本人注意到,在支那民间,这火药常用来狩猎之用。这人是把一包带铁砂的黑火药绑在腿上施行操作的,他先点上导火线才从门里扑出来。

479

日本兵以为这咽了气的袭击者被炸断的是两条腿。

日本兵走后,西贝家的人和笨花人一起回到笨花。他们收了梅阁的尸,又去收二片。滚到墙根的二片却又睁开了眼,但他说不出话。二片的婶子拿来一条棉被将他的下半身包住,村人让西贝家赶快把二片抬到后方医院救治。在去后方医院的路上,西贝二片看着抬他的大治和小治,突然开了口,说:"也不给留点米面!"说时,脸上带着极大的愤怒。隔了半天又说:"我出来晚了。"他说的是这爆炸应该在日本兵朝梅阁开枪之前实施。

日本兵离开笨花前,少不了在西贝家一阵搜索,他们搜出了那个装火药的匣子,证实了他们的分析。他们又烧了西贝家的几间房子,还砸了那个给人做饭给牲口煮料的锅。幸亏西贝家再无别人。

西贝二片的行动足可以使日军血洗笨花的,但是,笨花人沾了"能走的都走"的光。日军再次面对了一个空村子。

向文成来到西贝家,这次他先叫起邻家。他对西贝牛说:"邻家,快去找块砖吧,找磨砖对缝的砖。"

西贝家的人知道磨砖对缝的砖是经过打磨的,经过打磨的砖最光润。

西贝牛叫大治找了砖,自己弯着腰把砖送到世安堂。向文成在砖上写道:耶稣教神召会信徒西贝梅阁之墓。

西贝牛看向文成写砖看出了问题,说:"写砖都竖着写,你怎么单是横着写?"

向文成说:"这是西式写法。"说完又在下边写了一行字:1921—1943。

向家人站在院里议论邻家的事,同艾说:"也许这孩子真得救了,也好。"

向文成说:"她认准的事,真是没人能拦得住。"

同艾又说:"为什么不让二片也得救?"

向家全家谁也找不出答案,连向文成也找不出。他们都看见了那个半截水缸一样的血人。

黄昏时,西贝家在门口烧梅阁的遗物,有个白枕头也烧在火里。西贝牛没见过这个又白又扁的枕头,更不认识上面的字。他冲着全家人问那枕头上是什么字,全家人谁也不知道。他这才想起,他家只有时令认字,可时令没在家。他想问问向文成,可向家无人出来观看,他们看不下去。

53

甘子明回来了,大步流星地往笨花走。他一身残破的紫花裤褂露着肉,远看去像个云游僧人。他没有回家就直接来到世安堂。

向文成知道因为同艾找了葛俊,甘子明才得以虎口脱险。现在他见到甘子明进门,没有惊异,只有后怕。单看甘子明这身衣裳,就知道他虽然没进日本弘部,也受罪不轻。甘子明在世安堂落座后,又简要地把被捕过程给向文成做了介绍,说,他没有落到日本人手里,是警备队想通过对他的审问在日本人面前表功。葛俊也养着日本洋狗,他学着日本人的架势审问他,要他交代区政府的活动规律。葛俊一边逼他交代,几只洋狗一边撕扯他的衣裳。审了两天,葛俊却又停止了审问。他便想到事情可能有了转机。这一定是向文成出了主意,请同艾托了葛俊。向文成对甘子明说,托了葛俊不假,可这不是他的主意,是尹县长的主意。甘子明感慨地说:"没有这条线,我就生死难卜了。"甘子明又说了些他在城内的所见,还谈了他出城时仿佛看见了小袄子。小袄子在街上走着走着就拐进了警备队,她走得慌张,没有看见迎面而来的甘子明。甘子明问向文成小袄子最近表现如何,并说,日本人两次来笨花扑空,虽然小袄子也报过信,可是情报来源也不单是小袄子一个人。甘子明再问小袄子的情况,说看她在城里慌里慌张,不知何故。向文成说:"最近小袄子像条鱼,四处游。她带过来的情报倒也准确,过后她就更欢势了,三天两头要求脱产。我想,这件事可事关重大,还是等你出来再说。"甘子明说:"这可不行,这个人像杆没准星的秤,游游荡荡地做点对抗日有益的事可以,脱产可不适宜。"向文成说:"我也这么想。我对她说,时下你比个脱产干部也不在以下。脱产干部都做不到的事,你做到了。可小袄子还是居功自傲地说也该了。"甘子明说:"小袄子生性活泛,对她咱们得心中有数。不知她这次去警备队干什么。"两人做了些猜测。

说完小袄子的事,向文成问甘子明是先回家,还是回区里。甘子明说:"走,我先去东院感谢你娘。"

甘子明谢过同艾,对向文成说:"平时我不敢回家,今天我倒可以回家看看了。敌人刚放出我来,不会马上抓我。"

不久前代安据点向仓本报告说,有个穿葱绿毛布大褂、个儿不高的女人净来找金贵。城门上站岗的日本兵也报告说,有个穿葱绿大褂、个儿不高的女人三天两头进城。仓本让人调查这女人的身份,他想了解的是,这两个穿葱绿大褂的女人是不是一个人;她去代安是找金贵,进城又是去找谁?很快仓本得到报告。报告说,两个穿葱绿大褂的女人是同一个人,这女人是笨花人,大名甘圣心,小名小袄子。这女人"靠"着代安据点的金贵,又"靠"着警备队上的一个军需,常出没于笨花、代安和县城之间。仓本一听这女人叫甘圣心,又是笨花人,立刻想到那次在笨花茂盛店里说日本话的那个闺女。仓本感到那闺女生性伶俐奇特,又联系到他们去笨花的扑空,便觉出她的可疑。仓本决定放出暗线注意她的行踪,并决定将其收买。一次小袄子又来到警备队找那个军需时,便掉入了日本人为她设下的圈套:等着小袄子的不是那个军需,而是一个穿便服的日本人和一个翻译官。这把小袄子吓了一身虚汗。

日本人开始了对小袄子一阵硬、一阵软的盘问,把小袄子盘问了个底朝天。小袄子的行踪身份彻底败露。她想,坏了,这次我可离死不远了,也才后悔起自己又认识了这个军需官,看上了军需官钱柜里成捆的准备票。日本人对小袄子盘问一阵,又让人给小袄子端来了汽水和槽子糕。日本人把汽水和槽子糕往小袄子眼前一摆说:"你的身份已经暴露,惟有立功赎罪才是你的正路。不然,日本人崩你比踩死个蚂蚁还容易。"小袄子又听见了有人要崩她,上牙磕起了下牙。心想人还是活着好。金贵、时令要崩我都是吓唬我,日本人说崩我可不是吓唬。要不然我就给他们做点事吧,小小不言给他们点好处也不算过分。莫非我对抗日立的功劳还小?要没有我给笨花报信儿,笨花早就出了大乱子,笨花兴许就没了。小袄子也听说过日本人在有些地方制造惨案的事,千人坑、万人坑的惨案都有。笨花要是变成千人坑,还能有笨花?现在她分析着眼前的形势,拿眼扫着日本人和翻译官,伸手就拿起了一块槽子糕。她吃了一块槽子糕,又开了一瓶汽水。小袄子喝过日本汽水,那是在佟继臣的窝棚里。有点咸,有点辣,直蜇舌头。汽水瓶上还贴着个红日头。

日本人看见小袄子的举动,知道小袄子已经愿意被收买,就指示她今后要为日本人做事,还把她的任务和联系方式给她做了交代。日本人嘱咐她,今后不要轻易进城,也不要再去代安了,有了情报就去笨花村东头找一个收买活鸡的老头儿报告。小袄子一听又出了个收鸡老头儿,吓了一身冷汗。心里说我的娘啊,吓煞个人!这年头怎么昏天黑地,人都是知人知面不知心了,敢情日本人也是布下天罗地网的。小袄子自然知道那个收鸡的老头儿,他住笨花前街,瘦高个儿,哈着腰,斜着眼看人,整天扛个大罩网在村里游走着收活鸡,把活鸡送到城里卖给做烧鸡的,原来这是个日本探子。

小袄子领了任务往笨花走,一路上心里扑通扑通直跳,就像收鸡的老头儿附在了她身上。她越走越快,回到家赶紧插上门,两腿一软就瘫在炕上。

两天以后,小袄子在街上碰见了那个收鸡老头儿,老头儿只斜了她一眼,就像不认识她。老头儿看似不认识小袄子,可小袄子还必得去找老头儿,并开始向他提供区政府的蛛丝马迹。她把区政府的活动,做过挑拣后告诉给老头儿。小袄子的挑拣是执意要躲开笨花的,涉及的净是外村。日本人按小袄子提供的线索行动,都没有扑过空,他们抓了几个区干部,给区里的工作带来了困难。

有一天取灯来到笨花,不住自己家,住在一个堡垒户家。小袄子得知取灯回了村就去找取灯。取灯看见小袄子说:"我也正想找你,最近敌人的活动很蹊跷,专跟着区政府走。我们的人走到哪儿,日本人跟到哪儿。目前损失虽然不大,可给我们的工作增加了不少困难。群众怕受区政府的牵连,想开个群众会也开不起来了。"

小袄子说:"谁说不是。我一听说日本人净找区政府,心里就说可别让取灯碰见他们。"

取灯有意问小袄子:"听说你又去过警备队?"

小袄子说:"去是去过,他们还请我吃过槽子糕,喝过汽水。"

取灯说:"你又听说过什么没有?"

小袄子说:"一个个都像封住了嘴,什么也不说。哪怕说一个字,我也能猜出八九呀。我问他们,他们就耍笑我。"

取灯说:"你也不能没头没脑地开口就问日本人的行动。"

小袄子说:"我净绕着问,先前我报告的情况都是从他们嘴里套出来的。"

取灯说:"这就是了。"

小袄子说:"这次还给我任务不给?"

取灯想了想说:"这次倒没有什么具体任务需要你跑,你先回去吧,有事我再找你。"

小袄子说:"看这世道,进了村生是连自己的家都不能回了,我也不敢多跟你说话了。"

取灯说:"环境残酷是暂时的,可也得做各种准备。说不定再过几天我连村子也不能进了。环境越残酷,蹊跷事就越多。对群众不能乱怀疑,可汉奸也出在群众里。"

小袄子说:"谁说不是。"

小袄子心里又打起了鼓,取灯说环境越残酷,蹊跷事就越多,汉奸也出在群众里,她马上就想到自己和那个收鸡的老头儿。她觉得取灯的话似有所指,愈加神不守舍起来。她倒退着身子说:"取灯,我走吧,看这残酷劲儿,我都觉着瘆得慌。"说着就要出门。

取灯的话并非有所指,目前她还没有把小袄子和汉奸联系在一起,更不知道那个收鸡的老头儿。小袄子要走,取灯也没有留她,只告诉她,走时不要走街门,要跳后墙,绕道村外回套儿坊。取灯看小袄子跳过了墙,像个飞檐走壁的猫。

小袄子本来就不是个胆大之人,和取灯见面后,小袄子的胆儿更小了,整天想"汉奸也出在群众里"这句话。最近她整天躲在家里,心神不定地装着纳底子。有人找她问情况,她就说,没看见我正纳底子。往后谁想知道城里的事,就去找警备队去。要不就直接去问仓本。

金贵回来了,许久不敢回笨花的金贵,这次是专为小袄子而来。黄昏以前他趴在大庄稼地里等天黑;黄昏之后才潜入笨花。金贵回到家,插上门对他媳妇说:"今天你回趟娘家吧,我要叫小袄子过来。"金贵媳妇一听金贵要轰她走,还明打明地说要叫小袄子

485

过来,就没好气儿地说:"都什么年头了,还忘不了这个浪×闺女!她身上就那么软乎?我不走!"金贵说:"你不走也得走。也不是我图她身上软乎,我给你明说了吧,今天我叫小袄子是公干,这也是军令如山倒的事。"金贵媳妇一细听,寻思金贵说的也许是实话,要不他也不敢回家,找"靠家"也得看个时候。她不再骂金贵,也不再骂小袄子,就噘着嘴跟金贵要了几张准备票,走了。

金贵媳妇一出门,金贵就迫不及待地跳过房去敲小袄子家的窗户。小袄子开了门,看见眼前站着金贵,吓了一跳说:"是哪阵风把你给吹来的,你还胆大妄为地敲我的窗户,也不怕八路军拿住你。"金贵在黑影儿里说:"事不宜迟,快上房吧!我那厢严实,说话方便。一说你就知道了。"

小袄子踌躇片刻还是跟金贵上房翻了过来。

金贵领小袄子翻到家中,也不点灯,就让小袄子上炕。小袄子不上,拧着身子靠迎门桌站着。金贵说:"怎么叫你过来你就是不过来,几天不见人就生了。"

小袄子说:"我心里太乱,乱煞个人。你还有劲头让我上炕。"

金贵说:"你乱个什么劲儿,不比我在代安炮楼上强?我在炮楼上你一趟一趟地找我给八路军办事,让八路军占了多少便宜呀。我这心里就不乱?"

小袄子不说话了,觉得金贵的话也有道理。

金贵看着黑影儿里的小袄子不说话,又问:"你怎么不说话?"

小袄子说:"也指不定谁占了谁的便宜。我也说不清。你没听说日本人专找区政府的事?还抓过区政府的人。"

金贵说:"不就是抓了他们俩人?可日本人兴师动众来笨花一次次扑空,连后方医院也没摸着,这里没你的事吧?"

小袄子又不说话了,心想,这事我可不能递说你。她对金贵说:"别跟我说这事了好不好,快说点别的吧,我说心里乱,就是乱。"金贵说:"别的还用说,快上炕吧。"说着走到迎门桌前把小袄子拦腰一抱,抱上了炕。

小袄子踢蹬了两下腿,还是随和了金贵。

金贵把小袄子放到炕上就解小袄子的衣服扣,一边解一边说:"我又换防了,叫我回城里警备队。"说着把小袄子的褂子扔到炕角,又去解小袄子的腰带。

小袄子说:"不兴不回来呀。"

金贵说:"军令如山倒。哎,你为什么不愿意让我回来?"说着把小袄子的裤子也扔在炕角。

小袄子说:"怕,我怕!还是离笨花远点好。"

金贵既已脱了小袄子的衣裳,小袄子便想,既然来了,衣裳也脱了,就由他吧。她躺了个四仰八叉等金贵,可金贵似又失去了刚才给小袄子解带宽衣时的兴致,躺在一旁只是叹气。一时间小袄子又觉得金贵挺可怜,心想我为什么不仁不义地净给人家送膈应?也是难得一见。想着就凑过去往金贵身上攀。金贵还是压住了小袄子。小袄子忘情忘我地"就"金贵,却觉得金贵把"事"办得潦潦草草,不三不四。小袄子便又摆了邪,把金贵一推推下来,自己一扭身给了金贵个光脊梁。金贵一看小袄子摆了邪,对着小袄子的脊梁说:"小袄子,你也别摆邪了,我实话递说你吧,你可给我闯下了大祸。你净去代安找我,日本人非说我连着八路,要拿我。我托人求爷爷告奶奶好不容易保住了这差事,可日本人让我立功。你是个明白人,猴儿精一样,一听就懂。要立功就得通过你,下边的话我就不说了。再说,就该给你布置大任务了。"

小袄子真是个明白人,她知道金贵要通过她立功意味着什么。她哆嗦着撞在了金贵怀里说:"我的天,可别让我干这事了,吓煞个人!"

金贵一看小袄子真害了怕,就又摩挲起她的光身子说:"也值不当吓成这样,拿出上代安找我的劲儿来,拿出你当着仓本说日本话的劲儿来,拿出你三天两头上警备队的劲儿来,不就是了。"

小袄子在金贵怀里拧着身子说:"我不,我舍不得,我舍不得取灯。"

金贵听小袄子说取灯,心里一惊。他问小袄子:"在众多人里,你怎么单挑出个取灯?"

小袄子说:"她好,她对我也好。"

金贵想,今天这事也怪了,我找小袄子要交代的就是这个取灯。看来一切都是该着的吧,取灯,你看有多少人正想着你吧。金贵索性趁小袄子说出取灯,就势对她说出了这次他回笨花的原因。他说:"乡里乡亲的我还是真说不出口。日本人为什么单挑出取灯叫我立功?就因为是取灯让你上代安找的我。日本人非要我找到这个人不可,找到这个人他们就找到了一条线。"

小袄子说:"是你个人招出了取灯。"

金贵说:"看你说的血糊流烂的,我招什么,我又不是八路。是我提供的。"

小袄子一听是金贵"提供"了取灯,立刻翻转过身来狠狠推了他一把,跪在炕上指着他怒不可遏地说:"你……你不兴递他们说是八路叫我去的,你为什么单是有名有姓地说取灯?你……"

金贵也从炕上坐起来说:"我的小祖宗,你小点声吧,你当给日本人提供情报是糊弄小孩呀?那八路军遍地都是,日本人还用靠你我去指呀!"

小袄子跪在炕上喘着气穿衣服,又反反复复想推掉这事,可她到底没有拧过金贵。

她答应了金贵。

金贵看小袄子就了范,又说:"现时,你也有单线,我就不问了。见到取灯你知道该怎么办。"

鸡叫头遍了,金贵让小袄子爬上房走了,自己也锁上家门、锁上街门出了村。

金贵一走,小袄子躲在家里更不敢出门了。笨花人都说小袄子躲在家里害脏病,走不了道儿。其实小袄子的病比脏病还严重。她神情恍惚,不思饮食,那个收鸡的老头儿整天在她眼前晃,也不喊,也不叫,只转着圈儿游走。她想起《圣经》上有个叫撒旦的人。从前她就觉得世间最害怕的两个字就是撒旦,如今她想,这个收鸡的老头儿不就是笨花的撒旦么?

日本人等金贵的情报从夏天等到秋后,等不到,就问金贵。这时金贵又袒护起小袄子,他也说小袄子害脏病呢,还把小袄子的脏病说得有眉有眼儿。为了证实自己的话,还净给小袄子买药。后来日本人又做过调查,认为他们是在合伙骗日本人,就又要"收拾"金贵。金贵这才又急着去找小袄子,对小袄子说:"我的小祖宗,快救救我吧,你还没有真见过日本人的厉害哪,我可见过。大洋狗一嘴下去能把你的肠子咬出来。"

小袄子一看事情真拖不过去了,才真注意起取灯的行踪。

取灯又来到笨花。一天晚上,她摸黑来到小袄子家,对小袄子说:"小袄子,有任务向你交代。我在南岗窝棚里等你,你过来一下吧。"说完便消失在黑暗里。

霜降了,南岗花地又搭起了窝棚,但没有人看花,没有人"拾"花,窝棚成了专为躲避日本人的藏身之地。

取灯摸出笨花村,从大道拐上小道儿,又从小道儿拐上一条南岗花地的大垄沟,她蹚着干花柴在窝棚前站住。晚上没有月亮,星星更亮。一条天河在夜空中从东北向西南蜿蜒而下。取灯在保定上学时没注意过天上有天河,来笨花以后是同艾给她指出了天上的天河。同艾还指给她许多星座,她告诉她,北斗星像勺,南斗星像瓢。织女星旁边有个牛扣槽,牛郎星身旁有个织布梭,那都是牛郎和织女的定情之物。同艾说的星座属于民间传说，取灯还知道哪几颗星是蝎子座，哪几颗星是天狼座……取灯很喜欢在夏夜看星星，在朗朗星空下，听着家中那琐琐碎碎的声音，时而闭上眼，时而把眼睛开看星星移动的速度。她喜欢这样的时刻，在城市居住的人是永远不会拥有这个时刻的。她想，只有见过乡村的星空，才会知道宇宙的浩瀚，才会知道什么叫斗转星移。

抗日了，取灯许久不看星星了。这个晚上，当她仰头看见这个熟悉的星空，才意识到她家就在不远处，几棵高出院墙的老榆树清晰可辨。她想着家里人正在做什么，但她不能和家人见面，这是纪律。她要在这里等小袄子。

小袄子没有来南岗窝棚。也是在这个朗朗星空下，她专拣着黑影儿正朝着笨花前街走。前街有个收鸡的老头儿，她要去见他，告诉他有个叫取灯的女干部在村南窝棚里。以前小袄子听说过有一种人晚上睡觉时撒吃挣，常常睡着觉爬起来，做许多自己醒来后并不知道的事，然后躺下再睡。现在她愿意把自己想成一个撒吃挣的人。她一脚深，一脚浅，一阵快，一阵慢，终于走到了那个收鸡老头儿的门前，没进院就看见挂在槐树上的那个大罩网。院子的两扇小门虚掩着，就像是专为她留的。她推门进了院……

取灯站在地里看了一会儿星星，就钻进窝棚等小袄子。她等不来小袄子，便又钻出窝棚向远处张望。她看见有一盏灯正顺着大垄沟往这里飘，心想，这是她。可这个小袄子夜里走路还点着灯，也不怕暴露自己。这盏灯离取灯越来越近，却是擦着地皮走，幽蓝色的火光走得飘飘忽忽。取灯才发觉这并不是灯，这就是人们常说的灯笼鬼儿，据说这都是些找不到坟茔的女鬼。取灯只听笨花人说起过灯笼鬼儿，她还没有见过。当她在野地里突然遇到这种"鬼"时,就觉得格外恐怖,她本能地又钻回了窝棚,借着一个缝隙朝外看,看见灯笼鬼儿已远去,才又想起大哥向文成对灯笼鬼儿的解释。向文成说,灯笼鬼儿是一种化学物质,属于磷火。旷野里的磷火产生于动物腐败的骨骼中。这其中也有人的骨骼。取灯在保定同仁中学学化学时老师也教他们做过磷的实验,磷发出的光就是这种幽暗的蓝光。

灯笼鬼儿走了,小袄子还没有来。这时从笨花传出鸡叫声,天已近拂晓。取灯凭着工作经验,已察觉事情的几分反常。现实正提醒她,她不能再这样等下去,天亮前必须迅速离开。想到这儿,方才意识到自己的麻痹。她急匆匆地钻出窝棚,就势拔出腰里的撸子枪,把枪顶上子弹。当她再次观察四周时,四周正有人向窝棚走着。他们显然走得小心翼翼,但干花柴打在他们腿上还是发着曜啷啷的声响。活动着的人影儿离窝棚越来越近,原来这是一个包围圈,取灯已经陷入了这个包围圈。

在取灯的前方,有人发现了她,大步向她蹿过来。他们和她只剩下几米之遥,军装、战斗帽都历历在目。取灯举枪瞄住一个人扣动了撸子枪的扳机,枪响时那人倒了下去。取灯又放了第二枪,又一个人倒了。取灯的第三枪是要放给自己的,然而她连调转枪口的时间都没有了,后面已有人攥住了她的胳膊,那是一只日本人的手。落入敌人之手的向取灯此时此刻只后悔着一件事:原来她实在不该在此久留。星星和灯笼鬼儿误了她的事。

日本人本应把取灯尽快押解回城交差的,也许他们看见眼前是个年轻的女性吧,还有那个诱人的窝棚。取灯还是被拖进了窝棚……

笨花人知道凌晨时日本人去过南岗花地。天亮后人们在花地四处寻找,他们找到了这个还盖着昨夜新霜的窝棚,窝棚里有个血肉模糊的女人。有人认出是取灯。

后方医院闻讯后从孝河以南赶到笨花,准备收治伤员。在南岗花地里,有备走在最前头。他发现许多人正围着他家的窝棚观看,便蹚着花地奔过来。他一眼就认出了窝棚里的取灯,眼前一黑就坐在了花地里。董医助扶住了有备,他又挣扎着往窝棚走。他看见一个残破的取灯姑:她仰面朝天,身上没有衣服。细看时,有备先看见的是姑姑那两个被挖去的乳房,胸大肌上有两个碗大的坑。再往下看,小腹被刀豁开了,是从阴部豁开的,膀胱和大小肠纷乱地溢出腹腔。还有几处器件是有备不熟悉的,但有一个器件一定是姑姑的子宫。解剖书上说子宫像个梨。他还看见姑姑的耻骨很白,外生殖器很蓬勃。他不知道自己为什么会看清这些,是有了解剖学的知识,他才敢正视眼前的姑姑吧。

有备还发现了一件众人没有看见的事:取灯的左手紧攥着。他上去掰开她的手,手里是一支钢笔。

孟院长带头给取灯做缝合术,佟继臣、董医助都上了手。孟院长嘱咐大家缝合得越细越好,要跟为活人做缝合手术一样。他指示大家用零号细线。

54

奔儿楼娘下葬时,向文成为奔儿楼娘写过砖;梅阁下葬时,向文成为梅阁写过砖;现在,他要为自己的妹妹向取灯写砖。他研究着这块砖该怎么写,他先写上"向取灯之墓",后又在向取灯的名下跨出了"烈士"两个字,合起来是:向取灯烈士之墓。

取灯入殓,向家人没有张扬着过丧事。没有灵车,没请鼓乐班子。甘子明要给取灯搭灵棚、开追悼会,也被向文成拒绝了。向家全家人只守着取灯的棺材闷坐了一天。他们哭不出来。人都有想哭而哭不出来的时刻。

向家人除有备之外,谁也不知道取灯死成了什么样,他们愿意按照最"好"的死去想:她的太阳穴或胸口上有个弹孔吧。后方医院在大西屋时,向家人都见过这种酒盅大小的弹孔嵌在皮肤上,黑紫。

对于取灯的入土方式,向家人却认真起来。按常理,取灯的死属于"孤女"早丧。孤女是不能进家族正式坟茔的,她们只能被暂存在地边或地角,等待一个"合婚"的时机。只待再有个未成婚的男性过世,让这男性"娶"了她,才能进入男方家的坟茔。那时还有个仪式叫"起坟":孤女从地边地角被起出来,去跟那男方合婚。

同艾首先向全家人宣布说,不能让取灯在地边等人,要进向家的坟茔,以后给她招个倒插门女婿。同艾说:"阳间有倒插门,阴间也就有。"其实同艾的宣布正是头天晚上向文成和秀芝想的,他们是想如何去说服同艾。

取灯要进自家坟茔,给丧事带来了很多麻烦。她应该有个合适的、不偏不倚、准确无误的位置。一个家族的墓向不能乱,那是按辈分排定的。可取灯的位置目前还没有上辈人的参照,她的上辈人都还健在。在她的上面,只有隔辈人向鹏举的墓。为了取灯的位置,向文成率一班人来到向家坟地,就像从前他替人算地一样,迈起标准的步子,一步一停地开始寻找、定夺。他以向鹏举的坟为依据往下迈步,下面当是他父亲向喜和叔叔向桂了。这不能言明,他悄没声地隔过了他们再往下迈。再往下该是他自己了,他在自己的位置上站定说:"我在这儿,取灯就在我旁边吧。按说我旁边应该是文麒和文麟,兄弟姐妹就不计较次序了。"

取灯入了向家的正式坟茔,要在向家等待一个男人同她来完婚。全家人都觉得这是个妥善的决定了,有备却另有所思。家里人一说姑姑还要等待女婿完婚,有备自然就想到姑姑那个飘浮在肚子以外的子宫和她那被豁开的生殖器。他不知姑姑还能不能再去做女人,这将成为他心里终生的疑团。

取灯下葬了,没有鼓乐,没有人号啕大哭,也无人戴孝。取灯的一口黑棺材放在向家的大车上,还是群山赶车。不大一个送葬队伍,走得悄没声的。人们只在墓穴的新土上掉了不少眼泪。埋完取灯,有备走在回家的路上还在想姑姑的事,他想,姑姑的事反正就我一个人知道,我至死也不能递说任何人。谁知向文成躲开众人,却把有备叫到一边,单独问他:"有备我问你一件事,你姑姑身上的残缺都缝合好了没有?"有备万没想到父亲已经预见到了姑姑身上的残缺,他知道瞒不住父亲了,就吞吐着说:"缝……缝好了,用的是零号细线。"向文成虽然不懂外科,可他还是知道医用零号丝线最细,是用来缝合脸面和娇气的地方所用。后方医院缝合尸体时,多是粗针大线,有时也用缝鞋的麻绳。

向文成问有备,是因为他知道取灯是落入日本人之手的。一个年轻女性,又是在窝棚里……

两天过后,向家人才觉出饿来。秀芝找出半坛子白面,给全家拌了一锅疙瘩汤,还给同艾卧了两个鸡蛋。同艾吃不下鸡蛋,拨给有备。有备又拨给秀芝,秀芝又拨给向文成。最后两个鸡蛋还是剩在了碗里。

同艾喝了两口疙瘩汤说:"这年头向家走个人也不足为奇。取灯走的也是她个人要走的路,她不后悔,家里人也不为她后悔。可有一件事我对不住孩子,她连自己的生身母亲也不知道。"

向文成思忖一阵说:"娘,这件事你放下心吧,她知道她的亲娘是谁。"

同艾问向文成:"你递说她的?"

向文成说:"不用我递说。你掐算一下,她亲娘离开宜昌时她已经三岁了,三岁就记事了。"

同艾想想说:"可不,也记事了。可她为什么从来也不提她亲娘,也不找。"

向文成沉默了一会儿说:"那是她的仁义,那是她愿意让你们高兴,让笨花她的娘和保定她的妈高兴。"

55

小袄子真病了,整天对着她娘大花瓣儿喊头晕。其实大花瓣儿和小袄子早就分开过日子了,大花瓣儿平时不理小袄子,她嫌小袄子跟金贵靠着。大花瓣儿想,金贵什么人,笨花村一个没良心的"男儿"。管男人叫男儿,是大花瓣儿从一首歌里听来的。那是一首抗战歌曲,歌里唱道:"好狗护三邻,好汉护三村,有良心的男儿为什么当伪军?"这歌里就唱着当伪军的男儿连狗都不如。大花瓣儿对小袄子说,以前村里人说咱不正经,顶大是指"拾花"的事。可你蹬梯爬高找金贵,和在花地里挣几把花就大不相同了。咱不能由着性子去上赶着一个汉奸得罪乡亲。大花瓣儿再把"好狗护三邻"那首歌的歌词给小袄子学舌一遍。开始,大花瓣儿絮叨小袄子,小袄子不说话。后来小袄子就烦了,对大花瓣儿说:"你也别拿狗和人打比方,那是你老了。你人老珠黄的没抓挠了,才净絮叨我。你看我不顺眼,咱俩分开过吧。"大花瓣儿一听女儿没头没脸地冲她说难听话,还要跟她分开过,就说:"行,分开就分开,从今后我也不和你住一个院了,我嫌寒碜。"她赌着气,自己动手在院里插了一道秫秸墙,把一个院子一分两半。大花瓣儿住前院,小袄子住后院。好在先前院里有两个小屋,娘儿俩一人一个。

小袄子跟大花瓣儿分开过,觉出有许多方便,一举一动也用不着看大花瓣儿的脸色了。她这后院就是紧挨金贵家的那一半,个人蹿房越脊就更加随意。大花瓣儿日子过得虽不如小袄子风光,但早年拾花的积蓄还可勉强糊口。好在大花瓣儿身体还强健,挑水推碾磨都拿得起放得下。现在小袄子病了,还得央求大花瓣儿关照。

小袄子晕得天旋地转,来求大花瓣儿。她说:"娘呀,你看现时谁还疼我呀。"大花瓣儿就说风凉话:"找金贵吧,你不是一迈腿就能上房呀,飞檐走壁似的。"小袄子说:"算了吧娘,你诅咒你闺女也得看个时候呀!头晕煞我啦……"说着半真半假地一头栽在了大花瓣儿院里。大花瓣儿看小袄子可怜,就扶起了她。自此,照顾小袄子的,还是大花瓣儿。

大花瓣儿把小袄子搀扶进自己屋,从自己那迎门橱里找出两把陈年挂面,抖落掉挂面上的虫屎"络丝",给小袄子下锅煮,还放上葱花滴上香油。小袄子吃了两口就吐了,她说一闻这老面味儿就恶心。大花瓣儿想,这脾气生是让日本人给惯的。日本人的槽子糕好吃,可谁给你买呀。小袄子不止一次对大花瓣儿夸耀说,她在城里吃过日本人的槽子糕。大花瓣儿又给小袄子馇了一碗棒子面粥,小袄子倒喝了。大花瓣儿心里说,这就是你的命,香油挂面吃不服,棒子面粥喝得倒香甜。自此大花瓣儿变着样儿给小袄子熬粥,在粥里还放红枣、红糖,倒把小袄子将养好了。

小袄子在家将养几个月,先前的事她几乎都忘了。她觉得取灯和那个收鸡的老头儿离她越来越远。上茅房时,她看见金贵家的房子,也故意扭着脸不看。小袄子把自己捂得很白,便又显出一身新鲜。她不住地照镜子,看着自己的容貌又如花似玉,就一心想嫁个人。她想嫁得越远越好,最好嫁到沟那边。出了县,今生今世也不再回笨花。她盼着家里来个说亲的。

这天有个人进了门,这人在"前院"和大花瓣儿说话,小袄子以为这是说亲的来了,就到院里扒开秫秸墙往外看。原来这并不是个说亲的,是西贝时令。小袄子一看说话的是西贝时令,赶紧往屋里跑,跑着想着:这又是怎么了,这事们我怎么横竖是躲不过去?

这是个下午。下午,敌人少活动,正是回城的时候。

小袄子家的院子小,屋子小,院里的草长得很高,靠近房门还疯长着几棵洋山药。洋山药的秸秆有半房高,巴掌大的叶子,铜钱大的黄花糊住了窗户和门。时令蹚着脚下的荒草,伸手扒开门前的洋山药秸秆,一闪身进了屋。时令今天穿了一身白仿绸裤褂,敌工部的人什么衣裳都穿。

小袄子一见时令进了屋,显得十分慌乱。时令拿眼把屋子和小袄子飞快地打量一遍,他看见惊慌失措的小袄子,两只手东抓西挠毫无目的,就说:"小袄子,怎么慌成这样?我是你舅舅。舅舅来了,慌个什么。"时令拿上次去代安的事和小袄子先开个玩笑,想让小袄子安生下来。哪知小袄子更慌了,她伸出两只巴掌在脸前摇晃着说:"可别给我提这事了,你一提我的病又该重了。"时令看小袄子还是魔魔怔怔,就决定换一种口气和小袄子说话。他说:"有烟吧,给我根烟抽吧。"时令一说抽烟,小袄子连忙拉开一个抽屉,从抽屉里拿出一盒"老刀"烟递给时令说:"也不知还能抽不能抽,我可有一阵子不抽烟了,一闻烟味儿就恶心。"时令接过烟,用指甲挑开锡纸闻闻,觉得这烟果然有一股霉味儿。他抽出一支也不点,只在桌上磕打。

时令磕着烟,小袄子坐上炕沿儿还是显得不安生,她把两只巴掌夹在腿缝儿里不住地揉搓。时令坐在椅子上看着搓手的小袄子说:"小袄子,上级让我来,是来看你。听说你闹了一阵子病。"

"我好了,这一阵子见好,利索了,不碍了。"小袄子赶紧说,话说得断断续续。

时令跟小袄子说着话,继续观察小袄子和她的屋子,直把小袄子看得浑身一阵阵发紧。时令见小袄子身后堆着一堆该洗的衣服,衣服堆里就有那件葱绿毛布大褂,就又想起那次他和她一起去代安,小袄子穿着大褂抿着腿走路的样子。现在的小袄子穿一件斜大襟短袖布衫,手腕子以上圆滚滚的。他还发现,小袄子几个月不出门,脸被捂白了,胳膊也捂白了。他研究一阵小袄子,决定和她说正事。他是来领小袄子去敌工部的,取灯牺牲后,县里很重视笨花的情况,决定让敌工部来领小袄子,通过小袄子了解取灯被捕的蛛丝马迹。他应该顺利、稳妥地把小袄子带走,这就得先稳住小袄子。

时令竭力表现出他这次来笨花的平常,又说了些上级是如何关心她的话,小袄子才渐渐安生下来。

时令开始和小袄子说正题:"小袄子,有个事。"他说得简单、明确,尽量显得随意。

"什么事,莫非还和从前一样?"小袄子一惊,惊恐中带出些警惕。

时令说:"也可以这么说。"

小袄子把夹在两腿之间的手抽出来,扶住炕沿儿,身子往后一仰,更显警惕地说:"这些日子我净想别的事了,先前的事我都忘了。"她想把时令往别处引。

时令看小袄子躲躲闪闪,便专拿抗日阵营中常用的语言"吸引"她,说:"怎么,动摇了?"

小袄子虽然想忘掉从前的事,可又怕听"动摇"这两个字。"动摇"是形容对抗日工作的三心二意、意志不坚定的常用语,她可不愿意给时令留下"动摇"的印象。就又赶紧说:"我娘净托人给我说婆家,我就整天跟我娘说,也不看这是什么世道,哪顾得上呀。"

小袄子说世道,说顾不上想个人的事,时令可以从两方面理解,一是环境的残酷正耽误着小袄子,二是小袄子由于为抗日奔忙才无暇顾及自己。时令笑了,说:"说婆家倒不能不重视,其实也可以兼顾呀。"

小袄子说:"你是说,不让我忘了抗日?"她试探着时令。

时令说:"看,一捅就破。"

小袄子说:"我闹了阵子病,我当八路早把我忘了。"她还在试探时令。

时令说:"看你说的,抗日政府还能把你忘了。"他这是话里有话了。

小袄子高兴起来,从炕上一跃而起,栖在时令眼前说:"那就快给我布置吧。"

时令向后仰着身子躲着小袄子说:"这次的事不同往常,我一个人怕说不准确,你跟我走一趟吧。"

小袄子说:"莫非去见尹县长?"

时令说:"尹县长和敌工部都在找你。"

小袄子说:"就走?"

时令说:"就走。天黑得赶到,还有二十里地呢。"

小袄子说:"我得换身衣裳呀。"说着便去拽她的毛布大褂。

时令说:"不必了,这次不同于去代安,身上的这衣裳就行,天这么热。"

小袄子说:"老百姓不时兴穿短袖的。"

时令说:"也不碍。"

小袄子就抄起扫炕笤帚把自己浑身上下扫了个遍,跟时令出了门。出门时她在前院对大花瓣儿说,县里叫她哩,她要出去一趟。有人找她就说出村染布去了。

大花瓣儿看着小袄子的背影儿什么也没说,心想时令怎么还找她,这两边的人怎么生是离不开这个疯闺女?莫非时令是来诓她走的?大花瓣儿猛然想起取灯的死。取灯死后,大花瓣儿几次追问过小袄子,问她,取灯的死和她有没有关系。小袄子就嫌她娘说话没个深浅。大花瓣儿看小袄子病得可怜,就不再追问。现在时令带走了小袄子,大花瓣儿隐约觉出事情的非同一般。

三伏天又是大庄稼吐穗、花放铃的季节,地里却不见干活的人。

时令领小袄子往孝河南走,敌工部正住在孝河南。时令在前,小袄子在后,他们在大庄稼掩映着的土路上走。今年缺雨,土路坚硬,路上行人少,车马少,连浮土也不起。路两边长着车前子和羊角蔓。

时令和小袄子在交通沟里走,小袄子在前,时令在后。交通沟是专为跑情报把路破开挖成的,这沟有一人深,能走下一辆大车。人在沟里猫腰走,沟上看不见人;直着腰走,只能看见脑袋顶。

时令和小袄子走路,为了让小袄子走得顺当,别节外生枝,便和小袄子说话答理儿地搭讪着走。可小袄子却越走越耍起贱来,她在前头走着走着突然转过身把时令一拦说:"怎么也不歇会儿,这个累劲儿。"小袄子红扑扑的脸上淌着汗珠,头上的齐眉穗儿已经贴在脑门儿上,胸前的汗水也把布衫洇湿了一小片,汗津津的胸脯更显饱满。她正拿眼直勾勾地盯着时令,胸脯子一起一伏的。

时令看着犯贱的小袄子,心想,这东西,说他妈上劲就上劲,怨不得人们常说会招人的娘儿们浑身都带相儿。时令看了一会儿带"相儿"的小袄子,决定还是先顺应她一下,说:"是累了,歇会儿吧。"说完先跳上沟沿儿。

小袄子伸出胳膊就让时令拉她上沟。时令拉了她一把,她故意东倒西歪差点歪在时令怀里。时令闪开了小袄子,顺着一条垄沟蹚到一块花地里。这花地被四周房一样高的大庄稼包围着,时令觉得就像一块林间空地。小袄子也跟了上来,觉得这块平展的花地像一盘大炕。时令是想躲开交通沟休息,交通沟里人来人往情况复杂。小袄子却以为这一定是时令把她勾引到这儿的。小袄子进了花地,浑身上下更加带"相儿",她开始对时令搔首弄姿,打情骂俏,专拿一些难出口的浪话挑逗时令。时令心里一阵阵膈应,又一阵阵愤愤然,不由得想到,取灯牺牲的事虽然上级还没有结论,他可早有了判断:出卖取灯的不是你小袄子还能是谁呢。现在你不思认罪,还想闹他妈这种事……时令琢磨着该怎么对付眼前这个人呢?他给了小袄子一个脊梁,转过身点了根烟。他抽得凶猛,眼前缭绕着烟雾。小袄子见时令不理她,只一个劲儿抽烟,还以为他正执行任务,不好意思生斜事。她想,这时令本来就是个别扭人,从前看花时就常使一些女人败兴而归。那次去代安,她躺在梨树趟子里要装他媳妇,也遭过他的拒绝。这次她偏要争一回强,好一回胜,非要试试自己的能耐不可。她一边在时令背后捯饬自己,一边对着时令没有人称地说:"哎,怎么光自己抽,也不说给我一根儿,连根烟也舍不得撒手 。"

时令还是背着身子抽烟,不理身后的小袄子。

"哎,说你哪,各拧劲儿!"小袄子更肆无忌惮起来。

时令转过了身,他被小袄子吓了一跳:原来小袄子已脱下自己的裤衩,正光着身子平躺在地垄里,裤衩被她"委"在身子底下。她故意用手背挡住自己的双眼不看时令,脸上却绽着无尽的笑容。她知道时令转过身来正看她,就笑得更加甜蜜。她嘴唇紧闭着,显得很饱满,很红,很滋润,一副信心百倍的样儿。

时令看小袄子,就像看见一头发情的、一心一意正在等待交配的小母兽。男孩子们都见过小母兽们的发情,猪、狗、羊……那种难耐的等待。开始他们不懂,一旦他们懂了就想多看几眼,也许还会对它们生出几分怜恤之情。时令也见过这种发情的小兽。

小袄子闭着眼睛,信心百倍地等时令,却一直没听见朝她走过来的动静,她并不知道时令正在一动不动地拿眼盯看着她。又等了一会儿还是没动静,小袄子就说:"哎,你找的这地方可不赖。铺着地,盖着天,咱就铺着地盖着天干一回。我还没有铺着地盖着天干过呢,窝棚里再好也是个窝憋地方。"

还是没有时令的动静。

"哎,我说你,别支着'伞棚'①不动了。"小袄子说得更放肆、更下流了。

小袄子到底等来了动静,她支着耳朵听,一步步做着分析:这是时令摸索衣服的声音。四周寂静得连摸索衣服都能听见。"我知道你正解扣哪。看这'江湖'劲儿吧,一身的仿绸。哎,仿绸贵还是毛布贵?"她想起时令正穿着仿绸裤褂。

时令还在摸索衣服。

"是谁给八路砸的仿绸裤褂?你们又不敢进城找成衣局。"得意之中的小袄子,竟跟时令说起闲话。

时令是在摸索衣服,他解开衣扣,从皮带的枪套里摸索出手枪。他把手枪提在手里,向小袄子迈了一步,又迈了一步。青花桃打在他的小腿上,声音很绵软。

小袄子知道时令正冲她走过来,小袄子终于等来了时令。她心跳着张狂起来(小袄子有时会给男人来些张狂的,看对谁),她先是咿咿呀呀地唱起了日本歌,唱完歌又高喊着问时令:"哎,你知道日本话操×怎么说吗?我递说你吧,说'塞谷'。你们就知道咪西咪西是吃饭,八格牙路是混蛋,你们保险不知道'塞谷'是什么。"

时令来笨花带小袄子,本想平平常常地把她带走,可事到如今,他再也做不到平平常常了。他想起有句话叫怒火中烧,现在他已经怒火中烧了。这火像是被小袄子逼出来的、激起来的。他心说,你这个光着屁股唱日本歌的东西,取灯就是牺牲在了你手里,我百分之百地肯定。他决定先在这里摆出阵仗,让小袄子交代她出卖取灯的经过。他坚定地认为取灯的被捕就是她告的密——笨花是很少有人知道取灯的行踪的。他决定以他对她的审讯来压倒

---

① 伞棚:男人勃起的俗称。

她这一阵阵张狂。

时令提着手枪站到小袄子跟前,说:"小袄子,你起来。"

"怎么,还没办事就起来?"小袄子说着,手背挡着脸还是不睁眼。

"把你的手拿开!把你的眼睁开!"时令提高了声音,声音是严厉的。

小袄子拿开了手,也睁开了眼。她抬眼向上看时令,见时令一手提着枪正对她怒目相视,这才一骨碌坐起来,双腿屈到胸前,也才知道她对刚才的一切判断是有误的。但她还是假装不解地问时令:"是你把我带到这儿的呀,是你看着这儿清静。我知道你安的什么心思?"

"把你带到这儿是为了审你。"时令灵机一动说。

小袄子一听时令要审她,反倒把蜷缩的身子挺开来,双手扶住地说:"审我?审吧。"她已猜出时令要问她取灯的事,便越要装得强硬点,态度一软兴许就要走嘴。

时令说:"我问你,取灯的事是谁告的密?"

小袄子一听时令果然问起了取灯,心想我快咬咬牙吧。她说:"反正不是我。"

"不是你是谁?"时令说。

"不知道。笨花村几百口子人哩。"小袄子说。

时令觉得应该给小袄子来点厉害了,以显出敌工部的审案威力。他把枪对准了小袄子说:"小袄子,我喊一二三,你要再不说,我可就真该崩你了。现在你先穿上衣裳。"

小袄子一听时令又要崩她,心里倒塌实下来。她想,又要崩我,你们男人们对我说的还少呀?日本人说要崩我还没下过手呢。你们那些吓人的话,我早听过无数遍了。

小袄子穿上衣服和时令站了个对脸儿。她拍了拍身上的土,拽了拽衣裳的前后大襟,把胸脯冲着时令一挺,差点挺到时令身上。她红头涨脸、毫不示弱地对时令说:"崩吧!别看你是八路,窝棚你也没少钻。你还打人家取灯的主意,哼,取灯要是跟了你,屈煞!别看我人不济,全笨花我知道该敬重谁!反正你不在我眼里!"小袄子倒要讨伐时令了。她举出取灯是出于真心,她虽然出卖了取灯,却是真心敬重她。至于你时令,小袄子连羞带恼地想:我是一百个看不起你!

小袄子冲时令挺着胸,很是一阵怒目相视。小袄子的话,真叫时令有些吃不住了。如果刚才他说要崩小袄子尚是半真半假,那么现在,经小袄子对他的一阵羞辱,他决定要动真的了。他也红头涨脸地对小袄子说:"你这是真想死了,死还不容易,你转过去吧。"

小袄子说:"转过去就转过去。"

小袄子转了过去,背着脸还满不在乎地说:"我知道你拿的是六轮子。上六个子弹的叫六轮子,上七个子弹的叫七星子。"

时令说:"你听着,我现在要喊一二三了。"

小袄子先大喊起来:"我等的就是这一二三!"她有点歇斯底里,喊声里出了破音儿。

时令喊"一",小袄子没动静;时令喊"二",小袄子没动静;时令喊了"三",小袄子还是没动静。时令扣了一下六轮子的扳机,小袄子应声趴在了花地里。时令按照办案毙人的"规格",走过来用脚踢了踢小袄子,又在她的太阳穴上补了一枪。他看见血和脑浆一齐从她的太阳穴上冒出来。时令又一脚把小袄子踢了个仰面朝天,他看见小袄子的脸和嘴唇正在变白,而几分钟以前,这嘴唇还是那么红。

时令拔了几把青花柴把小袄子盖了盖,快步出了花地又走上交通沟。一时间他心里千头万绪,他想,小袄子,胆大妄为给我下不来台。你要是不这样,没准儿还能多活两天。

敌工部办案遇到三种情况可以就地解决：一、拒捕；二、逃跑；三、反抗。时令想，小袄子应该是逃跑。他庆幸自己让小袄子穿上了衣服，要是小袄子裸体着死，就不好向上级解释了。

56

兆州城每年有三个庙会，四月二十八是火神庙，最热闹。外地商贾云集，搭棚唱戏五天。六月十五是水神庙，庙会就逊色，没有了外地商贾，也不搭戏棚。九月初三是城隍庙，规模居中，像是四月庙的复兴。今年六月十五庙，却来了一班立棚演出的马戏。这马戏班并没有马，只演些杂技、戏法儿和西式魔术。兆州人管立棚演出的杂技都叫马戏，对"撂地"演出的杂技叫变戏法儿的。这家马戏班的大棚立在东坑以西，东面遥对十五中学，北面遥对福音堂。

今年世界风云多变，美国的飞机轰炸了东京；欧洲的第二战场，美英联军正直捣柏林城下；苏联人也早已把战线推进到德国本土。凡此使人高兴的消息，在兆州不准确地传递着。有人说，单是轰炸东京的飞机就有一千架；有人说，不是一千架，是五百架。有人说，在意大利捉住了一个法西斯叫墨索里尼；有人说，那个墨索里尼不是被捉住，是自己跳了海。总之意大利是少了一个墨索里尼。兆州的日本人还在高喊着完成大东亚圣战，加紧"讨伐和扫荡"，竭力要表现出东亚帝国的霸气。向文成用《冀中导报》上的形容告诉乡亲，他说，这就叫"黎明前的黑暗"。兆州的六月庙在黎明前的黑暗里似是而非地延续。这个外来的杂技团，仿佛故意要给兆州人以希望，竟心气颇高地立起往日的大棚，敲鼓鸣锣地招徕观众了。这杂技团本来自兆州以东、百里之外的吴桥，班主是位女伶名叫施玉蝉。施玉蝉早年是闯荡过大江南北、专演高空节目的名艺人,后来自己还乡搭了个班子,名曰玉鼎班。这些年玉鼎班冒着抗日烽火一直活跃于冀中一带。如今施玉蝉也已人到中年,自己不再出演。但她的杂技班子却因她而名声在外。玉鼎班的意思就是施玉蝉扛鼎而立。玉鼎班首次来兆州赶庙演出,并非有意而来。春天时他们自吴桥出发,逢集庙就立棚。六月时恰好漂流到兆州,赶上六月庙,便是玉鼎班的机遇了。

原先施玉蝉也不知道兆州的六月庙,却知道吴桥以西百里之外有个兆州。她先前的丈夫、人称向大人的向中和就是兆州人。当年在宜昌她执意要与向大人分手,就因为舍不下自己那一身空中的功夫。世道变化莫测,多年以后她知道向大人也已还家为民。她还知道向大人和他们所生的女儿取灯落在了保定。她曾有过赴保定探视女儿的念头,却又惟恐给向大人保定的家室带来不便,索性放弃了去保定认女儿的打算。大凡艺人遇事都要有些一刀两断的气概的,艺人讲的是拿得起放得下。施玉蝉拿得起放得下,决心不思前情,和向中和一刀两断,一心只扑在了自己的玉鼎班上。

这个六月,玉鼎班来兆州立棚演出,施玉蝉几乎忘记了兆州本是向大人的家乡,他们求生心切,他们一心要挣钱。

玉鼎班在六月庙上开锣了,果真还招来了一些观众,一时间大棚里熙熙攘攘。今天班主施玉蝉只坐在棚口卖票收钱,暗自计算着进棚的人数,心想这次来兆州,还真有些不虚此行呢。

节目开始了,一班演员踩着锣鼓点欢欢腾腾地亮相后,接下来的节目当是撂地绝活儿:仙人摘豆呀,砸碗复原呀,小姐妹的一阵对打、再钻一回圈儿呀……然后是中国戏法:大褂里变出鱼缸,变出火盆,还能变出会飞的鸽子。高空才是玉鼎班的压轴节目,这是施玉蝉对弟子们的亲传。但是,当今立棚谋生,只凭这些陈年俗套,玉鼎班还是不足以出人头地,他们必得有更绝的绝活儿。深谙出新之理的施玉蝉,竟把洋人的大魔术移植了过来。这大魔术本是同乡人先前在俄罗斯演出时的拿手好戏,施玉蝉生是不耻下问,将这惊心动魄的大魔术拿下。施班主还适应当今世界的审美需要,把现有的服装、道具一再更新。大魔术开始了,一位烫飞机头、叼着烟卷的女人站在一个立式箱子里被推了出来,女人只将头露在外面。魔术师用块布把箱子一蒙,再把蒙了布的箱子一转,箱子立时分成两截,女人的头也被齐肩"裁"下。这女人的脑袋飘飘忽忽地蹾在那一半箱子上,依然自在地眨着眼皮抽烟。当魔术师复又把箱子蒙起再揭开时,箱中女人的脑袋又回到了自己肩上。一棚观众随着这女人的分离、合拢发出一阵阵惊呼。在沸腾的人声中,有人又推出一个更大的箱子,好似农家躺柜,箱子上装饰着铜钉铁扣。一位穿着更加奇异的女人随箱子登场,烫着金黄的头发,画着蓝眼皮;她裸露着肩膀和胳膊,身上一件带羽毛的大裙子扫着地。魔术师把箱子打开,这女人钻进去,躺下来。魔术师手持一把大锁将箱子锁住,又以黑布一块把箱子蒙住,然后推着这箱子在大棚绕场一周。当箱子被打开时,从箱子里站出来的,却不再是那个裸着肩膀的黄头发女人,而是一个男人。这男人梳着油头,留着"仁丹胡",身穿一套黄呢军服,背着手,做着滑稽的鬼脸。他一边向观众鞠躬,一边发着怪笑。一棚观众爆出了开心的哄笑,纷纷赞叹这玉鼎班的绝活儿的神奇。人们心照不宣地玩味着这个"仁丹胡"小丑给众人带来的乐趣,连把门收票的班主施玉蝉见这节目收到的预期效果,也禁不住乐了起来。但这"仁丹胡"绝活儿也给玉鼎班惹来了麻烦,原来大棚里的观众成分复杂,除了中国人还有日本人。观众里有几个日本女人,还有几个日本兵。刚才箱子里变出来的穿黄军服的"仁丹胡"让中国人看了热闹开了心,日本人却觉得这节目另有暗示,有人已发现那"仁丹胡"活脱儿就是一个日本人。看戏的几个日本女人对一个日本兵嘀咕一阵,那个日本兵便跳到场中指手画脚地咆哮起来,他命令玉鼎班的人都站出来。

观众乱了,挤成一团往外跑。后台也乱了,演员们知道是节目闯了祸。日本兵在前台咆哮,后台那穿黄军服的演员早就脱掉黄军服,撕下"仁丹胡",跳出大棚撒腿朝城内跑去。乱了阵脚的演员们问施玉蝉怎么办,施班主在危乱中也只好冲大家挥着手,示意各位逃命要紧。刹那间,众多演员包括施玉蝉在内都跳过围墙,消失在混乱的人群中。所幸看演出的日本兵手中没有武器,不然这将是一场不大不小的惨案。其实这个节目的编排并非施玉蝉要影射日本人,都是她要"出新"惹的祸。

日本兵冲出大棚猛追四散的演员,其中一个日本兵紧跟那个"仁丹胡"不放。那演员在前边跑,他只身一人在后边追。但他忽视了杂技演员的功夫,他们跑起来像飞一样。那演员把日本兵落得越来越远了。但这日本兵死盯着演员的背影儿,仍是穷追不舍。演员跑进南街,他追至南街;演员跑至西街,他追至西街;当演员跑至西城墙下时,突然在日本兵眼前消失了。西城墙下有一带齐胸高的黄土围墙,穷追不舍的日本兵坚信那演员是消失在了那一带黄土围墙里。

利农粪厂的经理向喜正在扫院子。向喜每天都要把院子扫干净,他也常对几个伙计说,粪是粪,院子是院子。粪脏,院子可不能脏,开粪厂不能不顾院子。几个伙计很注意向喜的嘱咐,他们每天都不忘把院子打扫得清洁利索。遇有伙计倒不开手时,向喜就亲自拿起扫帚扫。他先用喷壶把院子喷湿,待水迹渗入土中,院子尚潮时,才拿扫帚扫。这样,院子不起土,还分外显出些生气。

今天厂里无人,两个伙计到西关拉粪去了,另一个刚刚出门去买面。院中只向喜一人。他把院子喷了一遍水,便走到他的萝卜地,察看他的灯笼红萝卜。六月本不是种萝卜的季节,种萝卜应该在头伏以后——头伏萝卜二伏菜。可向喜想做些新的试验。早年他在笨花家里种萝卜,种不成,是不懂底肥的重要。底肥就得上大粪干。那时他不懂粪干和生粪的区别,只让群山多上生粪,结果生粪就烧死了萝卜。粪干有劲,但性质柔和。那年他在保定家里种萝卜,从西关买过粪干施肥。还不知结果时,他又匆匆离开保定回到了兆州。后来,二太太顺容来信说,他的萝卜被日本人修停车场给铲了。现在正值六月天,种萝卜仅是个试验吧。向喜已经发现萝卜缨子长得太旺,这又是个不好的征兆。

向喜正在看萝卜,有个人从天而降似的降落在他的萝卜地里。这人中等个儿,肤色黝黑,脸上还打着彩;上身光着膀子,下身却穿着一条红绸子彩裤,脚上是一双黑靸鞋。这人一看见站在萝卜地里的向喜,咕咚一声就跪在了地上,头点地地喊起了救命。向喜一看此人面貌、穿着奇特,心想这里必有缘故,便一把将他拉起来,二人来到码粪干的秫秸厦子里。

向喜问来人:"你是何人?"

来人说:"不瞒您说,您一看我带着妆,就知道我是个卖艺的。"

向喜说:"你来自何处?"

来人说:"我来自吴桥。"

向喜说:"怨不得听你的口音有点熟。"向喜对吴桥口音是不生疏的,这口音提示着他继续向来人发问道:"你有什么武艺?"

"我是个耍杂技的。"来人说。

吴桥和杂技又使向喜不由得再问来人:"你搭的什么班?"

来人说:"搭的玉鼎班,玉鼎杂技魔术团。"

"这玉鼎班班主是何许人?"

"班主名叫施玉蝉。"

"施玉蝉现在何处?"向喜似在追问了。

来人说:"刚才在大棚里,现在散了。我们闯下了大祸!"来人说着就要往粪干里钻。

也就在这时,又一个人跳进了向喜的萝卜地,是个日本兵。

秫秸厦子里的向喜和来人都看见了那个日本兵,向喜对眼前的事已经判断出了个大概。他一弯腰,连推带揉把来人藏在了粪干里。粪干像一堵墙挡住了来人。

向喜不紧不慢地从厦子里走出来,拿起扫帚就要扫他的院子。日本兵用半生的中国话问向喜:"你的什么的干活?"

向喜指了指满院子湿的和干的大粪。

日本兵问:"那个人到哪里去了?"

向喜假装糊涂地说:"我的人,拉粪去了。"他指了指停在院子里的一辆粪车。

日本兵听懂了向喜的话,可他觉得向喜是在支应他,他突然对向喜横眉立目地吼道:"八格牙路!"

向喜知道这是日本兵在骂他了。他不再和这个兵说话,拿起扫帚又开始扫院子。日本兵上前夺过了他的扫帚,要他继续回答问题。向喜明白日本兵是要他交出那个演员的,便装得更加糊涂。日本兵见盘问向喜没有结果,就独自开始搜索。他跑进屋里搜查一阵,又从屋里跑出来观察院子。他终于注意起不远处那几排码放粪干的厦子。他猫着腰,如临大敌般地向厦子一步步逼近。向喜顺手抄起一把舀粪的铁勺跟了上来。日本兵搜完了一个厦子,又来到第二个厦子里。他的步子更加小心,也查看得更加仔细,不放过每一个空隙。他竟走到了那演员的藏身之处。

当日本兵开始搜寻时,向喜也开始作各种假设:他假设这个兵真的发现了那演员。现在这个假设眼看就要成为事实,向喜就要面对这个事实了。深谙兵法的向喜,懂得两军交战时,当你不希望对方发现你的隐蔽目标时,有两种办法:一是引开对方,二是消灭对方。引开是个权宜之计,消灭对方才是个最彻底的办法。向喜决定用第二种办法,他选择了消灭对方。日本兵离"目标"越来越近了,可说是近在咫尺。向喜举起了他那个舀粪的大铁勺。当日本兵就要动手扒开眼前的粪干时,向喜在后面抡圆粪勺朝日本兵头上狠击下去,日本兵歪倒在粪干旁边。向喜冲他的脑袋再击一勺,瞬间血和粪汤糊住了日本兵的脑袋。

玉鼎班的演员听见响声从粪干堆里站了出来,看看倒下的日本兵,看看手持粪勺的向喜,咕咚一声又跪倒在地上,大叫一声"掌柜的"说:"我可给你闯下大祸了!"

向喜伸手拉起演员说:"快逃命吧。"

演员想跑又指指地上的日本兵,向喜说:"来,让他进粪池!"向喜和演员把日本兵抬起来丢进粪池。向喜又让演员洗了脸,脱了绸裤、靸鞋,把自己一条紫花裤给演员穿上,送演员跳出院墙。当院子里复又空寂下来,向喜才努力思想起施玉蝉的名字和长相。说实在的,施玉蝉没有给向喜留下更深的印象。这并不是说向喜对施玉蝉缺少爱恋之情,而是他们在一起的日子太短暂。施玉蝉离他而去之后,向喜便没有更多闲暇思念施玉蝉了,令他自顾不暇的事一件件接踵而来。在后来的那些年里,他只有把对施玉蝉的爱恋和歉意,一股脑儿都给了取灯。

向喜想着往事,想到取灯现在的归宿,倒也觉得欣慰,他决定不再想她,就把演员脱下的彩衣也扔进粪池,便开始了他的等待。他知道事情远没有结束,他知道在日本人的眼皮底下弄死个日本人,这大半是个以命抵命的结局。开始,他并没有想和那个日本兵以命抵命。但事情的发展往往不随人愿。是什么原因使向喜举起了粪勺?是他听见了玉鼎班和施玉蝉的名字,还是他听见日本兵骂了他"八格牙路",还是他又想起了保定那个小坂?也许这些都不是,也许就是因为日本人要修停车场,铲了他保定双彩五道庙的那块灯笼红萝卜地吧。

向喜开始等待,他从房中炕洞里找出一个小布包,打开来是一支手枪,德国造的狗牌撸子。枪很老了,这还是那年在汉口文昌门码头和孙传芳告别时,孙传芳送他的。当时,因宜昌兵变,湖督王占元被免职,向喜的陆军十三混成旅番号被裁撤,他将离任赴保定。后来,又有多少支更时尚的手枪经过向喜的手,但他弃甲为民时单保留了这支。他从军中生涯的最后一站徐州一直把它带到现在。当他作为难民离开保定,顺容给他收拾饭盒时,他把它埋在了饭盒的第三层。当时饭盒的第一层是干桃酥,第二层是两个馒头和一堆保定酱菜,第三层是一碗凉米饭,手枪就埋在米饭里。饭盒躲过了日本人的检查。向喜定居粪厂后,这枪就被他一直藏在炕洞里。

向喜拆开枪的包布,随手拉动了几下枪栓,又把子弹夹插入枪膛,把枪插在了腰里。

向喜收拾完枪,便有人进了院,是一伙全副武装的日本兵,他们的脚踩在有粪和没粪的地方。向喜估计了一下数目,是一个小队。他按中国军队的编队换算,一个小队当是中国的一个排:三十号人左右吧。一小队日本兵把向喜围在当院,一个为首的向他发话,旁边跟着翻译。日本人开门见山地问那个日本兵的去向,并直接跟向喜要人。向喜平静地说没看见,日本人说,你没看见我们看见了,他是跑进了这个院子的。向喜说跑进来又跑出去了。日本人问他从哪里跑出去的,向喜冲着萝卜地一指。日本人让向喜带他们去查看地形,向喜把萝卜地指给他们。几个日本兵开始在萝卜地里辨认足迹,他们认出了那个兵的足迹,萝卜地很湿。可萝卜地里只有冲着院内的足迹,却没有跑出去的。为首的日本人朝向喜逼过来,抽出了挎在身上的军刀。军刀举过了他自己的头顶,也举过了向喜的头顶。向喜本能地倒退了一步,举刀人则向前逼近一步。向喜再往后退一步,已退至粪池边。举刀人把刀举得更高了,当举刀人大吼着朝向喜砍来时,却在突然的一声枪响中倒在地上——向喜向举刀人开了第一枪,接着他又开了第二枪。差不多是在又一个日本人倒下的同时,向喜冲自己的太阳穴开了第三枪,他倒在了粪池里。

在并不遥远的时间里,取灯和向喜的死因袭了同一种模式。所不同的是,取灯没有做到的事,向喜做到了:向喜到底有机会把第三枪留给了自己,而取灯在开第三枪时就被日本人攥住了手腕。

兆州城内很少有人知道利农粪厂经理向喜的身份,仓本知道,葛俊也知道。但向喜人生的这种结局是他们万没想到的。仓本面对发生在利农粪厂的事件,当然要找葛俊问清楚。葛俊对仓本说,一切正如仓本所知,向喜在粪厂一呆八年,除经营大粪外,无任何活动,与城外的八路更无牵连,连笨花家中也断了联系,他就是个开粪厂、摆治大粪的。葛俊本人早年虽和向喜拜过兄弟,但向喜回到兆州以后,他们就不再往来。如此,粪厂事件就变成了一个无头案。葛俊的叙述基本属实,他只向仓本隐瞒了一件事,便是玉鼎班班主施玉蝉。葛俊只字不提施玉蝉,仓本也就忽略了那事件的源起——玉鼎班的演出。而这时,施玉蝉早就混入民间潜回吴桥。

葛俊愿意利农粪厂的事尽早成为过去,他在仓本面前左右逢源地做着搪塞,说这件事只能算个偶然中的偶然。

向桂来找葛俊了,向桂身后还站着甘运来。他们找葛俊,是为了把向喜的尸首运出城外。此前,甘运来和粪厂的伙计已经从粪池里捞起了向喜。他们给向喜仔细做了清洗,他们都知道向喜是个酷爱清洁的人。向桂又让小妮儿找出裕逢厚一些库存的衣料为向喜缝制了寿衣。向桂还特意嘱咐小妮儿,寿衣切不可用日本料子做。但怎样把穿戴整齐的向喜运出城去再运回笨花,向桂却又遭了难,这才想到还得找葛俊。葛俊总算是旧情难忘吧,他继续对已故的向喜表示了他能给予的"宽容",他说,这件事他知道就当不知道算了,出城时只要日本人查不出破绽,他决不会报告日本人。可是究竟怎么出城,他也无计可施。

向桂和甘运来研究向喜的回家之计,开始他们想把向喜埋在一车粪干里赶车出城,又觉得天气炎热,粪干不洁,尸体很快就会腐败。后来才想到酒对于保护尸体的作用。他们决定用酒糟做掩护。甘运来从西街烧锅订了一车酒糟,把向喜埋在了酒糟里,再把酒糟车赶回笨花。酒糟是做酒烧锅的废弃物,是牲口上好的饲料,常有人买酒糟出城。出发前,向桂又让小妮儿清点了向喜的遗物,原来向喜的遗物极少,除了几件旧衣服外,仅有一个搪瓷饭盒。几件衣服被包在一个四蓬缯包袱里。

酒糟车在前,向桂、甘运来、小妮儿零零散散走在车后。出东门时,站岗的日本人用刺刀胡乱在酒糟里扎了扎,没显出破绽,放过了酒糟车。酒糟车带着一车的酒气,来到笨花向家。

这时,向家还不知道发生在利农粪厂的事。他们对这辆突然到来的酒糟车很感意外。同艾先闻到酒气,站在廊下喊向文成,问他这是哪儿来的酒气。向文成也闻见了酒气,还听见有辆大车进了门。他和同艾正站在廊下纳着闷儿,就见甘运来和向桂进了院,小妮儿也跟进来。甘运来一见廊下的同艾,便猛地跪在地上,磕着头匍匐着,泣不成声地说:"太太不好了,出大事了!"小妮儿见甘运来跪下,也连忙跪下,把手中的四蓬缯包袱和饭盒放在身旁。她只是哭,说不出一句话。向桂没有跪,几步跑上廊子去搀扶同艾。同艾已经明白了大半。单说这三个人同时出现在她面前,事情就非同一般。何况又跪又哭,小妮儿手里还拿着四蓬缯包袱和饭盒。这不是老头子出了事还能是什么!搀住同艾的向桂忍着眼泪到底说话了,他说:"嫂,瞒不住你了,节哀吧,节哀吧。"说着也泣不成声了,把眼泪和鼻涕都洒在了同艾身上。

其实向文成对酒糟更有特殊的敏感。有一次他托山牧仁从石家庄给尹率真买了一台油印机,出城时就是把油印机埋在了酒糟里。所以,刚才当酒糟一进家门,他就知道这车酒糟里又有物件。现在眼前的场面使向文成知道,这次酒糟里埋的定是他爹了。

向桂和甘运来交替着把发生在利农粪厂的事源源本本做了介绍,向家人又一次陷入悲痛之中。其实,同艾刚才一看见那个四蓬缯包袱,就已经悲痛得不能自持了。

笨花的乡亲闻讯赶到向家巷,他们谁也没有想到,战争会涉及向大人,几年来笨花人似乎忘记了他的存在。人们找向桂提议,向大人的丧事必得像丧事一样办。他们记起向喜为他父亲向鹏举办丧事的情景,丧事连续了三个七天,流水席从向家直排到街上,超度亡魂的和尚道士有几棚。今天轮到他自己入土时,万不可太潦草。但是,向喜的丧事和取灯的丧事一样,仍然在半遮半掩中进行。好热闹的向桂也学会了审时度势,他收敛着自己,劝说着乡亲。他只在哥哥的棺材上动了些心思。他为向喜在外村物色了一口香柏木的棺椁。这棺椁做工考究,又用大漆漆了十八道。那个外村卖棺材的老板说:"在兆州,这棺材除了向大人用,谁还配呀。"就像这棺椁是专为向喜制作的一般。

一口十八道大漆的香柏木棺椁总算给向家带来了些安慰。

群山从酒糟里扒向喜,埋怨向桂为什么不让他亲自去接向大人,从前迎送向大人都没用过别人。向桂说,少一道麻烦是一道,又不是太平盛世,就不必争竞了。可群山仍然觉得,由他套车去"接"才最得体。

向喜入殓入土。好在前些时向文成在向家坟地找到了向喜的准确位置,如今就免去了找穴位的麻烦。向喜被埋在向鹏举以下,向取灯以上,他连接了这个隔辈的空地。

这次秀芝没有为全家拌疙瘩汤。向桂发了话,对秀芝说:"武备他娘,做锅粉条菜吧,吃不吃的也像个过事的样子。"笨花人过红白事,再阔气的家主也要做粉条菜,好像只有粉条菜才能带出喜气和"丧"气。秀芝按向桂的嘱咐做粉条菜,左拼右凑锅里只下了白菜豆腐和粉条,连猪肉都没有买下。甘运来在村里东借西找,东西都是从茂盛店借的。考究的粉条菜还要有上好的大片猪肉和猪肉丸子,豆腐也要过油。

向家人都吃了粉条菜,仿佛谁不吃就缺少了对向喜的尊敬一样。悲恸之后镇静下来的同艾在廊下端着碗说:"都吃吧,老头子回来就是了。"她语调平和得又如同往常。同艾带领大家吃粉条菜,吃着吃着又想起一件事,她对身边的向桂说:"桂呀,给保定报个丧吧,还有取灯的事。文麒文麟的妈叫顺容,姓汤,还住双彩五道庙街副四号。"向桂说:"我办吧。"这天晚上,同艾枕着向喜的四蓬缯包袱睡觉,她摩挲着她亲手织的这个包袱皮,计算着它离家的时间。她想,光绪二十八年到今天,这本是四十三年吧。

有向桂在家指挥向喜的丧事,人前倒少了些向文成的影子,这些天他只觉头疼眼不好使。视力本来就微弱的向文成,站在酒糟车前看向喜时,就是看不清向喜的模样。他忽而觉得父亲的头发是白的,忽而又觉得是黑的,要不然就是红的绿的。从向家坟地回来时,向文成走得更加磕磕绊绊。秀芝看出了向文成走路的不同往常,心里一阵阵不安。晚上,她看着坐在椅子上发愣的丈夫说:"你哪儿不对劲儿?"向文成直视前方说:"一时还难说,观察一下吧。"他想起西医爱说"观察",观察就是看看再说的意思吧,也可以当注意一下解释。

57

向文成"观察"了一阵自己,知道自己真病了,一时间又对自己的病诊断不清。他用了中医辨症的方法和西医的诊断学研究自己的病,还是下不了结论。他瘫在了炕上,眼前只有片片空白。家里人看他是一时清楚一时糊涂,清楚时和平时差不多;糊涂时就净说别人听不懂的话。他时而高喊着:"爹,这儿有鱼!"时而又不停地念叨着:"南洋兄弟烟草公司,南洋兄弟烟草公司……"清楚时他想到:我病一阵子不要紧,瘫子还能起来呢。可别让我这只好眼也坏了。他伸手够过枕边的一本什么书看,书还是从前的书,字还是从前的字,可字们变成了一串串的黑疙瘩。他感到事情不妙,便迫不及待地想趁这尚存的一点视力,完成一件事:他应该给大儿子向武备写封信。他要把近来家中连失两位亲人的突变告知儿子,并让武备也转告他的两位叔叔——向文麒和向文麟。现在书信走得慢,往来要通过几个根据地才能送到收信人手中。向武备自延安抗大毕业后,东渡黄河,一直辗转于山西抗日前线,他在山西还能见到文麒。

向文成让秀芝给他拿来笔墨信纸,又搬来一只小炕桌。秀芝知道他要给武备写信,也不阻拦,只给他在炕桌上放了两盏灯。向文成看见这两盏灯,且又是在白天,就知道秀芝为他的视力丧失做了足够的准备。他说:"秀芝,我递说你一件事吧。"

秀芝说:"什么事,这么郑重。"

向文成说:"是这样,今后我写字写歪了,你看见了就告诉我一声。"

秀芝没有说行,也没有说不行,只说:"怎么给武备说呢?"她说的当然是家里发生的事。

向文成说:"家里的事好说,武备能理解。我是光怕把字写歪了。"

秀芝说:"你写吧,歪了我就递说你。"

向文成在墨盒里舌舌笔,铺开信纸。秀芝在一旁看他写字。他写得很慢,字迹和以前也大不一样,常把字摞在一块儿写成一个黑疙瘩。行距更是看不出来,"天地"也忽高忽低。排成行的字不是从左往右斜就是从右往左斜。秀芝便在一边掉起泪来。秀芝一掉泪,向文成停住笔说:"我知道了,你正在掉泪呢,你一掉泪,我就知道我把字写歪了。"

向文成就着两盏灯,还是写完了给儿子向武备的信。

第 九 章

58

向文成用家信把家中的变故告知了大儿子向武备,可小儿子向有备还不知道他的祖父向喜已经过世,他刚从失去姑姑的悲痛中走出来。最近,胜利的消息多,战役也多,后方医院就格外忙碌。

代安的据点被攻克,后方医院现在住代安。代安是个大镇,纵横的街道和胡同使有备走起来都犯糊涂。有条街上尽是店铺,集庙上有的东西,店铺里都有。饭馆也不再是茂盛店的烩饼和糊汤,招牌上写着黄焖肉、红焖肉;黄焖鸡、红焖鸡。有备想,兆州城也不过如此吧。每天,他在代安的大街小巷中穿行,到各家为伤员打针换药,攻打代安负伤的战士分住在群众家中。现在的有备常常觉得自己的医术很熟练,个子长得也很高。

有一天,有备背着药箱正要出门为伤员换药,董医助来了,她叫住有备说:"有备,别去了,咱俩另有任务。换药的事我已经安排了别人。"有备放下药箱看看小董,小董已经穿戴整齐,新发的灰军装上系着皮带,绑腿也打得很漂亮。她把一顶新军帽提在手里悠来悠去地扇汗,一头清洁的短发摇晃着,正是要出门的样子。医院的人不比战斗部队,平时不打绑腿,只待出门时才把绑腿打起来。有备放下药箱,问小董他们到哪里,执行什么任务。小董说,到柏舍。昨天柏舍的据点也被攻克了,据点上有一批药品让他们去取。

有备愿意和小董出门,遇到单独和小董出门时,更有说不出的喜悦。和小董的几年相处,有备只觉得他和小董已是知己。他有时觉得小董像姑姑,有时觉得小董像姐姐,有时又觉得她既不是姑姑也不是姐姐,是什么,他很糊涂。八路军之间不时兴说朋友,不似和日本人松山槐多。不然,也许他又会想到朋友两个字。

有备放下药箱,学着小董的样子也穿好军装,打上绑腿。打上绑腿的有备觉得自己又高了许多。当他们走出代安,走上去柏舍的沙土小道时,有备突然发现,他已经高过了小董。小董也感觉到快速成长的有备,笑着说:"有备,你别在高处走了,你站在高处显得我更矮。"说着一迈腿,迈上高处,指示有备到低处去走。有备知趣地从高处迈到低处,现在小董和有备一样高了。小董又说:"先前医院在你家大西屋住时,你才那么矮,这两年你长了准有一头。"有备低着头,踢着道沟里的细土说:"长……那么快有什么用,还不如多长点技术呢。"小董说:"你进步可不慢,抗战一胜利,我就该给你申请医助了。"

小董要为有备申请医助,倒没有引起有备多大兴趣。她看出了有备的心思,又说:"也许你还有别的想法,我看你受松山槐多的影响不浅。其实画画也不错,我学都学不会,连个解剖图都画不正确。"有备还是没有说话。他是在想,他对美术的兴趣也不完全是受松山槐多的影响,自己从小就喜欢,和松山槐多不过是巧遇。胜利以后的事离他还远,当医助和学画画他还得好好想想。眼下他是要和小董到柏舍去取药。想到这儿,他突如其来地问小董:"哎,小董,德国的药强还是日本的药强?"小董也就自然而然地随着有备把话题转到了药上,说:"也得看什么药。德国造药有历史,有名的厂子多,像拜尔药厂,可做了不少好药。日本呢,这些年也研制了不少新药,他们把磺胺就分成了几大类。目前磺胺在消炎药里当属权威。"小董和有备说了一会子药,又说起那天冀中群众剧社来代安演戏的事。群众剧社演了一出《过光景》的戏,戏里有个老汉,演老汉的是个兆州人,在台上说话还带着兆州腔。小董学着那老汉说:"瓮里莫(没)米,缸里莫(没)面。"兆州人把"没"念"莫"。有备觉得说兆州话并没有什么奇怪,只是那老汉一上台就不应该再说了。他们还说到那个老汉的闺女在台上挑水,水筲里真有水。那个闺女在台上挑着两筲水一扭一扭地唱,不小心把水洒了一戏台。小董说,这就不如挑两只空筲,台下又看不见。有备倒觉得,筲里有水和没水看起来可大不一样,挑着空筲一看就是假装的。他的意思是,演戏也得真实。

不爱说话的有备和小董说了一路话,不知不觉就到了柏舍。柏舍的据点昨天被攻克后,到现在炮楼还冒着烟。院里有救火的,也有清点战利品的。有个腰里别着手枪的干部看见小董和有备,知道是医院来了人,就把他们领进一间屋子介绍说,这屋子先前就是个日军的小医院,方圆几十里的日伪军都到这儿来治伤治病。敌人逃跑后,扔下了这批药品。小董发现原来这屋子本是一间小药房,药品在药架和桌子上零乱地堆放着。她和有备开始清点、辨认。敢情这药房里除了外科常用药,竟还有他们在路上说过的磺胺,外用和内服的都有,均为日本制造。磺胺是后方医院急需的药品,这当是战地外科的救命之药。他们把磺胺挑拣出来,又捡了些其他药品,用两个被单包成两个包袱。小董掂掂分量说:"就这些吧,都是最有用的,再多咱俩也背不动了。"他们背上包袱,告别了当事人,出了村往回走。小董对有备说:"那一次要是有磺胺,那个战士不一定被截肢。当时什么消炎药都没有。"有备知道小董说的那次就是在他家大西屋,那个战士被截肢的事。战士的一条腿被截下,他和小董把腿抬出去埋了。

出了柏舍,太阳已落山。两人这才想到,从上午离开代安到现在,连饭都没吃一顿。加上天气炎热,两人的衣服都已湿透。背着大包袱走路,就更感劳累。小董对有备说:"有备,咱俩真有点高兴过头了,让这点磺胺给闹的,连饭都忘了吃。这磺胺虽好,可当不了饭吃。"有备说:"饿是小事,就是渴。"小董说:"又饿,又渴,又累,咱们得休息一会儿。前边的村子是常营村,咱赶到常营吧。"有备说:"顶多还有三里地。"

有备和小董来到常营,天已擦黑。他们对这个村子不陌生,他们都来这个村子出过诊。进了村,他们找到靠近村外的一个抗属大娘家。这位大娘只身一人过日子,儿子当八路军,闺女过了门,老伴已去世。家里不宽绰,只有两间屋,大娘住一大间,有盘大炕;还有一间放柴草的小屋有盘小炕。大娘一看来了两个穿军装的八路军也不奇怪,把小董和有备让进屋,不说二话就烧水做饭。小董也不客气,挽起袖子给大娘打下手。他们在大娘家喝足了水,吃饱了饭,当他们背起包袱要出门赶路时,大娘却提醒他们说,现在天色已晚,虽说有月亮,夜间走路还是不太平。敌人的据点虽然一个一个被端了,有些零零散散的伪军,专等晚上出来活动。再说,往东走就是梨树趟子,前几天就有一个区干部在梨树趟子里被杀害。大娘劝他们住一夜,天明再走。

正要出门的小董觉得大娘的话有道理,就自作主张对有备说:"还真不能大意,咱住下吧。"说着就又返回屋里。他们解下身上的包袱,大娘开始给他们点灯扫炕。

大娘把一盏灯放在灯墙上,够过笤帚把炕扫净,又对他们说炕角有被单,让他们自己拽。大娘说完就要出门,小董方才明白大娘是要把这盘大炕留给她和有备这一男一女。其实八路军在行军中常有男女同宿一间屋子的事,战时的一切非常都属正常。可是面对这盘大炕,小董和有备还是愿意留下大娘和他们同宿。小董挽留大娘,大娘却说,医院人爱干净,她自己常常不洗漱,她自有睡处。大娘又告诉小董,院里有水缸,水缸旁边有洗脸盆,让他们洗漱。说完就闪出屋去。小董留不住大娘,和有备在水缸旁边简单洗漱后,先回屋上了炕。她跪在炕上找被单,原来被单也只有一条。她猜想也许这是大娘的疏忽,也许大娘家就没有第二条,便又想到战时的一切非常都属正常。她把一团被单扔到炕的正中。

小董在炕上找被单,有备只在炕下站着。小董说:"有备,快上来吧,这样睡也不是头一次。"有备说:"先前人……多。"他的意思是说,先前他们行军住宿,男女同住的事有过,可那是全医院的人挤在一起睡,而今晚只他和小董两个人。小董见有备不上炕又说:"算啦,人多人少还不都一样,都怪环境残酷的过,还讲什么条件。讲这讲那咱们都别睡了。"她再次招呼有备上炕,有备才一迈腿上了炕。他光着脚在炕上一站立,脑袋几乎顶到了檩梁。小董这才觉出这有备真是个大男人了,心想我还老把他当成从前笨花那个孩子。

小董在被单的这一厢盘腿坐下,有备也屈腿坐在被单的那一厢,他们当中隔着那团紫花被单。一时间两人无话,一盏油灯在灯墙上着得很旺,噼噼啪啪地爆着灯花。两个人的影子扑散到炕上,又扑散到墙上。他们看着炕上墙上的影子,都觉得说了一天的话,话好像都说完了,再开口谁也不知道将是怎样的一个话题。小董在想,有备也在想。还是小董先找到话题开了口。

小董对有备说:"有备,咱睡吧。"

有备说:"睡吧。"

可俩人还是坐着不动。

又过了一会儿,小董问有备:"有备,你说咱粗睡还是细睡?"

冀中这一带人谁都懂得粗睡和细睡的区别:粗睡是和衣而卧,细睡是要把衣服脱光。

这是个严肃的问题,有备也没有做出回答。本来他是要说粗睡的,又觉得一天的劳累,只有细睡才能解乏。可细睡……哪能呢。

小董见有备不做回答,冲有备扭过头,笑着说:"这样吧,咱不讨论了,也不强求一致。我先吹灭灯,剩下的事个人处理。我喊一二三,就吹灯。"小董说完喊了个一二三,吹了灯。

黑暗笼罩起这屋子和炕,只有窗纸很白。今晚月亮正圆,月亮正对着窗子照耀。有备只听见被单的那一边小董的一阵窸窸窣窣,心想小董莫非要细睡?不可能。小董一定是粗睡,她窸窸窣窣是在解绑腿呢。有备也摸索着解下绑腿,解下绑腿才感到浑身的轻松。他和衣躺下来,开始找他那半边被单。果然小董为他留出了属于他的那半边。有备抓着了被单,但没有去盖,一身衣服是可以顶被单的吧。他转过身背冲着小董闭住眼,他想忘掉身后粗睡或者细睡的小董,只有忘掉小董他才能够入睡。刚才他在小董面前竭力装着对这盘炕的平静和无所谓,其实从他知道大娘留给他和小董一盘大炕那时起,他就不平静了,他听见了自己的心跳,身上一阵阵冒着汗。小董是个女的。

有备想忘掉身后的小董,小董却又在黑暗里说话了,她说:"有备,你小时候玩'过家家'吗?"

有备说:"也玩。"

小董问:"你装过新女婿没有?"

有备说:"也装。"

小董又问:"你会作揖吗?"

有备不回答。有备不回答是因为他觉得作揖最难,而新女婿首先要会作揖。那些十字披红双插花的新女婿,穿着不随身的长袍马褂,逢见乡亲,把手一抱,拳头举过头顶,腰也跟着弯下来。随着腰的直起,抱着拳的手再自然垂下。有备觉得这个动作最难。儿时他就背着家人做过演练,却没有一次成功。

有备没有回答,小董已经在黑暗中打起了小呼噜。有备听见小董的呼噜,反倒把闭着的眼睛开了。他再看这黑屋子时,刚才的黑暗不见了,他看清了屋里的一切。有备小时候就知道,人在黑暗中闭一会儿眼,再睁眼时就能看见黑暗里的一切。有备用这一知识,经常为自己设置一些举动。秀芝让他到黑屋子里去拿东西,嘱咐他先点上灯,他偏不点。他在黑暗中紧闭一会儿眼,再睁开时就能看见他要拿的东西。向家有个很深的山药窖,秀芝让他下窖拿山药。他刚下去时窖里漆黑,伸手不见五指。他沉住气,闭一会儿眼,再睁眼时大块小块的山药就能分清了。后来抗日了,村里有了地道。有备能在地道里不点灯,熟练地四处穿行。来医院后,有备问小董这是什么道理,小董告诉他,这是人的瞳孔能放大能缩小的缘故。人在黑暗中闭眼的过程便是瞳孔的放大过程,只有瞳孔放大了才能看见黑暗中的一切。猫和猫头鹰晚上能看清周围,都是因为瞳孔的放大。

现在有备的瞳孔放大了,他看清了屋子看清了炕,月光透过窗纸把光明铺了一炕。有备还是想着一件事:小董是粗睡还是细睡。他把小董的粗睡和细睡在脑子里不停地做着转换,还是得不出结论,便很想转过身去看看。小董近在咫尺,屋子又是这样明亮。有备朝小董转过身,他看见了小董,结论也有了,原来小董是细睡的。一缕月光正照在小董光着的肩膀上,被单只潦草地遮着胸。她的头发扑散了一枕头,打着呼噜睡得很香。有备连忙又把身子调转过去,觉得自己的行为很不光明。这时就听小董翻了一个身,一条胳膊冲有备甩过来,胳膊拍在炕席上,拍得很重。这使已经转过身去的有备又生出要看看小董的念头,他再次转过身来看小董,原来小董的翻身把她自己翻成了个"光屁溜儿"。她斜趴在炕上,被单让她揉搓在身子底下。她那早已发育成熟的臀部,鼓绷绷的像两座放光的小山。有备的心一阵猛跳,他背过身去决心远离这两座放光的鼓绷绷的小山。但睡眠离他越来越远了,他觉得身上的大汗正浸透着他的军装,紧闭着的眼皮跳动不止。他想,也许这就叫心惊肉跳吧。

　　经过一阵心惊肉跳的有备,还是决心要"远离"背后的小董,这就要去想点别的,他打算想点小时候的事,想想笨花的庄稼,笨花的树和苇坑,想想坑里的小伙伴们。谁知一想到小伙伴,耳边又出现了小伙伴们对男人和女人的议论。笨花有个叫"酥瓜"的大孩子,长得真像个酥瓜,长脑袋,长脖子,长身子,连裆里的小鸡也偏长。他点子多,故事多,说看见过不少男女的事。酥瓜见识多,在孩子群里就要拔尖领先,为此他编排出一些要占先的计谋。比如他在团伙里搞"桃园结义",要产生刘、关、张。方法是他喊一二三,大家一齐往苇坑跑,谁先跑到苇坑就是刘备,第二名是关羽,第三名是张飞。酥瓜跑第一是有把握的,他跑了第一当了刘备,接着关羽和张飞也产生了。但是过后并没有人管酥瓜叫刘大哥,还是叫他酥瓜。那时有备也跟着跑过,他跑在了最后。跑在最后的有备总是受这个"三结义"阵营的吸引,逢到他和父亲向文成不对付时,就来投奔酥瓜。酥瓜也不轰赶他,他就跟着桃园结义的兄弟钻苇坑,钻庄稼地,听酥瓜讲男女故事。酥瓜随便出个题目让大家猜,就能难倒大家。他说,新婚的男女上了炕,"办事"之前谁先说话?有人说男的先说话,有人说女的先说话。大家一阵七嘴八舌,还没有争出结果,酥瓜又有了新问题。他说,男的先说,说什么?女的先说,说什么?那时有备还小,这问题引不起他的兴趣。如今当他回想儿时听见的这个问题时,便觉得这问题实在难以回答。他不由自主地拿自己和身后的小董打起了比方……这该怎么说呢?

　　有备觉得很对不起小董,这故事不知为什么又牵连到了小董。唉,去他的小伙伴吧!去他的酥瓜吧!有备一边再次暗下决心不去胡思乱想,却又想起了更具体的男女故事。男女故事他听过一些,也不是专门为了听而听,是他和酥瓜接触的不经意。后来小董教他生理学,他才知道酥瓜的故事有些符合男女生理,有些并不符

合男女生理。现在这些符合男女生理还是不符合男女生理的故事一个个地都浮现出来,那故事有头有尾,顽固地在有备眼前展现:

从前有个男人和女人大白天要办事,就对炕下的儿子说:"街上有个耍猴的,快去看吧,给你两毛钱……"去他的吧!有备心里说。

从前有个女人自己睡,有个男人从窗户里爬进来就要……去他的吧!有备心里说。

从前有个卖杏的从一个破窗户前路过,听见窗户里一男一女正办事……去他的吧!有备心里说。

从前有个新媳妇,嫁了个傻女婿,晚上新媳妇等他来办事,他不来,新媳妇听见树上喜鹊叫,就对傻女婿说:"你听喜鹊说话哪,你猜喜鹊说什么?"傻女婿说:"喳喳喳呗。"还是不来——是人都知道喜鹊说的是脏话。喜鹊有时报喜,有时也说人都说不出口的脏话。

……

有备很为自己现在的思绪而苦恼,有备很为自己现在的思绪而上火。他想,我还不如就是那个傻女婿呢,不知办事的傻女婿倒什么也不想了。

后来讲故事的酥瓜也当了八路军,在军区三纵队,吕正操直接领导着三纵队。前不久三纵队在献县开了一个庆功会,有备看见酥瓜也站在台上,戴着大红花。报告人说,酥瓜在河间的一次伏击战中,一个人用刺刀挑死了三个日本兵,还抓了几个俘虏。会后有备在台下见到酥瓜,酥瓜说,他抓的俘虏中还有日本娘儿们,他真想看看日本娘儿们那地方什么样儿,日本娘儿们的衣裳肥,一掀就能看见。可惜日本娘儿们很快就被押解走了,酥瓜觉得很惋惜。酥瓜还说,先前他说看过这个看过那个,其实他什么也没看见过,他那些故事都是听西贝二片讲的。

炕上的小董又翻了一个身,猛然坐了起来。她发现了自己细睡的姿势吧,也有些不好意思。瞳孔放大后的小董也看见大炕很亮,她坐了一会儿,审视了一会儿自己,又审视了一会儿那一厢粗睡的有备,便又悄悄地躺下来。有备知道,小董又拽起了挤压在身下的被单。

天总算亮了,有备先跳下炕,在院里的水缸前洗脸,故意把动静闹得很大。他是为了告诉小董,我可起来了,给你留出时间,你好穿上衣服呀。

小董来到院里,也在水缸前舀水洗了脸。她看见有备什么也不说,不说也不笑。

他们吃了大娘的饼子喝了大娘的粥,又扛起包袱上了路。这村离代安有二十里。

走在路上,有备只觉得天旋地转,粗睡了一夜的他实在没有休息过来。小董看着走得东倒西歪的有备说:"有备,其实你还不如细睡呢,细睡解乏。也怪我没有要求你。"小董扛个大包袱在道沟里跳上跳下,她是解了乏的。

有备不说话,无意中又扫见小董那正在颤动着的臀部——小山一样。他决心用生理解剖学的眼光去想那小山。解剖学上写着:臀部有两块很发达的臀大肌,对维持身体立直起重要作用,臀大肌的外上方常作为肌肉注射部位。

59

那天向文成给武备写完信,眼前变得一片漆黑。他对秀芝说:"秀芝,今后我眼前不再有白天了。"

秀芝早就发现向文成眼睛的变化,她发现他把摆在眼前的《冀中导报》翻过来掉过去就是不看,便知道他不是不想看,他是看不见了。秀芝看着向文成只暗自掉泪,向文成却还是摸索着报纸不放手。他把从前他看过的旧报和没看过的新报分开摆放,又拿起几张新报对秀芝说:"把这几张给我念念吧。"秀芝犯了难,心想这是怎么了,难道不知道我不识字吗？正在纳闷儿间,向文成又说:"你也不必犯难,近朱者赤,近墨者黑。你也算是个近墨者了。我没有考过你,我估计你识二百字只多不少。识三百字就可粗读文章了,你试试,不认识的字我递说你。"向文成和秀芝说话,不看秀芝也不看报纸,两眼只看着屋顶。秀芝无奈,展开一张《冀中导报》,"念"起来,这张报纸上有欧洲战场上的新闻。秀芝没念过报纸,但她知道念报要先念标题。她对着一行大标题念道:"欧……洲前线大……"她不认识"大"字后面那个字。向文成看着房顶说:"那是个'捷'字,一个提手,这边像个'走'字,可不是走,念捷。捷就是胜利的意思。"秀芝说:"捷报也是这个捷吧？"向文成说:"对,也是这个字。捷除了当胜利讲,还当'快当'讲,常说快捷就是这个捷字。"秀芝不认识"捷",可知道捷报。近来捷报越来越多,有首歌唱道:"捷报捷报碉堡又攻克了,捷报捷报县城也拿下了……"秀芝接着把欧洲大捷的文字磕绊着"念"完,又念下一篇。她对着标题念道:"苏联元帅华西……"向文成截住她说:"那不是个师,是个帅,只比师少一横。这是华西列夫斯基元帅的事,你快念吧。"秀芝又磕绊着念起来。向文成从这段文字得知,苏联元帅华西列夫斯基已从欧洲战场调至远东战场。听完这个消息,向文成对秀芝说:"这消息看来只是人事调遣,其实这里面可有了大学问。华西列夫斯基为什么能从欧洲调回来？这说明那里不需要他了。为什么不需要他了？因为欧洲战场的战事已接近尾声了,就是说德国战败已成定局,这老华才能拔出腿来远东,远东就有好戏看了。"现在向文成愿意把华西列夫斯基元帅叫做老华,他这样叫显得挺亲切,就像他管尹率真叫老尹。

向文成既已知道老华到了远东,就又迫不及待地问秀芝,问她这张报纸上的标题还有没有远东或者日本两个字。秀芝挨着往下找,原来就在"老华"来远东这篇文章的下面还有几个大字:苏联对日宣战。这几个字虽然也不小,但排在了老华来远东的下方,秀芝发现这几个字也就晚了一步。她把这个标题念给向文成,向文成一惊,对秀芝说:"报上这个安排有问题,这么大的事怎么放在这么个不显眼的位置。"秀芝说:"字倒不小。"向文成说:"字不小位置不对也不妥。这报上的文章是各有其位的,就像一家人排辈分,谁在哪儿就得在哪儿。办报办报办的就是这个规则。这苏联对日宣战是世界上的头等大事,这老华来远东不过是这里面的一环。没有苏联对日宣战,哪有老华的来远东?往下念吧,快啦,快啦!"向文成这"快啦"指的是日本人的末日。他让秀芝继续念报,不再提远东、老华和日本,只提醒秀芝在报上找兆州两个字。说:"兆州这俩字你横竖是不生。"秀芝把报纸反了个面儿找兆州,她找到了,有段豆腐块大小的文字说,适应抗日形势的发展,"兆州代安日军据点被攻克"。向文成说:"我就猜着该有代安的事了。还有哩,你找吧。"他说的还是兆州。秀芝又在报上一阵寻找,果然又有了兆州的事。文章说的是兆州前大章战役。前大章战役是八路军一次有准备的围歼战,如同苏联战场的斯大林格勒战役。斯大林格勒战役扭转了欧洲战局,前大章战役也扭转了兆州的抗日形势。笨花的金贵就死于这场战役。那天金贵的尸首运回笨花,下葬时,金贵媳妇哭得死去活来,还不顾村人的劝阻,非要往金贵的墓穴里跳不可,哭着喊着:"金贵我要跟你走呀!"消息传到向家,秀芝对向文成说:"她跳的哪门子,金贵又不稀罕她。要是小袄子跳还差不多。"向文成说:"其实,她俩谁也不跳,金贵媳妇就盼有个人拉住她哩。小袄子要是还活着更不跳,她准保躲得远远的。"

现在秀芝一念到前大章战役,又想起金贵媳妇要往墓穴里跳的事,向文成想的却是这一张报纸显示了一个世界,从欧洲一直显示到兆州的代安和前大章。向文成想着,就催秀芝接着在报纸上找,说:"你念了欧洲,念了兆州,你还隔着地方呢。"秀芝问他隔着什么地方,向文成说:"你还隔了县一级。报上不能从欧洲一跳跳到村镇,代安和前大章再重要也是个村镇。我估摸,河间和安平的事也该有了。"秀芝按向文成的指示在报上找河间和安平,她真找到了。她把报纸翻了几个个儿,说:"总算找着了,在这儿呢。"秀芝找到八路军攻克河间和安平的消息,很是喜出望外。她喜的是这两个县城被攻克了,她喜的是这是她用自己的眼睛从字面上认出来的。她暗自高兴着,她终于有机会认识了自己的阅读能力,这能力是伴随着一条条胜利消息被证明出来的。她又拿起一张报纸要念,向文成却说:"先停止吧,刚才你念的这张分量可重,能顶平时的好几张。行了,这就大局已定了。"他嘱咐秀芝,再来了新报纸千万保管好了,近期的报纸一份也不要丢,把形势连起来看,才会越看越明白。

抗战以来,邮路不通,向文成订不到别的报纸,就只剩下这一张《冀中导报》。这《冀中导报》,铅字被印在窗户纸一样的纸上,版面也不似先前的《申报》热闹,没有市井的花边新闻,也没有梅兰芳牌的香烟广告。但向文成很看重这张报纸,他觉得这是自己人办的报纸,上面的文章条条都可信赖。

向文成养病,照顾不了世安堂,秀芝就常把世安堂的门打开做些清扫。遇有乡人找向文成看病,秀芝还是热心地带着病人来找向文成。若是同艾遇见看病的乡人,她就会把乡人截在院里询问病情。待她对病症有所"判断"时,就说:"不用找文成了,跟我来,吃一剂六味地黄丸吧。"边说边把人带进世安堂拿药。同艾这些年身子软弱,吃了不少汤药、丸药,也是久病成医了。但她"行医"是有分寸的,六味地黄丸属调理药,适度调理对病人总不会有害处。

她只把世安堂那些温和的调理药开给乡亲,她愿意儿子向文成有更多的时间安静地调养自己。她给乡人包好六味地黄丸,还不忘嘱咐一声,吃时如果用两盅黄酒做引子,效果会更好。

喜人的消息越多,后方医院就越加忙碌。有战事就有伤员,战事多伤员就更多。后方医院所到之处,常常是整个村子都成了病房。后方医院还住在代安。

日本战俘松山槐多也一直跟着后方医院活动,目前他快要成为一名外科医生了。他穿着八路军的军装,身系白围裙,挨家串户地为八路军伤员打针换药,看上去和八路军没什么区别。村民们大都不知道他是个日本人。关于他的去留,上级找他谈过几次话,松山槐多表示他决心要留在后方医院。他工作积极,对人和蔼,和大家相处得很友好。他平时少言寡语,和有备单独相处时,话才多起来。他喜欢操着他所掌握的汉语,和有备无拘无束地交谈,只在取灯牺牲以后,他才远离了有备许多天。那时他不敢再接近有备,他知道他的同胞抓住有备的姑姑都干了些什么。那些日子有备对槐多也变了态度,他沉着脸,看见槐多只当没看见。槐多很苦恼,后来他终于想出办法改变了他和有备的关系。一天早上,有备睡觉醒来,发现枕头边上有一张纸,他一看便知这是槐多本子上的纸。有备拿起纸来看,纸上是一幅画,画个日本兵跪在地上,脊背上写着松山槐多,画旁还有标题,标题是:日本人认罪图。有备拿了这张画去找槐多,槐多对他说,纸上的松山槐多并不只是槐多一个人,他代表全日本,总有一天日本会向中国认罪的。

有备原谅了槐多。他对槐多说:"你不要躲着我了,我想清楚了,我对日本人的仇不会记在你的身上。现在全世界都在为我取灯姑报仇呢。"

槐多哭了。

这天上午,有备和槐多为一个伤员换完药往回走,不知不觉走到村外的梨树趟子里。代安村正处兆州梨区,村子被梨树包围着。这里的梨属兆州的上好品种雪花梨,听代安人说,哪棵梨树都有几百年。正值七月,梨只待成熟,槐多和有备不断用手扒开挡住他们去路的树枝朝梨园深处走。槐多问有备:"有备,你说现在是我带着你走,还是你带着我走?我是个日本战俘,你是个八路军。"有备说:"依我说,都可以。我是八路军,可你的岁数比我大呀。"槐多笑了,说:"你的回答是很机智的。"他们走到梨树趟子深处,就着一块细沙土坐了下来,梨们齐着他们的眼睛。槐多伸手托住一个青梨说:"那时候,我们面前要是有个青梨就好了。"槐多一说那时候,有备就知道他说的是战前,"那时候"是指他的一次旅行。槐多去东京学美术以前,在属于长野县的信州念中学,家里还有当农民的父母和一个妹妹。父母努力培养着槐多,希望他能成为一个公司职员。槐多也希望按照父母的意愿考取大学,报答父母的厚爱。可是中学里有一位姓加藤的美术老师却把他带上了学习艺术的道路。为了培养槐多对美术的兴趣,加藤不辞辛苦,经常自己出资赞助槐多到各地去看美术展览。有一次他们在京都看一个叫"二科会"的法国画展,就在这个展览会上,加藤老师还为槐多买了一本德富芦花著的《自然与人生》的书,这是一本描写法国画家柯罗的书。一次画展一本书,终于使槐多下定决心去考东京美术专科学校了。有了决心,接下来便是在这种决心鼓动下的旅行。加藤老师是决心要让他的学生认识日本的山川之美的。加藤又邀了两个学生,他们一行四人,由加藤老师带领,在一个假期走遍了长野的山山水水。同行的同学中还有一位女生,这给他们的旅行增添了浪漫。他们一路走着、画着,大自然、友谊和爱情常使槐多激动得不能自制。说到爱情,槐多总要解释一句:"其实我那叫什么爱情,只不过是对那位同行女生的倾慕罢了。我倾慕人家,可人家并不倾慕我。我看见人家心就跳,可人家就知道为我们烧水做饭,饭熟了就喊:'喂,我说槐多,你不吃呀?'那时我正在山上看着她发愣。"有备说:"正在倾慕?"槐多说:"正在倾慕。"自此有备脑子里便多了一个形容词叫倾慕。

"其实饭也没什么好的,也就是农民的饭食,煮萝卜。"槐多说。他手托眼前的青梨,又想起了那次的旅行。是啊,那次要是有个梨该多好。有备也替槐多想。槐多说:"其实萝卜在我们那一带算是最好的食品了。"他说,每逢他放假回家,母亲也是早早煮好一锅萝卜等他回来。

听见槐多说萝卜,有备插话说,他爷爷就喜欢种萝卜,可他奶奶说,爷爷总也种不成。槐多没有询问有备的爷爷种萝卜的事,因为他又想起了他们那里的芥末。他对有备说,他们那里除了萝卜还有芥末。离他们村子不远有个地方叫穗高町,专门种植芥末,穗高町的芥末全日本有名。槐多问有备兆州有没有芥末,有备说,兆州也有芥末,长得和油菜差不多。待芥末开了花打了籽,把籽轧成末,就是芥末粉。槐多说,穗高町的芥末不这样,不吃籽,专吃根,把根轧成芥末酱。你到穗高町去参观,农民做的芥末酱可以随便品尝。"好吃呀!"槐多说。

槐多给有备讲萝卜和芥末,每次都能讲出联系着萝卜和芥末的许多故事。故事把有备带到一个个不可知的神秘地方,就像槐多的美术学校一样神秘:画室总连着天窗和模特儿,教具总连着阿波罗和双面女神。萝卜和芥末总连着日本的山川和槐多的"倾慕"。

槐多的话题大半都结束在他的应征入伍,当时他是东京美术学校西画科三年级的学生。他有一副叫《静》的作品画了长野县的黑姬山,刚刚参加完学校的年展,他便应征入伍了。他们从神户上船向中国开拔时,加藤老师到港口来送行,还不忘送给他两个速写本。他倾慕过的那个女生也来了,她没有学美术,现在她已是加藤夫人。原来在那次旅行中她倾慕的是她的老师加藤。可槐多一点也没有忌恨加藤和那个女生,他对有备说:"自作多情的事是常有的。"

槐多的描述,有备并不是都懂,但槐多还是像面对大人一样向有备倾诉。他手托着兆州的青梨,又给有备讲了些旅行、萝卜和芥末。天近中午时,他们才回村,在村口碰见了西贝时令。

槐多不认识西贝时令,西贝时令却认识他,敌工部早就注意过这个日本人了。时令的眼光先在槐多身上扫了一下,就转向有备说:"邻家,你看巧不巧,我正找你们哪。"

有备立正似的冲时令站着。他和时令虽然是邻居,但岁数相差太大,平时相互少言语,现在时令突然一叫他"邻家",他还是有几分拘束。他立着正说:"时令叔,你找我?"时令的眼光又从有备转向槐多说:"找你也找他。"槐多和有备都觉出事情有些奇怪,正在不知如何回答,时令又说:"走吧,有备先带我去找孟院长吧,孟院长会把以后的事告诉松山槐多同……先……"时令想对槐多称同志,又想称先生,却半途而止。

槐多一个人回住处,有备领着时令去找孟院长。时令一边走着,一边和有备拉家常似的说:"要不是在村口碰见你,找孟院长还不好找哩。代安这么大,有咱笨花村五六个大。先前我只从据点跟前走过,没进过村。"

时令见到了孟院长,他并不忌讳有备的存在,就把来找松山槐多的目的告诉了孟院长。原来敌工部还兼管做日本战俘的工作,目前抗日既已进入反攻阶段,就需要动员一切力量同日本人做最后决战。军区就有个由日本战俘组成的反战同盟,为抗日工作做了不少贡献,松山槐多虽不在反战同盟之列,但上级已经得知此人有争取的可能,就让时令来给松山槐多交代一个任务:现在兆州的据点大部已被攻克,只剩下孝河以南沙河店据点的日军还在负隅顽抗。县大队几攻不下,便想利用一下松山槐多,让他配合县大队的攻击,做一次对敌人的"喊话",争取让日伪军放下武器投降。只要他同意了,喊话内容让他自己定。

孟院长欣然同意时令的要求,和时令一起去给槐多布置任务。时令把任务向槐多做了交代,槐多非常愿意去沙河店喊话,当即就跟着时令离开代安向沙河店急行。行前时令让孟院长派一个人和槐多同行,孟院长派了有备。

沙河店是个和代安相仿的大镇,在县城以南,与高邑、元氏两县交界。日本人很重视对这里的经营。据点上驻扎着日本一个小队,村里还住着警备队的一个中队。兆州人都管这里叫小兆州。现在县大队把沙河店包围了三天,几攻不下,双方均有伤亡。

槐多和有备在时令的带领下,经过半天的急行军,赶到沙河店已是夜里。一路上槐多酝酿着他的"喊话词",他决定循序渐进,他准备先给他的同胞讲世界形势,讲完形势再讲日本国内因为战争所造成的悲惨景象。最后,他要劝他们投降,说沙河店已经是兆州的一个孤立据点,惟有投降才是惟一出路。最后,他还要为他们唱一首歌,便是那首《小小的晚霞》。这首在日本家喻户晓的童谣,唱的虽是夕阳中乌鸦想回家的事,但也正符合现在走投无路的日本兵的心情。唱完歌他还要再喊:"同胞们,连乌鸦都回家了,我们这些本来就有家的男儿,也赶快回家吧!"

时令把槐多和有备领到据点的隔离沟以外,槐多和有备按部队的命令趴在隐蔽处。有人交给槐多一个铁皮大喇叭。这天夜里分外漆黑,四周一片寂静。连续了几天的枪声暂时平息下来,敌我正在对峙。这时,槐多的喊话声突然从隔离沟这边升起来,他把一路酝酿的喊话词抑扬顿挫、充满感情地送上空中,送上了据点。他一遍遍重复着他对同胞的规劝,喊话过后,四周仍然一片寂静。槐多显得更加动情了,再喊时,他那男中音般的语调差不多变成了朗诵,然后这朗诵终于又演变成了歌唱,他唱起了日本家喻户晓的那首童谣《小小的晚霞》。他唱着想着:歌中唱的那映着晚霞、衬着寺庙钟声的乌鸦和孩子们都回家了,他那些被包围在据点里的同胞们也一定想回家的。

在槐多的歌声结束的一瞬间,据点上突然亮起几盏探照灯,这探照灯一齐射向了黑暗中的槐多。显然,槐多在喊话时,敌人准确地判断了他的隐蔽方位。随着探照灯的骤亮,一排机枪子弹雨点般地向槐多射来。有备和槐多都听得清楚,这是日本人的歪把子机枪。此时这枪声听起来就像一个不怀好意的女人的狂笑。随着这"女人"的笑声,紧挨在槐多身边的有备仿佛听见槐多倒吸了一口气,接着他的身子便冲有备倾斜过来。已经有了战地收治伤员经验的有备判断出了他身边发生了什么——槐多中了子弹。他先把槐多拖出几步,然后把他背起来,竭力要跑出敌人的火力圈。又有枪声响起,子弹落在他们周围,但有备已经把槐多背进一块庄稼地里。他放下身体绵软的槐多,小声叫着"槐多,槐多!"可槐多不呼吸也不说话。几个战士赶过来,时令也来了,他们都意识到,据点上的日本人是决意要结束他们这位同胞的生命的。

有备扳住槐多的肩膀一阵摇晃,槐多的身子却更软了。有备想哭、想喊但都不可能,泉涌似的眼泪淌出来,他拽住袖子擦擦泪,赶紧打开急救包给槐多包扎。可是天太黑,他找不出他的伤口在哪里。更重要的是,包扎对于槐多是无济于事了。

很快,东方就显出鱼肚白,有备终于看见了槐多的伤:原来他身上有许多弹孔,仅头部就有三处,有一粒子弹打穿了他的帽子——他那顶东京美术学校的黑制帽。有备这才注意到,槐多来喊话之前,是特意戴了这顶帽子的:他头上有个"美"字,他要用"美"来提醒他的同胞,是回家的时候了。帽子美,《小小的晚霞》也是美的。

　　时令和有备又返回了代安,他们是护送着槐多回来的。后方医院为槐多举行了一个八路军规格的埋葬仪式:他被两匹中国白布缠身,一口就地买来的杨木棺材成殓了他。墓地设在代安一个坐西朝东的土坡上,孟院长特意为槐多选择了这个土坡。他愿意让槐多朝着东方,朝着太平洋上那个岛国——日本。全医院都参加了槐多的葬礼。入殓时,孟院长发现有备手里尚有一顶槐多的黑制帽,他让有备把帽子也放进槐多的棺材。有备当着众人,向孟院长请示说,他愿意服从命令,他又愿意留下那个"美"字帽徽——本来他是想连帽子都留下的。孟院长想到槐多生前和有备的友情,就答应了他只留下那个帽徽。同时,孟院长还把槐多的两个速写本也送给了有备。

　　有备时常打开槐多的速写本翻看,那是一个学习美术的日本青年对战时中国农村的描绘:兆州城,柏林寺,拉碾磨的毛驴,卧在门口的狗……还有不少中国男女老少的肖像。槐多竭力要把一个正经历着战争伤痛的中国画成一片和平景象,也许那才是他心目中的中国。有一幅画是槐多精心画出的,有备知道他一连画了好几天——那是笨花村的全景,当时槐多就是坐在有备家大西屋房顶上画笨花村的。槐多在画面上记载的是:昭和十九年七月画于兆州笨花村,这是我的小朋友向有备的村子。当时有备并没有意识到他将要和槐多交朋友,但是槐多已经把他当做朋友了。有备每逢翻到这一页,总要念上几遍槐多写下的这段文字。每次,当读到"朋友"两个字时,他都会想起槐多教过他的日语"朋友",这时他就情不自禁地说出了"道莫塔其"。而在以前,当着槐多,他从没有说过"道莫塔其"。

　　有备把"美"字缝在他的皮挎包上,有不认识这个标志的人问他,这是个什么标志?有备不做回答,因为他觉得,这并不是一件对谁都能说清的事。

60

向武备在晋南接到父亲向文成的信。

几年前向武备离开笨花以后,夜行晓宿,终于来到他仰慕已久的"西北"——延安。他在抗日军政大学毕业后,服从组织的需要,又东渡黄河,经历了从部队到地方,从地方到部队,从山地到平原,从平原到山地的无数次转换,最后"落"在太行和吕梁之间的晋南腹地,太岳抗日根据地。接到家信的向武备,现在是太岳区一个县政府的领导人。现在的向武备,算得上是久经锻炼了,可这位久经锻炼的领导人,拿着这封寄自笨花的家信,双手却是颤抖不已。这颤抖,并不只因为家信的珍贵,而是缘于信封上那些古怪的难以辨认的字迹。武备知道,家信必是父亲向文成书写,他熟悉父亲的笔体。可是为什么父亲单把这封信写成如此模样:字们似是而非,满纸墨迹斑斑。有一句专门形容这种书写的话叫做"涂鸦"。武备小时候父亲让他练字,那时的父亲一看见武备把字写得歪三扭四、墨迹斑斑,便毫不留情地对武备说:"涂鸦,涂鸦,不成体统。'墨磨偏'还'心不端'哪,你这字就能交代!""墨磨偏,心不端"是一个严师教学生的典故,讲的是学生要把字写端正,首先心要端正,心端正了墨才能研端正。父亲一向严守着这教学之道,主张墨要研端正,字要整洁。可如今父亲这是怎么了?一种不祥的预感笼罩起向武备,他不知信中等待他的会是什么。他不拆信,只把信平摆在炕桌上,观察沉思良久。这位"小知识分子"出身的向武备,抗战虽然给了他一身勇气,面对这样一封家信他却踌躇不前了。

武备经过一番踌躇,还是小心翼翼地拆开了信。如同信封一样,信纸也是满篇"涂鸦"。他从这些歪三扭四、模糊难辨的字里行间,还是费力地读懂了这信的内容:原来就在不到一个月的时间里,他先后失去了姑姑取灯和祖父向喜两位亲人。父亲对家中变故的描述措词严谨,语气平和,惟恐这信落入敌人之手。但武备马上就明悉了信中的一切。两位亲人的离去已经足以使武备悲痛万分,然而更使他难过的,还是父亲的字迹。难道这只是父亲的悲痛所致?照往常,父亲即使心有千头万绪,也会把字写端正的。当今,父亲更懂得书信往来的不易,就会更加重视每一个字的传递功能。往日父亲给武备写信,总是努力把字写得"蝇头小楷"一般。而这次,他似乎是没有力量再去完成写信这个简单的书写过程了。那么,这是父亲的眼睛所致。武备终于判断出了父亲这封"涂鸦"家书的因果。现在,两位亲人的离去,一位亲人视力的消退,使武备遭受的精神打击是难以言表的。若在往常,接受了这种难以言表的打击,他一定要腾出一点时间做些自我排遣的:一个人走上太行的西麓,向东方长时间地遥望;插上门用棉被蒙上自己,佯做头疼脑热,喝一杯警卫员为他沏好的姜糖水,像个儿童一样接受一次安慰;召开一个本不急于召开的会议,把愤怒都撒向对敌斗争⋯⋯但是这次,武备连个自我排遣的机会也没有了。他刚刚接到通知,他必须立刻出发,赴雁北地区参加一个重要会议。从延安来了位首长,要传达《对日寇最后一战》的文件精神,届时武备还能够在那里看见他的大叔向文麒,向文麒所在的根据地属雁北。

　　武备压抑着内心的悲痛,还是按照一个领导者应有的风范,准备出发去雁北。行前他把父亲的信稳妥地带在身上,他打算把家里的事也告知大叔向文麒。经过几个日夜的兼程,他从晋南的太岳地区来到晋西北的雁北地区。这时,身在雁北的向文麒,早就在准备着迎接侄子武备的到来了。这天他终于在一个村口接到了武备。文麒一看见武备,便兴奋地操着一口保定话说:"昨天有一位晋南的同志过来,我就知道你也要来参加会了。我就隔长补短地到村口看,估计就是今天。对了,我还要告诉你一件事让你再次高兴一下。你猜猜是什么事吧?"

可惜武备没有马上要猜的兴致,见到叔叔,也不似往常那样兴奋。抗战以来,他们叔侄二人是不少见面的,开始,他们就在延安抗大相遇,后来又一同来山西。每次见面,两个人高兴得都有许多话说。文麒没有去过笨花,他最愿意听武备讲笨花,他说抗战胜利后,也许第一件事就是和武备结伴回笨花一趟。他还说单听笨花这个村名,就很引人向往。老家要是叫张家庄、李家庄什么的,也许他就不一定那么向往了。那时武备就竭力再把笨花给文麒做些渲染,更显出对笨花的一片深情。谈完笨花,他们还有话可谈,他们常把保定的"育德"和邢台的"四师"做些比较。即使面对一个洪深和一个王元龙,也能展开不少话题。最后他们总把话题落到山西的抗日形势上。文麒想听武备介绍"沁源围困"①,武备愿意听文麒讲他在文水县时,住在一个叫刘胡兰②的小朋友家养病的故事……但这次叔侄相见不似以往,武备话很少,显得心事重重。他不愿意刚见到叔叔就向叔叔"报丧",不"报丧"又找不到更合适的话说。他在村口呆立一会儿,只对文麒说:"我先到你那里去洗洗脚吧,我两只脚上都打了泡。"文麒说:"这还不好说。可是我让你猜的事,你还没猜呢。"武备说:"我先洗完脚再猜吧,反正这两天我还得住你那儿。"

武备不猜,文麒便卖关子似的也不说,他把武备领到住处,让警卫员给武备烧水。文麒现在是这区的区长,这住处是他的办公室兼宿舍。房内有一盘大炕,虽是农家,却桌明几净,屋内摆设井井有条。武备早就注意到,山西乡村,不论晋南晋北,炕都很宽大,居民也很注意房间的整洁。即使一间屋里陈设少得就一盘锅台,

---

① 沁源围困:指1942年山西军民对日寇实行的大围困。此次围困长达883天,战斗2730余次,毙伤日伪军4200余人,最终迫使日本人逃离沁源。
② 即后来的刘胡兰烈士。

这锅台也要擦拭得清洁明光。不像河北,房内的一切总显出主人的漫不经心。武备常想,这便是太行山东西两侧民风的差异吧。

武备坐在文麒宽阔整洁的大炕上洗脚,文麒还在滔滔不绝地继续他的话题。他见武备对他的问题始终没有要猜的兴致,终于迫不及待地自己回答起自己。他对武备说:"知道战地剧社吧?"武备说:"知道,属军区。"文麒说:"战地剧社也来了,一会儿就到。剧社一来,就得想着给他们改善伙食。我也成了东道主。"武备只不在意地"噢"了一声。文麒看出了武备的心不在焉,说你怎么了。武备说:"叔叔,你给我根针,我先挑挑泡吧。"文麒拿给武备一根针,寻思他的心不在焉是让脚疼给闹的。武备洗完脚,坐在炕上搬起脚挑泡,文麒就又接上战地剧社说:"战地剧社有位作曲家也姓向,知道吧?也来了。"

武备总算知道叔叔要他猜的是什么了:这是他的另一位叔叔向文麟来了。武备管他叫二叔。刚才武备神不守舍的,生是没往这里想。现在经文麒一说,他还是有些责怪自己对二叔向文麟的忽略。

武备和二叔相处不似和大叔那么自然,大叔的长相酷似祖父向喜,但性格比祖父活泼。二叔身材瘦高,长相酷似生母顺容,性格却又随向喜,平时少言寡语,待人也很少显出亲切,常给人一种距离感。但是他的文艺天才是家人料想不到的。在延安时他入"鲁艺"①,吹、拉、弹都拿得起;而说到唱,他首唱过《黄河大合唱》,他是那位"我站在高山之巅"的男中音独唱者。后来他进入西北,在战地剧社任作曲,他的许多作品都在根据地传唱。这使得武备常想起当年身在邢台四师时的自己。那时他写诗、编剧,反而没有入道文艺。还有大叔文麒,当票友时就认识王元龙,也没入此道。二叔呢,却莫名其妙地从事起武备先前向往过的事业了,就仿佛向

---

① 鲁艺:即延安鲁迅艺术学院。

家非得出一个文艺天才不可。

尽管武备仍在神不守舍中,但他知道二叔向文麟要来,怎么说也是一件难得的事。这是几年来他们叔侄三人首次在异乡相聚,这总是向家人在异乡的一次团聚吧。武备愿意在这里见到二叔,也是不忘他口袋里的那封家信。

向文麟来了,没有马上和文麒、武备见面,他正忙于他今晚的演出。这次战地剧社来雁北,是为配合这次会议的召开。大戏、小戏、合唱、独唱带了整整一台。有出压轴戏名叫《源泉》,便是向文麟的作品。他自任编剧、作曲和指挥。这出戏讲了一个抗日战争中军民鱼水情的故事:某地在一次反扫荡战斗中,几名八路军战士掩护群众往山地转移,日本兵紧追不舍,但又找不到目标。一位抱着孩子的大嫂惟恐孩子的哭声引来敌人,竟用手捂死了自己的孩子。同时,又有一个战士为掩护群众献出了生命。后来战斗胜利了,群众为这战士举行了隆重的送葬仪式。编剧、作曲和导演都为这仪式费尽了心思。结果这仪式也成了这剧的经典片断:送葬人把这位战士高高举起,迈着沉重的步子行进在舞台上时,导演为这个行进的行列设计了许多队形变化。伴随这行列行进的,是一首深沉而悲怆的动人乐曲,这乐曲被独立成章地称为《哀乐》。这首《哀乐》现时已在根据地流传,并且已经作为正式的追悼会和葬礼之用。它的作者向文麟也因之更加出名。

战地剧社的戏台搭在村口的土坡上,当晚演出时,观众除了与会人员,附近的村民也挤满了山谷。文麒和武备都坐在台下观看。《源泉》开始了,一位穿灰军装的高个子出现在舞台一角来指挥乐队了。台下的文麒对武备说:"看,你二叔。这家伙不知怎么学会了这一套,据说是冼星海发现他的。"文麒一边看戏,一边品评戏台上发生的事 。这确是一台感人至深的戏,许多素材都取材于当地的真人真事,台下的群众很为这台戏而感动。剧情发展到那个经典的送葬片断:台上送葬的队伍出场了,《哀乐》奏起来了。武备从来没有听到过如此深沉感人的乐曲,这乐曲像哭泣、像诉说,这哭泣和诉说都是发自人的肺腑。它使观众不能不随之一起想哭泣、想诉说。武备不能自制了,他暗自抽泣着离开了会场,独自回到文麒的住处。

演出结束后,文麒领来了文麟。文麒发现武备一个人呆坐在屋里,也不点灯,就埋怨武备为什么提前离开会场。他点上灯,看看武备红肿的眼,就又打趣着对文麟说:"你看,艺术的力量,你的曲子竟然也能让武备受其感动了。"

二叔文麟观察着闷坐的武备,觉得事情并非如此简单,其中一定另有原因。他走到炕前,对这位不常见面的侄子说:"武备,我猜你是另有心事。谈谈吧,我们可不拿你当孩子了,有了问题同志之间交换一下意见自有好处。普通同志之间需要帮助,县级领导就不需要帮助?"文麟对武备说话,没有儿女情长,完全是同志式的。这时文麒也才感到武备的沉闷大概另有原因。他把武备叫到桌前,三人围桌坐定,武备这才把家里的事告诉两位叔叔。他把父亲向文成的信在灯下展开,他的两位叔叔用力辨认着信上的字迹,他们到底也读懂了他们那位身在笨花的大哥的字。文麟沉思片刻说:"没想到,我这首《哀乐》竟像是专为家里人写的一样。"但是文麒和文麟,他们谁也没有觉出笨花那位大哥的字有什么异样。他们只记得小时候在汉口,那位眼神不好的大哥看报时鼻尖顶着报纸。有一次吃饭时把一段麻绳错当粉条夹到碗里。字被他写成如此模样,还有什么奇怪呢。

酷爱说话的文麒沉默多时才说:"其实我离开保定后,最挂念的就是取灯。我也常注意冀中的战局,也怪我这当哥哥的没把她保护好。"文麒说话只提取灯,却没有提到父亲向喜。叔侄三人守着一盏灯和一封信又闷坐一阵说说取灯,还是无人提向喜。后来文麒打破沉闷提议说:"走,出去走走吧,到山上去。"说着先站起来,文麟和武备响应着文麒也站起来。叔侄三人来到刚才演出的山坡上,他们绕过一个空荡的戏台,走上这座山的最高处。文麒又说:"来,站成一排,咱们面朝东南站一会儿。"文麟和武备再次响应着文麒,面向东南站成一排。这天夜里,月色格外清澈,能看得很远很远。武备向东看就像看见了笨花村。文麒、文麟看不见笨花村,只看见月光下那些山山岭岭、沟沟壑壑。面对着山岭和沟壑,文麟突然发话说:"现在该我提议了,来,让我们为取灯默哀吧。"

文麒和武备响应着文麟的提议,将身子站直,把头垂下。文麟向着东方,一往情深地说:"取灯,我们正在太行山为你默哀。你怎么这么早就走了?我们只剩下对日寇的最后一战了。我那首《哀乐》莫非就是专为献给你的?我愿你能够听见……"

叔侄三人面对着东方的山岭和沟壑,只为取灯一人默哀,还是无人提到他们的父亲和祖父向喜。武备本能地感到,向喜的名字对他们来说,或许只存在于另一个主题之中:当他们为自身的缺点挖掘家庭根源时。

刚才叔侄三人在为取灯默哀时,武备也想提议为祖父向喜的死做点表示,正在犹豫间,却发现"仪式"已经结束。他好像就再没有理由组织起他的两位叔叔了。

叔侄三人下山往回走,文麟又说:"我在鲁艺时,还想过把取灯弄到鲁艺呢。她的歌唱得比我还好,在同仁就打了基础。我唱歌还属土闹儿。"

61

公元一九四五年八月十六日,尹率真来笨花看望向文成。向家出事后,他已经几次来家里看望了。

尹率真一迈进向家东院,向文成就在屋里说:"老尹,这又是你。"向文成是通过来人的脚步声听出是尹率真的。向文成听脚步声判断来人,十有八九是准确的。尹率真站在了向文成的屋门口,向文成逆着光线往外看,就像看见了一个树桩子。现在向文成看人,人就没有了眉眼,只剩下一个或高或低或粗或细的桩子。此时这"桩子"移动到向文成眼前,开口说:"文成,我这次来,可不同往常。你猜猜这次我为什么事而来?"向文成坐在下手的椅子上,示意尹率真坐上手椅子,说:"不用猜了,无非是胜利消息,好消息猜都猜不过来了。"尹率真说:"胜利消息不假,这消息可比广岛的原子弹还重要。"向文成说:"莫非还有比日本彻底战败更重要的事?"尹率真呵呵笑起来说:"到底又没有难住你。我知道《冀中导报》来得不会这么快,我是从无线电里听到的,新华社和中央社都广播了,这真是天大的新闻:在日本战败已成定局的情况下,他们的天皇被迫下了投降诏书,宣布无条件投降了!这是千真万确的事实,这一切就发生在昨天。"

似这等天大的新闻,向文成不是想不到,他是拿不准这消息将出自哪一天。前些天苏联在远东的出兵,后来广岛的原子弹爆炸,华北抗日战场的节节胜利,延安又发出了向日本人最后一战的指示……这都预示着日本战败已经为时不远。向文成计算的只是日本承认战败该出在哪一天了。今天尹率真竟把这消息这么快就带给了他,向文成坐在下手椅子上,反倒目瞪口呆起来。接着,悲喜交加的思绪一股脑儿从心中涌起。他手忙脚乱地在桌上一阵摸索,像在找什么东西,又分明不是在找东西。眼疾过后的向文成,在万分激动中常常是伸出双手一阵摸索。尹率真早就发现了向文成的这个变化,今天当他看见伸出双手东摸西摸的向文成,眼睛便潮湿了,他掏出一块手绢擦了擦泪湿的双眼,镇静住情绪说:"文成,我们胜利了,就剩下高兴了。你我不必再说一些血没有白流、头颅没有白抛的互相安慰的话了。前面的路还很长,咱们应该越活越节在才是。现在咱们的任务是先庆祝一下胜利。"

尹率真说应该庆祝胜利,应该活得节在,才又使向文成的情绪恢复到正常。他接过尹率真的话题说:"老尹,这胜利必得庆祝,我让秀芝去请甘子明吧。"谁知向文成的话音一落,甘子明就走了进来。他说他回来也是专给向文成通报日本投降的消息的。他本想约尹率真一起来笨花,却不知尹率真已先他一步了。围绕着抗战胜利,三个人还是说了许多瞻前顾后的话,才把话题转到笨花将如何庆祝胜利这件事上。他们都觉得,笨花应该开一个庆祝会,庆祝会应该有以下几个内容:

一、在茂盛店召开笨花村民庆祝胜利大会;

二、由甘子明介绍日本无条件投降的经过;

三、为笨花村死难烈士默哀;

四、编一出戏以资助兴,戏由向文成编写,内容自定;

五、在庆祝会上为笨花的老人们"喝号";

六、尹率真致祝词。

三个人一边说,甘子明一边在本子上做着记录。

尹率真觉得庆祝会这样开很是圆满,但对会议第五项的"喝号"尚不知其内情。他是外县人,觉得这件事十分新鲜,便向甘、向二人请教,他们告诉他,喝号本是兆州一带的民俗:人老了就要有个号。小时候大人为孩子取名随意:小猫、小狗乃至屁屁橛子都可以叫;但是这些名字对于一个老年人便不再适宜。你总不能面对一位七老八十的老汉说:"哎,小狗子!"那么,人到了这个年纪就该有个尊称,这尊称便是"号"。"号"要由撰号人先为村人编出,再通过一个仪式当众"喝"出。借个热闹场合,在戏台前喝号是个最好的时机。说到"号",应由三个字组成,第一个字为姓,第二个字为老,第三个字为号。比如甘老茂、向老盛……号与本人名字的意思多有联系,比如佟小狗,就可能被喝号为佟老守,取其狗守户之意。有时,撰号人为人撰号也常反其意而撰之。

转眼抗战已八年,笨花村有八年没有喝号了,八年来"积攒"下不少老人。现在这当是个一举双得的好时机,既庆祝了胜利,又圆了村中老人的心愿。要紧的是喝号前得有撰号人,喝号成功与否,就看撰号人的智慧了。

尹率真兴致勃勃地听了喝号的来龙去脉,说,似这等民风,着实应该大力推广。这里除包含了尊老的意识,还是村中的大文明所在。尹率真说他就单等这一天了。当问到谁是撰号人时,甘子明说向文成就是个撰号专家。

尹率真告别向文成和甘子明,只待出席笨花的庆祝会了。向文成就和甘子明着手为笨花的老人撰号。他们先把笨花的老人做了统计,以五十岁为限。原来抗战八年过后,笨花年逾五十的老人已经有大几十人了。笨花人遇事排户籍,习惯从后街开始,继而套儿坊,继而向家巷,最后是前街。后街第一家便是佟法年。为佟法年撰号,是向、甘二人的第一个难题。早年为官地打官司时,佟法年本是他二人的对手。现在要给佟法年撰号,从感情上讲,他们有点不情愿。不过二人又想到,自抗战以来,佟法年就一直是个卧床不起的病人,也没有与抗日政府作梗之举,儿子佟继臣又是后方医院医生,所以为佟法年撰号也当属分内之事吧。他们决定给佟法年取个中性的号。二人想了一阵,向文成说:"佟法年,号老顶吧。顶可以解释成'顶牛''顶撞',暗含了咱们和他的斗争历史。顶也可以解释成高大的意思,顶天立地嘛。"甘子明笑起来,笑着,在本子上写下佟法年,号老顶。写完对向文成说:"这他可没话说。如若再有第三种解释,佟法年住后街最东头,也是个顶头的意思。"向文成说:"听你这么一补充,这顶字就再合适不过了。"

佟法年的邻居叫佟晃悠,向文成想想说:"岁数不小了,该稳住了,号老稳吧。"

再往后数,有个叫佟大蔫儿的,向文成说:"号老振吧,五十多了,也该振奋一下了。"

再往前数是佟大狗、佟小狗哥儿俩,向文成分别为他们撰号为:佟老叫、佟老守。

佟姓过去之后当是甘姓,甘姓中有个叫甘小篮的,甘子明说:"号老编吧。"向文成说:"可以是可以,但'编'和'边'同音,容易记成老边,不如号老扤,篮子这东西非扤不可。"

甘小篮的邻居便是茂盛店的掌柜甘茂盛。向文成说:"茂盛的名字不必花更多心思,号老茂吧。"

甘姓再往后数是甘尾巴,向文成说:"号老摆吧。"

甘子明说:"下边该糖担儿了吧,他就挨着甘尾巴住。"向文成说:"他整天敲锣,号老鸣吧。"

以下是:

甘不够,号老丰;

甘傻子,号老聪;

甘难过,号老欢;

……

小疙瘩主叫紧巴,向文成说:"号老宽吧。"

西贝牛是个独姓,西贝家只有西贝牛过了岁数。向文成说:"西贝牛外号大粪牛,号老肥吧,攒粪肥田这是他终生的心愿。"

向姓在笨花也是个小姓氏,只有向家巷几户人家。几户中尚无人过岁数。

以下是前街。

前街的姓氏纷杂,老人也多,向、甘二人很是动了些脑筋。他们为乡亲撰号,从下午直编到掌灯时分。向文成叫秀芝点灯,秀芝把灯点着端来。向文成对秀芝说:"你没有擦灯罩。"秀芝说:"擦过了。"向文成说:"擦是擦过,可擦得不干净。"秀芝便觉得奇怪,说:"我是擦了又擦的。"向文成说:"味儿不对。干净灯罩一个味儿,不干净的灯罩一个味儿。"秀芝自觉一阵羞惭,心想怎么单在甘子明面前丢了人。她急忙又去换了一盏灯点着,向文成看也不看就说:"这盏灯擦得干净。"

甘子明和向文成继续为乡亲撰号,前街最后一名是东头的收鸡老头儿。这老头儿也是个独姓,姓杨,抗战开始才搬来笨花住,这人的大名谁也不清楚,笨花人就都叫他收鸡老头儿。向文成说:"也送他个号吧,号老追吧,整天张网追鸡。"

至此,笨花的老人都已各得其所。甘子明起身要走,向文成说:"子明,你先别走,还有一个人咱们忘了。"

甘子明说:"谁呀?"

向文成说:"瞎话。"

按规矩,笨花村是不为死去的人喝号的,也不为具身份的、本有字号的人喝号——他们早已有了文明的称呼。但是向文成提到了瞎话这个已经死去的人,甘子明顿时也觉得应该破例为瞎话喝个号。前不久他们商量过要为瞎话立碑,碑上总不能写"向瞎话之墓"吧。甘子明就对向文成说:"你提醒得对,瞎话咱们可不能忽略。来,咱俩也借此考验一下各自对瞎话人品的评价。咱俩每个人在手心里写一个字,就像《三国演义》上火烧赤壁之前,周瑜和诸葛亮每人在手心里写字一样。"甘子明顺手从桌上拿起两支笔在墨盒里告,递给向文成一支。两人的字都写出来了,互相一亮,两人写的都是个"实"字。向瞎话,号老实。

乡亲的号已撰出,向文成就开始了他的编剧。他不再能够把剧本写成字,只把先前笨花村秧歌戏班的一班人招来,在没有房顶的大西屋摆开阵势,由他给众人说戏。抗战前笨花村就有个秧歌戏班,沿用的调门儿属隆尧秧歌。演出时只有锣鼓,没有乐器伴奏,演员的调门儿高低自定。唱腔也简单,只有上句下句,外加一些"哭腔""跺板"和心急如焚的"叫板"。这形式叫"徒歌干唱,不入丝竹"。这戏班不大,演出的剧目却不少,能演折子小戏《马前泼水》《劝九红》《安庵送米》;也能演整出大戏《斩经堂》《窦娥冤》。战争中戏班散了,现在抗战胜利的消息一传来,一班人很快就集中起来。

向文成为戏班说了一出自编的新戏名叫《光荣牌》,他不仅逐字逐句地给演员说,还指挥着乐队的锣鼓经。遇有演员在场面上走不对时,他还要扶着墙走到场上亲自给演员当场做示范。他该小生时就小生,该花旦时就花旦。

光荣牌原本是抗战时抗属门前悬挂的标志,是一个尺把长的红漆木牌。环境残酷时抗属们就把光荣牌摘下收起;平和时又自动挂出。这光荣牌显示的是一家的光荣。日本投降了,抗属们理直气壮纷纷挂出了自家的光荣牌,向文成编剧就借用了它。《光荣牌》是一出喜庆的小闹剧,讲一个叫王满仓的八路军战士,胜利后请假还家探亲,却给家中的年轻妻子开了个小玩笑:本是正大光明回家报功的王满仓,故意谎称是"开小差"回家的。妻子听后非常气愤,就对他实施说理教育,劝他早日归队。后来父母和乡亲也跟王满仓大摆形势,劝他归队。最后,王满仓在妻子、父母和乡亲面前终于道出实言,众人皆大欢喜。戏班在向家大西屋经过几天几夜的排练,终于要登台演出了。

庆祝大会这天,能回村的笨花人都回了村,有备也回了村。胜利后回家的有备,还是觉出家中的凄凉多于欢喜。他在辞别了许久的院子里转悠着,看见那些少人居住的房屋,长满青苔的甬路,跌落在院里的枯枝败叶,心中不禁生起一阵阵惆怅。向桂的大房、有备的聋奶奶病故后西院也没了人。后院里,群山也走了,牲口也没了。尤其当他看见父亲向文成扑着身子伸出双手欢迎他进院时,更觉酸楚难耐。如果不是庆祝会马上开始,也许他会痛哭一场的。但是他听见了庆祝会的锣鼓声,才暂时告别奶奶和娘,伴着父亲向文成一起赶往茂盛店。在茂盛店门口,喜庆的气氛立刻包围了他们父子。众人纷纷向他们打着招呼,糖担儿走过来对向文成说:"乡亲们再集合可再不用我敲锣了,你想拦都拦不住他们。"说话间西贝一家四口过来了,前头是大治、小治,他们用个笸箩抬着西贝二片;大粪牛走在后头。二片歪在笸箩里,看见谁都不说话,看见向文成也像没看见。失去了双腿的二片,大体就是这副模样了:他连跳也跳不动了,看见人也就没了言语,两只眼只盯着一个地方。二片被抬进会场,大粪牛在向文成跟前站住,他关心的是他的号。他问向文成:"邻家,有我的号没有?"

向文成说:"你就腈等着吧。"

大粪牛说:"可别拿你邻家取笑,这粪和牛都不好对应。"

向文成说:"粪和牛都好对应。你的号在笨花准是首屈一指的。"

茂盛凑过来问向文成:"我的号哪?"

向文成说:"你的名本来就文雅,用哪个字都行,不必大动。"

一个叫甘屘屘的老头儿走过来对向文成说:"我的名字脏乎乎的,可该体面体面了。"

向文成说:"喝号喝的就是个体面,这也是咱一个村子的体面。"

前街收鸡的老头儿也来了,他看见向文成,也想问自己的事,张了张嘴,不知为什么没有问,躲躲闪闪地消失在人群里。

县长尹率真来了,区长甘子明来了,西贝时令来了,走动儿来了,奔儿楼来了,佟继臣也来了。嫁出去的闺女们也回来了,闺女里有素和安。所有能回笨花的人都回来了。头一天,同艾还让三灵给小妮儿捎信儿,让她回来。可小妮儿对三灵说:"我不能回去,我没为抗日做过什么事。"三灵又去叫甘运来,甘运来说:"我不回笨花了,开会那天我想一个人到向大人的粪厂坐一天。"同艾没有给向桂捎信儿,她知道,这场合是不会有向桂的。

八年来,茂盛店里从来没有过这样的热闹:一个用门板和席棚搭起的戏台矗立在西墙根大椿树下,从前这里是花市,逢集时摆满地的是花包。大会按照预定程序开始了,甘子明上台先讲了目前形势,着重介绍了日本投降的经过。他强调说,日本投降并不是他愿意投降,是被我们打的!他身后坐着尹率真和县区领导,向文成也被邀请在台上就座。

甘子明讲完话,是与会全体为笨花村在抗战中死难的烈士默哀。

该是助兴演出了,台上的人走下来,又在台前坐成一排。戏台腾出来了,戏班领场的把台上的桌椅挂上桌围椅披。锣鼓按规矩打了头通,又打了二通,《光荣牌》的演出开始了:王满仓上场。演王满仓的演员是个唱小生的,现在穿上八路军的衣服还是按照旧戏的程式做动作,说唱都带着演小生的娃娃腔。排练时向文成几次提醒他,说八路军战士说话不能带娃娃腔,可他改不过来。王满仓迈着台步走到台前先念引子,引子曰:"抱定救国志,心向众黎民。"念完引子该是四句定场诗,定场诗是:

万里江山起狼烟,
倭寇侵犯我河山。
七尺男儿当兵去,
打败倭寇回家园。

四句定场诗过后是道白,道白曰:"我,王满仓是也。本为兆州乡民,全家勤耕勤种,日子倒也顺遂。只因日寇入侵我国,占我领土,辱我人民,满仓才弃农从军,做了一名八路军战士。几年来我抗日军民与敌军浴血奋战,日寇终于败在我军民足下!今,日寇既灭,军中暂无战事,我满仓才告假还家探望父母大人,探罢家人再返军中。看今日天气晴和,我不免还家去也。"

王满仓道白完毕,按戏文的规矩,是一段不紧不慢的唱段,他唱道:

> 王满仓来哟心里明,
> 身又强力又壮正在年轻。
> 都只为日寇投降形势既定,
> 我这才走上那还家的路程。
> ……

王满仓绕着戏台边走边唱,他唱完自己该唱的戏文,正要下场时,却不知为什么一阵心血来潮,心生诡计,偏要和他那位身在家中的年轻媳妇开一个不大不小的玩笑。只见他先解下腰间的皮带,把皮带提在手里,把军帽歪戴过来,又伸手在"地"上摸些灰土擦在脸上,活脱儿就成了一个逃兵。刚才还是一个堂堂正正的八路军战士的王满仓,现在却迈着丑角的步子,伴着一阵有节奏的"败锣",踉跄着走下场去。

接着上场的是王满仓的媳妇桂香。桂香由一个先前唱旦角的男人饰演,这是一位身材偏高的男人,长鼻子大脸,脖子上且有明显的喉结。他头上绑着帘子般的短发,只用条手巾包住头顶。他身穿红袄绿裤,迈着旦角常走的碎步走到台前。这桂香一亮相,观众便爆出了无休无止的大笑,他们笑着议论着桂香的长相。有的说:"这媳妇长相可不强,王满仓该休她了。"有的说:"她先前穿戏装可不这样,生是这身衣裳不'托'人。"桂香在一片议论声中还是扭搭一阵,屈腿坐在一架纺车前。她是要纺棉花的,她摇着纺车念着定场诗:

> 奴家今年整十八,

自幼生长在贫家。
政府号召大生产,
一家吃穿不缺乏。

定场诗过后又是自我介绍式的道白,道白过后是一大段唱。她唱道:"膏一膏纺车紧一紧弦,手摇那个纺车嗡啊嗡的圆……"她唱了生产自救的好处,又唱了丈夫王满仓的参军,也唱了抗战胜利后她盼夫归来的心情。

笨花人喜欢听唱,向文成编剧考虑到笨花人的欣赏习惯,也尽量使用笨花人的语言编写。果然,桂香的唱给观众带来了享受,一时间他们忘记了桂香的长相,还纷纷随着桂香的调门儿哼起来。

尹率真在台下对向文成说:"没想到这才是乡亲们喜闻乐见的东西,看起来简单,可是你能编到他们心里去。"向文成看不见台上演员的表演,只分析着演员演唱中的差错。

王满仓又上场了,他鬼祟着不敢"进家",躲在"门口"又忍不住要笑。台下观众就喊:"假装的假装的!"就在观众的一片"假装"声中,正要出门的桂香发现了丈夫,觉出他行踪的可疑,便开始了对丈夫的盘问。这是一段桂香和王满仓问答式的对唱:媳妇穷追不舍地问他是怎样还家的,王满仓东遮西掩地做着回答……这当是全剧的一个高潮了,台下变得鸦雀无声。当桂香发觉丈夫原来是开小差还家的,才气愤万千地以"哭腔"开头唱道:"我把(骂)你这不争气的人哪……"接下来的唱腔是一段说教式的"跺板",大意是我桂香好命苦,当闺女时看你浓眉大眼一表人才甚明事理,后来又参军抗日,原来我错看了你呀!现如今举国上下都在欢庆胜利,偏偏你却当了逃兵,你还有什么脸面面对乡亲……戏演到这里,桂香竟站在台口问起观众:"老乡们,大家说,对这个败类该怎么办哪?"台下乱了营,有人说:"把他绑起来送回去!"有人说:"桂香桂香踹他,先踹他两脚!"更有甚者喊道:"枪毙!"

555

尹率真纳起闷儿来,问向文成这场面是事先编好的吗?向文成笑着说,这都属于演员的自作主张,自作主张闹出来的乐子。连他都想不到还有这"出"。任他们闹吧,怎么高兴就怎么闹吧。

王满仓在台上也冲观众发了话,他说:"各位乡亲,不用踹,不用毙,我是只此一回,下次谁愿意演这个没骨气的东西就替了我吧。"

台上的戏又言归正传:桂香的哭诉招来了她的公婆和众乡亲,他们也七嘴八舌地指责起王满仓,冲他伸着胳膊好一阵"数叨"。最后,王满仓迫于压力,终于说出实情。众人却不信,这时他才从怀里掏出了自己的立功喜报,原来他是个抗日功臣。随后他的父母也举出了家里的光荣牌,台上终于出现了皆大欢喜的场面。

喝号本是男人的事,看戏则不分男女。女人们站在最后,靠着墙根儿,靠着树,看着,也不少议论。今天大花瓣儿也在看戏,她爹着一头花白头发,不声不响却看出了问题。她叫过茂盛说:"茂盛你看,桂香头上可不该蒙这种手巾,这是日本人卖的那种。"她想到先前小袄子就蒙这种手巾。茂盛仔细往台上瞅,也看见了手巾上那一行英文字:Good Morning。大花瓣儿和茂盛都不知道这些外国字怎么念,可他们都知道这手巾是日本货。他俩都觉得这是戏班的疏忽,心说,向文成看不见,你们怎么也看不见?

《光荣牌》演完了,尹率真也才为台上台下松了一口气。他对向文成说:"刚才我还真为王满仓捏了一把汗,真要有人上台打他一顿可怎么办?"向文成说:"真有人上台闹腾,就成了活报剧,也不赖。"

戏演完了,该喝号了。年轻人只知道没完没了地为王满仓和桂香起哄,老人们等的可是喝号这时刻。喝号人是甘子明,他是区长,又是笨花人。甘子明早就叫奔儿楼把老人们的号写在了一张大红纸上,并有一行大标题:一九四五年笨花村老人尊号一览表。

甘子明借着台上的桌围椅披,把红纸展开铺在桌上,音调抑扬顿挫地念起来。他把每位老人的号都准确无误、清楚明白地送进老人的耳朵里。坐在台下的人,听着那些由小名对应出的妙趣横生的尊号,拍着手,叫着好。

并不是所有人对自己的尊号都十分满意,他们把自己的号和别人的号做着对比,"攀也"着。但是,毕竟满意的居多。西贝牛对自己的尊号最为满意,他对甘尼尼说:"看我这体面劲儿,叫了一辈子大粪牛,现在是老肥。文成和我到底是邻家。"哪知甘尼尼也对西贝牛夸耀着自己的号说:"我哪,号老香,从今往后我就不臭了。"

甘子明为乡亲喝完号,又告诉大伙儿,这张一览表将贴在茂盛店的大门上,有不明之处还可以再去细看。见人们情绪高涨,他就又打趣说:"光听音儿也不行,还得看看自己那个字,得知道这'肥'怎么写,'香'又怎么写呀!"

最后当是尹率真致祝词了。他走上台去,显得有些激动地说:"笨花的乡亲们,我向你们道喜了!今天,这才是双喜临门呢,这一喜……"

这时,突然有枪声传来。这枪声就近在咫尺,响在人后,众乡亲都回头往后看,却不知发生了什么。当他们再回过头来看台上时,台上已经不见了尹率真。有着战地救护经验的有备,最先反应过来。他几个大步奔上台去,佟继臣也紧跟上来。尹率真的确倒在了台上。有备扶起尹率真,他看见他头部正在流血,额骨上有个弹孔,子弹又从枕骨里穿了出来……

时令的注意力却一直在台下,他判断这是有人打黑枪。他和几个民兵迅速穿出人群到四周寻找,在茂盛店喂牲口的厦子里,时令找到一枚子弹壳。这是一颗七九子弹,时令分析这子弹是被一种叫"独撅"的土造手枪打出的。这种制作粗糙的手枪命中率本是很低的,也许打黑枪的是个老手,也许这仅仅是一种巧合:一粒子弹竟然就那么准……

笨花人惊散了。

戏台上的有备看见尹率真的瞳孔已经放大,佟继臣俯下身在尹率真胸前听心跳,心跳已经停止。几个民兵从戏台上拆下一块门板,把尹率真抬到门板上,"王满仓"和"桂香"带着妆都上了手。

台下空旷起来,茂盛店只剩下少数人还在寻找、议论。面对这个突发事件,他们希望再找出些蛛丝马迹。时令带几个民兵又来到那个厦子里,他们发现厦子的后窗户被戳穿了,看来持枪人就是从这里逃走的,坚硬的土墙上连个脚印也没留下。墙那边是个柴草垛,柴草垛也不会留下脚印。

时令从厦子里出来,见甘子明和有备搀扶着向文成还站在院里,他想对他们说句什么,但他什么也没说,只是紧锁着眉头,垂着手。

人们猜出,时令的搜索是没有结果的,他们这才离开茂盛店往外走。走着想着:尹县长为什么单死在笨花?他们实在想不通。

62

向文成和有备到茂盛店开庆祝会,同艾和秀芝就在家等尹率真来吃饭。尹率真终于教会了同艾做西瓜酱。今年西瓜刚下来,尹率真就给同艾抱来了两个大西瓜。他说这是孝河南的西瓜,孝河南是沙土地,产的西瓜又沙又甜。他还告诉同艾,伏天最适合做酱。他说,晒酱晒酱,酱就得伏天的毒日头晒。同艾按照尹率真的步骤做,用个纱罩罩住酱缸,天天搅晒,精心照料,她成功了。今天适逢尹率真来笨花,她刻意要请尹率真品尝她做的酱。她还特别把秀芝留在家中,不让她去开会,让她烙饼,摊鸡蛋,熬大米绿豆粥。婆媳二人忙活了一个下午,早早就把晚饭摆在院中的红石板桌上。

同艾站在廊下听着茂盛店的动静,判断着庆祝会的进程。她听见头通锣鼓和二通锣鼓打过了,就知道《光荣牌》开始了。

秀芝则不住上房张望。站在房上虽然看不见茂盛店,但锣鼓和唱段都能听清楚。秀芝熟悉《光荣牌》的每个情节,在房上不断向同艾报告着消息,喊着:"娘,王满仓正挨数叨呢。"同艾就站在廊下暗笑,她笑的不是王满仓的狼狈相儿,她是笑儿子向文成,脑子里怎么装着这么多杂七杂八,这世上就没有他不懂的事。娘儿俩又听了一会儿,秀芝又报来消息说:"娘,王满仓归队了,正喝号哩,喝完号就该老尹讲话了。讲完话就快散会了。"不一会儿,秀芝又报来消息说:"娘,老尹讲话了!"

秀芝的话音刚落,却有一声枪响传来。廊下的同艾也听见了这枪声。开始她们都以为是有人在放鞭炮,可哪有只响一声的鞭炮呢?鞭炮的响声是要连成串的。那么这是枪声。婆媳正在诧异,街里乱了营,就像日本人又进了村。可日本不是刚投降吗,难道还能死里复生?又不像。在茂盛店开会的人慌乱地往家跑着,喊着"出事啦出事啦!"秀芝赶紧从房上下来,和同艾一起等待尹率真、向文成和有备回来。一阵骚乱过后,街上又恢复了平静。

过了多时,向文成和有备才回到家。向文成磕绊着迈过门槛,背也忽然驼了,像又一次遭了大难。有备搀扶着父亲,向文成仿佛是靠了这搀扶,才得以挪动脚步,而没有这搀扶,他就会寸步难行。同艾和秀芝被惊住了,她们本能地感到,此时向文成的状态一定和刚才的枪声有关。有备扶着父亲在红石板桌前坐下,同艾和秀芝少不了要问有备些话的。有备说:"奶奶、娘,我递说你们吧,尹县长牺牲了。"他说得很肯定,那语气是不用同艾和秀芝再多问什么的。于是悲痛和震惊又一次笼罩了向家。同艾和秀芝一时还是想不明白:不是胜利了吗?日本不是投降了吗?笨花村这是怎么了?

向家四口人围起饭桌长时间地闷坐着。这桌饭本是为了招待尹率真特意准备的：一摞白面饼，一大盘炒鸡蛋，一盆大米绿豆粥，还有一小碗西瓜豆瓣酱。同艾特意把豆瓣酱盛在一个五彩细瓷浅碗里，这碗是她当年在保定时买下的。现在这细瓷碗里的西瓜酱正对着院子释放着特有的浓香。一个下午同艾都在等待着尹率真的品尝，她等着尹率真尝完酱，说一声："嗯，地道，地道。"那是他尝到了几粒西瓜籽吧。现在尹率真还没有吃酱，却被抬下戏台，用块门板抬走，埋了。

向家人无言无语，各自只想着从前他们和尹率真的交往。同艾听见尹率真说："晒酱晒酱，酱就得伏天的毒日头晒。"

秀芝听见尹率真说："蒸饼子、熬粥我都会。"

向文成听见尹率真说："日本投降了，咱更应该活得节在。"

有备听见尹率真说："我叫率真，你叫忠厚吧。"

有备想到尹率真，和家人还有所不同，他还有一个从尹率真那里"动员"来的皮挎包。他常常觉得"动员"这件事有几分亲切，还有几分不讲理。此刻他一边想着自己的不讲理，一边抚摩着挎包，才又突然记起一件事：这皮挎包里有一封信，信是寄给父亲向文成的。外地寄往笨花的书信一律都放在茂盛店，刚才有备去茂盛店开会时，茂盛交给了他这封信。当时他没顾得看寄信人的地址，随手将信装在了挎包里。

有备从挎包里拿信，也是为了把全家的注意力转移一下——不能总这样呆坐着吧。他把信举到向文成眼前，打破沉闷似的说："有封信，不知从哪儿来的。"向文成听见有信，也暂时走出悲伤说："你先替我看看寄信人的地址吧。"有备借着刚升起的月光看清了寄信人地址，说："信封上写着寄自北京西四缸瓦市。"向文成说："这是山牧师，山牧师的教堂就在缸瓦市。你就拆开替我念念吧。"三年前迫于形势，山牧仁离开兆州，去了北京。

秀芝听说要念信，便端出一盏灯放在桌上。借着饭桌上的灯光，有备开始念信。这是一封用钢笔横写的信，汉字虽写得不强，但笔画清楚。有备先看落款，果然是山牧仁的信。有备一字一顿地念道：

文成台鉴：我和内人离开兆州转眼已经三年了。由于中国之战事，虽不便通信，但时常想到在兆州的日子。那是我终生难忘的。今天我没有在兆州和你以及我的教徒一起庆祝胜利，特致信，向你，并通过你向兆州的老乡表示祝贺。时下，黑暗已经过去，黎明又升起在兆州城头，这是多么令人高兴啊！但愿战争灾难不要再降临到我所熟悉的那座古城和乡村，我将常常为此祈祷。

另，常记起二公子"摩西"是位热爱艺术的孩子。时下，北京有所专授美术的学校 名"京华美专"，摩西如果仍然有研习美术的愿望，可来京就读，学费一事，我的教会当全力资助之。

愿主保佑阖家平安。

瑞典朋友山牧仁上
一九四五年八月于北京缸瓦市福音堂

这是一封情真意切的信，可惜它没有给向文成一家带来应有的欢欣。若在往常，向文成一定会就此发表些感慨的，因为自从山牧仁离开兆州后，他一直不断打听他的消息，他关心他这位瑞典友人的下落。后来，他总算打听到山牧仁已落脚在北京缸瓦市。现在山牧仁来了信，可是这信终不能抵消尹率真的牺牲给向家人带来的悲痛。面对山牧仁邀请"摩西"赴京进"美专"的事，向家更没有表现出积极的反应。向文成等待有备对此表态，有备却只字不再提他对艺术的热衷。又是一阵沉闷过后，秀芝说话了，她提议家人吃饭，说："绿豆粥早就凉了。"说着给每人盛上一碗。向家人端起了碗，但他们谁也没有去吃白面烙饼和摊鸡蛋，更没有人去吃同艾的西瓜酱。他们还想着这是为尹率真准备的,若吃,便是对尹率真的大不敬了。四口人胡乱喝了各自碗里的绿豆粥,也不再回碗。只待放下饭碗,又沉闷了一阵,向文成才又接上山牧仁信中所问,他对有备说:"有备,你是怎么个打算?看,山牧师还记着你的爱好呢。"

有备就像早有准备,他不假思索地说:"我是请假回笨花参加庆祝会的,开完会,我就得马上回代安。医院来了一车布,都要做成绷带,做完还得上锅蒸。医院就一口锅,做饭也得用。我还得到馒头房借锅借笼屉。最近绷带用得特别费,做一批绷带很快就用完了。"

面对山牧仁的信,面对父亲的发问,有备说的尽是回代安做绷带的事,这使得向文成不得不放弃山牧仁信中的盛情。他只问有备:"你什么时候回代安?"

有备说:"这就得走。"

秀芝和同艾都想留有备住下,但谁也没有说。秀芝只想着,把土布做成绷带先要把布一条条撕开,再卷成卷儿上锅蒸。从前后方医院住大西屋时,她给医院蒸绷带,几匹布一蒸就是半天,有时就误了做饭。这一车布,不知要蒸多久。

同艾听着有备一席话,却有另外的发现,心想,我这个孙子说话怎么也不"结巴"了?一口气能说这么多话,连个"奔儿"都不打。她还听出有备的嗓子是"倒了仓"的,声音又粗又哑。

向家人谁都没有听见过有备一口气说这么多话。

有备立刻要走,这是一件不容置疑、无须挽留的事。他就那么放下碗,从饭桌前站起来,押了押身上的衣服,从一个什么地方抓起自己的帽子,戴正,再把皮包斜挎在肩上,叫了声奶奶,叫了声娘,就那么走了出去。

有备还是没有叫爹。从前他就发憷叫爹,现在他越大,这"爹"

字好像就更难从口出。只在出了家门之后,有备才意识到也许是应该叫声爹的时候了。他站在门外,一时间觉得很对不起爹。想到这儿,他决心返回家去,佯装有事,专门再补叫一声爹。他转身又进了家门,立在家人面前说:"爹,我那双线袜子呢?"

向文成一愣,心想,你这是故意回来叫爹的。

刚才有备叫了奶奶叫了娘,不叫爹,就让向文成心里有几分怏怏然,他想,有备呀,这"爹"对于你莫非就那么难出口?现在儿子到底补叫了一声爹,又是专门回来补叫的,那意义就更非同一般。不过向文成故意轻描淡写答应一声,忍住心中的高兴说:"袜子,应该问你娘。"

秀芝进屋胡乱抓了一双袜子给了有备,她不知袜子是有备的还是向文成的。她也看出小儿子返回来找袜子,这是为了叫爹想出的一个借口,那么是谁的袜子其实也就不重要了。

有备拿了袜子,再次从家里出来,忽然又想起他这"补叫"爹的愚蠢。他后悔当自己面对着三个亲人时,为什么单把爹落下。他走着,又想到这十几年来,因为自己的不知好歹,不知给父亲在心里结下了多少疙瘩。你能说父亲视力的每况愈下和自己无关么。有备想着,又观察起自己的脚,他走路的"里八字"就曾经是父亲的一块心病。父亲强制他克服,并一次次亲自做示范教他走路。那时他曾以多大的反感抗拒着父亲啊。现在让父亲可以欣慰的是,有备总算把"里八字"扳了过来。有备一想到这儿,还故意往外撇着脚,在街里矫枉过正地走起来。他走到茂盛店门前,茂盛已经关起店大门,门上有一张大红纸,纸上是村中老人们的号。门前还有一个鸡蛋换葱的。有备小时候常听奶奶和娘说,黄昏时笨花村天天有鸡蛋换葱的,战时,笨花人不愿让日本人抓他们的鸡,他们不再养鸡,鸡蛋也成了稀罕。鸡蛋换葱的人自然也就少了。到了反攻阶段,政府号召人们自力更生,家家又养起鸡来,才又多了鸡蛋和鸡蛋换葱的。天不早了,换葱人车上的葱只剩下零零散散几根。但筐里的鸡蛋换来不少,月光下,鸡蛋显得很白。

　　有备走出了笨花村,不时回过头来看自己的村子。月色中的笨花终于使他又想到画画的事,他想,槐多没有从这个角度自东向西地画过笨花。他想,等他做完绷带再回笨花时,他要从这个角度画一张笨花村。他却没有想起山牧仁提到的那所美术学校。

2003 年 12 月至 2005 年 2 月初稿
2005 年 9 月二稿
2005 年 10 月再改

"新中国70年70部长篇小说典藏"书目

书名	作者	书名	作者
风云初记	孙犁	白鹿原	陈忠实
铁道游击队	知侠	长恨歌	王安忆
保卫延安	杜鹏程	马桥词典	韩少功
三里湾	赵树理	抉择	张平
红日	吴强	草房子	曹文轩
红旗谱	梁斌	中国制造	周梅森
我们播种爱情	徐怀中	尘埃落定	阿来
山乡巨变	周立波	突出重围	柳建伟
林海雪原	曲波	李自成	姚雪垠
青春之歌	杨沫	历史的天空	徐贵祥
苦菜花	冯德英	亮剑	都梁
野火春风斗古城	李英儒	茶人三部曲	王旭烽
上海的早晨	周而复	东藏记	宗璞
三家巷	欧阳山	雍正皇帝	二月河
创业史	柳青	日出东方	黄亚洲
红岩	罗广斌 杨益言	省委书记	陆天明
艳阳天	浩然	水乳大地	范稳
大刀记	郭澄清	狼图腾	姜戎
万山红遍	黎汝清	秦腔	贾平凹
东方	魏巍	额尔古纳河右岸	迟子建
青春万岁	王蒙	藏獒	杨志军
许茂和他的女儿们	周克芹	暗算	麦家
冬天里的春天	李国文	笨花	铁凝
沉重的翅膀	张洁	我的丁一之旅	史铁生
黄河东流去	李準	我是我的神	邓一光
蹉跎岁月	叶辛	三体	刘慈欣
新星	柯云路	推拿	毕飞宇
钟鼓楼	刘心武	湖光山色	周大新
平凡的世界	路遥	大江东去	阿耐
第二个太阳	刘白羽	天行者	刘醒龙
红高粱家族	莫言	焦裕禄	何香久
雪城	梁晓声	生命册	李佩甫
浴血罗霄	萧克	繁花	金宇澄
穆斯林的葬礼	霍达	黄雀记	苏童
九月寓言	张炜	装台	陈彦